BARBARA TAYLOR BRADFORD

Ik, Elizabeth

DE TOEKOMST VAN RAVENSCAR

SIJTHOFF

ISBN 978 90 218 0319 7
NUR 343

www.boekenwereld.com
www.uitgeverijsijthoff.nl

Voor Bob, met liefs

DEEL EEN

Het lot in eigen hand nemen

Toen ik sliep, droomde ik dat leven gelijkstond aan Geluk,
Toen ik wakker werd, ontdekte ik dat leven Plicht was.
Ik ging tot actie over, en ziedaar:
Plicht was Geluk.
Rabindranath Tagore

Ik buig, maar breek niet.
Jean de la Fontaine

Werken is meer dan plezier alleen.
Noël Coward

Een

'Ze is dood!'

Cecil Williams deed zijn mededeling vanuit de entree naar de eet-kamer op Ravenscar, waarna hij de deur achter zich sloot en met een paar snelle stappen naar de tafel liep.

In een reflex sprong Elizabeth overeind. 'Wannéér?' vroeg ze met een stem die ineens een en al gespannenheid was, met haar ogen op zijn gezicht gericht.

'Vanochtend in alle vroegte. Vlak voor het aanbreken van de dag, om precies te zijn.'

Er viel een stilte.

Met geweld onderdrukte Elizabeth een plotseling oplaaiende emotie; ook al was dit een langverwacht bericht, diep vanbinnen had ze niet geloofd die woorden ooit te zullen horen. Ze nam even de tijd om het nieuws te laten bezinken, waarna ze zei: 'Er valt niet zoveel te zeggen, hè, Cecil? Helemaal niets eigenlijk, wat zou het voor zin hebben? Ik ben geen hypocriet: ik ga niet net doen alsof ik rouwig ben om haar dood.'

'Ik evenmin. Ik begrijp je gevoelens volkomen, Elizabeth.' Hij legde een arm om haar schouders, drukte een kus op haar wang en keek haar diep in de glanzende, donkere ogen. Er glinsterden wel-iswaar tranen in, maar hij wist zonder een spoor van twijfel dat die tranen niet de overleden vrouw golden. Het waren namelijk tranen van pure opluchting.

'Het is voorbij, Elizabeth,' zei hij heel zachtjes. 'Eíndelijk. Je mar-teling is eindelijk afgelopen en je bent gered, in veiligheid. Niemand kan je nu nog vertellen wat je moet doen, nooit meer. Je bent je eigen baas, je mag over je eigen lot beslissen.'

De gespannen uitdrukking op haar bleke gezicht week ogenblikkelijk, en ze riep uit: 'Inderdaad, ik ben vrij. Eindelijk vrij! O, Cecil, wat is dat een heerlijke gedachte! Toch kan ik het nog amper bevatten.' Een trillerig glimlachje speelde om haar mond en was meteen weer verdwenen, alsof ze nog niet helemaal overtuigd was van haar nieuwe status.

Hij keek haar glimlachend aan. 'Ik denk dat het pas over een paar dagen tot je zal doordringen.'

Ze keek hem aandachtig aan, terwijl haar ogen zich een fractie vernauwden. Hij kende haar goed, begreep haar als geen ander, en hij had gelijk: het zou een paar dagen duren voor ze werkelijk besefte dat alles nu anders was. Ze nam even de tijd om zich te beheersen voor ze zei: 'Waar zijn mijn manieren, Cecil? Ik zal ontbijt voor je klaarmaken, je zult wel uitgehongerd zijn. Lucas heeft voor genoeg eten gezorgd om een heel leger te voeden, dus waar heb je trek in?'

'Ik heb inderdaad honger, moet ik toegeven. Maar ik zal het zelf wel doen. Ga zitten, drink je koffie en doe kalm aan. Daar heb je vooral vandaag alle reden toe.'

Elizabeth volgde zijn raad op, blij dat ze in de gerieflijke stoel kon gaan zitten. Ze trilde vanbinnen en had het gevoel dat ze stond te wankelen op haar benen. Maar terwijl ze zich installeerde en probeerde zich te ontspannen, bekroop haar in plaats daarvan onverwacht een gevoel van dreiging. De toekomst doemde voor haar op, een ongewisse toekomst. Overdonderend. Een golf van misselijkheid overspoelde haar bij het vooruitzicht actie te moeten ondernemen, waarbij ze afstand moest doen van haar oude leventje, om het lot stevig in handen te nemen. Al die jaren van slapeloze nachten, vroeg opstaan, dikwijls voor zonsopgang. Het voortdurende gepieker, altijd vol angst, stijf van angst, eeuwig op haar hoede. Voor haar zuster. Zonder ooit te weten... Nooit te weten wat voor streek Mary zou leveren, met wat voor beschuldigingen dat mens haar nu weer zou bestoken. Zolang ze zich kon herinneren had ze spitsroeden gelopen... op het randje van gevaar, op de toppen van haar zenuwen. Mary had haar van kleins af aan getreiterd.

Even later kwam Cecil terug met een blad met eten en ging naast haar zitten. Nadat hij een paar happen roerei had genomen, merkte hij op: 'Je was waarschijnlijk al voor dag en dauw op. Ik was verbaasd toen ik vanmorgen om halfzeven ontdekte dat je deur openstond en er niemand in je slaapkamer was.'

'Ik kon niet slapen, dus ik ben uiteindelijk maar opgestaan. De afgelopen weken zijn behoorlijk slopend geweest, werkelijk gruwelijk, en ik vrees dat mijn gevoelens met me op de loop gingen... Dat kwam door dat eindeloze wachten, denk ik.'

Hij keek haar aan, met zijn kalme grijze ogen haar gezicht aftastend. Hij maakte zich al jaren zorgen om haar, en dat zou hij altijd blijven doen, dat wist hij maar al te goed. Zijn trouw aan haar was onvoorwaardelijk, en de enige gedachte op dat moment was dat hij haar tegen elke prijs moest beschermen. Maar hij gaf geen commentaar en at rustig door. Omdat hij een evenwichtige man was die voorzichtig te werk ging, lagen zijn plannen vast – en daar week hij nooit van af.

Nadat ze haar kop koffie had leeggedronken streek Elizabeth over haar mond en vertrouwde hem toe: 'Dat ze ziek was heeft me nooit zorgen gebaard, hoor. Echt niet. Wat had het voor zin? En uiteindelijk wisten we dat ze op sterven na dood was, dat de kanker haar verteerde, dat ze in de waan verkeerde dat ze zwanger was. Maar vorige week... Tja, toen dacht ik onwillekeurig terug aan dingen uit het verleden. De mooie dingen. En de nare! Voornamelijk uit onze jeugd... toen onze vader ons allebei had onterfd. Ach, toen hadden we wél een hechte band, al heeft dat niet lang geduurd. En voor de rest was de periode die ik bij haar woonde –'

Elizabeth maakte haar zin niet af en schudde haar hoofd. 'Voor de rest van de tijd was het uitermate moeizaam. Ze was onmogelijk. Ik haar ogen was ik haar vijand. Ze was ontzettend bezitterig wat onze vader betrof. Míjn moeder had de hare verdrongen, en ik werd door haar verdrongen, waarbij mijn vader natuurlijk de hoofdprijs was – die grote bullebak die je moest flemen en adoreren. Onvoorwaardelijk! Zij maakte er een wedstrijd van, zoals iedereen weet, en dacht altijd dat ik tegen haar samenzwoer.' Elizabeth slaakte een diepe zucht. 'Wat er ook gebeurde, vanaf de dag dat ik werd geboren kon ik bij Mary geen goed doen.'

'Dat is allemaal voorbij, denk er maar niet meer aan. Je begint een nieuw leven... Dit is een nieuw begin voor je,' zei hij sussend.

'En ik ben absoluut van plan van mijn nieuwe leven te genieten,' antwoordde ze, waarbij ze een positieve klank aansloeg en opstond, naar het dressoir liep en zichzelf nog een kop koffie inschonk. 'Wie weten er van de dood van Mary?' vroeg ze. 'Iedereen zeker?'

'Nee, hoor, nog niet.' Cecil keek op de staande klok in de hoek van de eetkamer. 'Het is nog geen acht uur. Omdat het zondag is, heb ik mijn telefoontjes tot een minimum beperkt. Voorlopig. Nicholas Throckman heeft me als eerste gebeld om te vertellen dat Mary dood was, en vlak daarna Charles Broakes, met dezelfde mededeling.'

Terwijl ze hem fronsend aankeek, riep Elizabeth: 'Je mobieltje! Iedereen belt tegenwoordig met een mobieltje. Geen wonder dat ik geen telefoon heb horen rinkelen.'

'Ik heb Nicholas en Charles gevraagd of ze me op mijn mobieltje wilden bellen. Waarom zou het hele huis om zes uur 's morgens wakker gemaakt moeten worden?' Hij schudde zijn hoofd. 'Net als jij heb ik vannacht nauwelijks geslapen. Ik wist dat ze het niet veel langer zou maken. Ik was erop verdacht.'

'Ik neem aan dat Nicholas op weg hiernaartoe is? Met de zwarte doos?'

'Inderdaad. Hij heeft de zwarte doos eigenlijk al sinds vrijdag in zijn bezit. Mary's familie heeft hem die middag bij hem laten afleveren, zodat hij hem meteen naar jou kon meenemen. Ze hadden gedacht dat ze die dag zou overlijden, maar dat was dus vals alarm. Vanmorgen, nog geen halfuur nadat hij het bericht had vernomen, is hij vertrokken. Hij rijdt hier op dit moment naartoe, en hij vroeg me of ik tegen je wilde zeggen dat hij zich erop verheugt om zondag met ons te gaan lunchen.'

Voor het eerst in dagen glimlachte ze. 'Ik ben blij dat te horen.'

'Sidney Payne heeft ook opgebeld. Hij wilde hier in allerijl naartoe komen, maar ik zei dat hij dat niet moest doen en heb hem uitgelegd dat we van de week in Londen zouden zijn en dat ik dan contact met hem opneem. Hij vertelde dat drie mensen hem al hadden opgebeld, dus het bericht over de dood van Mary verspreidt zich razendsnel.' Cecil trok een gezicht. 'Iedereen is dol op roddel, op speculatie, dus belangrijk nieuws gaat als een lopend vuurtje rond.'

Elizabeth boog zich voorover en vroeg met onverwachte gretigheid: 'Wie nodigen we voor onze eerste vergadering uit?'

'Je oudoom Howard moet erbij zijn, je neven Francis Knowles en Henry Carray, Sidney Payne komt vast, plus een paar directieleden die lang op deze dag hebben gewacht.'

Ze knikte. 'Ik weet wie het zijn, en ik popel hen te ontmoeten. Maar wat vind je van de mensen in het bedrijf die tegen me zijn?'

'Wat kunnen díé nou doen?' vroeg Cecil, en hij schudde zijn hoofd. 'Niets! Ze kunnen niet om je heen, Elizabeth. Je bent volgens je vaders testament rechtmatig erfgenaam van de firma Deravenel.'

'Ze kunnen me de grond in boren, me tegenwerken, beentje lichten, van kant maken, noem maar op.' Ze haalde haar schouders op. 'Het zijn Mary's maatjes en mij zullen ze nooit mogen. Dat hebben ze nooit gedaan.'

'Wat kan het je schelen? Of ze je mogen is van geen enkel belang! Ze moeten je respectéren. Dat is van vitaal belang, het enige wat telt. En ik zal ervoor zorgen dat ze dat doen.'

Mary Turner, haar zuster, was dood. Nee, niet Mary Turner, maar Mary Turner Alvarez, de vrouw van Philip Alvarez, de grootste magnaat van Madrid, een man die haar geld had gebruikt, haar financiële reserves had uitgeput en haar vervolgens aan haar lot had overgelaten om in eenzaamheid te sterven. Maar dat deden mannen nu eenmaal, toch? Ze gebruikten vrouwen, waarna ze hen weggooiden. Dat was precies waarin vader een ster was geweest. Denk nou niet te slecht over hem, sprak Elizabeth zichzelf vermanend toe. Uiteindelijk was het zijn testament dat ertoe deed. Zij was zijn derde en laatste erfgenaam. En nu was de firma Deravenel van haar.

Op het laatst had Mary geen andere keus dan Harry Turners wensen op te volgen. Niettemin waren er voor die tijd van haar zusters kant wanhopige pogingen geweest om háár via slinkse wegen van haar rechtmatige erfenis te beroven.

Mary had eerst haar ongeboren zoon tot beoogde erfgenaam benoemd, dat niet-bestaande kind waarover ze fantaseerde, het kind dat ze in haar opgezwollen buik dacht te dragen. Het was geen nieuw leven dat zich daar koesterde maar een niet te opereren kanker.

Daarna was haar geniaalste brainwave gekomen, zoals Mary dat had genoemd. Haar Spaanse echtgenoot Philip Alvarez behoorde te erven. Per slot van rekening was hij de beroemdste zakenman van Spanje, een door de wol geverfde ondernemer, en wie kon het oeroude bedrijf beter runnen dan hij?

Toen dit idee prompt van tafel werd geveegd door degenen die daartoe bevoegd waren, had Mary hun nicht Marie Stewart in de kraag gegrepen. Zij was qua afkomst en opvoeding gelieerd aan Schotland en Frankrijk – eigenlijk voor negentig procent Frans en in geen enkel opzicht Engels. Destijds had Cecil zich hardop afgevraagd wat deze Franse femme fatale in godsnaam wist van het runnen van een achthonderd jaar oude handelsfirma die in Londen het hoofdkantoor had, een mannenbastion waar alles om het ego draaide. Niets, daarover waren ze het alle twee eens geweest, verbijsterd over Mary's lef.

Marie Stewart had lange tijd beweerd dat zij de rechtmatige erfgenaam was, door te verklaren dat zij het erfrecht had via haar Britse grootmoeder Margaret Turner, de oudste zuster van Harry Turner. Maar Harry was de enige mannelijke nakomeling van zijn vader; daardoor had zijn nageslacht, zowel van mannelijke als vrouwelijke kunne, voorrang boven de nakomelingen van zijn zuster Margaret. Dat had alles te maken met de regels van eerstgeboorterecht, en dat de oudste zoon en zijn nakomelingen de werkelijke erfgenamen waren.

Opnieuw was dit plan van Mary Turner in de kiem gesmoord. De directieleden van Deravenel wilden niets van Marie Stewart weten, die zij om verscheidene redenen als de vijand beschouwden. En dat zou altijd hun standpunt blijven.

Dus had haar zuster Mary op het allerlaatst háár erkend, zij het niet wezenlijk met naam en toenaam. Iets leek Mary daarvan te weerhouden. Maar tien dagen geleden had ze een van haar assistenten een koffer meegegeven. Daarin zaten de familiejuwelen van de Turners en een heleboel sleutels: van bank- en andere kluizen en van diverse woningen van de familie.

Haar wijze Cecil had op die recente middag verklaard: 'Dit is háár manier om jou te erkennen, Elizabeth. Uiteindelijk is ze toch van plan je vaders laatste wilsbeschikking uit te voeren. Dat zul je zien. Haar daden zijn van meer belang dan de woorden die ze misschien nog zal uiten.'

Maar waarom had haar zuster haar naam niet over de lippen kunnen krijgen? Waarom had ze niet kunnen zeggen: 'Mijn zuster, mijn erfgename Elizabeth Turner?' Waarom had ze alleen maar iets gepreveld over Harry Turners rechtmatige erfgenaam?

Omdat ze me haatte, bedacht Elizabeth op dat moment, en omdat ze de gedachte niet kon verdragen dat ik binnenkort haar plaats zou innemen.

Laat gaan, laat het gaan, zei een klein stemmetje in haar hoofd, en ze probeerde die gedachten daadwerkelijk van zich af te schuiven. Wat maakte het nu nog uit? Mary Turner Alvarez was dood. Zij, Elizabeth Deravenel Turner, was springlevend en stond op het punt algemeen directeur van de firma Deravenel te worden. Het was nu allemaal van haar: het bedrijf, de huizen, de juwelen, de macht en het kapitaal. En ze wilde het hebben ook. Wie zou het níet willen? Bovendien had ze er recht op. Ze was door en door een Deravenel en een Turner. Ze was Harry's dochter en leek sprekend op hem. Mary had helemaal niet op Harry geleken. Zij leek niet alleen op haar Spaanse moeder, maar ze was ook veel kleiner geweest dan Catherine – enigszins gedrongen, en niet half zo mooi.

Elizabeth liep naar de andere kant van haar slaapkamer en trok een kastdeur open, haalde er de koffer uit die Mary had laten bezorgen en ging ermee naar het bed. Ze pakte de sleutel uit haar bureaula, maakte de koffer open en liet haar hand erdoorheen glijden, bekeek enkele van de bruinleren etuis waarop gegraveerde zilveren naamplaatjes zaten. Op een ervan stond WAVERLEY COURT, KENT, op een andere RAVENSCAR, YORKSHIRE en op een derde HET HUIS IN CHELSEA, en ze zaten allemaal vol sleutels. Verder waren er etuis die bij bankkluizen hoorden bij Coutts, de Westminster Bank en Lloyds, met sleutels van die kluizen.

Cecil had haar verteld dat er in die bankkluizen juwelen van de Deravenels en de Turners zaten, nog meer kostbaarheden, zoals diamanten tiara's, zilveren voorwerpen en theeserviezen, zilveren cassettes, gouden voorwerpen en oude documenten. Hij had uitgelegd dat ze als nieuwe eigenaar, wanneer ze in Londen terug waren, elke bankkluis langs zou moeten om het allemaal te inspecteren.

Terwijl ze de bruinleren etuis opzijschoof, liet Elizabeth haar lange vingers over een drietal roodleren doosjes van Cartier gaan, waarna ze die allemaal opendeed. In een ervan zat een schitterende diamanten collier, in het volgende een paar oorbellen met magnifiek geslepen smaragden en in de laatste een enorme broche met saffieren en diamanten. Omdat de juwelen niet alleen prachtig waren, maar duidelijk uit de jaren dertig stamden, vroeg ze zich ineens onwillekeurig af wie van de familieleden dergelijke sieraden had gekocht. En voor wie. Ook vroeg ze zich af of zij ze zelf kon dragen. Waarschijnlijk niet, maar de Zuidzeeparels die ze laatst samen met Cecil had bekeken zou ze zéker dragen.

Ze haalde de parels uit hun zwartfluwelen etui en hield ze tegen het licht. Wat waren ze schitterend... echt prachtig. Ja, die zou ze zeker dragen.

Nadat ze alles in de koffer had teruggestopt, deed ze hem op slot en zette hem weer in de kast om het later allemaal uit te zoeken. De eerstkomende paar weken waren er urgentere dingen die gedaan moesten worden. De bankkluizen zouden moeten wachten, evenals de twee huizen, Waverley Court en het huis in Chelsea, het huis waar Mary enkele jaren had gewoond en waar ze die dag was overleden. Later die week zou haar zuster hier op Ravenscar ter aarde worden besteld, op de familiebegraafplaats waar alle overleden Ravenscars en Turners lagen. De begrafenis moest geregeld en voorbereid worden, mensen moesten worden uitgenodigd.

Elizabeth ging achter haar bureau zitten, sloeg haar dagboek open en bladerde erdoor tot ze bij de bladzijde van vandaag was gekomen: Zondag, zeventien november 1996. Boven aan de bladzijde schreef ze: *Mijn zuster Mary Turner Alvarez is vanmorgen in alle vroegte overleden. Ze was tweeënveertig jaar oud.*

Ze leunde achterover, en terwijl ze naar de muur staarde, gingen Elizabeths gedachten als een razende tekeer. Naar Deravenel te moeten om de leiding van het bedrijf op zich te nemen leek haar doodeng. Maar ze had geen keus. Hoe speelde ze dat klaar? Waar zou ze mee beginnen? Hoe moesten zij en Cecil haar plannen ten uitvoer brengen? En de zijne, die nogal ingewikkeld waren? Ze had geen idee hoe ze het ervan af zou brengen. Sinds haar achttiende had ze van tijd tot tijd bij Deravenel gewerkt en was van het bedrijf gaan houden, tot Mary haar er vorig jaar uit had geschopt. Nu stond ze op het punt er terug te keren en de leiding over te nemen. Ze was pas vijfentwintig, en in feite onervaren. Maar ze moest het doen; ze moest haar kiezen maar op elkaar zetten. Het allerbelangrijkste was: het moest en zou haar lukken.

Elizabeth wist één ding: ze moest aan de mensen die er werkten laten zien dat ze anders was dan haar zuster, die incompetent en arrogant was geweest. Het was al erg genoeg dat daar een stelletje vrouwenhaters zat; Mary's wanprestaties hadden hun ingebakken mening zonder meer gesterkt: dat een vrouw geen directeur hoorde te zijn in die eeuwenoude handelsmaatschappij, dat bolwerk van mannelijke superioriteit.

Ik moet het doen. Ik heb geen keus. Maar ik moet sterk zijn, taai en slim. En zo nodig listig. Ik moet winnen. Ik wil winnen. En ik wil de firma Deravenel. Ik wil hem helemaal. Hij is aan mij nagelaten. Ik moet het bedrijf weer groot maken.

Elizabeth sloot haar ogen, zette haar armen op het bureau en liet haar hoofd erop rusten, terwijl haar hersens tekeergingen en allerlei vruchtbare ideeën in haar opborrelden.

Twee

Cecil Williams zat achter het klassieke bureau in de ruime werkkamer, een vertrek dat eeuwenlang bezet was geweest door mannelijke Deravenels en Turners.

Elizabeth had er, toen hij enkele weken geleden op Ravenscar kwam werken, op gestaan dat hij die zou betrekken, omdat zij de voorkeur gaf aan het kleinere kantoor dat in verbinding stond met de eetkamer. Hij wist dat ze altijd van Ravenscar had gehouden, het oude huis uit de elizabethaanse periode, hooggelegen aan de rand van het moerasgebied in North Yorkshire, waar ze door de jaren heen haar eigen sfeer had weten te scheppen. Haar zuster Mary had om de een of andere reden een enorme hekel aan het huis gehad en had hier nooit verbleven omdat ze liever in Londen was.

Ze was niet goed wijs, dacht Cecil terwijl hij de fraaie ruimte rondkeek, vol bewondering voor het verfijnde, smaakvolle antiek, de in marokijnleer gebonden boeken en portretten van de mannelijke Deravenels uit lang vervlogen tijden, maar ook van de Turners van recentere datum. Er hing zelfs een portret van Guy de Ravenel, de grondlegger van de dynastie: de Normandische edelman uit Falaise die met Willem de Veroveraar naar Engeland was meegekomen. Hij was de man die de handelsfirma had opgericht die uiteindelijk Deravenel zou worden, nu een van de beroemdste internationale concerns.

Cecil concentreerde zich op zijn aantekeningen van wat er die dag al was gebeurd, waarbij hij ook de namen had genoteerd van iedereen die hij sinds zes uur die morgen had gesproken.

Elizabeth plaagde hem wel eens met zijn eeuwige aantekeningen, maar dat was nu eenmaal zijn manier om ervan verzekerd te zijn dat hij absoluut alles onthield met betrekking tot het bedrijf. Gewetensvol maakte hij dagelijks notities, al vanaf zijn schooltijd. Als student in Cambridge had hij die gewoonte voortgezet, en ook daarna, toen hij rechten studeerde en toen hij later bij Deravenel kwam werken – eerst voor Edward Selmere, vervolgens voor John Dunley.

Hij had ontdekt dat het moeilijk was om met die gewoonte te breken; lang geleden had hij al besloten dat hij het niet eens moest proberen. Het was nuttig, en heel dikwijls had hij er bij het werk profijt van gehad. Hij had altijd zijn notitieboek paraat en kon op die manier snel zijn geheugen opfrissen. De meesten hadden daar meer moeite mee.

Op zijn achtendertigste besefte Cecil maar al te goed dat hij nu op een keerpunt in zijn leven stond, en dat Elizabeth Turner in dezelfde fase was beland. De voortijdige dood van haar zuster hield in dat zij nu de leiding had over deze immense handelsonderneming; hij wist ook dat ze hem als haar vertrouwde rechterhand beschouwde en verwachtte dat hij haar gids zou zijn en haar zou adviseren.

Hij was vijf jaar geleden bij Deravenel weggegaan, omdat hij inzag dat hij nooit in een ontspannen sfeer met Mary zou kunnen samenwerken. Ze waren elkaars tegenpolen, waren het over alles oneens en toen ze bij het door haar geërfde bedrijf binnenkwam en de macht overnam, was hij met stille trom verdwenen en had zich op het platteland gevestigd. Maar hij had Elizabeth een paar jaar geholpen bij het regelen van een paar persoonlijke zaken en was dat, samen met haar accountant Thomas Parrell, blijven doen.

Er liggen ongekende mogelijkheden, besloot hij, om zichzelf moed in te spreken. Het gaat ons vast wel lukken; wij kunnen Deravenel nieuw leven inblazen, het bedrijf weer tot het niveau tillen dat het had toen haar vader er de scepter zwaaide. Na de dood van Harry was het allemaal wat teruggelopen; dat vond iedereen, niet alleen hij.

Elizabeths broer Edward had de firma Deravenel geërfd, maar toen was hij nog maar een schooljongen en kon duidelijk de leiding niet aan. Vandaar dat Edward Selmere, de oom van moeders kant, volgens instructies die Harry in zijn testament had vastgelegd de beheerder was geworden.

Maar Selmere had er uiteindelijk een potje van gemaakt en was door de directie ontslagen, waarna John Dunley de leiding had overgenomen. Hij was eveneens een veteraan bij Deravenel, net als zijn vader, Edmund Dunley, voor hem.

John Dunley was erin geslaagd het bedrijf voor Edward jr. op vaste koers te houden en hij had de jongen gesteund door nauw met hem samen te werken. Maar met het overlijden van Edward, op zijn zestiende, en de komst van Mary Turner was er ontzettend veel finaal misgegaan. Ze was erin geslaagd de firma fikse schade toe te brengen – ernstig, maar niet onherstelbaar, hoopte hij.

Cecil leunde achterover en dacht na over Elizabeth. Naar zijn mening was zij een van de briljantste mensen die hij ooit was tegengekomen. Afgezien van het feit dat ze een uitstekende opleiding had genoten en haar ware gezicht had getoond toen ze bij Deravenel werkte, had ze het geluk dat ze de intelligentie van haar vader had geërfd, evenals zijn geslepenheid en inzicht, vooral wat mensen betreft. Verder bezat ze tevens Harry's zakeninstinct en zijn onverbiddelijkheid. Dat laatste was een trekje dat haar absoluut van pas zou komen wanneer ze de leiding over Deravenel voerde, vanaf de volgende week.

Elizabeth was de Turner die qua karakter, persoonlijkheid en uiterlijk het meest op haar vader leek; noch haar overleden broer Edward, noch de zojuist ontslapen Mary had veel gelijkenis met hem vertoond.

Er werd zachtjes geklopt en toen de deur openzwaaide, verscheen Elizabeth. Ze bleef op de drempel staan, geflankeerd door de enorme portretten van haar vader en overgrootvader, die ieder aan een kant van de deur hingen.

'Stoor ik?'

Hij schudde zijn hoofd, een fractie van een seconde met stomheid geslagen.

Zonlicht stroomde door de ramen binnen en baadde haar in stralend licht, waardoor de opvallende kleuren van haar voorkomen niet beter konden worden geaccentueerd – haar schitterende kastanjebruine, met goud doorschoten haar, haar smetteloze Engelse teint, zo gaaf en roomblank, en haar fijne trekken die aan de Deravenels herinnerden. Ze was het evenbeeld van alle twee de mannen; het enige verschil waren haar ogen. Die hadden een bijzondere zwartgrijze tint, terwijl die van Harry Turner en Edward Deravenel hemelsblauw waren.

'Is er iets? Je zit me hoogst eigenaardig aan te staren,' zei Elizabeth, en ze liep met een vragende uitdrukking op haar gezicht de werkkamer in.

'Drie mensen die elkaars evenbeeld zijn,' antwoordde Cecil met een vaag glimlachje. 'Daar moest ik aan denken toen je daar in de deuropening stond. Door het zonlicht dat binnenstroomde, was de opvallende gelijkenis tussen jou, je vader en overgrootvader... bijna morbide.'

'O.' Elizabeth draaide zich om, waarna haar ogen van het portret van haar vader naar dat van haar overgrootvader gleden, de fameuze Edward Deravenel, de vader van Bess, haar grootmoeder van moederskant. Hij was de man voor wie ze de meeste bewondering had, die naar haar mening de beste algemeen directeur aller tijden was geweest... De man aan wie ze ooit hoopte te kunnen tippen. Hij was haar inspiratiebron.

'Tja, ja, iedereen zal wel kunnen zien dat we familie van elkaar zijn,' luidde haar reactie, terwijl haar donkere ogen ondeugend twinkelden. Terwijl ze tegenover Cecil plaatsnam, vervolgde ze: 'Laten we hopen dat ik voor elkaar kan krijgen wat zij hebben gepresteerd.'

'Dat zal je vast wel lukken.'

'Het zal óns wel lukken, zul je bedoelen.'

Hij boog zijn hoofd en mompelde: 'We gaan ons uiterste best doen.'

Terwijl ze enigszins ging verzitten, keek Elizabeth Cecil doordringend aan en vroeg langzaam: 'Wat gaan we doen met de begrafenis? Die zal wel hier moeten plaatsvinden, hè?'

'Nergens anders.'

'Heb je al bedacht wie we horen uit te nodigen?'

'In elk geval bestuursleden. Maar gezien de omstandigheden bedacht ik dat het een goed idee zou zijn om de hele boel over te dragen aan John Norfell. Hij is een van onze oudste directeuren, al heel lang lid van het bestuur, en bevriend met Mary. Wie kan de hele zaak beter regelen dan hij? Ik heb kortgeleden met hem gesproken.'

Elizabeth knikte, duidelijk opgelucht. 'Er kunnen zo'n vijftig mensen in de familiekapel, meer ook niet. En we zullen ze wel iets te eten moeten geven...' Ze schudde zuchtend haar hoofd. 'Vind je niet dat het laat in de ochtend moet gebeuren, zodat we na afloop een lunch kunnen serveren en zorgen dat iedereen hier tegen drieën weg is?'

Cecil begon te gniffelen. 'Ik merk dat je het al hebt uitgestippeld. En ik ben het helemaal met je eens. Ik heb me iets dergelijks tegen Norfell laten ontvallen, en hij leek ermee in te stemmen. Ik betwijfel of iemand echt staat te trappelen om hier hartje winter naartoe te komen.'

Ze lachte met hem mee en zei: 'Het is ontzettend koud. Toen ik zonet mijn neus buiten de deur stak, besloot ik maar niet te gaan wandelen. Hoe hebben mijn voorouders het in godsnaam zonder centrale verwarming kunnen stellen?'

'Loeiende haarden,' opperde hij, met een blik op het vuur dat in de werkkamer brandde. 'Maar ik zou denken dat ze aan haarden niet voldoende hadden gehad... We hebben de centrale verwarming op dit moment op z'n hoogst staan, en het is maar net warm genoeg.'

'Dat is een van de grote verbeteringen waar mijn vader voor heeft gezorgd: de verwarming laten installeren. En airco.' Elizabeth stond op en liep naar de haard om nog een houtblok op het vuur te gooien. Toen draaide ze zich om en zei: 'En de weduwnaar? Nodigen we Philip Alvarez uit of niet?'

'Dat moet jij helemaal weten... Maar misschien zouden we hem wel moeten uitnodigen. Uit beleefdheid, vind je niet? En moet je horen, hij is altijd aardig tegen je geweest,' hielp Cecil haar herinneren.

Vertel mij wat, dacht ze, terugdenkend aan de manier waarop haar Spaanse zwager vroeger altijd wellustig naar haar loerde en in haar achterste kneep wanneer Mary niet keek. Ze schoof die irritante gedachten opzij en knikte: 'Ja, laten we hem maar uitnodigen. We hebben geen behoefte aan nog meer vijanden. Hij komt tóch niet.'

'Daar heb je gelijk in.'

'Cecil, hoe erg is het werkelijk? Bij Deravenel? We zijn de afgelopen weken op een aantal problemen gestuit, maar we zijn er niet in gedoken en hebben er niet uitgebreid over gepraat.'

'Dat kan ook niet, eigenlijk, omdat ik de boeken niet heb gezien. Ik heb er vierenhalf jaar gewerkt, en jij bent er alweer een jaar weg. Zolang we niet allebei zijn aangesteld, zal ik niet achter de waarheid komen,' legde hij uit, en hij voegde eraan toe: 'Maar wat ik wel weet, is dat ze Philip veel geld heeft gegeven voor zijn bouwplannen in Spanje.'

'Wat bedoel je met veel?'

'Miljoenen.'

'Ponden sterling of euro's?'

'Euro's.'

'Vijf? Tien miljoen? Of meer?'

'Meer. Heel wat meer, vrees ik.'

Elizabeth liep terug naar het bureau en ging op de stoel zitten, waarna ze Cecil Williams ongelovig aankeek. 'Heel wat meer?' herhaalde ze met gedempte stem. 'Vijftig miljoen?' fluisterde ze angstig.

Cecil schudde zijn hoofd. 'Zo'n vijfenzeventig miljoen.'

'Niet te geloven!' riep ze uit, terwijl een geschokte uitdrukking op haar gezicht verscheen. 'Hoe heeft het bestuur die investering kunnen laten passeren?'

'Geen idee. Mij is in vertrouwen verteld dat er sprake was van nalatigheid. Persoonlijk zou ik het misdádige nalatigheid willen noemen.'

'Kunnen we iemand aanklagen?'

'Ze is dood.'

'Dus het was tóch Mary's schuld? Bedoel je dat?'

'Dat is wat me werd gesuggereerd, maar we beschikken pas over harde feiten wanneer we daar binnen zijn en jij algemeen directeur bent. Pas dan kunnen we met graven beginnen.'

'Dat kan mij niet gauw genoeg zijn,' sputterde ze met gesmoorde stem. Ze keek op haar horloge en sprak verder: 'Ik denk dat ik me maar eens moet gaan verkleden. Voor we het weten, is Nicholas Throckman hier.'

Elizabeth was ziedend, zo gigantisch ziedend dat ze zin had om naar buiten te rennen en het in de wind uit te schreeuwen tot ze geen adem meer overhad. Maar ze wist dat dat niet verstandig zou zijn. Het was een ijskoude ochtend en er stond een wind die door merg en been ging. Gevaarlijk weer.

En dus rende ze maar de trap op naar haar slaapkamer, knalde de deur achter zich dicht, liet zich op haar knieën vallen en bewerkte de matras met haar vuisten, terwijl er tranen van boosheid in die felle ogen glinsterden. Ze sloeg net zolang met haar handen op het bed tot ze de woede voelde wegebben en verdwijnen, waarna ze zomaar ineens in huilen uitbarstte, hartverscheurend snikkend. Op het laatst, eindelijk van alle emotie verlost, stond ze op en ging naar de badkamer ernaast om haar gezicht af te spoelen. Ze liep terug naar de slaapkamer, ging aan haar toilettafel zitten en begon zorgvuldig haar make-up aan te brengen.

Hoe hád ze het kunnen doen: al dat geld in Philips begerig uitgestoken handen kieperen? Uit liefde en aanbidding en met de bedoeling hem aan zich te binden? De behoefte om hem bij zich te houden in Londen? Wat was haar zuster stom geweest. Die man was een rokkenjager, dat wist ze maar al te goed. Hij zat achter de vrouwen aan, hij had zelfs achter háár aan gezeten, het jongere zusje van zijn vrouw.

En die verblinde onnozele hals van een Mary had nog meer geld in zijn handen laten stromen voor zijn onroerendgoedprojecten in Spanje. En zonder erbij na te denken, gedreven door iets anders dan haar hersens. Die dwingende jeuk tussen haar benen... acute seksueel begeerte... Wat kon een vrouw daar verblind door worden.

Ach, wist ze daar zelf niet alles van? Het beeld van Tom Selmere, die spetter, waarde zelfs na tien jaar nog ergens in haar hoofd. Ook zo'n versierder, die zijn wellustige oog had laten vallen op de dochter van zijn nieuwe vrouw – een meisje van vijftien nog wel. Hij was met Harry's weduwe Catherine getrouwd voor Harry goed en wel in zijn graf lag. En dan wilde hij ook nog Harry's dochter in zijn bed. Was de weduwe niet genoeg geweest om die wellustige Tom te bevredigen? Dat had ze zich jarenlang afgevraagd.

Philip Alvarez was uit hetzelfde hout gesneden.

Wat had Philip in godsnaam met al dat geld gedaan? Vijfenzeventig miljoen! O god, zoveel geld verloren... ons geld... geld van de firma Deravenel. Hij scheen er nooit rekenschap voor te hebben afgelegd. Zou dat óóit gebeuren? Zou hij dat kunnen?

Daar zullen we hem toe dwingen. Dat moet. Er was toch zeker wel iets schriftelijk vastgelegd? Ergens. Zo stom zou Mary niet geweest zijn. Toch?

De manier waarop Mary Deravenel had geleid was ondoorgrondelijk geweest. Dat wist ik allang van mijn goede vrienden binnen het bedrijf, en Cecil had zijn eigen netwerk, zijn eigen spionnen. Hij weet heel wat meer dan hij me vertelt, omdat hij me wil beschermen, zoals altijd. Ik vertrouw mijn Cecil, onvoorwaardelijk. Hij is trouw, en een integer mens. Door en door. Zo kalm en bescheiden, rotsvast, en de eerlijkste man die ik ken. Samen zullen we Deravenel runnen. En zo, dat we uit de rode cijfers komen.

Elizabeth stond op van achter de toilettafel. Op weg naar de deur toe viel haar blik op de foto op het dressoir. Het was een foto van haarzelf met Mary, hier op het terras van Ravenscar. Ze was vergeten dat hij er stond. Ze pakte de foto op en keek ernaar. Twee decennia vielen weg, en ze was weer op het terras... vijf jaar, zo jong en zo onschuldig, zo argeloos wat betreft haar halfzuster, de bedriegster.

'Toe dan, Elizabeth, ga naar hem toe. Vader heeft naar je gevraagd,' zei Mary, waarna ze haar een zetje gaf.

Elizabeth keek op naar de vrouw van twintig en vroeg: 'Weet je zeker dat hij mij wil zien?'

Mary keek neer op het roodharige kind dat ze zo irritant vond. 'Ja, hoor. Toe dan, toe dan.'

Elizabeth rende het terras over. 'Hier ben ik, vader,' riep ze, terwijl ze op de tafel af liep waaraan hij de ochtendbladen zat te lezen.

Abrupt keek hij op en sprong op. 'Wat moet jij hier? Met zoveel kabaal? Mij komen storen?'

Elizabeth bleef als aan de grond genageld staan, terwijl ze hem aanstaarde. Ze begon te trillen.

Hij deed een stap in haar richting, duidelijk kwaad. Terwijl hij op haar neerkeek, veranderden zijn ogen in blauw ijs. 'Je hoort niet op dit terras. Je zou hier eigenlijk helemaal niet horen te zijn.'

'Maar Mary zei dat ik moest komen,' fluisterde ze met trillende onderlip.

'Mary kan naar de hel lopen met wat ze zei, en ik ben je vader niet, hoor je? Sinds je moeder dood is, ben je... niemands kind. Je bent níémand.' Hij kwam dichterbij, terwijl hij haar met zijn grote handen wegjoeg.

Elizabeth draaide zich om en rende weg, weg van het terras.

Harry Turner kwam haar met grote stappen achterna, tot in de grote hal, terwijl hij riep: 'Nanny! Nanny! Waar zit je?'

Als vanuit het niets verscheen Avis Paisley, en haar gezicht trok wit weg toen ze het verwilderde, angstige kind op zich toe zag rennen terwijl de tranen over haar wangen stroomden. Haastig kwam Avis haar tegemoet, pakte haar stevig beet en drukte haar beschermend tegen zich aan.

'Pak je spullen en ga naar Kent, Nanny. Vandaag,' blafte Harry Turner haar toe.

'Naar Waverley Court, Mr. Turner?'

'Nee, naar Stonehurst Farm. Ik zal mijn tante, Mrs. Grace Rose Morran, opbellen om haar te zeggen dat je vanavond aankomt.'

'Jawel, sir.' Zonder verder een woord liep Avis met Elizabeth naar de trap, terwijl ze in stilte Harry Turner vervloekte. Wat een monster was dat. Hij strafte het kind vanwege de moeder. Ze walgde van hem.

Elizabeth keek nog eens naar de foto en gooide hem toen in de prullenbak. Vuile troep kun je maar beter kwijt zijn, bedacht ze, terwijl ze de slaapkamer uit ging.

Drie

Elizabeth rende de brede trap af en liep de grote hal door, waarna ze bleef staan om te luisteren. Toen ze in de bibliotheek mannenstemmen hoorde, liep ze er haastig naartoe. Ze duwde de deur open en ging naar binnen, waarna ze stokstijf bleef staan, overdonderd.

Omdat ze Nicholas Throckman had verwacht, schrok ze toen ze Robert Dunley zag. Haar jeugdvriend, die ze al kende vanaf de tijd dat ze allebei acht waren, stond samen met Cecil bij het raam. De twee mannen waren diep in gesprek en merkten niets van haar komst.

Maar alsof hij haar plotselinge aanwezigheid aanvoelde, draaide Robert zich abrupt om. Meteen klaarde zijn gezicht op. 'Goedemorgen, Elizabeth!' zei hij, terwijl hij op haar af liep.

'Robin! Jou had ik hier niet verwacht!'

'Je weet dat ik altijd op de meest ongelegen momenten opduik.' Hij grijnsde, terwijl hij zijn armen om haar heen sloeg en haar tegen zich aan drukte. Hij liet haar los, gaf haar een kus op haar wang en zei: 'Toen ik zo-even Cecil sprak, heb ik hem gevraagd niet te vertellen dat ik zou komen. Ik wilde je verrassen.'

'Nou, dat is je inderdaad gelukt,' riep ze uit, en ze lachte met hem mee. Ze stak haar arm door de zijne, waarna ze samen bij Cecil kwamen staan.

Elizabeth was blij dat Robin er was; hij was altijd haar attente vriend geweest, en ze herinnerde zich nog altijd de lieve dingen die hij had gedaan toen ze bij haar zuster in ongenade was gevallen. Zo'n gebaar vergat ze nooit. Schat van een Robin, hij was haar ontzettend dierbaar.

Cecil keek haar aan, met die heldere lichtgrijze ogen van hem, en zei bedaard: 'Ik heb je maar een béétje voor de mal gehouden, Elizabeth.'

'Dat weet ik,' zei ze, terwijl ze hem glimlachend aankeek.

'Heb je zin in een glas champagne? In iets anders misschien?' vroeg Cecil, en hij liep naar het barmeubel.

'Champagne, graag.' Elizabeth liet Roberts arm los en ging voor het raam staan, met het weidse uitzicht op de Noordzee en de crèmekleurige rotsen die zich eindeloos uitstrekten, helemaal naar Robin Hood's Bay en verder.

Wat een adembenemende aanblik, vooral vandaag. Doordat de zon fel scheen, had de lucht de helderblauwe kleur als op een stralende zomerdag en leek de zee van de weeromstuit minder dreigend en vijandig, zoals de hemel erin werd weerspiegeld. Dit uitzicht had haar altijd ontroerd.

'Het lijkt buiten wel een mooie lentedag,' prevelde Robert amper hoorbaar toen hij naast haar kwam staan. 'Maar dat is maar schijn.'

'O, vertel mij wat.' Ze wierp hem een blik van verstandhouding toe. 'Zoals zoveel andere dingen in het leven...'

Hij reageerde niet, en even later reikte Cecil haar een glas champagne aan. Ze bedankte hem, ging zitten en terwijl ze de twee mannen aankeek, zei ze: 'Ik vraag me af wat er met Nicholas is gebeurd. Had hij hier intussen niet al moeten zijn? Het is bijna één uur.'

'Ik weet zeker dat hij elk moment zal komen,' stelde Cecil haar gerust. Hij keek Robert aan, trok een wenkbrauw op en vroeg: 'Hoe was het verkeer eigenlijk?'

'Viel wel mee. Maar Nicholas is misschien wat voorzichtiger dan ik. Ik bof dat ik niet door een agent ben aangehouden. Ik heb als een gek gereden.'

'Nicholas komt me de zwarte doos brengen,' kondigde Elizabeth met een blik op Robert aan. Maar voor hij kon reageren, veranderde ze abrupt van onderwerp. 'Als ik me niet vergis was je nogal bevriend met Philip Alvarez, is het niet? Ben je een poos geleden niet met hem naar Spanje geweest?'

Robert knikte. 'Ja. Maar ik kan niet zeggen dat ik erg bevriend met hem was. Laten we het zo uitdrukken – hij is altijd aardig tegen me geweest, en op een gegeven moment had hij advies nodig, voornamelijk van mijn broer Ambrose. Ze zijn zelfs samen naar Spanje geweest, om een klusje voor hem op te knappen.'

Elizabeth opende haar mond om iets te zeggen, maar deed hem ogenblikkelijk weer dicht toen ze de waarschuwende blik op Cecils gezicht zag.

Cecil schraapte zijn keel. 'Ik vind niet dat we op dit moment een oeverloze discussie over Philip Alvarez moeten beginnen. Robin, wellicht kun jij licht werpen op dat vakantieoord dat hij in Spanje aan het bouwen was, dus laten we daar een keertje over praten. Later. Ik denk dat Nicholas zojuist is gearriveerd.' Cecil stond op en liep naar de grote hal, terwijl hij over zijn schouder opmerkte: 'Ja, dat is 'm.'

Even later begroette Nicholas Throckman met een brede glimlach op zijn gezicht Cecil, Elizabeth en Robert. Het waren allemaal oude vrienden en ze vonden het fijn elkaar te zien. Nadat hem een glas champagne was aangereikt, hief Nicholas het glas op hen en zei: 'Het spijt me dat ik dít op zo'n weinig conventionele manier kom brengen, Elizabeth.' Hij grinnikte. 'In een plastic tas van Fortnum and Mason nog wel. Maar zo is het ook bij me afgeleverd. Hoe dan ook, hier is het.'

'Er is niks mis met een Fortnum-and-Masontasje,' antwoordde Elizabeth, terwijl ze het van hem aanpakte. Ze zette het naast zich op de grond en haalde er de zwarte doos uit; toen ze die met beide handen vasthield en ernaar keek, voelde ze een rilling door zich heen gaan. De doos was eigenlijk een juwelenkistje, en op het deksel was in inmiddels afgesleten gouden letters de naam ingelegd waarvoor ze zo'n respect had: Edward Deravenel.

Ze zette het kistje op haar knie, legde haar handen erop en zei langzaam en met trillende stem: 'Toen ik elf was, twee jaar nadat mijn vader me weer als zijn dochter had aanvaard, heeft hij me deze doos laten zien. En hij vertelde me er een verhaal over. Of liever: over wat erin zat. Kom een paar minuten zitten. Ik zou jullie willen laten horen wat Harry Turner me veertien jaar geleden vertelde.'

De drie mannen deden wat ze van hen vroeg, elk met het glas champagne in de hand, allemaal benieuwd naar het verhaal.

Elizabeth stak niet meteen van wal, maar keek eerst nog eens naar de doos. Ze streek er met haar hand overheen, plotseling in gedachten, ver weg, opgaand in herinneringen.

Robert Dunley, die haar aandachtig observeerde, bedacht onwillekeurig hoe mooi haar handen waren – lang en slank, met spits toelopende vingers en onberispelijke nagels. Hij was haar prachtige handen bijna vergeten...

Van zijn kant had Nicholas bewondering voor haar lef en lak aan conventies. Daar zat ze – in een felrode trui en bijpassende broek, op de dag dat haar zuster was overleden – en het kon haar geen klap schelen wat zij ervan vonden. Maar zo was Elizabeth: eerlijk tot op het bot. Hij wist maar al te goed dat het nooit had geboterd tussen de zusters en hij had bewondering voor Elizabeth omdat ze het niet anders deed voorkomen.

Cecil was met zijn gedachten bij Elizabeths snelle, gisse hersens, de manier waarop ze het over Philip had gehad en Robert aan de tand had gevoeld over de reis naar Spanje. Dunley zou best eens een goede informatiebron kunnen zijn wat betreft de desastreuze investeringen van Mary... Hij zou straks toch eens met hem gaan praten.

Elizabeth, die op de sofa zat, ging wat verzitten en keek omhoog naar het schilderij dat hier al minstens zeventig jaar in deze bibliotheek boven de haard hing: het levensgrote portret van Edward Deravenel. Wat was hij een knappe man geweest; haar vader had sprekend op hem geleken, en dat deed zij ook.

Ze richtte zich tot het drietal mannen en zei: 'Deze doos is ooit zíjn eigendom geweest: de grootvader van mijn vader, zoals jullie allemaal weten.' Ze gebaarde naar het portret, waarna ze het deksel van de doos nam en er een gouden medaillon aan een dunne ketting uit haalde en die voor hen omhoogstak. Het fonkelde in het zonlicht.

Aan de ene kant stond het familiewapen van de Deravenels, dat bestond uit de witte roos en verstrengelde voetboeien van een paard, en waarvan de roos in wit email was uitgevoerd. Aan de andere kant van het medaillon stond een stralende zon afgebeeld, ter herinnering aan de dag waarop Edward in 1904 de firma aan de familie Grant uit Lancashire had weten te onttrekken. Langs de rand, op de kant met de roos, stond het familiemotto van de Deravenels gegraveerd: *Eeuwig trouw.*

'Ik weet dat jullie dit medaillon allemaal al eens hebben gezien, net als ik. Maar mijn vader heeft het mij voor het eerst laten zien toen ik elf was, zoals ik net al zei. Hij legde toen uit dat zijn grootvader het had ontworpen en er zes van had laten maken: voor zichzelf, voor zijn twee neven Neville en Johnny Watkins, voor zijn boezemvriend Will Hasling en voor twee collega's, Alfredo Oliveri en Amos Finnister. Dat waren de mannen die hem hadden bijgestaan toen hij de leiding van het bedrijf overnam en die hem de rest van zijn leven trouw zijn gebleven. Daarna vertrouwde mijn vader me toe dat zijn moeder, Bess Deravenel, hem het medaillon had gegeven toen hij twaalf was... vlak voor haar dood. Kennelijk had haar vader haar gevraagd om het voor haar jongere broer te bewaren, die op een dag het bedrijf zou erven. Ach, jullie kennen het verhaal van de twee jongens Deravenel die onder mysterieuze omstandigheden verdwenen. Mijn grootmoeder vertelde mijn vader dat ze het voor zijn oudere broer Arthur had bewaard, die echter vlak voor zijn zestiende plotseling overleed. En nu wilde ze het aan Harry geven, omdat hij aan het hoofd van het bedrijf zou komen te staan –'

'Heeft Bess het medaillon niet aan haar man gegeven, aan Henry Turner?' onderbrak Robert op dwingende toon.

'Kennelijk niet,' antwoordde Elizabeth. 'Nu ik erover nadenk: mijn vader heeft het in dat gesprek over het medaillon nergens over zijn vader gehad; hij vertelde alleen hoe enthousiast hij was geweest dat hij het kreeg, en trots, en dat hij het koesterde vanwege z'n historische betekenis. Hij aanbad zijn moeder, en ik vermoed dat het hem extra dierbaar was omdat het zo ongeveer het laatste was wat hij van haar heeft gekregen.'

'En nu is het van jou,' merkte Nicholas op, terwijl hij haar liefdevol aankeek. Net als Cecil en Robert was hij uiterst zuinig op haar en hij zou te allen tijde voor haar en haar belangen opkomen.

'Mijn broer Edward,' ging Elizabeth verder, 'kreeg het na het overlijden van zijn vader, ook al was hij, zoals jullie weten, nog te jong om de firma te beheren. Hij had er recht op. En daarna ging het naar Mary toen Edward stierf. Degene die het draagt is het hoofd van de firma Deravenel, maar in wezen is het niet meer dan een symbool. Toch is het voor de Turners altijd reuze belangrijk geweest, en het wordt dan ook altijd direct aan de volgende erfgenaam overgedragen.'

'Dat is heel mooi,' zei Cecil. 'En als je vader het bij speciale gelegenheden droeg, deed hij dat met grote trots.'

Ze knikte. 'Ja, dat was zo. Weet je, er is nog een familiegeschiedenis die mijn vader me in verband met dit medaillon heeft verteld. Naar het schijnt hebben Neville Watkins en Edward Deravenel vreselijk ruzie gehad, een ware vete die jarenlang heeft geduurd en voor iedereen afschuwelijk was.' Ze nam een slok champagne, waarna ze verder vertelde: 'Johnny, Nevilles broer, werd heen en weer geslingerd tussen die twee en probeerde een toenadering te bewerkstelligen, maar dat lukte niet. Uiteindelijk moest hij de kant van zijn broer kiezen – hij kon niet anders. Toen hij in 1914 bij een auto-ongeval omkwam, droeg hij het medaillon onder zijn overhemd. Richard heeft het toen naar zijn broer Edward gebracht, die het zijn hele verdere leven heeft gedragen. Zijn eigen medaillon heeft hij aan Richard gegeven.'

Elizabeth nam het kleinood opnieuw in haar hand, en terwijl ze zich naar hen toe boog, toonde ze de kant waarop de afbeelding van de stralende zon stond. 'Als je beter kijkt, zie je de initialen J.W., die Edward klaarblijkelijk hier op de rand heeft laten graveren, waarna hij er zijn eigen initialen aan heeft toegevoegd. Toen mijn vader dit medaillon kreeg, heeft ook hij zijn initialen erbij laten zetten, net als Edward en Mary.' Ze gaf het medaillon door aan Cecil, die het aandachtig bekeek en vervolgens aan Nicholas doorgaf, die het weer doorgaf aan Robert.

Nadat hij de reeks initialen had bestudeerd, keek Robert haar aan en zei: 'Je moet het vandaag omdoen, Elizabeth. Nu. Omdat het van jou is en zoveel betekent: je familiegeschiedenis. Volgende week zal ik jóúw initialen er op de rand bij laten zetten, als je dat goedvindt.'

'Ach, dat is erg lief van je. Dank je, Robin.'

Hij stond op en liep naar haar toe, deed het slotje open en hing de gouden ketting om haar hals. 'Zo,' zei hij, terwijl hij glimlachend op haar neerkeek. 'Nu ben je de baas!'

Voor ze iets kon zeggen, verscheen Lucas in de deuropening van de bibliotheek. 'De lunch wordt opgediend, Miss Turner,' kondigde hij aan.

'Dank je, Lucas. We komen eraan.'

Elizabeth sprong op, sloeg haar armen om Robert heen en fluisterde in zijn oor: 'Je weet altijd iets toepasselijks te doen, dat deed je ook al toen we nog klein waren.'

'En hetzelfde kan ik van jou zeggen,' zei hij, waarna hij haar bij de arm nam en haar vanuit de bibliotheek naar de grote hal leidde, gevolgd door Cecil en Nicholas.

In de eetzaal gekomen wendde Elizabeth zich tot Cecil en zei: 'Kom naast me zitten, en Nicholas en Robin, tegenover ons, graag.'

Toen iedereen had plaatsgenomen, zei Elizabeth: 'We krijgen eerst Yorkshire pudding en daarna lamsbout, gebakken aardappelen en groente. Ik hoop dat het jullie zal smaken.'

Nicholas grijnsde. 'Een traditionele zondagslunch is voor mij het hoogtepunt van de week. Ik heb me er al de hele ochtend op verheugd.'

'Ik durf te wedden dat je dat in Parijs niet vaak kreeg, hè, ouwe makker?' merkte Cecil op. 'Overigens, ik ben in elk geval blij dat je terug bent.'

'Ik ook,' stemde Nicholas in. 'En uit wat ik heb opgemaakt uit onze telefoongesprekken, staat ons heel wat te doen.'

Cecil knikte. 'Dat klopt, maar voor we met de reorganisatie van het bedrijf beginnen om het op een productiever niveau te brengen, denk ik dat we iets aan de directieraad moeten doen. Die is topzwaar.'

'Zeg dat wel!' riep Elizabeth uit. 'Mary heeft veel te veel nieuwe directieleden aangesteld, en naar mijn mening zou het aantal terug moeten naar wat het was in mijn vaders tijd. Achttien.'

'Inderdaad, en –' Cecil brak zijn zin af toen Lucas, gevolgd door een jong keukenmeisje, met een dienblad binnenkwam.

De butler zette het blad op een bijzettafel, waarna hij en het meisje iedereen van een bord met een grote, mollige Yorkshire pudding voorzagen.

Nadat hij de jus had opgediend vroeg de butler: 'Zal ik nu de wijn inschenken, Miss Turner?'

'Welja, Lucas. Graag.'

Toen ze weer onder elkaar waren, keek Nicholas over de tafel heen naar Cecil en Elizabeth en zei: 'Een grote directieraad is niet werkbaar, vinden jullie niet? Bovendien leveren te veel stemmen en al die afwijkende meningen op den duur enorme problemen op. Ik ben blij dat je hebt besloten de boel in te krimpen.'

'Het hele bedrijf moet worden ingekrompen,' merkte Robert op. 'Er is erg veel verloren gegaan. Niet alleen aan geld, maar ook aan talent. De firma heeft nieuw bloed nodig, nieuw jong bloed, nog afgezien van al het andere.'

'Robert, je haalt me de woorden uit de mond,' zei Cecil, terwijl hij zijn hoofd boog. 'En nu wil ik op je proosten, Elizabeth.' Hij pakte zijn kristallen roemer met rode wijn en hief die naar haar op. 'Op een nieuw begin bij Deravenel en je grote succes!'

De andere twee mannen herhaalden haar naam en hieven hun glas; Elizabeth keek hen met haar donkere, glanzende ogen glimlachend aan, waarna ze alle vier een slok van de vintage *claret* namen.

'Dank je,' zei ze, terwijl ze haar glas weer op de tafel neerzette. 'Ik wil even zeggen dat ik blij ben dat jullie drieën vandaag bij me zijn, en dat we samen de toekomst bij Deravenel tegemoet gaan. Ik denk niet dat ik het zonder jullie zou kunnen klaren.'

'O, dat kun je best,' zei Robert vol overtuiging. 'Maar met ons zal het prettiger zijn, denk je niet?'

Ze lachte en begon te eten, en de mannen volgden haar voorbeeld.

Af en toe keek Robert haar over de tafel heen aan, waarbij hij net zolang haar blik vasthield tot ze haar ogen neersloeg en verder at. Ze was zo blij dat hij had besloten om over te komen en op deze heel bijzondere dag bij haar te zijn. Hij zag er schitterend uit: razend knap en zo ontzettend gedistingeerd. Toen hij een wenkbrauw optrok en haar vragend aankeek, realiseerde ze zich eensklaps dat ze hem zat aan te staren, iets te intens misschien. Haar maag kromp samen en ze voelde hoe ze bloosde. Tot haar grote verbazing had ze gemerkt dat ze sinds ongeveer een halfuur ineens steeds meer oog had gekregen voor zijn fysiek en dat ze zich extreem bewust was van zijn aanwezigheid.

Vier

Hij is in al die jaren niet veel veranderd, mijn vriend Robin. Althans niet qua karakter. Hij was altijd al ongelooflijk attent en zorgzaam. Soms leek het wel alsof hij door me heen kon kijken; dan kwam hij soms zomaar opdagen, alsof hij mijn gedachten kon raden. Als kind hoopte ik altijd dat hij zijn vader zover zou kunnen krijgen om hem naar Kent mee te nemen om bij ons te komen logeren. Vaak heb ik op mijn knieën gebeden dat hij zou komen.

Af en toe doken hij en zijn vader plotseling op op Waverley Court, meestal op vrijdagmiddag, en dan liet John Dunley Robin voor het weekend bij ons achter, in de zomer vaak langer. Kat Ashe, mijn gouvernante, had een warm plekje in haar hart voor Robin gekregen en verwelkomde hem met open armen. Terugkijkend ben ik er zeker van dat Kat en Robins vader degenen waren die dergelijke bezoeken onderling bekokstoofden, omdat ze wisten hoe eenzaam ik was.

We zagen elkaar voor het eerst in het huis van mijn vader in Chelsea, en konden meteen goed met elkaar overweg. Toen hij die dag samen met me kwam lunchen en spelen, en ik vroeg hoe oud hij was, zei hij dat hij acht was. Ik weet nog hoe verbaasd ik was, omdat hij lang was en ouder leek, waarna ik hem toevertrouwde: 'Ik ben ook acht. Ik ben 7 september jarig. En jij?' Ik denk dat ik de stomverbaasde uitdrukking op Robins gezicht nooit zal vergeten. 'Ik ben op dezelfde dag jarig! 7 september. Dan moeten we samen een verjaarsfeest geven!' Hij keek me grijnzend aan en riep uit: 'Gossie, we zijn eigenlijk een tweeling, Elizabeth!' Het is me eigen-

lijk dikwijls opgevallen hoeveel hij en ik op elkaar lijken.

Ik was als meisje erg eenzaam. Mijn vader had een vreselijke afkeer van me gekregen nadat mijn moeder bij een auto-ongeluk in
Frankrijk was omgekomen. Hij ontweek me, heeft me uiteindelijk
onterfd en leurde met me bij het ene na het andere familielid, in de
hoop dat iemand me onderdak wilde verlenen. Ik voelde me onge-
wenst en onbemind, en dat was ik ook. In elk geval wat hem betreft.

Op het laatst stuurde vader me naar Kent om op Stonehurst
Farm te gaan wonen. En Kat kwam mee. Ze werd een surrogaat-
moeder voor me; Kat hield heel veel van me – en dat doet ze tot
op de dag van vandaag – maar zoals valt te verwachten, was ik
destijds uit op de liefde van mijn vader. Die onthield hij me. Hij
was zelfs wreed en onmenselijk in zijn houding tegenover me.

Mijn vader liet me aan mijn lot over, had weinig of geen consi-
deratie met me en liet zich niet veel aan me gelegen liggen, terwijl
hij de hele boel aan Kat overliet. Als we elkaar spraken gebruikte
hij kwetsende taal tegen me, schold me verschrikkelijk uit, beweerde dat ik een buitenechtelijk kind was door vol te houden dat hij
mijn vader niet was, en schreeuwde tegen me, waarbij hij mijn moeder een vuile hoer noemde. Ik heb nooit echt begrepen waarom hij
me zo haatte – en begrijp het nog steeds niet, niet echt. Natuurlijk
was ik doodsbang voor hem.

Toen ik nog klein was, fantaseerde ik dat Robin mijn broertje
was, omdat ik zo wanhopig naar een gezin verlangde, bij iemand
wilde horen. Behoefte had aan iemand om van te houden. Ik hield
toen van Robin, en dat doe ik nog. Hij is mijn beste vriend. En ik
weet diep vanbinnen, dat ik bij hem hoor; dat heeft hij ook dikwijls tegen me gezegd. In onze jeugd waren we heel hecht, maar
we groeiden uit elkaar toen we ouder werden en hij naar kostschool
werd gestuurd. Maar als ik hem ooit nodig had, was hij er altijd
voor me, en in die vreselijke tijd dat Mary wraakzuchtig en vals
deed, was hij lief en zorgzaam. Mijn in- en introuwe Robin.

Ik ben blij dat Cecil hem graag mag. Ze kennen elkaar al jaren,
omdat Cecil ooit voor Robins vader heeft gewerkt, de tijd dat ze
elkaar leerden kennen. Ze verschillen enigszins qua temperament.
Cecil Williams, met zijn grijze ogen, wijze gezicht en scherpe intelligentie, is een man die iedereen vertrouwen inboezemt en naar wie

iedereen luistert. Net als ik is hij enigszins gereserveerd. Is waak-
zaam en neemt geen overhaaste beslissingen. Hij kijkt de kat uit de
boom, net als ik. Omdat hij advocatuur heeft gestudeerd houdt hij
zich strikt aan de regels.

Robin is eveneens intelligent, geslepen en bijdehand, en hij heeft
zich ontpopt tot een geniaal zakenman. Zijn knappe gezicht en aan-
trekkelijke, donkere verschijning, in combinatie met een spontane,
aangeboren charme en een goede babbel, versterken zijn charisma-
tische uitstraling. En vanwege zijn lengte en lichaamsbouw, en de
flair waarmee hij zich kleedt, zitten de vrouwen achter hem aan,
liggen aan zijn voeten. Al besteedt hij weinig aandacht aan hen, ik
weet dat hij van vrouwen houdt en graag in hun gezelschap ver-
keert. Maar hij is nooit een rokkenjager geweest; in dat opzicht
heeft hij een goede reputatie. Het enige waarvoor ik hem ooit heb
gewaarschuwd is zijn impulsiviteit. En tegenwoordig lijkt het als-
of hij inderdaad wat terughoudender is.

Ik ben blij dat hij afgelopen zondag naar Yorkshire is gekomen.
Het was een leuke verrassing en hij, Nicholas, Cecil en ik hebben
uitgebreid over de firma Deravenel en toekomstplannen kunnen
praten. Hij en Nicholas zijn maandagochtend vertrokken. Cecil en
ik zijn natuurlijk gebleven om nog een paar dagen te werken. Bo-
vendien moesten we vanwege de begrafenis op Ravenscar blijven.
Er kwamen zestig mensen, en het is ons gelukt ze allemaal in de
kapel te proppen. John Norfell had alles geregeld met zijn gebrui-
kelijke goede smaak en efficiency. De kapel lag vol bloemen en hij
had Mary's geliefde priester uit Londen laten komen, die samen
met John de kist escorteerde. Naderhand was er een gecaterde lunch
in het huis. Ik deed mijn plicht en speelde mijn rol – zette een strak
gezicht op en heb met ingetogen waardigheid tegen iedereen alle
juiste dingen gezegd. Althans, Cecil zei tegen me dat ik me waar-
dig en keurig had gedragen. Toen ze eindelijk allemaal weg waren,
hebben Cecil en ik onze bagage in zijn auto geladen en zijn samen
naar Londen gereden.

En nu, zaterdagmorgen, ben ik terug in mijn eigen appartement
aan Eaton Square en wacht op die schat van een Kat, die elk mo-
ment kan komen. Ik kan niet wachten om haar te zien... het is al
enkele maanden geleden dat we elkaar voor het laatst hebben ge-
zien.

'Laat me eens naar je kijken, lief kind,' zei Kat, terwijl ze Elizabeth recht aankeek. 'Ik moet zeggen dat je er geen haar slechter uitziet door al die weken in dat ijskoude noorden. Ik zou zelfs willen zeggen dat je in blakende gezondheid lijkt te verkeren. Al zie je wat bleekjes.'

Elizabeth barstte in lachen uit, terwijl ze haar vroegere gouvernante in haar armen sloot, de vrouw die haar had opgevoed. Toen ze haar uiteindelijk losliet, zei ze: 'Kat, ik ben nooit anders dan bleek. En dat zou jij moeten weten, omdat ik van jou nooit in de zon of de wind mag lopen.'

'Dat is het juist, het is meestal zo winderig op Ravenscar. Eerlijk gezegd heb ik bedacht dat je, nu je daar een paar weken bent geweest, wel eens een schrale huid van de wind zou kunnen hebben. Daar heb je vroeger last van gehad, hoor,' bracht Kat haar in herinnering.

'Als kind.' Terwijl ze haar bij de arm door de vestibule voerde, vervolgde Elizabeth: 'Ik luister namelijk altijd naar wat je zegt, en ik bescherm mijn gezicht al jarenlang, om maar vooral jouw voorschriften op te volgen.'

Kat glimlachte: 'Ja, dat weet ik.'

De twee vrouwen gingen de woonkamer binnen die Kat een paar jaar geleden had helpen inrichten. Het was een ruim, licht vertrek met een hoog plafond, grote ramen en een haard waarin een vuur brandde. Het was er fris en gezellig, met het behang met narcissen, crèmekleurige banken en stoelen, gecombineerd met een aantal fraaie antieke stukken die afkomstig waren van de zolder van Ravenscar.

Elizabeth zei: 'Ik heb heel wat met je te bespreken, maar eerst moet ik voor koffie zorgen –'

'Laat mij dat maar doen,' onderbrak Kat haar.

'Nee, nee, ik breng het blad zo meteen wel binnen,' hield Elizabeth aan. 'Laat mij voor deze ene keer alsjeblieft iets voor jou doen, Kat. Je zorgt al bijna mijn hele leven voor me.'

'Goed dan, graag.'

Elizabeth ging haastig de kamer uit en Kat liep naar een van de twee ramen, waar ze op de tuin in het hart van Eaton Square uitkeek. De bomen waren kaal, wat het geheel op deze koude zaterdag iets droefgeestigs gaf. Ze vond niets treuriger dan een winterse, kaalgeslagen tuin. Tegenwoordig was het onderhoud van haar eigen tuin een van de dingen waar ze plezier aan beleefde; wat haar nog grotere voldoening schonk was Elizabeth Turner, op wie ze dol was en die ze had grootgebracht alsof het haar eigen kind was.

'Hier ben ik alweer!' Elizabeth kwam in de zitkamer terug met een groot blad, dat ze op een lage tafel bij de haard neerzette. 'Kom, Kat, laten we koffie drinken en wat bijpraten.'

De vrouwen gingen samen op de bank voor de haard zitten en babbelden over van alles en nog wat, waarna Elizabeth zei: 'Vertel me eens over je bezoek aan tante Grace Rose. Hoe gaat het met haar?'

'Je weet niet wat je ziet,' antwoordde Kat glimlachend, waarbij haar moederlijke gezicht oplichtte. 'Zoals altijd was het natuurlijk een feest om bij haar te zijn. Het is echt nauwelijks te geloven dat ze zesennegentig is, maar ze is... Ze is precies zo oud als deze eeuw. Haar geest is vlijmscherp, zonder een zweempje van seniliteit, en ze ziet er ongelooflijk uit: behoorlijk pienter en bij de tijd.'

'Wat is het toch ongelooflijk, nog zo vitaal op die leeftijd.'

'Ze is de laatste tijd natuurlijk een beetje broos,' bracht Kat daartegen in, 'maar ze vertelde dat ze overal met haar neus bij is: een lunch hier, een etentje daar. Mocht ik zo oud worden, dan hoop ik dat ik net zo word als zij.'

'Vertel mij wat,' zei Elizabeth, waarna ze eraan toevoegde: 'Ik was blij toen je me opbelde om te zeggen dat ze niet van plan was op Mary's begrafenis te komen. Ik had gedacht dat ze er met alle geweld bij wilde zijn vanwege... nou ja, familie. Je weet hoe ze daaraan hecht.'

Kat zette haar kop koffie op de salontafel neer en vertelde: 'Ze heeft me opgebiecht dat ze niet meer naar begrafenissen gaat. Niet op haar leeftijd, zei ze, omdat ze al gauw genoeg op haar eigen begrafenis zal verschijnen en geen behoefte heeft aan voorproefjes. Verder zei ze dat ze alleen ingaat op uitnodigingen voor doop- en trouwplechtigheden, maar eigenlijk liever doopplechtigheden heeft omdat huwelijken tegenwoordig niet lang stand schijnen te houden. Dus waarom zou ze dan überhaupt de moeite nemen om ernaartoe te gaan? Ik moest de hele tijd dat ik er was om haar lachen.'

Elizabeth knikte, en lachte nu ook. 'Ze is geen haar veranderd. Ze is kennelijk nog even uitgesproken als altijd. Heeft ze ergens behoefte aan?'

'Als je geld bedoelt, nee, ze is steenrijk. Maar aan één ding heeft ze absoluut behoefte.'

Elizabeth boog zich gretig naar haar toe. 'Zeg het maar. Hopelijk kan ik het voor haar verzorgen.'

'Dat kun je zeker. Ze wil jou spreken. En wel zo spoedig mogelijk. Ze weet hoe druk je het gaat krijgen, maar ze vroeg me je eraan te herinneren dat haar niet veel tijd meer is beschoren met haar zesennegentig jaar.'

'Waarover wil ze me spreken?'

'Ik denk dat het misschien beter is om te zeggen dat ze je móét spreken. Waaróver? Geen idee. Dat heeft ze niet toegelicht.'

'De komende week zal onmogelijk gaan, maar ik zal je voor volgende week een paar data opgeven. Maar dan zal ik 's avonds naar haar toe moeten,' zei Elizabeth. 'Ga je dan met me mee, Kat?'

'Ik vrees van niet, kindje. Grace Rose zei dat ze je alleen wenst te spreken. Ze schijnt je iets te vertellen te hebben, en volgens haar is het hoogst belangrijk.'

'Aha. Dan moet ik er iets op zien te vinden.'

'Wat dacht je van morgenmiddag, Elizabeth? Rond theetijd? Als ze kan, natuurlijk,' opperde Kat.

'Ik heb morgen zoveel te doen: ik moet mijn kleren uitzoeken en me voorbereiden op de vreselijke week die me te wachten staat.' Met een zorgelijk gezicht schudde Elizabeth haar hoofd. 'Ik weet niet waar ik moet beginnen, vooral niet bij Deravenel.'

Omdat haar nervositeit haar niet ontging en ze de oprechte angst in haar stem bespeurde, pakte Kat Elizabeths hand en gaf er een kneepje in, waarna ze kordaat zei: 'Je zult Deravenel uitstekend gaan leiden –'

'Hoor eens, Kat,' interrumpeerde Elizabeth. 'Ik appreciër het vertrouwen dat je in me hebt – dank je wel – maar zo gemakkelijk zal het niet worden. Ik meen het, wanneer ik zeg dat ik geen idee heb waar ik moet beginnen. Ik heb nooit eerder de leiding over een bedrijf gevoerd, en dankzij Mary's gekissebis heb ik een jaar lang niet bij Deravenel gewerkt. Ik ben bang dat ik steken ga laten vallen en er een potje van zal maken.'

'Welnee. Ik ken je te goed om zelfs maar aan zoiets te dénken. Je bent doelgericht. Je hebt altijd al over een enorm zakeninstinct beschikt, net als je vader, en je hebt een nuchtere instelling en een grote dosis praktisch inzicht. Bovendien heb je nu niet in je eentje de leiding, toch?'

'Nee, dat is zo. Ik heb Cecil Williams, Robin Dunley en Nicholas Throckman. En Cecil vertelde me gisteren dat Francis Walsington, nu Mary dood is, uit Parijs is teruggekomen.'

'Het enige wat je nodig hebt, zijn een paar goede mannen,' stelde Kat vast. 'En die heb je.'

'Dat is waar.'

Kat staarde een paar minuten in de verte, en toen ze haar blik weer op Elizabeth vestigde, zei ze: 'Je zult straks al veel te veel aan je hoofd hebben zonder je ook nog zorgen te moeten maken over je kleren en dergelijke. Ik heb een suggestie – ' Ze brak haar zin af en keek aandachtig naar de jonge vrouw die ze had opgevoed, die ze zo goed kende.

'Wat dan? Waarom kijk je me zo aan?'

'Het is maar een idee, Elizabeth. Waarom vraag je Blanche Parrell niet om je garderobe samen te stellen? Dat heeft ze tijdens je puberteit ook jarenlang voor je gedaan. Laat haar voor je shoppen; mantel- en broekpakken, jassen, schoenen en accessoires voor je uitzoeken. De hele handel. Ze kan de hele handel hierheen brengen, dan hoef jij het alleen maar te passen en uit te zoeken. Bovendien kun je dat 's avonds doen.'

Elizabeths gezicht klaarde op. 'Kat, wat een fantastisch idee! En ik heb er ook een. Zou jij een oogje in het zeil willen houden op dit appartement en op Ravenscar? Zoals je weet heb ik dat steeds zelf gedaan, maar ik denk niet dat ik daar in de toekomst veel tijd voor zal hebben. De eisen die er bij Deravenel aan me worden gesteld, zullen immens zijn.'

'Maar Ravenscar is toch Lucas' bedoening? Zou hij geen bezwaar hebben tegen tussenkomst van mij?'

'Welnee. In elk geval zul jij alleen wat toezicht houden door er af en toe een kijkje te nemen, om te zien of alles op het landgoed in orde is en de buitenkant van het huis er goed bij staat. Je hoeft je niet met de huishoudelijke besognes te bemoeien. Lucas en zijn vrouw Marta beheren het huis prima, en we hebben een paar vrouwen uit het dorp die komen helpen schoonmaken. Wat dit appartement betreft valt er qua toezicht houden niet zoveel te doen, dat weet ik, en Angelina is natuurlijk een uitstekende huishoudster. Maar er is ook nog Waverley Court in Kent. Ik ging er altijd om de paar weken heen om te kijken of er geen problemen waren. Dat zal ik nu niet meer kunnen doen, met het werk dat me te wachten staat.'

Kat hoefde geen twee keer na te denken. 'Natuurlijk doe ik het! Ik denk zelfs dat ik het leuk zal vinden... Wat jij voorstelt is dat ik, zoals ze dat een eeuw geleden noemden, rentmeester word; iemand die onroerend goed, huizen en landgoederen beheert en de financiering ervan. Heb ik het juist?'

'Ja.' Elizabeth boog zich naar haar toe en ging verder: 'En dan moeten we Stonehurst Farm niet vergeten. Grace Rose heeft het mijn vader jaren geleden geschonken en Mary heeft het altijd in gebruik gehad, net als het oude huis in Chelsea. Al dat onroerend goed, wat moet ik er in hemelsnaam mee, Kat?'

'Wil je dan niet in Chelsea gaan wonen?'

'Nee, ik hou van dit appartement.'

'Dat huis is al jarenlang in de familie. Het is van Richard Deravenel op je grootmoeder overgegaan, en Bess heeft het aan je vader nagelaten. Als ik het me goed herinner, heeft hij daar ook ooit gewoond.'

'Maar hij ging nooit naar Stonehurst. Zoals je weet, was hij liever op Waverley Court wanneer hij in het zuiden van Engeland wilde zijn. Hij hield het meest van Ravenscar, net als ik.'

'Dat weet ik nog. Maar luister, laten we naar de werkkamer gaan en een lijst maken van alles waar je wilt dat ik op let. Zelf vind ik dat ik me eerst moet concentreren op het huis in Chelsea en op Stonehurst Farm, omdat Mary jarenlang allebei de huizen heeft bewoond. Iemand zal voor al haar bezittingen moeten zorgen en ze uitzoeken.'

'O god, je hebt gelijk. Daar had ik niet over nagedacht. En er is nog iets, Kat.' Elizabeth sprong overeind, en terwijl ze op weg ging naar haar werkkamer, wenkte ze dat Kat met haar mee moest gaan. 'Ik moet al die kluizen inspecteren. Zou jij me daarmee willen helpen?'

'Natuurlijk. Ik zal het wel voor je doen. Wat jij moet doen, is je op het bedrijf concentreren en hoe je het gaat runnen.'

Later die dag dacht Elizabeth terug aan wat Kat had gezegd over het feit dat ze zich moest concentreren op Deravenel en hoe ze het bedrijf zou gaan runnen. Toen ze dat die ochtend zei, had het een snaar in haar geraakt. Nu dacht ze er weer aan. Haar vader had ongeveer hetzelfde gezegd toen ze negen was. Maar dan over zichzelf, niet over haar. Die dag was haar altijd bijgebleven en de herinnering was nog glashelder. Het was de dag waarop haar vader haar weer welkom had geheten in de familie... Wat een heuglijke dag. Ze leunde achterover in haar stoel en sloot haar ogen, en ze dacht terug...

'Blijf daar niet zo staan, zo achteraf,' zei Harry Turner, terwijl zijn blauwe ogen over het jonge meisje gleden dat voor hem in de bibliotheek stond.

Het meisje knikte en kwam een stapje dichterbij en schraapte haar keel.

Met een frons vroeg hij vriendelijk: 'Je bent toch niet bang voor me, Elizabeth?'

Omdat ze altijd beweerde voor niets en niemand bang te zijn, ontkende Elizabeth dat onmiddellijk. 'Nee, vader, ik ben niet bang voor u. Maar... We kennen elkaar immers niet zo goed. Misschien ben ik een beetje verlegen.'

Er speelde een glimlach om zijn mond, waarna hij zei: 'Niet verlegen zijn, ik ben je vader. Kom, geef me eens een zoen.'

Elizabeth liep op hem toe en Harry boog zich voorover zodat ze hem een kus op zijn wang kon geven. Toen zei hij: 'Ik heb gehoord dat je het prima doet op school, dat je een uitzonderlijke leerling bent. Dat doet me plezier, Elizabeth.'

Elizabeth stak een hand in de zak van haar blazer, haalde er een envelop uit en gaf die aan hem. 'Dit is voor u, vader. Mijn schoolrapport.'

Met een knikje pakte hij de envelop van haar aan en bekeek het rapport. 'Ik mag je gelukwensen, zie ik!' riep hij uit, terwijl zich een brede glimlach op zijn gezicht verspreidde. 'Je bent de beste van je klas en je hebt overal een tien voor. Goeie god, spreek je vijf talen?' Hij staarde haar aan, duidelijk onder de indruk.

'Als u Engels meetelt, ja.'

Hij lachte. 'En wat zijn de andere vier?'

'Latijn, Frans, Italiaans en Duits.'

'Duits is moeilijk onder de knie te krijgen. Knappe meid, knappe meid, Elizabeth. Draai je nu eens om, laat me je eens fatsoenlijk bekijken.'

Ze deed wat hij vroeg, terwijl ze zich flink genoeg voelde om naar hem te glimlachen, beter op haar gemak nu, en niet meer zo geïntimideerd.

'Goh, je bent een echte Turner!' riep hij. 'Mijn roodgouden haar, mijn lengte en de atletische bouw van mijn vader. Maar ook een Deravenel. Je hebt de teint en kleur haar van mijn moeder, onmiskenbaar. Dat doet me behoorlijk veel plezier. Laten we nu naar de eetkamer gaan om te lunchen. Dan zal ik je over de firma Deravenel vertellen en hoe ik daar leiding aan geef.'

Elizabeth keek naar hem omhoog, en er brak een brede glimlach door op haar gezicht. 'Dat zou ik fijn vinden, vader, en misschien neemt u me op een dag eens mee naar Deravenel.'

'Na de lunch,' beloofde hij, terwijl hij haar bij de hand nam en haar meetrok naar de eetkamer van het huis in Chelsea.

Elizabeth ging rechtop zitten, kwam moeizaam overeind en ging naar haar kleedkamer, waar ze voor de spiegel ging staan en naar zichzelf keek. Ja, ze was inderdaad een echte Turner waar een grote dosis Deravenel doorheen zat.

De glimlach speelde nog steeds om haar lippen toen ze de bibliotheek binnenging en aan het bureau in de hoek ging zitten. Hoe zou ze die dag ooit kunnen vergeten? De dag dat ze was gerehabiliteerd en min of meer een favoriet van hem was geworden... De dag dat ze hem was gaan bewonderen, omdat ze begreep wat een ongelooflijk machtig man hij was. En de liefde voor hem verzachtte al die haat die een soort schild om haar heen had gevormd. Ze zou altijd gemengde gevoelens over haar vader blijven koesteren, maar in de jaren die volgden was het gemakkelijker geworden om van hem te houden, en toen hij overleed, was er weinig haat over. Daar was ze blij om.

Vijf

'Kom, Elizabeth, doe nou niet zo zenuwachtig en laten we gaan,' zei Robert Dunley, terwijl hij haar dwingend aankeek. 'We hoeven niet lang te blijven als je dat niet wilt, maar ik vind het wél een goed idee om even een kijkje te gaan nemen.'

'O, goed dan,' antwoordde ze na nog even te hebben geaarzeld. Robert had haar uitgenodigd voor een zondagslunch in het Savoy, maar toen ze daar een paar minuten geleden kwam, had hij gezegd dat ze eerst bij Deravenel langs moesten.

Met een goedkeurend knikje pakte hij haar bij de arm en loodste haar via de hotellobby het voorplein op. Een paar tellen later staken ze de Strand over, op weg naar het immense gebouw van de firma Deravenel.

'Wat wil je me nou precies laten zien?' vroeg ze nieuwsgierig.

'Dat is een verrassing.' Er twinkelde een lach in zijn donkere, bruine ogen. 'En ik ben ontzettend benieuwd naar je gezicht.'

'Maar wat is er dan?' drong ze ongeduldig aan.

'Dat mag ik je niet vertellen,' antwoordde hij beslist, terwijl ze voor de enorme dubbele deuren van het gebouw bleven staan. Prompt toetste Robert een nummer in op het toetsenbord dat in de stenen muur links van de deur was verzonken, waarna hij een stap achteruit deed en wachtte.

Nog geen seconde later klonk een onpersoonlijke stem door de intercom: 'Goedemorgen. Wie is daar?'

'Goedemorgen, Alfred. Het is Robert Dunley.'

'Komt u binnen, alstublieft.'

Er klonk een luide zoemtoon; Robert duwde tegen de zware deur, en toen die opensprong, trok hij Elizabeth mee naar binnen.

In de centrale hal stond de weekendportier al op hen te wachten, Alfred Vine. Zijn gezicht klaarde op toen hij Elizabeth zag en hij riep uit: 'Miss Turner! Wat een genoegen om u te zien. Welkom thuis.'

'Ook fijn om jou te zien, Alfred.' Elizabeth schonk hem een hartelijke glimlach; ze kende hem al jaren, evenals het grootste deel van het servicepersoneel.

'Het speet me het bericht over Mrs. Turner Alvarez te moeten horen,' vervolgde de portier met gedempte stem. 'Van harte gecondoleerd, Miss Turner.'

'Dank je, dat is aardig van je.'

'We gaan naar de directiekantoren, Alfred. We zijn zo weer weg.'

'Neemt u gerust alle tijd, sir.'

Elizabeth keek om zich heen, terwijl de twee mannen door de immense marmeren hal liepen, waar hun voetstappen luid weergalmden toen ze op weg gingen naar de grote, brede trap die naar de eerste verdieping leidde. Wat was ze als klein meisje onder de indruk geweest van deze hal, waardoor ze zich toen zo nietig had gevoeld. Ze glimlachte in zichzelf. Misschien was dat in zekere zin nog steeds zo. Hij was inderdaad indrukwekkend, dat stond buiten kijf.

'Het is vanmorgen erg rustig, Robin,' zei Elizabeth, die prompt geschrokken keek toen ze haar stem hoorde weergalmen. 'O jee, ik was die echo hier vergeten.'

'O ja?' Robert keek haar grijnzend aan. 'Weet je dan niet meer wanneer je die voor het eerst ontdekte? We waren tien of zo, en begonnen, zoals jij dat noemde "echo's te maken" door te gillen en te schreeuwen. Dan zwaaide er altijd wat.'

'God ja, ik weet het weer! Jouw en mijn vader waren dan echt woedend op ons, vanwege het lawaai dat we maakten. Maar het was zondag, en het was hier uitgestorven, net als vanmorgen. Ik heb nooit begrepen waar ze zich zo druk over maakten.'

'Mijn vader hield mijn zakgeld in. Wat deed de jouwe?'

Elizabeth grinnikte. 'Dat weet ik niet meer. Hij schreeuwde alleen tegen me, geloof ik.'

Ze gingen de trap verder zwijgend op, liepen de hoofdgang door en bleven bij het kantoor van de algemeen directeur staan. 'Doe je ogen dicht,' zei Robert. 'Ik wil dat dit echt een verrassing voor je is.'

Elizabeth deed wat hij vroeg. Hij nam haar bij de hand, leidde haar het kantoor binnen, knipte het licht aan en zei: 'Oké, je mag je ogen opendoen.'

Toen ze dat deed, hapte ze prompt naar adem. 'O, mijn god, Robin! Hoe heb je dit in hemelsnaam voor elkaar gekregen?' Intussen schoten haar ogen door de ruimte om alles in één ruk in zich op te nemen, waarna ze zich omdraaide en haar armen om hem heen sloeg. 'Het is weer helemaal vaders kantoor, in plaats van háár kantoor! O, dank je wel!'

'Bevalt het je?' vroeg hij gretig, omdat hij haar een plezier had willen doen.

'Ik vind het schitterend, zie je dat dan niet?' Ze liep langzaam door het grote vertrek waarin de afgelopen honderd jaar Richard Deravenel, zijn zoon Edward en Edwards jongste broer Richard hun intrek hadden genomen. Daarna was het van haar grootvader geweest en toen Henry Turner was overleden, had haar vader Harry er jarenlang in gebivakkeerd.

Omdat Edward Selmere de beheerder was geweest die het bedrijf namens haar jongere broer runde, had hij gebruikgemaakt van een ander kantoor op de directie-etage. Vanaf de dag dat Mary algemeen directeur was, was het haar domein geweest, zoals dat hoorde, maar ze had er naar Elizabeths mening een potje van gemaakt.

Elizabeth keek Robert aan en vroeg: 'Wat heb je in godsnaam met al dat onooglijke moderne meubilair gedaan dat Mary had aangeschaft?'

'Dat heb ik eruit gesmeten, met Cecils toestemming natuurlijk,' vertelde Robert lachend. 'Ik was blij dat we ervanaf waren. En kijk eens, Elizabeth, daar aan de muur achter het bureau... Dat is de fameuze wereldkaart die Mary naar de berging had verbannen. Ik heb hem weten te redden en teruggehangen waar hij hoort.'

Ze rende op de kaart af en zei: 'En zo te zien heb je hem opnieuw laten inlijsten.'

'Ja. En nu kun je de kaart veel beter zien omdat ik er nieuw glas in heb laten zetten.'

'Robin, wat lief dat je dit allemaal hebt gedaan. Dank je wel, dank je. Je hebt me zo blij gemaakt.' Ze ging achter het fraaie Georgian bureau zitten dat haar voorouders in gebruik hadden die dit bedrijf vóór haar hadden gerund. Eén moment in gedachten verzonken, streek ze met haar handen over het fraaie lederen bureaublad. Een paar tellen later kwam ze tot zichzelf en ging ze verder met de inspectie van de inventaris, waarbij ze de warme crème kleur van de muren opmerkte, de antieke chesterfield-bank, waarvan het gepoetste donkergroene leer glansde in het licht van de diverse lampen. 'Het is er allemaal, hè, Robin? Alle dingen waar mijn vader zo aan was gehecht.'

'En zijn vader vóór hem, en de Deravenels,' luidde Roberts reactie. 'Het is zelfs nog hetzelfde Perzische kleed. Maar ik wil dat je weet dat ik het wel heb laten reinigen! Het begon allemaal een week of drie geleden, toen ik Cecil vroeg of ik de muren opnieuw mocht laten schilderen voordat je terugkwam. Je herinnert je vast nog wel dat doodse loodgrijs dat Mary had uitgekozen. Toen Cecil zei dat ik mocht doen wat ik wilde, viel ons allebei ineens op dat het meubilair dat Mary had aangeschaft niet deugde, niet voor dit kantoor en niet voor jou. Dus... *voilà*! En ik vind het geweldig dat jij blij bent met alles.'

'Nou en of.'

'Mag ik je dan voor de lunch uitnodigen om je terugkeer bij Deravenel te vieren, en je nieuwe baan als de vrouwelijke baas?'

Menig hoofd draaide hun kant uit toen ze door de lobby van het Savoy Hotel naar het restaurant liepen. Ze zagen er allebei goed uit, en Elizabeth was bijna even groot als Robert. Ze vormden een fraai, elegant paar en vooral Elizabeth viel op met haar schitterend blanke huid en donkerrode haar. Ze had een speciaal voor haar gemaakte paarse wollen jas aan en een jurk waarin haar slanke figuur uitstekend uitkwam, terwijl de paars-met-groene zijden sjaal die outfit schitterend completeerde.

Robert Dunley was zich terdege bewust van het opzien dat ze baarden. Dat was meestal het geval. Ze waren allebei verzot op modieuze kleren, en hij hield wel van een beetje pronken. Wat Elizabeth betrof, ze had altijd een zekere klasse en flair uitgestraald en droeg met veel aplomb unieke outfits in sprekende kleuren van Joseph, Versace en Cavalli. Aangezien ze allebei enorm zelfverzekerd waren, lieten ze zich waar het hun smaak in kleding betrof door niemand iets wijsmaken.

Nadat ze aan een tafel bij het raam hadden plaatsgenomen met uitzicht op de Theems en elk een glas champagne hadden besteld, pakte Robert haar hand en gaf er een kneepje in. 'Ben je niet blij dat we naar het kantoor zijn gegaan?'

'Zeker wel,' stemde Elizabeth in. 'Je hebt absoluut gelijk gehad, maar dat is niets nieuws natuurlijk. Niemand begrijpt me zo goed als jij, lieve Robin. Ik merk hoe ik ertegen opzie om morgen te gaan, en dankzij jouw kleine voorbezichtiging ben ik wat meer gerustgesteld. En nogmaals bedankt voor het werk dat je aan vaders kantoor hebt besteed. Ik vond het vreselijk wat Mary ervan had gemaakt, die gruwelijke gevangenis van staal en glas. Ik moest er niet aan denken er te moeten zitten.'

'Ik krijg de rillingen wanneer ik eraan denk, en ik heb echt met wellust haar spullen gedumpt om al die prachtige oude stukken uit de berging terug te halen. Het was niet alleen met plezier, maar ook uit liefde,' stelde Robert haar gerust.

Op dat moment kwam de kelner met hun glazen champagne, en nadat ze op elkaar hadden geproost, vroeg Elizabeth: 'Wat vind jij dat ik met het huis in Chelsea moet doen?'

'Wil je er gaan wonen?' vroeg Robert.

'Ik weet niet... Ik geloof het niet. Maar nu ik uitkijk over de rivier die hier langs stroomt, bedenk ik onwillekeurig hoe mooi de Theems vanmorgen is, vooral in de felle zon. Vergeet niet dat het huis pal aan de rivieroever ligt.'

'Qua architectuur is het een belangrijk oud gebouw, en ik weet zeker dat je er heel wat voor zou krijgen, maar je moet geen overhaaste beslissing nemen. Wie weet vind je het heel fijn om er te wonen, maar je hoeft toch niet meteen te beslissen?'

'Nee, en ik zal trouwens wel van Kat te horen krijgen in wat voor staat het huis verkeert. Ze gaat de boel grondig inspecteren. Ze gaat namelijk mijn onroerend goed beheren.' Elizabeth keek hem grijnzend aan en vervolgde: 'Kat heeft mijn aanbod aangenomen om mijn rentmeester te zijn. Ik weet dat het een heel ouderwetse werkomschrijving is, maar dat is precies wat ze gaat doen – het werk dat een rentmeester vroeger deed.'

'Bovendien zal Kat dat fantastisch doen! Ze is een van de meest praktische mensen die ik ken.' Hij leunde achterover in zijn stoel, fronste even en vroeg: 'Wat vertelde je me zonet nou over Blanche Parrell?'

'Blanche is op dit moment al mijn kleren aan het weggooien – althans, daarmee was ze bezig voor ik vanmorgen van huis ging. Op advies van Kat gaat ze zich met mijn garderobe bezighouden, maar inmiddels is de stapel voor de kringloopwinkel al gigantisch. Het ziet ernaar uit dat ze een heleboel nieuwe kleren voor me gaat uitzoeken. Ze wil dat ik voor mijn nieuwe werk de juiste kleren draag.'

'Waarom ook niet?' mompelde Robert, waarna hij een opgevouwen vel papier uit zijn zak haalde en op rustige toon zei: 'Ik heb iets voor je, iets wat je echt moet zien. Het is wel een beetje een klap, maar ik wil niet dat je over je toeren raakt –'

'Wat is het dan?' onderbrak ze hem met een frons op haar gezicht. Zijn waarschuwende woorden en zijn ernstige gezicht hadden duidelijk gemaakt dat het papier niet alleen problematisch was, maar ook van vitaal belang voor haar was.

'Lees zelf maar,' zei Robert, 'dan praten we erover en bestellen daarna het eten.' Hij gaf haar het vel papier.

Elizabeth zag in één oogopslag dat het een bankafschrift was en dat het was getekend door Mary Turner Alvarez. Haar zuster had drie jaar geleden vijftig miljoen euro overgemaakt naar haar nieuwe echtgenoot in Madrid, Philip Alvarez. Gechoqueerd staarde ze naar het vel papier, waarna ze het opnieuw las. Een withete woede maakte zich van haar meester, en haar hand trilde toen ze het papier omhooghield. 'Ik kan mijn ogen niet geloven!' riep ze uit, met een stem die laag was van boosheid. 'Ze moet krankzinnig zijn geweest, verblind door hem, of gebrainwasht.'

'Een combinatie van die dingen misschien,' opperde Robert.

Er kwam een vreselijke gedachte in Elizabeth op, en ze fluisterde hees: 'Denk je dat dit Deravenelgeld was of haar eigen geld?'

'Ik heb geen idee. Dat kan ik niet uit het bankafschrift opmaken.'

'Cecil vertelde dat ze vijfenzeventig miljoen euro in Philips onroerendgoedprojecten heeft geïnvesteerd. Wist jij dat?'

'Ik had geruchten gehoord dat ze buitengewoon scheutig was geweest, maar het bedrag wist ik niet.'

'Zeg alsjeblieft niet tegen Cecil dat ik het je heb verteld.'

'Nee,' beloofde Robert.

'Hoe ben je aan dit bankafschrift gekomen?' vroeg Elizabeth.

'Maakt niet uit.'

'Je kunt het mij toch wel vertellen, Robin?'

'Ik heb liever niet dat je het weet... Nou, laten we maar zeggen... Ik heb jarenlang voor Deravenel gewerkt, en mijn vader en grootvader werkten er ook. Dus wat denk je? Mensen hebben de slechte gewoonte om de sloten nooit te veranderen.'

'Je bedoelt dat je een heel stel sleutels hebt?' Elizabeth keek hem met een blik van verstandhouding aan.

'Jij snapt het.'

'Dit afschrift is natuurlijk een kopie, hè?'

'Ja. Het origineel ligt waar het hoort te liggen. Hou hem maar als je wilt, maar neem hem niet mee naar kantoor. Berg het thuis in je kluis op. Ik ben er eigenlijk helemaal per ongeluk op gestuit, en ik wilde het jou in bewaring geven... Een gewaarschuwd mens... Wie weet wat je nog zult tegenkomen als je begint te graven, maar ik wil dat je iedereen een slag voor bent, Elizabeth.'

'Ik moet het Cecil vertellen. Ik weet absoluut zeker dat de vijftig miljoen afkomstig is van haar privérekening.'

'Natuurlijk. Hij moet het weten,' gaf Robert toe. Hij keek haar oplettend aan en prevelde toen: 'Je bent minder over je toeren dan ik had gedacht.'

'Ik ben witheet, als je het weten wilt! Maar door het bericht van Cecil van vorige week werd ik gedwongen onder ogen te zien dat de vijfenzeventig miljoen euro die ze Philip heeft gegeven misschien nog maar het topje van de ijsberg is.'

Robin heeft me opnieuw een dienst bewezen. Me overhalen om naar de firma Deravenel te gaan was een lumineus idee van hem. Ik ben over mijn angst voor dat gebouw heen. Ik zag ertegen op er na een jaar afwezigheid terug te komen, omdat er zoveel herinneringen van me liggen, zowel goede als nare. De nare hebben allemaal te maken met Mary en de manier waarop ze me behandelde. Toen ze er eenmaal de leiding had, veranderde ze in menig opzicht in een tiran, en niet in het minst ten opzichte van mij. Ze was achterdochtig en onberekenbaar, en eropuit mijn bestaan tot het nulpunt terug te brengen. Uiteindelijk heeft ze me weten te verbannen.

Ik miste mijn werk vreselijk, maar ik was machteloos. Zij was de algemeen directeur en ik was ontslagen. Ik heb me op Ravenscar teruggetrokken, en hoewel ze een afkeer van dat huis had en er nooit een voet zette, bleef ik bang voor haar grillige humeur en woede-uitbarstingen. Ze was dan wel een vijand op afstand, maar niettemin een vijand, en ik wist nooit wanneer ze me weer iets vals zou flikken.

De goede herinneringen hebben te maken met mijn vader, en toen ik zag dat zijn kantoor er weer net zo uitzag als toen hij er werkte, was ik blij. Ik had nooit goed begrepen waarom Mary het overhoop had gehaald, het kostbare antiek in de berging had laten zetten en het er vol had gezet met haar eigen ongerieflijke, moderne meubilair. Tenzij het voor haar de manier was om alle sporen van onze vader uit te wissen. Ze had altijd al een wrok tegen hem gekoesterd omdat hij haar moeder had afgedankt; diep in mijn hart denk ik dat ze hem dat nooit heeft vergeven, al was ze wel zo uitgekookt om mooi weer tegen hem te spelen.

Toen ik zag dat de kamer eruitzag zoals het er eeuwenlang had uitgezien, ging er heel wat door me heen en kwamen er allerlei mooie herinneringen in me op. Toen mijn vader me eenmaal weer in zijn leven had toegelaten, op mijn negende, nam hij me 's morgens vaak mee naar kantoor. Dan zat ik op de chesterfield en las boeken over de wijngaarden in Frankrijk, diamantmijnen in India en goudmijnen in Afrika. Hij stouwde me vol met informatie over onze oude handelsfirma, waarna hij me mee uit lunchen nam in het Savoy of bij Rules. Toen ik ouder werd, raakte hij onder de indruk van mijn intelligentie en kennis, en ik denk dat Mary toen jaloerser dan ooit op me werd. Ze verfoeide hem wanneer hij me prees, ze verfoeide mij omdat ik een miniversie van Harry Turner leek, met zijn rode haar, zijn lange lijf en dat Turner-uiterlijk. Vader heeft me vaak verteld dat ik de iele, tengere bouw had van mijn grootvader Henry Turner, de Welshman die met Bess Deravenel was getrouwd en de leiding over het familiebedrijf had overgenomen. En het was waar, ik had die bouw en ik was er trots op.

Mijn vader stierf toen ik twaalf was, maar ik heb tenminste die prachtige paar jaar met hem en mijn halfbroer Edward gehad, en terugkijkend zijn die jaren de gelukkigste van mijn jeugd geweest. Ik deed het goed op school, mijn vader was trots op mij en op Edward. Hij en ik waren bijna altijd samen – heel hecht en liefdevol. En dan had je mijn nieuwe stiefmoeder, Catherine Parker, een vrouw die ons, mijn vaders kinderen, met open armen ontving. Ze was liefdevol, aardig en moederlijk voor ons allemaal, ook voor Mary.

Mijn vader had me als klein meisje gekwetst, maar toen ik ouder was, heeft hij dat goedgemaakt. Ik heb een hoop van hem geleerd en ik denk dat hij de laatste jaren van zijn leven mijn rolmodel is geworden. Hij was een genie, en hij heeft Deravenel veel beter gerund dan zijn vader, die hij wel eens 'de conciërge' noemde. Ooit vertelde hij dat zijn vader op zijn geld zat en dat zijn vrouw Bess geen enkele inbreng mocht hebben in iets wat ook maar even met Deravenel te maken had. Zij was de eigenlijke erfgenaam, via haar vader Edward, en mijn vader vond het verkeerd van zijn vader om haar uit te sluiten. Hij aanbad zijn moeder, die hem samen met zijn jongere zusje Mary had opgevoed. Ze zijn heel vaak op Ravenscar geweest, vandaar dat hij zo op het huis was gesteld, denk ik. Zijn moeder was degene die de grootste invloed op hem heeft gehad, en zij was het die hem had doordrongen van de tradities en legenden van de Deravenels.

Vader heeft die op mij overgebracht, en morgen zal ik naar de firma Deravenel gaan en mijn rechtmatige positie als hoofd van het bedrijf innemen. Ik ben de erfgenaam van mijn vader. Het is mijn recht.

'Elizabeth, wil je even naar de kleren komen kijken?' vroeg Blanche Parrell met haar zangerige Welshe tongval, terwijl ze de deur van de werkkamer openduwde en haar hoofd om de hoek stak.

'Ja, ik kom eraan,' zei Elizabeth. Ze had op een stoel bij de haard over haar vader zitten nadenken, maar ze schudde zichzelf prompt wakker en sprong op.

'Paars staat je erg goed,' zei Blanche terloops, en ze liep haastig de hal door.

'Dat vind ik ook.' Terwijl Elizabeth achter haar aan liep, bedacht ze hoe goed Blanche er die dag uitzag, met haar roze wangen en zwarte glitterogen, en het steile, zwarte haar losjes onder in de nek vastgestoken. Er stond altijd een warme glimlach op haar gezicht en ze stond altijd klaar om iemand een plezier te doen. Elizabeth was al van kindsbeen af dol op Blanche geweest vanwege haar hartelijke en zorgzame natuur – om nog maar te zwijgen van haar gevoel voor kleren – en beschouwde haar als een familielid.

'Ik weet dat het er hier rommelig uitziet,' waarschuwde Blanche verontschuldigend, terwijl ze de slaapkamer binnenstapten. 'Maar ik weet precies waar alles heen gaat.'

'Het zou me verbazen als je dat níét wist!' Elizabeth keek naar de kastenwand aan de ene kant van de kamer. Tot haar verbazing hingen er nog altijd heel wat kleren in, en ze riep uit: 'O, mooi! Die houden we er dus in?'

'Jazeker. Ik heb er een hekel aan dingen weg te gooien die eigenlijk nog goed zijn, om nog maar te zwijgen van de haute-couturestukken, en dat zijn prachtige ensembles.'

Blanche wees op een paar stapels kleren op de grond en ging verder met haar uitleg: 'Dat kan allemaal naar de kringloopwinkel en andere liefdadige doelen met tweedehandswinkels, terwijl de dingen op het bed vermaakt moeten worden... Roklengten kloppen niet, sommige jasjes zijn waarschijnlijk te groot of te klein, en die stukken op de stoel zijn voor de stomerij.'

Elizabeth knikte ten teken dat ze het begreep. 'Je hebt prachtig werk verricht, Blanche. Hartelijk dank. Ik had het zelf niet klaargespeeld.'

'Dat zal wel niet. Jij bent niet rigoureus genoeg met kleren, maar dat is bijna geen enkele vrouw. Ze doen er liever geen afstand van, voor het geval ze afvallen, of aankomen, omdat er een speciale gelegenheid voor de deur staat... et cetera, et cetera.'

'Nu wil je zeker dat ik een paar van die dingen ga passen,' stelde Elizabeth vast.

'Dat zou wel zo handig zijn, denk je niet?'

'Inderdaad. Bovendien moet ik een pakje uitzoeken voor mijn eerste dag terug bij Deravenel. Ik vind dat ik iets moet aanhebben wat mooi, maar niet al te opvallend is. Een van die broekpakken misschien?'

'Ja, met een kraakhelder wit overhemd.' Blanche liep op de kasten af. 'Laten we hierdoorheen gaan, dan kunnen we misschien iets voor de hele week uitzoeken om je tijd te besparen.'

Thomas Parrell zat in Elizabeths werkkamer tv te kijken. Alleen keek of luisterde hij niet echt; hij had het toestel alleen maar aangezet. Hij pakte de afstandsbediening en zette hem uit.

Meteen werd het stil in de kamer, waar het enige geluid nu nog van het knetteren van het vuur in de haard kwam, en van het zachte tikken van de pendule op de schouw. Terwijl hij in de comfortabele stoel onderuitzakte en zijn benen strekte, keek hij om zich heen.

Hij was altijd gesteld geweest op deze fraaie en toch gezellige kamer met de mosgroene wandbekleding, met een kleed in dezelfde kleur op de grond, de donkerroze brokaten gordijnen en de met dezelfde stof beklede brede bank en stoelen. De mahoniehouten boekenkasten langs de achterwand puilden uit van boeken in alle mogelijke genres. Hij glimlachte in zichzelf. Toen Elizabeth nog heel jong was, noemde hij haar altijd de boekenwurm, en dan lachte ze altijd van pret, gestreeld door de bijnaam. Nooit was iemand een toepasselijker titel verleend. Die paste haar als een handschoen; ze zat nooit níét met haar neus in de boeken, tot op de dag van vandaag. Elizabeth was altijd al heel belezen geweest, de lieveling van alle privéleraren die ze ooit had gehad, en hij zou nooit vergeten dat Harry Turner geweldig onder de indruk was geweest omdat ze zo vroeg wijs was, vanwege haar intelligentie en haar zo veelzijdige kennis.

Wat Thomas het meest in haar bewonderde, was haar sterke wil. Hij was erachter gekomen dat ze dacht met haar hoofd in plaats van met haar hart. Dat was zelfs een levensvoorwaarde geweest; hij wist immers maar al te goed dat juist haar wilskracht en snelle geest haar ervoor hadden behoed dat ze in de problemen kwam – vooral met haar zuster Mary.

Mary was dood en begraven en Elizabeth stond op het punt haar eigen weg te kiezen, wat hem niet alleen opluchtte, maar ook genoegen deed. Hij had jarenlang voor Elizabeth gewerkt, door haar boeken en rekeningen bij te houden en als een soort zakenmanager voor haar te fungeren. Harry Turner had hem aangesteld, en hij had zich altijd dankbaar en met plezier van zijn taak gekweten. Zijn zuster Blanche en hij werden meestal voorgesteld als leden van de Welshe maffia, werknemers die even Welsh waren als de Turners, die door hen werden voorgetrokken. Toen hij Elizabeth op een keer vertelde hoe ze werden afgeschilderd, had dat haar niet eens zo'n slecht idee geleken en was ze in lachen uitgebarsten. 'Kan niet beter! En jullie zijn allemaal mijn soort!'

Hij stond op toen hij voetstappen in de ontvangsthal hoorde, en toen Elizabeth binnenkwam, liep hij haar tegemoet om haar hartelijk te begroeten.

'Het spijt me dat ik je heb laten wachten, Thomas. Je zus heeft me geholpen mijn kleren voor de hele week bij elkaar te zoeken. Tijdsbesparend. Wil je iets drinken?'

'Heel graag. Een sherry, graag.'

Even later gaf ze hem het glas aan en schonk voor zichzelf mousserend water in, waarna ze met z'n tweeën bij de haard gingen zitten.

'Ik moest je vanavond dringend spreken, Thomas, want volgende week zal het ontzettend druk worden –'

'Dat zal wel,' stemde hij in, waarmee hij haar onderbrak.

'Zoals ik je aan de telefoon al vertelde,' ging Elizabeth verder, 'gaat Kat mijn onroerend goed verzorgen – voorlopig, althans – en als mijn rentmeester optreden. Ik heb haar ook gevraagd mijn bankkluizen te inspecteren, en die situatie wil ik uitleggen. Die kluizen bij Coutts, de Westminster en Lloyds puilen uit van de kostbaarheden – van zilveren en gouden voorwerpen tot zeldzame juwelen, volgens Cecil. Zou jij haar willen helpen met het opmaken van de inventaris en zo?'

'Natuurlijk. Graag, met alle genoegen, en zo te horen zal ze inderdaad wat hulp kunnen gebruiken.' Hij knikte, nipte van zijn sherry en zei met klem: 'We moeten zorgen dat er een sluitende taxatie wordt gemaakt van de waarde van ieder item apart, en dat kan ik dan ook meteen regelen.'

'Doe dat, alsjeblieft. Ik wil dat jullie zo snel mogelijk door de kluizen gaan.' Elizabeth keek naar de deur toen Blanche onverwacht opdook. 'Kom binnen, kom bij ons zitten, Blanche. Het wordt tijd dat je even rust neemt. Je hebt de hele dag geen moment pauze genomen.'

Blanche liep in de richting van de haard, terwijl ze vertelde: 'Ik ben klaar met de keuze van je kleren voor de komende week. Dan beginnen we morgen met het uitzoeken voor de week daarna.'

'Je weet ook niet van ophouden,' riep Elizabeth uit.

'Zo ben ik altijd geweest, dat weet je.'

Zes

Ze stond buiten op de Strand en keek naar het gebouw omhoog. Haar gebouw. Het was eeuwen oud en imposant, een symbool, en over enkele ogenblikken zou het haar permanente onderkomen worden, haar werkplek. De firma Deravenel.

Elizabeth Deravenel Turner haalde diep adem, duwde de deur open en stapte naar binnen. De dienstdoende portier rechtte zijn rug toen hij haar zag. 'Goedemorgen, Miss Turner.'

Ze knikte hem toe en schonk hem haar stralendste glimlach. 'Goedemorgen, Sam.' Ze liep de immense marmeren hal door en ging de trap op, met gemengde gevoelens: opwinding, ontzag, optimisme en een gevoel van triomf omdat het nu allemaal van haar was, maar ook een vleugje schroom, vermengd met angst. Dat is normaal, bedacht ze, volkomen normaal. Ik begin aan een groot avontuur.

Ze ging haar kantoor binnen, hing haar jas op en liep tot halverwege de ruimte in, terwijl ze om zich heen keek en onwillekeurig moest denken aan de drie mannen die dit kantoor vóór haar hadden betrokken... Haar overgrootvader Edward Deravenel, haar grootvader Henry Turner en haar vader Harry Turner, van wie ze zoveel had geleerd. Mannen die het toonbeeld waren van eer, integriteit en genialiteit. Ze had het gevoel alsof ze hier bij haar waren, voelde hun aanwezigheid, hun scherpe geest... Ze wensten haar alle goeds...

Ze liep verder en ging achter haar bureau zitten. Dit was het begin van een nieuw leven.

Hier ben ik voor in de wieg gelegd. Om hier op Deravenel te zijn, juist op deze dag, maandag 25 november 1996. Om de leiding op me te nemen. Om de firma naar behoren te runnen, om die door zijn huidige crisis heen te loodsen, nieuw leven in te blazen. Ik mag niet bang zijn. Voor niets en niemand. Ik mag niet twijfelen, moet gedisciplineerd, gedreven en betrokken zijn. Ik mag aan niets anders denken dan aan de firma Deravenel. Die is nu van mij en ik moet hem weer sterk maken. En dat zal ik ook doen.

Ik beschik over twee mannen van wie ik weet dat ik op hen kan vertrouwen, voor wie ik mijn hand in het vuur durf te steken – Cecil Williams en Robin Dunley. Wij zullen het driemanschap vormen dat Deravenel leidt en wij zullen het bedrijf zijn oude glans teruggeven, zoals het was in de tijd van mijn vader. Ik weet dat ik binnen het bedrijf vijanden heb, die aanhangers waren van mijn halfzuster Mary en die haar strategie zullen willen doorzetten. Maar dat zal niet gaan. Ze heeft het bedrijf schade berokkend en haar plannen hebben averechts gewerkt. Die mensen zullen moeten vertrekken. De bezem zal erdoorheen moeten. Dat zei Kat gisteravond nog tegen me: ze noemde me de nieuwe bezem die schoonveegt. Ze is dol op die typische, ouderwetse gezegden die ze altijd bij de hand heeft. Het lukt haar zelfs om me ermee aan het lachen te maken als ik treurig ben of me niet oké voel, in tijden dat niemand anders tot me kan doordringen. Die trouwe Kat van me, ze is me ontzettend dierbaar.

Er werd op de deur geklopt, en toen die vlak daarop openging, kwam Cecil binnenstappen. 'Goedemorgen, Elizabeth. Je bent vroeg.'

'Om pieren te vangen,' zei Elizabeth, waarmee ze zich bediende van een van die ouderwetse gezegden van Kat. 'Bovendien is het een gedenkwaardige morgen, nietwaar, Cecil?'

'Zeg dat wel.' Hij ging op een stoel aan de andere kant van het bureau zitten, vanwaar hij naar de landkaart aan de muur achter haar keek. 'Ik ben ontzettend blij te zien dat díé weer op de plaats hangt waar hij hoort. Die herinner ik me namelijk uit mijn jeugd, toen mijn vader voor je grootvader Henry Turner werkte.'

'Het zal me altijd een raadsel zijn waarom Mary hem heeft weggehaald,' merkte Elizabeth op. 'Maar ik zal ook nooit iets van de andere dingen begrijpen die ze heeft gedaan toen zij in dit kantoor zat. Hier is het bankafschrift.' Ze haalde het papier uit haar tas. 'Robin wil dat ik het je laat zien en daarna mee naar huis neem.' Ze gaf het hem.

'Goed idee,' zei Cecil en hij bekeek met samengetrokken lippen het afschrift. Hij keek op en keek haar aan. 'Ik weet het natuurlijk pas zeker als ik het ben nagegaan, maar ik denk dat dit wellicht fondsen zijn die ze van haar privébankrekening heeft overgemaakt.'

'Het is nog altijd mijn geld, van welke rekening het ook afkomstig is,' zei Elizabeth op afgemeten toon. 'Alles wat ze had, had ze van onze vader geërfd en was dus evengoed van mij als van haar. Bovendien had ze het recht niet het weg te geven.' Ze boog zich met een vastberaden uitdrukking op haar gezicht over het bureau naar hem toe en vroeg fel: 'Kunnen we die rottige vijftig miljoen euro terugkrijgen?'

'Eerlijk gezegd heb ik geen idee, Elizabeth. Ik zal elk dossier moeten doorspitten dat Mary heeft bijgehouden, plus de boeken, dan kom ik hopelijk de bijbehorende documenten tegen –'

'Als die er al zijn,' onderbrak ze hem resoluut.

'Vertel mij wat. Ik vrees van niet. Na de bespreking zal ik gaan spitten. En tussen haakjes: ik heb besloten er een extern accountantskantoor bij te halen. Je zult het er vast mee eens zijn dat zoiets absoluut noodzakelijk is.'

'Absoluut. Ik vind dat we zo veel mogelijk informatie moeten verzamelen, en zo snel mogelijk, om de juiste stappen te kunnen ondernemen.'

Cecil knikte. 'En aan welke bepaalde stappen denk je dan?'

'Schoon schip maken, Cecil. Daar heb ik dagenlang over nagedacht, en ik ben van mening dat we globaal vijfhonderd mensen moeten laten gaan.'

'Vijfhonderd! In één schoonmaakbeurt?'

'Niet per se allemaal tegelijk, nee, maar er zit een heleboel dood hout tussen bij Deravenel. Dat wist ik al toen ik hier nog werkte, en Robin heeft dat bevestigd. Het zijn mensen die met pensioen moeten. Voor het grootste deel.' Ze fronste. 'Het schijnt je te verbazen. Staat het idee je niet aan?'

'Ik denk er hetzelfde over als jij, Elizabeth, maar we moeten voorzichtig zijn. Ik wil geen beroering wekken in de city. Misschien wordt er dan gedacht dat we zwaar in de problemen zitten. Omdat de mensen vaak nerveus worden als er een heleboel werknemers ineens worden ontslagen, gaan ze het ergste denken.'

'Ik ben me ervan bewust dat we het op de best mogelijke manier moeten doen, de minst erge manier. We willen geen praatjes uitlokken. Vervroegd pensioen zal voor velen aanlokkelijk zijn.' Elizabeth wachtte even, en er volgde enige aarzeling voordat ze eraan toevoegde: 'We zullen ook de buitenlandse vestigingen moeten uitdunnen, vind je niet?'

'Ja,' antwoordde Cecil zonder enige aarzeling. 'We hebben het er vorige week maar kort over gehad, maar ik ben ervan overtuigd dat ons personeelsbestand topzwaar is. Misschien moeten we Sidney Payne op dat betreffende probleem zetten. Hij is een geweldige diplomaat, en het is een situatie die voorzichtig aangepakt moet worden. Zoals ik daarnet al zei: de schijn mag niet worden gewekt dat Deravenel zwak staat, op z'n laatste benen loopt of gevaar loopt ten onder te gaan.'

'Ja, dat begrijp ik. Afgelopen donderdag, toen we naar de stad terugreden, zei je dat Deravenel een financiële injectie nodig heeft. Waar was je van plan dat vandaan te halen, Cecil? Of had je daar nog niet aan gedacht?'

'Jawel. Voor een deel, althans. Ik denk dat we moeten proberen al die euro's van Philip Alvarez terug te krijgen. En ik zou bepaalde percelen van ons onroerend goed willen afstoten, maar die punten kunnen we vanmiddag wat meer gedetailleerd doornemen, als je wilt.'

'Ja graag. Maar ik wilde zeggen... dat ik Deravenel wel van wat geld zou kunnen voorzien.'

'In geen geval!' Vol afgrijzen staarde hij haar met open mond aan. 'Ik zal nooit toestaan dat je geld in Deravenel pompt – nooit, Elizabeth. Al zou er een moment kunnen aanbreken waarop je het bedrijf geld zou kunnen lénen. Of aandelen zou kunnen kopen. Maar geven? Van je leven niet. Dat is absoluut taboe. Ik zou nooit akkoord gaan met zo'n overhaaste zet van jouw kant. Enfin, hier heb je de lijst van directieleden, die je kunt bekijken wanneer je even tijd hebt. Vergeet niet: de directievergadering is pas over twee weken.'

'Zijn er nog veranderingen wat betreft de vergadering van vanmorgen?' vroeg Elizabeth, terwijl ze achteroverleunde.

'Nee. Iedereen die is uitgenodigd komt.'

'Ik was niet van plan ze voor de lunch uit te nodigen. Jij?' fluisterde ze.

'Nee, er is veel te veel werk te doen,' hielp Cecil haar herinneren. 'Dit is mijn eerste dag hier na bijna vijf jaar. Ik heb het gevoel alsof ik heel wat bij te spijkeren heb.'

Toen ze alleen was, stopte Elizabeth het bankafschrift weer in haar attachékoffertje, waarna ze de lijst met directieleden pakte die Cecil voor haar had achtergelaten. Terwijl ze die aandachtig bestudeerde, vroeg ze zich af van wie ze gemakkelijk af zou kunnen komen. Drie namen sprongen eruit, omdat die directieleden al oud waren en zich niet tegen haar zouden of zouden kunnen verzetten. En dan waren er nog twee mannen van wie ze wist dat ze haar niet mochten, die niet op één lijn met haar zaten en dus het veld zouden moeten ruimen. 'Hoe krijg ik ze uit het bestuur?' mompelde ze in zichzelf en ze keek naar de deur.

Er werd een paar keer hard aangeklopt, en toen de deur openzwaaide, kwam Robert Dunley gehaast, maar met een brede glimlach binnengelopen met een vaas bloemen: rode rozen, omsloten door witte rozen en groene bladeren.

'Van uw privékoerier, Miss Turner,' zei Robert, terwijl hij op de salontafel af liep om daar de vaas op te zetten. 'De rode roos van de Turners en de witte roos van de Deravenels,' zei hij, waarna hij uitriep: 'Een bovenste beste morgen, m'n lief.'

'Robin, goedemorgen! Hartelijk dank. Wat een prachtige bloemen.' Onderwijl stond ze op en liep op hem toe, omhelsde hem hartelijk en drukte hem tegen zich aan.

'Ik kwam alleen maar even binnenwippen om je veel geluk te wensen,' zei hij en hij sloeg ook zijn armen om haar heen, waarna hij haar een fractie te lang vasthield.

'Ik heb Cecil het bankafschrift laten zien,' zei Elizabeth nadat ze elkaar hadden losgelaten. Terwijl ze zich omdraaide om naar haar bureau te gaan, vertelde ze: 'Hij denkt dat het best van Mary's bankrekening kan zijn opgenomen.'

'Vervloekt!' riep Robert uit. 'Als dat het geval is, zal Philip Alvarez beweren dat het een huwelijksgeschenk was of zoiets, en zal het nog lastiger zijn om het terug te krijgen. Ik hoop dat het geld van de firma was.'

'In wezen is het mijn geld,' weerlegde Elizabeth op dezelfde zakelijke toon die ze tegen Cecil Williams had aangeslagen. 'En ik geef je op een briefje dat ik het van die vreselijke man zal terugkrijgen, koste wat het kost.'

Robert stond midden in het kantoor naar haar te staren. Uit de verbeten trek om haar mond en de harde glinstering in haar donkergrijze ogen kon hij opmaken hoe vastbesloten ze was haar zin te krijgen, en daardoor schoot hem weer te binnen dat hij al die jaren al een zweem van meedogenloosheid in haar had bespeurd. Misschien wel meer dan een zweem.

'Waarom sta je me zo aan te staren, Robin?' vroeg ze. 'Vind je dat ik te hard klink? Is dat het?'

'Nee, volstrekt niet,' antwoordde hij naar waarheid. 'Ik vind dat je hard móét zijn, en zo nodig meedogenloos, speciaal in deze situatie. Ik heb over Philip Alvarez nagedacht, en ik ben van plan tot op de bodem uit te zoeken wat er van dat onroerendgoedbedrijf van hem is geworden. Ik wil weten in hoeverre de bouwprojecten in Marbella van de grond zijn gekomen. Ik moet en zal erover te weten komen wat ik kan.'

'Dat is een goed idee, ja. En zo nodig moet je maar naar Spanje gaan om als mijn ogen te dienen, Robin.'

'Laat me eerst het onderzoek maar afmaken.'

'Wat was zijn bedrijf precies aan het bouwen in Marbella?' Elizabeth keek hem doordringend aan.

'Villa's, een golfclub, polovelden. Het zou een besloten bedoening worden, net zoals in Amerika,' legde hij uit. 'Philip wilde dat Ambrose en ik ernaartoe zouden gaan om het poloterrein te bekijken, naar de tekeningen voor de stallen en eigenlijk alles wat verder met paarden te maken had.'

'Aha. Als hij mijn geld niet wil teruggeven, zullen we achter het project aan moeten gaan. Misschien dat we er iets levensvatbaars van zouden kunnen maken, vooral als we er een recreatiepark bij aanleggen. Zoiets brengt heden ten dage heel wat geld op, en er is steeds meer vraag naar.'

'Dat zou best eens levensvatbaar kunnen zijn en het heel goed gaan doen,' zei Robert. 'Maar volgens mij is hij nog niet zover. Ik herinner me er kortgeleden iets over te hebben gelezen... Ik heb de indruk dat Alvarez is gestopt met de bouw. En nogal abrupt. Misschien zijn er inderdaad moeilijkheden.'

'Het verbaasde me niet in het minst dat hij niet op de begrafenis kwam,' merkte Elizabeth op. 'Maar het is mogelijk dat hij is weggebleven omdat hij geen zin had om lastige vragen te beantwoorden. Over het project in Marbella.' Elizabeth schudde haar hoofd. 'Dat is logisch, vind je niet, Robin?'

'Inderdaad. En ik ga het tot op de bodem uitzoeken.' Hij liep naar de deur en draaide zich om. 'Ik zie je over een uur op de vergadering.'

Elizabeth knikte en wijdde zich weer aan het bestuderen van de papieren op haar bureau. Maar dat duurde niet lang. Haar gedachten dwaalden af naar Robert. Ze kon onmogelijk om hem heen kijken – zijn aanwezigheid, zijn uiterlijk, zijn warmte en, als ze eerlijk was, zijn seksuele uitstraling... Ze boog haar hoofd en rook aan haar jasje: het rook nog helemaal naar zijn aftershave, verleidelijk. Er trok even een huivering door haar heen. Waarom had ze plotseling van die merkwaardige gedachten over Robert Dunley, haar jeugdvriend? Ze liet haar ogen neerdalen en staarde naar de papieren die ze aan het lezen was. Toen glimlachte ze in zichzelf, omdat ze maar al te goed wist waarom.

Zeven

De drie jongemannen die bij hem in het kantoor zaten, vormden de spil van zijn managementteam. Ze waren zowel Cecil Williams als Elizabeth alle drie al jaren geleden in het oog gesprongen. Dat kwam doordat ze talent hadden, pienter en betrouwbaar waren, van aanpakken wisten, en bovendien absoluut loyaal aan Elizabeth waren. En aan Cecil zelf.

Ze zaten aan de andere kant van de zaal met elkaar te babbelen, en terwijl Cecil hen nog wat langer observeerde, glimlachte hij. Dat waren niet de enige eigenschappen die de mannen gemeen hadden. Ze waren alle drie lang, knap en goed gekleed, en konden met het grootste gemak eenieder inpakken die ze daarvoor op het oog hadden, of het nou een man, een vrouw of een kind was.

Robert Dunley was met zijn vijfentwintig jaar de jongste en ook degene die het grootst was en er het beste uitzag. Hij had, met zijn onberispelijke pakken van Savile Row en Armani en vanwege de flair waarmee hij zich kleedde, iets meer dandyneigingen dan de andere twee, maar beschikte over legio belangrijke capaciteiten. Hij was een oudgediende bij Deravenel en verknocht aan het bedrijf, wat verband hield met de jaren die zijn vader en grootvader in dienst hadden gesteld van de Turners, en daarvóór van de Deravenels.

Hij was Elizabeths enige jeugdvriend en zonder twijfel haar favoriet. Robin, zoals ze hem noemde, was de enige die haar zover kon krijgen dat ze haar mening herzag of knopen doorhakte, en hij wist haar altijd bij te sturen. Dat kwam natuurlijk doordat hij haar het beste kende van iedereen, Cecil incluis.

Als kind hadden ze zich aan elkaar vastgeklampt, vooral in de tijd van haar ernstige strubbelingen met haar vader en vervolgens met Mary. Robert begreep haar, kon goed overweg met haar talrijke zwakke momenten, driftbuien en chronische kwalen. Omdat Cecil hem al jaren kende, en ook zijn vader had gekend, was er een hechte vriendschap tussen hen gegroeid.

Naast Robert zat Francis Walsington, die een jaar ouder was. Doordat ze allebei in Cambridge en Gray's Inn hadden gestudeerd, zaten ze op dezelfde golflengte, en ze waren al heel lang zakenpartners. Cecil mocht in z'n handen knijpen dat hij Francis in de buurt had; hij was een geslepen onderhandelaar met ongelooflijk psychologisch inzicht en kon met groot aplomb en vaardigheid elke situatie aan. Hij was een expert in beveiliging, spionagetechnieken en terrorisme en had merkwaardige doch nuttige contacten waarover Cecil weliswaar niets wilde weten, maar waarvan hij toch blij was dat Francis ze onderhield.

In de periode dat Mary bij Deravenel de scepter zwaaide, had Francis door heel Europa gereisd en was meestentijds bij Londen uit de buurt gebleven. Afgezien van haar eigenaardige management werd Francis enigszins wee van haar godsdienstwaanzin. Mary's fanatieke rooms-katholicisme, dat ze van haar moeder had geërfd, leek hem iets te veel van het goede. Dat strookte allerminst met zijn eigen vrijzinnige protestantse levensvisie. Hij was een paar weken geleden met veel enthousiasme in Londen teruggekeerd, met de zekerheid dat Elizabeth de firma binnenkort zou gaan runnen, en Cecil was aanzienlijk opgevrolijkt toen hij hem zag.

Aan Roberts andere kant zat Nicholas Throckman, de oudste van de drie. Hij was drieënveertig en was al een hele tijd werknemer bij de oude handelsfirma. In een moeilijk fase tijdens Mary's bewind had Nicholas de benen genomen, omdat hij zich niet langer kon neerleggen bij haar chaotische management en haar zonderlinge gedrag in het algemeen. Hij was heel goed ingevoerd in alles wat met Deravenel te maken had, omdat hij voor Edward Selmere had gewerkt toen die in naam van Harry's jongste zoon de leiding op zich had genomen. Hij kende Elizabeth al vanaf haar puberteit en was familie van Harry's zesde vrouw en weduwe, Catherine Parker, die de stiefmoeder en hartsvriendin was geweest van Elizabeth.

Van de drie mannen was Nicholas degene die naar Cecils mening de beste diplomaat was, hoogstwaarschijnlijk omdat hij de meeste ervaring had. Die morgen had Elizabeth tegen Cecil gezegd: 'Het enige wat wij nodig hebben, zijn een paar goede mannen.' Ze had gelijk. En gelukkig, bedacht Cecil, zitten hier nu drie van die mannen.

Cecil kwam achter zijn bureau vandaan en begaf zich onder zijn protegés. Terwijl hij op een stoel ging zitten, vroeg hij: 'Zijn jullie content? Bevallen jullie aanstellingen je, zoals Elizabeth de zaken afgelopen vrijdag aan jullie heeft voorgesteld?'

'Absoluut!' riep Robert. 'Wie zou niet content zijn?'

'Dat dacht ik ook,' stemde Francis in.

'Ik ben uitermate content, Cecil,' zei Nicholas zachtjes. 'Echt heel content.'

'Ik ben blij dat te horen. De reden dat ik het vraag is dat Elizabeth jullie nieuwe aanstellingen op de vergadering gaat bespreken, en ik wil voor geen van jullie onvoorziene problemen. Ik wil dat deze machtsovername zo glad als zijde verloopt.'

'Hoe is het tot nu toe gegaan?' vroeg Francis, waarbij hij enigszins vooroverleunde, een en al aandacht voor Cecil.

'Heel goed, mag ik tot mijn genoegen vaststellen. Ik heb afgelopen vrijdagmorgen met John Norfell gesproken, en later die dag met Charles Broakes. Het schijnt voor Charlie een pak van zijn hart te zijn dat we hier zo snel onze intrek hebben genomen en hij was uitermate welwillend.'

'En Norfell?' informeerde Nicholas.

'Die was heel redelijk. Ik was op mijn hoede bij hem. Laten we niet vergeten dat hij heel dikke maatjes was met Mary, en dat hij hier niet alleen oppermachtig is, maar ook al heel lang directeur. Ik heb hem met fluwelen handschoenen aangepakt, want ik wil voor Elizabeth geen vijanden maken. Ik ben bijzonder mild geweest, en ik denk dat ik hem volkomen op zijn gemak heb gesteld. Het heeft ook geholpen dat ik hem in alle opzichten de verantwoordelijkheid heb gegeven voor Mary's begrafenis.'

Roberts doordringende, donkere ogen vestigden zich op Cecil, en hij zei op waarschuwende toon: 'Maar je moet hem in de gaten blijven houden, let op mijn woorden.'

'O, zeker. En daar ben ik het mee eens, Robert. Elizabeth ook, overigens. Enfin, even over de vergadering. Elizabeth wil pas binnenkomen wanneer iedereen heeft plaatsgenomen, en ze komt alleen. Zij zal de vergadering leiden, dus we moeten de oren gespitst houden. Wees voorzichtig met wat je zegt, laat niets los over onze plannen. Duidelijk?'

De drie mannen knikten met een ernstig gezicht.

Robert Dunley zat rechts van Elizabeth, en terwijl hij naar haar luisterde, werd hij vervuld van een immense trots. Ze was kalm, beheerst en zelfverzekerd, en ze zei zinnige dingen over de firma Deravenel. Ook was hij trots op haar verschijning. In haar marineblauwe krijtstreeppakje, een spierwit overhemd met openvallende kraag en grote oorbellen met parels, was ze het toonbeeld van allure. Mooi maar zakelijk, precies goed, wat hem betrof.

Ze zaten rond de grote mahoniehouten tafel in de directiekamer, maar in afwachting van haar binnenkomst, een paar minuten geleden, hadden de mannen in groepjes met elkaar staan praten. Charles Broakes, Sidney Payne, Nicholas Throckman en Francis Walsington hadden aan de ene kant van de zaal bij elkaar gestaan; Elizabeths neven Henry Carray en Frank Knowles waren in een diep gesprek gewikkeld met Cecil, terwijl deze had staan praten met John Norfell en Elizabeths oudoom Howard, die er niet jonger op werd, al was hij niet alleen nog altijd een van de directeuren van de firma, maar ook een waardevol adviseur. In totaal waren ze met z'n negenen; van zeven van hen was hij zeker; één had een groot vraagteken boven zijn hoofd. Robert had al een hele tijd zijn bedenkingen over John Norfell, vanwege zijn intieme band met Mary Turner.

'En dus ben ik er zeker van dat jullie zullen begrijpen dat ik het mijn plicht acht te zorgen dat Deravenel niet alleen winstgevend, maar, naarmate we de komende paar jaar de eenentwintigste eeuw naderen, ook sterker wordt.' Elizabeth zweeg even, keek glimlachend de tafel rond en sprak verder. 'Nu zou ik mijn eerste aanstellingen willen aankondigen.' Ze wendde zich tot Cecil, links van haar, en zei: 'Cecil Williams en ik werken al lange tijd samen, omdat hij al een paar jaar mijn privéaangelegenheden behartigt. Vandaag wordt hij hoofd Financiële en hoofd Juridische Zaken. En Robert Dunley –' Weer pauzeerde ze even, terwijl ze zich tot Robert wendde, die rechts van haar zat. 'Ik benoem Robert tot hoofd Operationele Zaken en hoofd Vervoerszaken. In de praktijk zullen wij Deravenel met z'n drieën runnen.'

Cecil en Robert bedankten haar allebei, en de andere mannen hechtten met applaus hun goedkeuring aan de aanstellingen.

Snel vervolgde Elizabeth op besliste toon: 'Ik heb Nicholas Throckman uitgekozen als hoofd Public Relations en reizend ambassadeur voor de firma en Francis Walsington wordt hoofd Internationale Beveiliging.' Ook deze twee mannen bedankten haar hartelijk, en de anderen gaven met een knikje of met applaus hun goedkeuring te kennen.

Nadat Elizabeths ogen de gehele lengte van de tafel hadden afgezocht, bleef haar blik rusten op Sidney Payne. Ze keek hem glimlachend aan. 'Ik weet dat Cecil je gisteren heeft gesproken, Sidney, en je mijn verzoek heeft doorgegeven om de functie van hoofd Personeelszaken op je te nemen. Laat ik volstaan met te zeggen dat ik dolblij ben dat jij dolblij was toen je ja zei.'

Sidney, een oudgediende bij de handelsfirma die zeer op Elizabeth was gesteld, glimlachte breeduit. 'Dank je, Elizabeth, en "dolenthousiast" zou, denk ik, een beter woord zijn om mijn gevoelens te beschrijven.'

Ze boog haar hoofd en besloot met: 'Dit zijn de enige aanstellingen die ik vandaag te melden heb, maar binnen de komende twee weken zullen er nog een paar volgen.' Ze richtte haar ogen op John Norfell en Charles Broakes. 'John, Charles, ik ga jullie binnen een paar dagen allebei een nieuwe functie aanbieden en Henry en Frank, ook voor jullie heb ik iets in petto.'

Ze keek haar neven Frank Knowles en Henry Carray glimlachend aan, die allebei knikten ten teken dat ze haar hadden begrepen.

Ten slotte zochten haar ogen haar oudoom Howard; hij schonk haar een brede glimlach toen ze zei: 'En natuurlijk gaat u door met uw bezigheden, oom, en ik hoop dat u een van mijn adviseurs zult willen worden. Daar zou ik heel gelukkig mee zijn.'

'Ik zal me maar wat graag nuttig maken,' klonk zijn reactie, met groot animo en vol trots.

'Welnu, heren, dit is het voor vandaag,' zei Elizabeth op zakelijke toon. 'Ik dank u allen voor uw komst, voor het bijwonen van de vergadering. En als u me nu wilt excuseren, ik moet u verlaten.'

'Dat was de snelste verdwijntruc die ik ooit heb gezien,' zei John Norfell, waar hij op enigszins snerende toon aan toevoegde: 'Ze heeft natuurlijk wel wat beters te doen – met vriendinnen lunchen, of wie weet is er een nieuwe man.'

Cecil, geschokt en verontwaardigd over dit onnodig zure commentaar, moest alle moeite doen om te verbergen dat hij witheet van woede was en wierp Norfell een vernietigende blik toe. 'Wil je alsjeblieft niet op zo'n toon over Elizabeth praten? Wat ze doet, gaat jou noch mij iets aan, John. Ze is vrij, heeft een rein geweten en ze is meerderjarig, maar toevallig wel de algemeen directeur van deze firma, en ook nog de grootste particuliere aandeelhouder. Met andere woorden: zij is de baas.'

John Norfell, die niet gewend was excuses aan te bieden, had ten minste het fatsoen om zichtbaar van zijn stuk te zijn en had meteen spijt van zijn commentaar. Na even te hebben nagedacht zei hij, op veel verzoenender toon: 'Het is nogal een teleurstelling, Cecil. Ik had namelijk gehoopt dat ze ons het genoegen zou doen om met ons te gaan lunchen, maar –' Met een sip gezicht hief hij hulpeloos zijn handen. 'Ze heeft ons niet eens de kans gegeven om haar mee te vragen. Ze liep zomaar weg.'

'Zo is ze nu eenmaal. Door en door zakelijk. Ze is naar haar kantoor teruggegaan om te werken, mocht je de waarheid willen weten,' vertelde Cecil hem op bedaarde toon, ook al gloeide hij vanbinnen nog na. 'Ze luncht nooit en zal ook nooit met iemand gaan lunchen, dus wen daar maar vast aan. Elizabeth gelooft namelijk niet aan lunches, vooral niet uit zakelijk oogpunt. Ze vindt dat je dan nooit van het eten kunt genieten en dat er op die manier ook nooit behoorlijk zaken worden besproken.'

'Aha. Nou, dat weten we dan, en dan zullen we geen van allen rekenen op... een gezellig samenzijn.'

'Dat is misschien wel de juiste houding,' merkte Cecil kalm op.

'Wat is ze met mij van plan?' flapte John Norfell er een beetje benauwd uit.

'Dat heeft ze niet besproken.'

'Dat is niet erg aannemelijk, Cecil. Kom nou, ze vertelt jou alles.'

Cecil negeerde die opmerking en haastte zich te vertellen: 'Wat ik wel weet, is dat je promotie gaat krijgen.'

'O, nou, bedankt dat je me hiervan op de hoogte brengt, goede vriend. Het is fijn te weten dat ik er niet word uit gewerkt,' reageerde Norfell met een zuur lachje.

Tot Cecils opluchting kwam Sidney Payne bij hen staan en liep John Norfell na een informeel babbeltje weg om met Charles Broakes te gaan praten.

'Ik hoop,' merkte Sidney op, 'dat ik er goed aan heb gedaan om bij jullie te komen staan, Cecil. Ik zag de gepijnigde blik in je ogen en besloot dat je... gered moest worden.'

'Dank je, Sidney, dat was ook zo,' antwoordde Cecil gniffelend. 'Norfell heeft me nooit gelegen, en Elizabeth evenmin, maar omdat hij hier zoveel invloed heeft, moet je wel aandacht aan hem besteden.'

Sidney keek zijn oude vriend grijnzend aan. 'Nou, toch niet meer dan een beetje?'

Cecil Williams moest lachen. Hij knikte en trok Sidney mee naar de andere kant van de directiekamer, in de richting van de deur, terwijl hij hem toevertrouwde: 'Ik ben blij dat je de functie hebt aanvaard. Je zei tegen Elizabeth dat je dolenthousiast was... Daar was ze blij om, want je krijgt namelijk niet de gemakkelijkste baan.'

'Het dode hout kappen? Bedoel je dat?' vroeg Sidney.

Cecil knikte alleen maar.

'Dat zal me wel lukken,' stelde Sidney hem gerust.

Acht

'Ik heb goed nieuws en slecht nieuws,' kondigde Robert aan, terwijl hij Elizabeth aankeek vanaf de deuropening die hun aanpalende kantoren met elkaar verbond. 'Wat wil je het eerst horen?'

Terwijl ze rechtop ging zitten en even naar hem opkeek, vroeg Elizabeth: 'Waarom vraag je dat? Je weet toch dat ik het slechte nieuws eerst wil horen.'

Robert liep op z'n dooie gemak de kamer binnen, gaf haar de beige envelop die hij in zijn hand had en ging op de stoel tegenover haar zitten.

'Wat is dit?' vroeg ze bijna wantrouwend, zonder de envelop te openen. Ze legde hem op het bureau. Ze keek hem doordringend aan, en omdat zijn ogen op haar gericht bleven, kregen de hare prompt een bezorgde uitdrukking.

'Het is een kopie van de brief die je halfzuster heeft geschreven aan haar... aanstaande echtgenoot Philip Alvarez, vlak nadat ze al dat geld aan hem had overgemaakt. Wanneer ik zeg kopie, bedoel ik echt de kopie die Mary voor zichzelf had gemaakt. Met andere woorden: die wijkt niet af van het origineel, dat hij zonder twijfel nog steeds heeft. Waarom zou hij niet?'

Elizabeth sloeg de map open en las snel de brief over, waarin ze direct het handschrift van Mary herkende. Haar gezicht verstrakte tot een verbeten masker. Het was een kort briefje, maar de inhoud was suikerzoet. En misselijkmakend. Ze klapte de map dicht. *Idioot! Idioot! Mary was de grootst mogelijke idioot geweest. En ze was bij de neus genomen door Philip.*

72

Elizabeth sloot even haar ogen om zich te herstellen. 'Dus ze heeft hem dat geld inderdaad als huwelijksgeschenk gegeven,' mompelde ze uiteindelijk, en ze schudde haar hoofd. 'Ik krijg het zeker niet terug, hè, Robin?' vroeg ze mistroostig.

'Nee, ik ben bang van niet. Hij zal het wel opvatten als een... nou ja, als... bruidsschat.'

'Ze heeft hem namelijk bijna alles gegeven wat ze bezat. Cecil heeft me verteld dat haar privébankrekening zo goed als leeg is.'

'Dat heeft hij mij ook uitgelegd. En jij zult het geld gewoon moeten afschrijven, er zit niets anders voor je op,' voelde Robert geroepen haar duidelijk te maken. 'Maar luister, aangezien we de contracten voor het Marbellaproject hebben gevonden, ben ik er, evenals Cecil, van overtuigd dat we Alvarez en zijn maatschappij kunnen aanklagen.'

'Volgens mij krijgen we dat geld ook niet terug! Mary heeft overal alleen maar een puinhoop van gemaakt, en haar escapades met Alvarez waren een sprong in het duister. Ze mogen hem dan een grote magnaat noemen, het is een benaming die niks voorstelt.'

'Dat is waar. Maar ik heb sterk het idee dat het bij lange na niet zo'n chaos is als we oorspronkelijk dachten. Er mogen dan talrijke problemen zijn, de accountants schieten al aardig op en Cecil heeft al heel wat uitgezocht. En ik ook. We zijn bezig de neerwaartse spiraal te stoppen. Er is maar één weg, en die is omhoog.'

Ze knikte, omdat ze het in stilte met hem eens was, maar haar gezicht stond somber.

Robert boog zich over het bureau heen en terwijl hij haar met zijn donkere schitterogen aankeek, zei hij: 'Wil je het goede nieuws niet horen?'

Meteen klaarde haar gezicht op; hij wist haar altijd op te beuren. 'Nou en of. Vertel op, Robin.'

'Ik heb geregeld dat wij dit weekend weggaan.'

'Maar ik kan niet weg! Doe niet zo mal. Ik heb veel te veel werk, en jij ook, Robin!'

'Je kunt wél weg, en ik ook. En we hebben het mis. We moeten er allebei even tussenuit. De afgelopen twee weken zijn een hel geweest en we hebben aan één stuk door gewerkt. Het is eigenlijk alsmaar doorgegaan. Ik ben moe en jij ook. Dat weet ik.'

'Ik vind dat je er beter uitziet dan ooit, Robin Dunley!' riep ze verontwaardigd, waarbij haar stem uitschoot. 'Reuze knap en blakend van energie, vanmorgen. Je ziet er absoluut niet moe uit.'

'Maar jij wel, Elizabeth. Je bent nog nooit zo bleek geweest, je ziet er verpieterd uit en je hebt donkere kringen onder je ogen. De afgelopen twee weken heb je bijna dag en nacht in deze burelen opgesloten gezeten. Dat is niet gezond. We zouden weer moeten gaan trainen en paardrijden.'

Ze wist dat het waar was, wat Robert zei. Zoals altijd, en dat hij het voor haar bestwil zei. Ze was inderdaad moe, hondsmoe, eerlijk gezegd. Toen ze in haar kantooragenda keek, zag ze dat het donderdag 5 december was. Zondag de achtste was rood omcirkeld... dat was de dag dat ze had beloofd bij tante Grace Rose te gaan eten. Ook maandag de negende was omcirkeld... Dat was de dag van de directievergadering. Toen ze daaraan dacht, en aan de directieleden die er aanwezig zouden zijn, voelde ze de vraag in zich opkomen: 'Waar had je gedacht naartoe te gaan, Robert?'

'Naar Waverley Court.'

'Waverley Court? Maar dat is dicht.'

'Nee, hoor. Ik heb gisteravond Toby Watson gesproken, en hij vertelde dat jij tegen hem had gezegd dat hij de hele winter de centrale verwarming op de laagste stand moest laten branden, met het oog op de leidingen. Hij kon er niet over uit hoe warm en knus het er was en zei dat hij alleen maar een lucifer bij de haarden hoefde te houden, die al waren klaargemaakt, de stofhoezen weghalen en Myrtle erop uitsturen voor boodschappen –'

'Je hebt de huismeester gebeld!' sputterde Elizabeth stomverbaasd.

'... en ik heb hem gezegd dat hij zijn gang mocht gaan,' besloot Robert.

'Zijn gang kon gaan? Hoe bedoel je?'

'Ik zei dat hij Myrtle boodschappen moest laten doen. We zullen tijdens ons verblijf daar toch eten in huis moeten hebben, Elizabeth.'

Eén seconde was ze totaal van haar stuk gebracht, waarna ze zich herstelde en uitriep: 'Cecil heeft voor morgen een paar vergaderingen georganiseerd, en daar hoor ik bij aanwezig te zijn. Dat móét echt.'

'Hij heeft de vergaderingen verzet. Die vinden volgende week plaats. Hij vindt ook dat je een paar dagen vrij moet hebben.'

'Heb je dan ook met Cecil gesproken?' Ze keek hem achterdochtig aan.

'Jazeker. Voor de verandering heb ik het heft in handen genomen, en ik zal een paar dagen verdomd goed voor je zorgen. Dus spreek niet langer tegen.'

Elizabeth leunde met stomheid geslagen achterover, maar toen ze uiteindelijk haar mond opendeed, hoorde ze zichzelf zeggen: 'Dan moet ik wel op tijd terug zijn om zondagmiddag bij tante Grace Rose te gaan eten. Ze verheugt zich erop... Ik zou haar niet willen teleurstellen.'

'Dat zullen we dan ook niet doen.' Hij grijnsde, wetend dat hij had gewonnen, waarna hij opsprong en om het bureau naar haar toe liep. Hij trok haar overeind en zei: 'Kom even met me mee. Ik wil je iets laten zien.'

Ze knikte, ineens zonder zich tegen hem te verzetten, en liet zich van haar kantoor naar het zijne meeslepen. Terwijl hij stevig haar hand vasthield, troonde hij haar mee naar het dressoir dat een hele wand van zijn kantoor in beslag nam.

'Moet je kijken. Is hij mooi of niet?' Hij streek met zijn hand over het glanzend gepoetste hout en vervolgde: 'Dit lijkt één meubelstuk, maar eigenlijk zijn het twee dressoirs die aan elkaar zijn geschoven, uit de régenceperiode. Kijk eens naar het mahoniehout, die glans... Is het niet schitterend, Elizabeth?'

'Ja, het hout is heel bijzonder, net als deze twee meubels. Die hebben hier in geen jaren gestaan... Ik weet nog dat mijn vader er altijd vol bewondering naar keek.'

'Ze zijn hiernaartoe gebracht door ene Will Hasling. Hij was de boezemvriend van je overgrootvader, en dit is zijn kantoor geweest.'

'Wat interessant. Dat wist ik niet.' Ze keek hem verward aan. 'Waarom breng je ze plotseling onder mijn aandacht?'

'Weet je nog dat ik vorige week al die sleutels aan het uitzoeken was?'

Ze knikte. 'Honderden sleutels.'

'Sinds jij dit kantoor in gebruik hebt genomen, sinds Mary's rechterhand Neil Logan met ziekteverlof ging, heb ik geprobeerd de deurtjes van de dressoirs open te krijgen. Maar dat lukte me niet. Geen enkele sleutel paste erop. Tot gisteravond.' Hij stak zijn hand

75

in zijn zak en haalde er een oud koperen sleuteltje uit, dat hij haar liet zien.

'Dit is de sleutel waarmee de kastdeurtjes opengingen. Het is niet de juiste sleutel – hij hoort niet op de dressoirs, maar toch paste hij op deze sloten. Ik hoefde dus de sloten er niet uit te laten halen en heb zo een heleboel schade aan het antiek kunnen voorkomen.' Ondertussen maakte hij de kastdeuren open en trok een la open. 'De map die ik je zonet heb gegeven zat hierin, onder een stapel tijdschriften, kranten en andere mappen. Hoogstwaarschijnlijk is Neil Logan het dossier helemaal vergeten, en waar hij het heeft opgeborgen. Hoe gaat het trouwens met hem?'

'Ik heb laatst zijn vrouw gesproken, en zij vertelde dat zijn zogenaamde zenuwinzinking iets heel anders was. Zijn artsen denken dat hij aan het begin van dementie lijdt. Ik heb gezegd dat ze zich geen zorgen moest maken, dat ik zou regelen dat hij met pensioen kon gaan. Ze was erg opgelucht.' Elizabeth liep naar de dressoirs, bekeek de laden aan de binnenkant en vroeg, opkijkend naar Robert: 'Zat er verder nog iets in dat net zo... belangrijk was?'

'Nee,' antwoordde hij. 'Alleen het briefje dat ik je heb gegeven.'

'Ik ben blij dat je het niet hebt opgegeven, met je sleutels.' Plotseling moest Elizabeth lachen. 'En ik ben blij dat je me meeneemt naar Waverley Court. Wanneer gaan we?'

'Vanavond al,' zei hij beslist, en hij lachte met haar mee, waarna hij eraan toevoegde: 'En ga me niet wéér tegenspreken.'

Wanneer je een tijd wegblijft uit een huis dat je dierbaar is, vergeet je soms hoe mooi het is en wat het voor je betekent. Zo verging het mij althans. Eerder op de avond, toen Robin en ik hier in Kent aankwamen, bedacht ik weer eens dat Waverley Court zolang als ik me kan herinneren een speciale plek in mijn hart heeft gehad. Kat had het voor mij omgetoverd tot een thuis, en door de jaren heen had ik er blindelings elk hoekje leren vinden, evenals geheime plekjes en gedeelten van de tuin die helemaal van mij alleen waren. Ik ben dol op het zomerhuisje en op het stukje strand dat uitkijkt over het Kanaal en waar ik als kind samen met Kat altijd naartoe ging. Dan wees ze me de lichtjes van Frankrijk aan, twinkelend in de verte, alsof ze me wilden lokken. Waverley Court is in de lente en in de zomer op z'n mooist, maar zelfs in de herfst en de winter is de omgeving prachtig. Kat en Blanche maakten met Kerstmis, geholpen door Toby, altijd iets schitterends van de kamers beneden. Er stond altijd een enorme, met glitterende versieringen en piepkleine lampjes behangen kerstboom; de schilderijen kregen takjes hulst en aan de kroonluchter in de ontvangsthal werd een tak mistletoe gehangen. Kerstmis. Over een paar weken is het weer zover. Misschien dat Robin en ik hiernaartoe kunnen gaan om een ouderwetse kerst in Kent te vieren. Ik zal het hem voorstellen. Ik denk dat hij dat best leuk zou vinden. Ik weet het wel zeker. Ik wil samen met hem Kerstmis vieren. Robin is de enige familie die ik heb, degene die me het meest na is.

'Je hebt vast lekker geslapen,' merkte Robert op, terwijl hij Elizabeth op vrijdagochtend over de ontbijttafel heen aankeek. 'Het is altijd... heilzaam om in een kamer te zijn die je als kind hebt gekend, vind je niet?'

'Ik heb inderdaad goed geslapen,' antwoordde Elizabeth. 'En natuurlijk vind ik het heerlijk in mijn oude kamer, maar ik was gisteravond gewoon doodmoe. Ik kon onder het eten mijn ogen amper openhouden.'

Robert grijnsde. 'Ben je niet blij dat ik je heb overgehaald om mee te gaan naar Waverley Court?'

'Me overgehaald? Je hebt wél lef, Robin Dunley. Gecommandéérd zul je bedoelen.'

'Soms moet ik wel, net zoals ik dat in het verleden deed,' kaatste hij terug, met nog altijd die grijns.

Ze glimlachte zonder commentaar te leveren.

Even later vroeg hij: 'Zullen we vanmorgen gaan paardrijden?'

Met een ruk ging haar hoofd omhoog, en ze was zichtbaar in de war. 'Er zijn hier geen paarden.'

Hij keek haar een ogenblik aan, waarna die duivelse grijns die ze zo goed kende op zijn gezicht verscheen. 'Jawel, hoor. Twee. Een voor jou en een voor mij: Crimson Lass en Straight Arrow. Die zijn vanmorgen gekomen. Ik heb ze door mijn broer Ambrose laten brengen. Wat vind je ervan?'

Verbaasd en verrukt barstte ze in lachen uit en sprong op. 'Ik kan niet wachten. Wat een goed idee van je... Kom, laten we onze rijspullen aantrekken.' Ze keek hem gewiekst aan. 'Aangezien je het gisteren allemaal met Ambrose hebt geregeld, weet ik dat jij de jouwe bij je hebt.'

'Dat klopt.' Hij stond op, liep achter haar aan de kamer uit, de hal door. Samen gingen ze de trap op en bij haar kamer aangekomen, zei hij: 'Over tien minuten zie ik je in de stallen.'

Robert galoppeerde maar door, vlak achter Elizabeth aan. Ze reed of haar leven ervan afhing, recht op het allerhoogste hek van het erf af, en hij hield zijn hart vast. Hij vreesde dat ze er niet heelhuids overheen zou kunnen, dat de paardenhoeven erachter zouden blijven haken en ze uit het zadel zou worden gegooid. En gewond zou raken.

Ze was in hun puberteit altijd al onverschrokken en snel geweest, maar nu merkte hij dat ze sindsdien een nog roekelozer amazone was geworden en geen risico uit de weg ging. Sinds ze eropuit waren getrokken, ruim een uur geleden, had ze over het terrein om Waverley Court heen geraasd, in het spoor dat ze als kind altijd hadden gevolgd.

Plotseling doemde het hek op! Recht voor haar uit. Robert hield zijn adem in, biddend dat ze eroverheen zou kunnen. En jawel! De jonge merrie Crimson Lass ging er met het grootste gemak overheen en kwam uitstekend neer. Intens opgelucht nam hij de hindernis nu zelf ook, met evenveel gemak als zij. Hij galoppeerde achter haar aan en riep: 'Elizabeth! Wacht! Stop even!'

Dat deed ze, en nadat ze eindelijk tempo had teruggenomen, draaide ze zich om in het zadel. 'Wat is er? Gaat het niet, Robin?'

'Het gaat prima. Ook al heb je me zo-even bijna een hartaanval bezorgd.'

'Ik?' Ze keek hem bevreemd aan en fronste haar voorhoofd. 'Hoe dan wel?'

'Ik dacht dat je te veel van Crimson Lass eiste, dat ze het niet zou halen en dat je uit het zadel geworpen zou worden.'

Ze glimlachte, een tikkeltje zelfingenomen. 'Je moet me vertrouwen, Robin. Ik ben namelijk een heel goede paardrijdster geworden sinds we samen hebben paardgereden... al die tijd geleden.'

'Dat zie ik.' Hij keek op zijn horloge en veranderde van onderwerp. 'Zullen we weer naar het huis gaan? Het is al halfeen. Ik heb honger, jij niet?'

'We kunnen inderdaad beter naar huis gaan. Myrtle zei dat er om klokslag één uur geluncht zou gaan worden.'

Ze keerden hun paarden en galoppeerden zwijgend naast elkaar over het weiland. Het was een mooie dag, helder en zonnig, en de hemel was hier in Kent azuurblauw, gelardeerd met pluizige witte wolken. Omdat de koperkleurige bladeren nog niet waren gevallen hadden de bomenrijen langs de weiden een vurige gloed en was het bos nog steeds in rossig gouden tinten gehuld. Terwijl ze verder reden, dacht Robert terug aan de keren die hij hier als jongen was geweest, wanneer zijn vader hem met de auto naar Aldington had gebracht zodat hij Elizabeth gezelschap kon houden. Hij voelde opeens een verlangen naar die jongensjaren die voorbij waren, toen de wereld volgens hem anders, op de een of andere manier plezieriger en beter was. Toen alles zijn eigen plek had... al zijn broertjes en zusjes vrolijk en blij waren en nog leefden, en zijn ouders ook. Het verdriet kwam hard aan, waardoor zijn knappe gezicht betrok en zijn hart samentrok vanwege het verlies van zijn familieleden.

Een ogenblik later rechtte hij zijn rug in het zadel en keek voor zich uit. Hij was verstandig, wilskrachtig, ambitieus en een optimist... Hij moet niet achterom-, maar vooruitkijken... En hij moest niet stilstaan, maar vooruitgaan...

Elizabeth onderbrak zijn gedachtekronkels toen ze zei: 'Robin, zou je vanmiddag met me mee willen gaan naar Stonehurst Farm? Ik wil er eens een kijkje nemen.'

'Ja, natuurlijk ga ik met je mee. Wat had Kat erover te melden?' vroeg hij, omdat zijn belangstelling nu was geprikkeld.

'Dat het in uitmuntende staat verkeert, dankzij Briney Meadows, de huisbewaarder. Ze ging zelfs zover te zeggen dat het landgoed een klein fortuin waard is. De tuin is al die jaren onderhouden door Alison Harden en is nog altijd een pronkstuk. Het was er echt schitterend, Robin, weet je nog? We gingen er altijd met tante Grace Rose naartoe. Wat was ze dol op ons. Jij zei altijd dat ze te gek was, je favoriete volwassene.'

'Ze maakte ons aan het lachen met haar wrange humor, en van haar mochten we eten wat we maar wilden: vruchtentaart, chocolademousse en custardpudding... En op een keer hebben jij en ik samen een hele trifle opgegeten. Ze stond paf.'

'Ik moet er niet meer aan denken!' Elizabeth moest lachen. 'Ik was degene die achteraf misselijk was. Een kleine schrokop, dat was ik.'

Robert schudde zijn hoofd en keek haar fronsend aan. 'Jij, Elizabeth? Jij at nooit genoeg, en Kat klaagde altijd dat je te mager was.'

'O, vertel mij wat. Ze was een beetje erg overbezorgd, vind je niet? Net als jij.'

'Ik ben niet overbezorgd!' wierp hij tegen, zo te horen niet alleen verontwaardigd, maar zelfs beledigd.

'Je was zonet nog bang dat ik niet over een laag hekje kon springen, dat ik m'n nek zou breken.'

'Kat en Cecil en ieder ander zou gehakt van me maken als er iets met je gebeurde terwijl ik in je buurt ben. Dat weet je maar al te goed,' legde hij uit, nog steeds gepikeerd.

Elizabeth grijnsde alleen maar en omdat ze hem wilde plagen, gaf ze Crimson Lass de sporen en reed zo snel ze kon weg.

Elizabeth en Robert werden allebei in de tijd teruggevoerd toen ze later die middag met Briney Meadows op Stonehurst Farm rondwandelden. De huisbewaarder werkte er al vijftig jaar en kende hen al van kindsbeen af.

In elk vertrek waren de ramen brandschoon, glansden de vloeren en blonk het antiek. De vloerkleden waren fris en waren zo te zien net gereinigd, en nergens viel er een stofje te bekennen. Alles stond op zijn plaats, er viel nergens iets op aan te merken.

'Ik heb een gevoel of ik hier gisteren nog ben geweest,' zei Elizabeth, terwijl ze Robert glunderend aankeek. 'Het is nog precies zoals het was toen ik klein was.'

'Dat is het ook, Miss Turner, maar Miss Grace Rose is dan ook een pietje-precies: ze heeft het altijd goed onderhouden en ervoor gezorgd dat wij dat ook deden. Ze was destijds een perfectioniste, en dat is ze nog. Ze belt me aldoor op om orders te geven.'

'Ik wist niet dat ze zich nog zo met het huis bezighield, Briney,' merkte Elizabeth verbaasd op, met een vluchtige blik op hem.

'O, zeker wel, Miss Turner! Het is dankzij haar supervisie dat het huis al die jaren zo goed is onderhouden. Net zoals het landgoed. Het spijt me dat Alison, de vrouwelijke tuinman, er vandaag niet is. Ze zou u vol trots hebben rondgeleid, en de verzonken tuin ligt er momenteel zo mooi bij. Het is namelijk een vrij zachte winter – tot nu toe, althans.'

'De tuin viel ons al op toen we kwamen aanrijden,' zei Robert. 'En die is schitterend – al die prachtige struiken en bosschages, en de rode beuken... adembenemend gewoon.'

Briney knikte, zichtbaar in zijn nopjes met zijn prijzende woorden, en nu hij Robert zo aankeek en de jongen weer voor zich zag die hij was geweest, glimlachte Briney bij zichzelf. Moest je hem nu eens zien: een volwassen man, zo groot en knap, en voor hij zich kon inhouden, flapte hij eruit: 'Toch geen kikkers in uw zak vandaag, sir?'

Robert gooide zijn hoofd in zijn nek en barstte in lachen uit. 'Wat heb je toch een goed geheugen, Briney. Ik had het als schooljongen inderdaad nogal op kikkers gemunt, hè?'

'Zeer zeker, sir. U vond ze fascinerend, en u was altijd in de vijver aan het rommelen. Op een keer was ik bang dat u erin was gevallen.'

'Je hebt eens een pad voor me gevangen en in een jampot gestopt,' kwam Elizabeth tussenbeide. 'Maar ik durf te wedden dat je dat bent vergeten.'

'Natuurlijk niet... Het was namelijk een cadeau aan jou, een van mijn eerste.' Hij grinnikte terwijl ze de stoeptreden opgingen. 'En hoe zou ik in godsnaam die meest fantastische pad kunnen vergeten?'

Elizabeth lachte en zei: 'Fijn dat je ons hebt rondgeleid.' Ze schudde Briney de bruinverweerde hand en ging naar buiten.

'Graag gedaan, Miss... Door u tweeën voelde ik me weer jong, en kwamen allerlei herinneringen terug.'

Robert gaf Briney een stevige hand. 'Het is inderdaad een reisje terug in de tijd geweest voor ons allemaal, Briney. Tot ziens.'

Briney wuifde toen ze naar het geplaveide terras liepen, en ze zwaaiden terug, waarna ze koers zetten naar de verzonken tuin.

Op een gegeven moment zei Elizabeth: 'Het viel me op dat Briney met geen woord over Mary heeft gerept, maar dat verbaast me eigenlijk niets. Volgens Toby lagen die twee elkaar niet, en hij zei ook dat Briney haar met eerbied behandelde, maar afstand bewaarde.'

'Het is een fijne vent – zo zouden er meer moeten zijn,' merkte Robert op, waarna hij haar fronsend aankeek. 'Ik vraag me af waarom je tante Grace Rose zich zo betrokken voelt bij het huis. Je hebt me ooit verteld dat ze het aan je vader heeft geschonken.'

'Dat is wat ik had begrepen.' Elizabeth haalde haar schouders op. 'Misschien is ze er zo op gesteld omdat ze hier is opgegroeid en hier als volwassen vrouw heeft gewoond, ook na haar huwelijk met Charles Morran. Tussen haakjes: Kat heeft gelijk. Ik denk dat het een klein fortuin waard is.'

'Ben je van plan het te verkopen?' vroeg Robert.

'Geen idee. Ik kan toch niet in al die huizen wonen? Stonehurst Farm is inderdaad prachtig. Maar ik ben altijd het allermeest gesteld geweest op Waverley Court, en dat is toevallig wel dichter bij Londen. Ik kan Ravenscar immers niet verkopen. Daar ben ik mee verweven, en ik moet het na mijn dood aan mijn erfgenamen nalaten.'

'Zeg, laten we het vandaag niet over de dood hebben! Wij tweeën hebben nog een heel leven voor ons, meisje!'

'Dat is zo, Robin. Samen.'

Hij keek haar steels aan, maar onthield zich van commentaar.

Negen

Grace Rose wist zich altijd met zwier te kleden, in een geheel eigen stijl, en die zondagmiddag zag ze er heel fraai uit, vond Elizabeth. Haar schitterende, weelderige grijze haardos was chic gekapt, ze was uitstekend opgemaakt en haar tenue trok ieders aandacht. Ze droeg een los vallend jasje met raglanmouwen van paarse zijdebrokaat met een zijden topje en een eveneens zijden broek in dezelfde kleur. Om haar hals hingen snoeren met grote amethisten en in haar oren had ze amethisten oorknopjes.

Terwijl ze van haar thee nipte en haar oplettend bekeek, vond Elizabeth het moeilijk te geloven dat Grace Rose zesennegentig was. Dat zou je qua uiterlijk en verstandelijke vermogens echt niet zeggen. Geen spoortje van kindsheid of dementie – integendeel zelfs. Grace Rose had een scherpe geest, begreep echt alles en haar droge humor was nog altijd intact. Het was waar: Grace Rose was een héél oude dame – even oud als de eeuw – maar haar geest was eeuwig jong. Elizabeth wist maar al te goed dat haar tante altijd zorgde dat ze bezig bleef, nog altijd voor haar favoriete charitatieve doelen werkte, een groot deel van haar zaken zelf behartigde en goed op de hoogte was van alles wat er om haar heen gebeurde.

Elizabeth zette haar kopje thee neer, boog zich voorover en zei: 'Volgens mij hebt u er nog nooit zo goed uitgezien, tante Grace Rose. U bent werkelijk beeldschoon.'

'Dank je, en ik zou over jou hetzelfde kunnen zeggen, lief kind. Die roestkleuren staan je erg goed, Elizabeth. Ik geloof dat dat een Hermès-pakje is. Lang geleden was ik zelf dol op die kleuren.' Grace

Rose wachtte even, waarna ze vroeg: 'Ik vraag me af of je iets voor me zou willen doen.'

'Natuurlijk.'

'Zou je me Grace Rose willen noemen? Zoals je als kind deed, en toen je net volwassen was? De afgelopen paar jaar heb je het uitgebreid met "tante", maar dan voel ik me zo oud.'

Elizabeth grinnikte, waarna ze ermee instemde: 'Goed dan: Grace Rose!'

'Fijn.' Terwijl ze zich tegen de geborduurde kussens vlijde, keek Grace Rose Elizabeth aan, haar observerend zoals zij haar zo-even zelf had geobserveerd. Even later zei ze: 'Laat ze nooit zien dat je zweet.'

Verbluft staarde Elizabeth haar aan, niet wetend hoe ze moest reageren.

Grace Rose, wie nooit iets ontging, wist heel goed dat ze erin was geslaagd haar nichtje geducht te laten schrikken – wat ze in feite ook van plan was geweest – en glimlachte in zichzelf. Toen verscheen er een glimlach op haar gezicht en verklaarde ze: 'Dat zei mijn vader vroeger altijd tegen me... "Laat ze nooit zien dat je zweet." Dat deed hijzelf nooit, en dat zul jij ook nooit doen, hè, Elizabeth? Morgen. Op de directievergadering.'

'Uitgesloten,' wist Elizabeth uit te brengen, wetend dat Grace Rose van de directievergadering op de hoogte was omdat ze aandeelhouder was.

'Mijn vader,' sprak Grace Rose verder, 'had nog een wet waar hij bij het zakendoen bij zwoer: "Loop nooit te koop met zwakheid, hou altijd je gezicht in de plooi." Hij vertelde me ooit dat zijn neef Neville Watkins dat er bij hem had ingehamerd toen hij net kwam kijken, op zijn negentiende. Edward Deravenel stelde zijn eigen mantra samen, en dat zou jij ook moeten doen. Je zult er profijt van hebben.'

'Daar heb je gelijk in, en zoals je weet heb ik altijd bewondering voor mijn grootvader gehad.'

Grace Rose keek Elizabeth enige tijd bedachtzaam aan, waarna ze opmerkte: 'Iedereen was in zijn ban. Hij bezat een dodelijke charme. In overvloed. Bovendien was hij jong, had een ruim hart en je kon van hem op aan.' Er ontsnapte haar een zuchtje, waarna ze haar rug rechtte en op besliste toon verderging: 'Wij zijn de laatsten, hoor, jij en ik. De laatste Deravenels!'

Elizabeth knikte, bang om iets te zeggen, bang om haar oudtante in herinnering te brengen dat ze ook een Turner was, omdat ze haar niet wilde kwetsen.

Het was alsof Grace Rose haar gedachten had gelezen toen ze vlak daarop verderging. 'O, ik weet dat jij een Turner bent. Maar je vader, Harry, was heel anders dan de andere Turners. En jij ook. Zijn en jouw genen komen van Bess Deravenel, mijn halfzuster en jouw grootmoeder van vaders kant. Zij en ik hadden allebei rood haar, net als jij.' Grace Rose klopte op haar eigen haar. 'Het is nu grijs, maar ooit was het schitterend rossig goud van kleur.'

Grace Rose schoof een ietsje op op de bank en rommelde wat door een aantal mappen en paperassen die naast haar op een bijzettafeltje lagen. Ze vond wat ze zocht: een foto in een zilveren lijst. Terwijl ze die aan Elizabeth gaf, vertelde ze: 'Dit is Edward met je grootmoeder en mij... Ik sta links op de foto. Hij is genomen in 1925, ongeveer een jaar voor de dood van onze vader.'

Elizabeth had de foto nog nooit gezien en omvatte hem met beide handen, terwijl ze er een ogenblik naar keek. Haar grootmoeder Bess en Grace Rose leken sprekend op elkaar, en beiden vertoonden een grote gelijkenis met Edward. Ze waren beeldschoon. Met een brede glimlach merkte ze op: 'Er is geen twijfel mogelijk wie de vader van jullie tweeën is! Of van wie ik afstam.'

Grace Rose glimlachte, duidelijk verguld, en vroeg: 'Zou jij de foto terug willen zetten, Elizabeth, daar op de consoletafel? Daar is het plekje vrij waar hij meestal staat.'

Elizabeth knikte en stond op, liep naar de console tussen de twee hoge ramen en zette de foto op de aangegeven plaats neer, waarna ze terugging naar de zithoek bij de brandende haard en in de fauteuil ging zitten.

De twee vrouwen zaten in de smaakvolle woonkamer van Grace Rose' flat in Chester Street, in het hart van Belgravia. Het was een ruime kamer, waarvan Elizabeth altijd al had gevonden dat hij mooi was ingericht, in een rustgevend crèmekleurig, roze en groen kleurengamma, met schitterend antiek en bijzondere kunst. Grace Rose had een heel bijzondere en unieke collectie, waarvan Elizabeth de schilderijen hier en in de andere kamers altijd vol bewondering had bekeken.

Door de hele kamer stonden op diverse tafeltjes, groepsgewijs opgesteld, foto's van de voltallige familie Deravenel, de Turners en ook van de overleden echtgenoot van Grace Rose, de beroemde acteur Charles Morran. Overal stonden vazen met bloemen, waarvan de geuren zich in de warme kamer vermengden met het vage aroma van Grace Rose' favoriete, door de nonnen in Florence samengestelde potpourri, die ze bij de Farmaceutica Di Santa Maria Novella betrok.

Toen Elizabeth haar thee ophad, zette ze de kop-en-schotel op de salontafel neer en verbrak de stilte met de opmerking: 'Kat zei dat je me nodig moest spreken, Grace Rose.' Ze keek haar tante vragend aan.

'Dat klopt.' Grace Rose vestigde haar vaalblauwe ogen op Elizabeth. 'Je hebt een leven van uitersten geleid en dat zal gezien de omstandigheden altijd wel zo blijven, neem ik aan.'

Er verscheen een niet-begrijpende uitdrukking op Elizabeths gezicht, en ze zei: 'Ik weet niet zo goed wat je bedoelt met "uitersten".'

'Precies wat ik zeg. Je leven is tot nu toe altijd een kwestie van uitersten geweest. Anders dan bij andere mensen. Ongewoon. Niet standaard. Bij mij was dat net zo.' Ze boog zich voorover om liefdevol haar hand op die van Elizabeth te leggen en sprak verder. 'Je moeder overleed toen je nog heel klein was. Je had er nauwelijks weet van. Je vader heeft zich allerabominabelst gedragen door harteloos met je rond te leuren bij ons en door je te onterven. Rond te leuren, met jou! Vanaf de dag dat hij werd geboren, ben ik dol geweest op Harry. Hij is uit mijn lievelingszusje geboren, en ja, ik heb hem verwend, dat is waar. Maar door de jaren heen ben ik een hartgrondige afkeer van hem gaan krijgen, vooral toen hij volwassen werd. En niet in het minst vanwege de manier waarop hij met jou omging. Zijn gedrag was weerzinwekkend, echt gewetenloos, en dat heb ik hem verteld ook. Uiteraard wenste hij dat niet te horen.'

Elizabeth knikte, waarna ze haastig vroeg: 'Hij was toch niet de eigenaar van Stonehurst Farm?'

'Nee. Ik heb het hem cadeau willen doen, maar hij wilde het huis niet hebben omdat hij de voorkeur gaf aan Waverley Court. Er was nog een andere reden. Je vader had geen zin om de last van het onderhoud op zich te nemen... van het huis en het erf. Dus heb ik het gehouden, en Charles en ik bleven er in het weekend naartoe gaan. Maar ik hou van Stonehurst. Ik ben er opgegroeid, en dus heb ik het nooit verkocht. Ik kon het gewoon niet in vreemde handen laten overgaan.'

'Hoe kwam het dan dat Mary de laatste jaren op Stonehurst woonde? Dacht zij soms ook dat het van haar was, dat vader de eigenaar was?'

'Dat klopt, vrees ik. Ik heb de situatie onmiddellijk uitgelegd en haar aan het verstand gebracht hoe het zat. Maar omdat ze met alle geweld de weekends daar wilde doorbrengen, zijn we tot een vergelijk gekomen. Ik ben ermee akkoord gegaan voor het onderhoud van het huis en het hele landgoed te betalen, en zij zei dat zij het uitbetalen van de salarissen van het personeel op zich zou nemen. In tegenstelling tot jou en je vader vóór jou, scheen Mary om de een of andere manier niets voor Waverley Court te voelen.'

O, maar ik ken alle redenen, dacht Elizabeth, maar ze zei: 'Ik ben vrijdag naar Stonehurst Farm gegaan, omdat ik werkelijk dacht dat het aan mij was nagelaten, dat ik er nu eigenaar van was. Ik had geen idee dat het nog altijd van jou was. Maar uit de manier waarop Briney erover sprak, begon ik te beseffen dat jij nog altijd heel erg betrokken bent bij het huis, waarna ik in de war raakte. Ik kreeg op de een of andere manier het gevoel dat het van jou móést zijn.' Met een schuldbewuste blik sloot Elizabeth af met: 'Ik vind het vreselijk dat ik me daar zo heb opgedrongen.'

'Doe niet zo mal. Je hebt je helemaal niet opgedrongen, net zomin als Kat, toen ze er vorige week naartoe ging. Trouwens, je bent familie, en je mag er komen wanneer je wilt.'

'Ik begrijp het alleen niet... Van vader, bedoel ik, en waarom hij ons in de waan liet dat hij de eigenaar van Stonehurst Farm was.'

'Ik heb het hem echt willen schenken, Elizabeth, en hij was uitermate gevleid en verguld met mijn geste. Maar toen hij erachter kwam hoe duur het was om het te onderhouden, heeft hij uiteindelijk... mijn aanbod afgeslagen. Wat er volgens mij is gebeurd is dat Harry tegen iedereen heeft verteld, opgeschept misschien, dat ik hem Stonehurst zou schenken, maar dat hij er vervolgens nooit bij heeft gezegd dat en waarom hij mijn schenking niet had aangenomen. Misschien geneerde hij zich.'

Elizabeth trok haar lippen samen. 'Ik geloof best dat je gelijk hebt, maar wat raar van vader om zoiets te doen.'

'Ik wilde je nodig spreken,' zei Grace Rose kordaat, 'over iets wat me dwarszit, maar mag ik je, voor we daaraan toekomen, een paar dingen vragen?'

'Je mag vragen wat je wilt.'

'Gaat het bergafwaarts met de firma Deravenel?' Grace Rose' ogen lieten Elizabeth geen moment los.

'Nee. Absoluut niet. Cecil Williams en ik zitten sinds twee weken overal bovenop en we zijn de problemen aan het uitzoeken. We zijn ervan overtuigd dat we die allemaal kunnen oplossen.'

Grace Rose knikte. 'Bedoel je dat het bedrijf stabiel zal worden?'

'Inderdaad. Ik beloof je dat het stabiel zal worden, en zelfs groter en beter zal worden.'

'Mary heeft er een potje van gemaakt, is het niet?'

'Dat heeft ze zeker.'

'Ze heeft Philip Alvarez een heleboel geld gegeven.'

'Ja,' zei Elizabeth laconiek, waaruit haar ergernis over dat feit opeens duidelijk bleek.

'Geld van de firma?'

'Ja. Ze heeft miljoenen geïnvesteerd in zijn Marbellaproject. Maar ik kan je verzekeren dat we het er niet bij laten zitten. Of we krijgen onze volledige investering terug, of we gaan het project wellicht overnemen. Het schijnt señor Alvarez niet zo voor de wind te gaan. We stellen momenteel een onderzoek in naar de situatie.'

'Ik heb alle vertrouwen in jou en Cecil.' Grace Rose wisselde een geslepen blik met Elizabeth. 'Heeft ze hem ook eigen geld gegeven?'

'Jawel. Maar ik betwijfel of ik dat kan terugkrijgen.'

'Het verbaast me niets dat Mary Turner heeft moeten betalen om haar man zover te krijgen dat hij met haar trouwde. Ze was nou niet bepaald de grootste schoonheid die er rondliep, en ze was ook niet al te slim.'

Elizabeth moest onwillekeurig lachen. 'O, Grace Rose, jij bent me er een.'

Rose Grace glimlachte alleen maar. 'Over de directievergadering van morgen: ik vind niet dat je iets... overhaasts moet doen.'

Verbaasd keek Elizabeth haar oudtante aandachtig aan en antwoordde: 'Ik doe nooit iets overhaast, en dat weet je. Ik ben heel voorzichtig, en Cecil ook. Wat bedoel je eigenlijk?'

'De directie is veel te groot. Onwerkbaar. Ik weet het. Maar wat zou dat? Op dit moment, bedoel ik? Ik vind dat je de directie moet laten zoals hij is. Niemand wegsturen, niemand vragen om ontslag te nemen. Laat alles nou maar bij het oude.'

'Vanwaar die suggestie? Wat is de bedoeling hiervan?'

'Zorg dat je geen vijanden maakt, Elizabeth. Daar is het de tijd niet voor. Wijd je nou maar aan het runnen van het bedrijf. Veranderingen aanbrengen in het bestuur kan wachten... Neem daar je tijd voor... Zorg dat je vrienden maakt in plaats van vijanden.'

'Daar zeg je zowat, Grace Rose.'

'Jij bent de grootste particuliere aandeelhouder. Je bent algemeen directeur. Je hebt een goed team om je heen vergaard. Ga ertegenaan. Doe wat je doen moet: Deravenel weer op poten zetten. Daarna kun je doen wat je wilt met het bestuur.'

Elizabeth had aandachtig geluisterd, en wat Grace Rose zei was verstandig en leek haar logisch. Ze knikte en vroeg: 'Is dat de reden dat je me hoognodig wilde spreken?'

'Eigenlijk niet. Ik moet iets anders met je bespreken, iets wat urgent is en me dwarszit.' Grace Rose kwam moeizaam overeind. 'Kom eens mee. Ik wil je iets geven.'

Elizabeth liep met haar mee de woonkamer uit. Haar nieuwsgierigheid was gewekt.

Tien

Elizabeth ging achter Grace Rose aan via de kleine ontvangsthal de rode salon in, die ze zo ongeveer de gezelligste plek van haar tantes flat vond. Ze was dol op al die roodtinten die de ruimte overheersten – het karmozijnrood op de muren en voor de ramen, de gedrapeerde gordijnen, de mix van felrode tinten in het kleed, het rode fluweel op de bank en de stoelen die rond de haard stonden.

Zij vond dat de roodschakeringen een schitterend decor vormden voor de impressionistische en postimpressionistische schilderijen die Grace Rose voor dit smaakvolle vertrek had uitgezocht. Maar, vond Elizabeth, een tegenwicht voor al die verfijning was de gezellige sfeer, knusheid zelfs, mede dankzij de roze kappen op de schemerlampen, die voor een warme, rossige gloed zorgden, vooral op een winterse middag als deze.

'Ga daar maar bij de haard zitten,' instrueerde Grace Rose. Intussen liep ze naar de Georgian secretaire, haalde er een dikke beige envelop uit en kwam bij Elizabeth zitten.

'Ik moet met je praten over het schilderij,' stak Grace Rose van wal, waarbij ze haar achternicht doordringend aankeek. 'Daar gaat het allemaal om. En jij weet welk schilderij ik bedoel, dat weet ik heel zeker.'

Elizabeth knikte. 'Natuurlijk weet ik dat. Het schilderij dat je vader in 1918 heeft gekocht omdat het hem aan Bess en jou deed denken.'

'Precies. En ik wil van jou een belofte, de belofte dat je het niet gaat verkopen. Tenzij je niet anders kunt – om de firma Deravenel te redden. Dat moet echt de enige reden zijn.'

'Ik beloof dat ik het niet zal verkopen, Grace Rose. Op mijn erewoord.'

'Je zou namelijk in de verleiding kunnen komen om het te laten veilen. Het is vandaag de dag waarschijnlijk een klein fortuin waard.'

'O, zeker wel, dat weet ik wel zeker.'

'Dus je hebt het laten taxeren?' vroeg Grace Rose prompt, terwijl ze haar gewiekst aankeek.

'Nee, hoor.' Elizabeth schraapte haar keel. 'Ik moet je iets vertellen, over een paar besluiten die ik een jaar geleden over het schilderij heb genomen. Dat heb ik gedaan vlak nadat mijn halfzuster me te kennen had gegeven dat ik niet langer welkom was bij de firma Deravenel, dat ik er niet meer mocht werken. Omdat ik geen idee had wat ze voor me in petto had, wat ze zou gaan doen, ben ik op Ravenscar gaan wonen. Een soort onderduik, als je wilt.'

'Dat weet ik nog. Je hebt me van daaruit gesproken, omdat je wilde dat ik wist waar je was voor het geval ik je nodig had. Maar ga verder over het schilderij.'

'In de week waarin Mary me vertelde dat ik weg moest, ben ik naar Waverley Court gereden en heb Toby het schilderij van de wand in de bibliotheek laten halen. Hij heeft het voorzichtig in lakens gewikkeld en ik heb het meegenomen naar Londen. Ik zei tegen hem dat ik het liet schoonmaken en restaureren. Dat heb ik ook gedaan. Het hangt nu in mijn kleedkamer in de flat op Eaton Square, waar het absoluut veilig is.'

Grace Rose leek acuut in de war gebracht en zei binnensmonds: 'Maar Briney Meadows heeft het schilderij een paar weken geleden nog gezien. Toby had hem gevraagd naar Waverley Court te komen om hem te helpen het alarmsysteem te repareren. Er was iets mis met de elektrische bedrading.'

Er verscheen een brede glimlach op Elizabeths gezicht. 'Briney heeft de kopie gezien die ik heb laten maken nadat het schilderij was schoongemaakt en gerestaureerd. In de tijd dat het werd gekopieerd, door een kunstenaar die ik ervoor had aangetrokken, schoot me te binnen dat Toby en Myrtle misschien zouden zien dat de lijst nieuw was als het schilderij weer op Waverley Court terug zou zijn. Omdat de oorspronkelijke lijst een beetje was afgebladderd, het verguldsel hier en daar was afgesleten. Ik heb gezegd dat de kunstenaar de kopie in de oude lijst moest zetten en het origineel in de nieuwe, zodat ze het verschil niet konden zien.'

Grace Rose grinnikte. 'Heel slim van je, lief kind. Maar, uit nieuwsgierigheid: waarom had je het überhaupt weggehaald?'

'Ik dacht dat Mary het misschien zou stelen. Niemand zou haar de toegang tot Waverley Court ontzeggen, en ik vertrouwde haar voor geen cent. Ook al had ze een gruwelijke hekel aan het schilderij, ze wist dat het ontzettend kostbaar was en ze had het met gemak kunnen weghalen. Geen mens die haar zou hebben tegengehouden. Heel simpel dus: ik wilde er geen enkel risico mee lopen. Ze had het namelijk kunnen verkopen en het geld aan Philip Alvarez kunnen geven.'

'Dat heb je mooi bedacht, Elizabeth, maar –' Grace Rose onderbrak zichzelf, waarna ze voorzichtig zei: 'Volgens mij was ze de rechtmatige eigenaar.'

'Dat weet ik best. Ze heeft het via onze halfbroer Edward van mijn vader geërfd. Maar die bewuste dag heb ik er beslag op laten leggen... Ik besloot dat ze het niet verdiende.'

Grace Rose onderdrukte haar opluchting, en na een ogenblik zei ze: 'Elizabeth, ik denk dat ik in jouw plaats precies hetzelfde zou hebben gedaan.'

'Ik ben blij dat je dat zegt.' Elizabeth boog zich dichter naar haar toe en biechtte op: 'Het is een enorm bedrag waard. Een kunsthandelaar, die een oude vriend van me is, vertelde me dat iedere Renoir onbetaalbaar is, en vooral deze, *Les deux soeurs*, vanwege de schitterende kwaliteit en omdat Renoir het heeft geschilderd, in 1889, toen hij schitterend op dreef was. Toen ik afgelopen zomer mijn vriend Julian Everson sprak en hem de Renoir liet zien, was hij geweldig onder de indruk. Hij heeft er een prijskaartje aan gehangen. Volgens hem was het zes miljoen pond waard, op z'n minst. Hij zei er zelfs bij dat dat een behoorlijk lage taxatie van hem was.'

'Zo te horen klopt dat wel. Ik had het zelf op acht miljoen geschat. Welnu, deze map is voor jou. Er zit een heleboel informatie in over de schilderijen die Jane Shaw hebben toebehoord, de beste vriendin van mijn vader – zijn maîtresse, om precies te zijn. Bess en ik hebben na haar dood haar kunstcollectie geërfd. Het was destijds allemaal al vrij kostbaar, dus vandaag de dag is het héél kostbaar. Ik weet wat er aan mijn muren hangt. Hierin –' Ze zweeg even, klopte op de beige map en vervolgde: '... zitten foto's van de schilderijen die je grootmoeder heeft geërfd. Als je even tijd hebt, wil ik dat je ze gaat bekijken in de diverse huizen die je hebt geërfd. Wil je dat doen, Elizabeth? Het is belangrijk dat je weet waar alles is.'

'Dat zal ik zeker doen. Kat kan er zelfs meteen mee beginnen. Ze werkt momenteel voor me en loopt vergelijkbare dingen na.'

'Dat vind ik heerlijk om te horen. Kat is uitermate consciëntieus. Ik denk dat een paar van die schilderijen in het huis in Chelsea hangen, waar je vader woonde nadat hij het oude huis op Berkeley Square had verkocht. En waarschijnlijk zijn er ook een paar op Ravenscar en in Waverley Court. Goed, hier is de map. Neem hem alsjeblieft door als je even tijd hebt. Waarschijnlijk zul je enkele schilderijen zelf herkennen.'

Elizabeth had de dikke map naar de secretaire in de woonkamer meegenomen, waar ze nu de documentatie over de schilderijen zat door te nemen. Grace Rose was ruim twintig minuten geleden verdwenen om een telefoontje van haar achterneef in Ierland aan te nemen en was nog steeds niet terug.

Elizabeth was helemaal verdiept in de foto's van de schilderijen, want zodra ze die begon door te kijken, wist ze dat ze een aantal zeldzame schatten onder ogen had. Maar ze had nooit geweten dat ze deel hadden uitgemaakt van de collectie van Jane Shaw. Een paar herkende ze meteen en ze wist precies waar die zich bevonden.

Ze bekeek een foto van het schilderij van Camille Pissarro, dat ze zolang ze zich kon herinneren al mooi vond. Het was een afbeelding van een groepje oude huizen met rode daken tussen een pluk praktisch kale bomen. Dat schilderij had in de eetkamer op Waverley Court gehangen, evenals een opvallend sneeuwlandschap van Armand Guillaumin. Met die twee schilderijen was ze opgegroeid en ze had altijd gevonden dat ze in die ene kamer een eenheid vormden. De rode daken van Pissarro's huizen pasten heel goed bij de roodgekleurde bladeren aan de bomen op de besneeuwde heuvels van Guillaumin.

Een sneeuwlandschap van Monet, een schilderij dat geheel in zwart-, wit-, crème- en grijstinten was opgezet, was een van de lievelingsstukken van haar vader geweest en hing nog altijd op Ravenscar in de kamer waar hij had gewerkt.

Er waren nog wat foto's van andere schilderijen, waarop ze de stijl herkende van Matisse, Van Gogh, Sisley en Manet. Die vier schilderijen, die haar bekend voorkwamen, bevonden zich beslist niet op Ravenscar of Waverley Court. Misschien hingen ze in het huis in Chelsea.

Op dat moment kwam Grace Rose weer opdagen en riep uit: 'Het spijt me verschrikkelijk, kindje. Patrick weet me meestal niet zo lang aan de telefoon te houden. Maar hij wilde me over zijn vriendinnetje vertellen... Hij is zo goed als verloofd. Hij neemt haar later deze week mee naar Londen om kennis met me te maken.'

'O, wat leuk,' zei Elizabeth, terwijl ze glimlachend opkeek.

'Ja, en hij is zo attent. Hij wil me altijd zo veel mogelijk bij familiegebeurtenissen betrekken. Welnu, wat betreft de schilderijen: je kent er vast wel een paar van. Ze moeten in elk geval in een van de huizen hangen.'

Elizabeth stopte de foto's terug in de map, kwam achter de secretaire vandaan en ging bij Grace Rose bij de haard zitten. 'Dat klopt, en ik zal je laten zien welke ik in mijn bezit heb. Ik kan me ook herinneren dat ik een paar van de andere heb gezien, maar het probleem is dat ik niet weet waar... Hoogstwaarschijnlijk in het huis in Chelsea. Tenzij ze verkocht zijn.'

'Die mogelijkheid bestaat natuurlijk altijd. Maar ik denk niet dat je vader kunst heeft verkocht, en trouwens, de schilderijen zijn van de hand van bekende schilders. Dan zou ik dus hebben geweten dat ze op de markt waren verschenen. En ik weet zeker dat Mary er geen een heeft verkocht, om dezelfde reden. Dan zou ik ervan geweten hebben.'

'Ik zal Kat vragen of ze nog eens naar Chelsea wil gaan om de schilderijen te bekijken,' zei Elizabeth. 'Ze is er vorige week geweest, om te beginnen alles te ordenen, maar ik heb er helemaal niet aan gedacht haar over de schilderijen te vertellen.'

'En het huis, Elizabeth? Ben je van plan het te houden of ga je het verkopen?'

'Ik denk dat ik het ga verkopen, Grace Rose. Ik weet het, het is een mooi oud huis, maar ja, het lijkt me een beetje groot voor een vrouw alleen.'

Grace Rose bekeek haar goedkeurend en riep: 'Maar je zult niet altijd alleen blijven. Je zult op een dag gaan trouwen en kinderen krijgen.'

Elizabeth staarde haar met open mond aan, terwijl er een uitdrukking van afschuw op haar gezicht verscheen. 'Ik ga nooit trouwen. Van m'n leven niet.'

'Kom, kom, kindje. Zeg nooit nooit. Je weet nooit wat er gaat gebeuren... Het leven zit vol onverwachte wendingen.'

'Nee, ik zal nooit trouwen. Daar ben ik een veel te zelfstandige vrouw voor. Bovendien, ik wil geen man die de baas over me speelt en zegt wat ik doen moet. Ik wil mijn eigen... baas zijn. Ik wil niet iemands aanhangsel zijn. En ik wil geen kinderen, ik wil een carrière.'

Grace Rose keek haar een moment peinzend aan, maar hield haar mond.

'Toen ik acht was,' zei Elizabeth opeens, 'zei ik tegen Robert Dunley dat ik nooit zou trouwen en als je het aan hem vraagt, zal hij je vertellen dat ik de waarheid spreek.'

Grace Rose verbeet een glimlach, waarna ze op een luchtiger toon vroeg: 'En was dat toen hij je voor het eerst ten huwelijk vroeg, Elizabeth?'

'Doe niet zo mal, Grace Rose! Hij heeft me toen helemaal geen aanzoek gedaan. Dat heeft hij trouwens nog nooit gedaan. En dat zal hij in de toekomst ook niet doen, dat kan ik je op een briefje geven.'

Grace Rose slikte de woorden in die op het puntje van haar tong lagen. Ze had Elizabeth willen zeggen dat ze zich totaal vergiste. Robert Dunley was al onder Elizabeths betovering sinds hij... jawel, acht was, net als zij. Ze hadden als tieners heel vaak bij haar op Stonehurst Farm gelogeerd, en ze kon zich nog goed herinneren dat hij toen al altijd aan haar lippen hing en helemaal gehypnotiseerd door haar was.

Omdat ze dat onderwerp niet kon laten rusten, zei Elizabeth: 'Robin is als familie, als mijn broer. En hij heeft exact dezelfde gevoelens voor mij.'

'Is dat zo?' mompelde Grace Rose. 'Ik weet dat hij directeur Planning bij Deravenel is geworden... Ik hoop dat je hem binnenkort eens meeneemt om kennis met me te maken. Het was zo'n schat van een jongen.' Zonder een reactie af te wachten, schakelde Grace Rose snel over en besloot met: 'Je moet me laten weten wat Kat in het huis in Chelsea aantreft, wat de schilderijen betreft. Ik ben reuzebenieuwd.'

'Ik zal zorgen dat ze het morgenochtend doet, dus dan zal ik je ongetwijfeld morgenavond een paar antwoorden kunnen geven. Kom, ik zal je nu de schilderijen laten zien die ik in mijn bezit heb.' Elizabeth klapte de map open, haalde er als eerste de Pissarro uit en gaf die aan haar tante.

Nadat ze afscheid van Grace Rose had genomen en naar huis was gegaan, dacht Elizabeth na over wat haar oudtante zich had laten ontvallen over het aanzoek dat Robin haar zou hebben gedaan. Kennelijk was Grace Rose vergeten dat Robin een jaar of acht geleden met Amy Robson was getrouwd. Iedereen was haar trouwens vergeten, omdat ze in geen velden of wegen te bekennen was; het leek wel of Amy in vergetelheid was geraakt.

Blanche Parrell had haar ooit verteld dat Amy in Cirencester woonde en nooit naar de stad ging, omdat zij en Robin waren gescheiden. Robin had het nooit over haar, en Elizabeth had tot op deze avond in geen eeuwen aan haar gedacht. Toch was het blijkbaar faliekant misgegaan, dat tienerhuwelijk. Blanche had opgemerkt: 'Van overhaast trouwen krijg je eeuwig spijt.' Indertijd had menigeen gedacht dat het huwelijk een moetje was, maar kennelijk was dat niet zo. Dat ondoordachte huwelijk had geen kinderen opgeleverd.

Robert Dunley leefde een vrijgezellenbestaan, zat lekker in zijn vel en was zo vrij als een vogel, zo op het oog althans. Hij woonde en werkte in Londen en ging nooit naar Cirencester. Elizabeth dacht na over Amy. Hoe kon een vrouw een man als hij door haar vingers laten glippen?

Elf

'Diplomatie en je gezicht in de plooi kunnen houden zijn het beste gereedschap. Maak er handig gebruik van, Elizabeth, en alles komt goed,' zei Cecil Williams.

Elizabeth keek hem over haar bureau heen vorsend aan en zei, na aandachtig te hebben geluisterd: 'Ik weet dat je gelijk hebt, Cecil, en Grace Rose zei gisteren min of meer hetzelfde: dat ik niets moest doen – geen overhaaste dingen en moest zorgen dat ik geen vijanden maakte, maar vrienden.'

'Het is een verstandige oude dame. Bovendien, wat vált er te doen? Niets, naar mijn mening. Je kunt niet beginnen met directieleden te ontslaan of iedereen de wet voor te schrijven. Dat soort dingen zal de andere bestuursleden alleen maar tegen je in het harnas jagen. Je moet voorzichtig en vooral heel, heel langzaam te werk gaan.' Cecil rechtte zijn rug en nam een slok koffie. 'In elk geval zal het vandaag een zeer uitgedunde directieraad worden.'

Elizabeth keek hem geschrokken aan, met grote ogen van verbazing. 'O, en waarom dan wel?'

'Charles Broakes kwam vrijdagmiddag bij me met een lijst van degenen die afwezig zullen zijn.' Cecil haalde een notitieboekje uit zijn zak en keek erin. 'Malcolm Allen heeft zijn ontslag ingediend. Hij gaat in Los Angeles wonen, om bij zijn dochter en kleinkinderen in de buurt te zijn. Kennelijk is hij kortgeleden weduwnaar geworden. Twee directieleden zijn geveld door griep, en dan hebben we Rodney Nethers, die afgelopen zomer een hartaanval heeft gehad. Hij is teruggetreden. Evenals Peter Thwaites, die zich sinds

97

kort vanwege de belastingen als balling in Monaco heeft gevestigd. Dat zijn dus vijf personen minder. Mary is dood en Neil Logan lijdt aan dementie en is door jou met pensioen gestuurd. Dat betekent dat er in totaal zeven mensen weg zijn. Rushton Douglas is afgelopen augustus dood neergevallen, wat maakt dat er in totaal acht mensen niet aanwezig zullen zijn.'

'Niet te geloven!' riep Elizabeth uit. Ze trok een roodbruine wenkbrauw op en vroeg: 'Zijn er onder hen soms lieden die niet komen omdat ik de leiding heb overgenomen, denk je?'

Cecil schudde verwoed zijn hoofd. 'Nee, absoluut niet, daar ben ik zeker van.'

'Ja, hoor eens, hoe weten we dat twee van hen werkelijk met griep in bed liggen?'

'Dat weten we niet, niet met zekerheid. Maar Rodney heeft inderdaad een hartaanval gehad en Malcolm is werkelijk weduwnaar geworden, en ik ben er zeker van dat Rushton morsdood is. Zijn overlijdensadvertentie stond in *The Times*.'

Elizabeth leunde met een glimlach achterover. 'Dus dan komen er in totaal tien directieleden en ik, elf in totaal.'

'Dat klopt, en dat is een veel beter aantal, niet zo onwerkbaar. Ik zou niet willen dat de directie opnieuw topzwaar wordt.' Cecil liet het notitieboekje in zijn zak glijden. 'Volgens mij is Charles Broakes dat met me eens. Trouwens, hij vindt het geweldig dat je alle wijngaarden hebt geconsolideerd en hem aan het hoofd hebt gezet van de hele branche.'

'Daar ben ik blij om, en voor zover ik het kan bekijken heeft hij zich altijd goed van zijn taak gekweten.'

'Charles vond ook dat Robert en ik bij de directievergadering aanwezig moeten zijn, omdat wij immers ons rapport moeten opstellen.'

'Mooi. Trouwens, hij en John Norfell hadden toch geen bezwaar kunnen hebben tegen jullie aanwezigheid?' Zonder zijn reactie af te wachten vervolgde ze haastig: 'Tussen haakjes, ik ben van plan jou en Robin kandidaat te stellen. Ik wil jullie allebei in de directie. Daar zal toch geen bezwaar tegen worden gemaakt?'

'Ik betwijfel het. Charles en John zullen ermee instemmen, evenals je oudoom Howard. De andere leden zijn of vóór jou, of op z'n minst neutraal. En ik zou het fijn vinden om in de directie te zitten. Dank je, Elizabeth, en –' Cecil hield zijn mond toen Robert zijn aanpalende kantoor uit kwam stuiven en riep: 'Als Francis er toch niet was!'

Ze staarden hem allebei aan, waarna Elizabeth zei: 'Wat is er, Robin? Wat is er gebeurd?'

Ze keek en klonk zo ongerust, dat Robert zei: 'Sorry, ik had niet zo moeten uitbarsten. Wat er is gebeurd, is het volgende... Walsington heeft wat rondgeneusd in Madrid en ontdekt dat er wat betreft Philip Alvarez aan heel wat dingen een luchtje zit. Achter vrouwen aan zitten, slemppartijen, flink de bloemetjes buitenzetten en van het goede leven genieten. Hoge schulden. Maar het ergste is dat het Marbellaproject stilligt. Het zit er zelfs in dat hij enorm op z'n snufferd gaat en zich failliet moet laten verklaren.'

'Goeie god!' riep Elizabeth uit, met haar hand voor haar mond. 'Als hij failliet gaat, krijgen we nooit onze vijfenzeventig miljoen terug. O Robin, dit is vreselijk nieuws.'

Cecil trok bleek weg. Zijn ogen lieten Robert niet los, die op een andere stoel neerplofte. 'Je kunt maar het beste naar Madrid vliegen, Robert,' zei hij verbeten. 'Zo gauw mogelijk.'

'Dat denk ik ook. Ik heb zelfs al een plaats geboekt op het eerste vliegtuig dat morgen vertrekt. Ik stuur mijn broer vooruit; Ambrose vertrekt vanmiddag en heeft een afspraak met Francis in zijn hotel. We moeten snel handelen en elke actie ondernemen die nodig is. We hebben geen tijd te verliezen.'

'Daar ben ik het mee eens,' zei Cecil. 'Walsingtons informatie klopt altijd, daar kun je gif op innemen. Ik zeg altijd tegen hem dat hij een geweldige spion geweest zou zijn. Heb je nog contact gehad met onze vestiging in Madrid?'

'Inderdaad. Daar houden ze zich ook met de zaak bezig.' Hij keek naar Elizabeth en voegde eraan toe: 'Maak je geen zorgen... we zitten erbovenop.'

'Ik heb alle vertrouwen in je, Robin, en ook in Ambrose en Francis. Ik weet dat als er iemand is die ons uit deze Spaanse puinhoop kan trekken, jullie dat zijn. Enfin, laten we overgaan tot het doornemen van de onderwerpen die we op de directievergadering gaan bespreken.'

Zodra ze de directiekamer binnenkwam, voelde Elizabeth de vijandige sfeer. Ze was haar hele leven al gevoelig geweest voor mensen en hun gevoelens, en voelde snel aan wat voor atmosfeer er in een ruimte hing. Bovendien was de vijandigheid bijna tastbaar.

Hoe die haar ook overviel, ze hield haar gezicht in de plooi en zei: 'Goedemorgen allemaal,' terwijl ze naar het hoofd van de tafel liep, vergezeld van Cecil en Robert, die elk aan een kant van haar plaatsnamen. Ook zij wensten iedereen een goede morgen, wat door alle aanwezigen met een welwillende glimlach werd beantwoord.

Toen ze zich aan het hoofd van de directietafel had geïnstalleerd schonk Elizabeth hun een stralende glimlach en stak van wal. 'Het verheugt me u allen hier vandaag te zien. Welkom... op mijn eerste directievergadering.'

Haar donkere schitterogen gingen de tafel rond, en ze slaagde erin de neutrale uitdrukking op haar gezicht te behouden toen haar blik op Mark Lott en Alexander Dawson viel, de directieleden van wie Cecil haar had verteld dat ze 'griep' hadden. Die waren snel opgeknapt, bedacht ze, waarna het haar ogenblikkelijk duidelijk was dat de vijandige houding zijn oorsprong had bij dat tweetal. Natuurlijk! Mark Lott was niet alleen bijzonder goed bevriend geweest met Mary, maar ook een regelmatige gast op Stonehurst Farm. Wat Alexander Dawson betrof, hem had ze nooit gemogen toen ze bij Deravenel werkte. Hij was achterbaks, een bedrieger, en ze had hem op talrijke leugens betrapt. Zij zijn mijn vijanden, bedacht ze, en ze nam zich voor hen in de gaten te houden.

'Het eerste agendapunt van vandaag is de aanstelling van Cecil Williams en Robert Dunley in de directie. Zoals jullie weten zijn zij mijn twee belangrijkste stafleden, en zij zullen samen met mij de leiding voeren over Deravenel. Om die reden is het van essentieel belang dat zij zitting hebben in deze directie, en het is mij een eer hen te benoemen. Wie stemt hiermee in?'

'Ik,' zei Charles Broakes vanaf het andere eind van de tafel. 'Ik stem ermee in dat Cecil Williams en Robert Dunley lid worden van het bestuur van Deravenel.'

'Ik stem ook in met hun benoeming,' verkondigde John Norfell met zijn stentorstem. 'Laat degenen die ervoor zijn hun hand opsteken. Ik zou graag handen zien.'

Toen Elizabeth de tafel rondkeek, zag ze dat alle aanwezigen stuk voor stuk hun hand opstaken. Ze glimlachte. Lott en Dawson zouden niet dúrven tegen me in te gaan, dacht ze, nu Broakes en Norfell achter me staan. Die twee te promoveren, hun meer macht te geven, blijkt een goede zet van me te zijn geweest.

Charles Broakes keek de tafel rond en zei: 'Omdat iedereen die vandaag aanwezig is zijn hand heeft opgestoken zijn Cecil Williams en Robert Dunley unaniem verkozen om toe te treden tot het bestuur van de firma Deravenel. Welkom aan boord, heren, en van harte gelukgewenst.'

'Ik zou nu graag doorgaan met de agenda,' haastte Elizabeth zich aan te kondigen. 'Eerst wat betreft de stand van zaken binnen het bedrijf. Vanaf vandaag ben ik niet in staat jullie volledig en accuraat verslag uit te brengen, omdat onze controlerende en register-accountants en onze analisten nog niet klaar zijn met berekeningen. Toch kan ik jullie vertellen dat Deravenel, ook al heeft het bedrijf verliezen geleden vanwege onverstandige investeringen in het verleden, niet in ernstige moeilijkheden verkeert.' Ze vertrok geen spier toen ze dat zei, terwijl ze wist dat het een leugen was, zij het een leugen in ieders belang. Ze vond het niet nodig in te gaan op de huidige status van het bedrijf en wilde zich ook niet verliezen in details over de hachelijke situatie in Spanje. Waarom zou ze paniek zaaien?

'Dus u bedoelt dat Deravenel zich in veilig vaarwater bevindt?' vroeg Alexander Dawson, terwijl hij zich iets vooroverboog om Elizabeth te kunnen aankijken.

'Dat bedoel ik inderdaad. Wellicht moet ik nu een schets geven van enkele plannen die we hebben. Zoals jullie weten zijn John Norfell en Charles Broakes beiden bevorderd en zijn ze nu wereldwijd chef van hun respectievelijke branches –'

'Houdt dat in dat u hun de macht hebt gegeven boven de sectie-managers in het buitenland?' onderbrak Mark Lott haar, die haar eveneens fixeerde met zijn staalgrijze ogen.

'Inderdaad. Ik wil dat Deravenel Londen vanuit Londen wordt gerund. In de toekomst zullen de sectiemanagers in het buitenland rechtstreeks verantwoording afleggen aan hun superieuren in Londen in plaats van zelfstandig te handelen wanneer het aankomt op het nemen van belangrijke beslissingen die van invloed kunnen zijn op het totale bedrijf.' Ze keek even naar Cecil.

'Het is een vorm van controle,' legde Cecil uit. 'Een manier om te zorgen dat alle secties in het buitenland volgens ónze opzet worden gerund, volgens onze visie op de toekomst van het bedrijf. We zijn eveneens van plan het grootste deel van de buitenlandse vestigingen te reorganiseren, en dan zal er uiteraard sprake zijn van enige mate van... natuurlijke afvloeiing, en een paar mensen –'

'Geen massaontslagen, hoop ik!' onderbrak Dawson Cecil met luide stem. 'Dat zou voor de buitenwereld een teken zijn dat we wel eens in grote moeilijkheden zouden kunnen verkeren.'

'Er wordt een aantal mensen ontslagen, en sommigen worden met pensioen gestuurd,' zei Elizabeth op besliste en zakelijke toon. 'Maar dat zal geleidelijk gebeuren, gedurende een aantal maanden, waarschijnlijk het hele volgende jaar. Het ligt niet in onze bedoeling om paniek te zaaien, omdat daar ook geen enkele reden toe is. Deravenel bevindt zich absoluut in veilig vaarwater, zoals ik daarnet al zei. Maar het bedrijf moet efficiënt gerund worden.' Ze wendde zich tot Robert en zei: 'Ik zou graag willen dat jij een schets geeft van onze plannen over de veranderingen die we in het algemeen gaan aanbrengen, Robin.'

In tegenstelling tot de anderen die hadden gesproken, ging Robert erbij staan. Hij was een knappe, indrukwekkende verschijning, zoals hij de plannen begon uit te leggen die hij samen met Elizabeth en Cecil had uitgedokterd. Hij sprak voor de vuist weg, en niet met behulp van aantekeningen. Hij was zo'n eloquent en goed formulerende spreker, zo helder in het toelichten van hun oogmerk, dat iedereen applaudisseerde toen hij was uitgesproken.

Vervolgens vroeg Elizabeth Cecil hun plannen toe te lichten om enkele vestigingen in het buitenland te sluiten en de redenering die daarachter zat. Ook hij ging staan en richtte zich met enorme helderheid tot het bestuur, bij elk item zeker van zichzelf. Hij beantwoordde vol animo een regen van vragen en wist alle directieleden te kalmeren die ernstige bedenkingen hadden tegen het sluiten van de buitenlandse vestigingen en de indruk die dat zou maken.

John Norfell sprak over zijn plannen en visie wat betreft de internationale hotelgroep; Charles Broakes had het uitgebreid over de wijngaarden, die hij voortaan wereldwijd onder zijn hoede had. Beide mannen maakten een zelfverzekerde indruk; dat ze wisten waarover ze praatten.

Er werden vragen gesteld en beantwoord; er werden onderwerpen aangedragen die Elizabeth liever had gemeden, maar ze wist het allemaal op de haar eigen intelligente en slimme manier af te handelen. Eigenlijk had er al haar hele leven een actrice in haar gescholen, geniaal in het verbergen van haar ware gevoelens. Die koude ochtend in december kwamen haar talent en ervaring uitstekend van pas.

Toen de vergadering om halfeen uiteenging, schudde ze alle aanwezigen de hand en bleef nog even napraten. Toen glipte ze stilletjes weg, waarna ze het aan Cecil en Robin overliet zich in de bedrijfskantine met de directieleden te onderhouden.

Twaalf

Ik mis Robin, meer dan ik dacht dat ik iemand kon missen. Hij is weer naar Madrid vertrokken om zich met het probleem-Philip Alvarez bezig te houden, en hoewel mijn dagen druk bezet zijn, zijn ze doodsaai zonder hem in de buurt. Het kantoor is naargeestig zonder zijn aanwezigheid, zijn grapjes en plagerijtjes, zijn spottende lach en wrange humor. En zijn wijze raad. Robin, en Robin alleen, is degene die me weet te kalmeren wanneer ik van de kook raak en die me de logica kan doen inzien van hopeloos ingewikkelde kwesties. Hij stelt me gerust met zijn rationaliteit.

Elke morgen dat ik hier binnenkom, loop ik door naar Robins kantoor om alle lampen aan te knippen, en die blijven branden tot ik 's avonds wegga. Als ik zie dat zijn kantoor is verlicht, voel ik me minder eenzaam. Dan lijkt het alsof hij elk moment kan komen binnenstappen.

Hij is in Madrid om mijn team wegwijs te maken: zijn broer Ambrose, Nicholas Throckman en Francis Walsington. Vanaf gisteravond lijken ze vorderingen te maken. Dat mag ik hopen. Ik wil dat het probleem-Alvarez in mijn voordeel wordt beslecht, waarna ik me geen zorgen meer zal maken over de vijfenzeventig miljoen euro die Mary zo vrolijk heeft weggegeven. Maar niet minder belangrijk voor mij is dat Robin dan naar huis kan.

Niemand kan aan Robin tippen. Die bijzondere band die sinds onze kindertijd tussen ons bestaat, is er nog steeds. Nu ik erop terugkijk, besef ik wat we aan het eind van onze puberteit en toen we begin twintig waren hebben gemist. In die tijd hebben onze pa-

den elkaar niet zo vaak gekruist. Helaas. Hij volgde voorbereidend onderwijs, waarna hij naar kostschool werd gestuurd en ging vervolgens studeren. Hij is een Cambridgeman, net als Cecil Williams en een aantal van mijn andere vrienden binnen het bedrijf.

Toen ik net bij Deravenel werkte, had Robin een baan bij de vestiging in New York. Na een paar jaar in New York werd hij uitgezonden naar India, waar hij voor de mijnbouwsectie op het hoofdkantoor in New Delhi werkte. In zekere zin hebben we het contact pas weer opgepakt toen hij in Engeland terugkwam en tot de ontdekking kwam dat hij, net als ik, enigszins in ongenade was gevallen bij Mary. Toen is de relatie weer hersteld; hij was heel lief voor me, voelde met me mee en steunde me toen zij als een tiran tekeerging.

Het afgelopen jaar is Robin heel vaak in de buurt geweest, toen hij naar Ravenscar kwam om met Cecil en mij samen te werken en toekomstplannen te maken. Dat was maar goed ook, want daardoor hebben we enorm veel tijd bespaard en konden we een groot aantal zaken met onmiddellijke ingang van start laten gaan.

En nu werken Robin en ik dus samen hier, zo eensgezind, als een Siamese tweeling bijna. Maar eensgezind zijn we al sinds we elkaar voor het eerst tegenkwamen, toen we acht waren. Een lange vriendschap. We vinden dezelfde dingen leuk – vroeger al. Veel lichaamsbeweging, wandelen, dansen, tennissen, maar vooral paardrijden. Hij is een geweldige ruiter, beter dan ik eigenlijk, al rijd ik heel goed. Toch kan ik niet aan hem tippen. Er zijn nog meer dingen die we graag samen doen: naar de bioscoop gaan, concerten, opera- en theaterbezoek. Soms plaag ik hem dat hij toneelspeelt, want er huist een groot acteur in hem. En hij heeft de meest zalvende stem, een stem die echt iedereen inpakt, net als de stem van wijlen Richard Burton vanaf het toneel kon betoveren en iedereen in zijn ban hield. Daarop reageert Robin meestal door te zeggen dat ik absoluut de betere acteur ben, en misschien is dat waar.

Robin is uitermate intelligent, in menig opzicht briljant, en omdat hij over het onverklaarbare talent beschikt om tot de kern van de zaak door te dringen, vooral in het werk, leer ik elke dag van hem. Hij is trouw en beschermend, net zoals Cecil, en ik ben op hen allebei gesteld. Er is een nieuwe en diepere verstandhouding ontstaan tussen Robin en Cecil, waar ik erg blij mee ben. Beide

mannen zijn mijn steun en toeverlaat, en ik moet er niet aan den-
ken dat ze elkaar niet zouden mogen en ruzie zouden maken. Ge-
lukkig is dat absoluut niet het geval.

Er is zoveel aan de hand bij Deravenel; er verandert van alles,
en in zo'n razend tempo dat ik het nauwelijks kan bijhouden. Het
is ongelooflijk, zoals Cecil heeft toegezien op de veranderingen die
we met onmiddellijke ingang hebben kunnen doorvoeren. Ik voel
tot in mijn merg dat alles wat we hebben gepland in de loop der
jaren vruchten zal afwerpen. Maar op dit moment zijn in de city
alle ogen gericht op de firma Deravenel. Iedereen kijkt toe, houdt
zijn oren open en wacht af. We mogen geen steken laten vallen. Ik
heb bij mezelf gezworen dat dat niet zal gebeuren.

Robin heeft beloofd om tijdig terug te zijn om Kerstmis met me
te vieren. Ik hoop dat we dan naar Waverley Court kunnen gaan.
Het zal ons goeddoen. We zijn workaholics geworden. Robin en
ik...

Elizabeth schrok van het schrille gerinkel van de telefoon, ging met
een ruk rechtop zitten en pakte de hoorn van het toestel. 'Elizabeth
Turner.'

'Met mij.'

'Robin! Hallo! Ik vroeg me al af wanneer je zou bellen,' riep ze
uit.

'Nou, hier ben ik dan. En ik geloof dat ik best eens goed nieuws
zou kunnen hebben.'

'Ga me niet vertellen dat je hem het geld hebt weten te ontfut-
selen. Als dat zo is, ben je echt een genie!' zei ze, met een stem die
uitschoot van opwinding.

'Nee hoor,' zei Robert op een veel gematigder toon. 'Maar ik
heb wel heel wat vooruitgang geboekt bij Philip. "Wij," zou ik eigenlijk moeten zeggen; het is teamwork geweest. En jij bent een
volwaardig lid van het team.'

'Hoe bedoel je?'

'Hij is altijd al op je gesteld geweest, Elizabeth, en naar het schijnt
heeft hij een bijzonder zwak voor je. Hij begrijpt volkomen hoe je
je voelt over de vijfenzeventig miljoen euro die Mary heeft geïnvesteerd, en wil open kaart met je spelen,' legde Robert uit. 'Hij heeft
ongeveer hetzelfde bedrag in het Marbellaproject zitten, zodat jij

en hij in zekere zin gelijkwaardige partners zijn. Nou ja, ik zou zeggen dat de firma Deravenel en hij partners zijn. In elk geval is het project niet verlopen zoals hij had verwacht, en hij wil dat wij het overnemen.'

'Om het te runnen?' vroeg ze ongelovig.

'Precies. Hij mist de ervaring om een dergelijk recreatiepark te leiden – dat is het in feite – en als wij hem niet helpen door het beheer volledig op ons nemen, is hij straks nergens meer. En dan zijn wij onze vijfenzeventig miljoen kwijt, dat is een ding dat zeker is.'

'Bedoel je dat Philip dan bankroet is?'

'Niet persoonlijk, nee. Ook het merendeel van zijn andere firma's is veiliggesteld. Maar het Marbellaproject zal de mist in gaan, en dan kan Deravenel definitief naar het geld fluiten.'

'Blijft hij dan partner?' Elizabeth klemde haar hand steviger om de telefoon.

'Ja. Maar ik denk dat ik er een deal uit kan slepen die zeer voordelig voor ons zou zijn. Met andere woorden, dan maken wij de dienst uit en hebben we de volledige verantwoording voor hoe de zaak wordt gerund –'

'Met alles erop en eraan?' viel ze hem snel in de rede.

'De hele reut, en alles wat er nog bij komt,' antwoordde Robert met een stem waarin een lach doorklonk.

'Weet Cecil dit allemaal?'

'Nog niet. Ik ga hem nu opbellen. Maar wat vind jij ervan? Dat Deravenel de tent gaat runnen?'

'Ik weet dat we het zouden kunnen. Wij beschikken over de juiste mensen.' Ineens klonk ze ontstemd. 'Ik kan die verrekte vijfenzeventig miljoen trouwens niet zomaar afschrijven.'

'Dat weet ik. We hebben geen keus. En moet je horen: er zijn nog enorm veel dingen die we met hem moeten bespreken. Ik wilde alleen weten wat jij er ruwweg van vond, en Cecil, zodat ik morgen met Philip kan afronden. Natuurlijk, alle contracten en papierwerk zullen moeten wachten tot na Kerstmis. Maar als we tot een deugdelijke overeenkomst met hem kunnen komen, kan het team vrijwel meteen Madrid verlaten.'

'Wat vind jij dat we moeten doen, Robin?'

'Mijn intuïtie zegt me dat we met Philip in zee moeten gaan... althans, in dit stadium van de onderhandelingen. Als we tot de juiste deal kunnen komen, een goede deal voor ons, komen wij er uiteindelijk misschien als de winnaars uit.'

'Goed dan. Wil je Cecil dan wel meteen bellen? Ik ga nu naar zijn kantoor. En dank je wel, Robin.'

'Graag gedaan, Elizabeth. Ik ben morgenavond terug, als alles goed gaat.'

'Ik ben blij dat te horen. Ik heb je gemist.'

'Ik jou ook.'

De verbinding werd verbroken, en ze legde de hoorn neer, ging op een draf haar kantoor uit en liep de gang door. Na een vluchtig klopje op de deur stapte ze Cecils kantoor binnen, net op het moment dat de telefoon begon te rinkelen. 'Dat is Robin,' voorspelde ze, terwijl ze naar Cecils bureau liep en op een stoel ging zitten.

Cecil knikte begrijpend, zonder met zijn koele grijze ogen te knipperen en bleef kalm als altijd. Hij nam de hoorn op: 'Met Williams.' Hij luisterde zwijgend, waarna hij zei: 'Ja, Robert, ze is net binnen. Vertel op. Hoe goed is het gegaan?'

Cecil leunde achterover in zijn stoel, knikte, terwijl hij een paar keer naar Elizabeth keek, in een poging haar blik te vangen. Uiteindelijk zei hij: 'Ik ben het eens met jou en Elizabeth. Ik denk niet dat er veel anders voor ons op zit. We kunnen net zo goed met Philip Alvarez meegaan – voorlopig, althans, in deze overlegfase. Robert, je moet er wél een deal met hem uit slepen die heel voordelig is voor ons, hoor.'

Elizabeth leunde achterover, terwijl ze maar met een half oor naar Cecil luisterde, waarna ze zich, zodra hij had opgehangen, over zijn bureau boog en vroeg: 'En, wat vind je ervan?' Haar donkere ogen lieten hem niet los.

'Ik ga akkoord met jou en Robert. We hebben niets te verliezen. Vooralsnog. Uiteindelijk zijn we nog maar in bespreking.'

Elizabeth stond op. 'Ik zal je één ding vertellen, Cecil. Als John Norfell het Marbellaproject in handen krijgt, zal hij een ongelooflijk succes van dat recreatiepark maken. Het past helemaal in zijn straatje. Mocht hij het gaan runnen, áls we het overnemen, zal ik weer lekker slapen.'

'En ik ook,' beaamde Cecil.

Elizabeth keek op haar horloge. 'Ik moet ervandoor. Ik heb een afspraak met Kat en Thomas in het huis in Chelsea. Ze klonken erg mysterieus toen ik ze gisteren sprak.'

'Laten we hopen dat ook zij goed nieuws hebben,' zei Cecil, terwijl hij haar een van zijn zeldzame glimlachjes schonk.

Dertien

Het huis stamde uit de regencyperiode. Alles aan het gebouw was volmaakt in proportie, de vele ramen, de hoge schoorstenen en de onmiskenbare chic. Dit architectonische juweel stond verscholen achter hoge stenen muren in een schitterende tuin aan de oever van de Theems.

Het was oorspronkelijk door Neville Watkins voor zijn vrouw Nan gekocht en later van Nan overgenomen door Edward Deravenel, die het vervolgens aan zijn broer Richard had geschonken. In ruil daarvoor had Richard het nagelaten aan zijn lievelingsnicht, die vlak daarna met een Turner trouwde. Haar zoon Harry Turner erfde het van Bess en had er een poos gewoond, evenals zijn dochter Mary. Tot haar dood zelfs. Omdat al deze eigenaren het huis letterlijk hadden gekoesterd, was het honderd jaar lang liefdevol in stand gehouden. Net zoals het uitermate goed was onderhouden door degenen die het vóór hen in bezit hadden gehad. Vandaar dat zowel de buitenkant als het interieur in uitstekende staat verkeerde en het huis een waardevol perceel was.

Het is met recht een schat, bedacht Elizabeth toen ze het smeedijzeren hek in de rood bakstenen muur openduwde en de tuin in liep.

Ze stond stil en keek bewonderend naar het huis omhoog, waarna ze plotseling werd bestookt door herinneringen. Allerlei beelden dansten voor haar ogen... Van de tijd dat ze hier met haar vader en haar broertje Edward had gewoond... Die gelukkige tijd, begin jaren tachtig... Haar vader, die overstroomde van genegenheid...

Vervolgens van haar vader met zijn zesde en laatste vrouw, Catherine. Die lieve, moederlijke Catherine, die haar van al zijn vrouwen het liefst was geweest, die van haar had gehouden. En van Thomas Selmere, de nieuwe echtgenoot van Catherine, die ook van haar had gehouden... Ja, dat was toch zo?

Er viel een schaduw over haar gezicht, waarna ze fronste en vervolgens iedere gedachte aan Tom – die levensgevaarlijke Tom – van zich afzette. Onwillekeurig huiverde ze en voelde kippenvel opkomen. Hij had haar ondergang kunnen worden. Maar ze had haar evenwicht weten te bewaren, haar kalmte, had het hoofd koel gehouden en een onschuldig gezicht opgezet, zich zedig gedragen – in zichzelf gekeerd, zogenaamd in gedachten verzonken. Dankzij haar air van ongenaakbaarheid en haar flexibele geest had ze weten te voorkomen dat ze in moeilijkheden raakte; in tegenstelling tot Tom, dwaas die hij was.

Ze trok aan de bel, waarna onmiddellijk werd opengedaan door Ann Whitehead, de huishoudster, die haar hartelijk begroette en binnenliet.

De ontvangsthal baadde in winters zonlicht, waardoor Elizabeth haar ogen moest samenknijpen toen ze om zich heen keek. Stofdeeltjes dwarrelden in de hoge lichtstralen door de lucht, en ze slaakte een diepe zucht... Er heerste een heerlijke stilte in deze ruime hal, een rust die ze zich nog goed kon herinneren... Er heerste een vredige sfeer in dit dierbare huis, dat al zo lang in de familie was.

Toen Ann haar jas aannam, bedankte Elizabeth haar en draaide zich om. Ogenblikkelijk verspreidde zich een brede glimlach op haar gezicht. Kat, Thomas en Blanche, het dierbare drietal dat haar had opgevoed en sinds haar jeugd een en al aandacht voor haar was geweest, kwamen haar begroeten. Ze hield van hen.

Ineens stonden ze alle drie om haar heen, en toen ze haar een voor een omhelsden en een kus gaven, zag ze aan hun gezicht dat ze louter goede intenties hadden. En misschien ook goed nieuws. Zolang als ze hen kende, was dit drietal een open boek voor haar geweest. Ze had altijd in de gaten gehad wanneer haar iets boven het hoofd hing, of er slecht nieuws in de lucht hing en had altijd aangevoeld wanneer er iets leuks op til was of een ramp dreigde. Ze hadden geen van drieën de gave om hun gezicht in de plooi te houden. En die middag was het niet anders.

'Thomas, ik zie aan je glunderende gezicht dat je me iets geweldigs te vertellen hebt. Kom op, is het waar of niet?' Elizabeth maakte zich van hem los, waarna ze hem met haar zwarte twinkelogen ondeugend aankeek. 'Kom, biecht maar op.'

Hij grinnikte. 'Goed nieuws, ja. Misschien zouden we het ook geweldig nieuws kunnen noemen. Maar laten we naar de bibliotheek gaan en daar even gaan zitten, even bijpraten.'

'Goed dan. Ga maar voor,' antwoordde Elizabeth en ze wendde zich tot Kat, die ze een liefdevol kneepje in de schouder gaf. 'Bedankt voor alles wat je hebt gedaan, Kat, en voor het lekkere eten dat je steeds voor me klaarzette. En jij ook bedankt, Blanche.' Ze gaf Blanche een arm en voegde eraan toe: 'Je hebt me fantastisch geholpen met de kleren. Ik hoop dat je beseft hoe blij ik ben met de nieuwe aankopen.'

'Natuurlijk, en ik weet dat je het enorm waardeert.' Al vanaf de tijd dat Elizabeth nog maar een klein meisje was, was Blanche, die gelukkige ziel, niet uit Elizabeths leven weg te denken. Wat Blanche, een Welshe met een goed hart, allemaal voor haar deed, kende geen grenzen. Het was die ingebakken Welshe afkomst van de Parrells die Elizabeth – zelf voor een deel Welsh – zo aantrok.

Met z'n allen liepen ze de hal door naar de bibliotheek. Het was een vertrek dat al sinds haar tiende jaar een grote bekoring voor Elizabeth had gehad, en dat gold eigenlijk voor iedereen. Terwijl ze er naar binnen gingen, keek ze de kamer rond, terugdenkend aan de tijd dat het haar vaders domein was... Hij was hier altijd zó graag.

Honderden in leer gebonden boeken waren hier ondergebracht, in mahoniehouten boekenkasten die alle wanden besloegen. Hier brandde – of het nu winter, lente, zomer of herfst was – altijd een hoog oplaaiend vuur in de haard. Ongelooflijk comfortabele diepe lederen banken en stoelen, opvallende kunstvoorwerpen en een collectie zeer kostbare schilderijen verleenden het vertrek zijn unieke uitstraling en een letterlijk tijdloze sfeer. Sinds de tijd dat Neville Watkins er had gewoond, was er niets veranderd, behalve dat er enkele schilderijen bij waren gekomen, afkomstig, wist Elizabeth nu, uit de collectie van Jane Shaw, die ze had nagelaten aan Bess Deravenel Turner.

Ze nam plaats in een stoel bij de haard en zei: 'Vol verwachting klopt mijn hart! Voor de dag ermee, Thomas, wat mag het grote nieuws dan wel zijn?'

'Een ontdekking, hier in de kelder – een ontdekking die Kat trouwens heeft gedaan, dus ik zal haar het woord laten doen.'

Kat, die met een reuze opgewonden gezicht op het puntje van haar stoel zat, zei: 'Ik heb in de kluis de meest ongelooflijke collectie zilveren en gouden objecten gevonden, Elizabeth. En ik was zo onder de indruk van een aantal stukken dat ik een expert in de arm heb genomen om ze voor ons aan een onderzoek te onderwerpen en te taxeren. Deze Alex Pollard stond versteld van de vondst en was behoorlijk onder de indruk. Ik had er een paar, die mij het kostbaarst leken, laten schoonmaken en oppoetsen, en ik bleek gelijk te hebben. Daar was Alex het mee eens. Ze zijn van de hand van de allerbeste vaklui. Heb je ooit gehoord van Paul Storr, William Denny of Paul de Lamerie?'

Elizabeth schudde haar hoofd. Waarna ze uitriep: 'O, wacht eens even! Volgens mij heeft mijn vader het een paar keer over Paul de Lamerie gehad. Hij heeft me eens verteld dat De Lamerie de bekendste Engelse goudsmid van zijn generatie was. Ik meen dat hij door George i als goudsmid is aangesteld.' Ze fronste haar wenkbrauwen, in een poging het zich weer voor de geest te halen. 'Ik weet zeker dat mijn vader een bewonderaar van zijn werk was en mogelijk een paar dingen bezat die hij had gemaakt.'

'Dat klopt. Ik trof in de kelder een schat aan objecten van De Lamerie aan.' Kat stond op en vertelde verder: 'Ik zou graag willen dat je de collectie bekeek... Ik heb het allemaal in de eetkamer uitgestald.'

De eetkamer was met fraai meubilair ingericht, en hoewel immens van afmeting, heerste er dankzij het kleurengamma een gevoel van intimiteit en warmte. De wanden waren bekleed met rood zijdebrokaat, rode tafzij hing in mooie draperieën voor de ramen en op de glanzende parketvloer lag een antiek rood-met-zwart kleed.

Toen Elizabeth achter Kat aan de kamer in liep, zag ze meteen dat de mahoniehouten eettafel tot zijn maximale lengte was uitgeschoven. Toen ze er eenmaal naast stond, begreep ze onmiddellijk waarom. De tafel ging over de hele lengte schuil onder gouden en zilveren voorwerpen, die duidelijk een grote waarde vertegenwoordigden. Kandelaars, schalen, dienbladen, kommen, terrines, dessertetagères en roemers waren er keurig op uitgestald.

'Deze zijn werkelijk spectaculair,' riep Elizabeth uit toen ze een van de roemers optilde om hem te bekijken. Ze wendde zich tot Kat en zei: 'Echt beeldig. En wat een vakmanschap ging erin zitten – ik zie dat het in de vorm van een tulp is gegoten.'

'Die is van Paul de Lamerie, zoals alles op deze tafel,' vertelde Kat. 'Alex Pollard schat de waarde op om en nabij tienduizend pond – voor maar één zo'n roemer. In totaal zijn het er dertig.'

Elizabeth staarde haar aan en zei langzaam: 'Dus de dertig roemers zijn driehonderdduizend pond waard. Dat bedoel je toch?' Ze klonk verbaasd.

'En dat is een lage schatting, volgens Pollard,' zei Kat. 'Op een veiling zouden ze veel meer kunnen opbrengen. Paul de Lamerie was namelijk de beroemdste zilversmid van zijn tijd, en je had gelijk: hij was door koning George I als goudsmid aangesteld. Dat was in 1716, vlak nadat hij in 1712 zijn winkel in Londen had geopend. Hij was echt een gevierd man.'

Elizabeth zette met een frons de roemer op de tafel terug. 'Maar hoe heeft hij er zoveel kunnen maken?' vroeg ze. 'Per slot van rekening is het werk behoorlijk gedecoreerd en absoluut exclusief, zoals je net hebt uitgelegd.'

Kat keek naar Thomas, die haastig bij hen kwam staan. 'Goeie vraag, Elizabeth. Ik heb me precies hetzelfde afgevraagd. Dus ik ben vorige week op onderzoek uitgegaan. Naar het schijnt probeerde Paul de Lamerie zijn financiële succes veilig te stellen door een groot atelier te beginnen met een stuk of twaalf medewerkers. Hij was namelijk slim, volgens mij althans, en werkte op commissie, maar hij maakte ook andere stukken om later te kunnen verkopen. Doordat hij een atelier had en van andere handwerkslieden gebruikmaakte, kon hij aan de groeiende vraag naar zijn werk voldoen. Hij was begin achttiende eeuw de zilversmid die het hoogste aanzien genoot van zijn tijd en was vooral beroemd vanwege het vervaardigen van bewerkelijk bestek. Hij was een van de eersten die in de rococostijl werkte.' Thomas wierp een blik op de tafel en maakte met zijn hand een wuifgebaar naar de talrijke voorwerpen.

Kat keek naar Elizabeth en vulde zorgvuldig aan: 'Elk voorwerp is niet alleen voorzien van het zegel van Paul de Lamerie, maar ook van het Engelse ijkmerk dat het jaar van uitgifte aangeeft en de kwaliteit van het metaal garandeert.'

'Dank je voor je uitleg, Kat. Toch begrijp ik iets niet. Hij heeft een Franse naam – waarom staat hij dan bekend als een van de grootste Engelse zilversmeden?'

Nu was Thomas degene die haar antwoord gaf. 'Zijn ouders waren Franse hugenoten die Frankrijk om geloofsredenen hadden verlaten en naar de Nederlanden gingen – waar Paul werd geboren – en zich daarna rond 1691 in Londen hebben gevestigd. Paul de Lamerie is in Londen opgegroeid en heeft hier zijn ambacht geleerd.'

'Aha.' Langzaam liep Elizabeth om de tafel heen om de talrijke gouden en zilveren voorwerpen te bekijken. Op een gegeven moment vroeg ze aan Kat: 'Als dertig gouden roemers driehonderdduizend pond waard zijn, hoe staat het dan met de andere voorwerpen van Paul de Lamerie? In mijn ogen zijn dat echt kunstvoorwerpen, al ben ik geen expert. In elk geval zijn ze duidelijk kapitalen waard.'

'Alex is op dit moment nog bezig met het inventariseren en het maken van een schatting, en zal na de kerst een volledig rapport voor me hebben. Maar, je hebt inderdaad volkomen gelijk, Elizabeth. Je hebt hier inderdaad een klein fortuin onder ogen. En daar ook.' Ze wees op de bij de ramen opgestelde schragentafels, waarop nog eens een enorme hoeveelheid zilveren voorwerpen lag uitgestald.

Getweeën liepen Thomas en Elizabeth naar de andere kant van de eetkamer, op de voet gevolgd door Kat en Blanche. 'Een groot deel van deze stukken is vervaardigd door Paul Storr en William Denny, eveneens twee van Engelands grootste zilversmeden,' vertelde Thomas. 'Maar Kat weet meer van hen, aangezien zij het onderzoek heeft gedaan.'

'Moet je die schitterende dessertetagères zien!' Kat deed een stap naar voren, raakte er een aan en wendde zich tot Elizabeth. 'Deze zijn gemaakt in 1815, de Engelse regencyperiode, door Paul Storr. Het zilver heeft een schitterend patina, vind je niet?'

Elizabeth boog zich voorover en bekeek een van de etagères, waarna ze knikte. 'Inderdaad, Kat. En wat zijn deze twee mooi. Niet te geloven gewoon.' Haar ogen bleven nog even op de dessertetagères rusten. Ze waren allemaal grillig van vorm, elk bestaande uit twee kinderfiguurtjes op een verhoging, aan weerskanten van een luipaard. In hun omhooggeheven handen hielden ze een zilveren bokaal met een binnenkant van kristal. Toen haar blik naar een tweetal sierlijke kandelaars werd getrokken, vroeg ze: 'Zijn deze ook van Paul Storr?'

Kat boog haar hoofd. 'Ja, in de stijl van George III, ook uit 1815. Die grote zilveren bokaal is gecreneleerd en beslagen met het familiewapen van Queen Anne, gedateerd 1720, en die is van de hand van een andere befaamde Engelse zilversmid: William Denny. Wat Paul Storr aangaat, hij was een goudsmid die vooral vermaard was vanwege zijn verfijnde handwerk en heeft ook heel veel zilveren siervoorwerpen vervaardigd. Trouwens, de bokaal die hij voor admiraal Lord Nelson heeft gemaakt, ter gelegenheid van zijn overwinning bij de Slag om de Nijl in 1798, wordt tentoongesteld in het National Maritime Museum in Greenwich.'

Elizabeth, die met belangstelling had geluisterd, vroeg nu: 'En de rest van dit zilver?' Haar ogen gleden over de twee schragentafels. 'Er ligt hier zoveel. Koffie- en theeserviezen, bokalen, terrines, bekers, mokken, jagerskroezen, rozenkommen, dienbladen, eierdopjes...' Ze barstte in lachen uit. 'Mijn god, wie heeft dit allemaal aangeschaft? Wie verzamelde dit?'

'Het zal je deugd doen te horen dat ik een paar inventarislijsten heb aangetroffen, beneden in de kluizen met zilver. In feite zijn het zalen vol kasten, verscholen achter zware stalen deuren. Enfin, laten we niet afdwalen. De gouden roemers van Paul de Lamerie heeft je overgrootvader Edward Deravenel begin jaren twintig op een veiling op de kop getikt. Hij was ook degene die de etagères van Paul Storr heeft gekocht. Ze zijn waarschijnlijk hierheen vervoerd toen je vader het huis in Berkeley Square had verkocht en hiernaartoe verhuisde.'

'Aha. Is het allemaal geïnventariseerd?' vroeg Elizabeth zich hardop af.

'Jammer genoeg niet. Maar er is één ongelooflijke collectie van King George-zilver, dat vroeger van Edwards moeder Cecily Deravenel is geweest.' Kat glimlachte. 'Sommige voorouders van je waren wat preciezer in hun documentatie dan anderen, vooral je betovergrootmoeder. Van haar is alles vastgelegd.'

'Denk je niet dat het Elizabeth langzamerhand gaat vervelen?' merkte Blanche op, terwijl ze haar broer, die tegenover haar zat, veelbetekenend aankeek. 'Ik bedoel, ze zal er nu toch wel genoeg van hebben om al dat spul te bekijken? Elizabeth heeft niets met spullen.' Ze giechelde. 'Elizabeth speelt liever tycoontje.'

Thomas gniffelde, zoals hij altijd moest lachen om de onverbloemde commentaren van zijn zus. 'Nee, ze heeft niets met spullen, dat is absoluut waar. Maar ze is wél geïnteresseerd in geld, en dat is nou net wat het "spul", zoals jij dat noemt, voor haar vertegenwoordigt. Als kind was ze al verzot op geld en bang dat ze er niet genoeg van had. Weet je nog hoe ze over haar toeren raakte wanneer er niet genoeg geld was voor nieuwe kleren? Haar vader kon zo pinnig zijn.'

'Héél pinnig. Maar ook tuk op geld. Alle Turners waren inhalig. En in zekere zin heeft zijn houding haar een trauma bezorgd –'

'Laten we nou geen psychiatertje over haar gaan spelen, Blanche.' Thomas keek zijn zuster doordringend aan en vroeg: 'Heb je zin naar de kelders te gaan om tegen Kat te zeggen dat het... zo langzamerhand wel genoeg is geweest?'

'Misschien moeten we het nog even laten gaan. Er is een grote hoeveelheid fijn porselein in de opslagruimten. Het is voor het grootste deel nooit gebruikt, en alles verkeert in uitstekende staat. Sèvres, Limoges, Royal Doulton, Worcester, Meissen, Dresden, noem maar op. En ook nog een heleboel antiek, blauw-wit Wedgwood. Dat moet honderdduizenden ponden waard zijn.'

'Van Cecily Deravenel zeker?'

'Ja.' Blanche schoof dichter naar haar broer toe en zei met gedempte stem: 'Je zou Elizabeth het idee van Alex Pollard moeten vertellen, Thomas. Daar zou het nu het goede moment voor zijn.'

'Je hebt gelijk. Ik zal het haar onder het eten vertellen.'

Op dat moment ging de deur van de bibliotheek open en kwam Elizabeth samen met Kat binnenstuiven. Ze schoven bij Blanche en Thomas aan bij de haard, waarna Kat rillend zei: 'Het is koud, daar beneden.' Ze stak haar handen uit naar het vuur, evenals Elizabeth, die spierwit zag van de kou.

'Ik ga Ann wel even vragen of ze nu de thee wil brengen,' zei Blanche, waarna ze prompt overeind sprong en wegliep om de huishoudster te instrueren.

Thomas richtte zich tot Elizabeth. 'Kat heeft je zeker wel verteld hoe kostbaar het porselein is, en kennelijk verkeert het in uitstekende staat.'

Elizabeth draaide zich van het vuur af en ging naast hem op de bank zitten. 'Ik sta paf van de hoeveelheden die ik vanmiddag te zien heb gekregen, Thomas, en dat is nog maar het begin. In de andere huizen zijn nog meer kluizen, waar ik nog nooit in ben geweest. Ravenscar en Waverley Court... Om nog maar te zwijgen over de bankkluizen. Ik weet dat je er samen met Kat een kijkje bent gaan nemen.'

Kat onderbrak hen. 'Ik vertelde Elizabeth net over de tweeëntwintig met diamanten bezette tiara's in de kluis van Coutts Bank.'

Voordat Thomas iets terug kon zeggen, schudde Elizabeth lachend haar hoofd. 'Het is toch niet te geloven, Thomas? Tweeëntwintig diamanten tiara's! In alle soorten en maten, en die allemaal eigendom zijn geweest van de vrouwen die me zijn voorgegaan. Onvoorstelbaar.'

'Ze zijn wel magnifiek!' zei Thomas. 'Kat heeft je zeker ook verteld dat je een groot deel ervan uit elkaar kunt halen, en dan zijn het opeens kettingen... Zo te zien zijn die het meeste waard.'

'Want over het algemeen zijn tiara's tegenwoordig niet meer in de mode,' merkte Elizabeth lachend op. 'Maar ik durf te wedden dat we ze goed kunnen verkopen.'

Thomas was het met haar eens, wat hij ook zei, waarna hij er, omdat hij dit er het geschikte moment voor vond, aan toevoegde: 'Ik zou je iets willen voorstellen, Elizabeth: een idee dat afkomstig is van Alex Pollard. Hij is van mening dat je er baat bij zou hebben als je een openbare veiling zou houden – bij Sotheby's of bij Christie's, of een ander veilinghuis van je keuze – om de gouden en zilveren voorwerpen te verkopen, het porselein en misschien ook een deel van de kunst, de schilderijen die je niet wilt houden en misschien ook een deel van de antieke meubels. Vooral als je van plan bent dit huis te verkopen.'

Elizabeth leunde achterover in haar stoel en keek even bedachtzaam, terwijl ze nadacht over wat hij had gezegd. Vervolgens ging ze weer rechtop zitten en verklaarde: 'Ik weet niet wat ik met het huis ga doen. Ik sta in dubio of ik het zal verkopen of niet, maar het idee van de veiling lijkt me wel wat. Hoe moet ik anders van die bezittingen afkomen? Bezittingen waar ik geen boodschap aan heb.'

'En dan heb je ook nog de juwelen,' benadrukte Kat. 'Je zei laatst tegen me dat je niet van plan was om veel van de dingen te houden die Mary je in die koffer heeft laten bezorgen. Die zouden ook naar de veiling kunnen gaan.'

'Niet de Zuidzeeparels!' riep Elizabeth prompt. 'Die wil ik houden – en de oorbellen. Al het andere zal ik volgens mij nog eens moeten bekijken voor ik een definitief besluit kan nemen.'

'Ik ben blij dat de Turnerveiling je goedkeuring kan wegdragen,' zei Thomas met een glimlach. 'Het was Alex Pollards suggestie om die zo te noemen, om er een... voornaam tintje aan te geven.'

Alert als altijd zei Elizabeth: 'Ik zou het liever de collectie Deravenel-Turner willen noemen. Vervolgens zouden daaronder de volgende rubriceringen kunnen volgen: antiek goud- en zilverwerk van de hand van handwerkslieden uit de achttiende en negentiende eeuw; antiek porselein van beroemde Engelse en Europese makelij; beeldende kunst van de hand van befaamde achttiende- en negentiende-eeuwse schilders; antiek Engels meubilair en tapijtkunst, enzovoort. En dan zouden we er onderaan iets bij kunnen zetten als: schitterende juwelen van wereldberoemde edelsmeden. Wat vinden jullie ervan?'

Al was Thomas wel het een en ander gewend van wat Elizabeth deed of zei, hij stond er toch van te kijken. Hij was zelfs onder de indruk. 'Geniaal! Bovendien heb ook ik een voorkeur voor het gebruik van de twee namen, wat extra gewicht aan de veiling geeft. Uitstekend gedaan, Elizabeth.'

'Ik ben het met Thomas eens,' zei Kat ongevraagd, terwijl ze haar glunderend aankeek. 'En ik vind dat er nog een categorie moet zijn onder de titel "tiara's". Per slot van rekening zijn ze stuk voor stuk uniek, wacht maar tot je ze te zien krijgt, Elizabeth. Ze zijn echt indrukwekkend.'

'Dat is een fantastisch idee, Kat. Ik denk dat we Sotheby's in de arm moeten nemen voor de veiling. O, trouwens, wanneer kan ik eens kennismaken met Mr. Pollard?'

'Wanneer je maar wilt. Zijn vrouw werkt op de afdeling Onroerend Goed bij Sotheby's. Je zou hen kunnen inzetten, mocht je besluiten dit huis te verkopen.'

'Kan niet beter.' Elizabeth keek haar glimlachend aan. 'Heeft hij ook iets over het huis gezegd?'

'Hij had het over de pracht en uitstekende conditie waarin het verkeert, dat het zo'n goed onderhouden indruk maakt. Hij beweerde zelfs dat je er met gemak dertig miljoen pond voor zou kunnen krijgen.'

'O ja, dat weet ik. Maar daar zou ik nooit mee akkoord gaan. Ik doe het niet voor minder dan zeventig miljoen pond.'

Kat keek haar met open mond aan, evenals Thomas, maar voor ze er iets over konden zeggen, kwam Blanche terug, met Ann in haar kielzog, die de kar met het eten voortduwde.

'Wat ben ik blij dat ik jullie zie!' riep Elizabeth uit, waarna ze opstond en op hen toeliep. 'Net wat ik nodig heb om warm te worden: een heerlijke kop thee.'

Veertien

Ze was vergeten hoe mooi de bovenverdiepingen van het huis in
Chelsea waren, met hun ruime slaapkamers, brede gangen en brede portalen. Doordat er over de hele lengte ramen waren, baadde
de hoofdgang in het licht toen ze op weg ging naar de grootste
slaapkamer.

Elizabeth duwde de deur open, ging naar binnen en keek rond,
terugdenkend aan de laatste keer dat ze in deze kamer was geweest.
Toen was ze Mary komen opzoeken, die weliswaar niet had gewild
dat ze kwam, maar ze had het min of meer uit familieverplichtin-
gen gedaan. Haar halfzuster was echter zeer koel geweest, had geen
enkele belangstelling voor haar getoond en overduidelijk laten blijken dat ze niet kon wachten tot ze ophoepelde.

Elizabeth herinnerde zich dat ze haar kiezen op elkaar had gezet en was gebleven, zittend op de stoel die voor bezoek naast het
bed was geschoven. Mary, ervan overtuigd dat ze het kind van Philip in zich droeg, had zich erg zelfingenomen gedragen, bij vlagen
zelfs op het misselijkmakende af, al was ze nog zo ziek. Elizabeth
had ten volle beseft dat de dikke buik van haar halfzuster te wijten was aan haar vreselijke ziekte, en aan niets anders. Dat was
waar gebleken toen bij Mary later maagkanker werd vastgesteld.

Maar die dag, nu ruim een jaar geleden, had haar halfzuster zich
onbuigzaam opgesteld. Ze had haar toegesnauwd en te kennen gegeven dat ze niet langer bij Deravenel kon werken, en dat ze haar
definitief onterfde.

'Eruit! Verdwijn uit mijn ogen!' had ze op een gegeven moment gegild, waarbij haar donkere ogen uit haar bezwete gezicht puilden. 'Je bent altijd de nagel aan mijn doodskist geweest, min secreet dat je bent. Je hebt me mijn vader afgenomen. Dat heeft je mooi niks opgeleverd. Ik ben nu degene die de lakens uitdeelt. Niet jij. Jij zult nooit over de macht beschikken –'

Mary had een hoestbui gekregen, waardoor ze in de kussens terugviel, en toen Elizabeth geschrokken overeind sprong en zich over haar heen boog, werd ze fel afgeweerd.

Dus was ze maar weer op de stoel gaan zitten wachten tot Mary zich weer enigszins in de hand had. Toen haar halfzuster eindelijk weer wat normaler kon ademhalen, had ze gevraagd of ze iets voor haar kon doen.

Mary's antwoord was prompt en snel geweest: 'Verdwijn! Dát zal zeker helpen. Verdwijn en kom hier nooit meer terug.'

Dat had ze dus maar gedaan.

Elizabeth zuchtte zachtjes en liep de kamer door, waarna ze door het raam naar de tuin keek. Het winterlandschap was van alle kleur verstoken en aan de overkant van de Theems zelfs loodgrijs. Wat een mistroostige dag. Toen ze zich omdraaide, stond ze oog in oog met het enorme ledikant, dat pronkte met de frisse witte sprei en de verzameling met kant afgezette victoriaanse kussens. En ze dacht aan al die anderen die in deze kamer hadden geslapen... andere familieleden.

Haar oudoom Richard Deravenel en zijn vrouw Anne Watkins... Richard, de oom die haar grootmoeder Bess kennelijk had geadoreerd. Ooit had haar vader haar over hem verteld: dat hij zo zielsveel van zijn oudere broer Edward Deravenel had gehouden en dol was geweest op zijn nichtjes en neefjes, vooral op Harry's moeder Bess, Edwards oudste telg. De neefjes... Haar gedachten bleven één moment bij hen hangen... Die twee jongetjes die van het strand bij Ravenscar verdwenen en nooit teruggevonden zouden worden. Destijds een groot raadsel. In tegenstelling echter met tegenwoordig, nu er voortdurend kinderen verdwenen – hetzij ontvoerd door een boze ouder, hetzij door wildvreemden met criminele bedoelingen. Iedere vijf minuten. Statistieken wezen uit dat ergens op de wereld elke vijf minuten een kind verdween... en dikwijls nooit werd teruggevonden.

Harry Turner had hier gewoond met zijn derde vrouw Jane Selmere, de moeder van haar vaders eerste en enige erfgenaam en zuster van de gebroeders Selmere: Edward en Thomas, twee mooie, gevaarlijke mannen.

Elizabeth keerde zich om en liep de gang door naar de slaapkamer die ooit van haar was geweest. Hoewel die in het licht van de late middag, de schemering eigenlijk, in schaduwen was gehuld, kon Elizabeth zien dat er niets was veranderd en hij er nog net zo uitzag als ze hem had achtergelaten. Ze sloot de deur en leunde ertegenaan, terwijl haar ogen door de kamer zwierven.

Plotseling werd alles anders.

De jaren vielen weg. Het verleden kreeg haar in zijn greep.

Hij staat in de hoek, bij het raam.

Groot, slank, met donker haar, en zo ontzettend knap. Ook al is het licht gedempt, ik zie de lach in zijn lichtbruine ogen... die ogen die zo vaak overliepen van passie en verlangen. Voor mij. Ik deed de deur van de badkamer dicht, maar verroerde me niet.

'Lieveling, kom hier,' zei hij met gedempte stem. 'Vlug, kom, laat me je in mijn armen nemen. Toe, Elizabeth, ik heb op je gewacht.'

Nog steeds verroerde ik me niet, was hoogstwaarschijnlijk in een zoutpilaar veranderd. En er was geen twijfel mogelijk wat hij wilde. Ik huiverde, doodsbang. En van spanning. Dat had hij met me gedaan: mijn zeeman had me geleerd om te verlangen naar zijn handen op mijn lichaam, zijn lippen op de mijne. Het was niet goed, ik weet het. Maar hij was... onweerstaanbaar. Tegen mijn eigen wil in ging ik naar hem toe. Hij trok me in zijn armen en drukte me tegen zich aan. Hij was ontzettend groot en sterk, en ik voelde zijn hart bonzen onder zijn dunne katoenen hemd. Hij boog zijn hoofd en kuste me – zijn lippen op de mijne, waarna zijn tong de mijne zocht. En mijn tong tastte naar de zijne. Omdat ik dacht dat mijn benen het zouden begeven, klampte ik me aan hem vast. Hij trok me dichter tegen zich aan en ik huiverde toen ik voelde hoe hard hij was.

'Voel eens, Elizabeth, voel dan,' fluisterde hij in mijn haar. 'Kijk wat je met me doet, mijn kleine lieveling. Dit is van jou, het is voor jou.'

Ik kronkelde, probeerde me los te rukken, plotseling bang dat we betrapt zouden worden. Maar hij was sterker en hij drukte me achterover tegen het bed, trok mijn nachthemd omhoog en keek een paar momenten naar me. 'Elizabeth, Elizabeth, ik verlang zo ontzettend naar je. Naar jou helemaal, mijn kleine lieveling.'

'Tom, nee, dit mogen we niet doen,' fluisterde ik, worstelend om overeind te komen, maar hij duwde me terug en bukte zich over me heen. Opnieuw kuste hij me, en toen gleed zijn hand tussen mijn benen, waar hij me liefkozend streelde, op die geraffineerde, bedreven manier van hem. 'O, wat ben je toch een heerlijke, vochtige kleine bloem,' mompelde hij, terwijl hij me zachtjes, vederlicht aanraakte, waarna hij zijn vingers bij me naar binnen duwde toen ik begon te kreunen. 'Ja, Elizabeth, ja. Vind je dit dan niet lekker? Je houdt toch van me?'

Van angst kon ik opeens geen woord uitbrengen, waarna ik me overeind worstelde en hem met al mijn kracht van me af duwde. Mijn overlevingsdrift liet zich plotseling gelden, terwijl mijn hoofd helder werd. 'Tom, dit mogen we niet doen. Niet hier. Het is te gevaarlijk,' fluisterde ik, terwijl ik mijn peignoir pakte en die aantrok. 'Toe, Tom, je moet gaan. Alsjeblieft. Voor je eigen bestwil. Toe nou. Stel dat er iemand binnenkomt.'

Hij grijnsde. 'Er komt heus niemand binnen, Elizabeth. Het is pas zeven uur in de ochtend,' mompelde hij zachtjes. 'Maar ik zie dat je bang bent. Beloof me dat we elkaar straks zullen zien. In het Ritz Hotel.' Hij stak zijn hand in zijn broekzak, liet me een sleutel zien en liep naar de toilettafel, waar hij de sleutel in de la legde. 'Twee uur. Laten we eindelijk eens behoorlijk met elkaar vrijen. Kom naar de vijfde verdieping, het kamernummer staat op de sleutel. Goed?'

Bij de gedachte in zijn armen te liggen, alleen met ons tweeën in een bed, in plaats van gestolen momenten als deze, trok er een schok van opwinding door me heen. Toch was ik ook bang om die stap te zetten. Het zou een ramp kunnen betekenen. Ik balanceerde op het randje van de twijfel. Van het probleem wat ik als antwoord zou geven, werd ik verlost. De deur vloog open, en daar stond Kat Ashe.

'Wat is er in godsnaam aan de hand?' riep ze ontsteld en met een geschrokken gezicht, waarbij ze van mij naar Tom keek. 'Admiraal Selmere, wat doet u op dit uur van de ochtend in Elizabeths kamer?' informeerde ze, terwijl ze hem nog doordringender aankeek,

met ogen die hem taxerend opnamen.

'Ik kwam Elizabeth alleen maar vragen of ze een paar aspirientjes heeft,' zei hij bedaard en met uitgestreken gezicht. Ondertussen stak hij zijn hand in zijn broekzak, viste er een flesje met de pillen uit en liet het aan haar zien. Toen schonk hij haar een duizelingwekkende glimlach. Tegen mij zei hij: 'Dank je wel, Elizabeth,' waarna hij de kamer uit liep.

Kat kwam naar me toe en keek me doordringend aan. 'Dit bevalt me niks, Elizabeth. Hij hoort niet in jouw slaapkamer, zeker niet wanneer je niet bent aangekleed. Het deugt niet. Hij is met je stiefmoeder getrouwd.'

Blij dat ik mijn peignoir aanhad, trok ik die strakker om me heen. 'Ik weet het, maar hij wilde alleen de pillen hebben.'

'Ik begrijp het. Maar het maakte niet bepaald een juiste indruk toen ik binnenkwam, en zijn aanwezigheid in je slaapkamer zou gemakkelijk verkeerd uitgelegd kunnen worden door iemand van het personeel. We willen toch geen vuige roddel, hè? En doe in het vervolg je deur op slot.'

'Er zit geen slot in,' zei ik.

'Nou, straks zit er een in,' kondigde Kat aan en ze liep de kamer uit, waarbij ze me vergat te vertellen waarvoor ze eigenlijk naar mijn kamer was gekomen.

Toen ik weer alleen was, ging ik op mijn bed liggen en dacht aan mijn zeeman... Prachtig maar gevaarlijk. Zou ik naar hem toe gaan in de kamer die hij in het Ritz had betrokken? Ik wist niet wat ik moest doen.

Toen Elizabeth weer in de bibliotheek kwam, stond Thomas Parrell voor de haard om zich te warmen. 'Zo, heb je boven op de slaapkamers oude herinneringen opgehaald?' vroeg hij terwijl hij haar glimlachend aankeek.

'Jazeker, en ik moet bevestigen wat ik daarnet heb gezegd, Thomas. Het huis is een juweel, en ik wil er zo veel mogelijk voor hebben.'

'Heb je dan besloten het te verkopen?' vroeg Kat met opgetrokken wenkbrauwen.

Elizabeth knikte, omdat ze geen woord tegen haar kon uitbrengen, nog altijd vervuld van de herinnering aan lang geleden, aan die ochtend in haar slaapkamer, toen ze nog een tiener was.

'Ik vind het verstandig van je,' zei Kat, waar Blanche mee instemde. Toen vroeg Kat: 'Wil je dat ik het met Alex Pollard bespreek? Misschien kan hij een afspraak voor je maken met zijn vrouw.'

'Ik zou wel een afspraak met hem willen maken om over de veiling te praten, maar ik heb het liever nog niet over het huis,' antwoordde Elizabeth, die plotseling weer zichzelf was. Ze ging bij de haard zitten en vervolgde: 'Vertel me eens over de veiling, en wanneer je denkt dat die kan worden gehouden.'

Ze kon met geen mogelijkheid slapen.

Er schoten te veel gedachten door het hoofd... De ongelooflijke bezittingen in het huis in Chelsea, van een verbluffende schoonheid en waarde... Snelle berekeningen uit het hoofd... De waarde van al het andere dat nu van haar was: de juwelen, de tiara's, al dat zilver en goud, de schilderijen en antiquiteiten op Waverley Court en Ravenscar. Het vertegenwoordigde allemaal geld. Daar kwam het op neer.

Geld. Het had als een doem over haar kindertijd gehangen; er was nooit genoeg geweest om aan haar behoeften te voldoen, volgens Kat en Blanche. En vandaag de dag was dat nog altijd een probleem. Door toedoen van Mary. Intuïtief wist Elizabeth dat de Spaanse deal heus niet zo simpel zou zijn als het uit de mond van Robin klonk. Het was te snel te goed gegaan. Er zat vást een addertje onder het gras. En dat addertje zou geld zijn, dat voelde ze tot in haar merg.

Cecil had gezegd dat hij nooit zou toestaan dat ze de firma Deravenel geld zou geven. Maar in een eventueel noodgeval zou ze het bedrijf toch wel geld mogen lenen?

Haar overgrootvader Edward had dat gedaan toen hij zijn eigen geld aansprak om Deravco Oil in Perzië te financieren. Zijn partners waren destijds twee Amerikaanse waaghalzen, Jarvis Merson en Herb Lipson, mannen in wie hij alle vertrouwen had. Toen ze eenmaal op hun eerste gigantische oliebron waren gestuit, en op nog talrijke andere, en de maatschappij een succes was geworden, had Edward Deravco aan Deravenel verkocht. De oliemaatschappij was een geschenk uit de hemel geweest, een geweldige uitbreiding van het handelsconcern, en Edward had er een enorm privé-kapitaal mee vergaard.

Edward Deravenel had Bess Deravenel voortgebracht; Bess had Harry Turner voortgebracht, haar vader. En er was geen twijfel mogelijk dat ze zijn kind was. Ze leek op hem, en ze leek op Edward, en het was overduidelijk dat ze zelf door en door een Deravenel was. Ze droeg zijn genen in zich en dus was ze een mix van beiden... Raar toch, hoe ze overhelde naar de Deravenelkant van de familie, zich tot hen aangetrokken voelde...

Nu maakten haar gedachten een bocht naar het huis in Chelsea, en daar bleef ze een hele poos over doormalen. Ze had versteld gestaan van zichzelf toen ze zichzelf had horen zeggen dat ze er zeventigduizend pond voor wilde hebben. Maar hoe meer ze erover nadacht, hoe meer ze inzag dat de prijs niet buiten de mogelijkheden lag. Ze zou er zelfs meer voor kunnen krijgen. Het huis was inderdaad mooi, en ze was zelfs ooit in de verleiding gekomen om het te houden. Maar de vorige middag was ze tot het volle besef gekomen dat ze er te veel slechte herinneringen had liggen... Slechte herinneringen aan het feit dat Mary haar een jaar geleden had verstoten... Dat haar stiefmoeder Catherine haar verstootte en haar wegstuurde... nadat ze haar in de armen van Tom had betrapt... Herinneringen aan hem, die soms te pijnlijk waren.

Wat was ze een oen geweest, om zo met hem te flirten, toe te staan dat hij haar liefkoosde, haar betastte. Goddank was ze nooit met hem naar bed gegaan. Niettemin was haar onnozele gedrag de rechtstreekse aanleiding geweest dat hij in ongenade was gevallen. Die roekeloze, charmante, geestige Tom, met zijn verblindende uiterlijk en broeierige seksuele uitstraling. En met zijn totale gebrek aan gezond verstand. Hij was zijn eigen ergste vijand geweest.

Nadat hij bij de Royal Navy was afgezwaaid als schout-bij-nacht, de jongste sinds mensenheugenis, was hij als adviseur van de branche Vracht- en Lijnvaart bij Deravenel komen werken. Maar hij was in aanvaring gekomen met zijn broer toen Edward Selmere er de scepter zwaaide; die had zijn jongere broer zonder scrupules de zak gegeven. Met een geknakt ego en rouwend om Catherine was Tom Selmere naar Frankrijk geëmigreerd, waar hij vervolgens bij een auto-ongeluk om het leven kwam.

Auto-ongeluk, dacht ze cynisch. Wat haar betrof was het vanaf het begin een geschiedenis geweest waar een luchtje aan zat, en ze had zich dikwijls afgevraagd of Tom niet was vermoord. En dat deed ze nog steeds.

Ze zou het huis in Chelsea verkopen... en daarmee de slechte herinneringen in haar hoofd uitwissen. De beslissing was genomen. Er was geen weg terug.

Vijftien

Robert Dunley stond met een afwezige uitdrukking op zijn knappe gezicht voor de spiegel in zijn kleedkamer. Zijn gedachten waren bij zaken, zaken van de firma Deravenel, en hij wilde zo gauw mogelijk naar het werk.

Hij keerde zich van de spiegel af, pakte het jasje van zijn pak dat over de leuning van de stoel hing, trok het aan en liep haastig naar zijn slaapkamer. Daar ging hij achter het bureau zitten en nam de map met papieren door waarop hij gisteravond tijdens de vlucht vanuit Madrid had zitten studeren, maakte een paar aantekeningen en stopte ze vervolgens in zijn aktetas.

Vijf minuten later stond hij op straat, op zoek naar een taxi. Aangezien het pas halfzeven in de ochtend was, had hij daar geen probleem mee. Er kwam er onmiddellijk een voorrijden en binnen enkele seconden reed hij via Belgravia de Mall op, op weg naar de Strand en Deravenel.

Terwijl hij zich, weggedoken in zijn regenjas, op de achterbank installeerde, concentreerde hij zich op Elizabeth en Cecil en op de zaak die hij moest afwikkelen. Hij hoopte dat ze akkoord zouden gaan met de voorzichtige deal die hij Philip Alvarez had voorgesteld. Omdat hij er in zijn suite in Madrid samen met zijn team oeverloos op had zitten zwoegen, was hij er vrijwel van overtuigd dat ze werkelijk overal rekening mee hadden gehouden. Hij begon het in gedachten allemaal te herkauwen, op zoek naar problemen en bezwaren die ze eventueel zouden kunnen hebben, maar kon niets bedenken wat onoverkomelijk was.

De taxichauffeur stopte en zei: 'Daar zijn we dan, baas.' Robert had het in recordtijd gehaald. Hij stapte uit, betaalde en stapte Deravenel binnen, waar hij de portier groette. Vervolgens ging hij met twee treden tegelijk de brede trap op, popelend om aan de slag te gaan.

Het licht in zijn kantoor was al aan en door de tussendeur heen hoorde hij Elizabeth met Cecil praten. Hij zette zijn aktetas op een stoel, hing zijn jas op en ging naar binnen, waarna hij uitriep: 'Ga me niet vertellen dat ik te laat ben. Goedemorgen alle twee.'

'Goedemorgen, Robert,' zei Cecil, monter als altijd. 'Welkom thuis.'

Elizabeth sprong op en liep op hem toe om hem een vluchtige kus op de wang te drukken. 'Welnee, je bent niet te laat,' zei ze. 'We zijn hier zelf nog maar een paar minuten.'

Robert liep met haar mee naar de zithoek aan de andere kant van haar kantoor en nam plaats op een stoel naast Cecil. 'Ambrose en Nicholas zijn gisteren eind van de middag naar Marbella afgereisd. Ze wilden nog wat foto's maken en nog een paar dingen in het recreatiepark bekijken. Ze komen morgen terug.'

'Ik weet dat je zit te popelen om ons over de besprekingen met Philip Alvarez te vertellen, maar voor je dat doet, heb ik een vraag.' Elizabeth leunde achterover op de bank en keek Robert onderzoekend aan. 'Blijkbaar is het allemaal zo soepel verlopen, dat ik onwillekeurig denk dat er ergens een addertje onder het gras zit... en dat dat addertje geld is.'

'Je hebt absoluut gelijk: zo is het,' antwoordde Robert grif. 'Voor we de zaak kunnen overnemen om het recreatiepark in Marbella te runnen, moeten we de bouw voltooien, en dat gaat ons inderdaad geld kosten.'

'Hoeveel?' vroeg Cecil, die iets vooroverleunde in zijn stoel en Robert oplettend aankeek.

'Zo'n zeventig miljoen euro.'

'Zeventig miljoen!' riep Elizabeth. 'Dat is het ene gat met het andere dichten!'

'Nee, hoor. Want we kunnen het recreatiepark eind 1997 kant-en-klaar en geheel in bedrijf hebben, en ik denk dat het een enorm succes zal worden. Bovendien zie ik het als een kortetermijninvestering. Móchten we besluiten in het project te stappen, dan vind ik dat we er van begin af aan van uit moeten gaan dat we het binnen vijf jaar verkopen. Dan zullen we er onze volledige investering uit slepen, en dik winst maken. Ik voorzie een nog grotere opbloei van het recreatiegebeuren, met name bij recreatieoorden als dit in Marbella.'

Cecil, die aandachtig luisterde en zoals altijd aantekeningen zat te maken, knikte. 'Vertel eens over dat recreatieoord, Robert. Wat is er zo bijzonder aan? En waardoor denk je dat het zo'n eclatant succes gaat worden?'

'Ten eerste ligt het op een grote lap waardevolle grond, en het is er beeldschoon, pal aan de zee en het strand. De golfbaan is af en het clubhuis staat overeind. Het poloveld is eveneens af, alleen is daarvan het clubhuis nog niet klaar. Maar het hotelletje staat er, maar dat moet net als het clubhuis van de golfbaan nog worden ingericht. En de villa's moeten nog gebouwd worden.'

'Villa's?' Cecil fronste zijn voorhoofd. 'Je hebt het nooit over villa's gehad. Gaan die veel kosten?'

'Nee, want het zijn geen echte villa's. Eerlijk gezegd, Cecil, zijn het bungalows, ongeveer zoals bij het Beverly Hills Hotel. Philip is degene die er graag een veel chiquer etiket op wil plakken. Ze krijgen elk een zitkamer, een of twee slaapkamers met badkamer. Het bouwplan is uitermate eenvoudig en naar onze mening kunnen ze relatief snel gebouwd worden.'

'Aha. En hoeveel zijn er gepland?' vroeg Cecil.

'Zes. Maar er is land in overvloed beschikbaar, dus zo nodig kunnen het er meer worden.'

'En het eigenlijke *health*- en beautycentrum?' wierp Elizabeth op. 'Bij een recreatiepark hoort altijd een health- en beautycentrum – die zijn tegenwoordig ontzettend populair. Een vereiste zelfs.'

'Dat ben ik met je eens, en er bestaan plannen voor, maar ik was er niet bepaald van onder de indruk. Het zou veel en veel groter en luxueuzer aangepakt moeten worden. Er zouden ook een zwembad en tennisbanen bij moeten zijn om er een allround sport- en ontspanningsoord van te maken zoals ik voor ogen heb.' Robert stond op en voegde eraan toe: 'Ik heb een paar foto's in mijn aktetas. Ik ga ze even pakken.'

Even later was hij terug, ging naast Elizabeth op de bank zitten en liet haar kleurenfoto's van het resort zien, die zij weer doorgaf aan Cecil.

'Nou, je hebt het bij het rechte eind: het is inderdaad een para-
dijselijke plek, Robin,' zei ze. 'Het ziet er prachtig uit. Vertel eens,
wat is er dan misgegaan? Waarom kon Philip het niet voltooien?'

'Eerlijk gezegd, heb ik geen idee. Ik denk dat hij zich heeft laten
afleiden door zijn andere zaken en waarschijnlijk niet langer geïnteresseerd was in het Marbellaproject. Nu zit hij echt in de problemen, en als hij niet wordt gered, zal dat zijn ondergang worden.
De banken zitten hem op z'n nek. En niet zo'n beetje ook.'

Cecil, die de foto's had zitten bekijken, legde ze op de salontafel. 'Het is duidelijk een prachtlocatie. Maar laten we het kort houden. Als wij besluiten in het project te stappen, moeten we zeventig miljoen euro ophoesten om de aanleg te voltooien en het
bedrijfsklaar te maken. Bovendien moeten we de onderneming ook
nog financieren, de dagelijkse gang van zaken. Toch?'

Robert knikte.

Cecil keek bedenkelijk.

'Wat heb je Alvarez nou eigenlijk voorgesteld, Robin? En wat
speelt híj voor rol in een en ander?'

'Ik heb hem een aantal voorstellen gedaan,' antwoordde Robert.
'Ten eerste, dat zijn investering van tweeënzeventig miljoen euro in
het project blijft, net als de vijfenzeventig miljoen van Deravenel
die Mary met hem heeft geïnvesteerd. Ten tweede, dat hij wél lid
van het bestuur van het nieuwe managementbedrijf kan worden
dat ze gaan opzetten, maar dat hij geen zeggenschap krijgt over de
dagelijkse gang van zaken van het resort, en geen inbreng heeft.
Dat moet hij aan ons overlaten. Ten derde, dat hij pas zicht heeft
op teruggave van zijn investering als we het resort binnen vijf jaar
verkopen. Móchten we daartoe besluiten. Hij is met alles akkoord
gegaan.'

'Hij heeft geen keus,' stelde Elizabeth vast.

Robert glimlachte omdat ze de spijker op de kop sloeg. 'Een
waarder woord werd nooit gesproken.' Hij boog zich dichter naar
haar toe. 'Hij zal met alles akkoord gaan wat we voorstellen – min
of meer – omdat hij om onze hulp zit te springen en geen kant op
kan. Bovendien wil hij zijn andere zakenbelangen beschermen.'

'Toen jij en ik elkaar gisteren telefonisch spraken,' zei Cecil, 'zei
je dat hij ermee instemde om tot na de kerst op onze uiteindelijke
beslissing te wachten. Laten we aannemen dat we besluiten de boel

over te nemen, wanneer verwacht je dan dat dat gebeurt, Robert?'

'Dan zouden we er medio januari in moeten stappen.'

'En die banken dan, die hem op z'n nek zitten?' Cecil fronste zijn wenkbrauwen.

'Ik heb gezegd dat we hem een bereidverklaring willen geven die hij hun zou kunnen overleggen. In die verklaring zouden we dan ons voorstel uiteenzetten, gesteld dat zijn documentatie onze kritiek kan doorstaan, en als de directie van Deravenel ons het groene licht heeft gegeven.'

'We moeten hiermee zeker wel naar de directie, hè?' Elizabeth keek Cecil vragend aan.

'Ja, dat moet absoluut, maar ik denk niet dat het problemen zal opleveren,' antwoordde Cecil. 'Oppervlakkig lijkt dit een uitstekende deal, en laten we eerlijk zijn, Deravenel heeft er al vijfenzeventig miljoen euro op ingezet. Ik ben van mening dat het bestuur het met ons eens zal zijn dat we onze Spaanse investering móeten beschermen. Hoe dan ook.'

'Maar waar halen we de zeventig miljoen euro vandaan om het resort te voltooien?' vroeg Elizabeth, die van Cecil naar Robert keek, en vervolgens weer naar Cecil.

'We kunnen geld uit onze hotelbranche halen, en uit de wijndivisie,' legde Cecil haar uit. 'Ik zal die mogelijkheid met Broakes en Norfell bespreken, en ik weet wel zeker dat we de rest kunnen lenen. Dat onze banken wel met ons in zee zullen gaan.'

'Vind je niet dat John Norfell naar Marbella hoort te gaan om een kijkje te nemen?' opperde Elizabeth.

'Jazeker, en ik was van plan het hem voor te stellen. Dat zal dan natuurlijk na Kerstmis moeten,' antwoordde Robert.

'Is er wat Alvarez betreft een deadline voor de bereidverklaring?' Cecil keek Robert vorsend aan. 'Met andere woorden: hoe lang hebben wij de tijd om alle documentatie te bestuderen voor we die verklaring uitgeven?'

'Hij gaf aan dat hij het tot begin januari kan uitzingen. Ambrose en Nicholas komen morgen met meer informatie, en alle bouwplannen, bouwtekeningen, schetsen en nog wat foto's.'

'Heel goed.' Cecil keek in zijn notitieboekje, klapte het dicht en zei nog even snel: 'Ik zal vertrouwelijk met een paar directieleden gaan praten, maar ik voorzie geen problemen of bezwaren, gezien de omstandigheden. Hoewel er een fikse som mee is gemoeid om de oorspronkelijke investering te redden, zie ik dit ook als een korte-termijninvestering. En hier moeten we gewoon met een geweldige winst uit komen, en ook Mary's investering halen we eruit.'

'Weet je zeker dat Philip Alvarez daar geen stokje voor gaat steken als we de zaak eenmaal hebben overgenomen?' Elizabeth klonk zorgelijk.

'Jazeker,' stelde Robert haar gerust. 'Omdat hij dat niet zal kunnen; dat zullen we wel vastleggen in het contract dat we met hem opstellen. Maak je alsjeblieft geen zorgen over hem. Ik heb het gevoel dat onze Spaanse vriend er alleen op uit is om zijn hachje te redden. Als wij hem van de last van het resort ontlasten, met name van de voltooiing, zal hij ons eeuwig dankbaar zijn.'

Elizabeth keek hem sceptisch aan, maar onthield zich verder van commentaar.

Cecil stond op. 'Laten we morgenochtend om negen uur opnieuw bij elkaar komen, zodat we Ambrose en Nicholas om advies kunnen vragen. En bedankt, Robert, je hebt het uitstekend gedaan.'

'Het was teamwork, Cecil.'

Toen ze alleen waren, zei Elizabeth tegen Robert: 'Ik ben het met Cecil eens: je hebt het uitstekend gedaan. Maar nu wil ik je iets anders vragen... over Kerstmis. Het is bijna zover, en ik vroeg me af of je nog steeds van plan bent om naar Waverley Court te gaan.'

'Nee.'

'O.' Van teleurstelling veranderde haar gezicht van uitdrukking en ze keek hem verslagen aan.

'En jij kunt er ook niet naartoe. Ik heb namelijk heel wat werk te verzetten om deze deal tot een goed einde te brengen. Jij en Cecil zullen in elk geval voor een deel van de tijd met me moeten samenwerken.'

'Dat is prima. Maar eerste kerstdag dan?'

'Die ga ik met jou vieren. In Londen, niet buiten de stad.'

'Ik begrijp het.' Haar glimlach was er een van opluchting.

'Zullen we straks samen gaan lunchen?'

Elizabeth schudde haar hoofd. 'Ik vrees dat ik niet kan, Robin. Ik heb Grace Rose beloofd dat ik met haar ga lunchen en ik wil haar niet teleurstellen. Maar vanavond ben ik vrij.'

'Laten we dan uit eten gaan. Ik neem je mee naar Caprice, dan mag je je te goed doen aan je lievelingsviskoekjes met patat.'

Ze barstte in lachen uit. 'Het is een date.'

Robert zocht de foto's bij elkaar en liep in de richting van de deur. 'Ik heb nog een hoop te doen, maar mocht je me ergens voor nodig hebben, stap gerust binnen.'

Elizabeth knikte en ging vervolgens achter haar bureau zitten. Ze was blij dat hij terug was, en toen ze haar pen oppakte, glimlachte ze.

'Nou, wat zie jij er vandaag mooi uit,' zei Grace Rose, terwijl ze met een stralend gezicht haar hand vastpakte.

'Dank je, en jij ook, Grace Rose.' Elizabeth boog zich naar haar toe en gaf haar tante liefdevol een zoen op haar wang.

'Kom, dan gaan we even samen in de woonkamer zitten. Heb je zin in een glaasje sherry?'

Omdat haar te binnen schoot dat ze de vorige avond alleen een banaan had gegeten en met een kop koffie had ontbeten, haastte Elizabeth zich om het aanbod af te slaan. 'Ik ben niet zo'n drinker, en zeker niet rond lunchtijd, vooral ook omdat ik straks weer naar het werk moet.'

'Ik begrijp het.' Grace Rose nam haar bij de hand mee naar de woonkamer, en liep vervolgens met haar naar de haard. 'Laten we hier gaan zitten, waar het warm is. Misschien dat je mij een glaasje sherry wilt brengen. De karaf staat daar, op de dranktafel.'

'Natuurlijk.' Elizabeth ging naar de tafel bij het raam en schonk een glas amontillado *pale* in, waarvan ze wist dat Grace Rose die het lekkerst vond, en besloot toen er ook een voor zichzelf in te schenken. Van een klein glaasje sherry zou ze heus niet dronken worden.

Ze liep ermee terug naar de haard en zei: 'Ik neem er ook maar een. Laat ik me vandaag maar eens als een volwassene gedragen.'

Grace Rose moest lachen en nam het glaasje van haar aan. 'Het is maar een vingerhoedje, hoor. Vrolijk Kerstmis, lief kind.'

'Vrolijk Kerstmis.'

'Ik was zo opgelucht toen je me vertelde dat er geen enkel schilderij van Jane Shaw ontbrak. Maar waar hangen ze precies?'

'Zoals ik al dacht hangen er een paar in het huis in Chelsea en enkele op Waverley Court. Maar de meeste bevinden zich op Ravenscar. Kat is alle drie de huizen nog eens af gegaan, en elk schilderij is geïnventariseerd. Ze heeft een gedetailleerde lijst aangelegd. Hier heb ik een kopie voor jou.' Elizabeth zette het sherryglas op het bijzettafeltje neer en haalde een envelop uit haar grote Hermès Birkin en gaf die aan Grace Rose.

'In de rode eetkamer in Chelsea hangt een prachtige Sisley,' zei Elizabeth. 'Toen ik er gisteren was, schoot me te binnen dat jij die kamer waarschijnlijk had ingericht. Overal is dat typische rood van jou.'

Grace Rose knikte. 'Ik heb het inderdaad ingericht, maar een hele poos geleden, hoor.'

'Het is goed onderhouden en ziet er nog altijd mooi uit.'

'Als ik me niet vergis, heet de Alfred Sisley in de eetkamer *The Bridge at Moret*. Klopt dat?'

'Ja, en op Ravenscar hangen nog een paar Sisleys. Ook een Rouault, twee van Matisse en twee van Monet. Allebei met bootjes op het water.'

'Jane Shaw had er een uitstekende kijk op. Het is een heel waardevolle collectie, Elizabeth.'

'Daarvan ben ik me bewust.' Elizabeth haalde diep adem en waagde het erop. 'Ik denk erover een deel van de schilderijen te verkopen. Daar heb je toch geen bezwaar tegen?'

Mocht ze al verrast zijn door die vraag, dan liet Grace Rose dat niet blijken. 'Ze zijn nu van jou; je kunt ermee doen wat je wilt. Het enige wat me bezighield, was of... nou ja, er niets gestolen zou zijn. Als ik zo nieuwsgierig mag zijn: waarom wil je er een paar verkopen? Heb je geld nodig?'

'Niet acuut, nee, maar ik heb geen zin in zo'n grote kunstcollectie, of de verantwoordelijkheid om het in eigendom te hebben. Ik was toch al van plan nog een heleboel andere dingen te laten veilen, dus ik besloot dat het een goed idee zou zijn er een paar van de schilderijen bij te doen.'

'Toch niet de Renoir?' Grace Rose keek haar vorsend aan.

'Niet de Renoir. Die zal nooit verkocht worden. Kat heeft echter in de kluizen in het souterrain van het huis in Chelsea een ware schat gevonden. Het zijn spullen waar ik geen enkele boodschap aan heb, vandaar dat we op het idee kwamen van een veiling. Die wil ik de collectie Deravenel-Turner noemen, en die veiling moet volgend jaar worden gehouden, hopelijk bij Sotheby's.'

'Maar wat heeft Kat in die kluizen gevonden?' Grace Rose scheen van niets te weten.

Elizabeth vertelde het haar. 'En er is een hele ris andere onbetaalbare dingen: van sieraden van Cartier en tweeëntwintig met diamanten bezette tiara's tot achttiende- en negentiende-eeuwse zilveren en gouden siervoorwerpen van de hand van de allerbeste vaklieden.'

Grace Rose leek sprakeloos en staarde enige ogenblikken in de verte. 'Ik geloof dat een deel daarvan is verzameld door mijn vader,' zei ze uiteindelijk. 'Maar een groot aantal van die dingen is waarschijnlijk van Neville en Nan Watkins overgegaan op Richard en Anne Deravenel, en daarna op je grootmoeder. Weet je, nu ik over die dingen nadenk, gaan ze waarschijnlijk nog verder terug, enige honderden jaren zelfs. Rick, Nevilles vader, was in zijn tijd namelijk Engelands grootste magnaat en stond bekend als verzamelaar van kostbaar zilver, kunst en alle mogelijke kunstvoorwerpen.'

Op dat moment kwam de huishoudster Louisa binnen om Grace Rose te laten weten dat de lunch klaarstond om opgediend te worden.

Zestien

Mijn god, wat is ze toch fantastisch, dacht Elizabeth terwijl ze achter Grace Rose aan door de hal liep. Ik hoop dat ik net als zij word als ik een oude dame ben. Geen enkel spoor van botontkalking of een bocheltje. Haar tante was rijzig, had een rechte rug en ging goed gekleed. Ze is nog helemaal bij de tijd en heeft haar zaakjes uitstekend voor elkaar, bedacht Elizabeth, vol bewondering voor de bejaarde vrouw.

Zodra ze aan tafel zaten – in een fraai gemeubileerd, in dennengroen en wit gestoffeerd vertrek – pakte Grace Rose hun onderbroken gesprek weer op.

'Ik vind het enig dat je die veiling gaat houden, Elizabeth. Dat is reuze ondernemend van je. Het is nogal onnozel om dingen te bewaren die je niet wilt hebben, echt nutteloos, volgens mij. Het hoort al met al een flink bedrag op te brengen, vooral de kunst.'

Op dat moment dook Louisa weer op om hun borden met gerookte zalm, sneetjes bruin brood met boter en partjes citroen voor te zetten. Aan Grace Rose vroeg Louisa: 'Zal ik witte wijn schenken, Mrs. Morran?'

'Ik denk van niet, Louisa,' antwoordde Grace Rose, terwijl ze met vragend opgetrokken wenkbrauwen een blik wisselde met Elizabeth.

'Niet voor mij, dank je,' zei Elizabeth glimlachend tegen de huishoudster.

Een tijdje zaten ze zwijgend te eten, waarna Grace Rose haar vork en mes neerlegde en met gedempte stem op vertrouwelijke toon zei: 'Ik wil niet nieuwsgierig lijken, Elizabeth, maar ik vraag het alleen maar omdat ik om je geef. Zijn je financiën op orde? Toereikend?'

'Jawel, hoor. Lief van je, Grace Rose. Echt. Zoals je weet, heb ik een trustfonds van mijn vader en mijn salaris van Deravenel, en daar kan ik heel goed van rondkomen. Maar ik moet zeggen dat ik blij ben dat jóúw vader zo'n helder beeld van de toekomst had.'

'Hoe bedoel je?'

'Het was reuze slim van Edward Deravenel om al die jaren geleden het Ravenscar Trust Fund in het leven te roepen. Daarmee wordt Ravenscar in stand gehouden. Het geld is al die jaren goed belegd geweest en van de rente kunnen het onderhoud van het huis, het erf, reparaties, maar ook de salarissen van het personeel worden bekostigd. Ik weet niet wat ik zou moeten doen als hij niet zo'n vooruitziende blik had gehad om dat fonds op te richten. Dan had ik het grootste deel van het huis moeten afsluiten en in drie kamers moeten wonen, of het moeten verhuren omdat ik het onderhoud niet kan betalen. En verkopen kan ik het natuurlijk niet.'

'Dat weet ik, het is nu eenmaal erfgoed.' Grace Rose zuchtte. 'Natuurlijk, het is de schuld van Mary dat je krap bij kas zit, hè?'

Elizabeth tuitte haar lippen en knikte, nam een slokje water en zei om haar gerust te stellen: 'Ik heb financieel niet te klagen, heus.'

Toen ze zag dat Elizabeth er een beetje ongemakkelijk onder was, schakelde Grace Rose op een ander onderwerp over. 'Je had het zo-even over sieraden van Cartier. Komen die allemaal uit de kluis van het huis in Chelsea?'

'Voor een groot deel wel, maar ik heb voor haar dood ook een paar schitterende stukken gekregen van Mary.'

'Was er een set bij met aquamarijnen en diamanten? Een ring, een armband en oorbellen? Die hebben namelijk aan je grootmoeder toebehoord. Die heeft ze van haar om gekregen.'

Elizabeths gezicht klaarde op. 'Er is inderdaad precies zo'n set bij. O, die ga ik niet verkopen.'

'Ik vind niet dat je het zou moeten doen. Bess was verzot op die set en droeg die juwelen altijd bij speciale gelegenheden.'

'Ze was heel dik met haar oom, hè?'

'Héél dik, en ze wilde hem altijd verdedigen, maar ja, dat deed ik ook. Wij hebben nooit gedacht dat hij iets had te maken met de verdwijning van de jongens.'

Verschrikt door die plotselinge uitlating staarde Elizabeth haar tante aan. 'Dachten sommige mensen dan van wel?'

Grace Rose knikte alleen maar, waarbij haar mond bijna onmerkbaar verstrakte.

'Wat verschrikkelijk.' Elizabeth hield haar mond toen Louisa terugkwam en de borden afruimde. Toen ze weer alleen waren, boog ze zich dichter naar Grace Rose toe. 'Maar wat zou er wél met je broertjes gebeurd kunnen zijn? Wat ik van mijn vader heb gehoord was zo'n raar verhaal, de manier waarop ze van het strand bij Ravenscar verdwenen en nooit meer zijn teruggevonden.'

'Dat was het zeker, en we stonden allemaal voor een raadsel, inclusief de politie. Natuurlijk hadden Bess en ik zo onze eigen theorieën.'

'En wat waren die?' vroeg Elizabeth gretig.

Grace Rose zweeg. Ze keek peinzend, verdiept in haar gedachten. Uiteindelijk zei ze: 'Wij begonnen te denken dat ze waren ontvoerd, met de bedoeling dat ze Deravenel niet zouden kunnen erven. Bess en ik speelden met de gedachte dat iemand de firma voor zichzelf wilde hebben. Door de jongens te elimineren, waren er geen mannelijke erfgenamen meer om het bedrijf te erven.'

'Maar mijn grootmoeder was de erfgenaam!'

'Ja, dat was zo – en we waren geen van tweeën dom, hoor. We begrepen allebei dat degene die met haar trouwde in een gespreid bedje zou komen om het bedrijf te runnen. Omdat zij bij Deravenel nooit als algemeen directeur geaccepteerd zou worden, ook al had onze vader de reglementen laten wijzigen om vrouwelijke Deravenels in staat te stellen de hoogste functie te erven. Het is altijd een vrouwonvriendelijk bedrijf geweest, zoals jij maar al te goed weet.'

'Dus er waren mensen die Richard de schuld gaven?'

'Ja, maar waarom zou hij zoiets doen? Hij was dol op die jongens en had sowieso al de leiding over het bedrijf. Hij had alle macht, geld en vrijheid te over, en hij zou er minstens vijftien jaar de leiding hebben – tot de jongens volwassen waren. Die theorie leek ons totaal onzinnig.'

'Denk je dat Henry Turner er verantwoordelijk voor was?' informeerde Elizabeth.

'We hebben nooit geweten wie het geweest kan zijn. Het was echt een raadsel. Daarna verplaatsten Bess en ik de focus naar ene Jack Buckley. Hij was een neef van de familie, maar met stevige banden met de Grantzijde. En omdat hij was getrouwd met de zus van Bess' moeder, tante Catherine, hing hij er zo'n beetje tussenin. Wij hadden de indruk dat hij op allebei de partijen aasde, en om het zacht uit te drukken wás het ook wel een machtswellusteling.'

'Had hij er profijt van toen Henry Turner de leiding over Deravenel overnam?'

'Niet erg, nee. Een jaar later overleed hij plotseling aan een hart-aanval,' vertelde Grace Rose.

'En de moord op Richard? Zou die Jack Buckley hem vermoord kunnen hebben?'

'Eerlijk gezegd, Elizabeth, is dat ook een mogelijkheid die je grootmoeder en ik hebben besproken. In elk geval was er niets wat wíj konden doen. We hadden geen greintje bewijs, voor wat dan ook, en je moet bedenken: we waren niet meer dan een paar vrouwen; van geen enkel belang... We wisten dat er naar óns niemand zou luisteren. Trouwens, er was naar ons gevoel niemand met wie we konden praten, weet je. Niemand die we echt vertrouwden.'

Grace Rose keek naar de deur die op dat moment openging. Louisa duwde een karretje naar binnen, waarvan ze lamskoteletjes met gemengde groenten opdiende en vervolgens informeerde of ze er jus en muntsaus bij wensten.

'Graag, Louisa. Wat ziet dit er heerlijk uit,' zei Grace Rose. 'Zou je de muntsaus willen laten staan? Je weet dat ik er graag alles on-der bedelf.'

'O, je lijkt mij wel!' riep Elizabeth met een glimlach naar haar tante, waarna ze haar vork en mes oppakte. Ze had gesmuld van de gerookte zalm en viel nu aan op de lamskoteletjes, terwijl ze zich realiseerde hoe uitgehongerd ze was geweest toen ze hier binnen-kwam. Een banaan en een glas melk hadden gisteren als avondeten weinig zoden aan de dijk gezet, constateerde ze, en ze nam zich voor om iets aan haar slechte eetgewoonten te doen.

'Je vindt het toch niet erg om over het verleden te praten, Grace Rose?' Elizabeth keek liefdevol naar haar tante. Ze was echt dol op haar en wilde haar niet in verlegenheid brengen.

Grace Rose glimlachte. 'Nee, natuurlijk niet. Het lijkt zelfs wel alsof het verleden me veel helderder voor de geest staat dan het heden, eerlijk gezegd. Dingen die veertig jaar geleden zijn gebeurd, kan ik me gemakkelijker herinneren dan wat ik gisteren heb beleefd.' Ze grinnikte. 'Misschien omdat het verleden belangrijker voor me is en interessanter dan mijn huidige leven. Begrijp me niet verkeerd: ik ben blij dat ik nog springlevend ben, Elizabeth. Ik wil nog niet dood, hoor. Ik moet nog veel te veel schade aanrichten.'

Elizabeth lachte met haar mee, waarna ze zei: 'Dan vind je het waarschijnlijk niet erg om over je zusjes te praten. Ik ben altijd benieuwd geweest wat er van de jongere dochters Deravenel is geworden.'

'Sprak Harry dan nooit over zijn tantes?'

'Nee, en wanneer ik hem vragen stelde, schoof hij mijn vragen altijd opzij.'

'Ik geloof niet dat je vader nou zo'n belangstelling voor hen had. Nou, eens kijken... Bridget, de jongste, is non geworden en was helemaal verguld met haar roeping. Cecily trouwde met een oudere man en was helemaal niet gelukkig. Na zijn dood is ze hertrouwd.' Grace Rose' blauwe ogen twinkelden toen ze eraan toevoegde: 'Dat was een knappe, innemende *toy boy*, zoals ze dat tegenwoordig uitdrukken. Ze verdween uit het zicht en leefde volgens mij nog lang en gelukkig. Anne en Katherine zijn elk met een lieve, gewone man getrouwd en zijn buiten gaan wonen. We hielden contact via kerstkaarten, maar leidden allemaal volkomen verschillende levens en zijn steeds meer uit elkaar gegroeid, vooral na de dood van Bess. Zij was degene die heeft geprobeerd om ons met z'n allen bij elkaar te houden.'

'Denkt u dat ze gelukkig was, mijn grootmoeder?'

'Gelukkig? Dat is zo'n complex woord. Was Bess gelukkig? Een moeilijke vraag. Laat ik het zo stellen: ze was niet ongelukkig.' Opnieuw staarde Grace Rose in de verte, helemaal terug in het verleden, leek het wel, waar ze dingen zag, en mensen die haar dierbaar waren geweest en er allang niet meer waren.

Terwijl ze aandachtig naar haar keek, schoot het Elizabeth te binnen dat ze er plotseling tragisch uitzag, verloren, en er viel een schaduw over het gezicht van haar tante. Ze legde een hand op Grace Rose' arm en vroeg bezorgd: 'Gaat het een beetje?'

Grace Rose knikte. 'O, ja, niets aan de hand, kindje. Goed, om antwoord op je vraag te geven: ik denk niet dat je grootmoeder een razend opwindend huwelijk had. Henry Turner was namelijk een beetje saai; "tobberig" is misschien de beste manier om hem te beschrijven. Wat ik in elk geval weet, is dat hij echt van Bess hield, goed voor haar was en absoluut trouw. Ik had altijd het gevoel dat ze teleurgesteld was dat hij nooit toeliet dat ze hoe dan ook betrokken werd bij de firma Deravenel. Terwijl het bedrijf haar na aan het hart lag, en van haar was, en ze zo'n ontzettend intelligente vrouw was... Ze had een grote steun voor hem kunnen zijn. Eerlijk gezegd waren er ook teleurstellingen. Ze had zeven kinderen, maar slechts vier zijn er in leven gebleven. En toen overleed Arthur, de oudste, rond zijn vijftiende. Wat een schok. Ze was ziek van verdriet, zoals iedereen. Vanaf dat moment richtte ze al haar aandacht op je vader, legde hem in de watten. Vergeet niet: Harry en zij waren altijd al twee handen op één buik geweest. Volgens mij zag ze Edward Deravenel in hem.'

'Ja, ik weet dat ze hem altijd met zijn grootvader vergeleek. Hij heeft me eens verteld dat hij zich, toen zijn moeder overleed, ontzettend verloren voelde zonder haar. Ik weet niet of hij wel echt veel voor zijn vader heeft gevoeld.'

'Ik ook niet. Maar ze konden wel met elkaar overweg. Die arme Bess. Ze was veel te jong om dood te gaan – veel te jong, met haar zevenendertig jaar. Ik wist me geen raad toen ik haar moest verliezen; bijna zolang als ik leefde was ze mijn beste vriendin geweest.'

Elizabeths ogen hadden vastgeklonken gezeten aan het doorploegde, oude gezicht van Grace Rose en terwijl haar stem vast had geklonken, sterk zelfs, stonden haar ogen ineens vol tranen. Opnieuw legde Elizabeth een hand op haar arm en zei verontschuldigend: 'Neem me niet kwalijk. Niet huilen. Ik wilde je niet overstuur maken door naar het verleden te vragen. Het spijt me echt vreselijk, Grace Rose.'

Terwijl ze een glimlach op haar gezicht forceerde, riep de bejaarde vrouw: 'Het gaat best, echt! Ik hou van mijn herinneringen... Wat zou een oude dame moeten beginnen zonder haar herinneringen? Maar kom, Elizabeth, laten we het over het heden hebben. Wat is er bij Deravenel zoal gebeurd?'

'Nou, volgens mij hebben we het probleem opgelost van Mary's onbesuisde investering in Philip Alvarez.'

'O, daar moet je me alles over vertellen.'

En dat deed Elizabeth.

Die avond kreeg Elizabeth plotseling de aanvechting om oude fotoalbums te bekijken die ze van haar vader had gekregen. 'Je zult er meer in geïnteresseerd zijn dan Edward of Mary,' had hij er met een plagerige grijns bij gezegd. 'Mary heeft geen belangstelling voor mijn Britse verleden, alleen voor haar Spaanse voorvaderen. Wat Edward betreft, die wordt volledig in beslag genomen door zijn studie. Dat is uiterst loffelijk, hoor.'

En dus was de stapel albums haar eigendom geworden. Terwijl ze er een van doorbladerde, richtte ze haar aandacht op een reeks kiekjes die in de jaren twintig op Ravenscar was genomen. Mijn god, daar was Grace Rose, als jonge vrouw, en naast haar had je haar grootmoeder Bess. Maar wie was de man die tussen hen in stond? Turend naar het kriebelige handschrift op de foto ontdekte ze dat het de beroemde – beruchte? – Richard Deravenel was. Ze keek er nog een ogenblik aandachtig naar, waarna ze het album neerlegde en zich wat gerieflijker op de bank nestelde.

Richard Deravenel. Ten onrechte in een kwaad daglicht gezet? Of ontvoerder en moordenaar? Wie van de twee was hij geweest? Ze kon de man niet beoordelen; toch had Grace Rose haar vandaag verteld dat zij en haar grootmoeder in zijn onschuld hadden geloofd. 'Maar weet je, hij had zo zijn vijanden,' had haar tante gezegd. 'En hij is door hen vermoord.'

Maar de hele familie had vijanden, bedacht Elizabeth nu, de Deravenels net zo goed als de Turners. Hadden hun faam, rijkdom en prestige zo'n afgunst en haat in sommige mensen doen oplaaien? Ze wist het antwoord op die vraag.

Heb ik ook vijanden? Hoogstwaarschijnlijk wel. Wie zijn die dan? Ze rilde en trok haar trui om haar schouders. Dat weet ik nog niet, maar daar zal ik gauw genoeg achter komen. Ooit zullen ze zich blootgeven. Weer rilde Elizabeth. Ze moest op haar qui-vive zijn.

DEEL TWEE

Liefde wacht niet

Mijn ware liefde bezit mijn hart en ik bezit het zijne,
Door gewoonweg het ene tegen het andere te ruilen.
Ik koester het, en hij kan niet zonder het mijne,
Een betere koop werd nooit gesloten.
Sir Philip Sidney

Hoezeer ik u bemin? Laat me de manieren tellen waarop.
Ik bemin u tot in het diepst, de hele ruimte en hoogte
Van mijn ziel, wanneer ik me vergeten voel
Door de eindigheid van het bestaan en volmaakte genade.
Ik bemin u evenzeer als elke dag in alle stilte
Hunkert naar zon en kaarslicht.
Elizabeth Barrett Browning

Zeventien

'Ik denk dat dit vroeger kerkers zijn geweest.' Robert keek Elizabeth aan, terwijl hij de zaklantaarn door de grote kelder aan het eind van de stenen trap naar het souterrain van Ravenscar liet schijnen.

'Je zou best eens gelijk kunnen hebben,' antwoordde ze, waarna ze naar de lichtschakelaar aan de muur tastte en die naar beneden klikte. Ogenblikkelijk baadde de gigantische kelder in fel licht. 'Dat heb ik zelf ook vaak gedacht, omdat er diep in het souterrain diverse kluizen met zware deuren zijn waarin kleine raampjes zitten om naar buiten te kijken. Maar mijn vader heeft me nooit verteld dat het kerkers waren, terwijl hij me altijd op interessante anekdotes over Ravenscar trakteerde.'

'Ik zou hier niet graag gevangenzitten,' merkte Robert op. 'Het is hier ijskoud, en ik ben dolblij dat je zei dat ik een dikke trui aan moest trekken, en mijn oliejas. Het vriest hier, verdomme.'

'Ik weet het, maar we hebben maar een minuut of tien. Kom, goede vriend, aan de slag. De echt grote kelder, kluis nummer tien genaamd, is rechtdoor.'

'Tien, zoals het hoogste rapportcijfer?' Grijnzend trok hij zijn wenkbrauwen op.

Ze moest lachen. 'Wie weet. Ik weet dat er een heleboel sieraden in leren etuis te vinden zijn: van Cartier, Boucheron, Mauboussin, Garrard, Asprey, Harry Winston, Tiffany, noem maar op. Er liggen Franse tapijten en kleden van Auboussin, en uiteraard ladingen zilveren en gouden siervoorwerpen. Kat stond paf, net als

Blanche en Thomas Parrell, die haar kwamen helpen om de boel te bekijken en te inventariseren. Ze zijn het er allemaal over eens dat de spullen naar de veiling moeten en ik ben er zeker van dat ze gelijk hebben. Kat heeft zich werkelijk uitstekend van haar taak gekweten.'

'Efficiënt als altijd, die Kat van ons, en ik ben blij dat zij dit voor haar rekening neemt, want daar heb jij absoluut geen tijd voor.'

'Nee. Daar is de kluis.' Elizabeth bleef in de hoofdgang staan en gaf de grote ijzeren sleutel aan hem. 'Maak jij hem maar open, Robin. Volgens Kat is het slot een beetje stroef.'

'Het moet waarschijnlijk een drupje olie hebben.' Robert nam de sleutel van haar aan, worstelde even met het slot, maar draaide eindelijk de sleutel een hele slag om, waarna hij de ijzeren deurklink naar beneden drukte. Toen hij er met zijn schouder tegenaan duwde, ging de deur knarsend open.

Hij stapte naar binnen, knipte het licht aan, waarna ze, hoewel de gloeipeer aan het plafond niet al te helder scheen, konden zien dat de kluis gigantisch was. 'Goeie god, het lijkt hier wel de Bank of England! Heb je ook nog sleutels voor die andere deuren?'

'Jazeker.' Ze gaf hem een bos met sleutels die alle waren genummerd. Terwijl ze de ene na de andere deur openmaakten, ontdekten ze ruimten met allemaal planken aan de muren, waarop alle denkbare kostbaarheden waren opgestapeld.

Elizabeth wenkte Robert dichterbij toen ze in een van de ruimten hoog opgestapelde juwelendozen zag. 'Ik kan mijn ogen niet geloven. Mijn god, wat een overdaad!' Ze haalde een stuk of vijf dozen van de plank en droeg die naar buiten, waarbij ze Robert uitlegde: 'Kat wil dat ik de sieraden stuk voor stuk bekijk om over hun lot te beslissen. Volgens mij is het een goed idee om het allemaal naar de eetkamer te brengen, vind je ook niet? Dan gaan we het daar uitzoeken.'

'Daar kunnen we hier onmogelijk aan beginnen, dat is een ding dat zeker is. Om te beginnen is het hier schemerig en veel te koud. Als we hier blijven, krijgen we allebei longontsteking.'

'Kom op dan, haal het maar uit de kluis. We zetten alles onder aan de stenen trap, sluiten hier af en zoeken ons heil in de warmte van de eetkamer.'

'En dan vragen we Lucas om thee of soep te maken.' Robert liep achter haar aan de kleinere kluis in, volgestouwd met juwelenkistjes en voegde eraan toe: 'We zijn wel toe aan iets warms.'

'Lucas en Marta zijn naar Scarborough gereden om boodschappen te doen,' vertelde Elizabeth. 'Maar ik kan wel thee zetten.'

'O, dat zien we straks wel. Laten we eerst maar doorgaan met het versjouwen van die dozen en zien dat we die boven krijgen.'

Ondanks hun tempo kostte het hun nog een halfuur om de leren dozen in alle soorten en maten naar de trap te transporteren.

Zelfs Robert, die zelden ergens van opkeek, stond versteld van het aantal juwelenkistjes dat ze hadden verzameld. Toen ze alles eruit hadden gesleept en hij de binnendeuren, inclusief de deur van kluis 10, op slot had gedraaid, zei hij: 'Volgens mij is de snelste manier om deze spullen boven te krijgen, ze in vuilniszakken te doen, en als er daar niet genoeg van zijn, kunnen we er kussenslopen voor gebruiken.'

'Heel slim, Robin! Je mag voor in de klas komen zitten.'

Elizabeth zat op het tweepersoonsbankje in de bibliotheek, zo dicht mogelijk bij de brandende haard. Ze rilde en had het gevoel alsof de ijzige kou die in het souterrain heerste in haar botten was gekropen en ze in een ijsklomp was veranderd.

Nadat hij nog een riante hoeveelheid houtblokken op het vuur had gelegd en de centrale verwarming omhoog had gedraaid, was Robert de kamer uit gegaan. Net toen ze in elkaar gedoken de warmte van de vlammen letterlijk in haar longen probeerde op te zuigen, hoorde ze zijn voetstappen en draaide met een ruk haar hoofd om.

Hij kwam binnen met in elke hand een borrelglas. 'Ik weet dat je niet van sterkedrank houdt, maar ik wil toch dat je dit opdrinkt.' Hij bleef naast haar staan en gaf haar een glas.

Ze staarde van het glas naar hem. 'Wat is het?'

'Calvados.'

'Waarom drink je cognac uit een borrelglas?'

'Stel geen vragen en drink nou maar op. Zo.' Hij zette het glas aan zijn mond en sloeg de drank in één teug achterover. Met een van schrik vertrokken gezicht zette hij het glas op de salontafel. 'Jezus, ik heb geen adem meer! Dit spul is dodelijk, maar het werkt. Drink het maar snel op, dat is de enige manier.'

Ze knikte en deed wat hij zei, waarna ze huiverde en even in elkaar kromp. 'Goh, het is inderdaad dodelijk.'

'Het zal je goeddoen.'

Ze keek hem glimlachend aan en schudde haar hoofd, met pretlichtjes in haar ogen.

'Wat is er?' Hij keek haar één moment doordringend aan.

'Dat zei je vroeger net zo, wanneer Kat me dwong groentesoep op te drinken en ik tegenstribbelde.'

'Dan was ik waarschijnlijk een heel verstandig jongetje.'

'Ouderwets, in zekere zin,' mompelde ze, en ze staarde in het vuur. 'En je zei het altijd alsof je het zelf geloofde.'

'Dat deed ik ook – en dat doe ik nog steeds. Straks voel je de warmte van de calvados tot in je ribbenkast.' Toen hij zag dat ze nog steeds rilde, ging hij naast haar op het bankje zitten. Hij sloeg zijn armen om haar heen en trok haar tegen zich aan. 'Waar jij behoefte aan hebt, is lichaamswarmte.' Met zijn ene hand wreef hij over haar arm, waarna hij haar nog dichter naar zich toe trok en tegen zich aan hield, met zijn armen om haar heen. 'Over een paar minuutjes gaat het wel weer, dat zul je zien. Wetenschappers hebben aangetoond dat andermans lichaamswarmte een van de beste remedies tegen onderkoeling is.'

Vooral die van jou, dacht Elizabeth, die merkte hoezeer ze genoot van zijn armen om haar heen. Hij was groot, sterk en stevig, blaakte van gezondheid, en ze voelde zijn kracht en energie in haar stromen. Ze keek hem steels aan, waarna ze haar ogen sloot en zich tegen zijn brede borst aan vlijde... terugdenkend... Terugdenkend aan haar zeeman. Wat leek Robin op hem, met zijn donkere haar en expressieve ogen, al waren die van Robin donkerder. Maar hij had dezelfde lengte en lichaamsbouw, en hij had net zulke lange benen en net zo'n atletisch lichaam als Tom Selmere. Maar dit soort mannen was dan ook helemaal haar type. Ze voelde zich altijd aangetrokken tot mannen als Robert Dunley... Haar Robin, die schat van een Robin... haar beste vriend... haar familie... de man van wie ze hield. O, mijn god...

Elizabeth verroerde zich niet en durfde amper te ademen. *De man van wie ze hield.* Waarom had ze dat gedacht, zo opeens... helemaal uit het niets? Nee, helemaal niet uit het niets. Ze hield al een hele tijd van hem, ze had het alleen nooit aan zichzelf toegegeven. Opeens had ze het gevoel dat ze adem te kort kwam, was ze opgewonden, vervuld van verlangen naar hem. Ik wil hem... Ik wil dat hij de mijne wordt... hij ís de mijne. Toch? Nee... nog niet... Maar dat komt wel. Hoe dan ook... Hij ís toch ook van mij? Op dat moment dacht ze aan zijn vrouw, de vrouw over wie hij nooit sprak en die hij kennelijk bijna nooit zag. De vrouw die ze zelf lang geleden besloot te vergeten... en dat was haar goed gelukt...

Amy... het jonge meisje met wie hij acht of negen jaar geleden was getrouwd, in de prille bloei van zijn jeugdige mannelijkheid... De vrouw die hij blijkbaar boven het hoofd was gegroeid... Ze was ervan overtuigd dat hij haar boven het hoofd was gegroeid...

'Gaat het een beetje?' vroeg Robert, terwijl hij een eindje van haar afschoof, haar aankeek, en vervolgens met zijn hand haar gezicht optilde zodat hij beter kon zien hoe het er met haar voor stond.

'Kan niet beter,' antwoordde ze met een klein stemmetje. 'Hoezo?'

'Je werd opeens zo stil, heel erg stil.'

'Ik... zat gewoon bij te komen, doordat ik warmer was geworden.' Heet en hitsig, seksueel opgewonden, was een betere omschrijving, bedacht ze, en ze maakte zich met moeite van hem los en sprong overeind, waardoor hij opschrok. 'Lucas heeft de lunch voor ons klaargezet. Ik zal die maar even gaan opwarmen!' Haar stem klonk plotseling zakelijk, en ze keerde zich van het haardvuur af en rende bijna de bibliotheek uit.

Even was Robert beduusd van haar abrupte, haastige aftocht. Hij wilde haar achternagaan, maar had even tijd nodig om bij te komen. Hij had een erectie, hij trilde vanbinnen en was opeens totaal van de kook. Hij verlangde inmiddels al een hele tijd naar haar, vanaf de tijd dat hij regelmatig op Ravenscar kwam, nu al bijna een jaar, om samen met haar en Cecil plannen uit te dokteren, de toekomst voor de firma Deravenel uit te stippelen, in afwachting van de dood van Mary. Al die maanden had hij zich danig weten te beheersen en steeds situaties vermeden waarin hij in de verleiding zou komen om... haar te verleiden, met haar te vrijen, bezit van haar te nemen, waar hij al die tijd al naar smachtte. Hij hield al ontzettend lang van haar, bijna zijn hele leven, sinds hij nog een klein bewonderaartje in korte broek was.

Zojuist was ze zo bleek geweest, koud tot op het bot, en in zijn pogingen haar warm te krijgen, was het hem gelukt om zelf hitsig te raken. Sukkel, dacht hij, en hij kon zichzelf wel voor z'n kop slaan.

Het enige aan Harry Turner waarvoor Elizabeth altijd bewondering had gehad, was dat wanneer hij aan een project begon, hij dat meestal in recordtijd had afgerond, tot in de finesses.

Terwijl ze in de keuken aan de slag ging om de lunch op te warmen, dacht ze aan haar vader. Toen ze elf was en weer bij Harry in de gunst stond, had ze tegen hem gezegd dat de keuken hier op Ravenscar niet alleen ouderwets was, maar ook niet meer erg functioneel.

Tot haar vreugde, en dat van het personeel, was hij het ermee eens geweest en had een kapitaal uitgegeven om die met haar hulp te reorganiseren. Toen de oude apparatuur eruit was gesloopt en weggedaan, was er een spinaziegroene vloer in gelegd en werden er werkbladen in dezelfde kleur aangebracht, waren de muren warm oranje en de kasten en deuren spierwit geschilderd. Vervolgens was alle nieuwe apparatuur gearriveerd die ze hen had helpen uitzoeken, waaronder twee grote moderne koelkasten met een stalen deur, een wijnkoeler, een magnetron en, als klapstuk, een Aga. Iedere vrouw was weg van zo'n oven met warmteopslag annex fornuis, waarvan Elizabeth met alle geweld had gewild dat die in de plannen werd opgenomen. De Aga stond altijd aan, zodat het in de keuken dag en nacht permanent warm was, en voor eten koken beschikte dat ene apparaat over een combinatie van grote kookplaten en ruime ovens.

Aangezien Harry toch bij alles wat er veranderd moest worden haar advies inriep, had Elizabeth een kookeiland met een granieten blad midden in de ruimte voorgesteld in plaats van de oude, gehavende grenen werktafel. Ook had ze aangedrongen op een zitgedeelte om er de maaltijd te gebruiken.

Zelf had ze er de uitgekiende locatie voor uitgekozen: dicht bij de Aga, vanwege de warmte, maar ook weer niet zó dichtbij dat het te warm zou zijn. Nu liep ze naar de eethoek, legde placemats, messen, vorken en servetten op de tafel en zette daarna glazen neer.

Het jaar daarvoor, toen ze permanent op Ravenscar woonde,

had ze opeens tijd overgehad, vooral in de weekends. Dus was ze een kookcursus in Harrogate gaan volgen. Terwijl ze nou niet direct een keukenprinses was, had ze een paar gerechten die ze graag kookte, en die dag zou ze met alle genoegen de lunch hebben klaargemaakt. Maar dat had Lucas met alle geweld willen doen, en ook gedaan.

Hij had het eten in pyrex schalen gedaan en op het werkblad klaargezet. Het enige wat ze te doen had, was de *cottage pie*, erwtjes en jus in de magnetron verwarmen voordat ze de lunch kon opdienen. Nadat ze de bordjes met ingelegde garnalen op de ronde tafel had gezet, schonk ze water in en ging toen het brood roosteren voor bij de garnalen.

Net stond ze zich bij het broodrooster af te vragen wat Robert zou uitvoeren, of ze schrok op toen hij zei: 'Ik heb best trek.'

Elizabeth draaide zich met een ruk om. Hij stond tegen de deurpost geleund en keek haar glimlachend aan – nonchalant en ongelooflijk knap in zijn crèmekleurige visserstrui en spijkerbroek. 'Wat staat er op het menu, behalve de zo te zien verrukkelijke ingelegde garnalen?'

Ze vertelde het hem, waarna ze afgemeten zei: 'Ga jij maar alvast zitten, ik kom zo bij je.'

Dat deed hij, en hij nam een paar slokjes water, terwijl hij zich afvroeg waarom ze zo gespannen klonk. 'Ik heb in een paar van die juwelendoosjes gekeken, Elizabeth, en er zijn heel waardevolle stukken bij. Ik kwam iets vrij unieks tegen, heel zeldzaam volgens mij. Het is vanwege zijn origine waarschijnlijk een kapitaal waard.'

'Wat is het voor iets?'

'Als je gaat zitten, zal ik het je vertellen. Heb je hulp nodig?'

'Nee, dank je, alles onder controle.' Ze liep haastig naar de tafel, zette het bord met toast in het midden, ging naar de koelkast, haalde er de botervloot uit en kwam eindelijk bij hem zitten.

Nadat hij een stuk toast had gepakt en beboterd, zei Robert: 'Even de garnalen proeven – je weet dat het mijn lievelingskostje is – dan zal ik je daarna het sieraad beschrijven.'

Ze knikte, smeerde eveneens boter op haar toast, stak een vork in de bruine pot met garnalen in geharde boter en proefde ervan. 'Ze zijn heerlijk, Robin. Wil je misschien citroen?'

'Nee, dank je.' Na een paar happen van de ingelegde garnalen uit Morecambe Bay, leunde hij achterover op zijn stoel en legde zijn vork neer. 'Het is een collier, bezet met antieke diamanten – echt heel oud – heel bijzonder. Echt een interessant stuk, dat zag zelfs ik meteen. Er lag een envelop in het kistje, en ik herkende het handschrift van Kat. Op de voorkant had ze geschreven: EUGÉNIE. Meer niet. In een wat grotere envelop zaten diverse belangrijke dingen. Een uitgebreide beschrijving van de herkomst, in een kriebelig, nogal ouderwets handschrift – een kaartje waarop staat dat het collier had toebehoord aan Elizabeth Wyland Deravenel, dat ze het cadeau had gekregen van Edward, haar man. Trouwens – en nu komt het: het collier is vervááardigd voor keizerin Eugénie van Frankrijk. De Franse kroonjuwelen werden verkocht op een veiling genaamd Diamanten van de Franse Kroon. Dat was in 1887. Een groot deel van de diamanten sieraden werd gekocht door de befaamde juwelier Boucheron, en daar hoorde dit collier bij.'

'Ik sta paf! En wat geweldig.' Elizabeth klonk dolenthousiast. 'Dat zal op mijn veiling heel wat opbrengen, denk je ook niet?'

'Ja. Het andere spul dat ik tot zover heb gezien kan er niet aan tippen, maar eigenlijk is het allemaal heel mooi, en waarschijnlijk niet te betalen. Na het eten zullen we het gaan bekijken, en daarna brengen het terug naar de kluis. Ik doe maar een gooi, Elizabeth, maar volgens mij heb je op dit moment zo'n vijf à zes miljoen pond aan juwelen op je eettafel liggen. Misschien wel acht miljoen.'

Elizabeth was stomverbaasd en keek hem met open mond aan. 'Dat kan toch niet!' zei ze, naar adem happend.

'Toch wel. Bovendien hebben we zo'n vijfenzestig dozen naar boven gehaald, maar een hele partij nog niet. Een stuk of vijftig misschien – minstens.' Hij moest lachen toen hij zag hoe verhit ze er ineens uitzag. 'En wat ben je van plan met dat enorme bedrag dat je op je veiling gaat verdienen?'

'Ik wil zo veel mogelijk aandelen Deravenel kopen.'

Het antwoord stelde hem teleur, en hij keek haar fronsend aan, niet-begrijpend. 'Zijn er dan Deravenel-aandelen voorhanden? Uiteindelijk zijn we een particulier bedrijf, en we handelen niet op de aandelenbeurs. Of ben je stiekem een openbare emissie van plan?'

'Nee, natuurlijk niet! Als dat zo was, zou jij de eerste zijn die dat wist, omdat ik je nou eenmaal alles vertel. Maar er is een groot aantal directeuren, onder wie een paar oudere, die aandelen hebben, en die wil ik hebben. Die lui zullen zich weldra uit het bestuur terugtrekken, en als ik genoeg betaal, zal ik die krijgen, wacht maar af.'

'Je wilt meer macht over het bedrijf...' Zijn stem stierf weg.

'Jazeker. Maar ik ga niet al het geld voor aandelen gebruiken. Ik wil veel contant geld in reserve hebben, voor het geval Deravenel dat op een gegeven moment nodig zal hebben.'

Hij knikte, niet wetend wat hij ervan moest denken. Hij had altijd geweten dat ze net zo aan de firma Deravenel verknocht was als Harry Turner. Zo vader, zo dochter, bedacht hij. Maar hij had zich nooit gerealiseerd hoezeer het bedrijf haar leven en daden dicteerde.

'O god! Ik ben vergeten de *cottage pie* in de magnetron te doen,' riep Elizabeth, terwijl ze prompt opsprong, naar het kookeiland rende en de pastei in de oven schoof. 'De rest van het eten komt over een minuut,' zei ze over haar schouder. 'Ik moet alleen de erwtjes en de jus nog even opwarmen.'

'Neem alle tijd.' Robert vroeg zich af of hij het ooit zou kunnen opnemen tegen die totale en absolute toewijding aan het bedrijf. Kennelijk was er niets belangrijker in haar leven. Dat was toch zo? Zeg, wacht eens even, vriend, vermaande hij zichzelf. Waar haal je het idee vandaan dat ze enige interesse voor jou zou hebben? Je bent haar jeugdvriendje, sukkel. Mocht ze uiteindelijk ooit op zoek gaan naar een man, dan zal dat op verser, groener gras gebeuren.

Robert trok zijn jas aan en beende via de grote hal op de dubbele tuindeuren af. Toen hij buiten het terras over was gelopen, op zoek naar Elizabeth, zag hij haar meteen op de kantelen van de vervallen burcht aan de rand van de afgrond.

Hij huiverde toen hij het tegelpad door de terrasgewijs aangelegde tuin opging, zich afvragend wat ze daar op deze bitterkoude dag in maart deed. Het mocht dan wel Goede Vrijdag zijn, hier aan de noordkust leek het wel hartje winter. Hij keek omhoog. In de late middag kleurde de lucht donkerblauw en ging de zon al onder, maar hij moest toegeven dat het een mooie avond beloofde te worden. Er stond geen wolkje aan de hemel en hij was er zeker van dat het straks volle maan zou zijn.

'Wat voer je hier in godsnaam uit?' vroeg hij toen hij in de rond ommuurde ruimte naast haar stond die eeuwen geleden een uitkijkpost was geweest. Ooit hadden hier soldaten gestaan die Ravenscar bewaakten en indringers opwachtten die de Noordzee overstaken, op weg naar dit rijke, vruchtbare land.

Bij het horen van zijn stem draaide Elizabeth zich om en grijnsde. 'Ik had behoefte aan frisse lucht, na al die tijd in de kelder opgesloten te zijn geweest om al die verrekte juwelen op te bergen. Maar ik vrees dat het wat frisjes is.'

'Dat kun je wel zeggen! Trouwens, je kunt beter naar binnen gaan; het wordt ineens donker.'

'Het is de avondgloed. Dat heb ik altijd een mooie naam gevonden voor de schemer.' Ze draaide zich om en keek over de balustrade heen. 'Op zo'n avond is het hier ontzettend mooi.' Maar terwijl ze dat zei, werd ze door een windvlaag gegrepen en tegen hem aan geduwd. Robert sloeg een arm om haar heen en wilde haar naar de tuin loodsen. Dat liet ze een ogenblik begaan. Opeens riep ze: 'Wie het eerst binnen is!' en rende weg, vluchtend als een opgejaagd hert.

Hij rende haar achterna, haalde haar op het terras in en liep achter haar aan de hal in. Ze wurmde zich uit haar gewatteerde jas en trok de wollen sjaal van haar hals. Hij volgde haar voorbeeld door zijn oliejas uit te trekken en vroeg: 'Wat moest dat nou weer voorstellen?'

Ze keek hem aan zonder iets te zeggen.

Meteen zag hij hoe bleek ze was, bleker dan ooit, en ze rilde. Plotseling zag hij dat er tranen in haar ogen stonden die glinsterden op haar wimpers.

'Is er iets?' vroeg hij bezorgd.

Ze schudde haar hoofd.

Toen hij een stap in haar richting zette, deinsde ze ogenblikkelijk achteruit.

Zijn ogen lieten de hare niet los. Geen van beiden kon z'n ogen afwenden.

Robert kreeg een beklemd gevoel in zijn borst en zijn keel werd dichtgeknepen door een plotselinge emotie toen hij de uitdrukking op haar gezicht herkende. Daarin werd exact weerspiegeld wat hij voelde. Hunkering... totale, absolute hunkering.

'Elizabeth.' Met trillende stem sprak hij haar naam uit, nauwelijks hoorbaar. 'Lieveling...'

'O, Robin, o, Robin.'

Ze kwamen op hetzelfde moment in beweging en wierpen zich in elkaars armen. Hij bracht zijn gezicht naar het hare, vond haar lippen en kuste haar onstuimig, vurig, ongeremd. Ze gingen zo in elkaar op, volkomen los van hun omgeving, dat ze niet merkten dat Lucas een mand houtblokken de bibliotheek in sjouwde.

Uiteindelijk zei hij in haar haar: 'Kunnen we naar je slaapkamer gaan?'

'Zo snel mogelijk.'

Achttien

Samen gingen ze hand in hand de trap op en liepen de gang door naar haar slaapkamer. Omdat ze de verwarming altijd hoog had staan, voelden ze zich toen ze er naar binnen gingen meteen gekoesterd in warmte.

Robert keek haar glimlachend aan. 'Goddank is het niet koud.' Er brandde een vuur in de haard, en hij liep ernaartoe, gooide er nog een paar houtblokken op en pookte erin. 'Zo, dat moet genoeg zijn. Voor je het weet, laait er een hoog vuur op.'

Elizabeth deed de deur op slot, liep naar hem toe, pakte zijn hand en trok hem mee naar de brede bank bij het vuur.

Ze keek hem diep in de ogen, tastte met haar ogen zijn gezicht af en zei: 'Ik denk dat ons een paar minuten geleden de schellen van de ogen zijn gevallen. Plotseling wist ik dat ik mijn gevoelens niet langer mocht verbergen, niet mocht verbergen hoeveel ik van je hou, Robin.'

'Ik had hetzelfde gevoel, Elizabeth. Ik heb het hele afgelopen jaar geweten hoeveel ik om je geef, maar ik heb het voor je verborgen gehouden. Wat zijn mensen soms toch dom.' Hij boog zich voorover, nam haar gezicht in zijn handen en kuste haar teder op de mond. 'Ik hou ontzettend veel van je... Ik heb altijd van je gehouden en zal altijd van je blijven houden.'

Ze nestelde zich dichter tegen hem aan, tastte naar zijn gezicht, het gezicht dat ze zo goed kende. Het was een mooi gezicht, markant en regelmatig; hij had hoge jukbeenderen, een glad en breed voorhoofd en de gevoeligste ogen die ze ooit gezien had. Zonder enige twijfel bestond er geen mooiere man dan hij. Ze was blij dat hij zo groot was, met zijn lange benen, atletische lichaam en brede borst. Toen ze haar wang ertegen aanvlijde, sloeg hij zijn armen om haar heen.

'O, Robin, mijn lieve, lieve Robin... Wat verlang ik naar je.'

'Ik weet het. Bij mij is het niet anders.' Hij kuste haar teder, daarna heftiger, en algauw werden hun kussen vuriger, ongeremd, terwijl hun wederzijdse verlangen oplaaide.

'Laten we dat bed maar eens opzoeken,' zei Robin, waarna hij haar van de bank trok. Hij nam haar mee naar het brede ledikant, wurmde zich uit zijn trui en hielp haar daarna bij het uittrekken van de hare. Binnen enkele seconden lagen ze naakt onder de dekens, in elkaars armen verstrengeld, eindelijk echt intiem.

'Het is heerlijk bij het licht van de haard,' fluisterde Elizabeth. 'Laat de lampen maar uit.'

'Ja, natuurlijk.' Robert duwde zich op een elleboog op en keek van bovenaf in haar donkergrijze ogen. 'Ik heb er zo lang van gedroomd zo met je samen te zijn... Het hele afgelopen jaar.'

'O, Robin, liefste, had ik het maar geweten. We hebben tijd verspild.'

Hij glimlachte in haar haar. 'We hebben een eeuwigheid verspild. Sinds ons achtste jaar.'

'Wat zijn we onnozel geweest.'

'Oerstom.' Er volgde een lichte aarzeling van Roberts kant voor hij zachtjes vroeg: 'Je wilt dit toch wel, hè?'

'Het is een beetje laat om dat te vragen, vind je niet? Bovendien, kun je dat niet merken?' Zonder een antwoord af te wachten, voegde ze eraan toe: 'Ik heb nooit iets liever gewild.'

'Ik ook niet... en de enige reden waarom ik het vroeg is, dat er wat mij betreft geen weg terug is... Als we nu vrijen, is dat van mijn kant alles of niets...'

'Voor mij ook.'

Ze draaiden zich naar elkaar toe om elkaar in de ogen te kijken. Robert had het gevoel dat hij in haar ziel keek, en zijn hart sprong op. Op dit ene moment besefte hij dat hij haar met zijn hele wezen toebehoorde. Voor altijd toebehoorde, wat er ook met hem gebeurde. Dat hij zijn leven lang de man van Elizabeth Turner zou zijn. En hij wist, zonder dat ze een woord hoefde te zeggen, dat zij zijn vrouw was. Dat geen enkele andere man haar ooit zou bezitten. Want ze zou nooit een andere man willen. Alleen hem.

Ze kwamen tegen elkaar aan liggen, en hij liet zijn ene hand over haar borsten dwalen en toen omlaag, naar haar buik, net zolang tot zijn hand tussen haar benen lag. Omdat Robert haar prompt voelde verstrakken, tilde hij zijn hoofd op en keek haar vragend aan.

'Ja,' zei ze. 'O, ja. Robin.'

Terwijl hij haar teder beroerde en zijn vingers bedreven in beweging kwamen, realiseerde hij zich dat hij steeds opgewondener werd. Hij had een gigantische erectie, en opeens hield hij op, omdat hij hun liefdevolle samenzijn wilde verlengen en van elk moment wilde genieten.

Geschrokken vroeg Elizabeth: 'Wat is er? Waarom hield je op?'

'Omdat ik dit niet wil overhaasten... ons eerste samenzijn. Ik wil genieten van elke porie van je, van elke seconde dat we samen zijn zoals nu. Ik heb te lang gewacht om het maar een paar minuten te laten duren.'

Elizabeth ging iets verliggen, dichter tegen hem aan, en voelde zijn erectie tegen haar been, waarna er onwillekeurig een rilling door haar heen trok, gevolgd door een warme gloed die zich door haar hele buik verspreidde. Ze smachtte naar hem, inmiddels met een ontembaar verlangen; ze kon niet wachten tot hij de liefde met haar bedreef. Die gedachte was nog maar amper in haar opgekomen, of hij boog zich over haar heen en kuste haar borsten, waarna hij met zijn hand naar beneden gleed, naar haar kloppende binnenste.

Ze deed haar ogen open en keek naar hem. Zijn gezicht was zo dicht bij het hare – geconcentreerd, in vervoering – en haar hart sloeg over... O, wat hield ze ontzettend veel van hem. Opnieuw begon hij haar te strelen, waarbij zijn lenige vingers haar bespeelden. 'O, ja, Robin, o, ja, ga door,' fluisterde ze.

Hij zweeg. Hij trok de lakens weg en gleed naar het voeteneind van het bed, waarna zijn mond zijn vingers volgden, omdat hij haar het genot wilde bezorgen waar ze naar smachtte, wist hij, net zoals hij ernaar had gesmacht haar lippen op de zijne te voelen. Opeens trok Elizabeth haar spieren samen en was hij niet langer in staat zijn eigen lust in toom te houden. Hij gleed omhoog over het bed en kwam boven op haar liggen. Zijn armen omvatten haar, zijn mond klemde zich vast om haar lippen, en hij gleed snel bij haar naar binnen, ogenblikkelijk omsloten door haar warmte.

Elizabeth zuchtte, sloeg haar lange benen om zijn rug en bewoog mee op zijn ritme. Hij kwam klaar toen zij klaarkwam, en met zijn gezicht in haar hals gedrukt mompelde hij haar naam.

Geen van beiden verroerde zich. Ze bleven ineengestrengeld liggen, omdat ze elkaar nooit meer wilden loslaten.

Elizabeth had met geen enkele man ooit eerder zo'n voldaanheid, zo'n bevrediging gevoeld, niet met Selmere, noch met Murrey, de andere man die naar haar gunsten had gedongen...

Ze liet zich door haar gedachten meeslepen, vervuld van genot bij het horen van Robins regelmatige ademhaling en zijn heerlijke, vertrouwde geur. Een combinatie van shampoo, zeep en frisheid, vermengd met het citrusaroma van zijn aftershave, waar ook een vleugje groen doorheen zat... van velden en bomen. Dit was een paradijselijk gevoel, een paradijselijk gevoel dat ze nooit eerder had gekend.

Hij is inmiddels alweer weg, terug naar zijn eigen kamer, om zich te douchen en te scheren en zich te kleden voor het avondeten. Hij ging met tegenzin weg, en ik heb hem met tegenzin laten gaan. Ik kan niet verdragen om hem niet te zien. Hij ziet er zo goed uit, maar dat deed hij ook als kleine jongen altijd al, en hij is zo fantastisch. Robin heeft iets heel puurs, laat niemand iets anders durven beweren. En er komt vast geklets van, dat kan niet anders. Men zal jaloers op hem zijn – op mij, op ons – en terecht. Wat hij en ik hebben, hebben maar weinig mensen – we begrijpen elkaar, elkaars behoeften en verlangens volkomen. Het is niet alleen een verstrengeling van ons beider geest, maar ook van onze lichamen. We zijn seksueel volmaakt op elkaar ingespeeld.

Even geleden, vlak voor hij wegging, kuste hij me hartstochtelijk en zei: 'We hebben zojuist een verbond gesloten, jij en ik, vergeet dat nooit. Er is nu geen weg terug meer.' Hoe zou ik dat kunnen vergeten? Ik behoor hem toe, en hij mij. We zijn één. Voor altijd.

Een uur later, toen Elizabeth de bibliotheek in kwam, bleef ze in de deuropening staan, terwijl haar hart oversloeg. Daar stond hij, haar Robin, met zijn rug naar de haard, op haar te wachten, ongelooflijk knap. Hij had een rode coltrui en een strakke spijkerbroek aan en was van top tot teen om door een ringetje te halen, tot zijn glanzend gepoetste loafers aan toe.

Terwijl ze naar hem toe liep, riep ze uit: 'Ik zal je voor altijd moeten opsluiten.'

Hij pakte haar handen en trok haar mee naar de haard. 'Waarom zeg je dat?'

'Je bent schitterend. Ik kan je niet zomaar rond laten lopen. Dan word je gestolen!'

Hij lachte, boog zich naar haar toe en drukte een kus op haar wang. 'Dat komt doordat ik verliefd ben,' zei hij. 'Op jou.'

'Ik ook – op jou.'

'Bovendien zie je er zelf ook lang niet gek uit, wist je dat?' Zijn ogen schoten over haar heen, om de enkellange paarse wollen rok en bijpassende trui te bewonderen, en de roze pashmina die ze als een monnikspij om haar hals had geslagen. 'Dat zijn altijd jouw kleuren geweest.'

'Ik weet het. Beter dan groen, voor iemand met rood haar, vind je niet? Zullen we iets drinken?'

'Waarom niet? Lucas heeft een fles Veuve Clicquot klaargezet. Hoe vind je dat klinken?'

'Kan niet beter.'

Hij schonk twee glazen roze champagne in en nam ze mee naar de haard.

Ze proostten op elkaar, en Elizabeth nam een teug, waarna ze zei: 'Dank voor je hulp met de sieraden. Ik had het niet alleen gekund.'

'Graag gedaan. Die juwelen worden een belangrijke trekpleister op de veiling. Wanneer gaat die trouwens plaatsvinden?'

Elizabeth ging op het tweepersoonsbankje zitten, leunde achterover, terwijl ze haar glas met beide handen omvatte. 'Ik heb een bespreking met de sleutelfiguren bij Sotheby's gehad, en volgens hen gaat het nog zo'n vier maanden duren om de inventaris van alles rond te krijgen, om alles in de diverse categorieën te verdelen en een catalogus samen te stellen. We lopen alle kans dat de veiling in de herfst of begin van de winter zal plaatsvinden.'

'Van dit jaar?'

'Ja, dat mag ik hopen. Ik wil het achter de rug hebben.'

'En het huis in Chelsea? Zet je dat op de markt?'

'Ik denk dat ik dat ga doen, Robin.' Ze stond op het punt om hem te vertellen waarom, uit te leggen dat er allerlei slechte herinneringen aan verbonden waren, maar ze bedacht zich, voornamelijk omdat ze geen zin had om de naam Tom Selmere te berde te brengen. Ze ging verder. 'De rest van de sieraden moet nog uitgezocht worden. Denk je dat we er morgen of zondag mee klaar kunnen zijn? Als ik alles heb gezien, kan ik ze door Kat laten ophalen en in een bankkluis laten opbergen.'

'We zullen er morgen als een speer doorheen gaan, dan hebben we dat gehad. Moet je horen, ik moet volgende week naar Madrid en toen ik onder de douche stond, kreeg ik een idee. Waarom kom je me volgend weekend niet in Marbella opzoeken?'

'O, ja, dat zou ik leuk vinden, Robin. Het zou fijn zijn om bij je te zijn, en dan kunnen we even bijkomen en van het warme weer genieten. Ik sta trouwens te springen om het recreatiepark te zien. Alleen is er één ding –' Ze onderbrak zichzelf, beet op haar lip en trok een zorgelijk gezicht.

'Ga door, vertel op. Wat is er dan?'

'Ik hoop niet dat ik Philip Alvarez hoef te zien.'

'Nee, natuurlijk niet. Die zal er niet zijn. Maar waarom kijk je zo bedenkelijk?' Hij keek haar onderzoekend aan.

Ze lachte zenuwachtig. 'Omdat hij me al die tijd heeft... gestalkt – dat is er volgens mij het juiste woord voor – en me altijd probeerde te betasten, te pakken en in mijn kont te knijpen als hij dacht dat er niemand keek.'

'De smeerlap!' riep Robert uit, maar hij moest onwillekeurig lachen. 'Maar ik kan niet zeggen dat ik het hem kwalijk neem, lieve schat. Je bent namelijk zo verrukkelijk, dat iederéén wel aan je wil voelen.'

Robert liep naar de bank, ging naast haar zitten en pakte haar hand met de bedoeling om haar gerust te stellen. 'Ik weet zeker dat hij niet in Marbella zal zijn. Maar mocht dat zo zijn, dan zal ik je beschermen, dat beloof ik je.'

Toen ze hem aankeek en dat baldadige lachje in zijn ogen zag, glimlachte ze voor ze het wist. 'Ik heb altijd geweten dat je mijn held was, Robin Dunley.'

Op dat moment verscheen Lucas in de deuropening. 'Neem me niet kwalijk, Miss Turner. Het eten wordt opgediend.'

'Dank je, Lucas. We komen eraan.'

Hij knikte en verdween naar de keuken.

'Ik heb het heerlijke gevoel dat ik dit weekend een speciale behandeling krijg, Elizabeth, dat ik vreselijk word verwend. Tot nu toe heb je al mijn lievelingskostjes uitgezocht. Ingelegde garnalen met *cottage pie* voor het middageten, en nu paté met cornichons.'

'Ik doe mijn best te slijmen,' zei ze plagerig, blakend van geluk.

Robert grinnikte. 'Weet je nog dat we ooit op Waverley een gigantische pot cornichons hebben leeggegeten en toen verschrikkelijke buikpijn kregen? Kat was heel boos op ons en ze zei dat het ons verdiende loon was omdat we zulke schrokoppen waren.'

'Maar ik ben er nog altijd dol op.' Elizabeth knabbelde op een augurkje, waarna ze er nóg een pakte. 'Alleen houd ik me tegenwoordig een beetje in.'

'Mag ik vragen wat het hoofdgerecht is?' Robert sneed een plakje paté af en legde het op zijn toast.

'Nog een lievelingskostje van je. Gepaneerde schelvis met gebakken aardappeltjes en mousse van doperwtjes.' Ze keek hem vol voorpret aan.

'Wat fantastisch! Gaat Lucas de *fish and chips* ook nog in een krant opdienen? Ik hoop het maar.'

'Ik vrees van niet, lieveling. Maar op een bord smaken ze net zo heerlijk. Luister, om op Philip Alvarez terug te komen: klopte dat allemaal over hem? Ik bedoel, wat Francis Walsington vorig jaar over hem te weten is gekomen? Je weet wel, dat hoeren en snoeren, en de gigantische schulden?'

'Wat die gigantische schulden betreft, ja. Maar daar is hij een regeling voor aan het treffen, heb ik van Francis begrepen. En wat de vrouwtjes betreft en dat hij dol op pleziertjes is, dat zijn zijn zaken, vind je niet?'

Elizabeth boog haar hoofd. 'Eigenlijk wel. Hij boft maar, hè, dat wij erin zijn gestapt en hem hebben gered door het Marbellaproject over te nemen?'

'Dat kun je wel zeggen, ja.'

'Er is nog iets wat ik je had willen vragen...'

'Toe maar, ga je gang, vraag maar.' Robert leunde achterover en keek haar vragend aan.

'Hoeveel vijanden heb ik bij Deravenel?'

'Niet zoveel als je denkt,' antwoordde hij prompt. Zijn stem klonk nuchter en zeker. 'Natuurlijk, je hebt in het bedrijfsleven nou eenmaal van die verstokte vrouwenhaters die er gewoonweg niets van moeten hebben dat een vrouw het glazen plafond bereikt, waardoor vrouwen – wie het ook zijn – er niet welkom zijn. Toegegeven, bij Deravenel zitten een paar van die idioten. Per slot van rekening is het, zoals je weet, jarenlang een vrouwvijandig clubje geweest. Maar wat werkelijke vijanden betreft, kan ik er maar twee bedenken die het er niet mee eens zijn dat jij de leiding over het bedrijf hebt. Ik zou ze het etiket "vijand" op kunnen plakken – aan de andere kant, ik zie hen niet als een werkelijk gevaarlijke bedreiging voor je.'

'Ik veronderstel dat je het hebt over Alexander Dawson en Mark Lott.'

'Nou, zie je wel? Je weet het best.'

'Ik heb alleen maar het gevoel dat ze me niet mogen, omdat ze tijdens de bestuursvergadering ronduit vijandig deden. Maar volgens mij heb je gelijk, Robin: ze kunnen me eigenlijk niets maken. Of wel?'

'Nee, dat geloof ik niet. Mark Lott was zo'n adept van Mary, dat hij aanstoot zal nemen aan iedereen die haar plaats inneemt. Wat Dawson betreft: die deugt niet, om het zacht uit te drukken.'

'Ik weet het. En hij weet dat ik het weet. Vroeger heb ik hem op een paar lelijke leugens betrapt, en in menig opzicht is hij ook heel achterbaks. Dat heb ik meegemaakt.'

'Ja, dat heb je me verteld. Laten we het kort houden. Van Dawson heb je helemaal niets te vrezen, behalve dat hij je misschien tijdens vergaderingen op sommige kwesties zal aanvallen, maar dan zou hij weggestemd worden. Het bestuur bestaat voornamelijk uit jouw eigen mannen. Wat Mark Lott betreft, is Mary dood en begraven. Het gaat om jou, en Lott zorgt uitermate goed voor zichzelf. Hij zal heus geen moeilijkheden maken of tegen je in gaan. Hij weet dat hij niet kan winnen.' Robert hief zijn glas. 'Ik zet mijn geld op jou, Elizabeth.'

'Insgelijks, Robin.' Ze klonk met hem. 'Nog een vraag: komt je zuster nog bij me werken of niet?'

Robert was aangenaam verrast, en er verscheen een brede glimlach op zijn gezicht. 'Als jij dat wilt, ja. Merry heeft tegen me gezegd dat ze er zeker op in zou gaan als je haar een aanbod deed.'

'Dan zal ik dat doen.'

Lucas kwam binnen, ruimde de borden af en kwam even later terug om het hoofdgerecht op te dienen. 'Belt u maar als u me nodig hebt, Miss Turner,' zei hij, waarna hij haastig weer zijn eigen domein opzocht.

Elizabeth en Robert hielden van hetzelfde eten en vooral van de vertrouwde kost waarvan ze als kind hadden gesmuld. Vandaar dat ze genoten van de gebakken schelvis en aardappeltjes met erwtjes en *sauce tartare*, en tot haar eigen verbazing at Elizabeth bijna haar hele bord leeg.

Op een gegeven moment keek Robert naar haar op, waarna zijn ogen een bedachtzame uitdrukking kregen. Hij schraapte zijn keel en begon: 'Toch heb je één echte vijand, Elizabeth, en als ik het goed begrijp, gloort die op dit moment aan de horizon.'

Ze schrok op en keek hem vorsend aan. 'Je gaat me toch niet vertellen dat Marie Stewart weer een van haar oude streken van plan is?'

'Ik vrees van wel.'

'Maar waarom, Robin? Waarom zit ze weer in mijn nek te hijgen? Want dat insinueer je namelijk.'

'Ze is van mening dat zij de rechtmatige erfgenaam is, en ik denk niet dat iets haar op andere gedachten kan brengen. En nu ze van de macht heeft geproefd, wil ze waarschijnlijk meer.'

'Macht geproefd? Hoe dan wel?' Elizabeths stem steeg een octaaf.

'Zoals je weet is ze in april met François de Burgh getrouwd, inmiddels bijna een jaar geleden, en hij is de erfgenaam van een wijdvertakt conglomeraat, Dauphin, waarvan zijn vader de eigenaar is. Al is het niet zo groot als Bernard Arnaults LVMH, of Artemis, het concern van Pinault, het is toch een belangrijke maatschappij die wereldwijd zaken doet. François werkt samen met zijn vader, evenals zij. Omdat ze ambitieus is, verkeert ze waarschijnlijk in de waan dat ze aanspraak kan maken op Deravenel en dat ze dat bij het wereldconcern van haar schoonvader kan inlijven. Dat zou haar een heleboel credit bij Henri de Burgh opleveren.'

'Dat kan ze op haar buik schrijven! Mijn vaders testament is absoluut rechtsgeldig. Waterdicht. Trouwens, ze kan helemaal niet via de vrouwelijke lijn, haar grootmoeder, erven.' Elizabeth was zichtbaar opgewonden.

'Dat moet je háár vertellen,' zei Robert. 'Haar grootmoeder was Margaret Turner, de grote zus van je vader en de oudste dochter van Bess en Henry Turner. Marie heeft van haar grootmoeder Scottish Heritage geërfd, maar dat is haar kennelijk niet genoeg. Ze wil meer.'

'O, mijn god! Wat kan ik doen?' Elizabeth, toch al bleek van zichzelf, trok nog witter weg.

'Je blijft koel en kalm, zoals alleen jij dat kunt. En we wachten gewoon af en zetten Francis Walsington aan het werk. Als er iemand goed is in het opsporen van praktijken waar een luchtje aan zit, is hij het wel, en hij is zeer bedreven in het vinden van geniale oplossingen voor heikele problemen.'

Robert kneep geruststellend in haar hand. 'Zoals ik zonet al zei: ik zet mijn geld op jou, Elizabeth. Ik waak over je, net als Cecil. Wij zullen niet toestaan dat iemand je schade berokkent of probeert je Deravenel afhandig te maken. Vertrouw maar op mij.'

'Dat doe ik ook,' zei ze, waarna ze achteroverleunde en probeerde zich te ontspannen. Ze haalde diep adem en voegde eraan toe: 'Ik durf mijn hand voor jou en Cecil in het vuur te steken, en met z'n drieën gaan we de firma weer gezond maken en tot grote hoogte brengen.'

'Reken maar,' stemde Robert Dunley in.

Negentien

Toen Robert bij het wakker worden zijn hand naar Elizabeth wilde uitsteken, ontdekte hij dat ze weg was. Hij drukte zich in de kussens omhoog en keek rond om te zien waar ze was. De kamer baadde in het maanlicht en hij zag haar voor het raam staan, waar ze over de Noordzee uitkeek.

Hij sloeg de dekens van zich af, zwaaide zijn lange benen op de grond en liep naar het raam. 'Scheelt er iets? Kun je niet slapen?'

Ze gaf geen antwoord, maar bleef staan waar ze stond, zonder zelfs maar om te kijken. Haar rug was kaarsrecht, waar hij meteen aan zag hoe gespannen ze was.

Verbaasd en bezorgd legde hij zijn hand op haar schouder en draaide haar voorzichtig naar zich toe. Hij zag onmiddellijk dat haar ogen vol tranen stonden. 'Lieverd, wat is er in godsnaam? Je bent helemaal van streek.' Hij trok haar naar zich toe, sloeg zijn armen om haar heen en hield haar stevig vast. 'Vertel me eens wat je dwarszit. Je weet nu toch wel dat je me alles kunt vertellen?'

'Ik kon niet slapen en mijn hersens sloegen aan het malen, over ontzettend veel dingen, en plotseling moest ik denken aan... Amy.'

Hij verroerde geen vin, geen spiertje, maar hij liet haar ook niet los. Hij bleef daar maar staan, met haar hoofd tegen zijn borst gedrukt.

Enkele ogenblikken later hief Elizabeth haar hoofd en keek naar hem op. 'Ik ben niet jaloers, dat moet je niet denken. Ik wil alleen maar weten hoe het tussen jullie tweeën zit... Ik wil de feiten weten. Ik weet dat je me de waarheid zult vertellen, Robin, want je hebt nog nooit tegen me gelogen.'

Hij streek zachtjes over haar wang en drukte een kus op haar voorhoofd. 'Kom, laten we bij de haard gaan zitten. Dan zal ik alles vertellen wat je hoort te weten.' Ze liepen samen naar de bank en gingen zitten. Robert schoof naar een hoek, waar hij de kussens achter zich herschikte en haar recht aankeek. 'Amy en ik zijn uit elkaar, Elizabeth,' vertelde hij. 'Al een hele tijd.'

'Hoe lang?' vroeg ze, zonder dat haar ogen de zijne loslieten.

'Vijf jaar, om precies te zijn. Het ging gewoon niet.'

'Waarom ben je eigenlijk met haar getrouwd, Robin?'

Hij schudde zijn hoofd, duidelijk uit het lood geslagen. 'Het enige waar ik dat aan kan wijten is dat ik nog zo ontzettend jong was. Mijn god, wat wist ik nou helemaal, op mijn zeven-, achttiende? Niets. Over vrouwen, de wereld, het leven. De hormonen gierden door m'n lijf, en ze was erg mooi, een voluptueuze meid, en ik begeerde haar. Zoals mijn broer Ambrose pleegt te zeggen: een stijve pik heeft geen geweten. Ik wilde haar het bed in hebben, en de enige manier die ik daarvoor wist, was door met haar te trouwen. Dat deed ik dus. En een jaar later was ik een en al bedenkingen en had ik een gigantische spijt. Je moet maar in een kuip met ijs springen als je alleen maar op een paar wippen uit bent.'

'En jullie konden je problemen niet oplossen?'

'We hadden eigenlijk geen problemen. Ze was best gelukkig, alleen had ik... haar absoluut geen ene moer te zeggen. We hadden niets gemeen. Ze vond het namelijk heerlijk buiten de stad, was dol op het buitenleven, deed niets liever dan een beetje rondlummelen en niksen, alleen maar wachten tot ik thuiskwam en dromen van baby's. Maar er kwamen geen baby's, en uiteindelijk ging ik niet meer naar huis. Ik verveelde me, verveelde me werkelijk stierlijk met haar. We zijn elkaars tegenpolen.'

'Waarom zijn jullie niet gescheiden?'

'Dat leek ze niet belangrijk te vinden. Ik evenmin. Althans, tot nu toe. Ik zal zo gauw mogelijk met haar gaan praten. Ik weet zeker dat het geen probleem zal opleveren.'

'Een scheiding is niet belangrijk, Robin, niet voor mij. Ik ben namelijk niet van plan om te trouwen.'

Stomverbaasd staarde hij haar aan. 'O, nou. Je denkt er dus nog altijd zo over?' Over trouwen?' Hij vroeg het bedaard, zelfs wat geamuseerd.

'Absoluut. Ik ben veel te zelfstandig om te trouwen. Ik moet voor mezelf kunnen zorgen.'

En de enige reden waarom ik over Amy begon, was dat ik wil weten hoe het zit. En dat heb je me nu verteld, en dat is prima. Ik begrijp het volkomen. Er is absoluut geen probleem, geen enkel probleem.' Ze schoof dichter naar hem toe en pakte zijn hand. 'Jij en ik moeten te allen tijde eerlijk zijn tegenover elkaar, Robin. Totale eerlijkheid, dat is alles wat ik van je vraag.'

'En liefde? Wil je dat niet van me?'

'Dat weet je best. Heel graag. En die heb ik, net zoals jij mijn liefde hebt, en mij, helemaal. Dat weet je toch zeker wel?'

'Ja, dat weet ik.' Hij nam haar in zijn armen en kuste haar. 'Voor wat het waard is: jij bent de enige vrouw van wie ik in mijn hele leven ooit heb gehouden.'

'Al die vijfentwintig jaar.'

'Je bent zelf ook pas vijfentwintig. Ben ik de enige man van wie jij hebt gehouden?'

'Ja, de enige man.'

'En die admiraal dan? Hield je van hem?'

Elizabeth vond het lijken alsof die woorden doelloos in de lucht bleven hangen, gevaarlijk tussen hen in hingen, en even was ze boos, niet in staat zijn vraag te beantwoorden. Uiteindelijk herstelde ze zich en zei met zachte stem: 'Nee, ik hield niet van hem. Maar ik zal wel verkikkerd op hem geweest zijn. Hij was namelijk knap, wist van wanten, en ik was nog erg pril.'

'Ja, dat weet ik. Mijn vader vond zijn gedrag schandelijk, gezien jouw leeftijd.'

'Was dat zo? Ach. Vond jij dat ook?'

'Nee, ik niet. Had hij gelijk? Dat het schandelijk was, bedoel ik?'

'Ik heb geen idee.'

'Heeft hij met je gevrijd?'

'We hebben geen gemeenschap gehad, als je dat bedoelt.'

'Maar jullie hebben gevrijd?' Zijn stem stierf weg. Hij haalde aarzelend zijn schouders op.

'Er werd veel... gevoeld. Je weet wat ik bedoel.'

'Intiem gevoeld?' vroeg hij, terwijl hij haar nauwlettend observeerde.

Ze knikte slechts. 'Tom Selmere leek erg veel op jou –'

'O, nee, dat denk ik niet!' riep Robert uit, terwijl hij rechtop ging zitten en zijn mond ineens verstrakte.

'Ik wilde er net bij zeggen "qua uiterlijk". En je hebt gelijk, hij was anders dan jij. Zeker qua karakter. In zekere zin was hij immoreel, en hij was niet zo intelligent en slim als jij. Hij was eigenlijk tamelijk dom. Geestig, maar zonder verstand.'

'Dat zei mijn vader ook.'

Elizabeth schoof van hem af, leunde achterover en tuurde in het vuur dat tot in de schoorsteen oplaaide. Ze zweeg, evenals Robert, allebei in gedachten verdiept.

Hij was degene die even later de stilte verbrak, toen hij dichter naar haar toe schoof en haar naar zich toe trok. 'Ik hou met heel mijn hart van je, Elizabeth. Echt waar.'

'Ik ben niet met de admiraal naar bed geweest. Eerlijk waar.'

'Ik geloof je, en het maakt me echt niet uit als je wel met hem naar bed zou zijn geweest. In zekere zin ben je altijd van mij geweest, van kleins af aan, en nu ben je echt van mij, net zoals ik van jou ben. Dus laten we naar bed gaan om het te bewijzen, oké?'

Ze wilde iets gaan zeggen, maar hij blokkeerde haar woordenstroom met een lawine van kussen, tilde haar in zijn armen op en droeg haar naar het bed.

'Wat kan ons het verleden schelen?' fluisterde hij toen hij naast haar kwam liggen. 'Alleen het heden telt.'

'Wanneer je aan me denkt, wat is dan het eerste beeld dat je te binnen schiet?' vroeg Elizabeth, terwijl ze dichter naar Robert toe schoof en een arm om hem heen sloeg. Al waren ze bevredigd en moe van hun vrijpartij, op de een of andere manier konden ze niet slapen.

Hij lag met zijn rug naar haar toe, waardoor zijn stem gesmoord klonk toen hij antwoordde: 'Volgens mij haal ik me jou dan voor de geest zoals je was in de tijd dat je nog een klein meisje was, mijn robbedoes. Ja, dat is het beeld dat ik van je heb.'

'Dat is ook niet erg romantisch,' sputterde ze, en ze kuste zijn schouder.

'Kan wel zijn, maar je maakte destijds heel veel indruk. Je had zo'n... lef. Vooral wanneer je tegen Harry in opstand kwam.'

'Dat is nou zinsbegoocheling! Ik kwam nooit in opstand tegen mijn vader. Ik was eerlijk gezegd altijd een beetje bang voor hem.'

'Daar geloof ik niets van!' riep Robert uit, waarna hij zich omdraaide en haar verbaasd aankeek. 'Ik herinner me je als de moedigste figuur die ik ooit heb gekend. En dat vind ik nog steeds van je.'

'Wat een mooi compliment. Dank je, Robin, maar echt, soms was ik doodsbang voor hem.'

'Toch denk ik altijd aan hem als iemand die nogal... mild tegenover je werd toen hij ouder werd, toen hij je weer tot de kudde had toegelaten.'

'In elk geval aardiger. Hij mishandelde me niet meer.'

'Heeft hij je echt mishandeld?' Robert keek haar onderzoekend aan.

'Niet in seksueel opzicht, of lichamelijk, dat bedoel ik niet. Hij mishandelde me verbaal, maar ook emotioneel. Je weet heel goed dat hij me heeft verstoten, en op een gegeven moment onterfd. En zelfs toen ik een peuter was, moest hij al niets van me hebben. Hij was toen een gruwel als vader, dat zei ook iedereen,' vertrouwde Elizabeth hem toe.

'Dat kwam door je moeder, dat weet ik zeker.'

'Hoe bedoel je?'

'Ik weet nog dat mijn ouders het hadden over de manier waarop hij haar behandelde. Als ik het me goed herinner zat het hem niet lekker dat Anne haar carrière als binnenhuisarchitecte niet wilde opgeven, en hij ging haar wantrouwen. Hij dacht dat ze affaires had, of zoiets. Toen kreeg ze ook nog dat afschuwelijke auto-ongeluk met haar broer en zijn vrienden... in Zuid-Frankrijk...'

'Ik weet dat ze daarbij omkwam, maar wat wil je precies zeggen, Robin?'

'Ik heb het gevoel dat... nou ja... dat hij je moeder op de een of andere manier de schuld van dat ongeluk gaf. Ik weet het niet zo goed meer, het is zo lang geleden. Maar volgens mijn vader heeft Harry in elk geval lasterpraatjes rondgestrooid over... het karakter van je moeder.'

'Dat heb ik gehoord. Mijn halfzuster liet er geen gras over groeien om me dat te vertellen. Op een bepaald punt in zijn leven veranderde mijn vader in een monster en ging hij zich vreselijk gedragen.'

'Al die vrouwen, Elizabeth! Zes in totaal. Goeie god, geen wonder dat jij niet wilt trouwen... Hij is niet bepaald een goed voorbeeld geweest, hè?' Robert schudde zijn hoofd. 'Hij was echt een onverbeterlijke rokkenjager.'

'Dat kun je wel zeggen, ja. Toch denk ik dat hij ook zijn best deed om een mannelijke erfgenaam te krijgen. Mijn zus en ik waren niet genoeg... Hij wilde een jongen. En hij kréég een jongen, die jong stierf, zodat alle pijn die hij iedereen heeft gedaan eigenlijk voor niets is geweest.'

'We weten geen van allen wat het leven voor ons in petto heeft,' zei Robert, en voegde er, bij het zien van de bedachtzame uitdrukking op haar gezicht, aan toe: 'Nu is het mijn beurt... Welk beeld heb je van mij in je hoofd?'

Ze glimlachte vaag, bijna in zichzelf, en keek hem flirterig aan. 'Het beeld dat ik van je heb, dateert van een jaar of twee geleden – toen we bij die vermaledijde Mary Turner uit de gunst waren. Je had bloemen voor me meegebracht – een beeldig bosje lathyrus – en je zei dat ik op je kon rekenen... En die keer dat je me geld stuurde. Weet je dat nog?'

'Jazeker. Ik wilde je helpen omdat ik van je hield.'

'Maar niet bepaald op de manier waarop je nu van me houdt,' stelde ze vast.

Hij verbeet een geamuseerde glimlach. 'Dat klopt.'

Ze boog zich naar hem toe en fluisterde: 'Nu heb ik zoveel níéuwe beelden van je in mijn hoofd – allemaal heel romantisch en sexy. Wist je dat je een heel sexy man bent, Robin? Ik durf te wedden dat je dat al van een heleboel vrouwen hebt gehoord.'

Bij wijze van antwoord trok hij haar in zijn armen en kuste haar vurig, en in no time waren ze alweer aan het vrijen. En zo zou het het hele verdere weekend doorgaan.

Twintig

En zo is het begonnen, onze fantastische liefdesaffaire: tijdens een koud, somber weekend in maart op Ravenscar. Nu is het juni en zijn we in Parijs geweest, en zoals altijd genoten we van elk moment in die schitterende Lichtstad.

Ik ben hartstochtelijk verliefd op Robin, en hij op mij. Hij noemt het 'waanzinnig verliefd', en ik weet wat hij bedoelt. Want er is sprake van een zekere krankzinnigheid om zo volkomen in een ander op te gaan en samen op een vreemde maar fantastische planeet te verblijven, waar de rest van de wereld niet bestaat.

We vinden het allebei bizar dat we, na elkaar al zoveel jaren te hebben gekend, op ons vijfentwintigste plotseling verliefd op elkaar zijn worden. Robin zegt dat het net is alsof je door een vrachtwagen bent aangereden, en hij heeft gelijk. De ene dag waren we boezemvrienden en de volgende dag geliefden. We zijn nu nooit meer zonder elkaar en zijn elk moment van de dag, en eigenlijk ook elk moment van de nacht, samen. Robin is bij me ingetrokken, dus we wonen samen. Hij heeft zijn eigen huis aangehouden en gaat er om de andere dag heen om er poolshoogte te nemen, maar hij brengt er niet veel tijd meer door. We vinden het moeilijk om niet bij elkaar te zijn, en ik weet dat dat voor mij mijn hele verdere leven zo zal blijven, omdat Robert een deel van me is, verankerd in mijn ziel. Zonder hem zou mijn leven volstrekt zinloos zijn en zou ik me verschrikkelijk ellendig voelen. Hij is in zoveel opzichten mijn leven. Zonder Robin en Deravenel besta ik gewoonweg niet.

Natuurlijk vormt het werk een inbreuk op ons privéleven wan-

neer hij op reis moet. Momenteel forenst hij tussen Londen en Mar-
bella om een oogje in het zeil te houden bij de vorderingen van het
recreatieoord. Hij is erg tevreden met de ontwikkelingen, en zelf
was ik onder de indruk toen ik het in april zag. Het staat buiten
kijf dat het er echt prachtig is, waardoor ik de toekomst met lou-
ter optimisme tegemoet zie. Eén ding heeft Philip Alvarez goed ge-
daan: een schitterend stuk land aan zee gekocht.

Pas toen we uit Marbella terugkwamen, begonnen de praatjes.
Het nieuws van onze relatie ging als een lopend vuurtje door De-
ravenel, er was heel wat commentaar, en snerende opmerkingen en
valse grappen waren niet van de lucht. Maar we hebben het alle-
maal genegeerd. Het kan ons niets schelen wat iedereen denkt...
We leven sowieso in onze eigen wereld.

We zijn steeds heel open over onze relatie geweest en hebben
niets te verbergen. Integendeel zelfs. We zijn voortdurend onder de
mensen. Robin is een gezelligheidsdier, net als ik, en we gaan alle-
bei graag naar de schouwburg, maar vinden het ook plezierig om
bij mensen te gaan eten en zelf vrienden te ontvangen. We doen
aan liefdadigheid en gaan naar liefdadigheidsevenementen omdat
we het goed vinden om iets terug te doen. Wat als gevolg heeft dat
er hele krantenkolommen over ons zijn volgeschreven en er voort-
durend foto's van ons in tijdschriften staan. Dat zorgde allemaal
voor olie op het vuur.

Wat Amy betreft, Robin heeft het nooit over haar, en ik ook niet.
Het enige wat hij ooit aan me vroeg, was waarom ik die avond op
Ravenscar huilde toen ik haar naam ter sprake bracht. Ik heb naar
waarheid tegen hem gezegd dat ik het niet wist. En hij nam genoe-
gen met mijn antwoord.

In alle eerlijkheid: het maakt mij niet uit of hij echtscheiding aan-
vraagt of niet. En die schat van een Robin weet dat, net zoals hij
weet dat ik niet wil trouwen. Daar heb ik altijd zo over gedacht.
Onlangs benoemde hij een van de redenen daarvoor, toen hij zei
dat mijn vader een slecht voorbeeld voor me was geweest. Maar
dan had je ook de admiraal... Tom Selmere was nou niet direct de
ideale echtgenoot; getrouwd met de weduwe van mijn vader en er-
opuit om mij in bed te krijgen. En de vijfde huwelijkspoging van
mijn vader dan? Zijn mooie jonge vrouw Katherine hield er min-
naars op na en was zo stom, onbezonnen en weinig discreet dat ze

werd betrapt, waarop het echtpaar scheidde en zij werd wegge-
stuurd. Nee, het huwelijk heeft voor mij niets aanlokkelijks. Inte-
gendeel zelfs. Ik ben gelukkig zoals alles nu is. Ik weet dat hij van
me houdt, zielsveel zelfs, en dat is voor mij voldoende.
We gaan vaak naar Parijs om wat privacy te hebben. Relais
Christine, het hotelletje dat Robin een paar jaar geleden heeft ont-
dekt, bevalt me goed. Het is een voormalige kleine abdij uit de der-
tiende eeuw, niet zo ver van het Quartier Latin. Het heeft een heel
aparte charme; onze suite kijkt uit op een binnenplaats van kinder-
hoofdjes, waar volop bloemen staan, en heeft een eigen terras, een
van de dingen waarom we het er zo leuk vinden. Afgezien daarvan
heerst er een weldadige rust, waardoor Robin en ik het gevoel heb-
ben dat we midden op het platteland zitten in plaats van hartje
Saint Germain, op een steenworp afstand van de Notre Dame...

Toen ze de sleutel in het slot hoorde, liep Elizabeth met een verwachtingsvol gezicht van het terras naar binnen.

Robert glimlachte, terwijl hij de deur achter zich dichtdeed en
de tassen neerzette die hij bij zich had, waarna hij zijn armen om
haar heen sloeg en haar stevig omhelsde.

Terwijl hij haar op armlengte van zich af hield, tastten zijn ogen
vluchtig haar gezicht af. 'Ik ben blij te zien dat je er zo'n stuk beter uitziet, liever. Je zag er laatst ontzettend uitgeput uit.'

'Ik was moe, maar nu gaat het prima.' Ze wierp een blik op de
tassen en vroeg: 'Wat heb je allemaal gekocht? Het lijkt wel of je
uitgebreid aan het shoppen bent geweest.'

'Ga zitten, dan zal ik het je laten zien.' Hij nam de vier tassen
mee naar de zithoek bij de louvredeuren naar het terras en gaf er
een aan haar. 'Deze is voor jou.'

'Chanel! Fantastisch. Dank je wel. Wat zit erin?'

'Dat zul je wel zien als je hem openmaakt.'

'Het is de handtas die ik zo graag wilde hebben!' riep ze uit, nadat ze hem had uitgepakt. 'O, dank je, Robin. Ik heb Blanche gevraagd of ze hem wilde gaan halen, maar Chanel Londen had er
niet een meer.'

'Nou, daar is-ie dan, en hij is je met veel liefde gegund.'

Ze sprong op en liep naar hem toe om hem een kus te geven,
waarna ze vroeg: 'En wat zit er in die andere tassen?'

'Een Chanel-tas voor Merry – niet dezelfde als de jouwe, maar een die ze dolgraag wilde hebben. Een portemonnee voor Ambrose en – namens ons tweetjes – een paar dassen voor Cecil.'

'Dat is ontzettend lief van je, Robin. Ik weet zeker dat ze blij zullen zijn met de cadeaus.' Ze ging weer zitten en schakelde op een ander onderwerp over. 'Hoe gaat het bij Deravenel?'

'Zoals altijd. De vestiging in Parijs draait heel goed, en ik heb veel waardering voor Jacques Bettancourt. Echt een goeie vent, die met strenge hand regeert, maar hij barst van de charme en het ontbreekt hem niet aan flair. Ik zou willen dat de andere buitenlandse managers zo waren. Met sommigen van hen verliep het contact allesbehalve soepel.'

'Nogal logisch. We hebben op het personeel gekort om extra kosten te besparen, dus je denkt toch niet dat ze reden hebben om blij te zijn? Maar je hebt het goed gedaan.'

'Dat applaus is niet voor mij, Elizabeth, het is helemaal voor Nicholas. Het was fantastisch, zoals hij mensen met pensioen heeft gestuurd en anderen een heel goede bonus heeft meegegeven, zodat niemand wrok koesterde. Het heeft ons veel geld gekost, maar op den duur zullen we een klein kapitaal aan salarissen besparen. Dankzij Nicholas is het allemaal soepel verlopen.'

'Hij is er altijd goed in geweest mensen een bittere pil te laten slikken, omdat hij er altijd in slaagt om een zoetere paraat te hebben. Gaan we vanavond met hem uit eten?'

'Ja. Hij wil ons met alle geweld meenemen naar Le Grand Véfour... Hij staat erop, want dat vindt hij het beste restaurant.'

'Dat is ook zo. Ik vind het vooral een leuke gedachte dat Napoleon er met Josephine heen ging voor romantische soupertjes, en ik vind de ambiance überhaupt schitterend.'

Hij moest lachen. 'Dat zeg je altijd over restaurants. Je hebt het over inrichting in plaats van over eten. En voor jij het zegt: ik weet dat je geen gourmet bent.'

Ze knikte, pakte de Chanel-tas van rode gewatteerde stof nog eens en bekeek hem aandachtig, waarna ze zachtjes mompelde: 'Dit is precies wat ik wilde...'

Terwijl Robert naar haar keek, realiseerde hij zich dat ze die middag pijnlijk bleek was. Raar, dat hij dat niet eerder had opgemerkt; misschien lag het aan de zwarte jurk die ze aanhad. Was ze echt nog meer afgevallen? Hij maakte zich voortdurend bezorgd om haar eetgewoonten. Ze was een kleine eter, en was van kleins af aan een kieskauwster geweest. Ze was sowieso een opgewonden standje, was de laatste tijd een paar keer flauwgevallen en was tegenwoordig vaak prikkelbaar.

'Wat is er? Waarom sta je me zo aan te staren, Robin?'

'Ik kijk alleen maar vol bewondering naar je, schatje, in die chique zwartlinnen jurk.'

Ze schonk hem een lome glimlach en zei: 'Ik ben zo blij dat je Merry bij het bedrijf hebt binnengehaald. Ze is echt mijn rechterhand geworden.'

'Dat doet me deugd. En dat is Ambrose voor mij, wat betreft het Marbellaproject. Hij heeft me veel ellende bespaard en als hij er niet was geweest, had ik er heel vaak naartoe gemoeten. Hij is een prima vervanger.'

Ze knikte. 'Het is fijn om je familie om me heen te hebben, Robin...' Ze legde haar hand op zijn arm. 'Daarvoor wil ik je bedanken.'

'Mijn familie, althans wat er van over is, houdt van je, Elizabeth, en ze zullen alles voor je doen... werkelijk alles. Ze hebben niet alleen enorm veel respect voor je, ze zijn ook erg op je gesteld.' Hij boog zich naar haar toe en keek haar indringend aan. 'Heeft Cecil iets over mij tegen je gezegd? Wat ik bedoel is: over het feit dat jij en ik iets met elkaar hebben.'

'Nee, helemaal niets. Dat verbaast me nogal. Maar ik heb gemerkt dat hij me de laatste tijd soms hoogst merkwaardig aankijkt. Ik heb geprobeerd te achterhalen wat die uitdrukking in zijn ogen nou precies betekent, en ik denk dat ik het zou omschrijven als... stomme verbazing.'

'Aha. Het geroddel is bij de vestiging in Londen enigszins de pan uit gerezen, hoorde ik vanmiddag van Nicholas. Hij zegt dat het wel zal betijen, dat we er niet te veel aandacht aan moeten besteden en er noch ons werk, noch ons leven door moeten laten beïnvloeden.'

'Dat vind ik ook, en eerlijk gezegd verbaast het me niets. We figureren de laatste tijd nogal vaak in de bladen. Jong, aantrekkelijk, succesvol en verliefd met een hoofdletter V. Dat schijnt de recentste kop boven een artikel te zijn.'

Robert liep naar Elizabeth toe en trok haar overeind, sloeg zijn armen om haar heen en nam haar mee naar de slaapkamer. 'Ik denk dat we voor het eten even wat moeten rusten, vind je niet?'

'Rusten? Néé. Maar ik zou wel naast je willen gaan liggen, lieveling, om een heftig potje te vrijen.'

'Dan doen we dat toch?'

Le Grand Véfour, onder de antieke arcade van het Palais Royal, dateerde van voor de Franse Revolutie. Het werd geopend in 1784, toen het Café des Chartres heette, en was al een paar honderd jaar een geliefde pleisterplaats van talloze beroemdheden – Napoleon en Josephine, zowel van auteurs als Victor Hugo en Colette als van Franse politici, befaamde schilders, grote namen uit het theater en filmsterren die van zichzelf vonden dat ze de beste plekjes kenden.

Elizabeth was hier voor het eerst geweest met tante Grace Rose die, toen ze negentien werd, bij wijze van een bijzonder verjaarscadeau, met haar naar Parijs was gegaan. Hoewel ze er nog maar één keer had gegeten, was ze dit fraaie, bijna onwereldse restaurant nooit vergeten. Het had een onuitwisbare indruk op haar gemaakt.

Ze vond dat het net leek alsof de grote zaal om de gasten heen zweefde, vanwege de oude, verweerde spiegels aan de plafonds en aan enkele muren, waarin het licht weerkaatste. Die spiegels hadden pokdalige vergulde lijsten en sloten naadloos aan bij neoklassieke schilderijen van in bloemen en wijnranken gehulde nimfen. Omdat die schilderijen, aangezien ze zo oud en kwetsbaar waren, ter bescherming achter glas zaten, zorgde dat in de hele eetzaal voor een sprookjesachtig effect. Opnieuw raakte Elizabeth er toen ze er binnenkwamen door betoverd.

Nicholas, die al op hen zat te wachten, stond op om hen uitbundig te begroeten en Elizabeth een kus op haar wang te drukken.

'Ga jij hier maar zitten, Elizabeth, en jij ook, Robert.' Nicholas wees naar het roodfluwelen bankje tegen de muur. 'Je zult zien dat het lekker zit,' voegde hij eraan toe.

'Als je het niet erg vindt, neem ik liever een stoel,' zei Robert en hij ging, toen Elizabeth op het bankje had plaatsgenomen, op een antieke, zwart-met-gouden stoel zitten, waarna Nicholas naast Elizabeth neerplofte.

'Ik heb een fles Krug besteld,' zei Nicholas tegen Elizabeth. 'Die kan elk moment gebracht worden, waarna we op je aanstaande veiling zullen proosten. Vanmiddag op het werk heb ik gebiologeerd naar Robert zitten luisteren toen hij me van jullie plannen vertelde. Ik wist niet wat ik hoorde toen hij zei dat je wel vijftig miljoen pond bij elkaar zou kunnen krijgen. Ik kan er nauwelijks met mijn verstand bij.'

'Dat komt doordat er zoveel spullen zijn die voor een groot deel door diverse families, aan wie ik allemaal gerelateerd ben, bij erfenis zijn nagelaten. Ik kan het zelf amper geloven. Maar de experts van Sotheby's zijn ervan overtuigd dat het de veiling van het jaar gaat worden. Er zit namelijk heel veel beeldende kunst tussen, Nicholas, echt goede schilderijen, hele bergen sieraden van Cartier, zilveren en gouden siervoorwerpen en meubilair. En het is allemaal heel waardevol.'

'Robert vertelde dat je het huis in Chelsea gaat verkopen... Ik heb het altijd een prachtig huis gevonden. Het is een juweel.'

'Ja, zeg dat wel, en ik hoop dat de een of andere Russische miljardair de prijs zal opdrijven tot zestig of zeventig miljoen pond.'

'Het is in waarde gestegen!' stelde Robert vast, waarbij een vergenoegde uitdrukking over zijn gezicht gleed. 'Nog maar een paar dagen geleden was dat nog maar veertig miljoen.'

'Nogmaals, volgens Sotheby's, Robin. De mensen van hun sectie Onroerend Goed zijn van mening dat het uniek is. Het stamt uit de regencyperiode, zoals je weet, het is in uitstekende staat en de keuken en badkamers zijn nieuw. Omdat het huis aan de Theems staat en een grote tuin heeft, zijn zij van mening dat ik er misschien zelfs nog meer voor zal krijgen.'

Op dat moment verscheen de kelner met een fles gekoelde Krug, zette die in de zilveren koeler, ontkurkte hem, schonk de champagne in en verdween na een knikje.

Nicholas hief zijn glas en zei: 'Op de collectie Deravenel-Turner!'

'Op de collectie,' zei Elizabeth, waarna ze met elkaar klonken.

Enkele minuten verstreken, waarna Elizabeth zich tot Nicholas wendde. 'Ik wil je iets vragen... Het is erg belangrijk voor me.'

'Vraag zoveel je wilt.'

'Ken jij iemand met aandelen Deravenel die ze aan mij zou willen verkopen? Ik zal boven pari betalen.'

Nicholas schudde zijn hoofd. 'Niet zo uit mijn blote hoofd, nee. Maar er zijn er vast wel een paar, met name de aandeelhouders die onlangs zijn gepensioneerd, of weduwes en kinderen van voormalige directieleden die aandelen hebben geërfd. Omdat ik je zo goed ken: je denkt aan Marie Stewart, maar zij heeft niet zoveel aandelen in Deravenel als jij. Bij lange na niet.'

'Dat klopt, maar hoe weten we of ze geen aandelen van stromannen beheert?'

'Dat weten we uiteraard niet,' kwam Robert tussenbeide. 'Maar daar kunnen we snel achter komen. We kunnen discreet navraag doen. Je weet dat Francis een genie is in dat soort dingen.'

'Is dat de reden dat je de veiling houdt, om aan geld te komen om nog meer aandelen te kopen?' Nicholas keek haar nieuwsgierig aan.

'Ja en nee. Natuurlijk heb ik contanten nodig om aandelen te kopen, maar ik wil ook een appeltje voor de dorst opbouwen voor het geval Deravenel plotseling bedrijfskapitaal nodig heeft. Of als we strijd moeten leveren met die... Franse dame.' Elizabeth nam een slok champagne en besloot met: 'Maar in elk geval wil ik al die bezittingen niet. Zoiets is een last, het zit alleen maar in de weg.'

'Ik begrijp het.' Nicholas leunde achterover en kreeg een peinzende uitdrukking in zijn ogen. Even later zei hij: 'Marie Stewart gaat op een gegeven moment ongetwijfeld lastig worden, omdat Deravenel een obsessie voor haar is. Uiteindelijk zal ze aan het kortste eind trekken, Elizabeth, vanwege het testament van je vader. Daar is juridisch geen speld tussen te krijgen.'

'Luister naar Nicholas, Elizabeth.' Robert boog zich over de tafel heen en keek haar aan. 'Hij vertelt je de waarheid, en vergeet niet: je hebt allemaal advocaten om je heen, onder wie Cecil en Francis. Je wordt goed beschermd en je hebt de beste juridische adviseurs.'

'Ze kan Deravenel alleen in handen krijgen, als jij zonder erfgenaam komt te overlijden,' lichtte Nicholas toe.

'Dat hoeft niet noodzakelijkerwijs zo te zijn,' kaatste Elizabeth terug. 'En al die Greysons dan? Die zijn bijzonder goed begunstigd door mijn broer Edward, en die zijn tevens aangetrouwde familie van me, en dus mogelijke erfgenamen. Verder mag ik toch een erfgenaam áánwijzen?'

'Ja, vast wel, denk ik. Maar dat zal Cecil kunnen beantwoorden.' Nicholas fronste zijn voorhoofd. 'Of je zou kunnen trouwen en er zelf een voortbrengen.'

'Maak je nou geen zorgen om die vrouw!' Robert pakte Elizabeths hand. 'Ze kan alleen maar lástig worden – ze is geen reële bedreiging. Laten we nu maar gaan bestellen, lieveling. Ik ben echt uitgehongerd.'

Ze kregen elk een menu van de ober, van wie ze de specialiteiten van de dag kregen te horen, en plaatsten eindelijk hun bestelling. Elizabeth koos voor gegrilde tong, terwijl Robert en Nicholas allebei voor met foie gras gevulde duif opteerden. Vervolgens gingen ze achteroverzitten, nipten van hun champagne en gingen op andere onderwerpen over.

Het lukte Robert Elizabeths gedachten af te leiden, en hij kreeg haar met zijn droge humor algauw aan het lachen. Ook zij wist op haar beurt geestig uit de hoek te komen, waardoor haar twee mannelijke metgezellen dubbel lagen van het lachen.

Nicholas Throckman ontspande zich eindelijk nu ze de discussie had gestaakt over Marie Stewart, die al een tijdje een bron van ergernis voor hem was. Hij beschouwde haar als een gevaarlijke stookster, maar was geenszins van plan zijn mening kenbaar te maken – zeker niet die avond. Hij wist dat hij Elizabeth daarmee alleen maar nerveus zou maken.

Eenentwintig

'Francis! Wat een heerlijke verrassing!' riep Elizabeth bijna twee uur later, toen Francis Walsington met een brede glimlach op zijn knappe gezicht aan de tafel verscheen. Ze keek Nicholas aan. 'Waarom heb je niet gezegd dat hij zou komen?'

'Dan zou het toch geen verrassing meer geweest zijn?'

Francis blies Elizabeth een kus toe en ging naast Robert zitten. Toen de kelner naar hun tafel kwam, bestelde Francis een cognac, waarna hij Elizabeth over de tafel heen een kneepje in haar hand gaf. 'Fijn om je te zien, en gefeliciteerd. Je kunt echt wonderen verrichten, Elizabeth. In een halfjaar tijd is het je gelukt om de schade die je halfzuster ruim vijf jaar lang heeft aangericht grotendeels terug te draaien. Dat is een hele prestatie.'

'Dank je, Francis. Zonder jullie drieën en Cecil was het me niet gelukt. Dat is letterlijk teamwork geweest.'

Hij knikte en sprak verder. 'Het Marbellaproject heeft echt resultaat opgeleverd.' Hij wendde zich tot Robert en zei: 'Jij en Ambrose hebben zo uitstekend werk verricht voor het recreatieoord, dat ik me afvraag of we er niet een paar van onze andere hotels naar moeten modelleren.'

'Daar heb ik ook aan gedacht,' riep Nicholas uit. 'Maar ik weet niet of John Norfell het ermee eens zou zijn.'

'Waarom niet?' vroeg Elizabeth. Ze keek Nicholas fronsend aan.

'Hij zal zeggen dat het te veel kost,' kwam Robert tussenbeide.

'Dat klopt,' stemde Nicholas in. 'Hij zal zeggen dat we er het geld niet voor hebben. Maar ik weet dat we dat zo nodig van de bank zouden kunnen lenen, om op dezelfde vernieuwende voet verder te gaan.'

'Of ik zou Deravenel het geld kunnen lenen om de hotels te moderniseren.' Elizabeth keek van Nicholas naar Francis. 'Dat is een van de redenen waarom ik mijn veilingen ga houden: om een appeltje voor de dorst op te bouwen, zodat ik Deravenel kan helpen als er geld nodig is voor nieuwe projecten. We moeten het bedrijf de eenentwintigste eeuw in zien te slepen.'

'En de enige manier waarop we dat kunnen doen, is inderdaad door te moderniseren,' lichtte Robert toe.

'Charles Broakes kwam eerder deze week met een interessant plan bij me.' Elizabeth wachtte even en zei toen tegen Robert: 'Ik heb jou erover verteld, Robin, en jij vond het toch een goed plan?'

'Ja.' En terwijl hij van Francis naar Nicholas keek, legde Robert uit: 'Hij vroeg zich af of we op een deel van onze wijngaarden een situatie zouden kunnen creëren waar mensen een poosje verblijven, voor wijnproeverijen, lezingen over diverse wijnen en waar ze goed eten krijgen voorgezet. Ik vond dat inderdaad slim, omdat op twee van onze Franse wijngaarden de landhuizen niet meer als woningen, maar meer als kantoor dienstdoen. We zouden ze te gelde moeten maken, en zo laten we een kans lopen, vind ik.'

'Dat vind ik ook,' zei Francis. 'Het zou vrij eenvoudig zijn op elke wijngaard een klein kantoor te bouwen en van de landhuizen vervolgens logementen te maken. Dat is toch wat Charles in gedachten had?'

'Ja.' Elizabeth barstte in lachen uit. 'Ik vond zelfs dat we overal misschien een beautycentrum zouden kunnen aanleggen. Je weet hoe populair beautycentra tegenwoordig zijn. Maar dat is wéér zo'n idee: omdat niet alle vrouwen wijnliefhebbers zijn, zouden zij gebruik kunnen maken van het beautycentrum, terwijl hun mannen hun kennis over wijnen bijspijkeren. Als we dat plan zouden doorzetten, zou dat ons weliswaar geen fiks kapitaal opleveren, maar we zouden er dikke winst uit halen, en ik denk dat het een geweldige pr-truc is, omdat het publiek op die manier kennis kan maken met onze wijnen.'

'Ik vind het behoorlijk geniaal,' wierp Nicholas op. 'Ik neem aan dat Charles aan de wijngaarden in Mâcon en de Provence dacht?'

'Dat klopt.' Elizabeth bracht haar glas naar haar mond en nam een slok. 'Terwijl we nieuwe manieren bedenken om de toekomst van Deravenel veilig te stellen, kunnen we misschien een paar andere secties sluiten waarop we verlies lijden – niet dat het er veel zijn. Over het algemeen spelen we quitte. Maar ik vind dat er een paar overbodige tussen zitten.'

Met z'n vieren praatten ze nog een poosje na over Deravenel, maar toen de koffie werd geserveerd, viel Francis stil. Schijnbaar zat hij al luisterend van zijn koffie te genieten, maar in werkelijkheid was hij verdiept in zijn eigen gedachten.

Evenals de andere mannen aan de tafel was hij groot, zag hij er goed uit en wist hij zich goed te kleden. En hoewel hij pas zevenentwintig was, had hij een nogal gedistingeerde uitstraling, waardoor hij iets ouder leek. Een van de dingen die het meest aan hem opvielen, was zijn uitzonderlijke zelfverzekerdheid. Ook straalde hij een enorme kracht uit. Hij had een advocatenopleiding voltooid, was manager van de sectie Beveiliging van Deravenel en had plezier in zijn werk, waarin hij een genie was en waarvan hij zich doorgaans zeer bevlogen kweet.

Hij kende Elizabeth al een aantal jaren, en omdat hij dol op haar was, was zijn loyaliteit jegens haar in de jaren dat haar zuster aan het bedrijf was verbonden nooit verminderd. Hij was bij Deravenel vertrokken toen Mary Turner er de hoogste positie had geërfd en was in Parijs gaan wonen, dat na Londen zijn favoriete stad was.

Terwijl hij naar Elizabeth keek, was hij onwillekeurig een en al bewondering voor de manier waarop ze er die avond uitzag. Ze droeg een rode zijden jurk, had een snoer grote witte parels om haar hals en bijpassende oorbellen in. Doordat haar rode haar nu wat langer was en los hing, leek haar gezicht minder hoekig. Ze was altijd al een opvallende vrouw geweest, enig in haar soort.

Zodra hij binnenkwam, had hij opgemerkt dat ze straalde, en hij wist maar al te goed dat dat te danken was aan haar relatie met Robert Dunley. Ze waren verliefd, en hij was blij met die recente ontwikkeling. Tot dan toe had ze niet bepaald een gelukkig leven gehad, en het geluk dat ze in Robert had gevonden was welverdiend, vond hij. Francis kende Robert door en door, had bewondering voor hem en vertrouwde hem. Ze waren al meer dan tien jaar bevriend en konden uitstekend met elkaar opschieten. Francis moest altijd een beetje lachen wanneer men het tegen Robert gebruikte dat hij er goed uitzag of zich goed wist te kleden. Francis, die al tijden doordrongen was van Roberts intelligentie en zaken-instinct, en van zijn onvoorwaardelijke loyaliteit aan Elizabeth, had niets dan respect voor de man. Hij wist ook dat Elizabeth, Cecil en Robert de mensen zouden zijn die Deravenel altijd met z'n drieën zouden runnen, maar als één man. Wie dacht dat dat anders zat, onderschatte hen, en vooral Robert, en was niet alleen dom, maar zou het bij Deravenel waarschijnlijk niet lang uithouden. Zij vorm-den het driemanschap dat de hoogste macht in handen had. En dat was iets wat nooit zou veranderen.

Francis en Nicholas waren doorgewinterde Parijs-gangers en ken-den elk hoekje en elke steen van de stad. Ze waren al jaren boe-zemvrienden, die elkaar door alle problemen hielpen en elkaar tij-dens de onverkwikkelijke periode waarin Mary Turner aan het bedrijf was gelieerd, hadden beschermd en gesteund. Ze hadden geen van tweeën tot haar kliek behoord; nog steeds waren ze op hun hoede voor de mensen die ze tot haar kring van intimi had toe-gelaten en gingen in een wijde boog om hen heen.

Daarover spraken ze, terwijl ze onder de arcaden van het Palais Royal wandelden, op weg naar de Place Vendôme en het Ritz Ho-tel waar ze steevast verbleven. Elizabeth en Robert waren met hun tweeën naar hun eigen hotel vertrokken; de twee vrienden en col-lega's waren blij dat ze nu even tijd hadden om te praten, van ge-dachten te wisselen over het bedrijf waar ze zich voor inzetten en over de vrouw die hun volledige toewijding genoot.

Toen ze in gestaag tempo het Louvre naderden, zwegen ze even om het aangename weer, de schoonheid van Parijs en de schitteren-de avondhemel op zich te laten inwerken. Opeens stond Francis stil, keek Nicholas aan en zei: 'Ik heb wel een beetje met die twee te doen, goede vriend. Al dat stomme geklets, het loopt de spuiga-ten uit. Het kan niet anders of ze ergeren zich eraan.'

'Ik geloof eerlijk gezegd niet dat ze zich er veel van aantrekken, Francis, echt niet. Maar wat er ook gebeurt, ik zal altijd aan Eliza-beths kant staan. Haar vader was werkelijk een schoft, en als kind heeft hij haar als stront behandeld, zelfs toen ze nog in de wieg lag. Dat heb ik nooit begrepen. Hij had iets koelbloedigs en buitenge-woon wreeds, kijk maar naar de manier waarop hij zich tegenover

Catherine heeft gedragen. Hij was bijna twintig jaar met haar getrouwd – gelukkig getrouwd – maar dan komt zo'n Anne Bowles voorbij, en hij laat zijn oog op haar vallen. En de rest is... nou ja, geschiedenis, zoals ze dat zeggen.'

'Anne heeft het hem knap lastig gemaakt,' zei Francis. 'Dat weten we allemaal, en het heeft hem ruim zes jaar gekost om haar in bed te krijgen. En vervolgens ging het zo verschrikkelijk mis, dat het bijna niet te geloven is.'

'En uiteraard gaf hij Anne daarvan de schuld. Zo was Harry Turner nu eenmaal. Hij was nooit de schuldige. Een van de meest egocentrische figuren die ik ooit heb meegemaakt. Ik leerde hem kennen toen ik net bij Deravenel werkte, en ik kan je dit vertellen: ik heb hem nooit gemogen. Het was nogal een snoever, vond ik, met een ego als de Eiffeltoren.'

'Laten we terugkeren tot Elizabeth en Robert,' onderbrak Francis hem. 'Een paar weken geleden zei ze tegen me dat ze best tevreden is met de stand van zaken... Ze beweerde dat ze niet met hem wil trouwen.'

'Maar hij zal toch wel een scheiding voor elkaar krijgen? Om tot een normale situatie terug te keren en een vrij man te worden?' Toen haalde Nicholas zijn schouders op. 'Ik snap er niets van. Jij?'

Francis volstond met een diepe zucht en pakte zijn vriend bij de arm. Zo wandelden ze verder, elk verdiept in zijn eigen overpeinzingen.

Toen Francis bleef zwijgen, vroeg Nicholas na enige tijd: 'Vanwaar die diepe zucht? Het klonk alsof je de hele wereld op je schouders torst. Zin om je last te delen?'

'Dat geklets is het Kanaal overgewaaid, Nicky. Kennelijk wordt er in bepaalde kringen over Elizabeth gesmiespeld: dat ze een buitenechtelijke verhouding heeft met een getrouwde collega. Je mag eenmaal raden van wie dat afkomstig is.'

'Die Franse juf in een kilt?'

'Precies. Ze klinkt zo overtuigend als wat, wanneer ze tegen iedereen die het maar horen wil verkondigt dat zíj ooit aan het hoofd zal staan van Deravenel in plaats van die wufte, immorele nicht van haar.'

'Ze kan nooit vat op het bedrijf krijgen!' riep Nicholas uit. 'En dat weet jij net zo goed als ik.'

'Maar intussen kan ze zichzelf de tijd van haar leven bezorgen door Elizabeth het leven zuur te maken en haar een heleboel ellende te bezorgen door alle aandelen op te kopen die ze maar te pakken kan krijgen.'

'Er zijn toch niet veel aandeelhouders van Deravenel die bereid zijn te verkopen?'

'Ik betwijfel het. In elk geval is Harry's testament waterdicht, dat heeft Cecil ons op het hart gedrukt. Helaas kunnen onverkwikkelijke roddels, smerige verhalen, lekken naar de media, leugens en verzinsels en dergelijke op de lange duur alleen maar schade aanrichten, Nicky. We willen niet dat Deravenel om verkeerde redenen op de voorpagina's komt.'

'Kun je niet iets aan dat mens van Stewart doen, haar het zwijgen opleggen?' vroeg Nicholas.

'Ik kan zoveel bedenken wat ik kan doen, alleen is dat voor het grootste deel niet wettelijk toegestaan.' Francis grinnikte.

Nicholas kreunde toen ze de hoek omsloegen en een zijstraat naar het Ritz in gingen. Terwijl ze op de hoofdingang aan de halfronde Place Vendôme af liepen, bleef hij abrupt staan en greep Francis bij de arm. 'Ik had je nog iets willen vragen. Waarom is Robert zo argwanend ten opzichte van John Norfell?'

'Laten we naar de bar gaan, dan zal ik je onder het genot van een calvados vertellen hoe het volgens mij zit,' beloofde Francis, terwijl ze het hotel binnenstapten.

Tweeëntwintig

'Dus je hebt het weer dunnetjes overgedaan!'

Bij het horen van de stem van Kat Ashe, verscheen er een blije glimlach op Elizabeths gezicht en ze keek op, in de richting van de deur. Maar de glimlach verdween ogenblikkelijk bij het zien van Kats verstoorde gezicht.

Meteen sprong ze op en liep om haar bureau heen, maar bleef toen stokstijf staan, ineens een en al twijfel, omdat ze zich afvroeg wat er mis was. Al wist ze het diep in haar hart al.

Kat, die meestal op haar af stoof om haar hartelijk te begroeten, stond even roerloos als Elizabeth. De oudere vrouw was met een boos gezicht op de drempel van de bibliotheek blijven staan, duidelijk van haar stuk gebracht.

Met een frons merkte Elizabeth op: 'Het lijkt wel of je een beetje over je toeren bent –' Ze brak haar zin af en keek de vrouw die ze al van kindsbeen af kende onderzoekend aan, waarna ze diep inademde. Terwijl alle stukjes op hun plaats vielen, begreep Elizabeth dat er een verbale aanval dreigde. Ze zette zich schrap.

'Dat is het understatement van het jaar!' riep Kat beschuldigend. 'Ik ben echt woedend op je, Elizabeth. Hoe kon je? Hoe kon je: het nog eens dunnetjes overdoen?'

'Wat bedoel je?' stamelde Elizabeth om tijd te winnen, en omdat ze een pijnlijke confrontatie wilde vermijden.

'Je weet heel goed wat ik bedoel. Hoe kon je je opnieuw inlaten met alweer een man als Selmere?'

'Robin is Tom niet!'

189

'Hij is toch getrouwd?' kaatste Kat kwaad terug.

'Wat dan nog? Ik wil niet trouwen, Kat. Jij weet als geen ander hoe ik daarover denk. Het maakt me niet uit wat zijn burgerlijke status is.'

'Maar het maakt wél uit. Je bent in een schandaal verwikkeld. En wel voor de tweede keer. Dit is een herhaling van die kwestie met Selmere.'

'Helemaal niet!' sprak Elizabeth tegen.

'Wel waar. Je hebt een buitenechtelijke relatie met een getrouwde man. En je staat nu aan het hoofd van Deravenel. Bovendien deel je het bed met een collega, en dat hoort niet, net zomin als het deugde dat je ooit het bed deelde met de man van je stiefmoeder. Nog zo'n stommiteit van je, Elizabeth.'

'Ik heb nooit het bed gedeeld met Tom Selmere,' riep Elizabeth met een stem die voor haar doen steeds schriller werd. Ze zag doodsbleek en ze trilde vanbinnen.

'Je was erg... intiem met hem, en je hebt hem aangemoedigd. Dat was de reden dat hij je na de dood van je stiefmoeder kwam versieren. En de reden dat zijn broer zo woedend was en het jou en die onnozele, wel héél harteloze Tom zo moeilijk heeft gemaakt.'

'Ik heb Tom Selmere nooit aangemoedigd, Kat. Dat hij met me zou gaan trouwen was zijn idee. Ik wist zelfs niet eens dat hij dat met zijn broer had besproken... pas toen Tom tot z'n nek in de problemen zat. Ik was de argeloze toeschouwer, dat weet je. Net zoals je mijn mening weet over het huwelijk.'

Kat hield haar mond, duidelijk een stukje gekalmeerd.

Elizabeth vervolgde op mildere toon: 'In godsnaam, kom binnen en doe de deur dicht.'

Dat deed Kat, die vervolgens kordaat de bibliotheek binnenstapte en op de haard afliep. Ze ging op een stoel zitten en keek Elizabeth verwachtingsvol aan.

'Wat je ook mag denken, Robin en ik zijn op het werk uitermate discreet geweest, en we lopen daar absoluut niet te koop met onze relatie. Dat hebben we in het openbaar ook niet gedaan.'

'Maar jullie staan de hele tijd in de roddelbladen. Wat je ook beweert, een schandaal ís het,' hield Kat vol.

'Het is niet onze schuld dat de media jacht op ons maken. En ja, het is waar: we zijn bij diverse gelegenheden gesignaleerd, societyaangelegenheden op diverse locaties. En dat komt doordat we ons niet verstoppen, en dat zijn we ook niet van plan. We maken er geen enkel geheim van dat we samen zijn. Voor zover dat iets voorstelt, althans: Robin leeft gescheiden van Amy – al vijf jaar lang.'

'Als dat het geval is, zou hij zijn huwelijksaangelegenheden moeten regelen,' oordeelde Kat op besliste toon, al was ze wel wat gekalmeerd nu. 'Hij moet direct gaan scheiden, zodat hij ter wille van jou een vrij man is.'

'Dat is voor mij niet van belang.'

'Maar dan houdt het geklets op, Elizabeth,' benadrukte Kat.

'Ach, wat kan mij dat geklets schelen! Ik geef geen barst om die lui die roddels rondstrooien.'

Kat zuchtte. 'Je bent altijd koppig geweest, als kind al.'

Elizabeth boog zich voorover en pakte haar liefdevol bij de arm. 'Het maakt niet uit dat ik iets met een medewerker heb. Legio mensen worden verliefd op hun collega's. Doordat dat de plek is waar iedereen het grootste deel van zijn tijd doorbrengt: op het werk. Waar komen we anders mensen tegen? Op het werk natuurlijk. En nog iets: het is 1997. De tijden zijn veranderd, er heersen andere gebruiken; die starre gebruiken van... lang geleden zijn losser geworden.'

'Ik weet het,' gaf Kat toe. 'Ik maak me alleen wél bezorgd om je.'

'Toe, probeer nou te begrijpen dat ik gelukkig ben! Voor het eerst in mijn leven gelukkig. Ik hou van Robin en hij houdt van mij. Volgens mij hebben we zelfs altijd van elkaar gehouden. En je weet hoe onafscheidelijk we altijd al waren. Ik lig aan zijn voeten. Hij is de liefde van mijn leven. Maar ik ben niet van plan om met hem te trouwen. Je kunt maar beter aan het idee wennen dat ik nooit met iemand zal trouwen.'

Kat slaakte een diepe zucht, nu de woede ineens afzwakte en uiteindelijk verdween. Ze had sowieso nooit erg lang boos op Elizabeth kunnen blijven. 'Ik weet dat ik overdreven beschermend ben, Elizabeth. Ik kan er niets aan doen. Dat heb ik altijd al gehad sinds je vader je aan mijn zorg toevertrouwde. En nog iets: ik wil niet dat je wordt gekwetst.'

'Robin zal me niet kwetsen, en ik weet dat je om me geeft, van me houdt. Dat heb je zo vaak getoond. Maar weet je... ik ben vrij,

Kat. Vrij! Voor het eerst in mijn leven kan ik doen en laten wat ik wil. Dat kan niemand me meer voorschrijven. De mensen die me zo lang onder de duim hebben gehouden – mijn vader, mijn stiefbroer en mijn stiefzuster – zijn allemaal dood en begraven. Ik hoef niemand verantwoording af te leggen. Ik ben bevrijd!'

Kat stond op, trok Elizabeth overeind, sloeg haar armen om haar heen en hield haar stevig vast. Na een poosje liet ze haar los, keek naar haar bleke gezicht en zei met milde stem: 'Ik wil alleen het beste voor je, dat is alles.'

'Dat weet ik, Kat, echt waar. Maar je kent Robin toch! Goh, je kent hem al sinds hij een klein jongetje was. Ook hij wil alleen het beste voor me, en ik beloof je één ding: hij gaat echt van Amy scheiden. Zul je daar blij mee zijn?'

Kat knikte. 'Ik wil dat hij single is, zodat niemand je met de vinger kan nawijzen, Elizabeth, of rare dingen over je kan zeggen.'

'Hij gaat volgende week met Amy praten, wanneer hij uit Marbella terugkomt. Hij heeft me verteld dat hij naar Cirencester zou gaan om haar op te zoeken. Het zal geen probleem opleveren – het is een vriendschappelijke scheiding. Hij is haar gewoon ontgroeid, al heel lang, en ze is intelligent genoeg om dat te beseffen. Ze zien elkaar maar zelden; ze hebben elkaar zelfs al een paar jaar niet gezien.'

Ogenblikkelijk klaarde Kats gezicht op. 'Het is een enorme opluchting dat te horen. Ik ben een zeurkous, vrees ik, en ik heb mezelf zitten kwellen.'

'Maak je nou maar geen zorgen meer en laten we aan de slag gaan. Haal de inventarislijsten tevoorschijn, dan gaan we er een paar doornemen. Misschien kunnen we berekenen hoeveel geld ik met de eerste veiling kan ophalen.'

'De veiling van de beeldende kunst is de eerste, en daar houdt Sotheby's zich zelf mee bezig. Zij zijn de experts. Uiteraard zullen zij ook de waarde van de sieraden bepalen. Ik heb wel informatie, en een paar ideeën, en ik wil je graag laten zien wat ik heb opgeschreven.'

Elizabeth keek haar stralend aan.

Het volgende uur waren de twee vrouwen bezig met het doornemen van de inventarislijsten van de sieraden waaraan Kat Ashe maandenlang had gewerkt. Ze legde uit dat ze bepaalde stukken en sets eruit had gepikt omdat ze van mening was dat die goed in de markt zouden liggen en een hoge prijs zouden opleveren.

'Het voor keizerin Eugénie gemaakte diamanten collier uit de collectie Franse kroonjuwelen gaat volgens mij bijvoorbeeld ontzettend veel opbrengen,' zei ze vergenoegd, terwijl ze de foto ervan liet zien.

'Hoeveel?' vroeg Elizabeth, die van de foto weer naar Kat keek.

'Mogelijk twee miljoen pond, als het niet meer is. Ik heb volgende week een afspraak bij Sotheby's, en dan zullen we een beslissing moeten nemen... over hoe we het allemaal gaan aanpakken. Verder hebben we deze colliers uit de jaren vijftig en zestig, van Harry Winston, Cartier en Mauboussin, waarvan we weten dat ze voor enorm hoge bedragen zullen weggaan.'

Elizabeth pakte de foto's, bekeek ze en knikte. 'Die stukken herinner ik me wel. Toen Robin en ik ze in de kluizen op Ravenscar aantroffen, waren we allebei zeer onder de indruk. De diamanten waren heel groot, sommige wel twintig of dertig karaat, en het handwerk was subliem. Volgens mij hebben we het alweer over miljoenen.'

'Absoluut. Bij Sotheby's zijn ze dolenthousiast, en ze zijn nu al van mening dat de collectie hun aanvankelijke taxatie verre te boven zal gaan. Je hebt iets heel bijzonders geërfd: sieraden die kunstwerken zijn.'

'Daarvan ben ik ook doordrongen geraakt. En dank je wel, Kat, voor al het werk dat je erin hebt gestopt – het sorteren van de sieraden en het aanleggen van de lijsten. Ik ben heel erg dankbaar voor je hulp.'

'Ik heb er lol in,' zei Kat en ze leunde achterover op de bank, in een poging te ontspannen en blij dat alles weer bij het oude was. Ze keek Elizabeth aan. 'Het spijt van zo-even, over onze kleine aanvaring. Het lag aan mij, en ik bied je mijn excuses aan, Elizabeth. Ik heb me misrekend toen ik zei dat je met Tom Selmere naar bed was geweest. Dat was onaangenaam. Toe, zeg dat je me vergeeft.'

'O Kat, kom op, doe niet zo mal. Jezus, er valt niets te vergeven. En ik weet dat je alleen maar het beste met me voorhebt. Ik hoop alleen dat je er nu vrede mee hebt, met Robins situatie, bedoel ik.'

'Jawel, en ik moet toegeven dat ik ongelooflijk opgelucht ben dat hij met zijn vrouw gaat praten om een eind aan al die verwarring te maken.'

'Dat zal hem vast wel lukken. Maak je maar geen zorgen meer. Alles komt goed. Oké, ik moet nu helaas naar mijn werk. Ik heb Cecil gezegd dat ik er rond het middaguur zou zijn voor een vergadering.'

'Niet erg. Ik zal het hier wel afmaken en nog wat notities voor je achterlaten. Blanche zei dat ze straks een collectie witte blouses voor je komt brengen. We gaan samen lunchen.'

'Doe haar mijn hartelijke groeten, en wij spreken elkaar later.'

Cecil Williams keek Nicholas Throckman aan en zei bedachtzaam: 'Ik dacht altijd dat je wel wist dat John Norfell met Mary Turner sympathiseerde.'

'Pas toen Francis het me in Parijs vertelde. Hij zei dat dat de reden is waarom Robert hem niet vertrouwt en dat Norfell twee gezichten heeft.'

'Ik denk dat die beschrijving de lading wel dekt – de spijker op z'n kop, Nicholas. Ik ben al lange tijd dezelfde mening toegedaan als Francis.'

'Waren die twee dan zulke goede maatjes?'

'Ze gingen naar dezelfde kerk, en ze hielden zich allebei in zekere mate bezig met kerkbestuur – op dat niveau – en met politiek, vermoed ik. Ik weet zeker dat Norfell dat nog steeds doet.'

'Dus Norfell is katholiek!' Zo te horen was Nicholas geschokt. Hij schudde zijn hoofd. 'Raar, dat heb ik nooit geweten. Aan de andere kant is het mijn gewoonte niet om bij iedereen naar zijn geloofsovertuiging te informeren.'

'Tijdens Mary's bewind zat jij grotendeels in Parijs en woonde ik buiten de stad. We hadden geen idee dat ze zulke dikke maatjes waren.'

'En Francis zat ook in Parijs. Ik kwam hem aldoor tegen.'

Nicholas stond op en begon door Cecils kantoor te ijsberen, tot hij een ogenblik bij het raam bleef staan en naar buiten keek. Die dag was de lucht prachtig blauw, onbewolkt en smetteloos. Hij kon niet wachten tot hij die middag kon vertrekken om voor het weekend naar Gloucestershire te rijden: juni was een prachtige maand om op het land door te brengen, zijn favoriete seizoen.

Cecil zat achterovergeleund naar Nicholas te kijken, en verbrak even later de stilte. 'Wat had Francis verder nog te vertellen toen je hem afgelopen weekend in Parijs sprak?'

'Hij vertelde dat het geklets over Elizabeth en Robert het Kanaal is overgewaaid, zoals hij dat uitdrukte. Ik geloof niet dat hij er erg verontrust over was, al zei hij er wel bij dat Madame de Burgh, alias Marie Stewart, niet zulke fijne dingen over Elizabeth rondbazuinde en haar immoreel gedrag verweet omdat ze een affaire met een getrouwde man heeft – je kent dat wel.'

'Ik kan alleen maar zeggen dat ik blij ben dat Harry Turner een maniak was wat betreft juridische stappen, en met name als het om zijn testament ging – én zijn opvolgers. Shakespeare heeft ooit gezegd: "Laten we om te beginnen alle advocaten om zeep helpen," maar Harry Turner zei: "Laten we om te beginnen alle advocaten in ere houden."' Cecil gniffelde. 'Mijn vader citeerde Harry altijd en eeuwig toen ik nog jong was. Maar serieus: Marie Stewart zou best eens voor een rel kunnen zorgen als dat haar uitkwam.'

'Om welke reden?'

'Gewoon om een rel te schoppen, om het ons lastig te maken, meer niet.'

'Ze zou toch nooit een bod tot overname kunnen doen? Uiteindelijk zijn we een particulier bedrijf,' zei Nicholas bedaard.

'Dat is wel zo, maar zo langzamerhand zijn er heel wat aandelen als bonus aan directeuren uitgereikt – maar ook aan bepaalde families, die ze óók mochten kopen – en die aandelen zijn soms overgedragen. Die zijn nu dus in handen van anderen, die misschien geneigd zijn ze aan een buitenstaander te verkopen. Niettemin kan niemand ons iets maken, volgens mij. Ik zal het uitleggen. Een bod tot overname zou niet ver komen, vanwege onze huisreglementen en de bedrijfsstructuur. Maar er is nóg een reden: het is alleen een Deravenel – man of vrouw – toegestaan om de firma te leiden. Bovendien heeft Elizabeth via het testament van haar vader het leeuwendeel van de aandelen in beheer.'

'Volgens Francis heeft dat mens van Stewart er ook een paar. Blijkbaar zijn die nagelaten door haar grootmoeder Margaret, de zuster van Harry Turner.'

'Ja, dat klopt. Maar ze heeft er niet zoveel als Elizabeth.'

'Waarom zit dat mens van Stewart Francis zo dwars?'

'Ze kan onrust zaaien, het huidige management ondermijnen, überhaupt dwars gaan liggen... We kunnen niet hebben dat er gevaarlijke praatjes de ronde doen. We moeten als bedrijf oersterk lijken om de indruk ongedaan te maken die door de jaren heen is gewekt als zou Mary Turner als algemeen directeur niet weten wat ze deed. En daar zijn we heel nauwgezet en effectief mee bezig."

'Goddank!' Nicholas liep terug naar Cecils bureau en ging tegenover hem zitten. 'Ik ben dolblij dat we de boel eindelijk weer in de hand hebben.'

'Om op John Norfell terug te komen, volgens Robert loopt hij over van de ambities en is hij alleen op zijn eigen belang uit. Dat is de reden waarom hij hem niet vertrouwt. Hij zegt dat zo iemand elk moment rare sprongen kan maken. Dat zijn intuïtie hem zegt dat de man een vilein trekje heeft.'

'Kennelijk is Francis dezelfde mening toegedaan.'

'Daar ben ik van overtuigd, en ik ben geneigd die theorie te onderschrijven.'

Nicholas knikte en leunde met een bedachtzaam gezicht achterover. Even later vroeg hij: 'Heb jij het met Elizabeth over haar verhouding met Robert gehad?'

'Wat heeft dat voor zin? Alles wat ik zeg, is aan dovemansoren gezegd. Een vrouw die verliefd is, hoort alleen wat haar geliefde zegt.'

Drieëntwintig

'Het is vanmorgen echt een gekkenhuis geweest,' zei Miranda Phillips, terwijl ze Elizabeths kantoor bij Deravenel binnenstapte en gejaagd op haar bureau af liep. 'De telefoon heeft niet stilgestaan.' 'Ik ben net de boodschappen aan het afluisteren,' zei Elizabeth, en ze keek Robins zuster glimlachend aan. Merry, zoals iedereen haar noemde, was haar personal assistent en een adembenemende schoonheid zoals ze zelden had gezien, met haar prachtige gelaatstrekken, donkere haar en korenbloem-blauwe ogen. 'Ik zie dat er een van Grace Rose bij zit. Heeft ze gezegd waarvoor ze belde?'

Merry nam plaats in de stoel aan de andere kant van Elizabeths bureau en barstte in lachen uit. 'Zoals altijd: dat ze je wilde zien, natuurlijk. "In de niet al te verre toekomst, omdat ik in geleende tijd leef." Zo drukte ze het uit, en met een heerlijke giechel, mag ik erbij zeggen. Ik heb gezegd dat je haar vandaag nog zult terugbellen.'

'Ik heb niet zoveel te doen dit weekend. Nu Robin in Marbella is, heb ik mijn handen vrij. Misschien dat ik haar vraag of ze zin heeft om zondag met me in het Dorchester te gaan lunchen. Daar is ze dol op – dat hele ritueel. Ik zal haar nu opbellen.' Net toen Elizabeth haar hand naar de telefoon uitstrekte, zwaaide de deur open en kwam Cecil Williams binnenstuiven. Met zijn zorgelijke gezicht leek hij diep in gedachten.

'Wat is er?' vroeg Elizabeth, terwijl ze hem angstig aankeek. Zijn gewoonlijk beheerste uitstraling leek verstoord en er lag een gepijnigde uitdrukking in zijn anders zo kalme grijsblauwe ogen, wat haar waarschuwde dat er moeilijkheden op til waren. 'Problemen, Cecil?'

'Ja,' zei hij kortaf, terwijl hij bij haar bureau bleef staan. Hij ging zitten en vervolgde: 'Ik heb net een telefoontje van Robert gehad. Wind je maar niet op, er is niets met ze aan de hand, maar hij en Ambrose zijn vanmorgen met een vliegtuig neergestort.'

'O, mijn god, nee!' Elizabeth staarde hem met open mond aan, duidelijk geschrokken, waarna ze naar Merry keek, die verstijfd in haar stoel zat en bleek wegtrok. Ze sloeg een hand voor haar mond.

'Ze zijn niet ernstig gewond!' riep Cecil, waarna hij er geruststellend aan toevoegde: 'Ik verzeker je, Elizabeth, en jou ook, Merry: je broers mankeert niets en ze hebben voornamelijk blauwe plekken opgelopen. Ambrose heeft een ontwrichte knieschijf en Robert een gebroken pols. Ze hebben verdraaid veel geluk gehad.'

'Waar is het vliegtuig neergestort? Liggen ze in het ziekenhuis?' Elizabeth wilde de telefoon pakken, maar haar hand bleef op de hoorn liggen.

'Laten we bij het voornaamste beginnen. Ze zijn in de kleine ziekenboeg behandeld die we op het recreatiepark hebben ingericht, en van daaruit naar Marbella vervoerd, naar een privékliniek. Ze zijn grondig onderzocht, waarna ze weg mochten. Robert zal je gauw opbellen, Elizabeth. Ik heb gevraagd of hij een minuut of tien wilde wachten. Ik wilde je namelijk over de olievlek vertellen.'

Geschrokken leunde Elizabeth achterover op haar stoel. 'Hoezo, olievlek?' wilde ze weten. 'Niemand heeft me iets over een olievlek verteld.'

'De Spaanse regering heeft nog geen officiële mededelingen gedaan, Elizabeth. Ik heb net een paar minuten geleden van Robert een paar bijzonderheden gehoord. Kennelijk is eerder vanmorgen vlak voor de Spaanse kust een olietanker ontploft en –'

'Toch niet een van onze tankers! Ik hoop bij god van niet!' riep ze uit, terwijl haar borst samentrok. Net wat ze nodig had op het moment dat er moeilijkheden waren bij Deravco Oil. Bij die gedachte was ze de wanhoop nabij.

'Nee, nee. Maar het zou problemen kunnen veroorzaken. Als de olievlek naar onze kust afdrijft, worden wij misschien met een ecologische ramp opgezadeld.'

'Jezusmina!' Elizabeth kneep een nanoseconde haar ogen dicht, bevangen door een vlaag van onvervalste angst. Al het geld dat ze hadden geïnvesteerd zou verloren kunnen gaan. Toen sloeg ze haar ogen weer op en keek Cecil zorgelijk aan. 'Dan kunnen we ons recreatiepark in Marbella wel schudden. Een vervuilde zee, in olie gedrenkte vogels en vissen, zeefauna en -flora vernietigd. O, en wat dacht je van de stranden? O god, nee! Dit mag ons niet overkomen, Cecil. Dat kan gewoon niet.'

'Laten we bidden dat de olie niet met de getijden afdrijft,' zei Merry nauwelijks hoorbaar, omdat ze maar al te goed inzag wat er plotseling voor Deravenel op het spel stond. En voor Elizabeth, als hoofd van het bedrijf.

Elizabeth haalde een paar keer diep adem om zich te herstellen. 'En de tanker, Cecil? Vooral: hoe is het met die arme bemanning? En zijn vast een heleboel mannen omgekomen. Nee?' Haar donkere ogen stonden prompt gekweld bij de gedachte dat de explosie de mensen het leven had gekost.

'Zoals ik al zei, zijn nog niet alle bijzonderheden bekend,' antwoordde Cecil. 'Maar Robert denkt dat het aantal gewonden meevalt. Volgens hem worden er op dit moment reddingspogingen ondernomen. Wat er is gebeurd, is het volgende. Zodra hij en Ambrose de explosie hoorden, besloten ze in een van onze vliegtuigjes het gebied te gaan bekijken om de algehele situatie in ogenschouw te nemen. Op de terugweg naar Marbella liep een van de motoren vast en viel vervolgens uit, zodat de piloot het toestel acht kilometer van het recreatiepark op een akker moest neerzetten. De pech was, dat het rotsachtig, ruw terrein was en de landing misging. Gelukkig hebben de piloot, de copiloot, Robert en Ambrose slechts lichte verwondingen opgelopen. Zoals ik jullie heb verteld, hebben we geboft. Ze kunnen het alle vier navertellen.'

'Waardoor is de explosie ontstaan?' drong Elizabeth aan. 'Hebben we enig idee?'

'Robert wist het niet. Volgens hem zit de Spaanse regering erbovenop en zullen er later vanmorgen mededelingen volgen.'

'Waar bevond de tanker zich toen hij explodeerde?' vroeg Elizabeth nu met een frons op haar voorhoofd.

'In de Straat van Gibraltar –'

'O nee!' onderbrak ze hem. 'Als de olievlek inderdaad afdrijft, zal die onze kustlijn vervuilen –'

De rinkelende telefoon onderbrak haar, en ze nam ogenblikkelijk op. 'Hallo?'

'Ik ben het, lieverd,' zei Robert Dunley. 'Ik ben in Marbella, helemaal heel.'

'Robin, o, Robin. Goddank dat je in veiligheid bent, en Ambrose ook. Jullie hadden allebei dood kunnen zijn.'

'Maar we zijn niet dood, en we maken het goed en ik ben ervan overtuigd dat Cecil op dit moment bij je is. Heeft hij je alles verteld?'

'Ja. Merry is hier ook, dus ze is helemaal op de hoogte. Luister, ik vlieg vanmiddag naar jullie –'

'Nee, nee, niet doen, Elizabeth! Echt, dat is niet nodig. Alsjeblieft! We maken het allebei goed. We willen hier doorgaan en zo veel mogelijk helpen, als dat kan. Er zijn hier reddingsploegen om de gewonden op te pikken, en het is allemaal onder controle. De Spaanse overheid is er heel doelgericht en op een verantwoorde manier mee bezig. En jij moet je geen zorgen maken.'

'Dat doe ik wél,' wierp ze tegen. 'Ik wil bij je zijn.'

Hij moest lachen. 'Het is maar een gebroken pols, schatje. Ik leef nog lang genoeg om je met kussen te bedekken,' zei hij plagerig.

'Dat is je geraden.'

'Ik bel je straks weer. Liefs voor Merry, en ook liefs voor jou.'

'Wanneer ben je terug?' vroeg Elizabeth, die zat te springen om zijn terugkeer.

'Volgende week, volgens plan. Ik moet hier afmaken waarvoor ik ben gekomen, Elizabeth. Dag, lieveling, en maak je alsjeblieft geen zorgen.'

'Ik zal mijn best doen,' zei ze, waarna ze naar de telefoon staarde. Hij had opgehangen.

Elizabeth keek met opgetrokken wenkbrauwen haar assistente aan en zei: 'Hij is er al niet meer! Zomaar! Echt iets voor hem!' Maar ze glimlachte toen ze dat zei, terwijl er een opgeluchte uitdrukking op haar gezicht verscheen. 'Veel liefs van je broer, Merry.' Ze wendde zich tot Cecil en vroeg gejaagd: 'Hoe ruim je een olievlek op? Weet jij dat, Cecil?'

'Ik weet er íéts van. Meestal gebeurt dat met behulp van gieken, olievegers en chemische oplosmiddelen. Of door de olie ter plaatse in brand te steken. Er zijn een heleboel manieren voor een effectieve opruiming, maar er zijn wel deskundigen voor nodig. De methoden lopen nogal uiteen. Waar rekening mee moet worden gehouden is het soort en de locatie van de olievlek, en natuurlijk hoe uitvoerbaar zoiets is.'

'Wat zijn gieken?' vroeg Elizabeth.

'Een soort drijvende barrières,' legde Cecil uit. 'Die worden om de vlek heen gelegd en houden hem binnen de perken, zodat de olievegers die kunnen opzuigen. Olievegers zijn eigenlijk boten, een soort stofzuigers met plastic kabels die olie absorberen en de gelekte olie van het zeeoppervlak afromen. De maatschappijen die chemische oplosmiddelen gebruiken, moeten echt heel goed weten wat ze doen, om niet nog meer schade aan te richten. De spullen breken de olie af tot zijn chemische elementen, waardoor de olie zich gemakkelijker laat verwijderen en minder schade kan toebrengen aan het leven in zee en zo. Ik ben ervan overtuigd dat die lui van Deravco het een stuk beter kunnen uitleggen dan ik. Zullen we Spencer Thomas bellen? Hij kan je er veel meer over vertellen.'

'Nee, dank je, laat maar. En bedankt voor de informatie. Meer hoefde ik niet te weten... En laten we hopen dat we er nooit meer over hóéven te weten. Wil je het nu hebben over de problemen van Charles Broakes?'

Cecil knikte. 'Ja, dan heb ik dat maar achter de rug.'

Merry sprong op. 'Als je me nodig hebt, ben ik in mijn kantoor, Elizabeth,' zei ze, en ze liep haastig weg, waarna ze de deur achter zich dichtdeed.

'Wat is het probleem met Charles Broakes dan wel? Ik weet dat je hebt gezegd dat je zijn plan wilt bespreken, maar ik dacht dat hij al in de startblokken stond om ermee door te gaan. We hadden het toch goedgekeurd?'

'Inderdaad, Elizabeth. Maar we hebben geen rekening gehouden met John Norfell.'

'O! Ga me niet vertellen dat hij een spaak in het wiel heeft gestoken.'

'Helaas wel. Nou ja, min of meer. Volgens hem is de hotelbranche niet rendabel genoeg om de diverse reorganisaties te financieren – de bouw van een kantoor en een beautycentrum, noem maar op – omdat alleen de wijnbranche er profijt van zal hebben en die branche het dus zou moeten bekostigen.'

'Hij zal in zekere zin toch wel gelijk hebben?' Elizabeth leunde achterover in haar stoel en staarde in gedachten verzonken naar het plafond. Uiteindelijk keek ze Cecil aan. 'Aan de andere kant denk ik dat de wijnbranche geen geld kan missen.'

'Precies.' Cecil strekte zijn benen, sloeg ze over elkaar en keek fronsend een van de memo's door die hij in zijn hand hield. 'Ik zou zelf willen dat we doorgingen, hoor, maar ik zie geen oplossing. Geen enkele.'

'De oplossing is geld, Cecil. Ik moet het ergens vandaan zien te halen. Laten we een paar minuten met ze overleggen, goed? Om hun gejeremieer aan te horen.' Ze keek hem grijnzend aan, omdat haar goede humeur eindelijk was teruggekeerd.

'De hotelbranche kan en zal niet opdraaien voor de kosten van die uitbreidingen op de wijngaarden. En daarmee is mijn laatste woord daarover gezegd,' snauwde John Norfell met een tartende blik naar Charles Broakes. 'Verder wens ik hier geen discussie over. De kwestie is afgedaan.'

Broakes keek de man dreigend aan.

Die twee lagen al dagen met elkaar overhoop, en Charles was gefrustreerd en kwaad. Maar omdat hij zo verstandig was om in te zien dat hij niet van Norfell zou winnen, negeerde hij zijn collega en richtte zich tot Elizabeth.

'Wat moet ik doen?' vroeg hij haar op neutrale toon, in een poging de sfeer niet te verstoren omdat hij allang wist dat ze een hekel had aan scènes op het werk en altijd haar hoofd koel hield wanneer ze onderhandelde. Ze dacht met haar hoofd en niet met haar hart, en ze was onverbiddelijk.

Elizabeth keek hem vol medeleven aan en zuchtte. Ze haalde lichtjes haar schouders op en zei bedaard: 'Ik weet het niet, Charles. Ik heb echt geen idee wat jij kunt doen, gegeven de omstandigheden.'

'Je zei dat het een geniaal idee van me was om de landhuizen van de wijngaarden tot boetiekhotels om te bouwen. Ben je van gedachten veranderd?'

'Nee, helemaal niet. Maar de wijnbranche schijnt geen geld te kunnen missen, en de hoteldivisie is kennelijk niet bereid íéts van zijn positie prijs te geven.' Ze keek Norfell aan, en toen weer naar

Broakes. 'Het is een en al armoe, Charles, begrijp dat dan toch!' Haar lippen trilden en ze onderdrukte een glimlach.

Omdat Charles Broakes haar al lang kende en op haar hand was, ontging de lichte spot in haar stem hem niet en begreep hij onmiddellijk hoe ze het bedoelde. Ze zou hem wel degelijk te hulp schieten, maar was kennelijk nog heel even niet van plan te zeggen hoe. Ze wil Norfell in de waan laten, nog even met hem dollen, bedacht Charles, die achterover ging zitten en afwachtte. Dit wilde hij absoluut niet missen.

'Ik zou het vreselijk vinden, Charles,' zei Cecil, 'als dit plan bakzeil haalt, omdat men een paar centen te kort komt. Want daar komt het eigenlijk op neer, is het niet?'

'Dat klopt,' antwoordde Charles. 'Vijftigduizend zou genoeg zijn.'

'Vijftigduizend, je kunt me wat!' kwam Norfell verontwaardigd tussenbeide. 'Je hebt de beautycentra niet meegerekend. Die gaan een kapitaal kosten. En waarom zouden wij voor beautycentra op de wijngaarden betalen?'

'O, dus de kosten voor de beautycentra waren niet meegeteld,' verzuchtte Elizabeth binnensmonds, en ze tuitte haar lippen. 'O, wat jammer dat we dit niet kunnen doen! Ik bedoel, beautycentra vind ik een grandioos idee... Maar ja, ben ik niet zelf met dat idee gekomen?'

'Inderdaad,' bevestigde Charles.

Ze keek Norfell aan en vroeg: 'Weet je zeker dat je deze uitbreidingen niet kunt ondersteunen, John?'

'Ja. En je kunt me er niet toe dwingen omdat jij zo nodig van die verrekte beautycentra wilt.'

Elizabeth, verbijsterd over de lompe manier waarop hij dat zei, fronste haar voorhoofd en riep: 'Ik heb nooit, zoals jij dat noemt, zo nodig iets gewild, John. En vooral niet in zakelijk opzicht. Zakendoen heeft niets te maken met iets zo nodig willen. De zoete vruchten misschien, wanneer het geld binnenstroomt. Dus onderschat me alsjeblieft niet, wil je?'

Norfell kreeg een rood hoofd en de woede laaide in hem op. Wie was zij om hem ten overstaan van Broakes en Cecil Williams de mantel uit te vegen? Bovendien was die meid nog maar amper de luiers ontgroeid. Wat een lef, zeg!

Alsof ze zijn gedachten had gelezen, sprak Elizabeth zorgvuldig formulerend verder: 'Ik weet dat je waarschijnlijk denkt dat ik maar een onwetende jonge vrouw zonder enige kennis van zaken ben, en wie ben ik dan om jou de wet voor te schrijven? In feite ben ik helemaal niet van plan je de wet voor te schrijven, John. Waarom zou ik? Uiteindelijk ga jij over de hotelbranche, en die is jouw specialiteit, niet de mijne. Jij vaart mee op de golven van het slagen ervan... jij en die branche zijn onlosmakelijk met elkaar verbonden. Wat mijn kennis van zaken betreft: vergeet nooit dat ik die op de knie van mijn meester heb geleerd, en mijn vader Harry Turner was zonder enige twijfel een genie waar het op zaken aankwam.'

John Norfell staarde haar met open mond aan. Hij stond werkelijk paf, zo goed als ze zijn gedachten had gelezen. Hij had opeens óók een beetje het gevoel dat hij al zijn kruit had verschoten. Ze was een taaie, en je moest geen loopje met haar nemen.

Hij ademde diep in om zich te herstellen en zei: 'Ik bedoelde er niets mee, Elizabeth, toen ik zonet de uitdrukking "zo nodig willen" gebruikte. Maar ik bied mijn excuses aan als je dat ongepast vond. Wat de beautycentra betreft, ik weet wat die kosten. We hebben net de onze in hotel La Jolla in Californië opgeknapt, en in ons hotel in Los Cabos. Beide moderniseringen zijn peperduur geweest. Als je besluit akkoord te gaan met de beautycentra bij de wijngaarden, moet je daar wel op voorbereid zijn.'

'O, maar dat ben ik, John, heus. Ik ben op alles voorbereid. Te allen tijde. Vergis je daar niet in.'

John keek haar glimlachend aan. Omdat ze het poeslief had gezegd, was haar ironie hem ontgaan. In tegenstelling tot Charles Broakes en Cecil Williams, die een blik van verstandhouding wisselden.

Elizabeth stond op, liep naar het raam en keek uit over de Strand. Het was een drukke vrijdag. Het verkeer stond bumper aan bumper. Ze zag een stukje blauwe lucht, een straal zonlicht en dacht: de zonnige tijden zijn weergekeerd. Ik mag dit spel niet verliezen.

'Ik denk het volgende,' zei ze uiteindelijk, terwijl ze terugging naar haar bureau. 'Ik ben van plan een bedrijf op te richten, en als dat een succes wordt, verkoop ik het aan Deravenel, op ongeveer dezelfde manier waarop mijn overgrootvader Deravco Oil begon en het vervolgens, toen het winstgevend werd, aan het concern verkocht. Mijn bedrijf gaat een bedrijf worden dat beautycentra ontwerpt en aanlegt.'

Ze ging achter haar bureau zitten en keek Charles bedachtzaam aan. 'Ik vraag me af hoe ik het ga noemen. Hoe vinden jullie Ecstasy klinken? Nee, er is immers een drug die zo heet? Mmm. Forever Bliss... dat klinkt pas aanlokkelijk. Vrouwen zullen zich goed kunnen vinden in het idee dat paradijselijk genot eeuwig voortduurt. Zou jij deze firma graag willen inhuren om je beautycentra te bouwen, Charles?'

Hij knikte, en speelde het spel met haar mee. 'Ik zou je firma meteen inhuren,' zei hij met gedempte stem, 'maar ik denk niet dat we jullie kunnen betalen.'

'O, maak je dáárover maar geen zorgen.' Ze keek hem even doordringend aan. 'Het enige wat je hoeft te doen, is een promesse ondertekenen dat je de firma binnen twee jaar betaalt, dan zullen wij je het geld wel lenen. Hoe vind je dat klinken?'

Charles Broakes had zin om hardop te lachen. Maar hij had de moed niet. Dus zei hij maar: 'Dat lijkt me alleszins redelijk, Elizabeth.'

Ze stak over het bureau heen haar hand uit en zei: 'Verkocht! Bezegel het met een handdruk.'

Ze voegden de daad bij het woord.

Elizabeth wendde zich tot Cecil en keek hem samenzweerderig aan. 'Ik denk dat de eerste tien of vijftien stukken die ik op de veiling te koop aanbied me ongeveer twintig miljoen pond zullen opleveren. Als ik de sieraden als onderpand bij de bank deponeer, kunnen zij me een lening van tien miljoen pond verstrekken. Op die manier kan ik mijn firma Forever Bliss oprichten. Dat moeten we maandag doen, zodat Charles zo gauw het hem uitkomt met de reorganisatie en de bouw in Mâcon en de Provence van start kan gaan.'

Het begrip beautyfarm begon die middag vaste vormen aan te nemen, en in Elizabeths hoofd bruiste het van de ideeën. Toen ze om negen uur eindelijk thuiskwam, had ze het allemaal uitgestippeld. En ze was razend enthousiast.

De afgelopen paar maanden had ze besloten in al hun hotels een beautycentrum te openen, omdat ze dat iets onontbeerlijks vond. Die zogenaamde beautycentra waren, net zoals fitnesscentra, niet alleen 'hot', maar beide voorzieningen waren voor hotelgasten van vitaal belang. Ze verwachtten gewoon niet anders. Ze had Cecil en Robert keer op keer gezegd dat hun hotels de eenentwintigste eeuw binnengesleurd moesten worden, door erop te wijzen dat het opstarten van die twee faciliteiten tot de mogelijkheden behoorde waarop dat kon. Ze waren het met haar eens geweest, en het bestuur gelukkig ook. Haar plannen werden al uitgevoerd en het bouwen had een aanvang genomen.

Die dag had ze een visioen gekregen van de beautycentra als opzichzelfstaande instituten. Ze hoefden niet beperkt te blijven tot de hotels. Een Elizabeth Turner Beautycentrum, Forever Bliss geheten, zou overal kunnen worden geopend, door haar gefinancierd en dus ook onder haar verantwoording. De mogelijkheden waren legio. Nog afgezien van het opzetten van de centra bij de wijngaarden in Mâcon en in de Provence had Elizabeth die avond besloten dat ze die misschien wel in Londen, Leeds, Manchester en Edinburgh zou beginnen, wie weet zelfs in Parijs en New York. Ze vond het een inspirerend idee en was ervan overtuigd dat het een absolute hit zou worden. Geen haar op haar hoofd die eraan twijfelde. Ze had de wil, de inzet en het geld om er een succes van te maken.

Ze liep naar de keuken en haalde het blad met gerookte zalm en beboterd bruinbrood uit de koelkast, haalde het linnen servet eraf en nam het blad mee naar de bibliotheek.

Ze ging achter haar bureau zitten en keek vluchtig de aantekeningen door die ze kort daarvoor op het werk had gemaakt. Ze was tevreden; ze had inderdaad aan alles gedacht. Haar gedroomde kleurenschema bestond uit spierwit met iets van romig lichtgroen erdoor: stemming en sfeer vallen of staan met het kleurenschema, evenals een minimalistische inrichting, nauwelijks waarneembare muziek op de achtergrond, geurkaarsen en potpourri – en weelderige badjassen en handdoeken. Ze besefte volkomen dat elk soort behandeling voorhanden diende te zijn. Diverse massages uit alle landen ter wereld, gezichtsbehandelingen, pakkingen, baden en voetreflexologie. Er moest een grote variëteit aan schoonheidsbehandelingen aangeboden worden en in elk beautycentrum moest ook een kapsalon komen. Het ergste voor een vrouw was er met slordige haren de deur uit te gaan, dat wist ze maar al te goed. En ze zou...

Het schrille gerinkel van de telefoon onderbrak haar gedachte-stroom, en ze nam op. 'Hallo?'

'Hier is je favoriete man.'

'Je bedoelt niet: mijn beschadigde eigendommen?' kaatste ze lachend terug, blij Roberts stem te horen.

'Ik kan je verzekeren dat het allerbelangrijkste lichaamsdeel dat ik heb allerminst beschadigd is, schatje,' diende Robert haar grinnikend van repliek.

'Goddank. Hoe voel je je?'

'Ik ben gezond, Elizabeth. Die pols stelt niets voor, niet meer dan een piepklein ongemak. Je bent tot laat op kantoor geweest, hè?'

'Ja, en er is iets waar ik heel enthousiast over ben. Moet je horen.' Ze bracht hem snel op de hoogte, met een stem die trilde van opwinding.

'Wat een geweldig idee, Elizabeth! Reken maar dat het wat wordt. Ik realiseer me dat je die beautycentra uit noodzaak zelf zult moeten financieren, maar volgens mij zal dat op den duur in je voordeel werken. Het belangrijkste is dat niemand het kan verhinderen omdat je het buiten de directie om doet. Naar mijn mening zullen die beautycentra zowel Deravenel als het recreatiepark zonder enige twijfel een heel wat modernere uitstraling geven.'

'Hoe gaat het daar? Zijn de bemanningsleden van de tanker uit de zee gered, Robin? En hoe staat het met de schoonmaakwerkzaamheden?'

'De bemanning is gered en het schoonmaken is in volle gang. Wat onze kust betreft, denk ik dat we goed zitten. Het ziet ernaar uit dat de olievlek ons niet zal bereiken... Laten we daar maar voor bidden.'

'Goddank! Ik maakte me de hele dag al ongerust dat ons een milieuramp boven het hoofd hing en we het recreatiepark niet op tijd zouden kunnen openstellen.'

'Ik ook. Vanavond ben ik optimistischer. De rapporten zijn gunstig. Luister, Elizabeth, ik wil je iets vertellen. Francis heeft van een van zijn contacten bij de Spaanse regering vernomen dat de explosie in de tanker geen ongeluk was. Ze denken dat het het werk van terroristen is geweest. Ze zijn van mening dat de tanker is opgeblazen om een milieuramp in de Middellandse Zee te veroorzaken. Francis is helemaal in paniek en zegt dat we de beveiliging bij Deravco echt onmiddellijk moeten opvoeren om te zorgen dat onze olievelden en tankers uitermate goed bewaakt worden. Dat vind ik ook.'

'Ik ook, Robin. Zeg dat hij al het nodige moet doen en zich geen zorgen over de kosten hoeft te maken. Ik heb het gevoel dat we ontzettend kwetsbaar zijn voor een terroristische aanval. Als je terug bent, zullen we er uitgebreid over praten. Zouden we het nu over ons reisje naar Zuid-Frankrijk kunnen hebben? We hebben geen fatsoenlijke beslissingen genomen, en ik moet het weten, Robin, om mijn plannen erop af te stemmen.'

'Ik had het volgende gedacht...' stak hij van wal, waarna ze een kwartier lang hun zomervakantie bespraken.

Vierentwintig

Grace Rose was een diva. Daarover was voor Elizabeth geen twijfel mogelijk. Daar zaten ze, aan een van de beste tafels midden in de Grill Room van het Dorchester Hotel, maar het had net zo goed de koningin van Engeland kunnen zijn die daar hof hield. Het voltallige personeel kwam haar begroeten – van de maître d' tot de sommelier – en ieder ander die voorbijkwam, bleef even staan om een praatje te maken, of ze haar nu kenden of niet. Althans, zo kwam het op Elizabeth over.

Grace Rose had iets heel aparts. Je zou het kunnen afdoen met charisma; voor Elizabeth was het een bepaalde uitstraling, een uitstraling van waardigheid, elegantie en, jawel, *star power*. Het woord 'diva' dekte de lading nog niet eens, bedacht Elizabeth met een glimlach.

Voor een vrouw van zevenennegentig was Grace Rose uitermate goed geconserveerd. Ze zag er jonger uit en ze was beeldschoon. Haar zilvergrijze haar was perfect gekapt en haar rozig blanke teint kon zich meten met die van een veel jongere vrouw. Grace Rose was goed opgemaakt, droeg een bleekblauwzijden, op het lijf gesneden mantelpak en een witte blouse van chiffon met een jabot die aan de voorkant uitwaaierde en supervrouwelijk was. Oorknoppen met aquamarijnen en een eveneens met aquamarijn bezette diamanten broche accentueerden het blauw van haar ogen, die weliswaar valer waren dan toen ze jong was, maar die dag volop straalden.

'Hier komt alweer iemand op je af, Grace Rose,' waarschuwde Elizabeth.

'Waarschijnlijk een vrouw die wil weten waar ik mijn blouse heb gekocht,' fluisterde Grace Rose, terwijl ze Elizabeth trakteerde op haar montere glimlach. 'Meestal vragen ze van die dingen. En tussen haakjes, ik vind dat je er beeldig uitziet in wit. Je zou het vaker moeten dragen.'

'Dank je. En het is trouwens een man. Die hiernaartoe komt, bedoel ik. Ik geloof dat hij je kent; hij heeft tenminste een enorme glimlach op zijn gezicht.'

Voor Grace Rose iets kon zeggen, stond de man al bij hun tafel, waar hij zich vooroverboog om haar de hand te schudden. 'Goedemorgen, Mrs. Morran. Ik ben Marcus Johnson. Ik onderhield vroeger het contact met de media voor uw man.'

'Marcus Johnson, natuurlijk! Leuk u te zien. Hoe gaat het met u?'

'Heel goed, dank u, en u ziet er werkelijk blakend uit, Mrs. Morran.'

'Ik mag niet klagen, moet ik toegeven. Ik zou u graag willen voorstellen aan Elizabeth Turner, mijn achternichtje.'

Elizabeth glimlachte naar hem. Hij glimlachte terug en boog zijn hoofd.

Toen zei Marcus Johnson: 'Laatst dacht ik nog aan wijlen uw man. Er was echt niemand zoals Charles, hij was enig in zijn soort. Ik kan geen betere manier bedenken om het uit te drukken.'

'Dat was hij inderdaad, Mr. Johnson, en ik weet nog hoe graag hij met u samenwerkte.'

'Dank u, dat gold ook voor mij. Nou, ik zal u niet verder storen. Ik zie dat de kelner uw bestelling al komt brengen. Nogmaals, het was een verrassing u te zien en te constateren dat u er zo goed uitziet.'

Ze namen afscheid en Marcus trok zich terug. Terwijl ze hem nakeek, zei Grace Rose: 'Hij was vreselijk goed in zijn werk. Mocht je ooit een persagent nodig hebben, denk dan aan hem, Elizabeth. Hij is heel integer en goudeerlijk. Je zou het slechter kunnen treffen.'

'Dank je, Grace Rose. Ik zal hem zeker in gedachten houden.'

De kelner zette de glazen champagne voor hen neer en verdween.

'Proost,' zei Grace Rose, terwijl ze het glas hief. 'Op jou, Elizabeth, en op je nieuwe avontuur, de beautycentra!'

Ze klonken met elkaar, waarna Elizabeth haar nogmaals bedankte. 'Vrijdag was zo'n rare dag,' vervolgde ze. 'Er gebeurde zo veel. Robin en Ambrose betrokken bij een vliegtuigongeluk, de olievlek die onze kustlijn en ons recreatiepark bedreigde, de problemen tussen Norfell en Broakes oplossen, en daarbovenop had ik het die ochtend ook nog met Kat aan de stok. Die wilde met alle geweld –' Elizabeth brak haar zin af, omdat ze al meer had gezegd dan ze van plan was. Waarom zou ze het over de confrontatie met Kat Ashe hebben, over haar woedeaanval? Dat was nergens voor nodig.

Maar Grace Rose, die niets wilde missen, vroeg happig: 'Wat was er met Kat? Wat wilde ze met alle geweld?'

'O, niets,' mompelde Elizabeth, die het opzij wilde schuiven.

'Kom op, vertel. Je weet dat je geheimen bij mij veilig zijn.'

'Het is geen geheim,' antwoordde Elizabeth, waarna ze diep ademhaalde en uitlegde: 'Kat vond het nodig om mijn relatie met Robin ter sprake te brengen. Ze zei dat ik me schandelijk gedroeg omdat ik een affaire met een getrouwde man heb.'

'Je bent niet de eerste die dat doet – en je zult ook de laatste niet zijn, kan ik je verzekeren. Buitenechtelijke relaties hebben al sinds het begin der mensheid bestaan. Ze heeft zich zeker zorgen gemaakt over het geklets, en zo?'

Elizabeth keek Grace Rose waakzaam aan. 'Jij hebt de roddels dus ook gehoord?'

'Iedereen heeft ze gehoord, lief kind. De hele stad heeft het erover. Ik heb er geen aandacht aan besteed, omdat ik je begrijp en op je oordeel vertrouw. Aanvankelijk was ik ietwat verbaasd, maar alleen omdat ik glad vergeten was dat Robert jaren geleden met dat meisje van Robson was getrouwd. Van begin af aan heb ik gedacht dat díé verbintenis tot mislukken gedoemd was. Ik neem aan dat hij bezig is zich van haar los te maken?'

'Ja. Ze leven al vijf jaar gescheiden, en dat is een vriendschappelijke situatie. Dus dat zal geen probleem opleveren.'

Grace Rose boog zich over de tafel heen. 'Doe jezelf een lol, lief kind. Steek je hoofd niet boven het maaiveld uit en hou dat zo.'

'Wat bedoel je?'

'Dit is mijn verstandigste raad. Neem het besluit om je vanaf vandaag een beetje op de achtergrond te houden. En dat moet Robert ook doen. Blijf uit de schijnwerpers, ga even niet naar al die feestjes en verplichtingen, en mijd fotografen. Met andere woorden: vertoon je even niet in het Londense societyleven. De pers heeft een kort geheugen en voor je het weet, ben je vergeten. Geroddel kan pijn doen, maar je moet het vanaf nu vergeten. Mijn vader zei altijd dat wanneer iemand over hem roddelde, die persoon andere mensen tenminste met rust liet. Knoop dat in je oren. Drink eens op, Elizabeth, en laten we het menu inkijken. Ik zou wel trek hebben in rosbief – die is hier namelijk verrukkelijk en smelt op je tong.'

Nadat ze allebei gerookte zalm en rosbief van de trolley hadden besteld, leunde Grace Rose achterover in haar stoel en keek even aandachtig naar Elizabeth. Na een poosje zei ze: 'Vrijdagavond, toen we elkaar door de telefoon spraken, zei je dat je van plan was om tien miljoen pond van de bank te lenen, en enkele van de belangrijke juwelen die je gaat veilen als onderpand te geven. Dat heb ik toch juist, of niet?'

Elizabeth knikte. 'Er zit niets anders op. De beste manier om de impasse tussen Broakes en Norfell te doorbreken leek me namelijk om aan te bieden de aanleg van de beautycentra bij de wijngaarden te financieren. Ik vond het echt een goed, en zelfs lumineus idee van Broakes om de landhuizen tot kleine boetiekhotels te verbouwen. Bovendien ben ik al eeuwenlang een voorstander van beautycentra, en toen ik mezelf tegen Broakes hoorde zeggen dat ik zijn plannen zou financieren, zag ik plotsklaps in hoe leuk ik het zou vinden om mijn eigen bedrijf te hebben. Moet je horen, ik weet dat Deravenel van mij is, en dat ik er aan het hoofd van sta... samen met Cecil en Robert. Maar daadwerkelijk iets van mezelf uit de grond stampen trekt me ontzettend. Ik kan ermee doen wat ik wil en hoef aan niemand verantwoording af te leggen.'

'Ik begrijp precies wat je bedoelt, Elizabeth, maar waarom ga je tien miljoen pond lenen? Dat lijkt me een hoop geld.'

Elizabeth glimlachte. 'Je zou kunnen zeggen dat ik ongeduldig ben. Ik wil meteen beautycentra, meteen succes, en daar ga ik allemaal tegelijkertijd aan werken om het voor elkaar te krijgen. Ik wil ze allemaal tegelijk openstellen, de een na de ander, met grote advertenties en bruisende publiciteit. Een impact waar je niet omheen kunt, noem ik dat. Elizabeth Turner Beautycentra: Forever

Bliss. Ik zie het helemaal voor me.'

'Ik ook, maar het is verschrikkelijk ambitieus van je, lief kind. Aan de andere kant: ik heb mijn hele leven gezworen bij het grote gebaar – grootse plannen, grootse resultaten. Dus ik zet mijn geld op jou. Als er iemand is wie het kan lukken, ben jij het. En vergeet die man niet die we zonet tegenkwamen. Marcus Johnson is volgens mij meer dan alleen begaafd, hij is een soort genie, en niet alleen als persagent. Hij heeft een uitzonderlijke feeling voor zaken.'

'Kennelijk heeft het lot beslist dat we hem zouden ontmoeten, Grace Rose, en als ik eraan toe ben, zal ik contact met hem opnemen.' Elizabeth wachtte even, waarna ze zei: 'Ik kreeg vannacht nóg een idee. Het schoot me te binnen dat we in de beautycentra allerlei cosmetische producten zullen gaan gebruiken, en waarom zouden dat niet mijn eigen producten zijn? Ik kan laboratoria inhuren om producten te fabriceren met mijn naam erop. Dat zou nóg een bron van inkomsten zijn.'

Grace Rose barstte in lachen uit. 'Elizabeth, je bent een echte Deravenel, ook al heet je Turner! Je klinkt precies als mijn vader. Hij kwam altijd met de grandiooste plannen, en laten we niet vergeten dat je vader destijds echt de koning was op het gebied van bedrijfsovernames. Harry was er een genie in.'

'Dat weet ik, en zoals ik John Norfell vrijdag vertelde: ik heb het op de knie van de meester geleerd.'

'Norfell is me een raadsel,' merkte Grace Rose met een frons op. 'Hij zat helemaal in dat kliekje van je halfzuster, en ook in haar broek, zou ik gedacht hebben als ik niet beter wist. Ze was seksueel vast niet aantrekkelijk voor hem. John Norfell had namelijk altijd een zwak voor een knap smoeltje. Hij had altijd vrouwen om zich heen.'

'Niet te geloven!' Elizabeth trok een gezicht. 'Welke vrouw is nou in John Norfell geïnteresseerd? Hij is absoluut niet aantrekkelijk.'

'Kan wel zijn, maar hij heeft twee dingen die voor vrouwen onweerstaanbaar zijn. Macht! Geld! En zoals mijn man altijd zei: "Je kijkt niet naar de schoorsteenmantel wanneer je in het vuur pookt."'

'O, Grace Rose, je bent onbetaalbaar!' Elizabeth moest lachen, pakte haar glas en nam een slok champagne. 'Ben je het met me eens over die producten? Ik weet precies wat voor geuren ik zou kiezen en ik geloof dat ik met de hulp van uitstekende chemici een heel eigen lijn kan creëren.'

'Ik vind het een goed idee, heel goed zelfs, en ik vermoed dat je voor het bloemige gaat kiezen. Toen je nog klein was, was je dol op mijn tuin en je was altijd mijn bloemen aan het plukken.'

'Dat je dat nog weet – en ja, ik denk inderdaad aan bloemengeuren, vooral 's nachts bloeiende jasmijn, zomerse rozen, hyacinten, anjelieren en lelietjes-van-dalen. Maar ik hou ook van de groene geuren, hoor, van zomergras en herfstbladeren. Een echt bekwame analist zal heus wel kunnen uitvoeren wat ik wil, waarnaar ik op zoek ben.'

'Je hebt er heel goed over nagedacht, lief kind. Ik heb het gevoel dat het succes je toelacht.'

'Dat hoop ik maar. Ah, daar is de gerookte zalm. Voor de verandering heb ik honger als een paard.'

'Vertel me eens hoe die beautycentra er gaan uitzien,' informeerde Grace Rose op een gegeven moment, toen ze van de gerookte zalm genoten.

Het daaropvolgende halfuur raakte Elizabeth niet uitgepraat, en ze klonk dolenthousiast. 'Wat ik voor ogen heb, zijn grote witte ruimten, met een klein vleugje van het lichtste groen. Witte gordijnen van ragfijne mousseline, geen enkel kunstwerk, omdat de hele ruimte leeg moet zijn, minimalistisch. Ik wil hoge, grijsgroene vazen met witte bloemen en orchideeën. Maar voor de rest moet het helemaal wit zijn. Ik wil niet dat het oog door iets wordt afgeleid. Ik heb eenvoud voor ogen. Ik wil dat vrouwen die mijn beautycentra bezoeken de beste, weldadigste behandelingen krijgen, het gevoel hebben dat ze in de watten gelegd en verwend worden. Ze moeten hun zorgen buiten de deur kunnen laten. Ik wil dat ze zich volledig ontspannen, zich laten wegdrijven op hun dromen.'

'Ik begrijp het. Trouwens, dat is een zin die Marcus Johnson zou weten te waarderen: "Op hun dromen wegdrijven."'

'Je hebt gelijk; het klinkt niet gek, hè? Misschien kunnen we het bij het adverteren gebruiken.'

Grace Rose leunde met een brede glimlach achterover. 'Elizabeth, je bent geniaal. Ik heb bewondering voor die positieve instelling van je, dat doorzettingsvermogen, enthousiasme en je avontuurlijke inslag. Ik durf te voorspellen dat die beautycentra van je een enorm succes worden.'

Elizabeth en Cecil zaten op maandagmorgen in Elizabeths kantoor te praten. Die vroege bijeenkomsten op de eerste dag van de week waren een ritueel geworden. Meestal was Robert ook present, maar omdat hij nog steeds in Marbella was, waren ze die dag maar met z'n tweeën.

'Wanneer denk je dat je die afspraak bij de bank hebt?' vroeg Elizabeth, die zat te springen om het over de beautycentra te hebben.

'Ik zal Ed Aspley na onze bespreking opbellen en een afspraak voor morgen maken, als dat kan. Maar je hoeft de goedkeuring van de bank niet af te wachten, Elizabeth, die zullen je het geld heus wel lenen. Als je wilt, kun je vandaag al met de beautycentra van start gaan. Ik weet dat je staat te trappelen.'

'Kan het echt? O, wat fantastisch, Cecil! Ik wil zo graag met architecten en ontwerpers gaan praten, en ik moet met de allerbeste makelaars bellen. Omdat ik op het idee kwam om onze eigen producten te maken, wil ik een kijkje gaan nemen bij diverse laboratoria om de beste chemici uit te zoeken.'

'Ga eens met Melanie Onslow van de hotelbranche praten. Je weet dat ze alles af weet van producten, chemici en laboratoria. We hebben haar aan het hoofd gesteld van de bevoorrading van de beautycentra in de twee hotels in Amerika die nu af zijn. Aan haar heb je veel.'

'Ik had meteen aan Melanie moeten denken. Ze heeft fantastisch werk verricht. Ik zal haar straks opbellen.'

Met gedempte stem zei Cecil: 'Ik weet dat Robert Francis' bezorgdheid over terroristen met je heeft besproken. Ik geloof echt dat Francis gelijk heeft. We moeten ervoor zorgen dat al onze faciliteiten goed beveiligd worden, en daarvoor zouden we best een bewakingsbedrijf van buiten kunnen aantrekken. Hoe denk jij erover?'

'Ik ben het met je eens. Ik heb er al een hele tijd een naar gevoel in mijn buik over. Terroristen weten niet van wijken en ze worden steeds gevaarlijker. Bovendien zijn wij de volmaakte doelwitten. Ik merk dat de Spaanse overheid enigszins terughoudend is in wat er openbaar wordt gemaakt, en gisteravond vertelde Robin dat bijna al Francis' contacten zeggen dat het inderdaad terroristen waren die die tanker hebben opgeblazen.'

'Zoals je weet klopt de informatie doorgaans die Francis doorkrijgt, en ik geloof hem altijd. Zal ik dan maar eerst beginnen aan een evaluatie van de beveiliging voor Deravco?'

'Natuurlijk. En zo snel mogelijk.'

Ze praatten nog een halfuur verder. Uiteindelijk ging Cecil terug naar zijn eigen kantoor en Elizabeth begon aan een reeks telefoontjes om de oprichting van haar beautycentra in gang te zetten.

Vijfentwintig

'Wat bedoelde je, Robin, toen je zei dat liefde niet wacht?' Elizabeth zat met haar ellebogen op de keukentafel geleund en probeerde door het kaarslicht heen de uitdrukking op zijn gezicht te peilen.

'Gewoon... Liefde wacht niet. Liefde moet je, mocht-ie zich opeens in al z'n glorie aan je voordoen, direct bij de lurven grijpen om nooit meer los te laten. Echt hoor, want anders kan hij je zomaar ontglippen. Je zou zelfs kunnen zeggen dat liefde iets vluchtigs is, oplost... Zomaar!' Robert knipte met zijn vingers. 'Je knippert met je ogen, en weg is-ie.'

'Jij en ik hebben hem flink bij de lurven gegrepen, vind je niet?'

'Ja, goddank!' Hij pakte haar hand en kuste haar vingers. 'Ik hou van je, Elizabeth. Ik heb altijd van je gehouden. Maar toen werd ik op een dag zomaar verlíéfd op je, en liefde wacht niet. Het moest voor ons allebei zo zijn. Toch? Precies op hetzelfde moment.'

'Dat was zo. En ik hou van je, Robin. Je bent mijn hele leven. Ik vind het vreselijk als je er niet bent. Juni en juli waren echt een gruwel met al dat gereis van jou, naar Madrid en Marbella. Ik ben blij dat dat is afgelopen.'

'Voorlopig, althans,' hielp hij haar herinneren, terwijl hij opstond. Hij liep om de tafel heen, legde zijn handen op haar schouders en boog zich voorover om een kus op haar kastanjebruine haar te drukken, waarna hij haar overeind trok. Hij keek haar doordringend aan, ernstig nu, en vroeg: 'Kan ik je verleiden om mee te gaan naar boven?'

'Je hoeft me niet te verleiden, ik zal vrijwillig meegaan.' Ze pakte zijn hand, blies de kaarsen uit, en samen gingen ze de trap op naar haar slaapkamer.

Aan de donkere augustushemel wierp een heldere maan zacht, zilverkleurig licht in de kamer, zodat alles enigszins onscherp was, in een waas gehuld. Robert gooide een houtblok op de gloeiende sintels in de haard en draaide zich om. Toen nam hij Elizabeth in zijn armen. Hij drukte haar dicht tegen zich aan, vol verwondering over de manier waarop ze volmaakt tegen hem aan paste. Ze waren allebei lang en slank, hadden ongeveer dezelfde bouw en leken in zoveel opzichten op elkaar. Haar armen omvatten zijn rug; even legde ze haar hoofd tegen zijn borst, waarna ze een stap achteruit deed en de knoopjes van zijn katoenen overhemd begon open te maken. Robert boog zich voorover en kuste haar innig op de mond. Terwijl hij zijn erectie voelde groeien, legde hij zijn handen op haar billen en duwde haar dichter tegen zich aan. Hij verlangde zo sterk naar haar dat hij amper kon ademen.

Elizabeth, die in één snelle blik de hunkering op zijn gezicht zag, fluisterde: 'Denk erom: liefde wacht niet,' waarna ze haar T-shirt uittrok. Toen trok ze de rits van haar rok los en stapte eruit, waarna ze midden in de kamer bleef staan om naar hem te kijken.

Robert trok eerst zijn overhemd uit, en toen al zijn kleren, liep toen op haar af om haar op te tillen en naar het bed te dragen. 'Liefde kan niet wachten, en ik zeker niet,' zei hij in haar hals.

Hij zette haar neer op het bed en kwam naast haar liggen. Steunend op één elleboog keek hij op haar gezicht neer. 'Je bent mooi, Elizabeth.' Hij glimlachte. 'Ik heb zoiets nooit voor iemand anders gevoeld, weet je.'

Ze glimlachte alleen maar, zonder erop te reageren, maar bracht haar vingers naar zijn wang.

Hij boog zich over haar heen en kuste haar voorhoofd, haar wangen, haar hals, terwijl hij met zijn ene hand over haar borst streek. De tepel werd ogenblikkelijk hard en hij drukte er een kus op. Even later streek zijn hand langs haar dij en kwam tussen haar benen tot stilstand.

'Het is net of ik je nooit eerder heb bezeten,' zei hij. 'Ik vind het heerlijk, dit gevoel van... ontdekken... Zo is het altijd als ik bij je ben. Alsof het de eerste keer is dat we vrijen.'

'Ik weet het,' fluisterde ze. Ze sloot haar ogen en liet hem begaan. Ze voelde hoe ze warmer werd – een hitte die van tussen haar benen naar haar buik stroomde. Ze gaf zich over aan dat gevoel dat hij in haar opwekte: dat ze smolt onder zijn handen en tegelijkertijd heet en opgewonden werd. Ze beleefde genot door zichzelf in hem te verliezen. Alleen aan hem denken, aan niets anders dan dit: de manier waarop ze seksueel met elkaar verbonden waren, was het enige wat op dit moment telde.

Hij schoof boven op haar en gleed bij haar binnen, tilde haar naar zich toe, terwijl hij haar stevig in zijn armen hield. Haar armen en benen werden om hem heen geslagen, als fluwelen ketenen, en toen hij in beweging kwam, hapte hij naar adem van verrukking en genot. Met gesmoorde stem fluisterde hij: 'Ik kan niet wachten, Elizabeth, ik kan niet wachten.'

Ze trok zijn hoofd dichter naar het hare, vond zijn lippen, en hun tongen verstrengelden zich terwijl hun lichamen zich eveneens met elkaar verstrengelden en zich als één wezen bewogen. Ze kwamen tegelijkertijd klaar en bereikten hun climax op golven van een intens gevoel.

Voldaan en in de zevende hemel bleven ze nog lang in dezelfde houding liggen, tot Robert zich verroerde en diep in haar donkere ogen keek, die overliepen van liefde voor hem. 'Het was geweldig, vond je niet? Geweldige seks, hè?'

'De fijnste seks. We worden er steeds beter in, Robin.'

'Maar we moeten nog heel wat vaker oefenen.'

Ze glimlachte, omdat ze zoveel van hem hield. 'Zul je nooit ophouden om dit met me te doen, Robin?'

'Ik laat me door niets en niemand tegenhouden,' zei hij zachtjes, met een lach in zijn stem.

Ze zaten, elk in een kamerjas, voor de haard in haar slaapkamer en dronken gekoelde champagne uit de fles die Robert uit de keuken had meegenomen.

Achterovergeleund, nippend aan haar glas, staarde Elizabeth een poosje in het vuur, waarna ze aan Robert vroeg: 'Wat denk je dat er met dat Franse concern gebeurt? Ik bedoel: gaat François de Burgh de leiding over Dauphin voeren? Of blijft het topkader gehandhaafd, zoals onder zijn vader?'

'Geen idee. Hij is nog wat jong, vind je ook niet?' Robert grinnikte. 'Oeps! Sorry! Dat zeg ik vast tegen de verkeerde.' Hij schudde zijn hoofd. 'Iedereen op het werk verkeert in shock. Dat zegt Francis althans. Daar is alle reden voor, Elizabeth. Wie had nou verwacht dat Henri de Burgh bij een ongeluk tijdens de jacht in de bossen in Versailles van zijn paard zou worden geworpen?'

'En ook nog door het paard onder de voet gelopen!'

'Blijkbaar was hij een uitzonderlijk goede ruiter. Dikke pech!'

'Je weet nooit wat het leven voor je in petto heeft, Robin. Dat weten we toch allebei?'

'Eigenaardig, Ambrose zei laatst ongeveer hetzelfde tegen me... Te bedenken dat we een voor een al onze broers zijn kwijtgeraakt... Dat gaat ieders verstand te boven. Ik denk dat we er nooit helemaal overheen zullen komen... Ambrose en Merry denken er net zo over als ik.'

'Met de dood kun je het nooit op een akkoordje gooien,' merkte Elizabeth op. 'Als die je op het oog heeft, komt-ie je halen.'

'Ik heb gisteren met Amy gesproken,' zei Robert. 'Over de scheiding.'

'O,' was het enige wat ze kon zeggen. Omdat het zomaar uit de lucht kwamen vallen, overrompelde het haar.

'Ze wil dat ik de volgende maand bij haar langskom in Cirencester.'

'Je gaat toch wel?'

'Ik zal wel moeten. Ik moet me van haar losmaken, om jouw citaat van Grace Rose te citeren.'

'Je zult wel −' Elizabeth brak haar zin af en hield haar hoofd schuin om te luisteren. 'Ik denk dat je mobieltje gaat. Ja, het is inderdaad je mobieltje, Robin. Maar waar ligt-ie?'

Hij sprong op en doorzocht zijn broekzakken. Toen hij het had gevonden, nam hij op. 'Hallo?' zei hij, waarna hij luisterde. 'O, ben jij het, Ambrose. Ja, het gaat allemaal prima. Waarom bel je me op dit uur?' Hij luisterde verder, terwijl hij op het raam af liep voor een betere ontvangst. 'Nee, het gaat geen probleem opleveren, dat weet ik zeker.' Hij keek naar Elizabeth en vroeg: 'Vind je het goed dat Ambrose morgen komt lunchen? Hij moet dit weekend in Harrogate zijn.'

'Ik vind het enig,' riep ze uit.

'Ze zou het enig vinden, Ambrose, en ik ook. Tot dan.'

De Dunleys waren naar alle waarschijnlijkheid de mooiste familie van Engeland, bedacht Elizabeth, toen ze met Robert en zijn oudere broer over het strand bij Ravenscar wandelde.

Ambrose zag er goed uit, zij het niet zo oogverblindend als Robin, en hun zusjes Miranda en Catherine waren bijzonder mooi, net filmsterren. Ze hadden allemaal donker haar en bruine ogen, behalve Merry. Die van haar waren net zo felblauw als korenbloemen. Hun inmiddels overleden broers hadden eenzelfde uitstraling gehad. 'Schitterend', dat was het woord om hen te beschrijven.

Het was raar gegaan met de Dunleys. Hun grootvader Edmund had voor háár grootvader Henry Turner gewerkt, en zijn zoon John, hun vader dus, was in dienst geweest bij Harry Turner. Haar vader had John Dunley altijd de hemel in geprezen, maar John was, net als zijn vader vroeger, vervolgens in ongenade gevallen.

Haar halfzuster Mary was degene geweest die John de nekslag had gegeven en hem voor altijd uit Deravenel had gebannen. Die behandeling had hij niet verdiend, net zomin als zijn vader destijds. Hun was allebei onrecht aangedaan. Nu probeerde zij het goed te maken. Ze was bezig de Dunleys in ere te herstellen door hen weer bij Deravenel te profileren en macht te bezorgen.

Robert deelde in haar macht aan het hoofd van de firma en zijn zusje was haar rechterhand, terwijl Ambrose nu de algehele verantwoordelijkheid droeg voor het Marbellaproject. Hij was opnieuw volledig in bedrijf in een belangrijke functie bij het concern. Over een paar weken zou zijn vrouw bij Deravenel komen werken, als haar tweede assistente, en Anne zou de verantwoordelijkheid krijgen over de Elizabeth Turner Beautycentra, haar eigen firma.

De twee broers waren tijdens hun strandwandeling diep in gesprek gewikkeld, maar Elizabeth luisterde maar met een half oor. Ze lachte in zichzelf, om haar eigen gedachten. Ze was volledig op de hoogte van het eindeloze geroddel bij Deravenel: bepaalde employees zouden zich de haren uit het hoofd trekken vanwege de rentree van de Dunleys. Vooral John Norfell fulmineerde heftig tegen hen, en dus indirect ook tegen haar. Robert had hem altijd gewantrouwd, en terecht. Nu had zij de man ook in de gaten.

Elizabeth wierp een steelse blik op Robert, de man op wie ze straalverliefd was geworden. Háár man. Hij zag er die morgen fantastisch uit, in een zwarte coltrui, een lichtbruin-met-wijnrood gemêleerd tweed jasje – weliswaar oud, maar daardoor des te mooier – en een beige broek. Ambrose was in dezelfde stijl gekleed: in een trui, tweed jasje en spijkerbroek. Hoewel het eind augustus was, was het hier op Ravenscar ondanks de zon toch frisjes. Er waaide zoals altijd een wind uit de Noordzee, waardoor er koelte werd aangevoerd.

'Vind je ook niet?' vroeg Robert, terwijl hij zich naar haar omdraaide.

'O, sorry, ik was mijlenver weg. Het is me ontgaan,' antwoordde Elizabeth. 'Wat zei je?'

'Dat Tony Blair iets heeft –' Hij stak zijn hand op – een karakteristiek gebaar van hem. 'Ik zou het, denk ik, willen omschrijven als iets nogal bijzonders.'

'Dat vind ik ook. Hij heeft charisma, Robin. Hij barst van het charisma, en ik heb bewondering voor zijn stijl. Toch, ik heb altijd sympathie gehad voor John Major. Hij is een van de grootste charmeurs die ik ooit heb meegemaakt.'

'Dat onderschrijf ik, Elizabeth,' zei Ambrose, terwijl hij haar met een warme glimlach aankeek. 'Helaas werd hij jammerlijk onderschat. Knap, intelligent, charmant, voorkomend, maar het publiek wist er op een of andere manier geen raad mee – of met hem. Werkelijk spijtig.'

'Volgens mij staat of valt het ermee hoe je het voor de camera doet,' merkte Elizabeth op. 'Op televisie kwam hij niet altijd goed over, beslist minder goed dan bij zijn persoonlijke optredens.' Ze liet haar arm door die van Robert glijden en zei: 'Heb je het Franse concern met Ambrose besproken?'

'Ja,' kwam Ambrose tussenbeide voor Robert antwoord kon geven. 'Ik denk dat François de Burgh wordt klaargestoomd om in zijn vaders voetsporen te treden en de boel over te nemen. Hij werkte er trouwens al, net als die vrouw van hem. Eerlijk gezegd denk ik dat we kunnen verwachten dat ze in no time alle macht naar zich hebben toe getrokken.'

'Is François de Burgh dan zo uitgekookt? Is hij zo'n bedreven zakenman?' vroeg Elizabeth. Ze keek Ambrose sceptisch aan.

'Walsington vindt hem sluw. En denkt dat hij veel meer ervaring heeft dan we denken. Hij heeft ook een uitzonderlijk geslepen moeder, die ervoor zal zorgen dat de absolute macht bij Dauphin in handen zal komen van haar oudste zoon, in plaats van iemand van buiten. Ze zal er met haar neus bovenop zitten om een oogje in het zeil te houden. Dat heb ik van Francis begrepen.'

'En mijn voormalige nicht Marie Stewart de Burgh dan? Denk je dat zij het óns lastig zal maken?'

'Ik betwijfel het. Maar als ik een gokje mag wagen, zou ik zeggen dat ze het veel te druk zal hebben met het helpen besturen van zijn bedrijf om haar oog op Deravenel te laten vallen.'

'Dat hoop ik dan maar,' mompelde Elizabeth, en ze huiverde.

Robert keek haar aan en sloeg een arm om haar schouder. 'Heb je het koud, lieveling?'

'Dat komt door de wind,' zei Elizabeth, maar dat was natuurlijk helemaal niet waar. De huivering was onwillekeurig geweest. Ze had het gevoel dat er zojuist iemand over haar graf had gelopen.

'Wil je dat we naar binnen gaan?' vroeg Ambrose.

'Laten we dat doen,' antwoordde ze. 'De champagne staat al klaar.'

Terwijl Elizabeth en Ambrose de bibliotheek in gingen, haastte Robert zich naar de keuken om Lucas te vertellen dat ze van hun wandeling waren teruggekeerd.

Ambrose gooide wat houtblokken op het vuur en rommelde er wat mee rond met de pook, waarna hij zich oprichtte. Toen kwam hij hoofdschuddend tegenover Elizabeth zitten. 'Het is op Ravenscar zoveel kouder dan in Harrogate. Het was werkelijk zacht weer toen ik vanmorgen vertrok.'

'Dat komt door de Noordzee,' legde Elizabeth uit. 'Zelfs op de heetste dagen komt er altijd een briesje van het water.' Ze grinnikte. 'Zonder wollen truien red je het hier niet.'

'Mijn moeder heeft me ooit verteld dat mijn grootvader Edmund altijd opzag tegen een bezoek aan jouw grootvader Henry wanneer die hier verbleef, vanwege het ijskoude weer. Hij noemde het de poolcirkel.'

Elizabeth moest lachen. Ze was zeer op Ambrose gesteld. Hij was haar altijd allerdierbaarst geweest, net als Merry. 'Ik zal mijn vader altijd dankbaar zijn omdat hij centrale verwarming heeft laten installeren. Het maakt het leven in de winter een stuk gerieflijker, geloof me.'

'Dat denk ik ook. Die oude bouwsels zijn bijna onmogelijk warm te houden, om nog maar te zwijgen van wat dat kost.' Hij ging op z'n gemak onderuit zitten en strekte zijn lange benen.

Elizabeth boog zich enigszins voorover en zei: 'Ik wil je graag bedanken, Ambrose, voor al je gezwoeg in Marbella. Je hebt het werkelijk fantastisch gedaan door alles zo in goede banen te leiden, en zo razendsnel.'

'Lief van je, om dat te zeggen. Het was wel eens zwaar, kan ik je verzekeren, maar de hele bedoening was het redden meer dan waard. Wanneer het eindelijk klaar is, wordt het een recreatiepark dat z'n weerga niet kent, al zeg ik het zelf.'

'Ik ben blij dat je nu een vaste aanstelling bij Deravenel hebt, en het is heerlijk om Merry als assistente te hebben. Ik weet niet hoe ik het ooit zonder je zusje voor elkaar had gekregen, en binnenkort zal Anne namens mij het beheer over de beautycentra op zich nemen. Ik moet toegeven dat ik het heel fijn vind om al die Dunleys om me heen te hebben. Het is net alsof het mijn eigen familie is.'

'Maar we zíjn je familie, Elizabeth – althans, dat worden we wanneer Robert eindelijk alles met Amy heeft geregeld en jullie tweeën gaan trouwen. Eerlijk gezegd hoopten Anne en ik dat wij dan de receptie voor jullie zouden mogen houden, in onze flat. Per slot van rekening zijn we, zoals je zelf net zei, zo goed als familie.'

Elizabeth kon niets anders doen dan knikken. Ze zat verstard in haar stoel, niet alleen verschrikt maar ook verbijsterd door wat hij had gezegd. Ze was ook geïrriteerd. Waarom had Robin over dergelijke intieme zaken gesproken en laten doorschemeren dat ze zouden gaan trouwen zodra hij daar vrij voor was? Hij wist heel goed dat ze helemaal nooit van plan was om te trouwen. Volkomen onverwacht had ze het gevoel dat hij haar vertrouwen had geschonden.

'Hier is de Krug,' verkondigde Robert toen hij de bibliotheek binnenstapte, samen met Lucas, die de fles champagne in een zilveren ijsemmer kwam brengen. Robert hield de champagneglazen bij hun steel vast.

Lucas opende de fles, schonk hun glazen vol, deelde ze rond en kondigde aan dat ze om één uur konden lunchen. Toen ging hij terug naar de keuken.

Toen ze alle drie rond de haard zaten, proostten ze met elkaar, bespraken ze de opening van het Spaanse recreatieoord die de komende lente zou plaatsvinden, waarna Robert tegen Elizabeth zei dat ze Ambrose over haar veiling moest vertellen.

Gespannen als een veer en met een strak gezicht probeerde Elizabeth zich te ontspannen. Nadat ze een paar slokken champagne had genomen, slaagde ze erin haar ergernis over Robert te onderdrukken door de opmerkingen die Ambrose had gemaakt uit haar hoofd te zetten.

Ze beschreef de diverse aspecten van de veiling en de aparte categorieën waarin die was opgedeeld: de kunst, de tiara's en sieraden, enzovoort. Maar ze concentreerde zich daarbij vooral op Ambrose door zich in het gesprek voornamelijk op hem te richten, omdat ze Robert niet in de ogen kon kijken.

'Mijn god, dat gaat dus een geweldige veiling worden!' riep Ambrose uit toen ze was uitgesproken. 'Ik ben ervan overtuigd dat die miljoenen gaat opbrengen. Ik zal er zeker bij zijn. Jij toch ook, Robert?'

'Reken maar dat ik er zal zijn, en ik zal vlak naast Elizabeth staan, om te bidden dat alles tegen het hoogste bedrag weggaat.'

Op dat moment verscheen Lucas om aan te kondigen dat de lunch klaarstond. Elizabeth zette haar glas neer en stond op. 'Zullen we dan maar?' zei ze, waarna ze, haar ergernis inslikkend, het voorbeeld gaf.

Zesentwintig

'Ambrose denkt dat hij je, zonder er erg in te hebben, heeft beledigd,' zei Robert. Hij stond tegen de deurpost geleund naar Elizabeth te kijken, die haar best deed haar stemming op te krikken. Ze zat in haar kantoortje achter het bureau met allerlei paperassen voor zich, en richtte ogenblikkelijk haar hoofd op toen ze zijn stem hoorde. Een ogenblik later antwoordde ze: 'Nee, hij heeft me niet beledigd.'

Hij wist meteen dat ze uit haar humeur was, net zoals tijdens de lunch. Er klonk duidelijk irritatie in haar stem en haar gezicht stond strakker dan ooit. 'Toch is er iets mis,' zei hij, terwijl hij verder liep en voor haar bureau bleef staan. 'Ik ken je te goed en te lang om dat niet aan je te zien, dus ontken het maar niet.'

Even bleef ze zwijgen, niet wetend of ze op dat moment een moeilijk gesprek moest aangaan, waarna ze abrupt van gedachten veranderde en besloot hem de waarheid te vertellen. Met een lage, vaste stem zei ze: 'Ik ben boos op jóú, niet op je broer. Hij is alleen maar de onschuldige buitenstaander.'

Robert fronste zijn voorhoofd, duidelijk in de war. 'Waarom? Wat heb ik gedaan?'

'Jij hebt Ambrose wijsgemaakt dat we gaan trouwen wanneer je van Amy bent gescheiden. Ik was zo verbluft dat ik niet wist wat ik tegen hem moest zeggen.'

Hij schudde verwoed zijn hoofd. 'O nee, niet waar. Als Ambrose het woord huwelijk in zijn mond heeft genomen, dan was dat zijn eigen initiatief. Natuurlijk weet hij dat ik de boel wil regelen, en volgens mij heeft hij daar een conclusie uit getrokken. Meer valt er niet over te zeggen.'

Elizabeth keek hem aan, maar onthield zich van commentaar. 'Trouwens, waarom ben je er niet eerder over begonnen? Toen we vóór de lunch aan de champagne gingen? Want dat is kennelijk het moment geweest waarop hij iets tegen je heeft gezegd... toen ik bij Lucas in de keuken was om de champagne te halen.'

'Ik had geen zin om een scène te maken.'

'Maar je zorgde wel voor een uitermate nare sfeer tijdens de lunch, Elizabeth, waardoor we ons allebei ongemakkelijk voelden, en dat weet je. Je was snibbig – zelfs wanneer je je verwaardigde iets tegen een van ons te zeggen – maar je was vooral zwijgzaam. Je leek wel de engel der wrake. We hadden allebei in de gaten dat je een rotbui had. Daar zorgde jij wel voor.'

'Ik had geen rotbui, ik voelde me alleen maar... verraden!'

Hij schudde zuchtend zijn hoofd. 'Ambrose verkeerde in een veronderstelling, en jij ook. Hoe kun je nou denken dat ik je vertrouwen zou schenden? Ik, nog wel.'

Eén moment hield ze haar mond, maar toen riep ze uit: 'Hij zei dat hij en Anne de trouwreceptie in hun flat wilden houden. Waarom zou hij zoiets zeggen als jij hem niet in vertrouwen had genomen?'

'O, doe niet zo godvergeten stom! Nogmaals: het berustte op zijn veronderstelling dat jij en ik zouden trouwen als ik vrij was. En het is volkomen logisch dat hij dat denkt, vind je niet? Ik ben ervan overtuigd dat de meeste mensen hetzelfde zouden denken. Uiteindelijk hebben wij een schandaal veroorzaakt, jij en ik, door en plein public een verhouding te hebben, toch? Dus een huwelijk zou volgens ieders redenering de volgende stap zijn.'

Ze schudde haar hoofd. 'Je weet dat ik niet met je wil trouwen, Robin. Wat mij betreft hoef je helemaal niet te scheiden.'

Ineens werd hij driftig van haar commentaar. 'Waarom wil je niet met me trouwen?' wilde hij weten terwijl hij zich, met zijn handen op haar bureau steunend, naar haar vooroverboog en haar met half toegeknepen ogen aankeek. 'Wat mankeert er aan me? Ben ik niet goed genoeg voor de erfgename van Turner? De vrouw die uit nalatenschap Deravenel heeft verkregen? Is dat het? Of denk je soms dat ik op je geld uit ben, en op je macht?'

Hij was ziedend, en Elizabeth rechtte haar rug, als door de bliksem getroffen door de woede in zijn stem, zijn hardvochtige woorden en de harde uitdrukking op zijn gezicht. 'Hoe kun je zulke dingen zeggen?' riep ze verhit uit. 'Natuurlijk ben je goed genoeg. Meer dan dat, en ik weet dat je niet met me omgaat omdat je wilt hebben wat ik heb. Dat ik het ben, die je wilt.'

'Dat is je geraden ook. En ik wil dat je mijn vrouw wordt,' schreeuwde hij. Toen hij zag hoe ze plotseling verstrakte en bleek wegtrok, deed hij een stap terug van het bureau. Op mildere toon vervolgde hij: 'Laten we gaan trouwen als ik eenmaal vrij ben, Elizabeth. We kunnen het gewoon... in het geheim doen als je wilt. De benen nemen. Het hoeft namelijk geen grootse trouwerij te worden – alleen wij met z'n tweetjes en twee getuigen.'

Toen ze hem aankeek, compleet sprakeloos, verscheen die ondeugende, uiterst charmante glimlach op zijn knappe gezicht en hij zei, heel zachtjes: 'We horen écht te trouwen, lieveling, we houden van elkaar, we zijn verzot op elkaar. En op den duur, als jij eraan toe bent, kunnen we een kind nemen – de erfgenaam waar iedereen altijd zo op gebrand is. Een erfgenaam om Deravenel veilig te stellen. Wil je dat dan niet?'

Ze was niet in staat om te reageren. Ze was gekrenkt omdat hij dat onderwerp ter sprake bracht, en voor ze het wist, snauwde ze: 'Nee, dat zie ik absoluut niet zitten. Ik ben pas vijfentwintig. Ik heb tijd zat om over een erfgenaam na te denken. Ik ben namelijk niet van plan om jong dood te gaan. Trouwens, je hebt geen enkele reden om je beledigd te voelen.'

'Hoe kún je dat zeggen?' Hij keek haar vorsend aan.

'Omdat het zo is.'

'Geen enkele reden?! Ik heb geen enkele reden om me beledigd te voelen, zeg je. En ik dan, mijn emoties? Zijn die niet van belang in deze relatie, Elizabeth? Voor een relatie zijn er twee nodig, is het niet? Is het ooit in je opgekomen dat ik veel gelukkiger zou zijn als ik met je getrouwd was dan niet?'

'Je hebt aldoor geweten dat ik niet wil trouwen. Nooit. Dat heb al tegen je gezegd toen ik acht was.'

'Je bent nu een volwassen vrouw,' merkte hij op scherpe toon op, omdat zijn woede nu opnieuw oplaaide. 'En je hebt een relatie met mij, een volwassen man, niet met een broekie. We houden van elkaar, hebben een emotionele en fysieke verbintenis. Dan is een huwelijk toch een logisch gevolg?'

Er verscheen een onverzettelijke uitdrukking op haar gezicht. 'Ik wil met niemand trouwen, Robin. Dit is niet tegen jou bedoeld; je vat het veel te persoonlijk op.'

'Reken maar dat ik het persoonlijk opvat!' schreeuwde hij. Hij draaide zich met een ruk om en liep het kantoor uit, waarbij hij de deur zo hard dichtsmeet, dat een van de schilderijen bijna van de muur trilde.

Elizabeth leunde achterover in haar stoel, en op hetzelfde moment verstrakte haar gezicht tot een masker. Het was niet haar bedoeling geweest hem te kwetsen of hem hoe dan ook te vernederen, maar ongewild was dat toch gebeurd. Terwijl ze zich afvroeg wat ze moest doen om het goed te maken en zijn gekwetste ego te sussen, stond ze op en liep het terras op.

Ze zag Robert in gestrekte draf over het pad tussen de terrasgewijs aangelegde tuinen stappen, hoogstwaarschijnlijk op weg naar de ruïne van het fort. Ik kan hem beter laten afkoelen, besloot ze. Ik kan beter met hem gaan praten wanneer hij gekalmeerd is. Ik moet zorgen dat hij inziet hoeveel ik van hem hou.

Hoe ze ook haar best deed, Elizabeth had moeite om zich op haar plannen voor de beautycentra te concentreren, en na een uur stond ze op, pakte haar sjaal en ging naar buiten. De zo-even nog blauwe lucht was betrokken en had nu een sinistere, grijzig groene kleur en aan de koele lucht kon ze ruiken dat er regen op komst was. Toen ze omhoogkeek, had ze het gevoel dat er storm op komst was. Ze trok de kasjmieren sjaal om zich heen en rende het pad af, terwijl ze Robins naam riep. Er kwam geen reactie.

Tot haar verbazing was hij niet in de ruïne; hij was helemaal nergens te bekennen. Waar kon hij naartoe zijn? Als hij het huis weer was binnengegaan, had hij langs het raam van haar kantoor moeten komen. Toen schoot haar te binnen dat hij naar het strand gegaan zou kunnen zijn. Toen ze op een draf het fort uit liep, klonk er een donderslag en kwamen er grote druppels uit de lucht vallen.

Een halfuur later troffen Elizabeth en Lucas Robert op het strand aan, schuilend onder een rotspartij. De onweersbui woedde nog altijd hevig en de regen kwam in stromen neer.

'Ik heb me ontzettend bezorgd om je gemaakt,' riep Elizabeth toen ze hem in het oog kreeg, waarna ze haastig met een regenjas en een dikke trui op de rotsen af liep. 'Waarom ben je niet terug naar huis gegaan?'

'Ik was net op weg toen er een wolkbreuk kwam,' legde hij uit, terwijl hij zich uit zijn doornatte colbert wurmde, het op een rots deponeerde en de visserstrui aantrok. 'Goh, dat is een stuk beter. Ik bevroor zowat. In elk geval vond ik het verstandiger om onder de rotsen te wachten tot de bui overtrok, maar dat kon ik wel vergeten.'

'Ik denk dat de storm de hele avond zal aanhouden. Hier, trek deze regenjas aan.' Terwijl ze zich omdraaide, vroeg ze Lucas: 'Zou je me de sjaal even willen aangeven?'

'Kijk eens, Miss Turner.' Terwijl Lucas die haar aanreikte, keek hij naar Robert en vroeg: 'Gaat het, Mr. Dunley? U hebt zich toch niet bezeerd?'

'Nee, ik mankeer niets. Ik struikelde over die lage rotsblokken toen ik haastig beschutting zocht, maar ik ben nog helemaal heel.'

'Ik zag u struikelen toen ik uit het raam keek, en ik wilde net naar het strand gaan toen Miss Turner de keuken in kwam. Ik ben blij dat u niets mankeert.'

'Dank je, Lucas.' Robert knoopte de sjaal om zijn hals, pakte de paraplu van Elizabeth aan, haalde zijn doorweekte jasje van de rots en glimlachte flauwtjes. 'Bedankt dat jullie me hebben gered.'

Ze glimlachte terug, waarna ze knikte en onder haar eigen paraplu over het strand terugliep, gevolgd door de twee mannen, met ieder hun eigen regenscherm.

Zodra ze op Ravenscar terug waren, stond Elizabeth erop dat Robert een hete douche nam, en zette zij intussen een pot thee, die Lucas naar haar slaapkamer bracht.

Tien minuten later kwam Robert, gehuld in een dikke kamerjas, bij haar voor de haard zitten. 'Mijn god, het is niet te geloven!' zei hij, terwijl hij naar het raam liep en naar buiten keek. 'Je had gelijk; ik denk dat het inderdaad de hele avond aanhoudt.'

Toen hij zich omdraaide, haastte Elizabeth zich te zeggen: 'Robin, het spijt me, het spijt me ontzettend. Het was niet mijn bedoeling om je te kwetsen; je hebt me totaal verkeerd begrepen. Ik probeerde alleen maar te zeggen dat ik niet wil trouwen. Maar dat heeft niets met jou te maken, lieveling, eerlijk. Het heeft alles met mij te maken. Ik hou van je, ik wil mijn hele verdere leven met jou samen zijn, en dat weet je. Ik zou je nooit ofte nimmer kwetsen, zeker niet bewust.'

Hij ging op de andere stoel zitten, schonk een kop thee voor zichzelf in en liet er een zoetje en een schijfje citroen in vallen. Nadat hij een grote slok had genomen, zette hij het kopje op het tafeltje neer. Hij pakte haar hand, bracht die naar zijn lippen en drukte er een kus op.

'Er valt niets te vergeven, schatje. Ik geef toe dat ik nogal verhit reageerde – misschien is "overdreven" beter uitgedrukt. We voelen inderdaad evenveel voor elkaar, en ik wil altijd bij je blijven, maar vanmiddag realiseerde ik me plotseling hoe graag ik zou willen dat we getrouwd waren. Maar aangezien jij het niet van belang vindt dat onze relatie voor de wet wordt bezegeld: het zij zo. Dan blijven we gewoon samenwonen, zoals nu.'

Ze slaakte een diepe zucht van opluchting. 'O, Robin, ik ben zo blij dat je dat hebt gezegd. Ik zou het niet kunnen verdragen om je te verliezen.'

'Je gaat me niet verliezen. Ik zal er altijd zijn, wat er ook gebeurt.'

'Trouwen heeft me nooit getrokken,' verklaarde ze. Ze schudde haar hoofd en sprak kalm verder. 'Het heeft me nooit wat geleken. Integendeel. Volgens mij omdat ik alleen maar rampzalige huwelijken heb meegemaakt, ongelukkige echtgenotes en dominante mannen – dominante mannen die vreemdgingen, moet ik er misschien bij zeggen.'

'Ik weet dat je niet veel gelukkige voorbeelden hebt gehad. Als kind werd je, wat het huwelijksleven betreft, al geconfronteerd met onverkwikkelijke taferelen, dus het is geen wonder dat je er zo over denkt.'

'Mijn vader was het voornaamste voorbeeld van de dominante, opvliegende en gefrustreerde echtgenoot, Robin, een man die verbaal geweld tegen zijn vrouwen gebruikte, in ieder geval tegen enkelen van hen, en zeker tegen mij.'

'Toch was hij gelukkig met zijn eerste vrouw. Hij en zijn Spaanse Catherine hielden zielsveel van elkaar. Dat heb ik van mijn moeder gehoord, die haar heel goed heeft gekend. Het enige probleem in hun huwelijk was eigenlijk het ontbreken van een erfgenaam. Voor de rest hadden ze het heel goed samen. Ze was ontzettend intelligent, ze werkte hard, was efficiënt, barstte van de energie en had in Spanje een uitermate goede opleiding genoten. Je vader is het hoofd op hol gebracht door... nou ja, door je moeder. Nadat hij haar was tegengekomen, werd hij straalverliefd op Anne. Enfin, laten we dat niet allemaal oprakelen – je hebt het verhaal wel eerder gehoord.'

'Vervolgens kwam hij Jane Selmere tegen, op wie hij tot over zijn oren verliefd werd en met wie hij besloot te trouwen. Ineens zag hij in mijn moeder enkel maar gebreken, wat haar zonder twijfel tot wanhoop dreef. Toen Jane na de geboorte van Edward overleed, trouwde hij met Anne, een Duitse. Alleen was zij nogal onaantrekkelijk.'

'Lelijk is een beter woord om haar te omschrijven,' bracht Robert te berde.

'Ze was een goed mens, Robin, en heel lief voor mij en Edward. En ook voor Mary. Ik heb altijd gedacht dat ze doodsbang voor Harry was, en ik ben ervan overtuigd dat ze blij was dat hun scheiding zo soepel was verlopen. Ik heb altijd erg met Kathy Howard Norfell te doen gehad, zijn pronkjuweel, die te jong voor hem was. En helaas was ze niet al te slim.'

'Hoe kun je het zeggen! Ze was zo stom als wat! Vreemdgaan werd haar ondergang – daarover heeft mijn vader me dikwijls in vertrouwen genomen. Hij werkte destijds voor je vader. Maar wie kan het haar kwalijk nemen? Toen Harry met de jonge Kathy trouwde, was hij al behoorlijk gezet, afzichtelijk – een monster, om heel eerlijk te zijn. Geen wonder dat ze het ene bed na het andere in hobbelde... bij jonge mannen die knapper en virieler waren. Haar ondergang. Wat was dat een gruwelijke scheiding! Goddank heeft Catherine Parker hem overleefd.'

'En toen,' zei Elizabeth, 'kwam de oogverblindende schout-bij-nacht, een en al charme en viriliteit. En omdat ze al zo lang smoorverliefd op hem was, trouwde Catherine Parker met de onweerstaanbare Tom Selmere, die vervolgens met mij begon te flirten en me er zelfs toe probeerde te verleiden om zijn bijzit te worden.'

Robert schoot in de lach. 'Selmere was een behoorlijke doerak en niet bepaald het prototype van de voorbeeldige echtgenoot, vind je ook niet, mijn duifje?'

'Daar sla je de spijker op z'n kop. Maar dat gold ook voor Philip Alvarez. Hij trouwde Mary om haar geld, daar ben ik inmiddels zeker van. En vervolgens dumpte hij haar, om het maar eens ronduit te zeggen.'

'Hij is niet eens op haar begrafenis gekomen, die rotzak,' merkte Robert op. 'Maar moet je horen,' vervolgde hij, nu op ernstige toon. 'Niet alle mannen zijn zoals je vader, Selmere en Alvarez. Ik niet. Dat heb je na al die jaren toch wel ingezien.'

'Ja. Ja, Robin, echt waar. Maar ik wil... vrij zijn, onafhankelijk, voor mezelf kunnen zorgen. Ik wil geen huwelijk, voor geen prijs.' Ze keek hem smekend aan. 'Kunnen we het onderwerp nu laten rusten? Alsjeblíéft?'

'Absoluut. We zullen het er niet verder over hebben.' Hij nam een slok thee en vervolgde: 'Lief dat je samen met Lucas naar het strand bent gekomen.'

'Je hebt je toch echt niet bezeerd toen je over die hoop stenen struikelde, hè?'

'Nee, ik had het alleen koud gekregen en ik was doornat geworden. Ik voel me nu een stuk beter. Over een paar minuten ga ik me aankleden, en dan nemen we een borrel.'

'Je hebt me toch vergeven, Robin?'

'Er valt niets te vergeven,' zei hij voor de tweede keer.

'Het is een heerlijk zonnige dag, Robin,' zei Elizabeth, toen ze zondagmorgen de gordijnen opentrok en uit het raam keek. 'De storm is verder naar het noorden getrokken, geloof ik. Kom, opstaan, lui varken, laten we naar beneden gaan om te ontbijten.'

'Het is nog niet eens zes uur,' mopperde Robert, maar omdat hij nu eenmaal wakker was, sloeg hij de dekens van zich af en stapte uit bed. Hij pakte zijn kamerjas, trok hem aan en ging op zoek naar zijn slippers. 'En wat ga je dan wel voor het ontbijt klaarmaken, Miss Turner?'

'Er zal nog wel van alles in de koelkast liggen. Lucas haalt altijd kipper. Zou je daar trek in hebben? Of niertjes met champignons? Dat heeft hij altijd in voorraad.'

'Wat zou je zeggen van gekookte eitjes met toast?' opperde hij, terwijl hij voor haar uit de slaapkamer uit en de trap af ging.

'Gekookte eitjes dan maar,' stemde ze in. 'Dan neem ik die ook.' In de keuken klikte ze het koffieapparaat aan, liep naar de koelkast, haalde er het pak melk en de eieren uit en ging op een holletje naar het kookeiland.

'Is er ook sinaasappelsap?' vroeg Robin.

'O, sorry, dat was ik vergeten. Ja, in de koelkast.'

Nadat hij twee glazen had ingeschonken, nam Robert die mee naar de keukentafel, pakte de afstandsbediening en zette de televisie aan. 'Ik wil alleen maar even kijken wat ze over het weer zeggen –' Hij brak zijn zin af en keek fronsend naar het apparaat, waardoor Elizabeth zich met een ruk omdraaide en zijn blik volgde.

'De auto waarin prinses Diana zat, reed gisteravond om drieëntwintig minuten over twaalf de tunnel bij Point d'Alma in,' sprak de stem van de nieuwslezer. 'De ambulance, die vlak na het ongeluk ter plekke was, heeft haar naar Pitié-Salpêtrière vervoerd, het ziekenhuis waar ze vanmorgen vroeg is overleden.'

'O, mijn god!' riep Elizabeth uit. 'Het kan niet waar zijn. Nee, nee, dat kan niet.' Ze keek Robert aan, die als vastgenageld bij de tafel stond, en zette heel voorzichtig, voor ze het liet vallen, het doosje met eieren neer. Haar stem trilde toen ze eraan toevoegde: 'Het kan gewoon niet, Robin. Niet prinses Diana.'

Robert was sprakeloos. Hij sloeg zijn arm om Elizabeth heen en zette haar voorzichtig op een stoel en kwam naast haar zitten, terwijl hij onafgebroken vol ongeloof naar het televisietoestel was blijven staren. Net als Elizabeth was hij een paar seconden niet in staat het nieuws te bevatten.

De tranen rolden Elizabeth over de wangen, en ze trok een tissue uit haar zak om haar ogen af te vegen. 'Die arme jongetjes, die zoontjes van haar,' fluisterde ze, vervuld van een immens verdriet, en opnieuw barstte ze in huilen uit.

Robert was uiteindelijk degene die de mokken met koffie ging halen en op tafel zette, waar ze de komende uren bleven zitten om naar de verslagen uit Parijs en Londen te luisteren. Het was 31 augustus 1997. Net als de rest van het Verenigd Koninkrijk en de hele wereld waren ze verbijsterd en door verdriet overmand door de tragische dood van de mooie prinses, die in de bloei van haar leven was weggerukt.

Zevenentwintig

Doodstil. Het is vandaag doodstil. Zo heb ik het bij Deravenel nog nooit meegemaakt. Zo stil, zo bedrukt. Iedereen is zoals altijd aan het werk, maar de treurnis werpt een eigenaardige sluier over de gezichten. Men schuifelt traag door de gangen, praat op fluistertoon, doet efficiënt zijn werk, maar die wolk van pijn is tastbaar en hangt als een nevel boven ieders hoofd. En zo is het in heel Engeland, en zelfs in de rest van de wereld, althans, voor een deel. Een dynamische, mooie vrouw bestaat niet langer op deze planeet. En toch... leeft ze voort. Ze is in onze harten en onze gedachten, waar ze eeuwig zal voortleven. Plotseling en volkomen onverwacht heeft haar gewelddadige dood een geweldige impact op ons en maakt dat we ons sterfelijk en kwetsbaar voelen, op de een of andere manier niet veilig zijn. Verdriet overweldigt ons en dompelt ons in rouw.

Het is vijf dagen geleden dat ze overleed en we zijn nog steeds in shock, niet bij machte werkelijk te bevatten dat ze er niet meer is. Ik voel het sterk... de pijn en het ongelooflijke verlies, alsof een stralende droom aan scherven is gesmeten. Ze was zo hartverwarmend dynamisch, zo exuberant, zo hartelijk en ze had zoveel liefde te geven, vooral voor de hulpbehoevenden en zwakken naar wie de samenleving niet omkeek. Die stralende, kranige glimlach, de twinkeling in die helderblauwe ogen... Het is nauwelijks te geloven dat we die nooit meer zullen zien – behalve in onze herinnering.

Door de dood van prinses Diana voel ik me kwetsbaar, in talloos veel verschillende opzichten. Niet wat mijn eigen sterfelijkheid

235

betreft, maar wat betreft Robin en verschillende aspecten van onze relatie. De afgelopen nacht kon ik niet slapen. Ik lag maar over hem te piekeren. Stel dat hij werd vermoord of plotseling dood zou gaan? Wat zou ik zonder hem moeten beginnen? Dan zou mijn leven voorbij zijn. Zo voel ik het, omdat hij mijn hele leven vult. Maar toch heb ik hem het afgelopen weekend zo diep gekwetst. Wat ik zei, heeft hem tot in zijn ziel geraakt, dat weet ik. Ik moet voorzichtiger zijn met wat ik zeg – Don't rush, where angels fear to tread, zei mijn vader vroeger vaak, een gezegde dat hij had ontleend aan een van zijn lievelingssongs. In mijn hoofd kan ik het nu horen, dat hij het zingt: 'Fools rush in, where angels fear to tread.' Hij was een tenor, en zo goed, dat hij in de opera had kunnen zingen.

Mijn vader hield van muziek; hij schreef ook vaak muziek. Hij had die song kunnen schrijven. Toen ik hem er ooit naar vroeg, zei hij dat hij zou willen dat hij kon zeggen dat het nummer van hem was, maar dat het was geschreven door Johnny Mercer en Rube Bloom. Mijn vader, de romanticus... de romantische dwaas. Robin had hem gisteren monsterlijk genoemd, en misschien was hij dat inderdaad geworden. Maar ooit was hij een godenzoon. In al zijn glorie. Knap, charmant, onweerstaanbaar. De vrouwen lagen aan zijn voeten.

Wat is dit? Tranen op mijn wangen? Huil ik om mijn vader? Of om Robin? Of om prinses Diana? Mijn gevoelens zijn vandaag een warboel en mijn emoties spelen op.

Mijn vader Harry Turner. Ik hield van hem, maar inmiddels kijk ik ook tegen hem op. Wat ben ik trots op zijn grootse prestaties en op wat hij gedurende de jaren dat hij het er voor het zeggen had voor Deravenel allemaal heeft gedaan.

Houdt het slachtoffer altijd van zijn folteraar? Gaat dat voor iedereen op? Ik heb me dikwijls afgevraagd waarom mijn vader me zo verachtelijk behandelde toen ik nog kind was, waarom hij verbaal zo agressief was, zo verschrikkelijk kwaadaardig tegen me deed. Hij schreeuwde en ging tegen me tekeer en stuurde me altijd weg. Hij was een welgesteld man, maar toch hield hij Kat Ashe financieel aan een kort lijntje, en zaten we in de jaren dat ik opgroeide altijd krap bij kas. Het waren mensen als mijn tante Grace Rose en John Dunley, Robins vader, die lief voor me waren en wat *geluk in mijn leven brachten. John, omdat zijn zoon bij ons op Waverley Court mocht komen logeren, en Grace Rose omdat ze altijd vroeg of ik haar op Stonehurst Farm kwam opzoeken. En als ik daar dan was, alleen of samen met Robin, werden we schandelijk door haar verwend. Ze zorgde altijd dat we het een sprookje vonden om bij haar te zijn.*

Waarom haatte mijn vader me toen ik nog klein was? Kwam dat doordat hij mijn moeder in me zag? En had hij mijn moeder zo gehaat dat hij dat op mij moest verhalen? Een onschuldig kind, een kind dat alleen van hem kon zijn, met mijn lichtbruine haar en de lange, slanke gestalte van mijn grootvader Henry Turner. Harry Turner is nooit fysiek gewelddadig tegen me geweest, maar hij had een tong als een gesel. Ik was zijn slachtoffer, en toch hield ik van hem en ik deed mijn uiterste best om het hem naar de zin te maken. Was dat omdat ik er zo wanhopig naar verlangde dat hij van me hield, dat hij me weer in de schoot van de familie toe zou laten? Dat deed hij op het moment dat ik het het minst had verwacht, toen ik hem jarenlang niet had gezien. Hij vroeg of ik met Mary bij hem op bezoek wilde komen, en we hebben toen gezamenlijk geluncht. Volgens mij viel ik bij hem in de smaak, en hij was onder de indruk van mijn intelligentie en reusachtig gevleid dat ik dezelfde kleur ogen en haar had als hij. En dus werd ik geaccepteerd. Volgens Kat stond mijn vader versteld van mijn kennis en was hij trots op mijn uitstekende opleiding – althans, dat heeft ze me destijds verteld.

Robin is van mening dat mijn eed om nooit te trouwen voortkomt uit mijn angst voor het huwelijk. En hij zegt dat ik bang voor het huwelijk ben omdat ik zulke vreselijke voorbeelden van de huwelijkse staat heb meegemaakt. Misschien heeft hij gelijk. Ik kan me niet voorstellen wat een papiertje voor verschil maakt in een relatie. Het is per slot van rekening maar een papiertje... Nee, niet waar. Het is een juridisch papiertje dat in een groot aantal van onze levenskwesties van groot belang is. Ik ben er niet dol op, ook al ben ik dol op Robin. Daarom moet ik dat papiertje in overweging nemen... uiterst zorgvuldig. Ook moet ik mijn best doen om Robins gevoelens wat op te vijzelen. Ik moet hem geruststellen...

'Kom maar binnen, Merry,' riep Elizabeth, als reactie op de luide klop op de deur van haar kantoor.

Merry stak haar fraaie gezichtje om de hoek en zei: 'Marcus Johnson is er. Zal ik hem binnenlaten?'

'Ja, en zou je Grace Rose willen laten weten dat ik er om zes uur zal zijn om iets met haar te drinken, zoals ik had beloofd?'

'Dat zal ik doen.' Merry liep weg en deed de deur achter zich dicht.

Elizabeth trok de zwarte map naar zich toe, sloeg hem open en liet haar ogen over de lijst met opmerkingen glijden die Marcus op de eerste bladzijde had genoteerd. Vervolgens keek ze op toen Merry hem binnenliet.

Elizabeth stond op, liep om haar bureau heen en drukte zijn uitgestoken hand. 'Goedemorgen, Marcus. Ik ben blij dat je vandaag kon komen, in plaats van morgen. Dat stel ik erg op prijs.'

'Goedemorgen, Elizabeth. En het is geen enkel probleem.'

'Ga zitten,' zei ze, en ze nam zelf tegenover hem achter haar bureau plaats.

'Wat tragisch, hè, van prinses Diana? Iedereen is nog steeds van slag,' zei Marcus, terwijl hij op zijn stoel ging zitten.

'Ik ook. Het lukt me maar niet om het treurige gevoel van me af te schudden... van naderend onheil,' zei Elizabeth. 'Of ik wil of niet, ik vind dat het een ongeluk was dat niet had hoeven gebeuren.'

'Dat vind ik nou ook, evenals een heleboel mensen. Dat ze een beetje aan haar lot is overgelaten... Ik vind het allemaal... nou ja een nogal chaotische situatie lijken.'

'Nu je dat zegt, volgens mij was dat ook zo.' Ze wierp een blik op het vel papier dat voor haar lag en vervolgde: 'Enfin, laten we aan de slag gaan, Marcus. Ik ben heel tevreden over je voorstel, echt enthousiast.' Ze glimlachte en voegde eraan toe: 'Ik wil jouw bedrijf inschakelen om de Elizabeth Turner Beautycentra op de rails te zetten, en ik zou ook graag willen dat je me hielp met de veiling van de collectie Deravenel-Turner. Uiteraard zullen ze dat bij Sotheby's voor een groot deel voor hun rekening nemen, maar ik heb het gevoel dat ik misschien wat... nou ja, laten we zeggen, wat ondersteunende publiciteit zou kunnen gebruiken. Wat vind je daarvan?'

'Wij kunnen alles voor je afhandelen, en dank je voor je vertrouwen in ons, Elizabeth. Ik zal er twee verschillende commercieel medewerkers op zetten. Een van hen zal zich, met haar eigen personeel, bezighouden met publiciteit voor de beautycentra, dan kan de andere, die eveneens eigen mensen in dienst heeft, zich aan de veiling wijden.' Hij boog zich iets voorover. 'Kennelijk vallen onze opzet en de manier waarop wij de lancering van de beautycentra willen aanpakken bij je in de smaak. Maar wat vind je ervan om het feest van de lancering in een hotel te geven, in plaats van in het beautycentrum in Londen?'

'Fantastisch! En je kon met geen beter plan komen, de perfecte oplossing!' zei Elizabeth lachend. 'Ik maakte me al vreselijk zorgen over mijn witte vloeren, witte gordijnen en witte meubilair. En over massa's mensen die drank morsten, hun eten lieten vallen en krassen in de vloer maakten.'

'Ik weet wat je bedoelt. Het scenario voor een nachtmerrie. Maar dat was het eerste waar Isabella Fort aan dacht. Omdat ze daar direct alert op was, koos ze voor een hotel. Zij stelde het Dorchester voor, zoals je in onze presentatie hebt gelezen. Of heb jij een voorkeur voor een ander hotel?'

'Het Dorchester is prima voor de receptie. Ik voel ook veel voor het idee een paar redactrices van *health & beauty & fashion* een rondleiding te geven – in groepjes van zes met daarna een gecaterde lunch – een geniaal plan. Eigenlijk keur ik al jullie ideeën goed, wat ook de reden is dat ik jullie inschakel. Wanneer denk je dat we ermee moeten beginnen?'

'Als je nog steeds van plan bent het eerste beautycentrum in Londen in april 1998 te openen, zou dat meteen moeten. We hebben wel een halfjaar nodig om alles naar behoren te plannen.'

'Ik zal de contracten die je hebt opgesteld aan Merry geven. Dan zal zij die bekijken – evenals mijn advocaten – voor ik ze onderteken. We zullen ze je zo snel mogelijk terugsturen. Intussen zijn er een paar dingen die ik met je zou willen bespreken.'

'Laten we dat dan maar doen,' zei Marcus. 'Ik heb vanmorgen tijd zat.'

'Ik denk echt dat ze veel te hard van stapel loopt,' zei Mark Lott, waarna hij het glas martini aan zijn lippen zette en een slok nam. 'Ze vertilt zich hieraan.'

Alexander Dawson gniffelde. 'Je hebt de pik op haar, hè, Mark? Of zou je 'm liever ín haar hebben?'

'Doe niet zo oerstom! Denk je werkelijk dat ik met mijn kostbaarste bezit ergens in ga waar die vervloekte Dunley in heeft gezeten? Van m'n leven niet, makker. Trouwens, ze is mijn type niet.'

'Zíjn type in elk geval wel. Die twee zijn dag en nacht als konijnen aan het neuken, dat weet de hele stad. En ik denk niet dat ze dat in de city erg kunnen waarderen. Er wordt heel wat afgekletst over de bazin van Deravenel en haar rechterhand die met elkaar van bil gaan. Zelf mogen die lui dan graag een keertje vreemdgaan, als het op gerotzooi op het werk aankomt, hebben ze daar geen goed woord voor over.'

'Ze doen het toch niet op het werk?' vroeg Mark met overslaande stem, terwijl hij zijn collega argwanend aankeek.

'Doe niet zo onnozel! Het is maar bij wijze van spreken. Collega's die het met elkaar doen, dát is taboe. Maar om op je eerste punt terug te komen, dat ze te hard van stapel loopt: heb je het over die beautycentra?'

'Uiteraard. Die gaan een kapitaal kosten,' verzekerde Mark.

Alexander wenkte de kelner en bestelde nog twee dry martini's, waarna hij zich weer tot Mark wendde. 'Waar zitten je hersens vandaag, oen? Het bedrijf financiert die beautycentra niet. Dat doet zij, van haar eigen geld.'

'Ze heeft helemaal geen geld, zoals je weet. Daar heeft die lieve Mary voor gezorgd door al die fijne poen in de begerige handen van dat Spaanse maatje Alvarez te storten. Hij wist wél hoe hij haar moest belazeren.'

'In meer dan één opzicht,' kaatste Alexander met een suggestieve grijns terug. 'Tot grote ergernis van Norfell. Ik heb altijd gedacht dat hij, zodra hij zijn kans schoon zag, maar wát graag met z'n hand in haar broek zou zitten. Die twee waren namelijk twee handen op één buik. En misschien kréég hij af en toe ook wel een beurt.'

'Je lult uit je nek, mannetje. Norfell en Mary bezochten dezelfde kerk, maar daar hield het wel mee op. Norfell is kieskeurig wat zijn sletjes betreft. Hij houdt van blank en dun. En heet... heet in bed. Mary was zijn type niet – te donker, te zwaar en... sneu,' besloot Mark veelbetekenend.

'Ik heb Mary altijd best graag gemogen,' verkondigde Alexander, waarna hij afwezig de Grill Room van het Dorchester Hotel rondkeek. 'Verrek, als je het over de duivel hebt!' riep hij ineens uit. 'Daar heb je haar. Elizabeth. Dáár. En wie is die knappe gozer met wie ze is? Ga me niet vertellen dat ze Dunley heeft gedumpt voor een oudere man. Dat zou echt om je te bescheuren zijn.' 'Dat is Marcus Johnson, sukkel, de beroemde pr-man. Ik heb met hem op Eaton gestudeerd. Zijn vader is lord Johnson van Beverley. Een geslacht uit Yorkshire met bakken en bakken geld. En voor zover ik weet, hoort hij geen interesse in haar te hebben. Marcus heeft andere interesses... tot voor kort, althans.' Mark leunde achterover en keek Alexander glimlachend aan. 'Maar hij is getrouwd. Enfin, om op die beautycentra terug te komen. Zoals ik net al zei, gaan die een hoop geld kosten, en ze heeft tien miljoen pond van de bank geleend. Nou moet je mij eens vertellen, jochie, stel dat het niets wordt met die salons? Wie betaalt dan het geld terug? Elizabeth of het bedrijf? Ik wed op het bedrijf, omdat zij er het geld niet voor zal hebben.'

'Nee, nee, je hebt het mis.' Alexander schudde heftig zijn hoofd. Je vergeet dat ze minstens vijftig tot zeventig miljoen pond gaat opstrijken van de veiling bij Sotheby's van het antiek en de bezittingen die ze van de Deravenels en de Turners heeft geërfd.'

Mark trok een frons en kneep zijn ogen samen. 'Weet je dat zeker, Alex? Dat lijkt me verschrikkelijk veel geld. Wat valt er nou in godsnaam te verkopen? Weet jij dat?'

'Jazeker. Want toevallig werkt mijn nichtje bij Sotheby's, en afgelopen weekend heb ik bij haar ouders in Hampshire gelogeerd. Volgens haar is het de grootste veiling die Sotheby's in jaren heeft gehouden en zijn de spullen gewoonweg fenomenaal. Al die diamanten tiara's en duizelingwekkende juwelen, maar waar ze het meest de mond vol van had, was de kunst. Impressionistische en postimpressionistische schilderijen die voor miljoenen weg zullen gaan.'

'Sodemieter nou toch op!'

'Het is waar!' hield Alexander vol. 'Geloof me, Mark, echt waar. Elizabeth is met haar neus in de boter gevallen en die kunst is ontzettend veel waard. Kennelijk is een groot deel afkomstig van de maîtresse van Edward Deravenel, ene Jane Shaw. Matisse, Manet, Monet, Van Gogh... Grote namen. Mijn nichtje Venetia vertelde me zelfs dat de eerste taxaties inmiddels al te laag zijn bevonden, en dat het veilinghuis ze aan het bijstellen is.'

'Dus jij wilt me wijsmaken dat ze helemaal niet zo kwetsbaar is?' Mark trok zijn wenkbrauwen op. 'Dat wij haar niet onderuit kunnen halen?'

'Dat heb ik niet gezegd. Ze is wel degelijk kwetsbaar. Ik wees er alleen maar op dat de beautycentra níét haar ondergang zullen worden. Maar misschien iets anders wél. Je weet maar nooit. Nu ik erover nadenk, zou Robert Dunley haar wel eens de soep in kunnen helpen. Er zijn een heleboel mensen bij het bedrijf die hem wel kunnen schieten. En het geklets over hen gaat onverminderd door.'

Mark schoof dichter naar Alexander toe en vroeg: 'Wie kunnen hem wel schieten? Vertel op.' Hij grinnikte boosaardig.

'Norfell,' zei Alexander met gedempte stem. 'Maar die heeft zelf nog het een en ander te verhapstukken. Die zit natuurlijk tussen twee vuren in.'

Verbluft fronste Mark zijn voorhoofd en sputterde: 'Wie kan er écht op hem schieten?'

'Als je dat niet weet, ga ik het je ook niet vertellen.' Alexander leunde achterover toen de kelner een schaal oesters kwam brengen en hield verder zijn mond.

Toen Mark zijn bord met gerookte zalm voor zich had, drong hij aan: 'Hoezo, tussen twee vuren? Zeg op nou, verdomme! Wat is het grote geheim?'

'Eerlijk gezegd, Mark, ik ben niet zeker van mijn informatie. Dan zou ik maar wat zitten gissen, en dat is niet eerlijk. Toch?'

Mark Lott, veel doortrapter dan zijn collega's, wist dat Alexander Dawson zat te liegen en dus hield hij aan. 'Kom op, geef me dan tenminste een hint. Dan kunnen we onze krachten bundelen en Elizabeth Turner de afgrond in helpen.'

Alexander wierp het hoofd in de nek en bulderde van het lachen. Toen hij zich had hersteld, zei hij nauwelijks hoorbaar: 'Ik had een oudoom, inmiddels overleden, wiens eigen oom begin deze eeuw bij Deravenel heeft gewerkt. Hij stond op een gegeven moment aan het hoofd van de sectie Mijnbouw. Plotseling overleed hij onder verdachte omstandigheden, en zijn dood is altijd een mysterie gebleven. Mijn oudoom scheen te vermoeden dat zijn oom was vermoord, door iemand binnen het bedrijf uit de kliek van

Edward Deravenel. Hij heeft aldoor geprobeerd meer over diens dood te weten te komen, vertelde hij, omdat hij wraak wilde nemen.'

'En je oudoom werkte bij Deravenel, Alexander?'

'Jazeker, bij de sectie Mijnbouw. Hij was zelfs vernoemd naar de oom die op zo'n eigenaardige manier om het leven was gekomen.'

'Hoe heette hij?'

'Hij heette Aubrey, naar zijn oom Aubrey Masters, maar hij was zelf een Dawson.'

'Aha. En heeft je oudoom wraak kunnen nemen?'

'O nee, daarvoor was het inmiddels te laat. Er waren jaren verstreken en iedereen was het vergeten. Hij is nooit getrouwd en heeft mij zijn aandelen Deravenel nagelaten. Via zijn connectie met de firma heb ik de baan hier gekregen. Ik hou van dit concern en zal het met hand en tand verdedigen.'

'Ik kreeg mijn baan via mijn vader, die voor Harry Turner heeft gewerkt, en mijn grootvader zat in de directie toen Henry Turner er aan het hoofd stond. Maar dat wist je al, dacht ik.'

'Inderdaad. We zijn oudgedienden. En laten we zorgen dat we dit heilige concern veiligstellen en vooral uit de handen van een bedilzuchtige vrouw houden,' zei Alexander.

'Daar kun je op rekenen,' stelde Mark hem gerust, vol ontzag over de manier waarop Alexander zo behendig van onderwerp had weten te veranderen.

Cecil Williams keek op toen er op de deur van zijn kantoor werd geklopt, waarna Francis Walsington gehaast binnenstapte en de deur achter zich sloot.

'Francis, hallo! Ik had niet verwacht jou vandaag op het werk te zien. Ik dacht dat je een lang weekend zou nemen.'

'Dat was ik ook van plan, maar ik ben van gedachten veranderd. Vanwege dit.' Hij boog zich voorover en legde een opgevouwen krant op Cecils bureau, waarna hij tegenover hem ging zitten. 'Lees, en laat het maar even op je inwerken.'

Cecil keek hem bij het horen van de ernst in zijn stem fronsend aan en pakte de krant op. Het betrof een pagina uit de economiebijlage van de *International New York Herald Tribune*, uitgegeven in Parijs. Snel liet hij zijn ogen eroverheen glijden en riep toen uit:

'Jij denkt dat François en Marie de Burgh het over Deravenel hebben, is dat het?'

'Nou, ze hebben hun zinnen in elk geval niet op Marks and Spencers gezet. Lees de tweede zin maar eens over, maar dan moet je wél tussen de regels door lezen, Cecil.'

Nu en dan knikkend las Cecil het krantenartikel door. Het was een interview dat François de Burgh en zijn vrouw Marie Stewart hadden gegeven, en toen hij bij de alinea was aangeland waar Francis op doelde, las hij die hardop voor. 'Mijn vrouw en ik zijn van plan Dauphin uit te breiden, zoals mijn vader dat voor zijn tragische, fatale ongeval zelf van plan was geweest. We willen van Dauphin een wereldwijd concern maken, en onze eerste prioriteit is het veroveren van het Verenigd Koninkrijk. Daartoe willen we een al bestaande firma overnemen die wereldwijd opereert en die naadloos in Dauphin kan opgaan.' Cecil leunde achterover in zijn stoel. 'Ik geloof dat je gelijk hebt, dat hij het over Deravenel heeft. Maar we weten allemaal dat hij ons niet kan overnemen. Ze hebben geen schijn van kans.'

'Ze kunnen bij hun pogingen echter heel wat stennis veroorzaken, ons van alles beschuldigen, onze reputatie schade toebrengen – of dat op z'n minst proberen.' Francis vertrok zijn gezicht. 'Eigenlijk hebben we dat aldoor wel geweten, jij en ik, dat Mary oprecht van mening is dat ze haar recht op Deravenel kan laten gelden. Ze vergist zich natuurlijk. Ze heeft geen enkel recht. Niettemin is ze volgens mij van plan de aanval op ons te openen.'

'Maar alleen verbaal!' Cecil keek zijn collega aan en voegde eraan toe: 'Dat is dan ook het enige wat ze kan doen. Elizabeth bezit heel wat meer aandelen dan zij, en dus heeft zij de macht in handen.'

'Dat is waar. Bovendien zijn wij een particulier bedrijf, waar door de eeuwen heen een aantal eigenaardige reglementen zijn ingesteld die ons terdege bescherming bieden tegen mensen die ons willen plukken. Er zijn maar weinigen op de hoogte van die regels. Aan de andere kant, Cecil, zoals je weet, zijn er lieden die aandelen bezitten, die niet zoveel met Deravenel ophebben. En die zouden best in de verleiding kunnen komen om ze aan Marie te verkopen. Als daar het juiste bedrag tegenover staat. Een heel hoog bedrag.'

'Dat ben ik met je eens. Maar voor zover ik weet verkoopt nooit iemand zijn aandelen Deravenel. Met andere woorden: er zit weinig tot helemaal geen handel in. Hoe kom je aan dat artikel, Cecil? Ben je geabonneerd op de *Herald Tribune*?'

'Nee, maar nu die twee op hol geslagen kanonnen bezig zijn in Parijs losse flodders af te schieten, neem ik met onmiddellijke ingang een abonnement. Vanmorgen belde een vriend me uit Parijs om me het artikel voor te lezen, dat hij me daarna heeft gefaxt. Maar omdat het een slechte fax was – ik kon hem amper lezen – heb ik er iemand op uitgestuurd om de krant te kopen. Zullen we hem aan Elizabeth laten zien?'

'Ik vind dat ze de krant met eigen ogen moet lezen, ja. Het heeft geen zin om die uit bescherming bij haar weg te houden,' antwoordde Cecil. 'Ze vilt ons levend als we dat zouden doen. Maar ze is niet op het werk. Ze doet iets wat ze zelden doet: ze is vandaag zowaar gaan lunchen met die pr-man die ze had ingeschakeld, Marcus Johnson. We zullen moeten wachten tot ze terug is.'

'Is Robert met hen meegegaan?'

'Nee. Die zit in zijn kantoor. Laten we hem oppiepen.'

Een paar seconden later kwam Robert met een bezorgde uitdrukking op zijn gezicht Cecils kantoor binnen. 'Wat is er aan de hand? Vertel op!' zei hij, terwijl hij op het bureau van Cecil afstevende, vriendschappelijk een hand op Francis' schouder legde en op de stoel naast hem ging zitten.

Cecil gaf hem de krantenpagina. 'Lees dat maar.'

Nadat hij dat had gedaan keek Robert eerst Cecil aan, en vervolgens Francis. 'We hebben aldoor geweten dat ze zich op een dag zou roeren. Dit is eerder dan ik dacht, maar nu haar schoonvader dood is, hebben zij en haar man volledig de macht in handen bij het bedrijf. Hmmm.' Hij wreef over zijn kin en gaf de pagina aan Cecil terug. 'Hier kunnen we niets tegen doen, behalve haar het zwijgen opleggen. Maar als ik heel eerlijk ben, denk ik niet dat dat mogelijk is.'

Tegen Francis zei hij: 'Wat vind jij ervan?'

'Hetzelfde als jij. We hebben het er al eindeloos over dat ze het ons lastig zal maken, maar we hebben nooit iets ondernomen.'

'Er viel niets te ondernemen,' wees Cecil hem terecht.

'Dit moet Elizabeth te zien krijgen wanneer ze terug is,' zei Robert. 'Ze moet het weten.'

'Dat vinden wij ook.' Francis leunde achterover, terwijl hij met een peinzende blik in de verte staarde. Uiteindelijk zei hij: 'Ik vind dat we François de Burgh wel mogen waarschuwen dat we van zijn plannen op de hoogte zijn en dat hij geen schijn van kans heeft vanwege onze gecompliceerde bedrijfsreglementen. Laten we dit in de kiem smoren, zelfs dreigen om zo nodig advocaten in te schakelen.'

'Dat is een goed idee, Francis. Misschien moet je de boodschap wel persoonlijk gaan brengen. Waarom ga je niet naar Parijs om met De Burgh te praten?' opperde Robert.

'Waarom niet?' antwoordde Francis. 'Maar eerst moeten we met Elizabeth praten.'

Achtentwintig

'Ik heb je raad ter harte genomen en Marcus Johnson ingehuurd,' kondigde Elizabeth aan, terwijl ze Grace Rose glimlachend aankeek en op de bank ging zitten.

Haar oudtante rechtte haar rug en beantwoordde haar glimlach. 'Slimme meid!' riep ze uit. 'Je zult er geen spijt van krijgen, dat kan ik je verzekeren, lief kind. Ik neem aan dat hij de publiciteit voor de beautycentra gaat verzorgen?' Grace Rose pakte haar glas witte wijn van het tafeltje dat naast haar stond en nam een slokje.

'Maar ook van de veilingen, mocht ik extra publiciteit nodig hebben,' legde Elizabeth uit. 'Ik weet zeker dat Sotheby's zich uitstekend van zijn taak zal kwijten, maar ik wil geen elke mogelijkheid over het hoofd zien en niets aan het toeval overlaten. Enfin, ik had hem al een paar keer gesproken en vandaag hebben we de deal bezegeld. Om het te vieren had hij me voor de lunch uitgenodigd in het Dorchester.'

'Goeie god, dat is zo ongeveer een première, is het niet? Dat je een zakenlunch had?'

Elizabeth moest onwillekeurig lachen. 'Zoiets, ja,' gaf ze toe.

De twee vrouwen zaten in de woonkamer van Grace Rose' flat in Belgravia, en zoals altijd waren ze volkomen op hun gemak met elkaar. Toen Grace Rose naar Elizabeth keek, viel haar op hoe goed ze eruitzag – en hoe chic gekleed: een lichtgrijs pakje met een witte blouse, paarlen oorbellen en haar snoer schitterende Zuidzeeparels.

'Ik zie tot mijn genoegen dat je de parels om hebt,' merkte Grace

Rose op. 'Ik weet dat je halfzuster ze op haar sterfbed samen met nog wat andere juwelen bij je heeft laten bezorgen, maar eigenlijk zijn ze oorspronkelijk van Jane Shaw geweest. Ik weet nog wanneer mijn vader ze aan haar heeft gegeven.'

'O, wat geweldig,' riep Elizabeth uit, terwijl ze met haar hand aan de parels om haar hals voelde. 'Dat heb ik nooit geweten. Maar hoe had ik het ook kúnnen weten? Bij de juwelen die Mary liet sturen zat geen enkele uitleg of documentatie.'

'In haar testament had Jane ze aan je grootmoeder Bess Deravenel Turner nagelaten, en uiteraard liet Bess ze na aan je vader. Maar ik heb ze nooit door een van zijn vrouwen zien dragen.'

'Ik ook niet. En ik werd er gewoon verliefd op toen ik ze in de koffer tegenkwam. Ik had geen idee van hun herkomst... Ze hebben nu des temeer betekenis voor me.' Opnieuw legde Elizabeth haar hand op de parels, waarna ze verder vertelde: 'Maar nu ik eraan denk, kan ik me vaag herinneren dat mijn stiefmoeder Catherine Parker ooit tijdens een diner dat mijn vader in het Ritz Hotel gaf een snoer parels om had, net zulke grote als deze. Dat was met Kerstmis. Wie weet is Catherine ze daarna een poosje gaan dragen.'

'Ik hoop het maar, en ik hoop dat ze ze zo vaak mogelijk heeft gedragen. Dat moet echt met parels, vergeet dat nooit, Elizabeth. Je mag ze niet in de kluis wegstoppen. Ze hebben licht en lucht nodig, en ze moeten kunnen ademen. Parels die jarenlang worden weggestopt kunnen achteruitgaan. Ze kunnen barsten, verpulveren zelfs. En toevallig heeft mijn vader me ooit verteld dat de parels die hij voor Jane had gekocht, die jij nu om hebt, gave parels zijn. En uiterst kostbaar.'

'Ik ben blij dat ik ze vandaag om heb en dat je me dit allemaal hebt verteld, Grace Rose. Niet alleen vind ik het fijn om het verhaal erachter te kennen, ik ben ook blij met je informatie over hoe je ze moet verzorgen.'

Na een slok champagne te hebben genomen, vervolgde Elizabeth: 'Bovendien had Edward Deravenel echt een goede smaak, nietwaar?' Terwijl ze dat zei, ging haar hand opnieuw naar de parels, die ze liefdevol betastte.

Grace Rose knikte. 'Mijn vader had een uitstekende kijk... op bijna alles, ook op vrouwen. Net als jóúw vader, waar het op vrouwen aankwam. Toen je opbelde, zei je dat je met me over Harry wilde praten.' Grace Rose hield haar hoofd schuin en keek Elizabeth nieuwsgierig aan. 'Hoezo Elizabeth?'

'Over de manier waarop hij me als kind behandelde. Jij bent de enige die nog in leven is die me inzicht kan geven in zijn manier van doen. Ja, Kat, Blanche en haar broer Thomas hebben hem weliswaar allemaal gekend, maar niet zo goed als jij en die hebben hem niet zo vaak meegemaakt. Ik heb er echt behoefte aan om het te weten... Het houdt me vreselijk bezig, en eerlijk is eerlijk, ik heb echt een rotjeugd gehad.'

'Dat kun je wel zeggen, en dat heb ik dikwijls tegen Harry gezegd. Hij heeft je verbaal, geestelijk en emotioneel mishandeld, en ik zei een keer tegen hem dat hij zweepslagen had verdiend voor de manier waarop hij met je omging. Dat was werkelijk gewetenloos van hem.'

Elizabeth voelde hoe ze de spanning in haar binnenste losliet en liet zich achteroverzakken om helemaal te ontspannen. 'Ik ben blij dat uit jouw mond te horen, want tot die conclusie ben ik ook gekomen... Toch twijfelde ik soms aan mezelf en vroeg me af of ik het in mijn hoofd groter maakte dan het was. Ik hou namelijk van hem en ik heb werkelijk bewondering voor zijn prestaties. Maar waarom hou ik van hem, Grace Rose, terwijl hij zich zo afschuwelijk heeft gedragen? Of houdt het slachtoffer altíjd van degene die hem mishandelt?'

'Jíj houdt van je vader omdat je hem hebt vergeven. Toen je bijna tien was, veranderde zijn hele houding ten opzichte van jou, en dus veranderde ook jouw houding. Nu je die vroege periode ineens weer aan het analyseren bent, denk ik dat je er een goede reden voor hebt.'

'Robin wil met me trouwen wanneer hij is gescheiden. Maar ik wil helemaal met niemand trouwen. Dat heeft niets met Robin persoonlijk te maken. Ik denk dat ik hem dat aan zijn verstand heb kunnen brengen. Maar volgens hem heeft mijn weerzin om te trouwen met mijn vader te maken; dat Harry een vreselijk voorbeeld heeft gesteld en mij het huwelijk tegen heeft gemaakt.'

'Volgens mij heeft Robin misschien geen ongelijk.' Grace Rose keek haar doordringend aan. 'Misschien ben ik het wel met hem eens.'

Elizabeth kon alleen maar knikken.

'Laten we tot de kern van de zaak komen, Elizabeth, waarom deed Harry zo naar tegen je? Naar mijn mening kwam dat voort uit zijn grillige emoties voor je moeder.'

'Hij hield toch heel veel van haar?' Elizabeth boog zich gretig voorover, met een blik vol verwachting.

'Harry was stapelgek op haar en heeft lang gewacht voor hij met haar trouwde. Omdat zijn eerste vrouw Catherine rooms-katholiek was, wilde ze niets van een scheiding weten. Uiteindelijk konden ze toch trouwen, en na zo lang op een zoon te hebben gewacht, was hij er stuk van toen Annes kind een dochter bleek te zijn. Jij. Hij was diep teleurgesteld, verpletterd, in zekere zin zelfs in de rouw, al zette hij een vrolijk gezicht op. Daarna kreeg Anne de ene miskraam na de andere. Ze kon al geen kind uitdragen, laat staan een mannelijke erfgenaam ter wereld brengen. Ik denk dat hij haar even erg begon te haten als hij van haar hield. En hij had een hekel aan haar werk, aan het feit dat ze tussen Londen en Parijs heen en weer pendelde en haar interieurwinkel had. Volgens mij ging hij haar wantrouwen, raakte hij ervan overtuigd dat ze een minnaar had – wat ik geen moment geloof. Het was allemaal fantasie van hem. Op een gegeven moment was hij overspannen. Ik kan me nog goed herinneren dat hij in gewicht toenam, te veel at en dronk en dat hij steeds onmogelijker werd, voor iedereen. Charles had vaak kritiek op hem.'

'Dus teleurstelling over het feit dat hij geen zoon en erfgenaam kreeg, leidde tot verbittering, die vervolgens ontaardde in boosheid en uiteindelijk in haat jegens mijn moeder. Dat bedoel je toch, Grace Rose? Maar ook haat jegens mij?'

'Precies, Elizabeth, ja. Zeer zeker toen je een kleuter werd. Omdat je haar donkere haar had en bepaalde maniertjes die hij, zo klein als je was, met haar associeerde. Toen was ze plotseling dood, van hem weggerukt, en hij werd gek van verdriet. Wat je ook denkt te weten, geloof me, hij had echt verdriet. Telkens wanneer jij hem onder ogen kwam, maakte dat waarschijnlijk iets vreselijks in hem los.' Grace Rose schudde haar hoofd. 'Er is geen enkel excuus voor hem. Hij was een volwassen man en hij was je vader. Maar is een mens zijn gedrag ooit te verklaren?'

'Ik denk dat je dat zojuist hebt gedaan, Grace Rose, en ik ben blij dat je je best hebt gedaan Harry voor me te ontrafelen. Het is waar: ik heb hem al jaren geleden vergeven. En ik ben hem in zekere zin zelfs als een held gaan vereren, al was je vader Edward Deravenel degene die ik steeds als voorbeeld zag, als rolmodel. Beter kan ik het niet zeggen. Robin is van mening dat mijn vader me een trauma heeft bezorgd door de manier waarop hij met vrouwen omging. Nee, met zíjn vrouwen, moet ik zeggen. Volgens hem heeft Harry's vreselijk wrede houding ten opzichte van hen ervoor gezorgd dat ik totaal ongeschikt ben voor het huwelijk.'

'Denk jij dat ook?' vroeg Grace Rose, terwijl ze haar doordringend aankeek.

'Ik heb geen idee, eerlijk gezegd. Ik weet wél dat ik erg zelfstandig ben geworden, mijn best heb gedaan om een moedige, sterke vrouw te worden, doordat ik het grootste deel van mijn leven voor mezelf heb moeten opkomen. Ik ben de baas. En ik wil niet dat iemand anders de baas is. En ik wil evenmin iemands aanhangsel zijn. Ik ben graag Elizabeth. Ik ben graag 'ik'.'

'Dat begrijp ik, en ik ben geneigd je gelijk te geven. We moeten eerlijk tegen onszelf zijn, ons niet anders voordoen.' Grace Rose zweeg even nadenkend, waarna ze vroeg: 'Zet Robert je onder druk om met hem te trouwen? Draait het daar allemaal om?'

'Niet echt. Hij heeft me wel ten huwelijk gevraagd, maar hij heeft er begrip voor. Grace Rose, ik heb hem afgelopen weekend pijn gedaan, zijn gevoelens gekwetst. En volgens mij houdt dat me nog steeds behoorlijk bezig.'

'Als ik je een raad mag geven: doe het stap voor stap. Robert is nog altijd getrouwd, dus op dit moment kan hij niet met jou trouwen. Wanneer hij vrij is, moet je het allemaal nog maar eens overdenken, er nog eens over praten. Is hij bereid met je samen te leven zonder de zegen van het huwelijk? En hoe zit dat met jou?'

'Dat vinden we geen van beiden een probleem.'

'Laat het dan voor wat het is. Voorlopig.'

'Goed, Francis, ik zal het tegen haar zeggen,' beloofde Robert Dunley. 'En hou contact.' Hij luisterde aandachtig toen Francis Walsington er nog iets aan toevoegde over het standpunt dat hij van plan was in Parijs in te nemen, nam afscheid en zette zijn telefoon uit.

Hij ging de stoep op van het flatgebouw in Chester Street waar Grace Rose woonde en drukte op de knop van de intercom. Hij gaf zijn naam op aan de anonieme stem die reageerde en werd meteen binnengelaten. Een paar tellen later werd hij binnengelaten in de woonkamer waar Elizabeth bij Grace Rose zat.

'Lieverd, daar ben je!' riep Elizabeth uit toen hij binnenkwam, waarna ze opsprong en naar hem toe rende om hem te kussen.

'Francis heeft een afspraak met die lui van Dauphin,' zei hij, met zijn gezicht in haar hals. 'Hij vertrekt morgen naar Parijs, en dan hebben ze maandag in alle vroegte een bespreking.'

'Ik ben blij dat te horen.' Ze pakte hem bij de hand en nam hem mee naar Grace Rose, die straalde toen ze hem zag.

Robert boog zich voorover en drukte een kus op haar wang, waarna hij een stap terug deed om haar te bekijken. 'Je bent een wonder! Echt een wonder, Grace Rose,' zei hij, waar hij elk woord van meende. 'Ik zou nooit je leeftijd kunnen raden. Je ziet er absoluut fantastisch uit. En wat een mooie jurk. Die staat je goed en dat lavendelblauw kleurt precies bij je ogen.'

'Wel, wel, Robert Dunley, je bent te charmant voor woorden.' Ze gaf een kneepje in zijn arm en voegde eraan toe: 'Pak zelf iets te drinken – dat gaat waarschijnlijk een stuk sneller. Er is champagne, en alle andere drank staat daar op de tafel.'

'Dan graag champagne.' Hij liep op de tafel af en vroeg over zijn schouder: 'Zal ik je glas bijvullen, Elizabeth?'

'Nee, dank je.'

'Voor ik het vergeet, Elizabeth,' zei Grace Rose. 'Er liggen twee cadeautjes in mijn werkkamer. Voor jullie verjaardagen. Zou jij die even willen halen, lieverd?'

'Natuurlijk. Geen enkele moeite.' Elizabeth stond op en liep de kamer uit, terwijl ze in het voorbijgaan tegen Robert zei: 'Ik ben zo terug.'

Hij knikte en ging bij Grace Rose zitten. 'Wat treurig, hè, de dood van prinses Diana?' zei hij, terwijl hij zijn glas op de salontafel neerzette. 'Een nationale ramp.'

'Zeg dat wel,' antwoordde Grace Rose. 'Iedereen verkeert nog steeds in shock. Men kan het amper bevatten, en de mate waarin er wordt gerouwd is onvoorstelbaar. Het lijkt wel of de Engelsen zijn veranderd in de manier waarop ze hun gevoelens tonen. De bloemen bij de hekken van Kensington Palace stapelen zich in rap tempo op tot... een hele berg.'

'Ik weet het. Ik heb vanochtend naar het nieuws op televisie gekeken, en je gelooft je ogen niet.'

'Hoe dat zo?' vroeg Elizabeth toen ze weer terug was in de woonkamer, met twee pakjes in cadeaupapier, die ze op de salontafel legde.

'Die hele berg bloemen die als eerbetoon aan prinses Diana bij de hekken van Kensington Palace is neergelegd,' legde Grace Rose uit. 'Enfin, en nu de cadeautjes. Het kleinste pakje is voor jou, Robert, en het is met veel liefde uitgezocht. Dat andere is dus voor jou, Elizabeth.'

'Hartelijk dank,' zei Robert. 'Mogen we ze nu uitpakken, of moeten we nog even wachten?' Hij keek haar grijnzend aan.

Grace Rose giechelde, waarbij ze hem liefdevol aankeek. 'Ik denk dat ik je die vraag al eens eerder heb horen stellen. Heel vaak zelfs, toen je nog klein was. Maar natuurlijk mag je het cadeautje uitpakken, en jij ook, Elizabeth.'

'Dat zal ik doen. Trouwens, het is leuker om de cadeautjes die we van jou hebben gekregen uit te pakken nu we bij jou zijn,' zei Elizabeth. 'Vooral omdat we het etentje hebben afgezegd dat we voor zondag hadden gepland. Gegeven de omstandigheden waren we er geen van beiden voor in de stemming.'

'Dat begrijp ik. Het hele land is in de rouw.'

'Pak jij je cadeautje maar eerst uit, Elizabeth.'

'Nou goed, dan.' Glimlachend las ze het kaartje en toen ze het zilverkleurige papier eraf haalde, had ze een zwartleren doosje in haar hand. Het was duidelijk een juwelendoosje, oud en een beetje versleten, en hier en daar was het leer kaal. Elizabeth tilde het deksel op en hield haar adem in bij het zien van de diamanten broche. 'Hij is gewoonweg beeldschoon!' riep ze uit. 'Ik ben dol op de vloeiende lijnen van die strikjes van vroeger. Hartelijk bedankt.' Ze sprong op, ging naar Grace Rose toe en kuste haar op de wang. 'Ik vind hem prachtig, echt waar.'

'Daar ben ik blij om. Ik wilde je juist deze broche geven, want... Ik heb hem namelijk van mijn vader gekregen. Lang geleden met Kerstmis. Omdat ik weet dat Edward Deravenel een speciale plek in je hart heeft, vond ik dat zeer op z'n plaats.'

'Dat is het zeker. Ik zou alleen willen dat ik hem had gekend. Ik zal deze broche altijd koesteren.'

Grace Rose glimlachte en keek bewonderend naar Robert. Zoals altijd stond ze versteld van zijn uitzonderlijke schoonheid. Elke keer dat ze hem zag, viel ze bijna achterover van zijn uitstraling, van zijn charisma. Met zijn lange gestalte, donkere haar en fijngesneden trekken was hij uitgegroeid tot de mooiste man die ze ooit had gezien. Hij zag eruit als een filmster, bedacht ze terwijl ze hem van top tot teen bekeek. Vanwege dat fraaie uiterlijk werd hij vaak onderschat, maar Grace Rose wist hoe hij werkelijk in elkaar stak. Hij was geniaal, geslepen en wilskrachtig.

Hij haalde voorzichtig het lint en het papier van het pakje en legde die opzij. Nadat hij het kaartje had gelezen en het rode leren doosje had opengemaakt, keek ook hij verrast op.

Wat Robert te zien kreeg, was een paar gouden, met diamanten en robijnen bezette manchetknopen. 'Grace Rose, je verwent me! Dit zijn de allermooiste manchetknopen die ik ooit heb gezien. Dank je wel.'

Hij stond op, terwijl hij haar met diepe affectie glimlachend aankeek en hij liep naar haar toe om haar, net als Elizabeth, een zoen te geven.

Ze keek naar hem omhoog en zei zachtjes: 'Je bent me erg dierbaar, Robert, net als Elizabeth.' Ze keek haar achternicht aan en zei: 'Ik ben blij dat ik jullie tweeën af en toe heb mogen lenen toen jullie groter werden. Ik heb zo'n plezier van jullie gehad.'

'En jij hebt óns wonderschone tijden bezorgd,' zei Elizabeth.

'Deze manchetknopen zijn werkelijk fenomenaal,' mompelde Robert, terwijl hij ze aandachtig bekeek. 'En ik zie aan het doosje dat ze van Cartier zijn. Je hebt me iets heel bijzonders gegeven.'

'Ze zijn van mijn man geweest. Ik heb ze aan hem gegeven toen we pas getrouwd waren en hij droeg ze altijd wanneer hij een première had – op de party na afloop. Volgens Charles brachten ze geluk. Ik hoop dat jij dat ook zal merken.'

'Vast wel.' Toen de gsm in zijn zak overging, trok hij een gezicht en zei: 'Wil je me even excuseren?' Robert liep naar het raam om het telefoontje aan te nemen.

Grace Rose boog zich naar Elizabeth toe en zei: 'Er is iets wat ik je al eerder had willen vertellen, en wel het volgende. Op het eind van zijn leven was je vader niet alleen uitermate trots op je, op je studieprestaties en de manier waarop je je wist te handhaven, maar hij hield wel degelijk van je. Heus. Ik wil dat je dat nooit vergeet.'

Elizabeth pakte haar hand en hield hem stevig vast. 'Lief van je dat te zeggen. Het betekent ontzettend veel voor me.'

Het was zondag 7 september, de dag waarop ze allebei jarig waren, en ze hadden gekozen voor een avond in Elizabeths flat op Eaton Square.

Ze hadden een lui dagje met z'n tweeën doorgebracht – bij een laat ontbijt hun cadeaus uitgepakt, genoten van hun samenzijn en niets bijzonders gedaan. Dat was voor hen alle twee iets ongekends omdat ze altijd en eeuwig zo druk in de weer waren.

Robert had met alle geweld het avondeten willen klaarmaken en Elizabeth was zich gaan verkleden. Hij had een snelle, eenvoudige maaltijd bereid waarvan hij wist dat die bij haar in de smaak zou vallen, en toen hij daarna uit de keuken kwam, hield hij een vlam bij de houtblokken in de haard, trok de fles Krug-champagne open die in de ijsemmer stond en dimde het licht. Muziek, bedacht hij ineens, dat ontbreekt er nog aan. Binnen enkele seconden had hij zijn favoriete cd's van Frank Sinatra geselecteerd en in de speler geschoven, waarna hij het volume regelde.

Hij stond met zijn rug naar de haard toen hij haar hakken in de gang hoorde tikken. Even later stond ze hem op de drempel van de woonkamer glunderend aan te kijken.

Er verscheen een uitdrukking van oprechte verbijstering op zijn gezicht, en één moment bleef hij staan zonder een woord te kunnen uitbrengen.

'Ja, jij zei dat ik iets makkelijks moest aantrekken!' riep ze uit toen ze zijn stomverbaasde blik zag. 'Dat heb ik dus gedaan.'

Hij gooide zijn hoofd in zijn nek en bulderde van het lachen. 'Iets makkelijks. Je ziet eruit alsof je op weg bent naar een superchique club! Je bent onbetaalbaar, Elizabeth.'

Nu lachte ze met hem mee. Toen ze zich aan het omkleden was, wist ze dat hij er de grap van zou kunnen inzien. Dat klopte dus. Ze had een lichtblauw nachthemd en een peignoir aan, en zilverkleurige Manolo Blahnik-pumps. Maar vanwege de juwelen kreeg de outfit iets hilarisch – haar snoer Zuidzeeparels met bijpassende oorbellen en armband, de ring die ze die ochtend van hem had gekregen en de edwardiaanse strikjesbroche met diamanten van Grace Rose.

'Verrukkelijk. Je bent verrukkelijk,' zei hij, terwijl hij op haar toeliep, zijn armen om haar heen sloeg en haar kuste. Toen fluisterde hij in haar oor: 'Mag ik deze dans, mijn lief?' Ze knikte weliswaar, maar ze kwamen geen van tweeën in beweging. Ze bleven dicht tegen elkaar staan, verstrengeld, heen en weer deinend op de muziek, in de wetenschap dat ze verder niets nodig hadden om gelukkig te zijn.

Vervolgens troonde Robert haar mee naar een stoel bij de haard, schonk de champagne uit en proostte met haar. 'Hartelijk gefeliciteerd!' zeiden ze als uit één mond.

Even later merkte Robert op: 'Ik weet dat het als een grap is bedoeld, maar die outfit is echt te gek, hoor. Die juwelen geven er nét het juiste accent aan.'

Elizabeth knikte en haar donkere ogen twinkelden ondeugend. 'Ik wilde me eens flink voor je optutten, Robin, helemaal verkleed, zoals we als kind deden.' Ze stak haar been uit, om hem haar enkel en kwispelende voet onder de neus te houden. 'Ik heb zelfs mijn Manolo's voor je aangetrokken. Ik probeer bij je in de smaak te vallen.'

'Maar je valt heel érg bij me in de smaak.' Hij trok zijn manchet op zodat ze het Patek Philippe-horloge kon zien dat ze hem eerder die dag had gegeven, maar ook de manchetknopen met robijnen van Grace Rose. 'Ik heb me ook voor je opgedoft.'

'Tja, twee zielen, één gedachte! We zitten altijd op dezelfde golflengte.'

'Ik hoop dat ik ook op dezelfde golflengte heb gezeten wat het eten betreft.'

'Vast wel, maar ik heb helemaal niet zo'n trek.'

Hij knikte zonder verder iets te zeggen. Hij maakte zich voortdurend zorgen om haar eigenaardige eetgewoonten en bedacht dikwijls dat ze veel te mager was. Maar hij wist dat ze nooit op dieet was: dat ze dun was, had niets met ijdelheid te maken. De oorzaak leek te zitten in het feit dat ze weinig om eten gaf. Vandaar dat hij bij wijze van verjaarsdiner iets bijzonders voor haar had klaargemaakt. In afwachting daarvan veranderde hij van onderwerp. 'Het was heel gul van Grace Rose om me manchetknopen te geven die van haar man zijn geweest. Ik was diep ontroerd, en ik weet dat jij ontzettend blij bent met je broche. Dat komt volgens mij vooral doordat Edward Deravenel hem heeft gekocht.'

'Dat zeg je goed. Maar eerlijk is eerlijk: het is echt een uniek stuk, Robin, en ik vind die victoriaanse en edwardiaanse strikjesbroches nou eenmaal beeldschoon.' Ze ging even verzitten en vervolgde: 'Ik ben blij dat Grace Rose zo lang heeft mogen leven, in uitstekende gezondheid verkeert en nog helemaal bij de tijd is. Ik heb haar graag om me heen en ze vertegenwoordigt zo'n groot deel van het verleden, ook van óns verleden. Als ik nu terugkijk, besef ik hoe lief ze altijd voor ons is geweest toen we nog klein waren, en zo geïnteresseerd. Misschien omdat ze zelf nooit kinderen heeft gehad.' Plotseling barstte Elizabeth in lachen uit. 'Bovendien is ze een bron van informatie over de families Deravenel en Turner! Grace Rose is gewoon de familiehistoricus, vind je ook niet?'

Robin knikte en lachte met haar mee. 'Schandalen, seks en geheimen – dat had gemakkelijk hun familiemotto kunnen zijn, van de Deravenels, bedoel ik. Maar ook van de Turners, denk ik. Mijn ouders hebben me heel wat sappige verhalen verteld, toen ik oud genoeg was om het te mogen weten.'

'Dat sappigs stelt níéts voor. Er is veel meer.' Elizabeth keek hem veelbetekenend aan. 'Wat dacht je van moord – en niet één moord – en ontvoering, en alle mogelijke onverkwikkelijke praktijken? Noem maar iets, het is er allemaal. Soms zou ik willen dat ik nog meer wist dan ik al doe, maar eerlijk gezegd wil ik haar niet uithoren.'

'De volgende keer dat we haar zien, kan ik misschien meer uit haar lospeuteren. Geheimen, bedoel ik.' Robert stond op om de champagne te halen en vulde hun glazen bij, waarna hij de fles weer in de zilveren ijsemmer zette.

'Zeg, vertel nou eens wat we straks gaan eten. Ik ben benieuwd.'

'Een kleuteretentje.'

'Je meent het niet.'

'En of ik het meen.' Robert trok haar overeind en nam haar mee naar de keuken. 'Kijk maar!' Hij gebaarde naar de volgeladen serveerboy, waarna hij de servetten van de overdaad aan borden trok.

257

'Je lievelingskostje, zoals je me altijd en eeuwig vertelt. Een onvervalst kleuteretentje, mijn lief.'

'O, Robin, wat fantastisch!' Ze glimlachte liefdevol naar hem en liep naar de serveerboy om te zien wat hij allemaal had klaargemaakt. Daar zag ze alle denkbare sandwiches, van de korst ontdaan, net zoals Kat dat altijd deed. De allerlekkerste die ze kon bedenken: met eiersalade, plakjes komkommer op roomkaas, geprakte sardines, en zelfs miniworstenbroodjes.

'Na de sandwiches krijg je warme scones van me, met *clotted cream* uit Devonshire en aardbeienjam, en tot slot je andere lievelingskostje: *roly-poly*. Dat is je verjaarstaart.'

'En jóúw verjaarstaart. O, Robin, wat hou ik toch van je.'

'Ik hou nog meer van jóú.'

Ze kwamen tegelijkertijd in beweging, lagen ineens in elkaars armen, terwijl ze elkaar onstuimig kusten. Toen ze zich uiteindelijk van elkaar losmaakten, keek Elizabeth hem doordringend aan. 'We hebben alle tijd om te vrijen – als jij zin hebt tenminste,' zei ze zachtjes.

'Reken maar,' antwoordde hij, en zonder één seconde te aarzelen, nam hij haar bij de hand en troonde haar mee naar de slaapkamer.

Negenentwintig

Francis Walsington verliet maandag om klokslag negen uur het hotel Plaza Athénée aan de Avenue Montaigne. Omdat hij het sinds de ellende van prinses Diana's tragische dood niet meer over zijn hart kon verkrijgen in het Ritz te verblijven, had hij in het Plaza geboekt. Het was er vertrouwd; een van zijn oude geliefkoosde adressen waar hij zich helemaal thuis voelde. Omdat hij er de afgelopen paar jaar geregeld had gelogeerd, kende hij een groot deel van het personeel.

Zijn afspraak bij Dauphin was pas om tien uur, maar hij had behoefte aan frisse lucht en wilde voor die tijd nog wat nadenken. Hij liep op zijn gemak de straat door, in de richting van de Champs-Elysées.

Het was een mooie dag: zacht weer, met een lucht die zo blauw en zinderend was als alleen in Parijs mogelijk was – in zijn ogen, althans. Parijs was na Londen zijn favoriete stad, en hij vond het er heerlijk, ongeacht het weer. Of het nu regende of de zon stralend scheen, het was een ongeëvenaarde, prachtige plek, maar op een dag als deze vond hij het er in één woord schitterend. Eén visueel spektakel, zover het oog reikte.

Terwijl hij zijn weg vervolgde, dacht hij aan Elizabeth. Ze had bewezen over alle kwaliteiten te beschikken die hij in een topfunctionaris altijd bewonderde: zelfvertrouwen, visie en lef. Ze was een van de meest gedisciplineerde mensen met wie hij ooit had samengewerkt, en haar inzet en doorzettingsvermogen waren prijzenswaardig. Cecil had zich kortgeleden nog tegen hem laten ontvallen dat ze over die bijzondere geniale gave beschikte die mensen die louter intelligent waren onderscheidde van degenen die werkelijk bevlogen waren. Daarin had hij hem gelijk gegeven. Hij wist dat ze integer was: ze hield zich aan haar woord, net als haar vader vroeger. Harry Turners handdruk was in de city van de grootste betekenis geweest, en daar werd nog steeds over gesproken. Francis was blij dat Elizabeth Robert Dunley aan haar zij had. Niet alleen als haar zakenadviseur en een van de topfunctionarissen, maar ook als haar geliefde en partner. Hij had bewondering en respect voor Robert en vertrouwde hem, met al zijn capaciteiten, onvoorwaardelijk. Hij wist dat hij rechtdoorzee was en dat je op hem kon rekenen.

In zekere zin werkte zijn goede uiterlijk tegen hem, evenals zijn elegante uitstraling. Francis wist dat er mensen waren die hem maar al te vaak afdeden als een ijdeltuit, terwijl dat in de verste verte niet waar was. Afgunst, wat kon dat rare dingen doen met iemands geest, bedacht hij terwijl hij op de brede avenue af liep die de belangrijkste verkeersader van de Lichtstad was.

Het was al druk op de Champs-Elysées, wat het begin van de eerste werkdag van de week markeerde. Francis sloeg rechts af en liep vervolgens op zijn dooie gemak naar zijn eindbestemming: een groot gebouw aan het eind van de avenue, vlak bij het Rond-Point vlak voor de Place de la Concorde.

Omdat hij tot de ontdekking kwam dat hij nog zeeën van tijd had voor zijn bespreking bij Dauphin, besloot hij nog even een kop koffie te drinken. Hij koos een caféterras niet ver van zijn bestemming. Nadat hij een *café au lait* en een croissant had besteld, ging hij op zijn gemak op zijn stoel zitten en zag de wereld aan zich voorbijtrekken. Maar even later concentreerden zijn gedachten zich op het jonge paar met wie hij over niet al te lange tijd had afgesproken: François de Burgh en zijn vrouw Marie Stewart de Burgh.

Een tijd geleden had hij zich tot taak gesteld zo veel mogelijk over hen te weten te komen, maar zijn ondergeschikten in Parijs hadden niets bijzonders kunnen achterhalen. Oppervlakkig gezien leek er niets ongunstigs of sinisters aan hen te kleven. Qua inborst leken ze echter behoorlijk blasé, maar met name Marie wist heel goed wat ze wilde.

François was het verwende zoontje van Henri en Catherine de

Burgh. Wijlen zijn vader was Fransman en zijn moeder kwam uit Italië. François had een paar broers en zussen, maar hij was als oudste de erfgenaam van het enorme zakenimperium, een van de rivalen van LVMH. Blijkens de informatie die Francis had doorgekregen was François een trotse jongeman, die door menigeen sluw werd genoemd, maar ook lui en een tikkeltje te laconiek. Het was algemeen bekend dat hij niet zo slim was als zijn vrouw. Nu zijn vader was overleden, stond hij aan het hoofd van Dauphin.

Marie Stewart de Burgh, zijn vrouw en zakenpartner, was de erfgename van Scottish Heritage, een grote onderneming die Edinburgh als basis had. Daarvan had zij, zij het in absentia, de leiding, maar liet die taak aan haar moeder over, die de taak kennelijk bekwaam vervulde en alom werd gerespecteerd. Maries moeder zwaaide al jarenlang de scepter bij Scottish Heritage en had het bedrijf gezond weten te houden. Deze adellijke Française was van voorname afkomst en had drie rijke, machtige broers die uitermate prominent figureerden in de Franse society, zakenwereld en politieke kringen.

Als kind van vijf werd Marie Stewart naar Parijs gestuurd om bij haar vermaarde ooms te gaan wonen. Bij die gehaaide aristocraten, die alleen Frans spraken, was ze opgegroeid. Later kreeg ze een kostbare opleiding, werd naar kostschool gestuurd en het werd er voortdurend bij haar ingestampt dat ze voorbestemd was voor grootse zaken.

Uit die informatie had Francis tevens kunnen opmaken dat ze een mooie vrouw was die behoorlijk trots en snobistisch was, overliep van ambitie en er door haar ooms in was geschoold het onderste uit de kan te halen. Er kleefden geen schandalen aan haar, net zomin als aan haar man François, die als een uitstekende partij werd gezien.

Terwijl hij van zijn koffie zat te drinken, zag hij in gedachten Elizabeth voor zich en glimlachte in zichzelf. Hij was ervan overtuigd dat Marie Stewart geen partij was voor de vrouw voor wie hij werkte. Elizabeth Deravenel Turner was een genie. Ze had zich in die korte tijd dat ze aan het roer stond van de firma Deravenel al een briljante zakenvrouw betoond, en al had ze een goede opleiding genoten, ze was afgestudeerd in wat Francis noemde 'de hogeschool van de harde klappen'. Bovendien was ze de dochter van een der grootste wereldmagnaten die er ooit hadden bestaan en had het allemaal met de paplepel ingegoten gekregen. Toevallig was ze ook nog een geboren en volleerd actrice met een langdurige training in de kunst van het verbergen van gevoelens. Rap van geest en geslepen als ze was, kon Elizabeth waar het zakenkwesties betrof keihard zijn; Francis wist dat ze altijd met haar hoofd dacht en nooit haar beoordelingsvermogen door emoties liet vertroebelen.

Uit wat hij over Marie Stewart de Burgh wist, was hem duidelijk geworden dat ze het verwende lievelingetje van haar idolate ooms en echtgenoot was – ontegenzeggelijk goed opgeleid, maar zonder enige zakenervaring. Ze verkeerde in vooraanstaande kringen, was rijk, beschikte over een zekere mate van charme en zag er goed uit. Daar was echter alles mee gezegd.

Geen partij voor Elizabeth, besloot Francis, terwijl hij een slok van zijn koffie nam. Afgezien daarvan kon ze in geen enkel opzicht aanspraak op Deravenel doen gelden, ongeacht hoe ze daar zelf over scheen te denken. Madame de Burgh mocht dan graag geloven dat zij de erfgenaam van het bedrijf was en de gedachte koesteren dat het haar toekwam via de zuster van Harry, Margaret Turner Stewart, het was allemaal fantasie van haar. Dat mocht ze wel willen.

Hij dronk zijn koffie op, graaide in zijn zak naar geld en wenkte de kelner dat hij wilde afrekenen.

Mooi was ze wel, maar niet half zo mooi als sommige mensen haar hadden beschreven. Dat heb je nou met mythen, bedacht Francis, terwijl hij het antieke Aubusson-kleed overstak om kennis te maken met Marie Stewart de Burgh en haar man François.

Ze had wel iets van Elizabeth; dezelfde Turnerbouw – lang, soepel en slank. Haar ovale gezicht met regelmatige trekken was even bleek als dat van Elizabeth, haar teint was smetteloos en ze had mooie amberkleurige ogen. Maar haar haar was de spreekwoordelijke kroon op haar verschijning. Het vormde een rossig goud glanzende omlijsting van haar gezicht en hing tot op haar schouders. Ze was een nicht van Elizabeth en dat ze een paar genetische kenmerken gemeen hadden, was overduidelijk.

'Goedemorgen, Mr. Walsington,' zei Marie Stewart in Engels met een Frans accent, terwijl ze zijn uitgestoken hand in een ferme greep nam. 'Het doet me groot genoegen u welkom te mogen heten bij Dauphin. Ik wil u graag voorstellen aan mijn man François de Burgh, president van Dauphin.'

'Goedemorgen, madame de Burgh,' zei Francis, waarna hij haar man de hand schudde. 'Monsieur de Burgh, *bonjour*.'

'Bonjour, monsieur Walsington,' prevelde François met een lage, maar aangename stem. Hij schonk Francis een innemende glimlach. Hij was kleiner dan zijn vrouw en had, in tegenstelling tot haar, een donkere teint en een wat nietszeggend gezicht. Francis vond hen niet erg bij elkaar passen, voornamelijk vanwege hun verschil in lengte.

Marie Stewart ging hun voor naar een bescheiden zithoek achter in het ruime kantoor, waar ze plaatsnamen. Zij zat op het puntje van haar stoel, zichtbaar popelend om van start te gaan, enigszins voorovergebogen en geconcentreerd op Francis. 'Toen men mij vertelde dat u met ons wilde komen praten, wist ik meteen dat Elizabeth u had gestuurd. Dat is toch juist, monsieur?'

'Het was de wens van zowel het bestuur als van Elizabeth dat ik u een bezoek zou brengen, madame de Burgh. En van onze advocaten. Wij allen vonden het, gezien uw aankondiging, een goed idee dat wij eens met elkaar zouden praten.' Met een blik op François voegde hij eraan toe: 'De aankondiging van het indienen van een claim in Engeland en de overname van een wereldwijd concern, zo uitstekend verwoord in het interview dat u kortgeleden aan de *New York Herald Tribune* hebt gegeven.'

François was er als de kippen bij om daarop te reageren. 'Ja, dat is inderdaad wat we willen gaan doen, monsieur Walsington. Zoals iedereen tegenwoordig, willen we met Dauphin wereldwijd de markt op.'

'Door een poging om Deravenel over te nemen?'

'Ik heb Deravenel niet genoemd, monsieur,' haastte de Fransman zich enigszins verontwaardigd op te merken.

'Dat is volkomen juist, maar Deravenel is wél het grootste en meest succesvolle wereldconcern van Engeland, en we zijn zeer wel in staat om tussen de regels te lezen, evenals onze advocaten.'

Marie Stewart keek Francis met haar amberkleurige ogen aan en zei, op een iets koelere toon: 'Dat is al de tweede keer dat u het over advocaten hebt, monsieur. Bedoelt u dat soms als... dreigement?'

'Nee, in het geheel niet, madame. Maar het is voor ons gebruikelijk om onze diverse raadslieden te consulteren als er sprake is van ook maar de geringste suggestie dat een ander bedrijf zijn oog op ons heeft laten vallen en eventueel iets met ons van plan is. En als ik heel eerlijk ben, vond het bestuur het van vitaal belang dat ik met u ging praten, voornamelijk om uiteen te zetten hoe complex Deravenel als bedrijf in elkaar zit.'

Ze keek hem nadenkend aan, en een ogenblik later vroeg ze: 'Wat bedoelt u met "complex"?'

'Ik zal het zo beknopt mogelijk uitleggen, madame. Zoals u ongetwijfeld weet, is Deravenel een particulier bedrijf; de aandelen worden niet op de vrije markt verhandeld, en ze worden zelden verkocht. Ze veranderen slechts een enkele keer van eigenaar, meestal wanneer iemand die aandelen van ons bezit, overlijdt en ze aan een familielid nalaat, als deel van de erfenis. En –'

'Ik heb aandelen!' riep Marie Stewart uit, waarbij ze hem tartend aankeek.

'Dat weet ik, madame. Aandelen die u van uw grootmoeder hebt geërfd.'

'En via haar ben ik tevens de erfgenaam van Deravenel.'

Zonder hier acht op te slaan sprak Francis op koele, besliste toon verder. 'Nog helemaal afgezien van deze bijzondere en tamelijk ongewone situatie wat betreft de aandelen in Deravenel, zijn er bovendien andere reglementen die iedere vorm van overname vrijwel onmogelijk maken. Die regels zijn een jaar of zeventig geleden van kracht geworden. Echter, over het merendeel van die veranderingen hoeven we het hier niet te hebben. Met uitzondering van één, die door Harry Turner is ingesteld. In zijn testament sloot hij uit dat Deravenel ooit in buitenlandse handen kan overgaan... alleen iemand die Engels is, kan erven.'

'Ik bén Engels,' verkondigde Marie Stewart danig geïrriteerd, terwijl ze rood aanliep.

'Ik dacht het niet, madame, met alle respect. Uw moeder is Française en uw vader was een Schot, zodat u in geen enkel opzicht Engels bent. Bovendien bent u op uw vijfde naar Frankrijk overgebracht en als een Française opgevoed. De claim zal niet opgaan.'

'Maar mijn grootmoeder was Engels!' Ze verhief haar stem.

'Dat is niet voldoende. Dat strookt niet met Harry Turners testament. Tevens moet u bedenken dat hij Deravenel van zijn vader heeft geërfd, en dat in Harry's testament duidelijk verwoord is dat het bedrijf eerst door zijn zoon Edward zal worden geërfd en pas dan, in het geval zijn andere nabestaanden zijn overleden en geen nabestaanden hebben, door zijn dochter Mary en als laatste door Elizabeth. Afgezien van Harry Turners wilsbeschikking zijn er legio reglementen waardoor een overname simpelweg uitgesloten is, zonder meer. Niemand die probeert Deravenel te bemachtigen, heeft ook maar enige kans van slagen. Bovendien is Elizabeth Turner, de huidige algemeen directeur, op zichzelf de grootste aandeelhouder, die vijfenvijftig procent van de portefeuille in handen heeft. Ze is onschendbaar.'

Marie Stewart leunde achterover op haar stoel, terwijl ze Walsington taxerend opnam. Al had ze weinig ervaring, ze was absoluut niet dom. Ze was echter naïef, en haar recht op Deravenel was haar met de paplepel ingegoten. Haar Franse ooms en haar moeder hadden zich goed van hun taak gekweten en haar grondig gebrainwasht, en ze was niet van plan zo gemakkelijk op te geven.

'Ik heb wel degelijk een claim, monsieur,' sprak ze uiteindelijk met haar heldere, lichte stem, plotseling een en al zelfvertrouwen. 'Via mijn overgrootvader Henry Turner en zijn vrouw Bess Deravenel Turner, mijn overgrootmoeder. Ze hadden een dochter, Margaret, een zuster van Harry, en via haar ben ik dus de erfgenaam. Maar aangezien mijn nicht Elizabeth het bedrijf leidt, zal ik me beperken tot haar positie. Mocht zij ziek worden en komen te overlijden, of een ongeluk krijgen, dan zou ik de erfgenaam zijn. Er is niemand anders.'

'Maar Deravenel kan niet op een buitenlander overgaan, dat heb ik u zojuist verteld. Madame de Burgh, u zou dan als buitenlander gelden.'

'Maar er zijn geen andere nakomelingen van Henry Turner,' wierp ze met schrille stem tegen.

Walsington, die volledig op de hoogte was wat betreft eenieder die met Deravenel te maken had, wist heel goed dat er andere neven en nichten waren. Hij besloot echter het gesprek kort te houden. 'Ik ben oprecht van mening dat ik een en ander uitermate duidelijk heb uiteengezet, en u erop heb gewezen dat u op geen enkele manier hoeft te proberen Deravenel over te nemen. Dat zal gewoon niet gebeuren, omdat het niet kán gebeuren. Gelooft u mij, alstublieft, onze complexe reglementen zijn waterdicht. Het zou verspilling zijn van uw tijd, moeite en geld. Of van wie ook.'

Marie Stewart keek bedenkelijk, en haar enigszins geloken ogen staarden naar haar handen in haar schoot. Francis zag dat ze, net als Elizabeth, uitzonderlijk mooie handen had – fraai gevormd en met lange, spits toelopende vingers. Na een tijdje hief ze haar hoofd en keek hem recht aan. 'Ik zou graag willen dat u mijn respect en groeten aan mijn nicht overbrengt, monsieur Walsington. Mijn nícht. Vergeet dat niet. En ik zou het als een grote gunst beschouwen als u haar zou willen vragen mij in haar testament tot haar erfgenaam te benoemen.'

Eén moment was Francis Walsington met stomheid geslagen, en hij knipperde met zijn ogen. Maar omdat hij een meester was in het verbergen van zijn ware gevoelens, bleef zijn gezicht uitdrukkingsloos en had hij zijn reactie klaar. 'Ik denk dat dat wat voorbarig van u is, madame. Elizabeth Turner is pas zesentwintig, en ze zal ongetwijfeld trouwen en –'

'Met Robert Dunley? Hij is getrouwd!'

'... en kinderen krijgen,' vervolgde hij, niet van zijn à propos gebracht door haar onderbreking.

'Maar wilt u het toch aan haar vragen?' hield Marie Stewart aan. 'En wilt u tegen haar zeggen dat ik haar wens te spreken?'

'Ik zal dit hele gesprek woord voor woord weergeven,' antwoordde Francis, en hij stond op. 'Als u me wilt excuseren, ik moet weg. Ik moet een vliegtuig halen. Dank voor uw welwillendheid, madame, en de uwe, monsieur.'

Dertig

Francis, Robert, Cecil en Nicholas zaten bij Elizabeth in haar kantoor, met z'n vijven rond de salontafel die in het midden van de zithoek aan het raam stond.

Francis was degene die het afgelopen halfuur hun aandacht gevangen had weten te houden toen hij hun verslag uitbracht van zijn bezoek aan Parijs, met een zeer gedetailleerde weergave van zijn onderhoud met Marie Stewart de Burgh en haar man.

Zo te zien gaf dat de mannen geen van allen reden tot blijdschap, en hun ogen waren gericht op Elizabeth, die een zeer bedachtzaam gezicht trok. Na een poosje zei ze bedaard: 'Ik heb geen zin in een ontmoeting met Marie Stewart. Ik denk dat dat totaal verkeerd zou zijn en op den duur in mijn nadeel zou uitpakken.'

'Het zou in elk geval geloofwaardigheid geven aan haar bewering dat ze jouw erfgenaam zou zijn,' merkte Cecil met een bezorgde blik op. 'Bovendien kún je haar niet eens tot erfgenaam benoemen. Nooit! Op dit moment kun je zelfs niemand benoemen.'

'Het zou link voor je kunnen worden als je haar zou benoemen,' stelde Robert vast. De spanning was in zijn stem te horen en hij keek zorgelijk. 'Er zijn legio moorden gepleegd die de schijn van een ongeluk hadden.'

'Jij denkt dat Marie Stewart me uit de weg zou laten ruimen, is het niet, Robin?' Elizabeth keek hem veelbetekenend aan en vervolgde: 'Tja, jij en ik weten maar al te goed dat er is gemoord om Deravenel in bezit te krijgen.'

'Er hebben altijd geruchten de ronde gedaan,' merkte Nicholas

Throckman op, nog voor Robert kon reageren. 'En volgens mij berustten die geruchten op waarheid. Verdachte doodsoorzaken waren hier een jaar of tachtig meer regel dan uitzondering, schijnt het.' Hij keek Francis aan en vroeg: 'Ik vergis me toch niet?' 'Nee. Aubrey Masters stond aan het hoofd van de sectie Mijnbouw, en zijn dood was uitermate verdacht. Ook die van Lily Overton, de maîtresse van Edward Deravenel. Zij was destijds zwanger van hem. En dan had je die hoogst eigenaardige verdwijning van Edwards zoontjes, net zoals de dood van Richard Deravenel, die op het strand bij Ravenscar werd neergestoken. Dat was zonder enige twijfel moord – beslist geen zelfmoord; hij heeft niet zichzelf doodgestoken. En laten we de voortijdige dood van Will Hasling niet vergeten. Sommigen verkeerden in de veronderstelling dat hij nota bene in zijn eigen kantoor in een gevecht was gewikkeld met Richard Deravenel. In oude verslagen die ik heb gelezen wordt beweerd dat hij hard zijn hoofd heeft gestoten toen hij ten val kwam... En dat dat vervolgens tot zijn dood heeft geleid. Ik zou het nog altijd moord noemen.'

'Je hoeft mij niet te vertellen dat er mensen zijn die iemand vermoorden om er zelf beter van te worden, voor geld en om macht,' merkte Cecil op. 'Dat weet ik maar al te goed. En dat brengt me terug op mijn oorspronkelijke onderwerp.' Hij keek Elizabeth aan. 'Je moet gewoon niemand tot je erfgenaam benoemen. Of, áls je dat doet, ervoor zorgen dat niemand het weet. Robert heeft gelijk. Openlijk iemand als je erfgenaam benoemen kan je echt in gevaar brengen. Laten we niet vergeten dat mensen, ongeacht wie, soms absoluut geen scrupules hebben.'

Nu wendde Nicholas zich tot Elizabeth en zei: 'Er zit een zeker waarheidsgehalte in wat Marie Stewart tegen Francis zei. Dat als jij zou komen te overlijden, zij dan werkelijk zou kunnen erven omdat ze in rechte lijn van Henry Turner afstamt.'

'Je hebt nog meer neven en nichten, vergeet dat niet!' onderbrak Robert fel. 'Vólle neven en nichten zelfs, die dus directere familie van je zijn dan Marie Stewart. Zij is je áchternicht.'

'Je hebt gelijk, Robin.' Ze schonk hem een eigenaardig glimlachje. 'En dat weten jullie allemaal, dat zijn inderdaad volle neven en nichten.' Nu richtte ze zich tot Nicholas om uit te leggen: 'Misschien ben je vergeten dat Mary, de jongste zus van mijn vader en zijn lievelingetje, met zijn beste vriend Charles Brandt trouwde en dat ze twee dochters hadden. Een van hen, de oudste, is Frances Brandt, mijn volle nicht, en zij is getrouwd met Harry Greyson. Drie van hun kinderen zijn nog in leven: Jane, Catherine en Mary – die namen zullen in mijn familie wel favoriet zijn. En uiteraard spelen die een rol in de categorie "directe familie". En een grote rol ook.'

'Maar Jane Greyson niet,' hielp Robert haar herinneren. 'Die is overleden.'

'Inderdaad,' zei ze kalm, nu het haar te binnen schoot dat Jane getrouwd was geweest met een broer van Robin en dat ze samen jammerlijk waren omgekomen toen hun vliegtuig neerstortte.

'Ik vind, Francis,' zei Cecil, 'dat dit schreeuwt om heel stringente beveiliging van Elizabeth. Vind je ook niet?'

'Ik wil geen lijfwachten!' riep ze.

Francis knikte. 'Ik zou het verstandig vinden als je er een zou nemen. Een chauffeur die tevens lijfwacht is, Elizabeth. Denk er eens over na. En ik beloof je dat het niet iemand zal zijn die je in de weg loopt of lomp is.'

'Goed dan,' stemde ze met een zuchtje in, om ervan af te zijn. 'Oké, wat voor indruk heb je van de De Burghs? Kun je dat ons punt voor punt opsommen, Francis?'

'Jazeker. Om te beginnen: laten we het even over het echtpaar zelf hebben. Ze doen zich volgens mij voor als een stelletje onnozele zielen. Hij doet naïef en onervaren, met name waar het zaken betreft. Dat doet zij ook, en ze zijn allebei jong, maar ook door en door verwend. Volgens mij zijn ze gewend om hun zin te krijgen. Hij nam in het geheel niet deel aan het gesprek. Zij voerde het woord, en ik vermoed dat zij de broek aanheeft. Ze is overigens een halfjaar ouder dan hij. Ik zou François omschrijven als een lege huls. Wat Marie Stewart betreft, het was mij overduidelijk dat ze halsstarrig, eigenzinnig en een tikkeltje dominant is, en dat haar verwantschap met de familie Turner, via haar grootmoeder, absoluut een obsessie voor haar is. Maar zij schijnt zelf het meest onder de indruk van die verwantschap te zijn. Ik heb uit betrouwbare bron vernomen dat het de directieleden, die daadwerkelijk de leiding voeren over Dauphin, allemaal worst zal wezen. En dat die evenmin geïnteresseerd zijn in Deravenel. Ik merkte gisteravond dat de hoge pieten bij Dauphin niet bepaald gelukkig waren met dat interview in de *Herald Tribune*, of met de indruk dat Dauphin z'n zinnen heeft gezet op een stuk land in Engeland. In tegenstelling tot wat ik oorspronkelijk dacht, geloof ik niet dat het echtpaar De Burgh veel te zeggen heeft over de gang van zaken op het hoofdkantoor.' Hij keek hen grijnzend aan en haalde zijn schouders op. 'Ons kan echt niets gebeuren.'

Nicholas en Cecil moesten lachen en Elizabeth vroeg: 'Hoe is ze nou écht? Wat was je eerste indruk van haar?'

'Ze is best prettig in de omgang, maar laten we ons daardoor geen zand in de ogen laten strooien wat haar karakter betreft,' zei Francis. 'Haar echtgenoot is een slappeling, dus lijkt zij de sterkste van de twee. Ik denk dat het met haar slecht kersen eten is.'

'Is ze zo mooi als iedereen zegt?' vroeg Elizabeth.

'Nee, al is ze een hoogst aantrekkelijke jonge vrouw,' antwoordde Francis. 'Ze heeft die fameuze Henry Turnerbouw: lang en slank, en ze beweegt zich soepel en elegant. Ze heeft ook de kleur haar en ogen van de Turners geërfd. Een lichte teint en rossig goudkleurig haar. Ik zou zelfs willen zeggen dat ze jouw uiterlijk heeft.'

'Daar zal ze vast blij mee zijn,' merkte Elizabeth snedig op.

'Het zit zo, Cecil,' zette Elizabeth later die ochtend uiteen. 'Ik wil zo veel mogelijk aandelen Deravenel te pakken zien te krijgen.'

'Maar je hebt er al meer dan wie ook,' merkte hij op. 'Vijfenvijftig procent.'

'Dat weet ik wel, maar ik zou graag minstens zeventig procent van het bedrijf willen bezitten. Dat zou me een beter, veiliger gevoel geven.'

'Ik betwijfel ten zeerste of iemand zijn aandelen aan je zal willen verkopen. Niet omdat jij het bent, of omdat ze die vasthouden, maar omdat de aandelen uitermate lucratief zijn – zelfs nu, ondanks Mary's harteloze beleid. We zijn uit de rode cijfers, en de maatregelen die we de afgelopen elf maanden hebben genomen hebben wonderen verricht. Het aansnoeren van de broekriem, het lozen van mensen die overbodig waren en het met pensioen sturen van anderen waren een lumineus idee van je. Verder brengen de beautycentra in de Amerikaanse hotels recordbedragen op, evenals de hotels zelf. We zitten enorm in de lift, en de aandeelhouders weten dat.' Cecil leunde achterover in zijn stoel en glimlachte haar hartelijk toe. 'Je moet trots zijn op wat je hebt bereikt, maar ook opgelucht, nu je weet dat het bestuur van Dauphin er helemaal niet op uit is om ons over te nemen.'

'Dat ben ik ook, en Francis heeft me heel duidelijk gemaakt dat dat hele overnamegedoe voornamelijk een hersenspinsel van háár is. Volgens hem lijdt Marie Stewart aan waanideeën.'

'Dat lijkt me meer dan waarschijnlijk. Naar ik heb begrepen, hebben die ooms en haar moeder haar op een manier gehersenspoeld die de techniek die Pavlov op honden toepaste naar de kroon steekt.'

Elizabeth barstte in lachen uit. Toen zei ze, nadat ze diep had ingeademd: 'Ik heb voor nog iets anders je advies nodig, Cecil. Over een firma die ik kan kopen... Het is een keten van beautycentra, Blissful Encounters, en de eigenares daarvan is Anka Palitz, een Amerikaanse die in New York woont. Anne Dunley vertelde me over haar, en kennelijk wil ze de keten verkopen. Vind je dat ik hem moet kopen?'

'Dat hangt ervan af hoe goed die centra zijn, hoeveel ze ervoor wil hebben en of je denkt dat ze iets toevoegen aan de beautycentra die jij van plan bent te openen.'

'Dat laatste denk ik wel. Ze zijn kwalitatief heel goed, luxueus, erg chic, heb ik gehoord.'

'Ik zou meer details willen weten,' merkte Cecil op.

'Ik ook. En als ik die eenmaal heb, hoop ik dat we er nog eens over kunnen praten.' Ze keek op haar horloge. 'Ik heb een bespreking met Sotheby's over de veiling, dus ik moet er als een speer vandoor. Dank je Cecil, bedankt voor alles.'

Hij liep met haar mee naar de deur van zijn kantoor en gaf haar een kus op haar wang. 'Loop niet te hard van stapel,' zei hij met een liefdevolle blik. 'Het ziet er allemaal goed uit voor ons, Elizabeth. Echt heel goed.'

'Dat weet ik, dankzij jou en Robin. We zijn een goed team, vind je niet? De Drie Musketiers.'

'Het driemanschap,' antwoordde hij.

'Lief dat je me vandaag wilde ontvangen, Grace Rose,' zei Elizabeth twee uur later. 'Ik moet je dringend spreken.'

'Het doet me altijd deugd wanneer je langskomt, dat weet je. Vooral wanneer je mijn advies nodig hebt. Ik voel me graag nuttig. Ik heb de laatste tijd namelijk niet veel te doen. Zoals ik aldoor tegen je zeg: ik leef in geleende tijd.'

'Geleend of niet, ik ben dankbaar dat je er nog bent. Ik weet niet wat ik zonder jou zou moeten beginnen.'

'Dat zal je best lukken, daar twijfel ik geen moment aan. Jij redt het altijd wel... je hele leven lang. Maar natuurlijk zal het een leven van uitersten zijn, zoals het altijd is geweest. Dat geeft niet; je zult van elke uitdaging genieten die op je pad komt. En je zult slagen.'

Elizabeth moest lachen en nipte aan de sherry die Grace Rose met alle geweld voor hen alle twee had willen inschenken. '*Bottoms up*,' zei ze, nadat ze met haar oudtante had geklonken. 'Het is pas vier uur, Grace Rose. Een beetje vroeg voor drank...' Ze liet haar woorden in de lucht hangen.

'Wat kan het jou schelen hoe laat het is. Ergens ter wereld is het nu vast cocktailuur – in Parijs, misschien zelfs in Punjab. In elk geval, lief kind, word je van een klein glaasje sherry heus niet teut.'

Na een slokje van haar amontillado te hebben genomen, keek ze haar nicht afwachtend aan en vroeg: 'Waarover wil je me spreken? Over Deravenel natuurlijk, aangezien er voor je liefdesleven goed wordt gezorgd door onze schat van een Robert.'

'Over Deravenel, ja. Eigenlijk over mijn aandelen. Ik bezit er vijfenvijftig procent van en –'

'Waardoor je in je eentje de grootste aandeelhouder bent. Dat heb ik toch juist, hè?'

'Zeker. Toch zou ik er meer willen hebben, om Deravenel tegen ieder bod ter overname te beschermen. Ik acht het mijn plicht om het bedrijf veilig te stellen.'

'Een overname zou nooit lukken. De structuur van het bedrijf zit veel te ingewikkeld in elkaar,' stelde Grace Rose vol overtuiging vast, omdat ze in deze kwestie zeker van zichzelf was. 'Dat is althans wat ik er altijd over heb begrepen en zoals het me lang geleden door mijn vader is uitgelegd, maar ook door mijn grote vriend Amos Finnister. En trouwens ook door jouw vader. Zowel jouw als mijn vader heeft bepaalde regels bijgesteld, gemoderniseerd.'

'Ja, dat weet ik, en dankzij die regels is het bedrijf op diverse manieren ingedekt.' Elizabeth zweeg even, haalde diep adem en ging toen snel verder. 'Ik kom je eigenlijk iets vragen, Grace Rose, en ik –'

'Je wilt zeker mijn aandelen kopen.'

Elizabeth was overrompeld en het duurde even voor ze die vraag beantwoordde. 'Ja, graag. Ik begrijp dat je ze misschien liever aan je achterneef Patrick wilt nalaten, maar als je er op z'n minst over wilt nadenken, zou ik je heel dankbaar zijn.'

'Nee, ik kan je mijn aandelen niet verkopen, omdat –'

'Je hoeft het heus niet uit te leggen,' viel Elizabeth haar snel in de rede, want ze wilde haar oudtante niet in verlegenheid brengen. 'Ik begrijp het. Echt waar.'

'Nee, je begrijpt het helemaal niet, en laat me alsjeblieft mijn zin afmaken, Elizabeth. Ik kan ze niet aan je verkopen omdat ik ze in mijn testament al aan je heb vermaakt.'

Elizabeth was verbijsterd en ze staarde Grace Rose met open mond aan, met een rood hoofd en niet in staat een woord uit te brengen.

Grace Rose schoot in de lach. 'Dat is voor het eerst dat je door mij met stomheid bent geslagen. Dat is niets voor jou, kindje. Gewoonlijk heb je overal iets op te zeggen.' Haar ogen twinkelden, omdat ze genoot van het moment. Ze wist dat ze Elizabeth net had verteld dat ze zou krijgen wat ze het allerliefst zou willen hebben: nog meer macht over Deravenel. En ze vond het heerlijk dat ze haar achternichtje gelukkig had gemaakt.

Eindelijk vond Elizabeth haar spraak terug. 'Niemand heeft me van mijn leven ooit zo overrompeld. Je hebt me echt sprakeloos gemaakt, Grace Rose. Ik kan het nauwelijks geloven. Wat ontzettend genereus van je. Dank je, heel hartelijk dank.' Ze sprong overeind om haar oudtante te omhelzen, waarna ze haar aankeek en er met een trillerig glimlachje aan toevoegde: 'Ik kan het nog steeds niet geloven.'

'Geloof het nou maar, want het is waar.'

Elizabeth keerde terug naar haar stoel, waarna ze ging zitten en probeerde te kalmeren. Ze werd overspoeld door allerlei gemengde gevoelens en stond op het punt in tranen uit te barsten, zo ontroerd was ze door dit hoogst bijzondere geschenk.

Grace Rose zat haar te observeren, vol liefde voor deze jonge vrouw die ze al vanaf haar geboorte kende. Ze was erbij geweest toen Elizabeth werd gedoopt en had haar zien opgroeien, dikwijls geschokt en boos over de manier waarop het kind door Harry Turner werd behandeld... Het kind dat ze al zo lang geleden haar hart had geschonken en van wie ze hield alsof het uit haar eigen buik kwam.

Ineens daalde er een zalig gevoel van vredigheid over Grace Rose neer, van volledige vervulling. Ze had eindeloos geprobeerd Harry's schandelijke gedrag goed te maken en was daar ook vaak in geslaagd, maar misschien nooit zo volledig als die dag.

Wat was Elizabeth tot een wonder uitgegroeid – sterk, dapper en vol zelfvertrouwen.

Grace Rose nam Elizabeths hand in de hare en kneep erin. 'Alles wat ik heb, is afkomstig van mijn vader, Edward Deravenel, en het is alleen maar rechtvaardig dat het ooit zou terugkeren bij een Deravenel. Dat ben jij, Elizabeth. Jij bent de laatste van de tak. En jij bent mijn erfgenaam.'

DEEL DRIE

Gevaarlijke omslagen

Vreest niet voor plotselinge schrik
Spreuken 3:17

Want Hij zal aangaande u zijn engelen gebieden,
dat zij u behoeden op al uw wegen;
op de handen zullen zij u dragen,
opdat gij uw voet niet aan een steen stoot.
Psalm 91

Op mijn legerstede des nachts
zocht ik mijn zielsbeminde;
ik zocht hem, maar ik vond hem niet.
Hooglied van Salomo 3:1

Eenendertig

*Het geluk rent met me mee. En naar het schijnt tot aan de finish.
Althans, tot nu toe dit jaar.*

*Op de allereerste plaats, en voor mij van het grootste belang,
komt mijn relatie met Robert Dunley. Die is, zolang ik met hem
samen ben – zelfs toen we nog kinderen waren – nog nooit zo goed
geweest. We zijn volkomen op elkaar ingespeeld. En we zijn nog
nooit zo verliefd geweest. Ik ben echt dol op hem, en hij op mij.
Daar ben ik me ten zeerste van bewust. Het is een samengaan van
de geest; we denken gelijk, praten hetzelfde en soms haalt hij me
zelfs de woorden uit de mond of zeggen we iets in koor. Het is zo
absurd en zo duidelijk, dat iedereen denkt dat we het van tevoren
hebben ingestudeerd. Dat is ontzettend onnozel, maar toch begrijp
ik waarom men dat denkt.*

*Hij heeft het beste met me voor, net zoals ik het beste met hem
voorheb. Er zijn van die heimelijke momenten – wanneer ik alleen
ben, of wanneer hij slaapt en ik wakker ben – waarop ik me afvraag hoe het zou zijn om een kind van hem te hebben... een kleine schattige Robin om van te houden, te koesteren en voor te zorgen en te zien opgroeien tot de man die zijn vader is...*

*Er bestaat geen andere man als mijn liefste Robin, niet voor zo-
ver ik kan inschatten. Iemand met zo'n goed hart, zo'n liefdevol
karakter, en zijn zorgzaamheid is onbegrensd. Maar toch is hij vastberaden, heetgebakerd, een enkele keer opvliegend en vaak bazig.
Een harde onderhandelaar als het op zaken aankomt, die altijd zegt
dat hij, wanneer hij met zaken bezig is, met mijn zaken bezig is.*

Hij wil alleen maar de beste deals voor me sluiten en me op elke mogelijke manier beschermen.

Hij maakt me aan het lachen, maar soms ook aan het huilen. Ik geloof dat het alleen hem lukt om me te sussen wanneer ik kwaad of uit mijn doen ben. Bij Robin doorloop ik het hele scala aan emoties. We zitten seksueel op dezelfde golflengte, hebben dezelfde verlangens, behoeften en voorkeuren, en het is echt een genot om bij hem te zijn.

Mijn hele bestaan draait om hem heen, wat omgekeerd bij hem ook het geval is, en als er ooit een volmaakt gelukkige verbintenis heeft bestaan, is het deze wel. Hoe zou je het anders kunnen noemen? We zijn in alle opzichten partners. Wij hebben geen boterbriefje nodig. Hij heeft het er niet langer over onze relatie voor de wet te bekrachtigen. Ik evenmin. Hij is even gelukkig als ik met zoals het nu is.

Op een ander niveau ben ik gelukkig vanwege Grace Rose. Vanaf het moment dat ze me in september jongstleden vertelde dat ik haar erfgenaam ben, ben ik in de wolken. Ze heeft me nagelaten wat ik het allerliefste wil: nog meer aandelen Deravenel.

Het is nooit in me opgekomen dat ze zoiets zou doen, omdat ze een achterneef heeft. Ik wist evenmin dat ze tien procent van de aandelen Deravenel bezit. Die middag heeft ze me alles verteld. Haar eerste aandelen kreeg ze van Edward Deravenel; die werden vermeerderd met aandelen van haar bijzondere vriend Amos Finnister, die voor Edward heeft gewerkt. Hij was de man die Grace Rose als kind van vier in een handkar in East End had gevonden en haar zijn hele leven trouw is gebleven. Na de dood van Vicky en Stephen Forth, die haar hebben opgevoed, erfde ze nog eens tweeënhalf procent, waardoor het totaal op tien procent kwam te staan.

Grace Rose vertelde verder dat ze nog een aantal legaten in haar testament had vastgelegd ten behoeve van goede doelen en personeel, en onder andere schilderijen en juwelen aan haar achterneef Patrick heeft vermaakt. Hij is de kleinzoon van wijlen Maisie Morran, de zuster van Charlie die in de tijd dat ze een ster op Broadway was met een Ierse aristocraat trouwde. Ze hadden een zoon die overleed toen hij begin veertig was, waarna Patrick als enig kind overbleef en de titel, landgoederen en een aanzienlijk kapitaal heeft geërfd. Hoewel Grace Rose van mening is dat Patrick alles heeft wat zijn hartje begeert, heeft ze hem toch de twee postimpressionistische schilderijen nagelaten die hij altijd zo mooi vond, samen met enkele juwelen van Cartier, voor zijn toekomstige vrouw. 'De rest is voor jou, Elizabeth,' had ze die dag tot slot gezegd, waarna ze snel op een ander onderwerp overschakelde.

Nu we een groot aantal van onze zakenondernemingen tot een goed einde hebben weten te brengen, voelen Cecil, Robin en ik enige mate van voldoening over het feit dat onze moeizame pogingen geslaagd blijken te zijn. Hier zou ik Ambrose bij moeten optellen, omdat Robins broer degene is die ons mooiste recreatiepark uit de grond heeft gestampt. In Marbella. Het werd in maart geopend en voor die belangrijke gebeurtenis waren we naar Spanje gegaan. En al zeg ik het zelf, het belooft een groot succes te worden. We hebben een geheide hit.

Een volgende sensatie was de opening van mijn beautycentra in april... in Londen, Parijs en New York. Dat heb ik aan Ambrose' vrouw Anne Dunley te danken. Zij zwaait er in Londen en Parijs de scepter; Anka Palitz in New York. Dankzij Anne, die zich ook met de onderhandelingen heeft bemoeid, heeft Anka de leiding over onze beautycentra in Amerika. Zes daarvan waren vroeger van haar. We hebben haar onderneming in december opgekocht, met dien verstande dat ze nog vijf jaar aan de Elizabeth Turner Beautycentra verbonden zou blijven. Daarmee ging ze akkoord, ze verkocht ons haar centra en nu is ze onze Amerikaanse partner.

Begin mei had ik een bespreking met een Rus, Alexander Maslenikoff. Hij was een van de vijf geïnteresseerden die het huis in Chelsea wilden kopen. Ik wist dat we een harde dobber aan hem zouden hebben, maar omdat hij me de kandidaat leek die het meest bereid was ervoor te betalen wat ik wilde, ging ik met hem in zee. Uiteindelijk heb ik gewonnen. Ik vroeg tachtig miljoen pond; hij bood vijfenvijftig, waarvoor ik bedankte en vervolgens heb afgehaakt. Ik had er alle vertrouwen in dat hij mijn mooie huis zo graag wilde dat hij zijn bod zou verhogen. Dat deed hij. Een dag later kwam hij erop terug en zei dat zijn allerhoogste prijs zeventig miljoen pond sterling was. Geen penny meer, voegde hij eraan toe. Daar ging ik mee akkoord. Toen we het eenmaal eens waren over de prijs, viel er gemakkelijk zaken met hem te doen. Na een on-

middellijke inspectie door zijn taxateurs en technisch adviseurs on-
dertekende hij op de stippellijn en overhandigde me een bankcheque
van zeventig miljoen pond. Dat bedrag is direct overgeboekt. Nu
is mijn mooie huis vol boze herinneringen van hem en het geld van
mij; geld om, indien nodig, Deravenel te redden.

Robin zegt aldoor maar dat ik geen voet fout kan neerzetten, dat
1998 mijn jaar is. Laten we hopen dat hij gelijk heeft, laten we ho-
pen dat het geluk met me mee blijft rennen...

Het was dinsdag 26 mei, en die avond zou de eerste van de veilingen bij Sotheby's plaatsvinden... Dan zouden de impressionistische
en postimpressionistische schilderijen van de collectie Deravenel-
Turner onder de hamer gaan. Robin was Grace Rose gaan ophalen en Elizabeth wist dat ze moest voortmaken met aankleden. Ze
droeg een paarse zijden cocktailjurk van Chanel en het gouden medaillon dat van Edward Deravenel was geweest en dat zij had
geërfd. Terwijl ze zichzelf in de kastspiegel op haar kleedkamer bekeek, zag ze hoe mooi het op de paarse zijde tot zijn recht kwam.

Toen ze zich omdraaide, viel haar oog op het sculptuurtje dat
Robin haar met Kerstmis had gegeven, en zoals altijd toverde dat
een glimlach op haar gezicht. Het stond op een tafeltje bij de achterwand, waar het uitstekend uitkwam. Het stelde een bed voor
dat diagonaal doormidden was gespleten. De ene helft van het bed
bestond uit felrode zijden rozen en de andere uit spijkers, met de
kop naar beneden, zodat de scherpe punten omhoogwezen.

Het was van de beeldhouwster en schilderes Edwina Sandys,
kleindochter van Churchill, een vriendin van Robin. Hoogst toe-
passelijk was het getiteld *Het huwelijksbed*, en het beantwoordde
evenzeer aan Elizabeths gevoel voor humor als aan dat van Robin
toen hij het voor het eerst zag.

'Hier zijn ze, Elizabeth,' zei Blanche Parrell, die haastig de kleedkamer binnenkwam. 'Ze stonden in de schoenenkast op de slaapkamer. Maar het avondtasje moet hier zijn.'

'O, dank je, lieve Blanche, en ja, ik heb het tasje hier. Dat had
ik net ontdekt.' Nadat ze in haar zijden pumps met hoge hakken
was gestapt, paarsgeverfd, in de kleur van haar jurk, vervolgde
Elizabeth: 'Hoe laat komt Thomas je ophalen?'

'Hij zal hier over een paar minuten zijn, samen met Kat. Hij is

haar eerst gaan oppikken. Ik heb gezegd dat hij beneden in de auto moest wachten. Je hebt nu geen tijd om bezoek te ontvangen.'
Blanche deed een paar stappen achteruit en bekeek Elizabeth goedkeurend.

'Kan ik de kritiek doorstaan?' vroeg Elizabeth, terwijl ze de hartelijke, sympathieke vrouw glimlachend aankeek die al sinds haar kindertijd niet uit haar leven was weg te denken. 'Zo te zien niet. Waarom kijk je zo fronsend, Blanche?'

'Oorbellen,' antwoordde Blanche. 'Die moet je nog hebben. Die gouden oorringen, met de diamantjes. Ik ga ze even halen. Ik ben zo terug.'

Elizabeth pakte het paarse zijden avondtasje van Prada, stopte er een lipstick en tissues in en haalde de paarse zijden stola uit de kast. Toen Blanche met de gouden oorringen terugkwam, pakte ze die van haar aan en deed ze in, waarna ze zei: 'Ik ben klaar, en jij ook, zie ik. Je ziet er beeldschoon uit, Blanche. Ik heb je altijd graag in marineblauw gezien.'

Blanche keek haar stralend aan. 'Dank je. Jij zult wel opgewonden zijn. Dit wordt de grote avond. Jij zit 'm vast ook te knijpen.'

'Je slaat de spijker op z'n kop. Ik ben opgewonden, zenuwachtig, ongerust en eigenlijk tril ik vanbinnen als een riet.'

'Nou, mocht je er iets aan hebben: het is je absoluut niet aan te zien.' Blanche lachte. 'Je bent altijd al een actrice geweest, van kinds af aan. Ik zei vaak tegen Thomas: "Laten we niet vergeten dat ze een actrice is, en een goede ook." Je had zó aan het toneel kunnen gaan, hoor.'

Toen de kleedkamer uit liepen, lachten ze samen als de samenzweerders die ze altijd waren geweest, waarna Elizabeth opeens zei: 'Er zijn mensen die denken dat ze bij Sotheby's vanavond geen hoge bedragen ophalen en dat bepaalde schilderijen misschien niet eens verkocht zullen worden. De kunsthandel heeft begin jaren negentig een knauw gekregen. Vanwege de recessie hing er kou in de lucht. Zoals iedereen al had voorspeld, natuurlijk. Cecil is echter van mening dat de toestand is gestabiliseerd en dat de markt voor kunst weer normaal is. Hij heeft er veel vertrouwen in dat de prijzen vanavond hoog zullen liggen.'

'Cecil weet waarover hij het heeft,' merkte Blanche op. 'Maar ja, dat weet je ook zonder dat ik het je hoef te vertellen.'

Toen de intercom zoemde, liep Elizabeth ernaartoe om hem te beantwoorden.

'Ik ben er, lieverd,' zei Robert, 'met Grace Rose. En Thomas is net gearriveerd om Blanche op te halen.'

'We komen direct naar beneden,' antwoordde ze.

Tweeëndertig

Vanaf het moment dat ze bij de nieuwe galeries van Sotheby's op New Bond Street aankwamen, wist Robert dat het een avond zou worden om nooit te vergeten.

Het hing in de lucht. Een tinteling, een gevoel van opwinding, de onderstroom van verwachting gemengd met spanning, een gevoel dat de veiling die elk moment kon beginnen de kunsthappening van het seizoen zou worden. Om te beginnen was het een avondveiling, en de mare had de ronde gedaan dat het er zou wemelen van de *rich & famous* en ook dat het het toppunt van chic zou worden.

En dat bleek te kloppen. Het publiek dat er rondliep bestond uit de crème de la crème van de Londense society: alle vrouwen in cocktailjurken en de mannen in hun mooiste maatpak van Savile Row.

Binnen enkele seconden had Robert al een groot aantal bekenden opgemerkt: zakencontacten en collega's. Het grootste deel van de topfunctionarissen van Deravenel was al gearriveerd, en hij stak ter begroeting zijn hand op naar Charles Broakes en Sidney Payne met echtgenotes. Hij zag John Norfell in gesprek met Jenny Broadbent, een van de grootste vrouwelijke tycoons in de city en een gerenommeerde kunstverzamelaar. En uit een ooghoek ontdekte hij Mark Lott en Alexander Dawson.

Elizabeth had hen ook opgemerkt en fluisterde: 'Vriend en vijand hebben zich verzameld om te zien wat er met mijn vermaarde kunstcollectie gebeurt. En met name die twee willen me graag op mijn bek zien gaan.'

Robert keek haar met een liefdevolle glimlach aan, en er klonk heel wat overtuiging in zijn stem toen hij zei: 'Dit gaat jouw avond worden, Elizabeth, je zult het zien. Ik zei je toch laatst dat dit jouw jaar is, en dat het geluk tot aan de finish met je meeloopt?' Ze knikte alleen maar, zonder commentaar te leveren, maar haar donkere ogen schitterden vol verwachting.

Nu wendde Robert zich tot Grace Rose, die zich aan zijn arm vastklampte, en zei: 'En jij gaat de show stelen. Je ziet er fantastisch uit en je saffieren oorbellen zijn... verblindend.'

'Dank je, Robert. Jij weet hoe je een oude dame het gevoel moet geven dat ze speciaal is. Maar zelf geloof ik toch dat Elizabeth de show zal stelen, want zonder enige twijfel gaat het inderdaad... een regelrechte show worden.'

Hij lachte, net als Elizabeth, die plotseling apetrots op haar oudtante was. Ze was met haar lange, slanke gestalte en rechte rug en met haar glanzende zilverkleurige haar en onberispelijke make-up werkelijk oogverblindend, maar onder de aanwezigen ook de vrouw met de meeste allure.

Aller ogen waren op het drietal gericht toen ze zich naar de zaal begaven waar de veiling zou worden gehouden. Terwijl ze tussen het publiek door flaneerden, merkte Grace Rose opeens op: 'Volgens mij zijn al die lui gekomen om te kopen, Elizabeth. Dat ruik ik gewoon. Geld! Bovendien zijn er kunsthandelaars die ik ken, zowel uit Parijs als van hier. Die gaan kopen, let op mijn woorden.'

'Dat mag ik hopen,' lispelde Elizabeth, terwijl ze om zich heen keek, naar haar neven Francis Knowles en Henry Carray wuifde en vervolgens haar oudoom Howard opmerkte, die er – patriarch als hij was – eerbiedwaardig uitzag.

'Ik weet dat de recessie een paar jaar geleden de kunsthandel veel schade heeft toegebracht, Grace Rose,' zei Robert, 'maar je hebt al maanden geleden tegen me gezegd dat die langzaamaan weer is opgekrabbeld. Dat is toch zo?'

'Ja. De prijzen liggen de laatste tijd veel hoger, en vooral wanneer de kunst werkelijk iets voorstelt. Dat is het belangrijkste, en persoonlijk ben ik van mening dat de schilderijen die Jane Shaw heeft verzameld en die ze voor Edward op de kop heeft getikt van het hoogste niveau zijn. Nóg iets heel belangrijks wat je niet moet vergeten, Robert: er is altijd vraag naar impressionistische en postimpressionistische schilderijen. Ik maak me in het geheel geen zorgen. Al zijn hier heel wat societyfiguren alleen maar voor hun plezier, ik geef je op een briefje dat er veel serieuze kopers zijn.'

Toen ze de enorme zaal betraden waar de veiling zou plaatsvinden, kregen ze catalogi en genummerde bordjes uitgereikt en werd hun het gedeelte aangewezen waar plaatsen voor Elizabeth en haar gasten waren gereserveerd.

Kort daarop kwam Marcus Johnson zelfverzekerd hun kant op lopen. Hij had een glimlach van oor tot oor op zijn knappe gezicht en blaakte van energie en enthousiasme. Dit soort avond, waaraan hij achter de schermen zijn handen vol had gehad, was helemaal een kolfje naar zijn hand.

Nadat hij het drietal had begroet bracht hij hen naar hun plaatsen, zag erop toe dat ze goed zaten en boog zich toen over Elizabeth heen. 'Ik moet er nu vandoor om me met de pers bezig te houden. Voor straks is alles geregeld bij Annabel's. Ik zie jullie daar, na de veiling.' Hij schonk haar een brede glimlach. 'Dan gaan we vieren.'

Elizabeth, die zich ineens toch zenuwachtig ging maken, zelfs twijfels begon te krijgen, kon alleen maar knikken.

Terwijl Marcus wegliep, keek ze in de richting van de deur, waar ze steeds meer mensen naar binnen zag stromen, en luisterde maar met een half oor naar Robert, die met Grace Rose in gesprek was, die tussen hen in zat.

Ze probeerde zichzelf strak in de hand te houden, omdat ze ineens misselijk werd. Zenuwen, zei ze tegen zichzelf, louter zenuwen. Toen ontdekte ze Blanche met haar broer Thomas en Kat met haar man John. En pal achter hen de haar dierbare Dunleys: Ambrose en Anne, Merry met haar man Henry, met in hun gevolg Cecil, Francis en Nicholas met hun echtgenotes. De anderen stonden op, zodat Cecil en zijn gezelschap in de stoelen naast Elizabeth konden plaatsnemen.

Toen Cecil haar aankeek en zag hoe doodsbleek ze was, zei hij zachtjes: 'Niet zenuwachtig zijn, Elizabeth, het komt helemaal in orde.'

'Zodra de veiling eenmaal begint en aan de gang is, zal ik me kunnen ontspannen,' fluisterde ze, terwijl ze hem in zijn hand kneep. Ze vertrok even haar gezicht. 'Om van al die familie... spul-

len af te komen... Tja, dat is een hele verantwoordelijkheid, hè?'
Ze sloeg haar ogen ten hemel. 'Ik durf te wedden dat ze van boven naar me kijken – boos.'

Cecil grinnikte. 'Dat is inderdaad een mogelijkheid. Maar je besluit was juist, zit daar nou maar niet over in,' zei hij. 'En zoals jij telkens zegt: je doet het voor Deravenel – mochten we ooit in geldnood komen te zitten.'

Grace Rose zei tegen haar: 'Je weet toch dat de veilingmeester de incrementen bepaalt, hè? Met andere woorden: hij beslist naar eigen goeddunken met welk bedrag het bieden omhooggaat of daalt.'

'Ja, dat heeft Alistair Gaines van Sotheby's me uitgelegd,' antwoordde Elizabeth. Ze ging verzitten en keek Robert aan, die zich naar haar toe draaide en glimlachte. 'Het is hier snikheet,' fluisterde ze, 'en verschrikkelijk rumoerig – oorverdovend.'

Hij knikte. 'Maar de zaal is nu vol en ze kunnen elk moment de deuren sluiten. Dan zal het lawaai wel ophouden en gaat het feest beginnen.'

Elizabeth vroeg zich af waarom ze het genummerde bordje had aangenomen; per slot van rekening zou zij niet gaan bieden. Ze was de verkopende partij. Ze glimlachte in zichzelf. Omdat het haar irriteerde het bordje te moeten vasthouden, legde ze het op de grond, waarna ze naar de dikke catalogus op haar schoot staarde. Op het omslag stond in blokletters: 'DE COLLECTIE DERAVENEL-TURNER. SCHITTERENDE IMPRESSIONISTISCHE EN POSTIMPRESSIONISTISCHE SCHILDERIJEN'.

Terwijl ze ernaar bleef kijken, werd ze plotseling vervuld van een sterk gevoel van trots op haar familie en ontspande ze volledig. Ze keek op toen de lampen doofden en meteen weer opgloeiden. En daar stond de veilingmeester op het podium. Na hun allemaal goedenavond te hebben gewenst, besprak hij uitvoerig de collectie, waarna hij bijzonderheden gaf over het eerste schilderij dat onder de hamer ging.

Elizabeth had van begin af aan geweten welk schilderij dat zou zijn: haar favoriete Claude Monet. Toen de veiling eindelijk begon, ging ze rechtop zitten, om het allemaal beter te kunnen zien, met de oren gespitst.

Terwijl hij de zaal overzag, die uitpuilde van uitgaanspubliek, fervente kunstliefhebbers, potentiële grote klanten en kunsthandelaars uit de hele wereld, wees de veilingmeester op de Monet, die rechts van hem op een ezel stond. 'En ziet u eens: een schitterend voorbeeld van impressionisme op z'n puurst. Monets *Zijrivier van de Seine bij Argenteuil.* Wie biedt?'

Tot groot genoegen van de veilingmeester ging er onmiddellijk een bordje omhoog, waarna hij enthousiast riep: 'Ik krijg het openingsbod links van mij. Eén miljoen pond.'

In een fractie van een seconde verplaatste de blik van de veilingmeester zich en bleef ergens midden in de zaal rusten. 'Eén miljoen tweehonderdvijftigduizend pond, vooraan in het midden.'

Elizabeth had haar handen in elkaar geklemd, terwijl ze met een droge keel strak gespannen voor zich uit keek. Toen de veilingmeester het opbod verhoogde met een bedrag van tweehonderdvijftigduizend pond, wist ze dat ze aldoor terecht van mening was geweest dat deze Monet een van de beste schilderijen van de uitgelezen collectie van Jane Shaw was.

Na het eerste bod, en het tweede, ging het bedrag snel omhoog. Zo snel zelfs, dat iedereen ervan leek te schrikken. Nog geen twaalf minuten later steeg het bedrag met sprongen, en toen het de negen miljoen pond had bereikt, kwam de hamer van de veilingmeester neer.

Elizabeth was even als door de bliksem getroffen. Voor Grace Rose langs greep ze met een stralend gezicht Roberts uitgestoken hand. 'Niet te geloven!' riep ze met trillende stem uit. 'Je had gelijk, Robin.'

Zijn ogen twinkelden, bruisend van evenveel opwinding als ze zelf voelde, en hij zei: 'Ik zei je toch dat het een enorm succes zou worden. Gefeliciteerd, liever.'

De opwinding die zich van die twee meester had gemaakt verspreidde zich door de hele zaal. De ruimte zinderde van een gigantisch enthousiasme, waarna het bieden voor de andere schilderijen vlot en geanimeerd verliep. Elizabeth had twaalf schilderijen te koop aangeboden, en die werden grif verkocht. Ze had zichzelf nog ternauwernood in de hand en trilde vanbinnen.

Op een gegeven moment pakte Grace Rose haar hand en fluisterde: 'Fantastisch, Elizabeth! Lief kind, je veiling is werkelijk een eclatant succes!' Haar stem begon te trillen en er glinsterden tranen in haar bleekblauwe ogen toen ze eraan toevoegde: 'Jane Shaw had een geweldige smaak en ik kan alleen maar zeggen dat dat een extra bof voor ons is.'

In twee uur tijd was de hele collectie verkocht: haar favoriete Pissarro met de rode daken, het sneeuwlandschap van Guillaumin met de bomen vol rode bladeren, de twee andere Monets, een Manet, een Van Gogh, twee Sisleys, een Rouault en twee schilderijen van een van haar andere favorieten, Henri Matisse. Het was allemaal in een paar uur weg en ze was miljoenen ponden rijker. Er stroomde een enorme opluchting door haar heen. Wat er ook gebeurde, ze was er nu van verzekerd dat ze Deravenel zou kunnen redden. Toen de veiling ten einde was, sprong Robert op, hielp Grace Rose overeind en pakte vervolgens Elizabeth beet, waarna hij stevig zijn armen om haar heen sloeg. Hij kuste haar wang en fluisterde in haar hals: 'Het is je gelukt, en de hele stad zal het over je hebben.'

Ze boog zich lachend achterover en zei op die kernachtige toon die hij zo goed kende: 'Is dat ooit anders geweest?'

Cecil, Francis en Nicholas kwamen om haar heen staan om haar geluk te wensen, en Cecil liet haar even zijn opschrijfboekje zien voor hij het in zijn zak liet glijden. Omdat ze had geweten dat hij zoals altijd aantekeningen zou maken, glimlachte ze. Bijna op hetzelfde moment waren de Dunleys bij haar, en Blanche, Kat en John stonden samen met Thomas al in de aanslag. Ze zag kans met iedereen even een woord te wisselen, om hen te bedanken voor hun komst en voor hun steun.

Op een gegeven moment kwam Marcus Johnson haastig met een man en een vrouw op haar af gelopen. Nadat hij zich met het grootste gemak door haar opeengepakte groepje heen had gewerkt, vroeg hij: 'Elizabeth, zou jij even iets tegen Phoebe Jones van de *Daily Mail* en Angus Todd van *The Times* willen zeggen?'

'Natuurlijk, graag zelfs,' antwoordde ze, waarna ze zich met Marcus en de twee journalisten in een hoek van de ruimte terugtrok.

'Hoe voelt u zich, Miss Turner?' vroeg Phoebe Jones. 'Vast reuze opgewonden.'

Elizabeth knikte. 'Dat vind ik het understatement van het jaar,

Miss Jones. Ik ben in de wolken. Er is geen ander woord voor.'

'Wist u dat een Monet met de naam *Spoorbrug bij Argenteuil*, die als een van de schoolvoorbeelden van impressionisme op z'n puurst wordt beschouwd, hier in Londen door Christie's in 1988 voor twaalf punt zes miljoen dollar is verkocht?' vroeg Angus Todd. 'Dat was een recordbedrag.'

'Nee, dat wist ik niet. Zoals u weet is mijn schilderij vanavond voor negen miljoen pond weggegaan, wat ongeveer dertien punt vijf miljoen dollar is, dus natuurlijk vind ik het fantastisch dat ik het andere schilderij dat tien jaar geleden werd verkocht naar de kroon heb gestoken.'

De twee journalisten stelden nog een paar vragen, maar uiteindelijk kwam Marcus tussenbeide, excuseerde zich bij hen en legde uit dat hij op dat moment een eind aan het interview moest maken.

In gezelschap van Marcus en Robert liepen zij en Grace Rose de drukke zaal uit en bereikten via het veilinghuis New Bond Street. Toen iedereen in de auto zat, zei Marcus dat hij zich later bij hen zou voegen. Toen ze eindelijk wegreden, slaakte Elizabeth een diepe zucht, waarna er een glimlach op haar gezicht verscheen. En de hele weg naar Annabel's op Berkeley Square, waar ze, om het te vieren, een souper gaf voor haar beste vrienden, bleef ze glimlachen.

Drieëndertig

Cecil moest lachen toen hij Elizabeths kantoor binnenliep en zag dat ze over cijferrijtjes in een zwart notitieboekje gebogen zat. 'Wel, wel, wel,' zei hij, terwijl hij op haar bureau afliep. 'Ik zie dat je eindelijk mijn raad hebt opgevolgd en bent overgeschakeld op aantekeningen die niet verloren kunnen gaan.'

Elizabeth keek op, met een glimlach van oor tot oor, en knikte. 'Robin heeft dit geweldige opschrijfboekje voor me gekocht – het is een Moleskine. Een heleboel befaamde schrijvers en kunstenaars hebben die dingen door de eeuwen heen gebruikt: Ernest Hemingway, Henri Matisse, Vincent van Gogh en Bruce Chatwin onder anderen. Ik heb er alles over de vier veilingen in opgeschreven, zodat we moeiteloos en op elk gewenst moment kunnen overleggen. Zullen we nu de cijfers doornemen?'

Hij ging tegenover haar zitten, haalde zijn eigen boekje tevoorschijn, sloeg het open en bekeek de eerste bladzijde. Vervolgens keek hij haar aan en vertelde: 'Dit is een nieuw boekje dat ik speciaal voor de veilingen bij Sotheby's heb ingewijd. In elk geval heb je het, zoals ik gisteren al tegen je zei, er uitstekend afgebracht. Mijn eindtotaal komt op honderddrieëntwintig miljoen pond. Mijn god, nu ik het hardop zeg, zou ik eigenlijk moeten zeggen dat je het er fantástisch afgebracht hebt.'

'Vertel mij wat. En als we daarbij het bedrag voor het huis in Chelsea optellen, dat ik voor zeventig miljoen aan Alexander Maslenikoff heb verkocht, heb ik bij elkaar honderddrieënnegentig miljoen pond opgehaald. Bruto, uiteraard – dat is zonder belastingen en de gebruikelijke inhoudingen.'

'Die berekeningen had ik al voor je gedaan, en wanneer Martine straks een uitdraai voor je heeft, kunnen we ze bespreken. Intussen moet ik zeggen dat de veiling die me vorige week het meest heeft verrast, die van de tweede avond was... van de juwelen. Het is allemaal voor duizelingwekkende prijzen weggegaan. Meer dan ik had verwacht.'

'Dat zei Nicholas ook al tegen me, maar toen Robin en ik in al die dozen in de kluis op Ravenscar keken, beseften we allebei dat we op een goudmijn waren gestuit. Of zou ik moeten zeggen "diamantmijn"?' Ze schudde verwonderd haar hoofd. 'Als je bedenkt wat een fantastische stukken er onder de hamer zijn gegaan. Om te beginnen: tweeëntwintig diamanten tiara's, en het diamanten collier dat van de kroonjuwelen van Frankrijk afkomstig was, dat zeldzame sieraad dat speciaal was gemaakt voor keizerin Eugénie. Dat bewuste collier en de tiara's zijn voor miljoenen ponden van de hand gegaan. En al die kostbare ringen van de beste juweliers ter wereld – op z'n minst vijf ervan hebben per stuk een miljoen opgebracht.' Met een blik in haar notitieboekje hielp ze hem herinneren: 'Zesentwintig miljoen pond voor de Deravenel-Turnerjuwelen en tweeëntachtig miljoen voor de kunst. Niet slecht, toch?'

Cecil knikte instemmend. 'Alles is tegen topbedragen weggegaan. Onvoorstelbaar gewoon, voor mij althans. Negen miljoen pond voor al het antieke sierzilver en goud, de Georgian items van de grote meesters onder de goud- en zilversmeden, en het porselein, plus de antieke tapijten, gobelins, het Engelse Georgian en verfijnde Franse meubilair en de honderden andere kunstvoorwerpen. Ik moet zeggen, Elizabeth, ik ben het hartgrondig met Grace Rose eens. Er heeft in geen jaren zo'n veiling plaatsgevonden – misschien wel nooit. Het was een lumineus idee van jou het de collectie Deravenel-Turner te noemen, want volgens mij is het dankzij die namen allemaal verkocht.'

'Maar ook dankzij de zeer geraffineerde advertentiecampagne van Sotheby's,' merkte ze op.

'Laten we die geniale reclameman niet vergeten die je had aangetrokken, Marcus Johnson,' riep Cecil uit. 'Volgens mij is hij er een ware meester in om de boel aan het rollen te krijgen. Hij heeft het juiste publiek binnengehaald, veel tamtam gemaakt en ieders belangstelling en enthousiasme weten te wekken.'

'Bovendien denk ik dat onze familie niet alleen altijd in verband werd gebracht met schandalen, maar ook met geld en macht.' Elizabeths mond trilde, en ondanks zichzelf grijnsde ze toen ze er boosaardig aan toevoegde: 'En dat ook ik niet van schandalen gevrijwaard ben. Vergeet niet dat ik mijn steentje heb bijgedragen. En op schandalen raakt men nooit uitgekeken.'

Cecil keek haar met een scheef glimlachje aan en zei met gedempte stem: 'Je weet dat ik me nooit met je privézaken bemoei, maar hoe staat het eigenlijk met Roberts scheiding?'

'Geen idee, en het interesseert me ook helemaal niets. Maar volgende week gaat hij naar Gloucestershire om met Amy te praten. Hij heeft zijn trip uitgesteld omdat ze kennelijk niet in orde was.'

'O.'

'Verwacht niet dat ik me halsoverkop in het huwelijk stort, Cecil. Je weet heel goed dat ik daar geen belang bij heb... En dat heeft niets met mijn heerlijke Robin te maken. Ik wil gewoon helemáál nooit trouwen.'

Diep in zijn hart wist Cecil dat ze nooit van gedachten zou veranderen. Anderen dachten van wel, maar intuïtief wist hij wel beter. Ze was buitengewoon tegendraads, en hij had haar nooit anders gekend. Maar die nijpende kwestie van een erfgenaam speelde wel degelijk. Wie zou haar anders moeten opvolgen als haar iets overkwam? Hij had geen idee; hij wist maar al te goed dat dit niet het moment was om deze kwestie aan te kaarten. Dus sloeg hij, om op een ander onderwerp over te stappen, enkele bladzijden van zijn notitieboekje om en stelde vast: 'Je staat flink in het krijt bij de bank, Elizabeth. Het geld dat je hebt geleend om de eerste Elizabeth Turner Beautycentra te openen en daarna de tweede lening die je afsloot om de beautycentra in Amerika van Anka Palitz over te nemen. Ik denk dat je de bank zo snel mogelijk moet terugbetalen om op het geld te besparen dat je aan rente betaalt. Die leningen zijn peperduur.'

'Dat was ik net aan het berekenen toen je binnenkwam.' Ze richtte haar blik op de tweede bladzijde van haar Moleskine en rekende hem voor: 'Ik heb zeventig miljoen pond van de bank geleend. Tien miljoen om de beautycentra hier uit de grond te stampen, en vervolgens de vijftig miljoen pond die nodig waren om Anka's beautycentra over te nemen. De laatste tien miljoen heb ik in mijn eigen bedrijf gestoken... Die had ik nodig om de beautycentra hier en in Parijs te openen. Maar inderdaad, nu kan ik van de lening afkomen en per direct gaan rentenieren. Dan heb ik nog geld zat over om opzij te leggen voor het geval Deravenel ooit in nood komt.'

'Daar heb ik een paar ideeën over. Ik vind dat je het zorgvuldig moet investeren. *No-risk* investeringen zouden het beste zijn, het veiligst. Je kunt al dat geld onmogelijk níét investeren. Het moet nog meer geld voor je gaan verdienen.'

'Dat weet ik, en ik was –' Ze hield haar mond toen er werd geklopt en ze keek naar de deur. 'Binnen,' riep ze.

Francis stapte binnen en deed de deur achter zich dicht, waarna hij er even tegenaan geleund bleef staan.

'Wat is er aan de hand?' vroeg ze, omdat ze ogenblikkelijk de bedrukte uitdrukking op zijn gezicht had opgemerkt. Ze kende hem goed; hij was een open boek voor haar. Ook al wist Francis tegenover ieder ander zijn gezicht in de plooi te houden, bij haar leek dat hem niet te lukken.

'Sorry dat ik stoor, maar ik vond dat jullie allebei hoorden te weten dat er alweer een tanker is opgeblazen. De tweede in drie maanden,' zei hij, terwijl hij de kamer in liep.

'O, mijn god!' riep Elizabeth uit.

'Hij is niet van ons,' haastte Francis erbij te zeggen om haar gerust te stellen. 'Maar ik vind dat het nog altijd reden tot bezorgdheid geeft. Het bevalt me niet... Ik hoop niet dat zich hier een patroon ontwikkelt. Het was een tanker van Crestoil uit New Jersey, en hij is bij de kust van Bali geëxplodeerd.'

'Zijn er veel gewonden?' vroeg Cecil prompt.

'De bemanning natuurlijk, maar er is ook ernstig olieverlies, en zoals jullie weten is Bali een toeristenoord. 's Zomers trekken er van over de hele wereld een heleboel jonge mensen naartoe. Er kunnen milieuproblemen optreden.'

'Denk je dat het een terroristische actie is?' Elizabeth keek Francis vorsend aan. 'Dat zou me anders niets verbazen. Ik maak me de laatste tijd constant zorgen om terroristische aanvallen en sabotage. Ik ben me zelfs gaan afvragen of we Deravco Oil niet moeten verkopen.'

'Dat bedrijf is erg winstgevend,' bracht Cecil onder haar aandacht, terwijl hij op datzelfde moment bedacht dat ze nooit ergens aan herinnerd hoefde te worden. 'Over het algemeen is het een melkkoe.'

'Dat weet ik. Maar ik voel voortdurend zo'n zwaard van Damocles boven ons hangen... In mijn hoofd, althans.' Ze leunde achterover en vervolgde: 'Heb je die informatie van Spencer Thomas doorgekregen?'

'Nee,' antwoordde Francis. 'Ik zette toevallig een paar minuten geleden de televisie in mijn kantoor aan en ving nog juist een nieuwsflits van CNN op. Ik heb meteen Spencer opgebeld, maar kennelijk is hij met vakantie. Hij komt maandag terug.'

'Misschien dat we met hem moeten bespreken of we gaan verkopen.' Elizabeth liet het als een vraag klinken. 'Wat vinden jullie?'

'Om te verkopen, hebben we een koper nodig,' legde Cecil uit. 'Maar we kunnen best met Spencer overleggen. Ik vertrouw blind op zijn oordeel. Laten we horen wat hij te zeggen heeft over de oliebusiness in het algemeen. Meestal heeft hij gigantisch veel informatie bij de hand, vooral over de OPEC.'

'Goed idee,' stemde Francis ermee in. 'In de tussentijd zal ik zo veel mogelijk informatie verzamelen over deze laatste rottige explosie. En ik zal Vance Codrill vragen extra veiligheidsmaatregelen te treffen op onze tankers, al heb ik eerlijk gezegd geen idee of we nog veel meer kúnnen doen.'

'Ik weet dat je altijd overal met je neus bovenop zit.' Elizabeth keek hem glimlachend aan, en vervolgens Cecil. 'Ik zal jullie eens iets vertellen: ik zal met mijn gewoonte breken om nooit uit lunchen te gaan. Kom, we gaan naar Caprice. Ik trakteer. Om het immense succes van de veilingen te vieren.'

'Goeie god!' riep Francis uit, die haar grijnzend aankeek, waarna hij naar het raam liep en naar buiten keek. 'Het is verdomd geen wonder dat het regent!'

'Regent het echt?' vroeg ze met een grimas.

'Nee,' zei hij met pretlichtjes in zijn ogen. 'Waar is Robert? Gaat hij met ons mee?'

'Vast wel. Hij komt zo. Hij is een klusje voor mijn tante Grace Rose gaan opknappen.' Ze keek op haar horloge. 'Het is nu elf uur.

Zullen we rond halfeen op weg gaan naar Caprice?'
Cecil, die nog verbaasder over haar uitnodiging was dan Francis, stond op. 'Ik zal Martine een tafel voor vier laten reserveren,' zei hij binnensmonds terwijl hij samen met Francis haar kantoor uit liep.

Toen ze weer alleen was, maakte Elizabeth wat aantekeningen in haar Moleskine. Toen ze daarna een rij getallen optelde, kwam ze tot de conclusie dat ze dit jaar met gemak een miljoen pond aan goede doelen zou kunnen schenken. Misschien wel meer.

Ze trok een bureaula open, pakte er een vel papier uit met gegevens die Merry voor haar had vastgelegd en las het aandachtig. Het was een lijst van liefdadige instellingen die Elizabeth volgens haar zouden interesseren, en zoals gewoonlijk had Robins zus haar gedachten weer eens uitstekend gelezen.

Terwijl ze het rijtje bekeek, zette ze een vinkje bij de Nationale Vereniging ter Preventie van Kindermishandeling. Als er één ding was dat ze niet kon verkroppen was dat wreedheid tegenover kinderen – en dieren. Ze zag dat Merry er ook de Koninklijke Vereniging ter Preventie van Dierenmishandeling bij had gezet en zette daar ook een vinkje bij.

Bij de gedachte dat er een weerloos kind of dier met opzet werd gepijnigd kromp Elizabeth telkens in elkaar, zo ook nu, waarna ze haar ijzingwekkende gedachten opzijzette. Deze twee goede doelen zouden mogen meeprofiteren van de verkoop van de bezittingen die ze had geërfd – een ongelooflijk aantal bezittingen die je vandaag de dag voor het grootste deel kon missen als kiespijn.

Ze was blij dat ze ze had laten veilen; het geld dat ze ermee had opgehaald was in een aantal opzichten in elk geval heel wat nuttiger. En iets ervan wilde ze weggeven. Vreemd genoeg had niemand er ooit aan gedacht haar duidelijk te maken dat het goed was iets terug te doen, voor anderen die minder bevoorrecht waren dan zij. Ze was zelf tot die conclusie gekomen toen ze nog veel jonger was. Ze had al heel lang willen bijdragen aan een goed doel dat het verdiende, en dat kon ze nu doen. En hoe!

Haar gedachten maakten een wending naar de Deravenels en de Turners die haar waren voorgegaan, en in een impuls sprong ze plotseling op, ging haar kantoor uit en liep op een holletje de gang door naar de directiekamer. Ze duwde de zware mahoniehouten deur open, ging naar binnen en knipte het licht aan.

Wat een schitterende, voorname kamer was het, met al dat weelderige antiek, de schitterende kristallen kroonluchters boven de bestuurstafel en de meesterlijke olieverfschilderijen aan de wanden. Dit zijn allemaal voorvaderen van mij, bedacht ze terwijl ze langzaam langs een van de wanden liep, zonder precies te weten wie het allemaal waren, tot ze de namen las die in de schildjes op de krullerige, vergulde lijsten waren gegraveerd.

Toen ze overstak naar de andere wand stuitte ze op drie gezichten die haar heel vertrouwd waren: haar grootvader Henry, de eerste Turner die de leiding over de firma Deravenel had gevoerd, haar vader Harry, de tweede Turner die er de teugels in handen had gehad, en haar halfzuster. Nadat ze hen een ogenblik aandachtig had bekeken liep ze verder en bleef staan voor het hoogst opmerkelijke portret van haar overgrootvader Edward Deravenel.

'God, wat een schitterende man was dat. Een ontzettend lekker ding!' zei ze hardop, waarna ze schielijk om zich heen keek, opgelucht dat ze inderdaad de deur achter zich had dichtgedaan. Maar het was waar. Hij was een uitzonderlijk knappe man, en zijn levensgrote portret was een meesterwerk. Ik lijk op hem, bedacht ze, echt.

Toen ze een stap achteruit deed en die drie indrukwekkende schilderijen van haar vader, haar grootvader en haar overgrootvader nog eens bekeek, vroeg ze zich onwillekeurig af wat zij van haar meest recente onderneming zouden vinden: het verkopen van hun bezittingen – zo lichtzinnig, alsof ze niets om hun spullen gaf. Het tegendeel was waar, maar ze kon er niets mee. Ervoor zorgen dat er te allen tijde een appeltje voor de dorst voor het bedrijf zou zijn, dat was haar motivatie geweest. Daar zouden ze beslist begrip voor hebben. Bovendien had ze het op een uitermate geslaagde manier gedaan; ze zouden toch heus wel bewondering voor haar prestatie hebben? Ze glimlachte. Het waren door en door gewiekste zakenmannen geweest, en wat zij deed was niet meer dan in hun voetsporen treden. Zo was het maar net. Zij was nu de algemeen directeur, en vast van plan de beste te worden die ze ooit hadden gehad.

Ze deed nog eens een paar stappen achteruit om de drie schilderijen van een afstand te bekijken en riep hardop: 'Jullie zijn geen van allen boos op me, dat weet ik zeker. Ik ben een van jullie. Ook al ben ik een vrouw, ik ben uit hetzelfde hout gesneden.' Elizabeth barstte in lachen uit. Als iemand haar hoorde, zou hij denken dat ze gek was, om tegen portretten van drie dode mannen te praten.

Vierendertig

'Dus al met al,' besloot Nicholas Throckman, 'ben ik tevreden over de manier waarop het bij de vestiging in Parijs is afgelopen. Het personeel is uitgedund, maar uitermate efficiënt. We hebben nu een uitstekende bemanning.'

'Ik weet dat Sidney Payne heel doelgericht is geweest in zijn pogingen om de juiste mensen te vinden. We hebben nog nooit iemand gehad die zo goed met personeel omging als hij.' Elizabeth ging achteroverzitten en keek Nicholas glimlachend aan. 'Wat jou betreft, goede vriend, ik weet niet wat we zonder jou zouden moeten beginnen.'

Robert kwam haar kantoor binnengelopen en nam plaats op de stoel naast Nicholas. 'We vonden het erg jammer dat je niet op ons verjaarsetentje kon komen, Nicholas.'

'Ik ook, maar je weet dat ik in Parijs moest zijn.' Hij keek Robert strak aan, waarna hij zijn ogen op Elizabeth richtte. 'Er circuleren nogal wat –' Hij hield op toen de deur openging en Francis met Cecil kwam binnenlopen.

'Sorry dat we te laat zijn, maar we hadden iets te verhapstukken met Charles Broakes en Norfell,' zei Cecil, waarna hij naar de zithoek wees. 'Misschien kunnen we beter daar gaan zitten.'

Terwijl ze opstond en ernaartoe liep, vroeg Elizabeth: 'Is alles nu in orde tussen die twee? Geen moeilijkheden en meningsverschillen meer, hoop ik?'

'Alles is prima,' stelde Cecil haar gerust, waarna hij naast haar op de bank ging zitten. 'Nu de landhuizen op enkele wijngaarden als hotel zo'n succes zijn gebleken en de bijbehorende beautycentra uit de rode cijfers zijn, zou je zelfs van een redelijke verstandhouding kunnen spreken – min of meer. Maar van harte is het nooit geweest, hoor. Ik denk niet dat Charles echt een fan van John Norfell is.'

'Ik betwijfel of hij zelfs fans heeft,' sputterde Robert, die bij hen kwam zitten, met Francis en Nicholas in zijn kielzog.

'Ik vrees dat we je midden in je zin hebben geïnterrumpeerd toen we binnenkwamen, Nicholas,' zei Cecil. 'Dat spijt me.'

'Geeft niet, en ik ben blij dat jij en Francis er zijn. Ik wilde Elizabeth en Robert net gaan vertellen dat er in Parijs nogal wat roddels circuleren over François de Burgh. Er gaan geruchten dat het helemaal niet zo goed gaat met zijn gezondheid.'

'Wat mankeert hem dan?' vroeg Elizabeth, wier nieuwsgierigheid nu was gewekt.

'Ik heb gehoord dat hij aan een kwaadaardig type leukemie lijdt, en dat zijn moeder zich ernstig zorgen maakt,' legde Nicholas uit. 'En Marie kennelijk ook.'

'Tja, dat is haar geraden,' kwam Francis tussenbeide. 'Als hij de geest geeft, staat zij in de kou. Dan zal zijn moeder Dauphin overnemen en een van de andere zoons klaarstomen om het nieuwe hoofd van het bedrijf te worden. Catherine de Burgh is een behoorlijk slimme vrouw en heeft al jaren zitting in het bestuur van het concern. Henri de Burgh heeft tijdens zijn leven zwaar op haar geleund, wat haar zoon ook nog steeds doet.'

'Mocht François inderdaad overlijden en Marie Stewarts rol bij het concern uitgespeeld zou zijn, wat er dik in zit, betekent dat dan dat ze naar Schotland zal gaan om de leiding te gaan voeren over Scottish Heritage?' vroeg Elizabeth, terwijl haar hersens zoals altijd als een razende tekeergingen. 'Nog afgezien van het feit dat het bedrijf van haar is, wordt ze verteerd door tomeloze ambitie en is ze tuk op macht.'

'Dat is precies wat ze zou gaan doen, daarvan ben ik overtuigd.' Francis wisselde een blik van verstandhouding met Elizabeth. 'Dan zou ze pas echt in onze nek hijgen.'

'Waarom besteden we toch zoveel aandacht aan dat mens?' vroeg Nicholas, die ineens iets geïrriteerds in zijn stem had. 'Ze is van geen enkel belang voor ons, dat weten we allemaal. Dus laten we oppassen dat we niet opeens last krijgen van een enorme paranoia.'

Op dat moment begon de telefoon op Roberts bureau te rinkelen, waarop hij overeind sprong en naar zijn aanpalende kantoor ging om op te nemen.

'We lijden geen van allen aan paranoia,' zei Cecil, wat tot Nicholas was gericht. 'En in vele opzichten heb je gelijk. Ze kan helemaal niets dóén. Maar ze kan wél heel lastig gaan doen –' Cecil hield abrupt zijn mond toen Robert in de deuropening verscheen en hij in één oogopslag de verbijsterde uitdrukking op zijn gezicht zag.

Toen ook Elizabeth de blik in Roberts ogen zag, wist ze onmiddellijk dat er iets ergs was gebeurd. 'Wat is er, Robin?' vroeg ze ongerust, terwijl ze opsprong en haastig op hem toeliep. 'Is er iets mis?'

'Amy is dood,' antwoordde hij op sombere toon. 'Er is een ongeluk gebeurd.'

'Wat voor ongeluk?' riep ze uit. Haar stem schoot uit, en terwijl ze het vroeg greep ze hem bij de arm.

'Ze is kennelijk van de trap gevallen. Ze heeft haar nek gebroken.' Hij schudde zijn hoofd, alsof hij het niet helemaal kon bevatten.

Elizabeth keek vol afgrijzen. Toen ze hem meetrok naar de bank, zodat hij kon gaan zitten, merkte ze dat hij niet alleen was geschrokken, maar waarschijnlijk in shock verkeerde.

Ze keek naar de andere mannen, die even verbluft en geschrokken waren als zij, en zei tegen Francis: 'Ik geloof dat er een fles brandy in het dressoir in Robins kantoor staat. Zou jij een glas voor hem willen inschenken?'

'Ik ren al.' Francis schoot overeind en liep haastig de kamer uit.

'Wie belde je?' Cecil boog zich naar Robert toe. 'Was het de politie?'

'Nee, het was Anthony Forrest,' antwoordde Robert, die zich inmiddels had weten te herstellen, waarna hij rechtop ging zitten en Cecil aankeek. 'Je hebt hem wel eens ontmoet. Hij is een van mijn associés die mijn privézaken behandelt. Hij handelt ook de financiën van Amy en mij af. Hij woont ook in Cirencester.'

'Dus de politie van Gloucestershire heeft contact met hem opgenomen, is het zo gegaan?' vroeg Cecil met een frons op zijn gezicht.

Hij was al een en al bezorgdheid.

'Nee – althans, nog niet toen hij me sprak. Maar dat zal zeker gebeuren, en ze kunnen mij natuurlijk elk moment opbellen.' Robert haalde een paar keer diep adem om zichzelf in de hand te krijgen en vertelde: 'Connie Mellor, Amy's huishoudster, is degene die Anthony opbelde nadat ze een ambulance en de politie had gebeld. Toen ze vanmiddag rond twee uur van de markt terugkwam, vond ze... Amy's lichaam.' Robert wendde zich tot Elizabeth. 'Ik kan het gewoon niet geloven.'

'Ik ook niet,' zei ze somber.

Francis gaf het glas brandy aan Robert, die hem bedankte en er een paar slokken van nam, waarna hij op zijn horloge keek. 'Het is halfzes. Ik zal Connie even opbellen. En Anthony, om hem te vertellen dat ik vanavond naar Cirencester kom.'

Prompt zei Elizabeth: 'Ik vind dat Ambrose met je mee moet.' Ze liep naar de telefoon om Merry te bellen en om haar te zeggen dat ze Ambrose moest zien te vinden. Ze vertelde erbij dat ze hen allebei acuut moest spreken, dat er een onverwacht probleem was gerezen.

Toen ging ze achter haar bureau zitten, doodsbleek en met een zorgelijk gezicht. Ze begreep volkomen waarom de dood van Amy voor Robert niet te bevatten was. Datzelfde gold voor haarzelf; ze was net zo geschokt en verbluft als hij. Ze wist dat Robert Amy in augustus had opgezocht, maar ook dat hij haar kortgeleden diverse keren had opgebeld om de scheiding en alles wat daarmee te maken had te bespreken.

Elizabeth richtte haar blik op de kleine bureauagenda die voor haar stond. Het was dinsdag 8 september, precies één dag na hun gezamenlijke verjaardag, die ze het afgelopen weekend samen met wel honderd vrienden en familieleden met een groots en spetterend feest hadden gevierd.

Ze leunde achterover, zonder iets te zeggen. Ook de aanwezige mannen zwegen. Iedereen was muisstil, een moment verdiept in hun eigen gedachten.

Even later zwaaide de deur open en kwamen Merry en Ambrose haastig haar kantoor binnen, allebei met een bezorgd gezicht. Elizabeth nam ogenblikkelijk het heft in handen, stond op van haar bureaustoel en zei: 'Ik ben bang dat we een tamelijk verontrustend bericht hebben. Robin heeft zojuist van Anthony Forrest in Ciren-cester gehoord... dat Amy ten gevolge van een afschuwelijk onge-luk is overleden. Ze is thuis van de trap gevallen.'

Merry hapte naar adem en staarde Elizabeth ongelovig aan.

'O, mijn god!' Ambrose stormde meteen op Robert af, ging naast hem zitten en greep hem bij de arm. Hun zuster Merry volgde zijn voorbeeld, duidelijk net zo met stomheid geslagen als Ambrose.

'Ik moet zo gauw mogelijk naar Cirencester,' vertelde Robert aan Ambrose. 'Ga je met me mee?'

'Natuurlijk, dat weet je. Ik zou je zo'n reis toch zeker niet alleen laten maken?'

Toen de telefoon op Elizabeths bureau begon te rinkelen nam ze onmiddellijk op. 'Met Elizabeth Turner.'

'Goedemiddag, Miss Turner. Met inspecteur Colin Lawson van de politie van Gloucestershire. Ik probeer Mr. Robert Dunley te be-reiken.'

'Hij is nog op het werk, inspecteur. Ik zal hem even voor u gaan halen. Eén moment, alstublieft.' Ze drukte de pauzeknop in en ver-telde Robert wie er aan de lijn was.

Robert nam de hoorn van haar over en zei: 'Goedemiddag, in-specteur Lawson. Ik had al verwacht van u te zullen horen, of ei-genlijk van iemand van de politie in Cirencester. Ik heb net een paar minuten geleden van mijn associé Anthony Forrest vernomen dat mijn vrouw eerder vandaag een tragisch en dodelijk ongeval is over-komen. Hij heeft me de details verteld: dat ze thuis van de trap is gevallen.'

'Dat is juist, Mr. Dunley,' zei de inspecteur. 'We moeten u spre-ken, sir. We zitten met een aantal vragen die we graag beantwoord willen zien.'

'Mijn broer en ik staan op het punt om naar Cirencester af te reizen. Met de auto. Wilt u dat we rechtstreeks naar het politiebu-reau gaan, of dat we bij Mr. Forrest thuis afspreken?'

'Dat laatste lijkt me prima, Mr. Dunley. We moeten tóch met Mr. Forrest praten, en dan kunnen we de twee verhoren tegelijk afne-men.'

'Dat lijkt me wel zo praktisch, inspecteur. Als ik vragen mag, waar is het lichaam van mijn vrouw op dit moment? In het zieken-huis of in het mortuarium?'

Het ontging Robert niet dat de inspecteur even aarzelde voordat hij antwoord gaf. Lawson schraapte zijn keel, waarna hij zei: 'Ik meen dat het lichaam van Mrs. Dunley naar de forensische dienst is gegaan... voor een lijkschouwing. Maar tegen de tijd dat u hier bent aangekomen, heb ik vast wel de juiste informatie voor u.' 'Dank u, inspecteur. Ik denk dat we er over een uur of drie zullen zijn, als het verkeer een beetje meezit.'

Nadat hij had opgehangen keek Robert de anderen aan en vertelde: 'De inspecteur heeft een aantal vragen voor me, en voor Anthony.' Hij fronste zijn wenkbrauwen en zei tegen Francis: 'Toen ik vroeg waar Amy's lichaam was, leek hij te aarzelen, deed hij ontwijkend. Vind je dat niet eigenaardig?'

'Welnee,' antwoordde Francis. 'Waarschijnlijk wist hij niet precies waar het zich op dit moment bevindt. Het is hoogstwaarschijnlijk door het ambulancepersoneel naar het plaatselijke ziekenhuis vervoerd, en van daaruit naar de forensische dienst voor lijkschouwing. Het zou zelfs nog onderweg kunnen zijn. Ik kan niets bedenkelijks opmaken uit wat hij zei, Robert. Echt niet.'

'Waarom zou de inspecteur met jou willen praten?' Merry keek haar broer aan. 'Ik bedoel, hoe zou jij nou enig licht op het ongeval kunnen werpen? Je bent de hele dag op het werk geweest.'

Robert haalde zijn schouders op, waarna hij geruststellend tegen haar zei: 'Het zal wel routine zijn, Merry. Per slot van rekening ben ik nog steeds haar man, degene die haar het meest na staat.'

'Robert heeft gelijk,' zei Francis. 'Het is routine, Merry. De politie gaat altijd rechtstreeks naar de echtgenoot van de overledene, vooral wanneer die persoon bij een ongeval om het leven is gekomen waarbij twijfels zouden kunnen rijzen.'

'Waarom formuleer je dat zo?' Elizabeth keek Francis aan. 'Wat is er twijfelachtig aan de val die Amy heeft gemaakt?'

'Zo veel, in de ogen van de politie, dat geef ik je op een briefje. Hoe is ze precies gevallen? Was ze op dat tijdstip alleen in huis? Zou ze geduwd kunnen zijn? Is er wellicht een insluiper geweest? Hoe was ze er geestelijk aan toe? Wás het wel een ongeluk? Zou het moord kunnen zijn? Of zelfmoord? Was er iets waardoor ze neerslachtig was? Was ze geestesziek? Lichamelijk ziek? Gebruikte ze medicijnen? Had ze drugs gebruikt? Dronk ze? Ik kan je legio vragen opsommen die de politie kan gaan stellen,' besloot hij op nuchtere toon.

Alle anderen zwegen, onder de indruk van wat Francis had gezegd, om een en ander te verwerken en te overdenken. Elizabeth was degene die het eerst haar mond opendeed. Ze keek Francis enkele ogenblikken aan, met een blik van verstandhouding, samenzweerderig bijna, zoals wel vaker tussen hen gebeurde, en zei bijna onhoorbaar: 'Misschien zou je vanavond met Robert en Ambrose mee moeten gaan, om bij het gesprek met inspecteur Lawson bij Anthony thuis aanwezig te zijn.'

'Ik geloof niet dat dat verstandig zou zijn,' antwoordde Francis prompt, waarbij hij heftig met zijn hoofd schudde.

'Maar waarom niet?'

'Omdat het naar... paranoia zou kunnen rieken, alsof ik dacht Robert in bescherming te moeten nemen of zo. Ik ben hoofd Beveiliging bij Deravenel en ook nog advocaat. Dergelijke dingen moet je niet vergeten. Ik kan je verzekeren dat de politie dat niet zal vergeten, en –'

'Maar we hebben niets gedaan!' Elizabeths stem schoot uit, zoals altijd wanneer ze gevaar rook of uit haar doen was. 'Dat weet je toch!'

'Maar dat weet de politie niet. En ja, Robert is hier de hele dag op het werk geweest en sinds jullie verjaarsfeest op zaterdag en de lunch op zondag is er zo ongeveer altijd iemand van ons bij hem in de buurt geweest. Maar dat wil nog niet zeggen dat hij, wat de politie betreft, onschuldig is. Hij is nog altijd een verdachte... áls ze al denken dat er sprake is geweest van kwade opzet. En waarom is hij verdachte? Omdat hij de echtgenoot is. Ik heb net uitgelegd dat echtgenoten onder de microscoop worden gelegd wanneer iemand onder verdachte omstandigheden overlijdt.'

'Zijn het in jóuw ogen dan verdachte omstandigheden, Francis?'

'Nee, Elizabeth, maar in de ogen van de politie misschien wel.'

'Ik zou iemand ingehuurd kunnen hebben om de moord te plegen, Elizabeth,' merkte Robert op, terwijl hij naar haar toe ging om haar te kalmeren.

'Ach, doe niet zo idioot!' riep ze uit. 'Dat zou niemand denken.'

'Je weet maar nooit,' zei hij. En gelijk had-ie.

Vijfendertig

Alicia, de vrouw van Anthony Forrest, deed hun zelf open toen ze bij Gosling's End aanbelden, het huis in Queen Annestijl dat al eeuwenlang door de familie van haar man werd bewoond. 'Jullie zijn er vroeger dan ik had verwacht,' zei ze met gedempte stem, nadat ze beide mannen met een hartelijke omhelzing had welkom geheten. Ze waren heel oude en hechte vrienden van de familie.

'Het verkeer zat mee,' vertelde Robert. 'Lief dat we vannacht mogen blijven, Alicia. Erg aardig van je dat je ons wilt bergen, terwijl we je zo op je dak vallen.'

'Doe niet zo mal, lieverd. Alsof we jullie in een hotel zouden laten logeren. Kom, Anthony zit in de bibliotheek te wachten, met de inspecteur en... een handlanger.' Ze wendde zich tot Ambrose en vroeg: 'Hoe is het met Anne?'

'Prima, Alicia, en ze laat je de hartelijke groeten doen. Zeg, wat is het voor een vent, die inspecteur, bedoel ik?'

'Hij lijkt me best geschikt eigenlijk, discreet, beschaafd, beleefd. Heeft waarschijnlijk in Eton of Harrow gestudeerd of zo. Hij is duidelijk niet van de straat.'

'Ongetwijfeld iemand van die dienders nieuwe stijl,' opperde Ambrose.

'Wie weet,' zei Alicia, die even later de deur naar de gelambriseerde bibliotheek openduwde met de woorden: 'Hier zijn Robert en Ambrose, Anthony. Vroeger dan verwacht.'

Omdat Robert en Anthony al vele jaren dikke vrienden waren,

begroetten ze elkaar met een stevige omhelzing, waarna Anthony Ambrose de hand schudde. 'Fijn je weer eens te zien,' zei hij tegen Roberts oudere broer. 'Het spijt me dat het niet onder gunstiger omstandigheden gebeurt, jongen. Laat ik jullie voorstellen aan inspecteur Lawson en brigadier Fuller van de politie van Gloucestershire.'

Toen ze elkaar allemaal de hand hadden geschud, gingen ze zitten, waarna de inspecteur zich tot Robert richtte. 'Ik heb begrepen dat u en wijlen uw vrouw uit elkaar waren, Mr. Dunley. Dat is toch juist?'

'Zeker. Al vijf jaar – iets langer, om precies te zijn.'

'En was het een vriendschappelijke scheiding?'

'Jawel, inspecteur. We zijn jong getrouwd en we zijn uit elkaar gegroeid –' Robert brak abrupt zijn zin af, omdat hem ineens het advies van Francis te binnen schoot: kom niet met een vrijwillige bijdrage aanzetten en vertel ze enkel wat ze moeten weten. Alleen de vragen beantwoorden, meer niet. Hou voor de rest alsjeblieft je mond, zo had Francis' laatste waarschuwing geluid.

'U werkt bij Deravenel als hoofd Operationele Zaken. Dat is toch uw functie, nietwaar?'

Robert knikte, terwijl hij Colin Lawson aandachtig observeerde. De man was volgens hem begin veertig. Hij had een prettig voorkomen, sprak beschaafd en was niet van de straat, precies wat Alicia hem had verteld.

'En hoe lang vervult u die functie al, Mr. Dunley?'

'Sinds 1996, inspecteur.'

'Dat is het jaar waarin Miss Turner de leiding van het bedrijf overnam, is het niet?'

'Dat klopt.'

'Maar u werkte al vele jaren voor het bedrijf, nietwaar?'

'Met tussenpozen – bij de vestiging in Londen en in het buitenland.'

'In feite treedt u in het voetspoor van uw vader en grootvader, is het niet?'

'Dat is helemaal waar, ja.'

'En dus u kent Miss Turner zeker al een hele tijd?'

Omdat Robert doorhad waar de inspecteur naartoe wilde, besloot hij Francis' advies in deze in de wind te slaan. Zijn verhouding met Elizabeth was algemeen bekend en er werd inmiddels al een hele poos in talrijke tijdschriften en kranten verslag van gedaan. Hij leunde achterover, volkomen op zijn gemak, en vertelde: 'Elizabeth en ik kennen elkaar al vanaf ons achtste jaar, inspecteur Lawson. We waren jeugdvrienden, ook tijdens onze puberteit. Het antwoord is dus ja, ik ken haar al heel lang.'

'Wanneer hebt u wijlen uw vrouw voor het laatst gezien, Mr. Dunley?' Lawson keek Robert vorsend aan.

'Dat was in augustus. De zesde, meen ik. Ik had voorgesteld naar haar toe te rijden om onze scheiding te bespreken, en daar had Amy mee ingestemd.'

'Ik begrijp het. Zoals u zojuist zei: u was als vrienden uit elkaar gegaan. Dan zou uw echtscheiding dus ook wel op een vriendschappelijke manier verlopen. Is mijn veronderstelling juist?'

'Jazeker. In ieder opzicht vriendschappelijk.'

'En dus hebt u een bevredigende regeling met Mrs. Dunley kunnen treffen? Er waren geen problemen?'

'Nee, inspecteur, er waren absoluut geen problemen aangaande de echtscheiding. Mijn vrouw en ik waren het er allebei over eens, en samen met Mr. Forrest waren we bezig zowel een schikking als de alimentatie vast te stellen.'

'En u hebt nooit ruzie gehad over de scheiding of de schikking?' drong de politieman aan, al bleef zijn toon mild.

'Absoluut niet. Mocht u iets anders hebben gehoord, dan is dat niet waar.' Robert keek Anthony aan. 'Volgens mij kun jij dat bevestigen. Toch?'

Anthony knikte en zei: 'Mr. Dunley spreekt de waarheid, inspecteur. Er bestond tussen de Dunleys geen enkele tweedracht over hun scheiding. Ook niet tijdens de lange periode dat ze uit elkaar waren. Ik heb Mrs. Dunley goed gekend, evenals mijn vrouw, en ze was volmaakt tevreden met haar bestaan op het land, hier in Cirencester. Ik denk dat iedereen die haar heeft gekend me daarin zou bijvallen. En eenieder die iets anders zou insinueren, zou... liegen.'

'Dank u, Mr. Forrest, voor die toelichting.'

'Inspecteur Lawson,' zei Robert, 'toen Mr. Forrest me vanmiddag opbelde, zei hij dat Mrs. Dunley in haar val haar nek heeft gebroken. Dat klopt toch, hè?'

'Inderdaad, sir. Er was nog ander letsel: ze had een diepe snee in haar hoofd en bloeduitstortingen op haar lichaam.'

'Zou dat letsel toe te schrijven zijn aan haar val van de trap? Wat naar ik begrijp de doodsoorzaak was. De val.'

'Dat zou kunnen, ja,' bevestigde de inspecteur.

'Toen we elkaar eerder aan de telefoon spraken, zei u dat u me, wanneer we elkaar vanavond zouden spreken, zou vertellen waar het lichaam van mijn vrouw zich bevindt.'

'Dat is juist. Haar lichaam bevindt zich in het mortuarium, Mr. Dunley, bij de medische inspectie. U kunt haar morgen bezoeken.'

'Dat zou ik graag willen. Ik neem aan dat er een gerechtelijk onderzoek wordt ingesteld,' zei Robert, terwijl hij de politieman doordringend aankeek. 'Ik vroeg me af wanneer dat zou plaatsvinden.'

'Dat kan ik op het moment niet met zekerheid zeggen. Maar binnen een week. Dat zou normaal zijn, gegeven de omstandigheden en aangenomen dat het bewijsmateriaal dan compleet is.'

'Ik begrijp het. En zal dat in Cirencester plaatsvinden?'

'Er is geen forensisch instituut in Cirencester. Het zal plaatshebben in Cheltenham, Mr. Dunley. Enfin, nog even een paar andere vragen. Wanneer hebt u voor het laatst contact gehad met uw vrouw? Hebt u haar na de zesde augustus nog gezien?'

'Nee, maar we hebben elkaar wel telefonisch gesproken. De afgelopen weken diverse keren. Ik heb de exacte data niet in mijn hoofd.'

'In augustus of in september?'

'Ik heb Amy eind augustus gesproken en de eerste of tweede september.'

'En toen waren er nog steeds geen problemen tussen u? Het was een en al harmonie.' Lawson leunde achterover en keek hem nadenkend aan.

'Ja, inspecteur, inderdaad.' Robert fronste zijn voorhoofd, zichtbaar verward. 'Veronderstelt u soms het tegendeel? Of is er iemand anders die suggereert dat er problemen tussen ons bestonden over de scheiding of het geld?'

'Nee, nee, Mr. Dunley, er is niemand die iets dergelijks suggereert.' Colin Lawson stond op, evenals brigadier Fuller, die al die tijd geen woord had gezegd.

'Denkt u dat Mrs. Dunley misschien ten einde raad was over de scheiding?' vroeg de brigadier nu.

Robert was niet alleen stomverbaasd dat hij hem hoorde spreken, hij was ook onaangenaam verrast door die vraag. 'Nee, ik weet zeker van niet,' kreeg hij er met moeite uit. 'Hoezo?' 'Het schoot me ineens te binnen dat ze zichzelf misschien van de trap had gegooid, helemaal niet gevallen is. Dat het zelfmoord was en geen ongeluk.' 'Ze was helemaal niet ten einde raad!' riep Alicia Forrest uit terwijl ze op het groepje mannen afstapte, woedend over deze plotselinge veronderstelling. 'Ik heb haar uitermate goed gekend en er was niets abnormaals aan haar.' 'Ik begrijp het, Mrs. Forrest,' zei brigadier Fuller.

De twee politiemannen bedankten hen en vertrokken eindelijk, nadat inspecteur Lawson Robert duidelijk had gemaakt dat hij contact zou opnemen over het onderzoek.

Alicia liet hen uit, waarna ze naar de keuken ging om voor het eten te zorgen.

Toen ze alleen waren, ging Anthony naar de tafel met drank, terwijl hij zei: 'Wat wij allemaal kunnen gebruiken is een fikse borrel! Wat mag het zijn, Robert, Ambrose?'

'Een glas witte wijn, graag, Anthony,' antwoordde Robert, waarna hij naar zijn vriend toe liep.

'Voor mij hetzelfde,' zei Ambrose, naar het voorbeeld van zijn broer, terwijl hij diepverwonderd uitriep: 'Wat moest dat in godsnaam allemaal voorstellen?'

Terwijl hij de chablis in drie kristallen roemers schonk, beantwoordde Anthony zijn vraag. 'Volgens mij waren ze zo'n beetje aan het vissen. Aan de andere kant: ik denk dat Connie Mellor iets gezegd kan hebben in de trant van dat Amy niet erg gelukkig was. Dat weet ik niet helemaal zeker, hoor, maar een paar weken geleden maakte ze tegen mij een nogal eigenaardige opmerking over de scheiding, en wie weet heeft ze iets dergelijks tegen Lawson gezegd. Ze is altijd een behoorlijke bemoeial geweest. Ik weet dat hij eerder vandaag naar het huis is gegaan en met Connie heeft gesproken.'

'Wat was dat dan voor opmerking die ze tegen je maakte?' Robert nam het glas wijn van hem aan en keek zijn vriend doordringend aan.

'Connie zei tegen me dat ze dacht dat Amy niet bepaald blij was dat ze van je ging scheiden, dat ze het fijn vond om Mrs. Dunley te zijn en dat ze er alleen mee akkoord was gegaan omdat jij haar onder druk had gezet.

Connie beweerde dat Amy tegen haar had gezegd dat ze je een plezier wilde doen omdat ze nog steeds van je hield, ook al was dat niet wederzijds.'

'Wat een ontzettende onzin!' riep Robert kwaad, terwijl hij rood aanliep. 'Om te beginnen heb ik Amy nooit onder druk gezet, en ten tweede wilde ze me helemaal geen plezier doen. Wat Amy wilde, was geld. Ze heeft me verteld dat ze vast van plan was een flat te kopen – in Parijs, in Zuid-Frankrijk of ergens anders waar je lol kon beleven. Zo formuleerde ze het. Bovendien, ze hield helemaal niet nog steeds van me, zoals Connie beweert.'

'Ik geloof je, Robert, echt waar. Ik heb destijds tegen Connie gezegd dat ze met die praatjes niet bij mij moest aankomen. Maar wie weet heeft ze tegen Lawson hetzelfde beweerd. Proost.' Hij klonk met Robert, waarna Ambrose zijn voorbeeld volgde.'

De mannen liepen gedrieën naar het bankstel en gingen zitten. Er daalde een korte stilte over hen neer, terwijl ze van hun wijn nipten en zich probeerden te ontspannen.

Plotseling riep Robert uit: 'Ik kon mijn oren niet geloven toen Fuller eindelijk zijn mond opendeed. En ik ben er absoluut van overtuigd dat Amy zich niet van de trap heeft gegooid. Ze was niet suïcidaal.'

Ambrose, die de afgelopen paar minuten had zitten nadenken, zei: 'Je ziet iets over het hoofd, Robert. Amy en haar voorliefde voor schoenen met hoge hakken – met name haar pumps van Manolo Blahnik en Jimmy Choo. Ze is van de trap gevallen! Het was een ongeluk, daarvan ben ik net zo overtuigd als jij.'

'De media zullen hiervan smullen,' zei Cecil tegen Francis, die tegenover hem aan de eettafel zat, waarna hij zich tot Elizabeth richtte, die naast hem op de bank had plaatsgenomen. 'Dat beseffen jullie natuurlijk net zo goed. Wees daar maar op voorbereid, Elizabeth, en zet je schrap.'

'Ze zullen ongetwijfeld een paar vette koppen in de krant bedenken,' viel Elizabeth hem bij. 'Ik zie ze al voor me... En ze zullen Robert met de grond gelijkmaken, en mij erbij. Het zal opnieuw een schandaal worden. Maar we kunnen er weinig tegen doen. We

moeten de kiezen maar op elkaar zetten en erboven gaan staan.'
Francis nipte aan zijn champagne en keek van Cecil naar Elizabeth. 'Mocht de politie met suggesties komen dat er op de een of andere manier een luchtje zit aan de dood van Amy Robson Dunley, dan zullen er zeker koppen in de krant komen. Belastende koppen. Maar gelukkig hebben we allemaal advocaten om ons heen.'

Noch Elizabeth, noch Cecil zei iets. Net als Francis zaten ze zwijgend van hun champagne te nippen. Elizabeth concentreerde zich op de wand tegenover haar, die vol hing met – grotendeels oude – foto's van honden in alle soorten en maten. Mark Birley, de eigenaar van Mark's Club in Charles Street waar ze zaten te eten, was door de jaren heen een fervent verzamelaar geweest. En de aquarellen en olieverfschilderijen van allerlei hondenrassen vormden in de club een attractie op zich, die iedereen geweldig vond.

Elizabeth scheurde haar blik los van de wand met schilderijen en keek Francis aan. 'Je kunt toch onmogelijk denken dat iemand, c.q. de politie, zal proberen Robin de dood van Amy in de schoenen te schuiven?'

'Dat kunnen ze niet maken als er geen bewijs is van kwade opzet, en ik ben ervan overtuigd dat daar geen sprake van is. Probeer je geen zorgen te maken, Elizabeth. Over een paar dagen is dit allemaal overgewaaid.'

'Dat hoop ik dan maar.' Ze trok haar mond samen. 'De een of andere journalist kan best proberen te insinueren dat Robin Amy heeft laten vermoorden, zodat hij met mij kan trouwen. Maar jullie weten natuurlijk allebei dat die scheiding me weinig kon schelen, omdat ik niet wil trouwen.'

'Niemand kan iets dergelijks schrijven,' stelde Cecil haar gerust. 'Er bestaat in dit land nog zoiets als een aanklacht wegens smaad, hoor. Bovendien heeft Francis gelijk: niet alleen zijn wij tweeën advocaat, bij Deravenel komen we bijna om in de advocaten. Probeer je gedeisd te houden en ga niet op stel en sprong naar Cirencester. Beloof me dat, Elizabeth.'

'Ik beloof het. Trouwens, Robin wil me op dit moment niet bij zich in de buurt hebben. Hij denkt dat het beter is elkaar voorlopig niet te zien.'

'Verstandig van hem,' zei Cecil, en daarvoor dankte hij in stilte God op zijn blote knieën.

Zesendertig

Robert had op geen enkele manier iets met de dood van Amy Robson Dunley te maken, net zomin als ik. We zijn geen moordenaars en ook geen mensen die tot moorden aanzetten, maar er zijn nu eenmaal mensen die jaloers op ons zijn en ons allebei een hak willen zetten, die kwalijke en onware verhalen over ons verzinnen die, alsof het feiten zijn, achter onze rug om worden gefluisterd.

Uit de lucht gegrepen geroddel – wat heb ik er een hekel aan. En dat geklets doet al de ronde vanaf het moment dat de plotselinge, tragische dood van Amy algemeen bekend werd. Ze is op de achtste overleden. De negende stond het in de kranten en sindsdien hebben ze er constant artikelen over geplaatst. Maar de pers kijkt wel uit om ons vals te beschuldigen; de artikelen berusten op speculatie en zijn vaag, en volgens Francis zal het pas ophouden als de zaak eindelijk is afgehandeld. Dat zal pas gebeuren na het gerechtelijk onderzoek. Dat vindt aanstaande maandag plaats in het forensisch instituut in Cheltenham, en ik kan niet wachten tot dat achter de rug is. Het zou eerst aanstaande vrijdag gebeuren, maar is in verband met het een of andere probleem dat te maken had met het programma van justitie verschoven naar maandag de eenentwintigste. Ik maak me geen zorgen. Daar heb ik geen enkele reden voor. Er zijn maar twee mogelijke uitkomsten. Dood ten gevolge van een ongeluk, ook wel onwillige manslag genoemd, of suïcide. Robin houdt vol dat Amy zich nooit van het leven zou hebben beroofd, en zeker niet door zich van een trap te storten. Anderen zijn dezelfde mening toegedaan en zeggen dat ze in goede ge-

zondheid verkeerde, zowel lichamelijk als geestelijk. En ik moet op Alicia Forrest en haar man Anthony afgaan. Die zijn allebei brand-schoon, staan bekend als vriendelijke mensen en hun integriteit wordt alom geroemd. Vanwege hun uitstekende reputatie zou geen mens ooit aan hen twijfelen.

Alicia heeft me zelf verteld dat ze ervan overtuigd is dat Amy niet aan een dodelijke ziekte leed, en dat ze twee dagen voor haar dood heel vrolijk was. Ik maak me geen zorgen om Robin. Hij heeft niets misdaan en de politie heeft hem niets ten laste gelegd. Zoals we allemaal weten is er geen enkel bewijs dat iemand iets heeft mis-daan.

Maar ik mis mijn liefste lief, mijn liefste maatje. En ik weet dat hij míj mist. We bellen elkaar een paar keer per dag, en dat helpt, maar ik voel me eenzaam en een beetje verloren zonder zijn liefde-volle aanwezigheid, zijn grapjes en zijn lach, zijn attenties. Hij is kilometers hiervandaan in Kent, waar hij op uitnodiging van Grace Rose op Stonehurst Farm logeert. En ik zit hier, op mijn geliefde Ravenscar. Cecil en Francis vonden alle twee dat we elk apart een verdwijntruc moesten toepassen om aan die pestilente media te ont-snappen. Dat hebben we gedaan. Nu zitten we ieder in een ande-re uithoek van Engeland. 'Nooit halve maatregelen, zo ben je nu eenmaal,' zei Robin toen ik zei waar ik naartoe ging en waarom, en uitlegde dat ik niet al te dicht bij hem in de buurt wilde zijn, voor het geval ik mijn woord zou breken en als een speer naar hem toe zou gaan om hem te zien. Ik had Cecil beloofd dat ik me zou beheersen, en dat doe ik dus.

Ik ben nog altijd niet van gedachten veranderd wat het huwelijk betreft. Ik wil mijn vrijheid bewaren. Mijn liedje is niet veranderd en ik zing het al jarenlang. De plotselinge dood van Amy veran-dert er voor mij niets aan. Het staat Robin nu vrij om te gaan trou-wen. Dat geldt niet voor mij. En waarom niet? Dat heb ik me de afgelopen paar dagen wel eens afgevraagd. Het antwoord is sim-pel: ik heb geen zin om die stap te zetten.

Vandaag is het donderdag de zeventiende, zie ik in mijn agenda: nog maar een paar dagen voor het onderzoek. En als dat voorbij is, komt Robin weer bij me in Yorkshire. Merry had met me mee willen gaan om me gezelschap te houden, maar ik ben liever alleen. Bovendien, zoals ik haar heb uitgelegd, wil ik dat ze in Londen blijft om mijn kantoor te bemannen. Robin heeft gezelschap op Stonehurst Farm: zijn neef Thomas Blunte. Thomas is betrouwbaar, uitermate attent en hij heeft zich bijna zijn hele leven op alle mogelijke manieren verdienstelijk gemaakt bij de Dunleys. Bovendien vindt Robin hem prettig gezelschap, en ik ben blij dat hij niet alleen is.

Er hebben vandaag alweer artikelen in de kranten gestaan – niet zozeer belastend als wel irritant. Het zal een pak van mijn hart zijn wanneer dit allemaal wat is geluwd. Ik verwonder me er soms over dat er zo'n ophef wordt gemaakt over iets wat enkel is gebaseerd op onnozele roddelpraat...

Elizabeth liep over het strand aan de voet van de kliffen en genoot van de frisse lucht. Het was zo'n dag die uitzonderlijk was voor in september; de hemel was strakblauw, de zon was warm en de lucht rook zilt. Een nazomerdag, zoals ze die altijd heerlijk vond. Zo'n dag die in Yorkshire een zeldzaamheid was. Het kwam in deze kuststreek maar al te vaak voor dat de zon op de vlucht sloeg voor binnendrijvende wolken die de hemel verduisterden en dat de scherpe wind uit de Noordzee kou aanvoerde.

Dat was die middag niet gebeurd. Elizabeth liep te genieten van de schoonheid van het verlaten strand en van het gevoel van vrijheid dat ze hier op haar terrein gewaarwerd.

Op een gegeven moment keek ze, terwijl ze met een hand haar ogen afschermde, omhoog naar de stralende hemel. De drieteenmeeuwen, die hun nesten tegen de klifwanden hadden, cirkelden buitelend tegen die helderblauwe achtergrond, waarbij hun gekrijs schril opklonk. Die mooie vogels waren hier al eeuwenlang, net zoals haar voorvaderen. Al meer dan acht eeuwen hadden er Deravenels op Ravenscar gewoond. Vóór het prachtige elizabethaanse landhuis was gebouwd, had er een ander huis gestaan... Het enige wat daarvan nog restte, was de ruïne van het fort dat aan de rand van het klif stond. Ze kon het in de verte zien, en dacht vervolgens aan al die Deravenels die haar waren voorgegaan en voor wie ze altijd een zeker zwak had gehad. Zolang ze zich kon herinneren, had ze zich tot hen aangetrokken gevoeld.

Zij en Grace Rose waren de laatst overgebleven Deravenels. Ineens dwaalden haar gedachten af naar Richard Deravenel en naar alles wat ze van Grace Rose over hem had gehoord. Hij was schuldig bevonden aan een misdrijf: de verdwijning van zijn twee neefjes en hun mogelijke dood. Maar Grace Rose geloofde tot op de dag van vandaag in zijn onschuld. Weer zo'n raadsel dat niemand ooit zou kunnen oplossen.

Ook Amy's dood zou voor sommigen altijd een raadsel blijven, ongeacht hoe de uitspraak van het forensisch instituut de volgende week zou luiden. Er waren mensen die graag in complottheorieën geloofden, dat was voor hen eten en drinken. Wie had Marilyn Monroe vermoord? En John F. Kennedy, of prinses Diana? Wie, o, wie, o, wie, o, wie? Die gekmakende vragen speelden door haar hoofd, als één lang aangehouden schreeuw, gevolgd door een even heftig: Waarom? Waarom? Waarom? Amy zou waarschijnlijk de zoveelste cultfiguur worden. Hoe de lijkschouwer ook zou beslissen, er zou altijd iets verdachts aan Robert Dunley en zijn geliefde Elizabeth Deravenel Turner blijven kleven. Ze slaakte een zucht, wetend dat ze daar nooit iets tegen zou kunnen doen... Ze was een Deravenel, en die werden nu eenmaal achtervolgd door schandaal en geroddel.

Francis Walsington zat met Cecil Williams in een nis in Wilton's, hun favoriete visrestaurant in Jermyn Street. Terwijl hij zijn vorkje onder de mollige Colchesteroester liet glijden, zei hij met gedempte stem: 'Ik vind echt dat ik naar Cheltenham moet gaan, Cecil. Als toeschouwer. En voor het geval Robert me nodig heeft.'

Cecil, die aanvankelijk nog niet wist of hij het eens was met die gang van zaken, ging plotseling door de knieën. 'Oké, ga dan maar, hou Robert een beetje in de gaten. Maar eerlijk gezegd kan ik me geen andere uitspraak voorstellen dan dood door ongeluk. Jij?'

'Natuurlijk niet. Maar ja, je weet nooit wanneer het leven een loopje met je neemt.' Omdat dit zo somber klonk, trok Francis een gezicht.

Cecil barstte in lachen uit. 'Je hebt te veel roddelblaadjes gelezen, vriend. Die staan tegenwoordig bol van de vreselijkste dingen – schandalen te over – en de kranten melden voornamelijk slecht nieuws.'

'Daar zijn kranten voor, Cecil, om ons allemaal slecht nieuws te brengen. Maar moet je horen. Ik heb net een uur geleden van

Nicholas gehoord dat hij gisteren John Norfell in Parijs heeft gezien.'

Cecils gezicht was één vraagteken toen hij zijn oude vriend en collega aankeek. Toen fronste hij zijn voorhoofd. 'En wat dan nog? Norfell heeft het recht om te gaan en te staan waar hij wil.'

'Natuurlijk, maar Nicholas zag hem uit het Dauphingebouw bij de Champs-Elysées komen. Wat zeg je daarvan?'

'Zo, zo.' Cecil kneep zijn bedachtzame grijsblauwe ogen een ietsje dicht. 'Waarom zou John bij Dauphin op bezoek gaan? Om met Catherine de Burgh te praten? Of met haar schoondochter Marie? Dat geeft te denken, vind je niet?'

'Is hij soms bezig werk te maken van Marie?' vroeg Francis zich hardop af. 'Is hij de markt aan het verkennen voor de toekomst? Je weet dat hij uit Mary's hand at.'

'Daar ben ik nooit echt van overtuigd geweest. Bovendien is die Miss Schotland z'n type niet.'

'Dat was Mary Turner ook niet, maar ik heb hem er lang van verdacht dat-ie iets met haar wilde, en dat zou hebben gedaan ook, als ze die Spaanse gigolo niet had getrouwd.' Francis liet eindelijk de oester in zijn mond glijden, waarna hij er met smaak op kauwde.

'Robert is altijd blijven waarschuwen dat we Norfell in de gaten moesten houden, en hij vergist zich bijna nooit in die dingen. Hij heeft een neus voor bedrog en verraad.' Cecil stak ook een oester in zijn mond, waarna hij even in de verte staarde, alvorens eraan toe te voegen: 'Norfell is zeer ambitieus, daar is geen twijfel aan. En mocht François de Burgh doodgaan en Miss Schotland komt naar de hooglanden gegaloppeerd, dan zou Norfell wel eens op een paar ideetjes kunnen komen –'

'Over Scottish Heritage,' maakte Francis de zin voor hem af.

'Je kunt hem beter in de gaten houden,' stelde Cecil voor.

'Een detective zou efficiënter zijn.'

'Doe maar wat je het beste vindt, Francis. Ik hoef niets van je tactiek te weten... Hoe minder ik weet, hoe beter zelfs. Alleen, wacht niet te lang.'

'Zo snel mogelijk,' antwoordde Francis, terwijl hij de laatste oester op zijn bord naar binnen werkte.

Zevenendertig

Maandagmorgen stond Robert in gezelschap van Anthony en Alicia Forrest en Francis op de stoep van het forensisch instituut in Cheltenham. 'Ik ben blij dat je bent gekomen, Francis,' zei Robert, waarna hij zijn vrienden, die zojuist waren aangekomen, aan hem voorstelde. Nadat ze elkaar de hand hadden geschud, sprak Robert verder: 'Anthony en Alicia hebben Amy allebei een aantal jaren gekend, en zoals je weet verzorgt Anthony een deel van mijn financiële besognes. Zodoende had hij geregeld contact met Amy. Daarom is hij hier samen met Alicia om voor de lijkschouwer te getuigen.'

'Ik begrijp het,' zei Francis, waarna hij naar een lange, slanke donkerharige vrouw keek die hun kant op kwam lopen. 'Is dit iemand die je kent? Ze komt in elk geval naar ons toe.'

Robert volgde zijn blik. 'Dat is Connie Mellor, de huishoudster.'

'O ja? Ze is een heel stuk jonger dan ik had verwacht en ze ziet er nog goed uit ook, hè.' Francis wendde zich tot Anthony. 'Is dit niet de vrouw van wie je dacht dat zij die roddels verspreidde? Dat mens dat kletspraat tegen de politie verkoopt?'

'Dat is ze,' zei Anthony, waarna hij geen andere keus had dan haar gedag te zeggen toen ze opeens naast hen bleef staan.

'Goedemorgen,' zei hij, en hij stelde haar voor aan Francis.

Nadat ze hen een voor een had begroet, deed Connie Mellor een stapje achteruit. 'Ze hebben me gezegd dat ik hier om halftien moest zijn en ik wil niet te laat komen. Dus neem me niet kwalijk.' Zonder verder een woord liep ze haastig weg.

Francis keek haar fronsend na. 'Wel wat abrupt, zou ik zeggen.' Robert wierp hem een blik van verstandhouding toe. 'Misschien voelt ze zich schuldig – áls ze aan het geroddel heeft meegedaan. In elk geval heeft ze in één ding gelijk: ze hebben ons gezegd dat we hier om halftien moesten zijn. Dus laten we gaan.'

Met z'n vieren staken ze het trottoir over naar de ingang van het forensisch instituut en gingen naar binnen. Ze werden prompt welkom geheten door een lange, goedgebouwde man, die kennelijk op hen had staan wachten. 'Goedemorgen, Mr. Dunley,' zei hij, omdat hij Robert bleek te herkennen. 'Ik ben Michael Anderson, voorzitter van de forensische dienst.'

Na hem ter begroeting de hand te hebben geschud, zei Robert: 'Dit zijn Mr. en Mrs. Anthony Forrest, oude vrienden van me die als getuigen zullen optreden, en dit is Francis Walsington, collega en vriend.'

Er werden beleefdheden uitgewisseld, waarna Mr. Anderson hun voorging door een kleine ontvangsthal en via diverse smalle gangen naar een grote ruimte die veel weg had van een concertzaal, waarin rijen stoelen stonden opgesteld. Voorin, tegenover die stoelen, bevond zich op een podium de balie van de patholoog-anatoom. Daarnaast stond de getuigenbank.

Mr. Anderson nam hen mee naar de voorste rij stoelen en zei: 'Neemt u hier maar plaats en maak het u gemakkelijk. Er komen zo meteen nog meer getuigen, maar zoals u ziet, is er plaats genoeg voor iedereen. En, Mr. Dunley, díé plaatsen zijn voor de pers.'

'O, ik wist niet dat de pers er zou zijn,' antwoordde Robert met een verbaasd gezicht.

'Het verhoor is, zoals elk verhoor, toegankelijk voor pers en publiek, Mr. Dunley. Hebt u verder nog vragen?'

'Ik denk het niet, nee.'

Mr. Anderson glimlachte, knikte en zei: 'Ik moet nog een paar dingen nakijken, maar ik ben met een paar minuten terug.'

Francis boog zich naar Robert toe en fluisterde: 'Maak je geen zorgen over de pers, of over wat dan ook. Dit zal een soepele hoorzitting worden. En tussen haakjes, een onderzoek wordt ingesteld om te bepalen wie de overledene is, en hoe en wanneer diegene is omgekomen. Het gaat niet om het waarom.'

'Ik begrijp het.' Robert keek om zich heen toen hij stemmen hoorde en zag toen dat de rechtszaal ineens volstroomde met mensen. Hij zag inspecteur Lawson en brigadier Fuller, en ook dokter Norman Allerton, Amy's huisarts. Connie Mellor zat alleen op een rij; de andere mensen kende hij niet, maar hij nam aan dat dat ook getuigen waren.

Robert schrok op toen het verhoor abrupt een aanvang nam. Hij hoorde Mr. Anderson vragen of men wilde opstaan en terwijl iedereen aan dat verzoek voldeed, betrad een man met een voornaam voorkomen de zaal, die regelrecht naar het podium liep en achter de balie plaatsnam. Robert begreep dat dit de coroner doctor David Wentworth was, de gerechtelijk lijkschouwer.

De man begon te spreken en legde uit dat ze hier aanwezig waren om de dood van een vrouw onder de loep te nemen die van de trap was gevallen en was overleden aan een gebroken nek. Vervolgens wendde hij zich tot de voorzitter van de forensische dienst en verzocht hem het onderzoek te openen. Toen Mr. Anderson de eed had afgelegd en had gezworen de waarheid te spreken, hem de naam en het adres van de overledene en haar doodsoorzaak had medegedeeld, nam hij zijn plaats weer in.

De coroner sprak een paar minuten over de te volgen procedure, waarbij Roberts gedachten enkele ogenblikken afdwaalden naar Amy en de gruwelijke manier waarop ze was omgekomen. Het had nooit hoeven gebeuren... zo'n dom ongeluk in huis. Er kwam een treurig gevoel over hem – zesentwintig pas, en ze was dood, zomaar, in een oogwenk. Wat een stom ongeluk, zo gemakkelijk te vermijden. Maar ze had altijd en eeuwig haast gehad, zolang als hij haar had gekend. Ambrose had hem er vorige week nog aan herinnerd, op haar begrafenis, een eenvoudige plechtigheid in haar geliefde kerk in Cirencester. Haar overlijden was een trieste geschiedenis...

Door het geluid van een deur die met een klap dichtviel, ontwaakte Robert uit zijn gemijmer en ging rechtop zitten. Even later schrok hij nog erger, toen de coroner de eerste getuige opriep. Hij werd geacht als allereerste getuigenis af te leggen, maar nu had de coroner Connie Mellor naar de getuigenbank geroepen. Na de eed te hebben afgelegd, noemde ze haar naam en adres en zei desgevraagd dat ze de afgelopen vier jaar bij Mrs. Amy Dunley in dienst was geweest. Robert besefte opeens wat een vriendelijk gezicht en aangename stem doctor Wentworth had. Nu vroeg hij aan de huishoudster of zij degene was geweest die het lichaam van de overledene had gevonden.

'Jawel, sir.'

'Zou u zo vriendelijk willen zijn om die ontdekking tot in de details te beschrijven en het hof te vertellen wat er die dag gebeurde?'

'Jawel, sir. Tja, het ging als volgt. Nadat ik Mrs. Dunley haar middageten had gebracht, ben ik boodschappen gaan doen. In Cirencester. Ik ben niet langer dan een uur weggebleven en was om twee uur terug in Thyme Lodge. Nadat ik de boodschappen had opgeborgen ging ik op zoek naar Mrs. Dunley. Om de avondmaaltijd te bespreken. Het menu, bedoel ik. Omdat ze meestal 's middags boven in haar kantoor aan het werk was, ging ik de hal in om de trap op te gaan. En daar lag ze, onder aan de trap. Dat was een hele schrik. Ze lag helemaal verdraaid, schots en scheef als het ware. Ik rende naar haar toe, doctor Wentworth, ik was doodsbang... Ik wist dat ze zich ernstig had bezeerd. En toen ik naast haar neerknielde, wist ik...' Connie Mellor zweeg even, schraapte een paar keer haar keel en vervolgde met een stem die ineens trilde: 'Tja, ik zag aan haar ogen dat ze dood was. Ik hoefde niet eens aan haar pols te voelen.'

'En daarna, Mrs. Mellor? Wat hebt u toen gedaan?' vroeg de coroner kalm.

'Ik ben de ambulance en de politie gaan bellen. En die waren er heel snel. Tegelijk. Een van de ambulancebroeders vroeg of ik het lichaam had aangeraakt en ik zei nee, dat ik wel beter wist, zei ik tegen hem.'

'Hebt u op dat moment Mrs. Dunley officieel geïdentificeerd en de politie de informatie verstrekt die u zojuist aan het hof verstrekte?'

'Jawel, sir. Een andere ambulancebroeder vertelde me dat Mrs. Dunley haar nek had gebroken. Na een poosje hebben de mannen van de ambulance haar lichaam weggehaald, en toen heeft inspecteur Lawson met me gepraat. Even later heb ik Mr. Forrest opgebeld om te vertellen wat er was gebeurd, en die zei dat ik onmiddellijk contact met Mr. Dunley moest opnemen.'

'Dank u, Mrs. Mellor. Ik zou u nu willen vragen in wat voor geestelijke toestand Mrs. Dunley die dag verkeerde, hoe haar algehele humeur was. Was ze ongelukkig? Droevig of radeloos? Gedeprimeerd misschien?'

'Die dag niet, helemaal niet, ze was volkomen in orde, sir. Ze was goedgehumeurd. Ze zei zelfs dat ze misschien een poosje weg zou gaan, naar het buitenland, zei ze, naar Parijs misschien, en ze vroeg of ik het erg zou vinden om alleen in het huis te zijn. Nee, zei ik. Maar op sommige dagen was ze... nou je... hoe zal ik het zeggen? Dan was ze uit haar doen of zo. Dat kwam door de scheiding.'

'Jezus, waarom heeft ze dát gezegd?' siste Anthony tegen Alicia, waarop ze hem snel het zwijgen oplegde en zijn hand greep om hem te kalmeren.

'Heeft ze dat letterlijk zo gezegd, Mrs. Mellor?' vroeg de coroner, terwijl hij de huishoudster oplettend aankeek.

'Niet letterlijk, sir, maar ik wist dat dat de reden was.'

'Volgens mij moet ik die mededeling misschien maar opvatten als een veronderstelling van u, vindt u niet?' De coroner keek Connie Mellor met zijn zeer pientere, helderblauwe ogen doordringend aan. 'Een speculatie wellicht?'

Connie Mellor voelde zich duidelijk betrapt. 'Misschien,' stemde ze enigszins schoorvoetend in.

'Heeft Mrs. Dunley ooit met zoveel woorden tegen u gezegd dat ze uit haar doen was door de ophanden zijnde scheiding? Of dat ze er boos over was?'

'Nee.'

'Dank u, Mrs. Mellor. U kunt weer gaan zitten.'

Toen Robert zijn naam hoorde, sprong hij prompt op en liep haastig naar de getuigenbank. Nadat ook hij de eed had afgelegd, wachtte hij op de vragen van de coroner.

'Ik begrijp uit uw eerdere verklaring dat u gescheiden leefde van uw vrouw, Amy Robson Dunley, de overledene, maar dat het een vriendschappelijke scheiding was,' zei doctor Wentworth, terwijl hij Robert met duidelijke belangstelling observeerde. 'Tevens heeft het hof begrepen dat u bezig was de financiële kant van de scheiding te regelen. Is dat juist, Mr. Dunley?'

'Dat is juist, doctor Wentworth. Mijn vrouw en ik zijn goede vrienden gebleven; het was onze wederzijdse beslissing om te gaan scheiden en er waren geen problemen over de financiële regeling. Ik had haar Thyme Lodge al geschonken, vlak nadat we uit elkaar waren gegaan.'

'Wanneer hebt u de overledene voor het laatst gezien?'

'Op 6 augustus. Op Thyme Lodge. Ik ben naar Londen gereden om diverse zaken te bespreken die met de echtscheiding te maken hadden,' zei Robert.

'En na die datum hebt u haar niet meer gezien?'

'Nee, doctor Wentworth. Ik heb haar echter nog wel aan de telefoon gehad, eind augustus en begin september. Ze vertelde me toen ook wat ze Mrs. Mellor had verteld, dat ze misschien enige tijd naar Parijs zou gaan.'

'Hebt u haar ooit moedeloos of gedeprimeerd meegemaakt, Mr. Dunley?'

'Nee, dat lag absoluut niet in haar aard, en ze was in geen enkel opzicht uit haar doen omdat we met de scheiding bezig waren. Vandaar dat ik ervan overtuigd ben dat Amy is gevallen, dat haar dood een ongeluk was. Ik ben ervan overtuigd dat ze zich niet van de trap heeft gestort.'

De coroner keek enigszins op van wat Robert zei, maar hij gaf er geen commentaar op. Hij zei: 'Hebt u aanleiding te geloven dat de overledene aan een lichamelijke of geestelijke kwaal heeft geleden?'

'Nee. Bij mijn beste weten verkeerde ze in goede gezondheid,' antwoordde Robert afgemeten.

'Dank u, Mr. Dunley, u mag uw plaats weer innemen.'

De derde getuige was dokter Norman Allerton. Nadat hij de eed had afgelegd, werd hem gevraagd of Amy Robson Dunley een patiënt van hem was geweest.

'Inderdaad, afgezien van het feit dat ze zelden iets ernstigs mankeerde. Het enige waarvoor ik haar ooit heb behandeld was een koudje, griep of iets dergelijks. Kwaaltjes.'

'Wanneer hebt u de overledene voor het laatst onderzocht?' informeerde doctor Wentworth.

'Eind april.'

'Had ze plotselinge klachten, dokter Allerton?'

'Nee. Ze kwam langs omdat het tijd werd voor haar jaarlijkse check-up.'

'En u constateerde dat ze in goede gezondheid verkeerde?'

'Ze verkeerde in blákende gezondheid.'

'Hoe was het de laatste keer dat u haar zag met haar geestelijke gesteldheid?'

'Die was volkomen normaal. Wijlen Mrs. Dunley mankeerde niets. Ze was zowel lichamelijk als geestelijk in prima conditie.'

'Dank u, dokter Allerton, u mag weer plaatsnemen.'

En zo ging het maar door. Getuigen werden opgeroepen en kregen dezelfde vragen voorgelegd. Min of meer. Robert luisterde aandachtig, evenals zijn vrienden, die de procedure een vriendelijk en enigszins informeel verloop vonden hebben, en uitermate eentonig.

Op een gegeven moment werd een van de ambulancebroeders naar de getuigenbank geroepen: Arthur Tarlaton. De coroner vroeg hem de verwondingen van de overledene te beschrijven.

'Toen ik de hal van Thyme Lodge binnenkwam, het huis dat de overledene bewoonde, zag ik dat het lichaam van Mrs. Dunley, zoals het onder aan de trap lag, verdraaid leek. Ik achtte het meer dan waarschijnlijk dat ze had geprobeerd haar val te breken. Ik heb haar direct onderzocht en constateerde toen dat ze haar nek had gebroken. Er bevond zich ook een gapende wond op haar achterhoofd, op de plaats waarmee ze er op de grond van de hal was terechtgekomen, of tegen de rand van de treden was gestoten toen ze eraf tuimelde. Er lag bloed op de marmeren vloer van de hal, en latere DNA-tests wezen uit dat het Mrs. Dunleys bloed was.'

'Mr. Tarlaton, is de overledene naar uw mening aan een val van de trap bezweken? Of zou iets – of iemand – anders haar dood veroorzaakt kunnen hebben? Een insluiper, bijvoorbeeld?'

'Dat betwijfel ik. Nadat ik de overledene ter plaatse had onderzocht, was ik ervan overtuigd dat ze van die trap was gevallen – een zeer steile trap trouwens – en dat ze ten gevolge van een gebroken nek was overleden.'

'Dus u denkt niet dat de gapende wond op haar hoofd haar dood heeft veroorzaakt of ertoe heeft bijgedragen?'

'Nee, sir, dat denk ik niet.'

'Dank u, Mr. Tarlaton.'

'Mrs. Alicia Forrest, wilt u plaatsnemen in de getuigenbank?'

Omdat ze opgelucht was dat ze eindelijk werd opgeroepen om haar getuigenis af te leggen, rénde Alicia bijna op de getuigenbank af, waar ook zij werd beëdigd.

Doctor Wentworth, die haar alleen van naam kende, zei: 'Ik heb begrepen dat u zeer goed bevriend was met de overledene.'

'Inderdaad, doctor Wentworth, en ik sluit me aan bij alles wat haar huisarts Norman Allerton zojuist heeft gezegd. Amy Dunley was een gelukkige, hartelijke en spontane vrouw die net zomin zelfmoord zou plegen als de koningin van Engeland. Verder waren er geen problemen tussen haar en haar echtgenoot. Ze wilden allebei scheiden, en het was algemeen bekend dat ze goede vrienden waren gebleven. Ze waren het evenmin oneens over geld.'

'Dank u, Mrs. Forrest, u mag uit de getuigenbank stappen,' zei doctor Wentworth, nu hij inzag wat voor vlees hij in de kuip had. Een eigenzinnige, goed opgeleide vrouw met een enorm zelfvertrouwen, die bij de zitting wel eens moeilijk in de hand te houden zou kunnen blijken.

Nu riep de coroner Anthony Forrest op, die alles herhaalde wat Robert, zijn vrouw en dokter Allerton hadden verklaard, zij het in andere bewoordingen. Maar het bleef hetzelfde verhaal.

Nu nam inspecteur Lawson de plaats van Anthony Forrest in.

'Wilt u ons vertellen wat er die middag is gebeurd, toen u werd verzocht naar Thyme Lodge te komen, naar aanleiding van het telefoontje van Mrs. Connie Mellor, inspecteur Lawson?'

Lawsons verklaring strookte precies met de informatie die de ambulancebroeder had gegeven.

'Zoals Mr. Tarlaton u al vertelde, doctor Wentworth, lag het lichaam van de overledene uitermate curieus verdraaid, en ik ben eveneens van mening dat ze waarschijnlijk heeft geprobeerd zich aan de trapleuning vast te grijpen, waardoor ze met grotere kracht de trap af stortte,' verklaarde de inspecteur. 'Ik werd er door Mr. Tarlaton van op de hoogte gebracht dat haar nek was gebroken en hij heeft me tevens op de wond op haar achterhoofd gewezen. Later heeft de keuringsarts me verteld dat de overledene is overleden aan de breuk van de bovenste rugwervel. Toxicologische rapporten wezen uit dat haar bloed geen verdovende middelen, barbituraten of alcohol bevatte.'

'Dank u, inspecteur Lawson. Ik begrijp uit uw rapport dat er geen spoor van inbraak op Thyme Lodge was en dat Mrs. Mellor niets navenants in het huis heeft aangetroffen. Is dat juist?'

'Jawel, sir. Ik ben er zeker van dat er geen sprake was van een indringer. Kwade opzet trek ik in twijfel.'

'Hebt u hier iets aan toe te voegen, inspecteur Lawson?'

'Nee, doctor Wentworth. Behalve dat de overledene schoenen met zeer hoge hakken droeg. En veel later, pas twee dagen geleden eigenlijk, bedacht ik dat die waarschijnlijk hadden bijgedragen aan Mrs. Dunleys val. Met name als ze haast had gehad.'

Alicia Forrest ging kaarsrecht zitten en veroorzaakte een geweldige commotie door, in een poging het woord te mogen voeren, verwoed met haar arm te zwaaien, zodat de voorzitter van de forensische dienst ogenblikkelijk op haar af schoot. 'Wat is er, Mrs. Forrest? Een probleem?' vroeg hij bezorgd, in een poging haar tot bedaren te brengen.

'Nee, Mr. Anderson, maar ik zou opnieuw als getuige opgeroepen willen worden. Is dat toegestaan? Ik heb iets ontzettend belangrijks aan mijn oorspronkelijke verklaring toe te voegen.'

'Tja, ik weet niet...'

'Ah, Mr. Anderson, is daar iets niet in de haak?' vroeg de coroner en hij rekte zijn hals om te zien wat er aan de hand was.

'Niet bepaald, sir,' antwoordde Mr. Anderson, waarna hij haastig naar de balie ging. 'Het betreft Mrs. Forrest. Ze zegt dat ze iets toe te voegen heeft.'

'O, hemel, daar was ik al bang voor. Goed, laat haar dan maar nog een keer naar de getuigenbank komen.'

Even later zocht inspecteur Lawson zijn stoel in de zaal weer op en nam Alicia plaats in de getuigenbank. Ze keek de coroner recht aan en zei, iets bedeesder nu: 'Doctor Wentworth, ik zou nog iets willen zeggen. Het heeft betrekking op wat inspecteur Lawson opmerkte over de schoenen met hoge hakken die de overledene ten tijde van haar val droeg. Mrs. Dunley droeg te allen tijde héél hoge hakken, en ze had altijd haast en rende als een bezetene van hot naar her. Daar heb ik haar geregeld voor gewaarschuwd, en ook voor die steile trap op Thyme Lodge. Ziet u, er is me daardoor vorig jaar zelf bijna een ongeluk overkomen. Ik droeg toen ook schoenen met heel hoge hakken, en ik had haast en viel bijna voorover de trap af. Omdat ik de trapleuning in de buurt had, heb ik mijn val kunnen breken door me daaraan vast te grijpen. Die schoenen brachten me ten val; die hoge hakken kunnen levensgevaarlijk zijn.'

'Dat begrijp ik. Tja, dank u voor deze aanvullende informatie, Mrs. Forrest. Ik geloof inderdaad dat u wat meer duidelijkheid in de situatie hebt gebracht, evenals inspecteur Lawson. U mag weer plaatsnemen.'

Robert kneep in Alicia's hand toen ze weer naast hem kwam zitten, en Francis en Anthony keken haar alle twee glunderend aan. Vervolgens zaten ze te wachten, terwijl de coroner zijn aantekeningen en diverse rapporten doorkeek. Toen begon hij aan zijn resumé, waar hij na twintig minuten eindelijk mee klaar was. 'Met de bewijslast die me eerder was bezorgd,' sprak hij, 'en uit wat ik vandaag in deze rechtszaal heb vernomen, ben ik ervan overtuigd dat dit sterfgeval een ongeluk was, veroorzaakt door een ongelukkig toeval.'

Buiten op straat stonden Roberts vrienden op hem te wachten nadat hij zich even van de groep had losgemaakt. Nadat hij een nummer op zijn mobieltje had ingetoetst, wachtte hij tot hij haar stem hoorde. 'Het is in orde,' zei hij. 'Het is helemaal in orde, lieveling. De coroner heeft net zijn oordeel uitgesproken: dood door een ongelukkig toeval... Met andere woorden: het was een ongeluk.'

'O, Robin, goddank,' fluisterde Elizabeth door haar tranen heen. 'Blijf waar je bent. Ik ben zo bij je.'

Achtendertig

'Dit zou ú goed staan, Miss Turner,' zei de verkoopster. 'Als ik het zeggen mag, ik heb u altijd graag in het rood gezien.' Elizabeth keek haar glimlachend aan. 'Dank je, Clarice. Ik eigenlijk ook. Is het wol?' Terwijl ze dat vroeg, bekeek ze de lange sjaal aan de hanger – felrood en aan de uiteinden schitterend geborduurd met langwerpige, holle glanskraaltjes en kant. Wat je noemt een regelrecht vorstelijk exemplaar.

'Nee, het is kasjmier met zijde, maar wél in India gemaakt.' Clarice vond het merkje en knikte, waarna ze het aan Elizabeth liet zien. 'Door een heel goed huis. Met de hand geborduurd.'

'Misschien dat ik deze voor mezelf neem, maar eigenlijk ben ik gekomen om kerstinkopen te doen,' vertelde Elizabeth. 'Laat me nog eens een paar andere zien. Als je hebt, een marineblauwe, een zwarte en een mooie blauwe. Die kleuren zullen mijn drie vriendinnen goed staan.'

'Ze hangen daar, Miss Turner.' Clarice nam haar mee naar een andere afdeling. Elizabeth winkelde graag bij Fortnum and Mason. Wat er te koop was, was van uitstekende kwaliteit, ze hadden bijzondere, vrij chique spullen en het was altijd tamelijk rustig in de winkel. Ze kon er snel slagen, en ze kon verzekerd zijn van snelle service en dat ze in recordtijd op het werk terug zou zijn.

'Deze is best apart,' zei Clarice, terwijl ze een paarse sjaal tevoorschijn haalde, eveneens fraai geborduurd met kraaltjes en lint. 'En bekijkt u deze groene eens. Het is een vrij bijzondere tint groen, vindt u niet?'

'Ze zijn schitterend!' riep Elizabeth uit, denkend aan Grace Rose terwijl ze aan de paarse voelde, en daarna aan Anne Dunley die, wist ze, er prachtig zou uitzien met dat appelgroen. 'Deze twee neem ik zeker, en die rode. Voor mezelf, Clarice, op jouw suggestie. En als je een zwarte en een marineblauwe zou kunnen vinden, is mijn ochtend wat betreft kerstinkopen geslaagd.'

'Ik wéét dat ik die kleuren ergens heb. Eén moment. Trouwens, we hebben heel aparte handschoenen uit Parijs. Als u die even zou willen bekijken. Ze liggen daar in de vitrine uitgestald.'

'Ik ga even kijken, dank je, Clarice. Met een beetje geluk zal ik misschien wel al mijn inkopen op jouw afdeling kunnen doen.'

De verkoopster glimlachte en snelde weg, terwijl ze beloofde zo snel mogelijk terug te komen. 'Want ik weet dat u altijd haast hebt.'

'Vandaag niet,' zei Elizabeth, waarna ze bij het horen van haar gsm in haar tas rommelde en er het toestel uit tevoorschijn haalde.

'Hallo?' zei ze, terwijl ze naar het raam liep.

'Elizabeth?'

'Ja. Ben jij het, Francis?'

'Ja. Ik probeerde je op het werk te bereiken. Merry zei dat je er niet was. Waar ben je nu?'

'Bij Fortnum and Mason.'

Francis schoot in de lach.

'Wat is daar zo grappig aan?'

'Niets, ik moet je toevallig over iets spreken, en je raadt het nooit: ik ben op een steenworp afstand bij je vandaan. Bij mijn kleermaker in Savile Row.'

'Moet je me dringend spreken?'

'Nee, maar het is wel privé. Moet je horen, Elizabeth, laten we in het Ritz afspreken; we zijn er allebei vlakbij. Over een halfuurtje?'

'Waarover wil je me spreken, Francis?'

'Niet door de telefoon, Elizabeth, zeker niet via een mobieltje. Ga je in het Ritz iets met me drinken?'

'Ja, ik zal er zijn. Tot straks.' Ze zette de gsm uit en liet hem in haar handtas glijden, reuze benieuwd. Ze vroeg zich onwillekeurig af wat Francis die ochtend voor informatie in de aanbieding had. Het moest belangrijk genoeg voor hem zijn om haar op te sporen.

Ze liep terug naar de vitrine met handschoenen en bekeek de collectie, in de hoop een paar paarse te vinden, voor bij de sjaal. Die combinatie zou een fantastisch cadeau voor Grace Rose zijn.

Toen Clarice terugkwam met de marineblauwe en zwarte sjaals van hetzelfde modehuis in India, nam ze die allebei. Nadat ze enkele paren handschoenen had uitgezocht zei ze: 'Dit is het, Clarice. Voor vandaag althans.'

'Uitstekend, Miss Turner. Zal ik het allemaal in cadeaupapier inpakken? Ik zal onder op elk pakje een tekentje zetten, zodat u weet welke kleur erin zit.'

'Graag, Clarice. Je mag ze op mijn rekening zetten en ze bij mijn flat laten bezorgen, als je zo vriendelijk wilt zijn. Ik moet er nu helaas als een haas vandoor.'

'Natuurlijk, Miss Turner, ze worden straks per koerier bezorgd.'

In de lobby van het Ritz Hotel bleef Francis staan, waarna hij haastig op Elizabeth af liep toen ze klokslag twaalf uur binnenkwam. Nadat hij haar een kus op de wang had gegeven, nam hij haar aan de arm mee naar het flaneergedeelte, met de woorden: 'Zullen we hier iets gaan drinken?'

'Prima. Eerlijk gezegd vind ik het hier wel leuk, op de wandelpromenade, of hoe het ook mag heten. Alsof de klok is teruggezet. Wat had je me trouwens te vertellen?'

'Zodra we zijn gaan zitten en hebben besteld, krijg je het te horen. Oké?'

'Ik ben reuze benieuwd. Het is niets voor jou om zo geheimzinnig te doen. Meestal kun je niet wachten als je slecht nieuws voor me hebt, wat je naar ik aanneem nu ook voor me in petto hebt.'

'Ik wilde het alleen niet door de telefoon vertellen. O, kijk, bij die palm is een leuke tafel. Laten we daar gaan zitten.'

Binnen enkele seconden kwam er een kelner om hun bestelling op te nemen. Francis koos voor een glas champagne en, tot zijn verbazing, Elizabeth ook.

Toen de kelner weg was en ze weer alleen waren, boog ze zich naar hem toe en keek hem recht in de ogen. 'Oké, brand los. Ik wil weten wat dit allemaal te betekenen heeft.'

Francis keek op zijn horloge en zei: 'Het is op de kop af vijf over twaalf. Vanmorgen om ongeveer tien voor elf kreeg ik een telefoontje uit Parijs. François de Burgh was toen een halfuur geleden over-leden.'

Eén moment staarde ze hem met open mond aan, geschrokken van zijn mededeling, waarna ze uitriep: 'Daar ben je wel *très rapidement* achter gekomen, hè? Heb je soms een infiltrant bij Dauphin?'

'Je weet heel goed dat ik me daar niet over kan uitlaten, Elizabeth. Hoe minder je weet... enzovoort. Maar ik heb uitermate strategisch opgestelde contacten in Parijs en ik kan je verzekeren dat zijn dood elk moment bekendgemaakt kan worden op de Franse televisie.'

'Triest eigenlijk, hij was nog zo jong.' Elizabeth haalde diep adem, ademde uit en ging achteroverzitten. 'Je bent van slag van zijn dood, hè? Vandaar deze hele toestand.'

'Jazeker, want ik twijfel er geen moment aan dat de weduwe naar deze kant van het Kanaal zal trekken... uiteindelijk.'

'Wanneer denk je dat ze naar Schotland komt?'

'Moeilijk te zeggen. Bij de De Burghs in Parijs is geen plaats voor haar – in elk geval niet op den duur. Ik ken Catherine, en ondanks het feit dat ze grootse plannen met haar zoons heeft, geloof ik niet dat ze harteloos is. Ze heeft best iets menselijks. Omdat er voor hen allemaal een periode van rouw zal intreden, zal ze haar schoondochter niet onheus behandelen. Maar uiteindelijk zal Miss Schotland moeten verdwijnen. Heel eenvoudig: Catherine zal haar niet om zich heen dulden.'

'Weg bij Dauphin, bedoel je. Toch niet per se weg uit Parijs? Of uit Frankrijk?'

'Ik denk dat ze best in Frankrijk zou kunnen blijven, maar waarom zou ze? Zonder een greintje macht en zonder een figuurlijke kapstok om haar baret aan op te hangen? Waar zou ze anders naartoe gaan dan naar Edinburgh? Uiteindelijk is ze wél de eigenares van Scottish Heritage. Ze zal zonder twijfel de leiding van haar halfbroer James willen overnemen, die de zaak sinds de dood van haar moeder heeft gerund.'

'Daar zal hij niet blij mee zijn, denk je ook niet?' stelde Elizabeth vast.

'Geen idee. Uiteindelijk heeft hij ook met haar moeder samengewerkt en er het beste van weten te maken.'

'Jij denkt dat Marie de Burgh het me lastig gaat maken, hè?'
Elizabeth wachtte even toen de kelner met twee glazen champagne kwam en ze leunde achterover in haar stoel.

Even later hief Francis zijn glas naar haar op. 'Op jou, bazin.' 'En op jou, Francis. Ik weet niet wat ik zonder jou zou moeten beginnen.'

'Eerlijk gezegd: ik ook niet. En ja, ze zal absoluut haar mond niet houden... over jou, Deravenel en –' Hij maakte zijn zin niet af en viel stil, zodat ze hem vorsend aankeek. Hij, die nooit om woorden verlegen zat, leek zijn tong te hebben verloren.

'Ze kan ons toch helemaal niets maken, Francis? Iedereen weet dat ze geen enkele aanspraak op Deravenel maakt.'

Hij schudde zijn hoofd. 'Wel via haar grootmoeder, en als jij niet meer leeft, is zij de wettige erfgenaam.'

'Maar mijn nichten Greyson dan? Die komen toch ook in aanmerking?'

'Jawel, en dat vond je broer Edward ook. Maar Marie Stewart de Burgh komt vóór hen. Omdat haar grootmoeder Margaret Turner Stewart de oudste zus was van Harry, terwijl Mary Turner Brandt de jongste zus van je vader was, en haar dochter Frances is de moeder van de meisjes Greyson. Dus uiteindelijk wint Miss Schotland het... in geval je dood zou zijn.'

'Maar het testament van mijn vader dan?' voerde Elizabeth aan. 'Hij heeft er een codicil aan toegevoegd om onmogelijk te maken dat een buitenlander Deravenel kan erven, en zij is géén Engelse.'

'Weet je, sommige mensen kunnen ontzettend weerbarstig zijn en de waarheid niet willen horen, en dat geldt zeker voor haar. Ze is inhalig, een machtswellusteling met een enorm ego.' Hij zuchtte. 'Sinds de schepping hebben mensen gemoord om rijkdom en privileges te vergaren.'

'Denk je dat ze het gore lef zou hebben om me te laten vermoorden?' vroeg ze hem bedeesd, wetend dat hij haar naar eer en geweten zou antwoorden.

'Dat weet ik niet, en ik heb geen zin om erover te speculeren. Maar er zijn legio moorden gepleegd die op een ongeluk moesten lijken. Dat heb ik je al zo vaak gezegd. Trouwens, en dat weet je, het wemelt van de moorden in je familie.'

'Je hebt het natuurlijk over een lijfwacht.'

'Je slaat de spijker op z'n kop.'

Ze boog zich voorover en legde een hand op zijn arm. 'Luister, ik geloof alles wat je zegt, Francis, en ik vertrouw je blind en weet hoe bezorgd je bent. Maar... welnu, ze is nog altijd mijn nicht –'

'Ze is je vijand!' riep hij uit, met gedempte stem, maar daardoor niet minder fel. 'En vergeet dat nooit, Elizabeth Deravenel Turner. Bovendien weet je dat het hemd nader is dan de rok; je eigen familie is daar toch het bewijs van? Ik wil dat je een lijfwacht neemt, en de beste die er is. Niet de een of andere chauffeur, van wie we mogen hopen dat hij je kan beschermen, mocht zich een incident voordoen. Ik wil een lijfwacht die náást de chauffeur zit, in plaats dat hij de auto bestuurt. Ik wil een –' Hij brak zijn zin af en keek haar doordringend aan. 'Mag ik je een van mijn showbusinessverhaaltjes vertellen?'

Ze knikte. 'Natuurlijk. Maar wat heeft dat met een lijfwacht te maken?'

'Dat zul je zo begrijpen. Een oude vriend van me werkt in een van de studio's in Hollywood. En op een dag, een paar jaar geleden, vroegen ze een paar grote bobo's een jonge acteur uit New York te ontvangen, een acteur die volgens een bekende agent heel wat in zijn mars had en een grote ster kon worden. De agent hoopte dat die bobo's dat ook zouden zien en hem voor een film zouden contracteren. Voor een grote film. Maar ze wisten niet zo goed hoe ze hem moesten casten: zou hij een film kunnen drágen? Of geschikt zijn voor romantische komedies? Of zou hij beter zijn in karakterrollen? Ze wisten niet zo goed wat ze met hem aan moesten. Ze konden hem gewoonweg niet plaatsen. En mijn vriend evenmin. Hij had echter vertrouwen in het oordeel van een van de bobo's, een vrouw die aan het hoofd stond van de productie- en publiciteitsafdeling, en hij arrangeerde voor de acteur een onderhoud met haar. De achterliggende gedachte was dat zij misschien wist hoe ze hem moest casten en hun een paar ideeën aan de hand kon doen over hoe ze hem konden inzetten. Na een halfuur met hem in haar kantoor te hebben gepraat, liep ze op een holletje naar mijn vriend, haar baas, en zei: 'Ik heb geen idee voor wat voor rollen hij geschikt is. Ik weet niet eens of hij kan acteren. Het enige wat ik weet, is dat hij iemand is om rekening mee te houden. Je moet hem onmiddellijk contracteren.' En dat hebben ze gedaan. En dat is wat voor iemand ik voor jou wil als lijfwacht: iemand met wie men rekening houdt. Iemand die nergens voor terugdeinst jou op alle mogelijke manieren te beschermen. Een man die niet met zich laat spelen, z'n kop bij mekaar heeft, levensbedreigend en geváárlijk is, voor wie de mensen terugdeinzen en die er niet voor terugschrikt zo nodig een vuurwapen te trekken.'

'Ik hou niet van vuurwapens,' sputterde Elizabeth.

Francis staarde haar aan, en begon vervolgens te lachen. 'Je zult eraan gewend moeten raken dat een lijfwacht een vuurwapen draagt. Doe het dan tenminste voor mij, wil je? Alsjeblieft.'

'Ja.'

'Je hebt me niet gevraagd wie die acteur was.'

'Ik zou liever weten of hij een grote ster is geworden, net zo groot als zijn agent verwachtte dat hij zou worden.'

'Dat is hij inderdaad geworden.'

'Hoe heet hij dan?'

'Bruce Willis.'

'In dat geval neem ik een lijfwacht,' zei ze grinnikend. Maar ze klonk serieus toen ze zei: 'Ik weet dat het heden ten dage gevaarlijk is in de wereld waarin we leven, en dat ik kwetsbaar ben vanwege wie ik ben. En niet alleen vanwege iemand als Marie de Burgh, die mijn stoel wenst in te nemen en werkelijk van mening is dat zij meer recht op die stoel heeft dan ik.' Ze nam nog een slokje champagne en besloot met: 'Ik ben niet stom, Francis, dat zou je inmiddels toch moeten weten. Ik begrijp dat ik een doelwit vorm.'

'Kijk nou toch hoe mooi het hier is,' zei Francis twintig minuten later, terwijl hij in het restaurant van het Ritz om zich heen keek. 'Ben je niet blij dat je uiteindelijk tóch met me wilde gaan lunchen, Elizabeth? Alleen al om van deze schitterende ambiance te kunnen genieten? En het eten is ook lang niet slecht,' voegde hij er met een glimlach aan toe. Behalve dat hij een immense bewondering voor haar had, was Elizabeth Turner hem dierbaar en hij voelde de behoefte haar te allen tijde te beschermen. Zij en haar veiligheid gingen hem boven alles.'

'Ik vind het altijd fijn met jou, Francis. Je weet dat jij tot de mensen behoort die ik het liefst om me heen heb. En inderdaad, het is hier beeldschoon. Net zoals het uitzicht op Green Park. O, kijk, het sneeuwt. Misschien krijgen we dit jaar een witte kerst.'

Hij volgde haar blik, en toen hij uit het raam keek, zag hij dat er zelfs een sneeuwstorm woedde. 'Wat gaan jij en Robert met Kerstmis doen?' vroeg hij. 'Toch niet naar het buitenland?'

'Nee, maak je daar maar geen zorgen over. We gaan met Grace Rose naar Stonehurst Farm. Dat hebben wij haar jaren geleden beloofd, en tja –' Elizabeth zweeg even en schudde haar hoofd. 'Ze is oud, en Robin en ik hebben besloten dat we dit jaar maar bij haar moesten gaan logeren. Wie weet hoe lang ze nog zal leven? Een ontzettend hoge leeftijd, achtennegentig. Toch?'

'Zeg dat wel, en het zal je goeddoen een paar dagen buiten de stad tot rust te komen. Je bent echt een workaholic.'

'Maar dat vind ik fijn, dat weet je, Francis. Bovendien hebben Robin en ik ook onze pleziertjes.'

'Ik ben blij dat jullie weer uitgaan en je niet langer achter gesloten deuren verstoppen. Jullie hebben niets om je voor te schamen en jullie hebben geen van beiden iets verkeerds gedaan. Je moet er samen van genieten.'

'Toch doen er nog steeds de vreselijkste verhalen de ronde, maar dat zal altijd wel zo blijven. Er zijn mensen die van mening zijn dat wij Amy's dood op ons geweten hebben.'

'Dat is niet belangrijk, en voor de mensen die tellen, treft jullie geen enkele blaam, echt niet. Bovendien, over de beste families zijn altijd schandalen verspreid, en niet in het minst over de jouwe.' Hij schoot in de lach. 'Wat maakt het uit.'

Ze lachte nu ook, waarna ze zei: 'Als Marie de Burgh haar tranen eenmaal heeft gedroogd, durf ik te wedden dat John Norfell zijn geluk bij haar gaat beproeven. Wat jij?'

'Dat heeft hij al gedaan, maar dat heeft Cecil je zeker al verteld.'

'Tussen neus en lippen door, ja. Als Norfell werkelijk iets met haar krijgt, wat best zou kunnen nu ze weduwe is, kunnen we ons dan van hem ontdoen? Kan hij ontslagen worden?'

'Alleen als de directie een misstap van hem tegen Deravenel kan ontdekken.'

'Nou, dan zullen we maar moeten afwachten, hè?'

'Inderdaad, er zit niets anders op...' Hij liet zijn zin in de lucht hangen en keek haar over de tafel heen glimlachend aan toen de kelner zijn eerste gang kwam brengen. 'Ik ben blij dat ik voor de verandering een bord met eten voor je neus zie staan. Het lijkt wel of je nooit eet.'

'O, reken maar van wel.' Ze pakte haar lepel, proefde van de tomatensoep en zei: 'En ga je gang, ga de juiste lijfwacht maar voor me zoeken, Francis. Zoals altijd heb je gelijk. Ik moet fatsoenlijk beschermd worden.'

'Ik vind het ongelooflijk dat we werkelijk in Downing Street Number Ten staan,' fluisterde Elizabeth later die avond tegen Robert. 'En ik vond het fantastisch Tony Blair en Cherie te ontmoeten, jij niet?'

'Net zo fantastisch als jij, lieveling. Ze zijn de charme zelve, allebei.' Robert keek haar met een liefdevolle glimlach aan. 'En ik ben blij te zien dat je, ondanks al jóúw succes, helemaal niet blasé bent.' Hij pakte haar bij de arm en nam haar mee, de trap op naar de ruime zaal in de officiële residentie van de premier, waar een vroege kerstviering plaatsvond.

Toen ze om zich heen keek, riep Elizabeth uit: 'Goh, wat zijn er vanavond veel beroemdheden – filmsterren, beroemde schrijvers, hoge piefs van de televisie en media... En popsterren. O, kijk, Robin, is dat niet Sting met zijn vrouw?'

Hij volgde haar blik en knikte. 'Ja, en ik heb net David Hockney gezien, een van mijn favoriete schilders. Die staat daar met Emma Thompson en Alan Bennett te praten. En daar, bij de kerstboom, staat Jenny Seagrove, en van mijn favoriete actrices.'

'Ze is ronduit beeldschoon, vind je niet? En wie is de man die haar gezelschap houdt?'

'Ik weet zeker dat het haar partner Bill Kenwright is, de theateragent. Nu ik erover nadenk: van alle takken van kunst en cultuur is er wel iemand. Maar ook een heleboel steratleten.'

'Ik ben zo blij dat we zijn gegaan; ik had dit geweldige feest voor geen goud willen missen.'

Toen er een kelner met een blad met drankjes op hen af kwam, pakten ze allebei een glas champagne. Ze klonken met elkaar, waarna Robert zei: 'Op "*Cool Britannia*", zoals de premier het noemt.' Hij zette een wat ernstiger gezicht op toen hij eraan toevoegde: 'Er heeft in de Britse hogere kringen werkelijk een wereldschokkende verandering plaatsgevonden sinds de Blairs in Downing Street zijn neergestreken. Het hele land heeft een nieuwe impuls gekregen. Zelf heb ik het gevoel alsof alles mogelijk is... dat we de hele wereld de baas kunnen.'

'Ik dacht dat dat al zo wás,' kaatste Elizabeth terug, waarna ze er op ernstige toon aan toevoegde: 'Maar om op je laatste uitspraak terug te komen, Robin: ik denk dat iedereen dat gevoel heeft. Ik wel, in elk geval. Het is... nou ja, het is een nieuwe structuur.'

'Ja, dat vind ik ook,' zei Robert, waarna hij Elizabeth bij de arm nam en haar de zaal door loodste. 'Laten we eens een praatje gaan maken met Jenny Seagrove.'

Negenendertig

Het millennium. Plotseling was het zover, en het jaar tweeduizend werd met een knal ingeluid. Althans, voor de firma Deravenel. Ik heb een gigantisch feest gegeven en had het voltallige personeel uitgenodigd, en het mooiste was dat iedereen is komen opdagen – niemand uitgezonderd. Ik heb het in het Dorchester Hotel gehouden – met cocktails, een diner en er werd gedanst. Ik had kosten noch moeite gespaard, en het werd één gezellige bende waarvan iedereen heeft genoten. Ik ook, van elke minuut.

Om eerlijk te zijn was het feest niet alleen bedoeld om de komst van het millennium te vieren, en het nieuwe jaar, maar eerder als eerbewijs aan de firma Deravenel, die ik de eenentwintigste eeuw had binnengesleept. Heftig tegenstribbelend misschien, maar ik had het 'm toch maar gelapt. Ik heb het echter niet in mijn eentje gedaan. Dus had ik moeten zeggen dat Cecil, Robin en ik het 'm samen hadden gelapt. De drie musketiers. Meestal corrigeert Cecil me met een meewarige glimlach: 'het driemanschap', en dan glimlach ik terug, omdat ik zijn schoolmeestersgedrag en de manier waarop hij dat op bijna alles in het leven toepast wel kan waarderen. En als ruggensteun hadden we Francis Walsington, Nicholas Throckman en Ambrose Dunley. Alle drie uitstekende mannen, en we runnen dit gigantische concern als een team. En met z'n allen hebben we het net zo groot gemaakt als het geweest is onder het bewind van Edward Deravenel en na hem onder dat van mijn vader Harry Turner. Mijn halfzuster had het laten kelderen; het is ons gelukt het omhoog te stuwen, het groter te maken dan ooit tevo-

ren. En het wonder is dat mijn team en ik dat in vier jaar voor elkaar hebben gekregen. Ik heb in 1996 de leiding overgenomen en nu is het oktober 2000. De jongens van de city hebben bewondering voor ons; ik heb zelf niet alleen bewondering voor ons, ik ben trots op ons. Deravenel staat weer als een huis. We hebben het op ijzeren palen gebouwd. Elke branche is winstgevend. De hotels zijn een bloeiende business, evenals de wijngaarden en de boetiekhotels in de herenhuizen; mijn beautycentra staan bekend als de meest luxueuze en fraaiste ter wereld en hebben talrijke prijzen gewonnen voor de heilzame en effectieve behandelingen die ze bieden. En vanwege het succes van het Marbella Resort zijn we een nieuwe divisie gestart en zijn we bezig over de hele wereld op de mooiste locaties vergelijkbare recreatieoorden uit de grond te stampen.

Ambrose is degene die deze nieuwe onderneming heeft geëntameerd. Omdat hij heeft bewezen slim, efficiënt en vernieuwend te zijn toen hij de leiding had over het Marbellaproject, leek het niet meer dan logisch dat hij de nieuwe divisie zou gaan bestieren. Robins broer is een genie. Maar dat zijn de mannen en vrouwen die deel uitmaken van mijn uitstekende team allemaal.

Nou ja, we hadden vorig jaar wat problemen met John Norfell, die in de ban was geraakt van Marie de Burgh toen ze in 1999 in Schotland kwam wonen. Ze had geen andere keus. Ik hoorde van Francis dat haar schoonmoeder uiteindelijk weinig zachtzinnig met haar omsprong en haar had gedwongen bij Dauphin en uit Parijs te vertrekken.

Naar het schijnt weet ze wel raad met mannen, maar John Norfell heeft tot zijn verdriet ervaren dat ze ze gebruikt en dat ze bezig was hem voor haar karretje te spannen. Het was weldra duidelijk dat ze niet van plan was om met hem naar bed te gaan, laat staan met hem te trouwen. Dat haalde een streep door de rekening, mocht hij al hebben gedacht dat hij samen met haar de leiding bij Scottish Heritage kon overnemen.

Norfell geeft toe dat hij nooit haar minnaar is geworden en beweert dat hij, toen hij eenmaal begreep dat ze sluw en in bepaalde opzichten niet te vertrouwen was, zo snel mogelijk de benen nam naar Engeland. Al die informatie kwam regelrecht bij mij terecht, via Francis, die ons, het driemanschap, het advies gaf een oogje dicht te knijpen wat zijn escapades betrof. Hij wees erop dat er geen directe schade was aangericht. Daar zijn we mee akkoord gegaan, met dien verstande dat Cecil en Robin een gesprek met Norfell zouden aangaan om hem op het matje te roepen en hem te waarschuwen dat hij beter op zijn tellen moest passen.

Robin was degene die me vertelde dat John hem had opgebiecht dat Marie de Burgh uitermate aantrekkelijk en, zoals John het stelde, 'een lekker hapje' was. Toen ik dat hoorde, zei ik tegen Robin dat ik braakneigingen kreeg. Wat een denigrerende manier om een vrouw te beschrijven. Daardoor ging ik Norfell toch met andere ogen bekijken. Omdat hij door Cecil en Robin was gewaarschuwd dat hij er bij Deravenel zou worden uit gegooid als zich ooit nog incidenten zouden voordoen, heeft Norfell het afgelopen jaar spitsroeden gelopen. Ik hou hem nauwlettend in de gaten.

Soms denk ik aan haar, aan die rare nicht van me, die in mijn schoenen zou willen staan, die alles wil hebben wat van mij is en staat te trappelen om mijn plaats bij Deravenel in te nemen. Hoe durft ze – het gore lef. Bovendien is er altijd en eeuwig iets wat ze wil: vragen of ik een gesprek met haar wil, smeken of ze bij me mag komen logeren, eisen dat ik haar in mijn testament tot mijn erfgenaam benoem. Dat zou mijn eigen executie betekenen.

Ik kon mijn ogen nauwelijks geloven toen ze me op het laatst een foto van zichzelf opstuurde. Toen ik de foto bekeek, zag ik dat ze inderdaad een schoonheid was, maar ook dat totaal niets wees op de immense kracht van haar zogenaamde sexappeal. Alleen Nicholas Throckman had de moed me daar een verklaring voor te geven. Hij zei laatst tegen me dat Marie de Burgh zonder een woord te zeggen een man kan doen geloven dat hij haar zou kunnen krijgen. Hij zei er ook nog bij dat ze met haar schoonheid en charme harten kan breken.

Ik kan je één ding verzekeren: ik zal mijn hart niet laten breken. Vandaar dat ik haar op een afstand hou. Ik heb de foto aan de vlammen toevertrouwd en geen gehoor gegeven aan haar smeekbeden voor een ontmoeting. Francis steunt me hierin. Hij is geen fan van haar en zegt dat ze wanhopig op zoek is naar een echtgenoot, maar hij voorspelt dat het slecht met haar zal aflopen. In tegenstelling tot een groot aantal mannen heeft Francis zijn ogen wijd open als het vrouwen betreft, en hij kent al hun streken. Ik ontdekte dat zijn

weerzin van Marie Stewart de Burgh diep zit. Hij kent haar half-
broer, de zoon van haar vader en de vrouw die heel lang zijn maî-
tresse is geweest, die is geboren voor James Stewart met haar moe-
der trouwde. Hij is twaalf jaar ouder dan Marie, heet ook James
(naar zijn vader), is ook een onwettig kind en heeft, zolang hij de
leeftijd had om te mogen werken, een vinger in de pap gehad bij de
leiding over Scottish Heritage. Francis mag hem graag en is van me-
ning dat hij over capaciteiten beschikt en rechtdoorzee is. Maar hij
heeft hardop zijn twijfels geuit over de haalbaarheid van een zake-
lijk partnerschap tussen deze halfbroer en halfzus.

Maar al met al is 2000 een goed jaar geweest. Tot nu toe in elk
geval. Deravenel draait goed. Francis heeft nu meer rust, sinds hij
de in zijn ogen volmaakte lijfwacht heeft aangesteld: een echt ster-
ke, stoere man die aan al Francis' vereisten voldoet. In elk geval is
Gary Hinton alles wat ik me kan wensen, want hij is rustig, wel-
gemanierd en 'stil'. Ik kan niet iemand om me heen velen die let-
terlijk en figuurlijk rommelig bezig is, maar zo is hij niet. Hij is
kalm, scherp en alert. Hij geeft me een veilig gevoel en ik ben er-
van overtuigd dat hij me zal beschermen.

Omdat Robin Gary Hinton ook graag mag en oog heeft voor
zijn uitstekende capaciteiten, is hij ook meer gerustgesteld wat be-
treft mijn veiligheid. Alles is goed tussen ons, en we zijn er einde-
lijk in geslaagd de schaduw die Amy's plotselinge overlijden over
ons leven heeft geworpen van ons af te schudden. Goddank is het
geroddel zo goed als afgelopen en hebben de media andere, inte-
ressantere verhalen gevonden om over te berichten. Af en toe her-
innert Robin me als grap aan het feit dat we berucht zijn.

Robin en ik zijn in New York. We zijn hier om een paar weken
mee te lopen bij de Deravenel-vestiging op Manhattan, en ik heb
ook een bespreking met Anka Palitz gearrangeerd over de beauty-
centra. Het enige probleem is dat ik Londen heb verlaten met een
werkelijk afgrijselijke verkoudheid, en ik zou willen dat ik wist hoe
ik ervan af kon komen...

Elizabeth, die maar niet van haar hoest afkwam, ging met een hand
voor haar mond op een stoel zitten. Even later kwam Robert de
slaapkamer binnenstormen, zijn knappe gezicht vertrokken van paniek.

'Hoe gaat het met je?' vroeg hij met een stem waarin bezorgdheid klonk. 'Je klinkt vreselijk, Elizabeth.'

'Ik weet niet wat me overkomt,' kreeg ze er uiteindelijk met moeite uit. 'Die hoest is plotseling komen opzetten. Maar het gaat op en af. Het gaat best, Robin, echt waar.'

'Denk je dat je bronchitis hebt?'

'Nee, ik weet zeker van niet.' Ze stond op, waarna ze de rok van haar rode wollen jurk gladstreek en naar de kast ging om er de bijpassende jas uit te halen. 'We zijn aan de late kant, hoor. We hebben over een halfuur een afspraak met Anka in La Grenouille.' Ze schonk hem de stralendste glimlach die ze kon opbrengen.

'Als je zeker weet dat je het kunt opbrengen, kom op dan, lieveling. Ik sta klaar.' Hij nam haar jas van haar over en hielp haar erin, waarna ze samen naar de deur liepen. 'Gary staat beneden op ons te wachten.'

Anka Palitz – blond, aantrekkelijk en doodchic – zat al in het restaurant en glimlachte hartelijk toen Charles, de eigenaar van La Grenouille, Elizabeth en Robert naar het tafeltje begeleidde.

'Wat ontzettend leuk jullie allebei te zien,' zei ze, terwijl Elizabeth naast haar op de bank kwam zitten en Robert op de stoel aan de overkant plaatsnam.

'Het spijt me dat we te laat zijn. We hebben ons op het verkeer verkeken,' vertelde Elizabeth.

'Dat is helemaal niet erg. Wat willen jullie drinken? Champagne, wijn of iets fris?'

'Water graag, Anka. Ik kan rond lunchtijd echt geen alcohol drinken. Ik word er slaperig van.'

'Ik ook. En jij, Robert?'

'Water graag, net als Elizabeth,' antwoordde Robert.

Anka wenkte de ober, gaf de bestelling door, terwijl Robert naar Elizabeth keek en constateerde dat ze er opeens echt ziek uitzag. Haar gezicht was bleker dan ooit en haar ogen stonden glazig. Ze had koorts, volgens hem.

Hij bekeek haar zo aandachtig, dat Elizabeth zei: 'Het gaat goed met me, Robin.' Ze wist altijd wat hij dacht, en de uitdrukking op zijn gezicht liet niets aan de verbeelding over.

Anka, die nu ook naar haar keek, zag meteen dat ze doodsbleek was. 'Weet je dat zeker? Voel je je niet goed?'

'O, het is alleen maar een stomme verkoudheid die ik uit Londen heb meegenomen. Het gaat best. Tussen haakjes, dit is voor jou.' Elizabeth graaide in haar tas en haalde er een bruine envelop uit. 'Dit is het volledige programma dat ik voor de Amerikaanse beautycentra in kaart heb gebracht. Lees het door en vertel me dan wat je ervan vindt. Er is absoluut geen haast bij, maar ik zou graag je mening horen nu we in New York zijn. En wat ik ook wil weten is of jij nog bij de beautycentra wilt blijven nadat ik ze aan Deravenel heb overgedaan. Er gaat namelijk niets veranderen; het is alleen maar een transactie op papier, en jij blijft dan natuurlijk voor mij werken.'

'Dat begrijp ik, en ik weet tamelijk zeker dat ik zal blijven, Elizabeth. Alleen zou ik het allemaal nog eens willen nakijken. Dan kunnen we het er van de week over hebben, nog eens samen gaan eten – 's middags of 's avonds, wat je maar wilt.'

'Natuurlijk, en het is –' Elizabeth kon haar zin niet afmaken omdat ze door een hoestbui werd belaagd. Met haar servet tegen haar mond gedrukt, hoestte ze tot ze vuurrood zag. Eindelijk was ze de hoest de baas en haalde diep adem. Terwijl ze dat deed, vertrok ze haar gezicht, en ze legde een hand op haar borst.

'Wat is er?' vroeg Robert, bezorgd om het feit dat ze duidelijk pijn had.

'Het doet echt pijn wanneer ik diep inadem,' zei Elizabeth. Zwakjes leunde ze achterover op de bank. 'Ik ben duizelig, Robin.'

'Ik vind dat we met je naar een dokter moeten,' riep Robin uit, waarna hij Anka aankeek en zijn wenkbrauwen optrok.

'Dat vind ik ook, en we kunnen hier maar het beste zo snel mogelijk weggaan,' stelde Anka kordaat vast, onmiddellijk de situatie meester. 'Ik heb een uitstekende huisarts, Robert, en ik vind dat hij Elizabeth acuut moet onderzoeken. Ik ga zijn praktijk bellen. Ik mag vast Charles' telefoon wel gebruiken.'

'Oké, en ik ga met je mee. Ik moet Gary bellen. De auto staat ergens in de buurt geparkeerd.' Hij ging staan, hielp Anka met opstaan en keek Elizabeth aan. 'Ik ben zo terug, lieveling.'

'Het gaat best, Robin, ik ben heus niet van plan dood voor je neer te vallen.'

Dokter Andrew Smolenski begreep onmiddellijk, nadat hij telefonisch van Anka Palitz had gehoord dat Elizabeth Turner kennelijk erg ziek was, dat het hier om een noodgeval ging. Dat zag hij zodra ze zijn spreekkamer binnenkwam. Nog terwijl Anka bezig was hen aan elkaar voor te stellen, begon ze te hoesten, wat dokter Smolenski meteen verontrustte.

Toen ze zichzelf weer in de hand had, zei hij: 'Hoe lang hebt u die hoest al, Miss Turner?'

'Vanaf vorige week...' Ze brak haar zin af en terwijl ze met haar hoofd schudde, sloeg ze een hand voor haar gezicht. 'Sorry, ik voel me wat futloos.'

Robin kwam tussenbeide en haastte zich uit te leggen: 'We zijn afgelopen vrijdag in New York aangekomen, dokter, op de twintigste. Elizabeth was flink verkouden toen we uit Londen vertrokken. Maar de hoest is sinds we hier zijn alleen nog maar erger geworden – in het weekend, om precies te zijn.'

'Aha.' De arts maakte enkele notities op een schrijfblok, waarna hij zich weer tot Elizabeth richtte. 'Als u diep inademt, hebt u dan pijn in uw borst?'

Elizabeth knikte.

'Hebt u last van slijm? Geeft u op?'

'Vanmorgen, tamelijk vroeg, maar niet veel.'

De arts stond op en liep om zijn bureau heen. 'Ik moet u even onderzoeken, Miss Turner. Komt u maar mee.' Al pratende trok hij de deur van zijn onderzoekkamer open, waarna hij zei: 'Wilt u uw jas en uw jurk uittrekken? Mijn assistente zal u komen helpen.'

Elizabeth volgde hem, waarna hij de deur voor haar openhield en haar alleen liet. Toen de assistente via een andere deur binnenkwam, keek ze haar glimlachend aan en zei: 'Het is alleen maar een routineonderzoek, Miss Turner, maakt u zich geen zorgen. Als u zich hebt uitgekleed, mag u deze kamerjas aantrekken.'

Even later kwam de arts binnen en begon met zijn onderzoek. Hij nam haar temperatuur, luisterde via een stethoscoop naar haar hartslag en controleerde haar bloeddruk. Toen hij daarmee klaar was, knikte hij en zei: 'Kleedt u zich maar weer aan en kom dan weer in mijn spreekkamer.' Zodra hij weg was, kwam de assistente terug om haar te helpen met aankleden.

Toen ze in zijn spreekkamer terugkwam, was de arts in gesprek met Anka en Robin, en zijn gezicht stond ernstig. 'Ah, daar bent u,' zei hij. 'Uw temperatuur is achtendertig graden, en u hebt een zwakke, nogal snelle hartslag. Ook hebt u een verhoogde ademfrequentie en het zuurstofgehalte van het bloed is vierentachtig procent. Ik ben van mening dat uw longen niet voldoende zuurstof opnemen. Mr. Dunley vroeg me zojuist of u bronchitis had en ik heb hem verzekerd dat dat niet het geval was. Maar ik denk wel dat u longontsteking hebt, en ik wil dat u zo snel mogelijk naar Spoedeisende Hulp van het ziekenhuis gaat. Voor een paar verdere onderzoeken.'

'O,' zei ze, terwijl ze hem geschrokken aanstaarde.

'Ik zal alle maatregelen treffen,' zei de arts op besliste toon, die geen tegenspraak duldde.

Elizabeth onderging een aantal onderzoeken op Spoedeisende Hulp van het New York Cornell Hospital. Vrij snel nadat een röntgenfoto van haar borst was genomen en er bloed was afgenomen volgde de diagnose. Ze had inderdaad longontsteking en de symptomen waren ernstig.

Dokter Melanie Roland, de arts die de onderzoeken had uitgevoerd, kwam het onderzoekkamertje binnen waar Elizabeth met Robert en Anka zat om de situatie toe te lichten. 'We willen u onmiddellijk opnemen, voor vierentwintig uur,' zei ze. 'Dan krijgt u een bed buiten de intensive care en zullen we, in afwachting van de uitslag van de kweken die we hebben gemaakt, beginnen met u antibiotica toe te dienen.'

'Ik wil niet in het ziekenhuis blijven, ook niet voor één nacht,' sputterde Elizabeth tegen, terwijl ze Robert aankeek.

'Het zou het verstandigste zijn wat u kan doen, Miss Turner,' zei dokter Roland. 'Uw symptomen zijn echt ernstig. U hebt wél een longontsteking, hoor.'

Robert ging naar Elizabeth toe en sloeg zijn arm om haar heen. 'Het is maar voor één nachtje,' zei hij sussend. 'Ik ga wel naar het hotel om wat dingen te halen die je nodig hebt, en dan kom ik daarna terug om je gezelschap te houden.' Hij keek dokter Roland aan. 'Ik kan toch wel een paar uur bij haar blijven?'

Dokter Roland had op het punt gestaan zijn verzoek te weigeren, maar ze knikte en schonk hem een warme glimlach. 'Natuurlijk, Mr. Dunley.'

'En u kunt zeker wel een kamer apart voor Miss Turner regelen, hè, dokter?' vroeg hij.

'Ik zal er onmiddellijk voor zorgen.'

'Dan blijf ik bij je tot Robert terug is,' zei Anka.

'Lief van je, Anka, dat zou ik heel fijn vinden.'

De volgende morgen, toen Robert weer in het ziekenhuis kwam, ontdekte hij dat Elizabeth niet meer op de kamer lag. Ze lag nu op de intensive care, aan allerlei slangetjes, en ze werd kunstmatig beademd. 'Wat is er in godsnaam gebeurd?' vroeg hij aan dokter Roland, die hem naar de ic had gebracht om Elizabeth op te zoeken, al mocht hij maar heel even blijven.

De dokter nam hem weer mee naar de gang. Daar vertelde ze: 'We hebben haar een kalmeringsmiddel toegediend. Dat is het beste voor haar.' Vervolgens ging ze met hem op een bank zitten en legde uit: 'Gisteravond kreeg ze hoge koorts, haar zuurstofgebrek nam toe, en tot nu toe heeft ze niet gereageerd op alle antibiotica.'

Robert, weliswaar ziek van angst, slaagde er desondanks in kalm te blijven. Hij vroeg: 'En de kweken die u hebt gemaakt? Wat is u daaruit gebleken?'

'Ik wacht nog steeds op de uitslagen, Mr. Dunley. In afwachting daarvan heb ik Miss Turner op andere antibiotica gezet, in de hoop dat we tot betere resultaten zullen komen. Maar ik moet u vertellen dat dit een uiterst kritieke fase is.'

'Maar hoezo dan? Wat is er gebeurd?'

'Ik denk dat de longontsteking haar lelijk te pakken heeft, en de medicatie heeft niets uitgehaald. We hopen dat de nieuwe antibiotica zullen helpen. Dat weet ik wel zeker,' stelde ze hem gerust, zich bewust van zijn immense bezorgdheid.

Robert wreef met een hand over zijn gezicht en ademde diep in. 'Er gaan mensen dood aan longontsteking. Elizabeth toch niet, hè?'

'Zoals ik u net al zei, Mr. Dunley, dit is echt een kritieke fase, maar we zullen er alles aan doen om Miss Turner erdoorheen te slepen. En zodra we de uitslagen van de kweken hebben, weten we een heel stuk meer.'

'Zal ik hier blijven, tot ze wakker wordt?' vroeg hij met wanhoop in zijn stem.

'Ik vind echt niet dat u dat moet doen. Ze kan uren blijven slapen. Dat hoop ik eigenlijk van harte.'

'Ik begrijp het,' zei hij. 'En dank u wel, dokter.'

Veertig

Omdat Elizabeths toestand de volgende paar dagen kritiek en onzeker bleef, was Robert totaal over zijn toeren. Hij wilde zo graag iets doen om haar te helpen, maar hij kon niets doen. Hij was geen arts, en hij was slim genoeg om in te zien dat ze niet in betere handen had kunnen zijn. Dokter Smolenski was bij de zaak betrokken en hield hem op de hoogte van haar vorderingen, en hij had alle vertrouwen in dokter Roland. Zodra hij haar op de spoedafdeling had ontmoet, had hij geweten dat ze haar werk met hart en ziel deed. Hij ging twee keer per dag naar het ziekenhuis om te zien hoe het met Elizabeth was, en sloop dan stilletjes weg. Hij wist dat er voor hem niets anders op zat dan af te wachten. En te bidden. Hij bad heel vaak. En hij belde heel vaak naar Londen. Cecil was net zo overstuur en bezorgd als hij, en stond te trappelen om op het eerstvolgende vliegtuig naar New York te stappen. 'Wacht nog maar een dag, tot de uitslag van de kweken,' had hij hem op het hart gedrukt. Maar toen hij eindelijk de uitslag te horen kreeg, was hij ten einde raad. Dokter Roland zei dat Elizabeth een wel héél zeldzame vorm van longontsteking had, die een heel groot aantal dodelijke slachtoffers maakte.

'O, mijn god, nee! Kunnen jullie haar dan niet redden?'

'Ja, natuurlijk wel,' stelde Melanie Roland hem gerust. Maar ze was er helemaal niet zo gerust op.

Elizabeth lag op de intensive care, met haar ogen gesloten en een uitdrukkingsloos gezicht.

347

Robert stond naar haar te kijken; de man die zoveel van haar hield, maar helemaal niets voor haar kon doen. Hij wendde zich af van het bed en liep met een gebed op zijn lippen weg. Ze moest blijven leven. Ze móést. Wat moest hij zonder haar beginnen?

Ik ga dood. Ik weet het zeker. Ik wil niet dood. Ik ben pas negenentwintig jaar. Ik zou graag wat langer blijven leven. Voor Robin. O, mijn god! ROBIN. Wat zal er van hem worden als ik doodga? Hij heeft me nodig. Ik moet dus blijven leven. Maar stel nou dat het niet lukt? Ik moet deze dodelijke ziekte de baas zien te worden. Want als ik dood zou gaan, maakt dat hem ontzettend kwetsbaar. Zo kan ik hem niet alleen laten, zo verschrikkelijk weerloos. Ik moet hem beschermen. Hoe speel ik dat klaar? Ik moet ervoor zorgen dat hij een gedegen positie bij Deravenel krijgt. De beste positie. Ja, positie en kapitaal. Ik moet zorgen dat hij dat alle twee krijgt. Ik wil dat Cecil Williams hier komt, en advocaten. Ik moet een codicil aan mijn testament toevoegen.

Een dag later kwam Cecil in New York aan. 'Had me maar eerder laten komen,' zei hij, waarbij hij Robert over de tafel heen verwijtend aankeek. Ze zaten in het restaurant van het Carlyle Hotel. 'Ik heb me doodongerust gemaakt over Elizabeth, en dat doe ik nog steeds.'

'Dat weet ik. Maar we kunnen geen van tweeën iets doen. Hoogstens de artsen, maar wij niet.'

'Hoe is het nou écht met haar, Robert?' Cecils lichtgrijze ogen stonden zorgelijk.

'Het gaat een ietsje beter. Ze is eindelijk naar een andere afdeling overgebracht. Ze ligt niet meer op de intensive care, en ze wordt van de kunstmatige beademing afgehaald. Maar ze is nog niet buiten gevaar.'

'Hoezo?' vroeg Cecil. Zijn stem klonk somberder dan ooit.

'In deze fase bestaat altijd de kans op een terugslag. Maar laten we het daar niet langer over hebben. Laten we hopen dat ze beter wordt en niet achteruitgaat.'

Cecil legde zijn servet op de tafel en schoof zijn stoel achteruit. 'Ik ben klaar om naar het ziekenhuis te gaan. Ben jij ook zover?'

'Laten we dan gaan. Ze zal dolblij zijn je te zien,' zei Robert, waarna hij met zijn vriend en collega het restaurant verliet.

Het was lekker weer, al was het november; ze gingen te voet de straat uit, waarna het hun op Madison Avenue lukte een taxi te krijgen.

Robert gaf de chauffeur het adres op van het ziekenhuis, leunde achterover op de achterbank en zei: 'Ze is afgevallen, en ze heeft nog nooit zo bleek gezien, dus schrik niet wanneer je haar ziet.'

'Nee, dat beloof ik,' zei Cecil, maar toen het zover was, schrok hij toch. Om te beginnen was Elizabeth uitgemergeld, en hij had nog nooit zo'n bleek gezicht gezien.

Hij stormde op het bed af, boog zich over haar heen en toen hij haar een kus op de wang gaf, pakte ze zijn hand en kneep erin, waarna de glimlach die hij in haar donkere ogen zag hem onmiddellijk opfleurde. 'Ik ben zo snel gekomen als Robert toestond. Hij deed reuze moeilijk.'

Elizabeth schoof het zuurstofmasker van haar gezicht en zei: 'Vertel mij wat. Maar hij had gelijk. Ik was even helemaal van de wereld. Je had je rot verveeld van al dat wachten.'

Robert kwam bij hen staan, gaf Elizabeth een kus en trok een stoel bij voor Cecil, waarna hij er een voor zichzelf ging halen.

Cecil sprak een tijdje met haar, voornamelijk over Deravenel, om haar bij te praten over diverse zaken, en ze luisterde aandachtig, waarbij ze zo nu en dan knikte.

Terwijl Robert haar nauwlettend in de gaten hield, zoals altijd alert op elke wisseling van haar stemmingen, merkte hij dat ze moe begon te worden. Hij legde een hand op haar arm en zei: 'Ik denk dat we beter kunnen gaan, om je nu wat te laten rusten. We komen gauw terug en dan zien we je straks.'

Elizabeth schudde haar hoofd, waarna ze het zuurstofmasker wegtrok. 'Ik moet met Cecil praten, Robin. Zou je ons een ogenblik alleen willen laten?'

'Natuurlijk,' antwoordde hij, waarna hij haar nog een kus gaf. Mocht hij verbaasd zijn geweest, dan liet hij het niet merken. Hij liep zonder meer de kamer uit, waardoor hij haar de privacy gunde waar ze kennelijk behoefte aan had.

'Wat is er, Elizabeth?' vroeg Cecil, terwijl hij zich dichter naar haar toe boog. 'Is er iets belangrijks dat je wilt zeggen?'

Ze knikte. 'Mocht me iets overkomen, mocht ik niet beter wor-

den, dan wil ik dat Robert in mijn plaats algemeen directeur van Deravenel wordt. Beloof me dat jij ervoor zult zorgen.'
'Maar dat kan ik niet, Elizabeth! Hoe graag ik je ook een plezier doe. Vergeet niet dat je, om dat voor elkaar te krijgen, de bedrijfsreglementen zult moeten wijzigen. Hij is namelijk geen Deravenel, en alleen een Deravenel kan algemeen directeur worden.'
'Laten we dan de reglementen wijzigen.' Ze zette snel het zuurstofmasker op haar gezicht, omdat ze plotseling ademnood kreeg. 'Daar zou een bestuursvergadering voor nodig zijn.'
'Laten we dan een andere titel bedenken. Curator misschien, wat Edward Selmere voor Edward junior was.' Ze schoof het masker op zijn plaats, boog zich voorover en greep Cecil bij de arm. Even later deed ze het masker weer af en zei: 'Ik wil dat hij het hoofd van het bedrijf wordt als ik doodga. We moeten het nu doen, Cecil. Alsjeblieft. Want ik ga namelijk misschien dood.'
'Ik zal mijn uiterste best doen,' beloofde hij, waarna hij haar voorzichtig in de kussens terugduwde, het zuurstofmasker voor haar op z'n plaats schoof en op zoek ging naar Robert, zodat ze afscheid van elkaar konden nemen en zij kon rusten.

Tot eenieders grote opluchting en blijdschap kwam Elizabeth Turner tóch uit het ziekenhuis, op de kop af drie weken nadat ze naar de afdeling intensive care was gebracht. Ze was broodmager, zwak, uitgeput zelfs, maar ze was hersteld van de zelden voorkomende soort longontsteking die een heftige aanslag op haar weerstand was geweest en haar bijna had gedood.
'Maar ik ben er weer, levend en wel,' riep ze uit, terwijl ze zich installeerde op de bank in de zitkamer van hun suite in het Carlyle. 'En ik dank jullie dat jullie zo goed voor me hebben gezorgd.' Ze keek Robert en Anka Palitz glimlachend aan, waarna ze naast zich op de bank klopte. 'Kom, ga hier eens zitten, Cecil,' zei ze, waarbij in haar stem doorklonk hoe dierbaar hij haar was. 'Ik ben zo blij dat je er bent. Zullen we nu dan thee bestellen? Daar zou ik in elk geval best trek in hebben.'
De anderen stemden ermee in, en dus bestelde Robert thee voor vier. Anka excuseerde zich, waarna ze op zoek ging naar haar handtas omdat ze er de papieren uit wilde halen die ze voor Elizabeth had meegebracht. Cecil schoof wat dichter naar haar toe en zei: 'Ik

wilde niet bij de advocaten aankloppen van wie Deravenel gebruik-maakt, Elizabeth. Dus heb ik een ander advocatenkantoor geregeld om je te vertegenwoordigen wat betreft Roberts eventuele aanstel-ling tot curator.' Hij sprak op vertrouwelijke toon en maakte van het moment dat ze alleen waren gebruik om haar op de hoogte te stellen. 'Je moet me een datum opgeven voor een afspraak met hen.' Elizabeth trok nu een peinzend gezicht en staarde in de verte, waarna ze met gedempte stem antwoordde: 'Ik denk dat ik liever de bedrijfsreglementen wijzig, Cecil, zodat Robin algemeen direc-teur kan worden als ik doodga. Wanneer ik weer op krachten ben en we in Londen terug zijn, zal ik een directievergadering bijeen-roepen. Ik ben ervan overtuigd dat er geen problemen zullen rijzen en de directie zal doen wat ik wil.'

Cecil was er niet zo zeker van dat ze het bij het rechte eind had, maar hij knikte instemmend.

Hoewel Robert Dunley eindelijk tot rust was gekomen, enorm op-gelucht dat Elizabeth zo goed was hersteld, was hij toch uiterma-te waakzaam wat betreft haar gezondheid en algehele toestand. Hij had zo in doodsangst gezeten doordat ze op het randje van de dood had gezweefd, dat hij erop stond dat ze het kalmer aan zou doen.

Zodra dokter Smolenski had gezegd dat ze mocht reizen, waren ze naar Californië gevlogen om Thanksgiving bij vrienden door te brengen. Hij had graag gewild dat ze in de warmte en in een ont-spannen sfeer op krachten zou komen. En zelfs toen ze op tijd voor de kerst in Londen terugkeerden, bleef hij de harde leermeester. Hij stelde een programma op, en er zat voor haar niets anders op dan dat ze zich daaraan hield. Per slot van rekening woonden en werk-ten ze samen, dus hield hij haar de hele tijd in de gaten. Hij stond erop dat ze bij Deravenel normale uren draaide, zag erop toe dat ze fatsoenlijk at en dwong haar de weekends vrij te nemen.

Uiteindelijk boekte dat regime resultaat: toen 2001 ten einde liep, was ze eindelijk weer een beetje de oude. Het had haar een heel jaar gekost, maar opeens had ze haar oude vitaliteit volledig terug.

'Ik ben weer helemaal Elizabeth,' zei ze op een ochtend in de-cember 2001 tegen Robert toen ze zijn aanpalende kantoor bin-nenstapte. 'De oude Elizabeth, bedoel ik.' In de deuropening bleef ze staan en keek hem glimlachend aan, flirterig.

Hij stond op en kwam naar haar toe, waarna hij haar in zijn armen nam. 'En je ziet er... ronduit geweldig uit,' zei hij, en hij kuste haar vluchtig op de mond. 'Ik heb iets voor je.' Terwijl hij dat zei, liep hij terug naar zijn bureau. 'Ik zou het een vroeg kerstcadeau willen noemen.'

Nieuwsgierig was Elizabeth met een verbaasd gezicht achter hem aan gelopen en pakte het juwelendoosje uit zijn uitgestoken hand. Toen ze het opendeed, hield ze even haar adem in. 'O, Robin, ze zijn prachtig!' Ze keek naar een paar met gebriljanteerde smaragden bezette oorbellen: vierkant met onder aan de rand vier diamantjes. 'Dank je wel, heel hartelijk bedankt.' Ze sloeg haar armen om hem heen en gaf hem een kus op zijn wang.

'Omdat je zo flink hebt gevochten en mijn orders hebt opgevolgd,' zei hij plagerig. Ze lachte met hem mee. Ze hield ontzettend veel van hem. Hij betekende alles voor haar... hij was de spil waar haar leven om draaide. Net zoals ze wist dat zijn leven om háár draaide.

DEEL VIER

De vijand te slim af zijn

Sta lang stil bij de dingen waaraan je plezier beleeft, maar nog
langer bij wat je een doorn in het oog is...
Colette

Zelfs al ga ik door een dal van diepe duisternis, ik vrees geen
kwaad,
want gij zijt bij mij; uw stok en uw staf, die vertroosten mij.
Gij richt voor mij een dis aan voor de ogen van wie mij benauwen;
Gij zalft mijn hoofd met olie, mijn beker vloeit over.
Ja, heil en goedertierenheid zullen mij volgen al de dagen van mijn
leven;
Ik zal in het huis des Heren verblijven tot in lengte van dagen.
De Bijbel, Psalm 23

Eenenveertig

Robert en Ambrose stonden midden in de pas gebouwde loods op een van de grotere landerijen bij Waverley Court in Kent. De manege die erin werd aangelegd was de afgelopen week voltooid en die waren ze vanuit elke hoek aan het bekijken.

'Ze hebben prima werk geleverd, Robert,' zei Ambrose zonder zijn kritisch oog van de baan af te wenden. 'En het zal fantastisch voor je zijn 's winters, vooral bij slecht weer. Zo kun je in alle comfort je dressuur perfectioneren. Ik zie dat de constructeurs overal langs de kant centrale verwarming hebben geïnstalleerd.'

'Dat is maar goed ook. Het kan hier erg koud worden en vanuit zee waait er vaak een gemene wind over Romney Marsh. De andere loods, die ik eerder dit jaar heb laten bouwen, bleek bij slecht weer ijskoud te zijn. Daar ga ik ook centrale verwarming in laten aanleggen.'

Robert pakte zijn broer bij de arm om nog één keer de manege rond te lopen, waarna ze naar buiten gingen.

Het was een heerlijke zaterdagochtend, begin september 2002. De helderblauwe lucht vertoonde hier en daar wat schapenwolken en de zon was warm en leek wel van goud. Robert keek omhoog. 'Als het goed weer is, is het nergens zo mooi als in Engeland, vind je niet?'

'Zeg dat wel,' zei Ambrose, maar hij keek Robert met een frons op zijn gezicht aan. Toen zei hij: 'Je hebt me nooit verteld hoe het nou is om grootgrondbezitter te zijn, in zekere zin de landheer van dit fantastische landgoed.'

355

Robert moest lachen. 'Het is fantastisch, wat dacht je anders? En eerlijk gezegd ben ik mijn verbazing nog steeds niet te boven. Ik wist niet wat ik hoorde toen Elizabeth me Waverley Court schonk. Ze heeft namelijk zelf altijd zoveel van dit huis gehouden.'

'Dat weet ik. Vandaar dat ik me erover verbaasde, om dezelfde reden als jij.'

'Ze heeft het natuurlijk niet aan een wildvreemde gegeven,' stelde Robert vast. 'En ze is hier elk weekend bij me. Weet je, zij gaat Stonehurst Farm van Grace Rose erven, die Elizabeth heeft gevraagd om het niet te verkopen of weg te geven. Ze wil dat het in de familie blijft.'

'En daar is Elizabeth natuurlijk mee akkoord gegaan.'

'Inderdaad, Ambrose. Hoe had ze nee kunnen zeggen? Grace Rose heeft haar als erfgenaam aangewezen en haar praktisch alles vermaakt, al haar onroerend goed.'

'Aha. Waverley Court zal wel duur in onderhoud zijn, hè?' waagde Ambrose, en terwijl ze in de richting van de rozentuin liepen die Robert aan het aanleggen was, wierp hij een zijdelingse blik op zijn broer.

'Dat valt best mee. We hebben niet zoveel personeel, alleen Toby en Myrtle. En dagelijks een schoonmaakhulp als we hier zijn. Toby verzorgt de paarden en houdt het hier allemaal keurig bij, maar ik heb nu wel een tuinman. Trouwens, Elizabeth heeft een trustfonds in het leven geroepen voor het onderhoud van Waverley Court, in de geest van het fonds dat Edward Deravenel voor Ravenscar had ingesteld. Ook voor mij heeft ze een trustfonds geopend, dat me een inkomen verschaft.'

In zijn enthousiasme over dit bericht, riep Ambrose uit: 'Ik ben blij dat Elizabeth goed voor je gezorgd heeft, Robert. Je werkt je uit de naad bij Deravenel, en je zet je ook heel erg in voor het bedrijf. Net als Elizabeth. En per slot van rekening is jullie relatie hetzelfde als een huwelijk... Zonder de voordelen van een boterbriefje.'

Robert zei rustig: 'Dat vind ik ook, ja, maar denk niet dat ik de relatie niet heb willen wettigen, want dan heb je het mis. Elizabeth wil het niet, dus ik zet haar niet langer onder druk. Het is beter om er niet meer over te beginnen, en ik ben dik tevreden met de toestand zoals die is. Het gaat er niet om dat ze niet met mij wil trouwen. Ze wil gewoon met niemand trouwen, en daarin houdt ze voet bij stuk.'

Ambrose bleef even stil, en al wist hij dat hij zich beter niet in het privéleven van zijn broer kon mengen, hij kon het niet laten te vragen: 'Maar wil je dan geen kinderen?'

Robert zei niets en liep door, maar nu versnelde hij zijn pas. Ambrose volgde zijn voorbeeld en zei na een paar minuten: 'Sorry, ik wilde me nergens mee bemoeien.'

'Dat weet ik.' Robert zuchtte. 'Ik zou best kinderen willen, maar zij is voor mij het allerbelangrijkst, en zoals altijd gaat zij voor. Maar eigenlijk zouden we toch kinderen moeten hebben omdat zij een erfgenaam moet hebben, maar ze wil er niet van horen. We zijn allebei pas eenendertig, dus we hebben nog alle tijd, Ambrose. Kun jij het geloven, dat Elizabeth en ik al zes jaar samen zijn? De tijd vliegt, nietwaar?'

'Ja, zeg dat wel,' zei Ambrose. 'Maar waar is Elizabeth vanmorgen?'

'Bij Grace Rose. Ze is haar gaan opzoeken op Stonehurst Farm, waar ze al de hele zomer verblijft. Ze is honderdentwee jaar oud, maar dat zou je nooit zeggen. Ze ziet er geweldig uit en ze heeft ze nog allemaal op een rijtje. Trouwens, je bent toch wel van plan het weekend te blijven logeren, hè? Ik heb namelijk geen koffer kunnen ontdekken.'

'Zodra ik hier kwam, heeft Toby me die uit handen genomen. En aangezien mijn vrouw voor zaken in New York is: natuurlijk, ik blijf het weekend hier. Ik heb een heel grote koffer bij me.'

'Dan staat-ie inmiddels al uitgepakt en wel op je kamer! Myrtle is reuze praktisch. En tussen haakjes, voor het geval je het niet wist: Elizabeth is heel scheutig voor Cecil geweest. Ze heeft een trustfonds voor hem in het leven geroepen en hem een stuk land gegeven dat ze in bezit had, zodat hij er een huis op kan laten neerzetten. En ze heeft een Bentley voor hem gekocht, waarvan ik me niet kon voorstellen dat hij die wilde hebben, laconiek en sober als hij is.' Robert legde een hand op zijn broers schouder. 'Ik ben niet de enige die ze heeft beloond.'

'Dat weet ik. Voor mij heeft ze een pensioenfonds geopend, en ook voor Francis en Nicholas... Ze is voor ons allemaal bijna gênant gul geweest.' Op dat moment waren ze bij de verzonken tuin beland, en Ambrose stond versteld hoever Robert ermee was opgeschoten. 'Prachtig! En wat een mooie rozen!' riep hij uit.

'De laatste van de laatbloeiers,' legde Robert uit. 'En het is echt een unieke tuin. Ik was hier op zolder aan het rommelen en toen heb ik een oud boek over tuinen gevonden. Op een van die tuinen werd ik verliefd, en die heb ik hier nagemaakt. Dit is zuiver elizabethaans, een zestiende-eeuwse tudorrozentuin. Nu moet ik er alleen nog de puntjes op de i zetten.'

Later, onder een lichte lunch op het terras, vroeg Robert ineens: 'Wat is er met Mark Lott en Alexander Dawson gebeurd? Weet jij dat?'

Ambrose legde zijn vork neer en schudde fronsend zijn hoofd. 'Hoe bedoel je?'

'Ik hoorde van Francis dat ze heel vaak in Schotland zijn geweest, maar niet altijd met z'n tweeën. Wordt er een complot tussen hen en Miss Schotland gesmeed, denk je?'

'Wéét Francis dat dan niet?' Opnieuw keek Ambrose zijn broer onderzoekend aan. 'Uiteindelijk zijn complotten en intriges zijn afdeling.'

'Nee, vreemd genoeg niet. Hij uitte alleen het vermoeden dat er iets broeit. Volgens hem is alles rustig in Edinburgh, al zei hij wel dat hij zich afvroeg of dat misschien de stilte voor de storm was.'

'Wat bedoelde hij daar nou weer mee?' vroeg Ambrose, wiens gezicht nu één vraagteken was.

'Geen idee, maar waarschijnlijk bedoelt hij die Miss Schotland. Hij vertelde wel dat Marie de Burgh met haar halfbroer James samenwerkt, bij Scottish Heritage. En dat het kennelijk niet allemaal pais en vree tussen die twee is. Dat het vaak haat en nijd is. Ze is nog steeds alleen, en volgens Francis probeert ze wanhopiger dan ooit om aan de man te komen.'

'Ze kan onmogelijk haar zinnen op Lott of Dawson hebben gezet. Volgens mij is het een stelletje sukkels!' stelde Ambrose vast.

'Wees daar maar niet te zeker van,' waarschuwde Robert. 'Het is een stelletje bedrieglijke zakkenwassers.' Hij haalde zijn schouders op. 'Nou ja, ze heeft voorlopig waarschijnlijk haar handen vol aan het bedrijf.'

'Eén ding is gunstig: ze heeft de laatste tijd niet over Deravenel gezeurd. En Norfell schijnt zijn handen niet in de koektrommel te steken. Naar ik meen is hij bij haar uit de buurt gebleven.'

'Als hij toch bij haar in de buurt komt, wordt hij opgehangen en gevierendeeld!' Robert moest grinniken toen hij eraan toevoegde: 'Cecil en ik hebben hem geweldig de schrik op het lijf gejaagd. We hebben gedreigd dat we hem dan zullen... eh... "ontmannen" is zachtjes uitgedrukt.'

In al die jaren dat ze al op Stonehurst Farm kwam, had Elizabeth het er niet zo mooi gevonden. Ondanks het feit dat het september was, lag de tuin er buitengewoon fraai bij, met een weelde van beeldschone bloemen en exotische planten, bloeiende struiken en de majestueuze bomen. Het was een typisch Engelse tuin, waar Elizabeth altijd lyrisch van werd, en Grace Rose had er in de loop der jaren iets spectaculairs van gemaakt.

Binnen glom en glansde alles. Zonlicht weerkaatste in het uitnodigende antieke meubilair, de glanzende houten vloeren en de vele hoge spiegels, en in elke kamer was het fraai en licht. Er stond een overdaad aan zilveren en kristallen vazen met rozen op tafels en kasten gerangschikt, zomerse laatbloeiers die hun zoete geuren in alle kamers verspreidden. En uit de keuken kwamen geuren waarvan het water je in de mond liep, van appels die op het vuur stonden te stoven en versgebakken brood; van verse kruiden en munt die werden gehakt... en dat allemaal door elkaar. En op dat moment zweefde haar op de warmte de geur van smeltende kaas tegemoet.

'Grace Rose,' riep Elizabeth uit. 'Je verwent me! Ik heb zo het gevoel dat we kaassoufflé als lunch krijgen. Mijn lievelingskostje.'

'Het mijne ook. En ja, dat is inderdaad wat we te eten krijgen.'

'Voor ik het vergeet: ik wil je laten weten dat ik je advies over charitatieve instellingen heb opgevolgd en uiteindelijk heb gekozen voor Ontvoerde Kinderen en Hun Ouders, die jóúw voorkeur geniet. Ik heb ze een donatie gedaan, en dat zal ik voortzetten. Het is een ontzettend goed doel.'

'Ik geef al aan hen sinds het twee jaar geleden werd opgericht,' zei Grace Rose, waarna ze zweeg en Elizabeth onderzoekend aankeek. 'Je ziet er het hele jaar al ontzettend pips uit. Je voelt je toch wel goed?'

Elizabeth haastte zich haar oudtante gerust te stellen. 'Ik blaak van gezondheid. Ik heb me nog nooit zo goed gevoeld.'

'Soms lijk je zo... afwezig.' Grace Rose legde de nadruk op het laatste woord. 'En ik weet dat je geen zorgen hebt over Deravenel, of over Robin. Toch denk ik dat je ergens mee zit.'

'Eerlijk gezegd maak ik me vaak zorgen over Marie de Burgh. Ik word argwanend wanneer ze zich koest houdt, en het is doodstil in Schotland. Dat baart ook Francis zorgen.'

Dat vond Grace Rose verontrustend om te horen. 'Waarom in hemelsnaam?'

'Net als ik vindt hij haar stiltes verdacht. Aan de andere kant moeten we bedenken dat hij haar niet kan uitstaan. Hij zegt al een hele tijd dat het niet goed met haar zal aflopen, en ik wijs hem er steeds op dat hij dat onmogelijk kan weten omdat hij niet helderziend is.'

'Maar ik vertrouw hem, Elizabeth. Hij is zo ongeveer een genie en hij weet wat hij doet. Hij kan mensen heel goed beoordelen, heel realistisch. Luister naar wat hij zegt. Denk erom: het zou kunnen zijn dat zijn intuïtie hem die dingen ingeeft. Daar heb ik altijd veel waarde aan gehecht.'

'Ik ook.' Elizabeth schoof ongemakkelijk in haar stoel heen en weer. 'Wat wilde je me trouwens geven?'

'Deze sleutel,' zei Grace Rose, en ze hield hem haar voor. 'Hij is van de grote zwarte koffer in de kast op mijn slaapkamer. Die koffer zit vol paperassen, waaronder een heleboel waardevolle familiedocumenten die aan Edward Deravenel hebben toebehoord. In zekere zin vertegenwoordigen ze de historie van de Deravenels en tot op zekere hoogte ook die van de Turners. Ik had gedacht dat jij die na mijn dood in beheer hoorde te hebben.' Toen ze Elizabeths angstige gezicht zag, haastte ze zich erbij te zeggen: 'Laten we het er maar op houden dat ik erg trots ben op onze familiehistorie...' Haar stem stierf weg en ze gaf haar de sleutel.

'Ik begrijp het,' zei Elizabeth, waarna ze de sleutel veilig opborg in haar tas. 'En ik kan niet wachten om ze te lezen. Je weet hoe ik al mijn hele leven geïntrigeerd ben door de Deravenels.'

Op dat moment verscheen Maddie, de huishoudster, in de deuropening om te zeggen dat de lunch klaarstond. Elizabeth hielp Grace Rose overeind uit de stoel, waarna ze samen naar de eetkamer liepen.

Toen ze hadden plaatsgenomen, diende Maddie hun de kaassouf-flés op – zó uit de oven en gloeiend heet, fraai gerezen en bruin aan de bovenkant.

'Ze zijn werkelijk volmaakt,' riep Grace Rose uit. 'Mijn compli-menten aan de kok.'

'De kok ben ik, Mrs. Morran,' zei Maddie met een lach.

Grace Rose glimlachte en gaf haar een knipoog.

Na de lunch zaten ze samen op het brede, overdekte terras met uit-zicht op de gazons, omzoomd met de gigantische eiken en esdoorns waar Stonehurst Farm zo vermaard om was. Ze waren allemaal honderden jaren oud en van een adembenemend donkergroene pracht.

Ze dronken passievruchtenthee en praatten over de familie De-ravenel, altijd het geliefdste onderwerp van Grace Rose. Het leek wel alsof ze heel erg met het verleden bezig was, vond Elizabeth; met wat zich voorheen had afgespeeld – meer dan ooit zelfs. Alsof ze zich tegenwoordig nauwelijks met het heden bezighield en zich door haar herinneringen liet meeslepen.

Er viel even een stilte tussen hen, waarna Grace Rose plotseling met een glasheldere, lichte stem zei: 'Jij zult het wel redden, mijn lieve Elizabeth. Wat je in het leven ook overkomt, je zult er altijd sterker uit komen... Je zult telkens als winnaar uit de strijd komen.'

Elizabeth boog zich dichter naar haar toe en gaf een kneepje in haar hand, die ontzettend zacht was, maar toch droog, als oud pa-pier. 'Dat weet ik, tante Grace Rose... want ik ben een Deravenel, net als jij.'

De bejaarde vrouw keek haar glimlachend aan, met een liefde-volle uitdrukking op haar gezicht. Daarna bleven ze hand in hand zitten, net zolang tot Grace Rose zich uiteindelijk uit haar mijme-ringen losmaakte. 'Ik wil naar binnen. Het wordt me hier buiten te warm. Al vind ik het heerlijk om de tuin te zien. Mooi is-ie, hè?'

'Beeldschoon,' beaamde Elizabeth, en ze hielp haar overeind.

'Het is eigenlijk Vicky's tuin. Mijn moeder heeft hem namelijk aangelegd...' Grace Rose wankelde enigszins en klampte zich aan Elizabeth vast. Op bezorgde toon zei ze: 'Ik geloof niet dat ik het haal, naar binnen.'

'Ga dan maar weer zitten.' Het lukte Elizabeth Grace Rose weer in haar stoel te krijgen, waarna ze wegliep, met het plan om Maddie te gaan halen.

'Niet weglopen, Elizabeth,' zei Grace Rose bijna fluisterend. Ogenblikkelijk ging Elizabeth naast haar zitten en pakte haar hand. 'Voel je je niet goed?'

Grace Rose keek haar glimlachend aan. Het was een ongelooflijk stralende glimlach en op een of andere manier leken de bleekblauwe ogen opeens helderder, blauwer. 'Ik heb me nog nooit zo goed gevoeld, lief kind,' mompelde Grace Rose en ze sloot haar ogen.

Enige ogenblikken later begon ze weer te praten. 'Ze zijn hier allemaal bij me... O, Charlie, mijn schat... Daar ben je... met Bess... Vader, wacht... Ik kom naar je toe... Charlie, wacht... Ik ren in je armen...'

'Grace Rose! Grace Rose!' riep Elizabeth uit, terwijl ze zich over haar heen boog. Omdat haar oudtante zich zo stil hield, zonder te reageren, wist Elizabeth dat ze dood was. Ze drukte een kus op haar wang, terwijl de tranen over haar wangen stroomden en vervolgens op de oude gerimpelde huid uiteenspatten. Ze veegde met haar ene hand haar gezicht af, vechtend tegen haar tranen. Toen zei ze zachtjes tegen haar oudtante: 'Ze zijn je eindelijk komen halen. Al die mensen van wie je je hele lange leven zoveel hebt gehouden. En nu ben je met hen meegegaan. Wat zul je nu gelukkig zijn... God zij met je, Grace Rose. God zij met je.'

Tweeënveertig

'Ze is zaterdagavond bevallen,' vertelde Francis, terwijl hij van Elizabeth naar Robert keek. 'Het is een jongen... en hij gaat James heten, naar zijn grootvader James Stewart. En op een dag zal Scottish Heritage van hem zijn.'

'Dus ze is me voor geweest. Ze heeft een erfgenaam voortgebracht,' zei Elizabeth een ogenblik later. Ze leunde achterover in de stoel en vervolgde: 'Nou, dat zal haar toch enigszins goeddoen. Ze kon wachten op moeilijkheden toen ze met Henry Darlay trouwde, dat hebben we van begin af aan geweten. En al is hij familie van me – via zijn moeder, die een nicht van me is – dat brengt haar niet dichter bij Deravenel.' Ze keek naar Cecil en besloot: 'Laten we die andere clausule in het testament van mijn vader niet vergeten.'

Cecil beantwoordde haar blik, waarbij hij zijn ogen even samenkneep. 'Hoe ze ook blijft volhouden dat ze niet op de hoogte is van die clausule, het maakt niets uit. Die clausule staat nu eenmaal in je vaders testament, daar heb je gelijk in, Elizabeth. En die is glashelder en volkomen juridisch verantwoord. Harry Turner heeft niet alleen buitenlanders uitgesloten als erfgenaam van Deravenel, maar ook de afstammelingen van zijn zuster Margaret. En we weten dat hij dat heeft gedaan, omdat hij nu eenmaal meer van zijn jongere zus hield en meer met haar ophad. Ze was trouwens getrouwd met zijn jeugdvriend Charles Brandt, die zijn hele leven Harry's beste vriend is gebleven.'

'Vandaar dat mijn broer ook hún nakomelingen heeft begunstigd, de nichtjes Greyson, net als ik – dat heb ik je van begin af aan verteld,' zei Elizabeth.

'Dat heb ik nooit begrepen,' luidde Cecils kernachtige reactie. 'Maar hoe dan ook, Marie Stewart de Burgh kan je niet aanvechten.'

'Cecil heeft gelijk,' viel Francis hem bij. 'Bovendien heeft Miss Schotland nooit anders gedaan dan een hoop onzin rondbazuinen. Echt, je hebt geen enkele reden om je zorgen te maken. Trouwens, voorlopig heeft ze met Henry Darlay en een nieuwe baby haar handen vol, denk je niet?'

Elizabeth moest ondanks alles lachen om Francis' gezicht. Daar droop het leedvermaak van af. 'Bovendien ben ik in het bezit van vijfenzestig procent van haar aandelen. Laten we dát feit niet vergeten.'

'Het verbaast me dat ze dat kind helemaal heeft uitgedragen,' merkte Robert met een blik op Francis op. 'Een heleboel vrouwen zouden een miskraam hebben gekregen als ze hun personal assistent voor hun ogen hadden zien vermoorden. Ik krijg het ijskoud als ik aan die gruwelijke gebeurtenis denk.'

'Zeg dat wel,' riep Elizabeth uit, maar dat ze het met Robert eens was, was geen nieuws; hun meningen waren volmaakt op elkaar afgestemd. 'Stel je voor: David del Renzio werd voor haar neus overvallen en doodgestoken. En ze zijn er met zijn aktetas vandoor gegaan. Ik vraag me af wat ze dachten dat erin zat.'

'Geld, hoogstwaarschijnlijk... En de politie heeft nooit iemand gepakt,' stelde Francis vast. 'Al heeft Nicholas zo zijn eigen ideeën over die moord.'

'Wie gebruikt mijn naam hier ijdel?' vroeg Nicholas Throckman, die Elizabeths kantoor kwam binnenstappen en de deur achter zich dichtdeed. 'Dat heeft natuurlijk iets te maken met die lui van over de grens. Ik veronderstel dat jullie al hebben gehoord dat er een nieuwe erfgenaam voor Scottish Heritage is. Alsof iemand dat bedrijf zou willen erven –'

'Het gaat er niet al te best, hè?' viel Francis hem in de rede, waarna hij opschoof, zodat Nicholas bij hen op de bank kon komen zitten. 'Het doet de benaming "concern" weinig eer aan.'

'Vlak voordat Marie Stewart met Darlay trouwde, klaagde haar halfbroer er nog tegen me over dat haar kennis van zaken nihil was en dat de ideeën die ze aandroeg nergens op sloegen,' vertelde Robert. 'Hij was niet bepaald gelukkig met haar bemoeienissen, en hij heeft me zelfs toevertrouwd dat hij geld voor het bedrijf heeft moeten lenen.' Robert trok een gezicht. 'Hij vroeg of ik hem een bank kon aanraden.'

'Jij had moeten aanbieden het hem te lenen,' mompelde Cecil, terwijl er een geamuseerd glimlachje om zijn lippen speelde. 'Dan hadden we ze uiteindelijk bij hun lurven kunnen grijpen en de zaak overnemen,' besloot hij droogjes.

Robert schoot in de lach, evenals Francis en Nicholas, al wist Cecil zijn gezicht in de plooi te houden.

'Dat zou ik nooit toegestaan hebben!' riep Elizabeth uit. 'En ik zou Scottish Heritage nog met geen tang willen aanraken. Al zouden ze me het hebben gegéven.' Ze wendde zich tot Nicholas en vroeg: 'Hoe zit dat met die moord? Wat heb jij erover gehoord?'

'Geruchten, en niet zo zuinig ook, over een jaloerse echtgenoot. Maar daar weet Francis vast meer over dan ik.'

'Niet zo veel. Het is in maart gebeurd, inmiddels al ruim twee maanden geleden, maar de politie is er nog geen spat wijzer van geworden. Natuurlijk stond Darlay een tijdje onder verdenking, maar er is geen bewijs waaruit blijkt dat hij er ook maar iets mee te maken had. Twee gemaskerde mannen pakten David del Renzio beet, staken hem neer, gristen zijn aktetas weg en gingen er als de sodemieter vandoor. En Marie stond in haar dooie eentje in een straat in Edinburgh terwijl haar *personal assistant* aan haar voeten lag dood te bloeden. En ze was ook nog zwanger.'

Nicholas knikte. 'Ik heb verhalen gehoord... geklets – van die gebakken lucht waar wij zo'n hekel aan hebben – en het verhaal dat telkens de ronde doet, is dat Darlay stinkjaloers was op David del Renzio, van wie hij ten onrechte dacht dat het de minnaar van Marie Stewart was, en dat hij moordenaars heeft ingehuurd om het vuile werk voor hem op te knappen. Maar je moet wel bedenken dat Darlay niet erg populair meer is; hij heeft zich ontpopt als een arrogante jonge hond, die niet vies is van wijntje en trijntje en er niet genoeg van kan krijgen. Marie Stewart zou willen dat ze de weduwe De Burgh was gebleven. Kennelijk betreurt ze het dat ze ooit met Darlay is getrouwd, heb ik tenminste gehoord.'

'De toy boy,' mopperde Elizabeth. 'Hij is jonger dan zij.'

'En nogal decadent, heb ik begrepen,' wierp Robert in de strijd. 'Drugs en zo.'

'Je oogst wat je zaait,' zei Cecil. 'Voor hij het weet, ligt Darlay op z'n bek. Maar ik heb over een paar minuten een afspraak. Als jullie me willen excuseren, Elizabeth, heren.' Hij vertrok naar zijn eigen kantoor.

Elizabeth wendde zich nu tot Nicholas. 'Volgens mij wil je zeggen dat áls Darlay bij de moord op Del Renzio is betrokken, hij er waarschijnlijk mee weg zal komen. Met nóg een moord.'

'Inderdaad. Echter, zoals ik al eerder zei, we moeten het niet te lang over die dame uit de hooglanden hebben. Die vormt geen enkele bedreiging voor jou of het bedrijf. Geloof me: vandaag is het maandag de eenentwintigste juni van het jaar tweeduizendenvier. In september word je drieëndertig, en ik geef je op een briefje dat jij op die stoel oud zult worden. Daar zul je nog steeds zitten als je zestig bent, let op mijn woorden.'

'O, Nicholas, ik moet werkelijk om je lachen,' zei Elizabeth. 'Zoals jij is er niet een.'

Zoals Nicholas is er niet een, dat staat als een paal boven water. Dat geldt ook voor Robin, die schat van me en de liefde van mijn leven. Ik was van streek toen we gisteravond naar huis gingen, omdat ik een hekel heb aan geweld. En de moord op David del Renzio liet me de hele dag al niet los. Ik vroeg me keer op keer af – zoals ik later ook aan Robin heb gevraagd: wat heeft Marie Stewart gedaan waardoor haar jonge echtgenoot argwaan tegen haar kreeg? Ik had er geen antwoord op, en Robin evenmin. Behalve dat hij uiteindelijk uitlegde dat sommige mannen nu eenmaal jaloers en argwanend zijn wat hun vrouw betreft, zonder een bepaalde reden. En hij hielp me er ook aan herinneren dat mijn neef, het buitenbeentje Henry Darlay, de reputatie heeft dat hij een verwend, arrogant en niet al te slim ventje is. Dat hij er bijzonder goed uitziet, is het bewijs van het beetje Turnerbloed dat er door zijn aderen stroomt – wat Robin ook eens als plagerijtje tegen me heeft gezegd. Maar Darlay ziet er goed uit en hij is ambitieus. En uiteindelijk heb ik Robin gelijk moeten geven dat zijn vermoedens nergens op sloegen; zijn vrouw was immers hoogzwanger. Wat ongelooflijk wraakzuchtig van Darlay om moordenaars op Del Ren-

zio af te sturen, terwijl de man nota bene met Marie Stewart op straat liep. Ze had de baby immers kunnen verliezen.

Een baby. Vannacht, nadat we hadden gevrijd, vroeg Robin of ik ooit een baby wilde. Volgens mij heb ik het antwoord zo voorzichtig mogelijk ingekleed omdat ik hem niet wilde kwetsen, zoals het geval zou zijn geweest als ik nee gezegd zou hebben. Dus heb ik zijn vraag met een vraag beantwoord. 'Heb jij niet altijd een kind gewild?' vroeg ik, waarop hij toegaf dat hij er vaak aan had gedacht, maar hij voegde eraan toe dat het hem niet bepaald veel uitmaakte als hij geen vader zou worden.

Hij is er niet. Hij is vanmorgen met Nicholas naar Parijs vertrokken om een kijkje te nemen bij Deravenel en naar ik hoop om een nieuwe manager aan te stellen voor ons hoofdkantoor in Frankrijk. Hij blijft een paar dagen weg. En ik zal me verder verdiepen in de paperassen en documenten die Grace Rose aan mijn zorg heeft toevertrouwd. Het is niet te geloven dat ze al twee jaar dood is. Ik mis haar.

Wat Marie Stewart betreft, ik moet haar uit mijn hoofd zetten. Gisteren, toen ze het over de moord op Del Renzio hadden en over de omstandigheden waaronder die is gepleegd, had ik nog enigszins met haar te doen, maar ik denk dat ik daarvan af moet stappen. Bovendien heeft misschien wel haar grootste vijand, Francis, altijd voorspeld dat het slecht met haar zou aflopen, en Grace Rose had het volste vertrouwen in zijn verziende blik en zijn talloze andere gaven. Ach, we zullen zien. Ik weet dat we van Marie Stewart het laatste nog niet hebben gehoord...

'Ik vind dat we Norfell misschien moeten verzoeken om terug te treden,' zei Cecil voorzichtig tegen Elizabeth. Hij verheugde zich niet bepaald op dit gesprek, omdat het ook met Robert te maken had, en hij had het dagenlang voor zich uit geschoven.

'Waarom? Heeft hij zijn wateren soms over Schotse akkers laten stromen?' vroeg ze, waarna ze gniffelde. 'Dat lijkt me niet erg waarschijnlijk, Cecil, aangezien die madam alleen maar oog heeft voor haar nieuwe telg.'

'Nee, het staat helemaal los van Schotland,' zei Cecil, en hij nam een slok wijn om zich moed in te drinken.

Ze zaten met z'n tweeën in Mark's Club in Mayfair. Cecil had haar gisteren gevraagd of ze vanavond met hem uit eten wilde, omdat Robert nog met Nicholas in Parijs was en hij het een goede gelegenheid vond om haar onder vier ogen te spreken.

'Als het niet om Miss Schotland gaat, waarover dan wel? Wat heeft Norfell misdaan, dat je vindt dat hij moet opstappen?' vroeg Elizabeth, reuze nieuwsgierig nu.

'Ik zal geen blad voor de mond nemen en het je rechtuit zeggen, zonder mooie franje. Norfell is geen vriend van je.'

'Dat verbaast me niets, aangezien ook hij een ver familielid van me is,' kaatste ze met een wrange glimlach terug. 'Die schijnen het op de een of andere manier allemaal op mij voorzien te hebben. Maar ga door, Cecil, vertel verder.'

'Hij is geen vriend van je omdat hij Roberts vijand is, daarvan ben ik overtuigd.'

Ze staarde hem aan, met een kruising tussen ergernis en verbijstering op haar gezicht, en riep uit: 'En Robin heeft altijd gezegd dat hij in de gaten gehouden moest worden! Dus hij had gelijk over Norfell, of niet soms?'

'Dat had hij zeker. Het is voornamelijk jaloezie. Ik bedoel niet romantische jaloezie, maar afgunst op Roberts succes bij Deravenel. Hij heeft heel wat messen in ruggen gestoken, heb ik gehoord, en hij zou het reuze leuk vinden om Robert op z'n bek te zien gaan. Zodat hij uit de gratie raakt bij jou.'

'Dat laatste is niet waarschijnlijk of mogelijk, dat weet je. Als je Norfell de zak wilt geven, ga je gang. Maar laten we niet vergeten dat hij wonderen heeft verricht met de hoteldivisie. Is er niet een manier om hem monddood te maken terwijl je hem in dienst houdt?'

Blij omdat ze het zo kranig incasseerde, in plaats van in woede te ontsteken, stond Cecil zichzelf toe met haar mee te lachen. 'De enige manier daarvoor zou zijn hem naar de een of andere uithoek te sturen. De Zuidzee, bijvoorbeeld. Jammer dat we geen project voor hem hebben, want hij houdt wel van dergelijke uitstapjes.'

Elizabeth keek Cecil aan, waakzaam, waarna ze stralend naar hem glimlachte. 'Je hebt me net wakker geschud. Ik heb al een hele tijd iets in Fiji willen beginnen – een combinatie van een hotel en een beautycentrum. Die dingen zijn uitermate populair, en Anka zit me al een hele tijd te porren om een super-de-luxe club te starten. Waarom sturen we John Norfell niet naar Fiji? Of waar we hem ook heen willen hebben, om locaties te scouten, bla-bla-bla.'

'Je meent het, hè?' Cecil leunde achterover en knikte afwezig. 'Absoluut. Maar ik zou het eerst met Robin willen bespreken.'

'Ga je hem ook de reden vertellen?'

'Natuurlijk. Hij moet het toch weten? Als wij, het driemanschap, het allemaal inderdaad een goed idee vinden om Norfell aan te houden en op reis te sturen –' ze lachte opeens vrolijk, waarna ze verderging: '... naar Fiji, of naar Bali, laten we hem er dan door Robert op uitsturen.' Toen Cecil zijn mond hield, vroeg ze: 'Nee? Ja? Zeg iets.'

'Ik vind het een geniaal idee, en het zou hoogst diplomatiek zijn als Robert degene was die het hem vertelde.'

'Dat is dan geregeld.' Ze reeg een garnaal aan haar vork en keek Cecil toen recht aan. 'Ik durf te wedden dat het Charles Broakes was die Norfell verlinkte. Is dat zo? Ze zijn namelijk helemaal geen dikke maatjes, ook al geven ze ons graag een andere indruk. Ik geloof zelfs dat Charlie hem haat als de pest.'

'Nee, het was niet Charlie Broakes.'

'Kom op, Cecil, wie was het?'

'Mark Lott.'

Elizabeth staarde hem met open mond aan, totaal overrompeld. 'Jezusmina!' riep ze uit, waarbij ze zich van een geliefde uitdrukking van Francis bediende. 'Daar zou ik nooit opgekomen zijn. En waarom heeft Mark Lott volgens jou uit de school geklapt?'

'Geen idee,' antwoordde Cecil kort en krachtig. 'Maar ik ben wél blij dat hij het heeft gedaan.'

Drieënveertig

Francis Walsington zat doodstil te luisteren naar de man met wie hij lunchte, en ondanks zijn toenemende bezorgdheid wist hij zijn gezicht volmaakt in de plooi te houden.

'En dat is het, van a tot z,' besloot Giles Frayne, waarna hij een flinke slok water nam.

'Ik kan alleen maar zeggen dat het een schokkend verhaal is dat je me zojuist hebt verteld, Giles, bijna niet te geloven.'

'Ik schrok me dood toen het allemaal bleek te kloppen. Jij niet?'

Giles keek Cecil vragend aan en leunde achterover op de bank om zijn reactie af te wachten.

'Ik ben me rot geschrokken en totaal sprakeloos. Enfin, laten we bestellen. Je zult wel uitgehongerd zijn. En fijn dat je naar Schotland hebt willen vliegen. Ik ben je uiterst dankbaar.'

'Ik denk dat dat het verstandigste was, Francis. "Wat het oog niet ziet, het hart niet deert," zoals mijn oude moeder placht te zeggen.'

Met een flauwe glimlach wenkte Francis de kelner, die direct de menu's kwam brengen. De twee mannen zaten in restaurant The Ivy in een rustig hoekje achterin, waar ze niet werden opgemerkt en vertrouwelijk konden praten zonder te worden afgeluisterd.

'Ik ga hier altijd voor de bijl voor de schelvis,' mompelde Francis tegen niemand in het bijzonder, terwijl zijn hersens overuren maakten in een poging zijn puzzel in elkaar te passen. Het was een raadselachtige kwestie.

'Ik denk dat ik met je meega,' zei Giles. 'Gebakken schelvis en patatjes klinkt goed, en dan begin ik met oesters.'

'Ik ook.' Francis wenkte de kelner, die hun bestelling kwam opnemen en Francis de wijnkaart aanreikte.

'Heb jij zin in een glas witte wijn, Giles?' vroeg hij.

'Ik niet, dank je.'

'Ik ook niet.' Francis keek de kelner aan, terwijl hij hem de kaart teruggaf, en zei: 'Dank u wel, maar we houden het bij water.'

Francis boog zich over de tafel heen en zei met gedempte stem: 'Tussen haakjes, je had gelijk: we kunnen niet samen gesignaleerd worden in Edinburgh, dat zou het hele spel verraden. En al hadden we elkaar telefonisch kunnen spreken, ik heb liever dat we elkaar onder vier ogen spreken. Gezien de omstandigheden. Ik wilde je ook dit geven.' Francis haalde een envelop uit zijn binnenzak en gaf die aan Giles.

'Dank je,' zei Giles, en liet de envelop in zijn broekzak glijden.

'De ontwikkelingen zijn sneller gegaan dan ik had verwacht,' ging Francis verder. 'Bliksemsnel, zou ik zelfs willen zeggen. Ik moet nu op z'n zachtst gezegd voorzichtig te werk gaan om die situatie in de hand te houden en een ramp te voorkomen.'

'Ja, dat denk ik ook. Wat wil je dat ik intussen doe?'

'Jezusmina, Giles, jij moet geen vin verroeren! Je blijft daar lekker zitten. Ik wil precies weten wat er gebeurt, van minuut tot minuut. Je bent de beste spion die ik ooit heb gehad.' Francis leunde achterover en keek hem goedkeurend aan. 'Geen mens verdenkt je toch?'

'Absoluut niet. Mij kan niets gebeuren. Wees maar niet bang.'

Giles Frayne, dertig, en dus een paar jaar jonger dan Francis, was toevallig zowel een uitstekend acteur als een geniale bluffer. Dat hij uitermate intelligent was en over een ruime zakenervaring beschikte, maakte hem des te waardevoller. Hij stond boven aan Francis' lijst voor belangrijke en precaire klusjes als deze, en dat gold al een aantal jaren.

'Het is zeker moeilijk om op hun volgende zet in te spelen, hè?' Francis veegde met een frons op zijn gezicht zijn mond af. 'Absoluut onmogelijk,' mompelde hij, waarmee hij zijn eigen vraag beantwoordde.

'Het stuit me tegen de borst om aan iedereen te gaan twijfelen, jou niet?' Giles leek ten einde raad. 'Er kan van alles gebeuren, elk moment. Ze zijn onvoorspelbaar.'

'Je gaat toch vanavond terug?'

'Ja, zoals we hebben afgesproken. Je hebt me daar nou eenmaal nodig ... morgenochtend.'

Francis knikte. 'Vandaag is het vier april. Laten we elkaar zaterdag opnieuw ontmoeten, de negende. Schikt dat?'

'Ja, uitstekend. Dan neem ik mijn vrouw en dochter mee voor een weekendje Londen – een prima dekmantel, en dat zullen ze leuk vinden.'

'Hoe pas je dan een afspraak met mij in?'

'Geen probleem. Laten we elkaar zaterdag vroeg in de avond treffen om een borrel te drinken. Zou dat je lukken?'

'Zeker wel. Zes uur in het Ritz Hotel. Ah, daar is onze lunch.'

Later die middag, toen hij terug was in zijn kantoor bij Deravenel, ging Francis achter zijn bureau zitten om alles wat Giles hem had verteld nog eens op een rij te zetten.

Hij was ontzet over de gebeurtenissen die Giles tot in de finesses had beschreven en vroeg zich af wat die voor invloed zouden hebben op zijn relatie met Elizabeth. En op haar! Hoe kon hij ingrijpen? Zou hij haar naar veilige wateren kunnen loodsen als ze dat daadwerkelijk nodig had? Moeilijkheden, dacht hij. Er hangt ons iets boven het hoofd. Ik moet een manier zien te vinden om er een draai aan te geven.

Die avond spoedde Francis zich om zes uur naar Elizabeths kantoor en klopte aan voordat hij de deur opendeed.

'Hallo, Francis!' riep Elizabeth uit toen ze hem in de deuropening zag staan. 'Blijf daar niet staan. Kom binnen.'

'Ik moet je spreken,' zei hij, waarna hij op haar bureau af liep.

Terwijl hij ging zitten, wist Elizabeth dat er iets mis was. Zijn ogen stonden zorgelijk in zijn buitengewoon sombere gezicht. 'Francis, wat is er? Je ziet eruit alsof je slecht nieuws komt brengen.'

'Dat is ook zo. Waar is Robert? Ik vind dat hij erbij moet zijn. Cecil ook.'

'Ze zitten allebei in Cecils kantoor.' Terwijl ze dat zei, pakte ze de telefoon en toetste Cecils nummer in. 'Francis zit bij mij op kantoor, Cecil,' zei ze toen hij opnam. 'Hij heeft nieuws voor ons – duidelijk slécht nieuws.' Nadat ze had neergelegd, ging Elizabeth weer zitten en zei: 'Voor mij kun je nooit iets verbergen.' Hij glimlachte flauwtjes, waarna hij een hol lachje uitstootte. 'Ik heb niet eens meer geprobeerd om het te verbergen. Ik weet alleen niet wat ik eraan moet doen, dat is mijn probleem.'

Even later kwamen Robert en Cecil met een bezorgd gezicht Elizabeths kantoor binnengelopen, waarna Robert zei: 'Laten we hier gaan zitten, Francis, dat komt beter uit.'

Nadat Cecil en Robert zich op de bank bij het raam hadden geïnstalleerd, vroeg Cecil: 'Wat is er gebeurd, Francis?'

Terwijl hij achter Elizabeth aan naar hen toe liep, riep Francis uit: 'Dat vervloekte, stapelgekke mens! Ze heeft alweer een man opgeduikeld, en hij kan haar niet anders dan last bezorgen. En ons misschien ook. Ze heeft haar verstand verloren.'

'Marie Stewart!' raadde Elizabeth. 'Je hebt het toch over Miss Schotland?'

'Precies.'

'Je zei dat ze weer een man heeft... Maar ze is nog maar net weduwe geworden!' Zo te horen was Elizabeth gechoqueerd.

'Vertel mij wat. Dat weet de hele wereld,' zei Francis. 'En kennelijk kan het haar geen reet schelen wat iemand ervan vindt.'

'Wie is die man?' vroeg Cecil.

'Jimmy Bothwith.'

'De Schotse tycoon?' vroeg Elizabeth ongelovig.

'Hij denkt zelf dat hij heel wat voorstelt, maar ik kan je het tegendeel verzekeren,' zei Cecil verontwaardigd. 'En Francis heeft gelijk: hij is vergif. Hij heeft zich met meer schimmige zaakjes beziggehouden dan ik me wens te herinneren. Het is een wonder dat hij uit de bajes heeft weten te blijven.'

Robert staarde Francis ongelovig aan. 'Als ik me niet vergis, is hij toch getrouwd?'

'Denk jij soms dat dat Miss Schotland iets uitmaakt? Daar heeft ze lak aan,' antwoordde Francis.

'Darlay komt in februari bij een explosie om het leven. In april verschijnt nieuwe man op het toneel.' Elizabeth trok een wenkbrauw op. 'Correct?'

'O, al een hele tijd eerder, volgens mijn bronnen,' antwoordde Francis. 'Het verhaal gaat dat ze al een verhouding hadden vóór Darlay werd vermoord, en dat de explosie en de brand in het landhuis helemaal geen ongeluk waren. Er wordt beweerd dat het een zeer goed voorbereid stukje werk is geweest.'

'Brandstichting?' vroeg Elizabeth fluisterend. 'Of een bom?'

'Dat is de algemene gedachte,' zei Francis. 'Er wordt gezegd dat ze zo snel mogelijk van Henry Darlay af wilden om ongestoord van hun romantische gefoezel te kunnen genieten.'

'Ze?' Elizabeth keek Francis doordringend aan. 'Heeft men het over haar medeplichtigheid? Denken ze dat zij iets met de moord op haar man te maken had – áls hij inderdaad is vermoord?'

'Dat wordt gedacht, ja.'

Elizabeth huiverde, maar onthield zich van commentaar.

'Dus,' merkte Robert op, 'Marie de Burgh Darlay is aan haar derde echtgenoot toe? Dat wil je ons toch vertellen, Francis?'

'Ik weet niet of ze met Bothwith zal trouwen, maar ze zijn in elk opzicht samen – en kennelijk al een hele poos. Waar het om gaat is dat ze, zoals we allemaal weten, met haar halfbroer in de clinch ligt en het ziet ernaar uit dat ze hem er elk moment uit kan werken en Jimmy Bothwith bij Scottish Heritage zal introduceren.'

'Maar dat heeft geen enkel gevolg voor ons,' stelde Elizabeth vast. Ze keek stomverbaasd.

'Nee. Ik heb echter uit goede bron vernomen dat Bothwith in heel Edinburgh loopt te snoeven en eenieder die het horen wil vertelt dat hij ervoor gaat zorgen dat Marie Stewart zal krijgen wat haar toekomt. En dat is jouw baan bij Deravenel. Hij wil jou door haar laten vervangen.'

'Dat is uitgesloten,' stelde Robert vast.

'Dat weet ik. Dat weten we allemaal, maar opnieuw gaat het element treiteren meespelen. Jimmy Bothwith mag dan een dubieuze figuur zijn, hij is niet dom. Hij is in bepaalde opzichten zelfs behoorlijk slim. Dus weet hij maar al te goed dat hij met het geven van interviews en door contact te zoeken met de media óns geweldig op de kast jaagt. Stoorzendertje spelen.' Francis schudde zijn hoofd. 'Ego! Die slechte eigenschap zal Bothwith fataal worden. Hij vergelijkt zichzelf altijd met Jimmy Goldsmith en Jimmy Hanson, twee van de grootste tycoons die gedurende de jaren zeventig en tachtig de wereldheerschappij in handen hadden –'

'Hij mag dan wel dezelfde voornaam hebben als zij, dat is nog altijd het enige wat hij heeft,' merkte Cecil meewarig op. 'Hij is een sukkel.'

'Marie Stewart heeft ons in het verleden bestookt, en dat heeft uiteindelijk nergens toe geleid. Het zal deze keer dus wel hetzelfde liedje zijn, denk je niet? Mochten zij en Bothwith dat nog eens proberen, bedoel ik.' Elizabeth keek Francis aan, en vervolgens naar Cecil en Robert.

'Het antwoord is ja,' zei Francis, waarna hij er snel aan toevoegde: 'Hoever zijn wij met de deal met Norseco Oil?'

'De contracten zijn ongeveer twee weken geleden binnengekomen, en we zijn er met een fijn kammetje doorheen gegaan,' zei Robert. 'Waarom vraag je dat?'

'Ik heb vandaag gehoord dat Bothwith de eigenaar is van een firma, Belvedere Holdings, en van een andere die Castleton Capital heet. En dat die twee bedrijven zwaar in Norseco Oil hebben geïnvesteerd. Zéér zwaar.'

Er viel een doodse stilte in het vertrek.

Uiteindelijk verbrak Robert het zwijgen toen hij bedachtzaam zei: 'Norseco heeft zo véél aandeelhouders, en ik kan niet zeggen dat die namen een belletje doen rinkelen. Maar daar kunnen we snel achter komen via Spencer Thomas.'

'Ik vind dat we dat moeten doen,' riep Cecil uit, waarna hij op zijn horloge keek. 'Al betwijfel ik of Spencer er op dit uur nog is. Ik meen zelfs dat hij vanmiddag naar het schoolfeest van zijn dochter is gegaan; hij zei zoiets in het voorbijgaan.'

'Als Belvedere Holdings en Castleton Capital inderdaad een vette brok aandelen in Norseco hebben, houdt dat in dat wij op het punt staan een firma te kopen die voor een deel eigendom is van Bothwith,' merkte Elizabeth op. 'En dat we dan Miss Schotland weer in onze nek voelen hijgen. Laten we niet vergeten dat grote aandeelhouders onvermijdelijk zitting in het bestuur willen nemen.'

'Je slaat de spijker op z'n kop,' zei Francis, en hij stond op. Even ijsbeerde hij door het kantoor, waarna hij zei: 'Ik ben van plan een paar dingen nog eens na te lopen. Laten we daarna op donderdag opnieuw het een en ander bespreken. Tegen die tijd heb ik mijn zaakjes vast wel op een rijtje.'

''s Morgens of 's middags, wat heb je liever, Francis?' Terwijl ze dat vroeg, liep Elizabeth naar haar bureau om in haar agenda te kijken. 'Ik kan de hele dag, en ik weet zeker dat Cecil en Robert zich naar ons zullen schikken.'

'Laten we het laat in de middag doen,' antwoordde Francis. 'Ik wil zo lang mogelijk de tijd hebben.'

'Mag ik je iets vragen?' informeerde Robert voorzichtig en met een waarschuwende blik naar Francis.

'Ga je gang.'

'Weet je het absoluut zeker van die twee firma's?'

'De bron deugde. Ik heb geen reden om aan het waarheidsgehalte te twijfelen van wat ik jullie heb verteld.'

'We zouden het aan Jake Sorrenson kunnen vragen, de voorzitter van de North Sea Consolidated Oil Company. Hij weet wie er aandelen in zijn maatschappij bezitten.'

'Ach ja, natuurlijk,' zei Francis. 'Mocht hij het niet uit zijn blote hoofd weten, dan kan hij het opzoeken op zijn lijst van aandeelhouders. De moeilijkheid is: Sorrenson weet niet wie de eigenaar is van Belvedere Holdings en Castleton Capital. Net zomin als ik. Mijn bron heeft me ervan verzekerd dat Bothwith dat is, maar dat hij stromannen voor zich heeft werken. Het is een listig mannetje.'

'Wie is je bron?' vroeg Elizabeth.

Francis keek haar aan en glimlachte. 'Al was je de koningin van Engeland, dan kon ik het je nog niet vertellen. Dat weet je, Elizabeth.'

'Met Francis.'

'Alles goed? Je klinkt ontzettend gespannen,' zei Elizabeth, terwijl haar greep om de hoorn verstrakte.

'Er zijn geen problemen, maar ik wil de afspraak van vanmiddag afzeggen.'

'O, waarom?'

'Omdat we die niet meer nodig hebben. Maar ik zou wel graag meteen bij je op kantoor willen komen. Ik heb maar een minuut of tien van je tijd nodig.'

'Dat is prima. Ik ben op het moment bezig met mijn donaties aan liefdadige doelen, maar daar is geen enkele haast bij.'

Drie minuten later kwam Francis Walsington het kantoor van Elizabeth Turner binnengelopen en ging tegenover haar zitten. 'Ik ga je nu vertellen wat je moet doen, dus luister goed, alsjeblieft.' En dat deed ze.

Vierenveertig

'En ik dacht nog wel dat dit jaar vredig zou verlopen!' zei Elizabeth, en ze greep Roberts hand die op de tafel rustte. 'Maar het ziet ernaar uit dat 2005 even hectisch gaat worden als alle andere jaren.'

Robert bracht haar hand naar zijn lippen en drukte er een kus op. 'Wat heeft Grace Rose ook alweer tegen je gezegd? Dat jouw leven altijd een kwestie van uitersten zou zijn.'

'Ik mis haar, weet je dat. Ze was altijd een geweldig klankbord voor me.'

'En nu heb je alleen nog mij. En Cecil... kerels die niets van vrouwen begrijpen!'

'Ach, maar jullie tweeën begrijpen ze wel degelijk, en Francis ook. Ik had maandag echt met hem te doen; hij wist niet meer waar hij het zoeken moest, vond je ook niet?'

'Ik denk dat hij witheet van woede was vanwege Miss Schotland. Laten we wel wezen: het is behoorlijk harteloos van haar om zo met Bothwith te koop te lopen, terwijl Darlay koud in zijn graf ligt. Hij is in februari overleden, en het is nu april. Ze laat er verdomme geen gras over groeien. Ik kan het echt niet meer bijhouden.'

'Ik begrijp de politie niet. Hebben ze geen fatsoenlijk onderzoek ingesteld?'

'Vast en zeker wel, lieveling. Maar als een delict niet in de eerste achtenveertig uur wordt opgelost, kun je het meestal wel vergeten...' Hij wenkte een kelner en bestelde nog twee glazen champagne, waarna hij vervolgde: 'Dat schijnt tegenwoordig eerder regel dan uitzondering te zijn.'

'Ik zou willen dat dit nieuwe probleem zich niet had voorgedaan. Zoiets kunnen we missen als kiespijn. Trouwens, ik heb de afspraak met Spencer Thomas verzet naar volgende week. Hij was een beetje beduusd en hij drong nogal aan, maar zoals Francis me had opgedragen heb ik mijn been stijf gehouden en de afspraak gewoon verzet.'

'Prima. Heb je het al aan Cecil verteld?'

'Nee, dat doe ik morgen wel. Trouwens, wanneer gaan we weer naar Parijs?'

'Nadat we ons huidige probleem hebben opgelost.'

'Dat klinkt alsof dat al heel gauw zal zijn,' zei ze, terwijl ze hem glimlachend aankeek, waarna ze haar hoofd boog toen er een tweetal mensen langs hun tafeltje in Harry's Bar liep – een van hun andere favoriete restaurants in Mayfair.

'Wie waren dat?' vroeg Robert. 'Ik heb ze niet herkend.'

'Nee, je kent ze ook niet. Zij is degene die ik ken, niet haar man. Ik heb nog maar kortgeleden met haar kennisgemaakt. Ze is de eigenares van een beautylijn die ik hoop over te nemen... Het bedrijf, bedoel ik. Voor de beautycentra.'

De champagne werd gebracht en ze klonken met elkaar, waarna Elizabeth vroeg: 'Ik maak je toch echt wel gelukkig, Robin?'

'Nou en hoe, schat van me. Weet je wel dat we nu al negen jaar bij elkaar zijn?'

'Als volwassenen, bedoel je. Als ik het me goed herinner, heb je me voor het eerst gekust toen ik acht jaar was, onder die hoge eik bij Waverley Court.'

'Nee, jij kuste mij eerst, brutaal nest dat je was!'

'Jij was degene die de eerste stap hebt gezet, Robert Dunley.'

'Nee, nee, niet ik. Jij was nogal bijdehand, kan ik me herinneren. Je zat me als waterpokken op de huid, echt waar.'

Ze schoten allebei tegelijk in de lach, voor het eerst in dagen. Elizabeth boog zich dichter naar hem toe en fluisterde: 'Kun je je voorstellen: Miss Schotland, die jaren geleden al die vreselijke dingen over me beweerde. Me op mijn vingers tikte omdat ik een schandelijke verhouding met een getrouwde man had. En nu doet ze precies hetzelfde met James Bothwith.'

379

'Francis heeft het altijd bij het rechte eind gehad. Hij bespeurde al iets eigenaardigs aan haar toen hij haar voor het eerst sprak, in Parijs, toen ze nog getrouwd was met François de Burgh.' 'Denk jij dat ze... iets te maken had met de dood van Darlay?' 'Daar is moeilijk achter te komen, maar eerlijk gezegd zet ik mijn vraagtekens bij die aantijgingen.' Hij keek haar aan. 'Per slot van rekening, laten we niet vergeten dat er lieden zijn geweest die mij met de vinger nawezen en beweerden dat ik mijn vrouw had vermoord. En je weet dat ik dat niet had gedaan, dus misschien heeft Marie Stewart die misdaad ook niet op haar geweten.'

Elizabeth liep de gang door naar de directiekamer van Deravenel, waarna ze met een uitgestreken gezicht de deur opende en naar binnen ging.

Cecil zat niet alleen met Robert om de tafel, maar ook met Spencer Thomas, het hoofd van hun oliemaatschappij Deravco. De drie mannen stopten hun gesprek toen ze binnenkwam en stonden op; Spencer schoot op haar af om haar op de drempel te begroeten. Nadat hij haar een kus op de wang had gegeven, ging hij haar voor de kamer in.

Elizabeth nam plaats en legde de mappen die ze bij zich had op de tafel. 'Sorry dat ik jullie heb laten wachten,' zei ze. 'Ik werd opgehouden door een telefoontje uit New York.'

'Geeft absoluut niet,' reageerde Spencer met een stralende lach. 'Stel je voor: je wordt binnenkort de trotse eigenaar van Norseco Oil, een van de grootste oliemaatschappijen van Europa. Gelukgewenst!'

'O, nee, niet zo snel, Spencer! Ik ben bijgelovig, vrees ik, en ik mag mezelf pas gelukwensen op het moment waarop de deal is beklonken.' Ze klopte op het stapeltje mappen dat voor haar lag. 'Bovendien heb ik alles nog eens doorgenomen. Dit zijn allemaal documenten die betrekking hebben op Norseco, en er blijkt het een en ander niet te kloppen.'

Spencers mond viel open. 'O? Maar vorige week was je nog zo enthousiast. Is er iets mis?'

'Dat woord zou ik niet willen gebruiken.' Ze schudde haar hoofd. 'Niet "mis", Spencer, maar misschien ook niet in de haak. Althans niet voor ons: Deravenel.'

Spencer Thomas, begin vijftig, was een jongensachtige man met een gezicht waar nog geen rimpeltje in te bekennen was, die mede door zijn blauwe ogen en blonde haar stukken jonger leek. Deze aimabele, spontane Texaan had zijn leven lang in de oliebusiness gezeten en werkte al achttien jaar bij Deravenel. Elizabeth mocht hem graag en ze vertrouwde hem wel, maar niet genoeg om hem geheimen toe te vertrouwen. Omdat ze sowieso altijd zeer op haar hoede was, gesloten zelfs, liet ze ook nu niet het achterste van haar tong zien.

'Het spijt me, Spencer, maar ik ben bang dat Deravenel het hierbij moet laten. Dat we moeten afhaken.'

Hij fronste zijn wenkbrauwen, zichtbaar totaal van de kaart. 'Wat bedoel je? Ik snap er niets van.' Hij stotterde er bijna van, zo verward was hij.

'Ik zal het zo simpel mogelijk onder woorden brengen. We zijn niet van plan om Norseco Oil over te nemen,' lichtte Elizabeth op effen toon toe.

Spencer leunde achterover in zijn stoel, met stomheid geslagen. Na een tijdje zei hij, helemaal schor ineens: 'Waarom niet, in godsnaam? Het was een uitgemaakte zaak, dat heb je zelf gezegd.'

'Om een heleboel redenen. Het bedrijf is niet geschikt voor ons. Ten eerste is het te groot, en ik maak me ineens zorgen over terroristische aanvallen. Bovendien is me iets ter ore gekomen – een zeer vertrouwelijke mededeling, van een expert op dat gebied die bij de regering werkt. Volgens hem zijn diverse groepen extremisten nieuwe aanslagen op tankers aan het voorbereiden. Vooral op Britse en Amerikaanse tankers. En die aanvallen zullen ernstig zijn. Enkele bekende groepen zijn van plan om milieurampen te veroorzaken, nog helemaal afgezien van het toebrengen van schade aan de oliebusiness in het algemeen. Rampen die ons bovendien miljoenen zullen gaan kosten. Ik heb uit een onverdachte bron het advies gekregen om deze deal af te blazen. En dat doe ik dus. Met onmiddellijke ingang.'

'Goeie god! Dit is verschrikkelijk. Wat moet ik tegen Jake Sorrenson zeggen?'

'Precies wat ík je heb verteld, Spencer. Omdat dat de waarheid is. En uiteraard zal ik Sorrenson een brief schrijven, met excuses.'

Het was een warme dag in mei toen Francis Walsington Elizabeths kantoor binnenstapte, de deur achter zich dichtdeed en zei: 'Ze is met hem getrouwd.'

'Dat verbaast me niets,' reageerde Elizabeth, op dezelfde laconieke toon waarop Francis had gesproken. 'Je hebt altijd al gezegd dat ze niet al te snugger was.'

'Kennelijk niet. Ze blijft de ene fout op de andere stapelen. Enfin, ze hebben elkaar vanmorgen het jawoord gegeven en er zullen zonder twijfel repercussies volgen. Ze heeft haar broer eruit gewerkt, die in alle staten is over de hele gang van zaken, en Jimmy Bothwith is nu het haantje.'

Elizabeth keek hem grinnikend aan. 'Van de composthoop, zeker!'

'Zo kun je het ook bekijken. Maar ze heeft heel wat vijanden gemaakt, Elizabeth, en dat is begrijpelijk. Ze komt van een vooraanstaande familie in Schotland... En dan keert ze uiteindelijk uit Frankrijk terug, en weet de hele boel op z'n kop te zetten. Nadat ze weduwe is geworden, trouwt ze al gauw met haar tweede man, die omkomt bij een bizarre explosie. Of bij een brand – jij mag het zeggen; het is op z'n zachtst gezegd een mysterie. Die vent is nog maar amper te rusten gelegd, of ze wordt alweer gesignaleerd terwijl ze aan de boemel is met een plaatselijke zogenaamde tycoon, die in allerijl een bedenkelijke scheiding voor elkaar krijgt en met haar trouwt. Vandaag dus! Nog voor ze met Jimmy Bothwith in het huwelijk treedt, installeert ze hem in het oude familiebedrijf, terwijl ze haar broer er allengs uit werkt, die er letterlijk zonder pardon uit wordt gegooid.'

'Zolang ze bezig is in Edinburgh de boel op stelten te zetten, laat ze mij tenminste met rust,' voelde Elizabeth zich geroepen te berde te brengen.

'Ik heb altijd al gezegd dat het niet best met haar zal aflopen, let maar op,' zei Francis zonder op haar commentaar te reageren. 'Dat geef ik je op een briefje. Ik heb begrepen dat Jimmy al maanden zijn neus overal in steekt bij Scottish Heritage, en dat de oplichtpraktijken daarbij niet van de lucht zijn. Er zijn zeer twijfelachtige deals gesloten, en ik heb vernomen dat die voor een groot deel onder de noemer criminele praktijken zouden kunnen vallen. Daar zou best eens de rechter aan te pas kunnen komen.'

Elizabeth ging rechtop zitten en boog zich toen over haar bureau heen naar hem toe. 'Wat wil je daarmee zeggen?'

'Ik heb heel wat informatie over haar, over hen alle twee, en over wat ze met Scottish Heritage hebben uitgehaald.'

'Hoe ben je dáár nou weer aangekomen? Van haar halfbroer?'

'Zulke vragen stel je me nu al jaren, en ik blijf je er maar op wijzen dat ik niet over mijn tactieken kan praten. Ik ben hoofd van jouw beveiliging en ik wil niet dat je ook maar íéts weet. Dan kun je ook nooit ergens van beschuldigd worden, of ergens voor de schuld op je nemen. Begrijp je wel?'

'Ja. Zeg maar niets meer. Maar ik ben echt niet onnozel, hoor. De informatie waarover jij meestal beschikt, is van het soort dat vanbinnen uit het bedrijf moet komen. En als haar broer niet je bron is, dan heb je er kennelijk iemand neergepoot die je op je wenken bedient, en dat komt me uitstekend uit.' Elizabeth nam een slokje water en besloot: 'Wat zeg je me daarvan?'

'Je bent te goed voor deze wereld,' zei Francis, en eindelijk kon hij er ook om grinniken.

'Ik wil alleen één ding weten,' begon Elizabeth, waarna ze diep ademhaalde. 'Wat ben je van plan met de informatie te gaan doen die je over Bothwith hebt?'

'Dat weet ik nog niet, maar ik vind wel dat ik het moet rapporteren. Ik heb een borrel gedronken met een vriend die bij fraudebestrijding werkt. Hij was ooit inspecteur bij Scotland Yard, waarna hij zich met witteboordencriminaliteit is gaan bezighouden. Hij vertelde me vanmiddag dat ik eens met zijn collega van de Schotse politie moet gaan praten. Dat het mijn plicht is. Niemand mag dergelijke informatie achterhouden.'

'Ga je dat doen, Francis?'

'Heb ik enige keus?'

'Wat zal er dan met Bothwith gebeuren?'

'Ik vermoed dat hij gearresteerd en aangeklaagd zal worden. Eindelijk. Hij is de sheriff altijd twee stappen voor geweest.'

'En Marie Stewart?'

'Idem dito. Aangezien ze al die tijd twee handen op één buik met hem is geweest, is ze mogelijk ook medeplichtig aan moord. Maar in elk geval is ze zijn zakenpartner geweest... Bij haar familiebedrijf, dat ze de afgelopen paar maanden te gronde hebben gericht, op de rand van de afgrond hebben gebracht. "Uitgekleed" is de gangbare term.'

'Dan worden ze dus vervolgd en in de gevangenis gegooid? Is dat wat je zegt?'

'Ik vrees van wel.' Hij keek haar aan. 'Waarom kijk je zo?'

'Hoe dan?'

'Alsof je plotseling met haar te doen hebt... Geëmotioneerd. En ga me niet vertellen dat ze een nicht van je is. Ze is je vijand, Elizabeth.'

'Ik heb helemaal niet met haar te doen,' wierp Elizabeth tegen.

'Ik ben blij dat te horen. Het is haar verdiende loon.'

Op een ochtend tegen het eind van juni boog Robert zich over Elizabeth heen en schudde zachtjes aan haar schouder. 'Lieveling, wakker worden.'

Elizabeth was meteen klaarwakker, en toen ze haar ogen naar hem opsloeg, zag ze het gezicht dat haar het liefste op aarde was. 'Robin, wat is er? O, hemel, heb ik me verslapen?'

'Nee, maar ik heb een nieuwtje voor je. Van Francis. Hij heeft me net op mijn mobiel gebeld.'

'Op dit uur?'

'Het is acht uur, en het is zaterdag.'

'Ik was vannacht waarschijnlijk uitgeteld.' Ze kwam moeizaam overeind en zwaaide haar benen buiten het bed. 'Ach, we zijn op Stonehurst. Ik was vergeten dat we er gisteravond heen waren gereden.'

'Kom, lieverd, laten we koffie gaan drinken.'

'Wat had Francis te vertellen? Slecht nieuws zeker.'

Ze liepen samen de trap af, maar hij gaf haar nog geen antwoord. Met zijn arm om haar heen gingen ze de ontbijtkamer binnen; Robert schonk twee bekers koffie in en nam ze mee naar de tafel.

Na een flinke slok te hebben genomen vertelde hij: 'Francis belde op omdat hij ons wilde laten weten dat Marie Stewart zojuist door de politie van Edinburgh is gearresteerd. Ze zit in de gevangenis, in afwachting van haar proces wegens fraude. Er zijn nog andere aanklachten, waarvan Francis zei dat hij die later zal vertellen.'

Elizabeth huiverde, al was het warm in de kamer, en ze kreeg

kippenvel op haar armen. Er loopt iemand over mijn graf, dacht
ze, en ze begon te rillen.
'Gaat het een beetje?' vroeg Robert bezorgd.
'Ja. En Bothwith? Die is waarschijnlijk tegelijk met haar gearresteerd, hè?'
'Nee. Ik hoorde van Francis dat hij een paar dagen geleden de
benen had genomen. Uitgerekend naar Denemarken.'
'Waarom Denemarken? Wat raar.' Elizabeth leunde achterover
op haar stoel, in gedachten verzonken, terwijl ze in de verte staarde. Opeens voelde ze haar borst samentrekken, en een vreemde
droefheid die bijna pijn deed. Tranen welden in haar ogen op, en
ze haalde een tissue uit de zak van haar kamerjas om haar ogen af
te vegen.
'Wat is er? Wat is er met je?' vroeg Robert met stijgende bezorgdheid. Hij zag dat haar gezicht doodsbleek was.
'Ik voelde me vreselijk treurig... Wat afschuwelijk om zo in de
steek te worden gelaten... Hoe kan ze dat verdragen, Robin? Ik
denk niet dat ik het zou kunnen opbrengen.'
Om van onderwerp te veranderen, zei hij: 'Kom, laten we op het
terras gaan zitten. Het is een heerlijke ochtend.' En met die woorden pakte hij hun koffiebekers en liep naar buiten.
Elizabeth ging langzaam achter hem aan, terwijl ze besefte wat
een geluk ze had om met deze uitzonderlijke man te leven.
Ze stonden zij aan zij en keken uit over de weelderige tuinen die
zo lang geleden onder liefdevolle handen waren ontstaan. Op een
gegeven moment draaide Elizabeth zich naar Robert om en legde
een hand tegen zijn wang. 'Ik hou van je... En ik dank je voor dit
leven dat je me hebt gegeven.'
Hij keek haar diep in de ogen, naar het gezicht dat hij al van
kindsbeen af liefhad, en sloeg een arm om haar heen. 'Van jou houden is het enige op deze wereld wat ik ooit zou kunnen verlangen...
En ik zou nooit iets anders kunnen wensen dan dat jij van me
houdt,' zei hij.

EPILOOG

Vrouw van het jaar

...dus hij zal nooit weten hoeveel ik van hem hou; en niet omdat hij knap is, Nelly, maar omdat hij meer op me lijkt dan ikzelf. Waaruit onze zielen ook mogen bestaan, de zijne en de mijne zijn identiek...
Emily Brontë: Wuthering Heights

Mijn gezicht in jouw ogen, het jouwe dat oplicht in de mijne.
En twee oprechte harten weerspiegeld in die gezichten,
Waar vinden we twee gavere hemisferen
Dan recht naar het noorden, zonder westwaarts af te dwalen.
John Donne

Ditmaal moet dit hart onberoerd blijven,
Omdat het sinds anderen onberoerd is gebleven;
Maar ook al kan ik niet meer bemind worden,
Laat mij desondanks liefhebben!
George Gordon, Lord Byron

Nawoord

Toen Elizabeth haar kantoor bij Deravenel binnenstapte, keek ze automatisch naar de tussendeur naar Roberts kantoor – die dicht was, zoals wel vaker de laatste tijd. Met een frons op haar gezicht ging ze achter haar bureau zitten. Ze had een paar uur bij de kapper gezeten, omdat het die avond haar grote avond was... Ze zou door de International Association of Business Executives tot Vrouw van het Jaar worden uitgeroepen, wat door iedereen als een grote eer werd beschouwd. Ze schoof haar kantooragenda naar zich toe, sloeg hem open en bekeek de bladzijde. Het was 19 mei 2006, het jaar waarin ze vijfendertig zou worden. Mijn god, ik word in september vijfendertig jaar, en Robert ook. Ik kan het amper geloven, dacht ze.

Negentien mei... Vorig jaar om dezelfde tijd was Marie Stewart nog volop de bloemetjes aan het buitenzetten met Jimmy Bothwith, maar de toren die tot aan de hemel reikte die haar een luxeleventje had moeten bezorgen was als het spreekwoordelijke kaartenhuis ingestort. Elizabeth zuchtte bij de gedachte aan de vrouw die zo bedrogen was uitgekomen en die zich zo onnozel en impulsief door haar hart had laten leiden, in plaats van door haar hoofd. Want nu werd er in Schotland beweerd dat de verbintenis met Henry Darlay geen goed huwelijk was geweest en dat Marie Stewart zich in de armen had gestort van Jimmy Bothwith. 'Die bij haar wegging en haar in haar sop liet gaarkoken toen ze het moeilijk kreeg,' mopperde Elizabeth hardop.

Wat een klootzak was hij om zoiets te doen en om, nadat hij

haar had gemanipuleerd en de leiding over Scottish Heritage had gekregen, haar bedrijf te plunderen, haar naam te misbruiken om fraude te plegen en deals te sluiten met dubieuze lieden, waarvan het merendeel met criminele plannen rondliep... net als hij. Hij was uiteindelijk haar ondergang geworden.

En dus kwijnde Marie Stewart de Burgh Darlay Bothwith nu weg in een van die moderne open gevangenissen voor witteboordencriminelen, waar de leefomstandigheden minder zwaar waren dan in de meeste andere doorsneegevangenissen. En haar zoontje werd door familie opgevoed, bij een halfbroer of halfzus van haar.

'Als je niet uitkijkt, wordt dat kind ooit nog eens je erfgenaam,' had Francis haar gewaarschuwd toen het rijk van de Schotse op het randje van de ondergang balanceerde, waarbij hij haar veelbetekenend had aangekeken. Ze had er geen commentaar op geleverd.

Elizabeth was Francis dankbaar omdat hij had voorkomen dat ze een verschrikkelijke zakelijke misser had begaan. Met behulp van zijn ook niet altijd juridisch verantwoorde methoden had hij haar voor een ramp gespaard. Hoe hij in godsnaam aan zijn kennis over Belvedere en Castleton was gekomen maakte haar niet uit, maar die bedrijven waren in elk geval op naam van anderen eigendom geweest van Jimmy Bothwith. Als ze had doorgezet en Norseco Oil had overgenomen, hadden hij en zijn toenmalige echtgenote Marie Stewart met alle geweld in het bestuur willen zitten en zouden ze een dikke vinger in de pap hebben gehad in het beleid van de oliemaatschappij.

Bothwith bezat zoveel aandelen dat hij bijna op hetzelfde niveau zat als Jake Sorrenson, de voorzitter en oprichter. Die zat inmiddels ook vast wegens wanbeheer, verduistering van bedrijfskapitaal, belastingfraude en andere criminele praktijken. En zij zou met de troep opgescheept hebben gezeten als ze Norseco daadwerkelijk had gekocht.

Op het nippertje ontsnapt, bedacht ze. Ik heb de kogel op een haar na gemist, dankzij Francis Walsington. Haar trouwe collega en vriend had het allerbeste met haar voor. Diep vanbinnen was ze ervan overtuigd dat hij Marie Stewart uit haar tent had weten te lokken, om haar in het nauw te drijven. Maar of en hoe hij dat had gedaan, liet haar eigenlijk koud.

Na een blik in haar agenda begreep ze dat ze bijtijds op de cocktailparty moest zijn die aan het diner van de uitreiking voorafging. Vervolgens klapte ze de agenda dicht. Nu moest ze aan haar speech voor die avond gaan werken, dat werd hoog tijd.

Ze pakte haar pen, trok een schrijfblok naar zich toe, maar ontdekte al gauw dat ze zich niet kon concentreren. Haar gedachten waren bij Robin. Ze schoof haar stoel achteruit, stond op, duwde de deur van zijn kantoor open en wierp een blik naar binnen. Hij was er niet. Dat niet alleen, het licht was ook uit. Dit was niet normaal. Meestal liet hij het licht branden.

Elizabeth zuchtte. Die ochtend was ze al vroeg weggegaan om haar haar te laten doen. Omdat het nu lang was, had het enige tijd gekost om het in model te kammen en te laten drogen. Omdat Robin toen onder de douche stond, had ze een briefje voor hem achtergelaten. Ze had hem die dag nauwelijks gesproken; waar was hij?

Ze ging weer achter haar bureau zitten en verzonk in diep gepeins.

Robin is al een hele tijd niet zichzelf. Nu ik hier over hem zit na te denken, realiseer ik me dat hij al die tijd stiller was, de dingen passiever over zich heen liet komen... en niet zo vaak meer met me in discussie ging wanneer hij het niet met me eens was. Hij liet het gewoon langs zich heen gaan. Als ik terugkijk, denk ik dat het vorig jaar om deze tijd is begonnen, toen we allemaal zo opgingen in Marie Stewart en haar streken. Ik heb het vreselijke gevoel dat hij zich in één opzicht met haar identificeerde: de uiterst merkwaardige dood van Darlay. Toen zijn vrouw onder verdachte omstandigheden overleed, riep dat vraagtekens op – in elk geval over de doodsoorzaak. En sommigen schoven hem de schuld in de schoenen, zoals anderen Marie schuldig achtten aan de dood van Darlay. Rücksichtslos.

Maar Robin en Marie Stewart verschillen van elkaar als dag en nacht. Zij is geraffineerd en onberekenbaar in haar persoonlijke contacten; mijn dierbare Robin is attent, meevoelend en liefdevol, en hij neemt nooit een overhaast besluit. Niet meer.

Het is vreemd, maar nu ik erover nadenk, doet hij de laatste tijd niet zoveel. Hij doet nauwelijks nog aan paardrijden, of aan fitness, en de uren die hij in de inpandige manege aan dressuurtraining be-steedt zijn ook minder geworden. Waarom? Is hij moe? Voelt hij zich niet lekker? Geen van beide. Dat weet ik zeker. Hij mag dan geen twintig meer zijn en op het toppunt van zijn fysieke kunnen, hij wordt over een paar maanden pas vijfendertig. Hij doet het kal-mer aan, heeft voor bepaalde dingen niet zo'n belangstelling meer... Ik bespeur enige mate van... teleurstelling bij hem.

Ik vraag me af of dat iets met Deravenel te maken heeft. Mis-schien moet ik hem eens voorstellen om een nieuwe divisie van de grond te tillen waar hij tegenaan kan gaan, net zoals zijn broer er nu tegenaan gaat bij onze divisie recreatieoorden. Maar Robin heeft zoveel macht, echt gigantisch veel. Hij heeft samen met Cecil en mij de leiding over het bedrijf. Nee, dat kan het niet zijn, het werk kan het niet zijn. Maar er is iets mis... Hij zit al een hele tijd niet lekker in z'n vel... Al bijna een heel jaar. Mijn intuïtie zegt me dat...

De rinkelende telefoon maakte dat ze rechtop in haar stoel schoot, en ze stak er automatisch haar hand naar uit. 'Hallo?'

'Met mij,' zei Robert.

'Waar ben je?' vroeg Elizabeth, opgelucht zijn stem te horen.

'Omdat ik een paar dingen moest doen, besloot ik dat die beter vandaag konden gebeuren.'

'Wat voor dingen?'

'Mijn kleermaker. En ik moest nodig naar de kapper, je kent dat wel...'

'Hoe laat kom je op het werk?'

'Weet ik nog niet, lieverd. Misschien helemaal niet. Je weet hoe lang mijn kleermaker erover doet, en ik moet twee pakken passen. Het is in zekere zin ook nog een korte dag. Ik moet rond halfvijf weer in de flat zijn om me om te kleden. En jij ook, Elizabeth.'

'Ja, dat weet ik.'

'Goed dan. Dan zie ik je straks in de flat, lieveling,' zei hij en hij hing op.

Ze staarde fronsend naar de hoorn in haar hand, met een be-vreemd gevoel.

Elizabeth ging in haar kleedkamer voor de spiegel staan om even aandachtig naar zichzelf te kijken. Ze droeg een dieppaarse zijden jurk van Valentino, waarvan de rechte rok in soepele plooien om haar voeten viel. De jurk had een simpele ronde hals en lange mouwen, en ze had er paarse zijden schoenen met hoge hakken bij aan. Tevreden over de jurk, deed ze Edward Deravenels schitterende gouden ketting met het medaillon om haar hals en combineerde die met met diamanten bezette gouden oorringen en een gouden armband. Toen pakte ze een paarse zijden handtas en ging naar de zitkamer om, zoals altijd, te zien of het geheel Roberts goedkeuring kon wegdragen.

Robert stond bij de haard een glas water te drinken, dat hij neerzette toen ze in de deuropening verscheen, waarna hij op haar toeliep.

'Je ziet er absoluut beeldschoon uit, Elizabeth! Verrukkelijk.'

'Jij ook,' zei ze. 'Een nieuw smokingjasje, zie ik. Het zit als gegoten. Je bent om door een ringetje te halen, veel te mooi.'

'Dat heb ik vanmiddag afgehaald,' zei hij en hij stak zijn hand in zijn zak. 'Voor jou heb ik ook iets opgehaald.'

'O ja?'

'Ja, ja.' Hij drukte een kus op haar wang, maakte het leren doosje open en haalde er een ring uit. 'Hier, voor jou,' zei hij glimlachend, pakte haar linkerhand en schoof het sieraad om haar ringvinger. 'Kijk aan! Wat zeg je dáárvan?'

Elizabeth hapte naar adem toen ze de solitaire diamant aan haar vinger zag flonkeren – op z'n minst veertig karaat. 'Robin! Lieveling! Hij is gewoonweg schitterend. Dank je, o, dank je wel. Zoiets had ik nooit verwacht.' Ze sloeg haar armen om zijn nek en gaf hem een knuffel.

Hij keek haar met een snaakse grijns aan. 'En nu zijn we verloofd. Eindelijk!'

Totaal overrompeld onderdrukte Elizabeth haar verbijstering en riep uit: 'Dat snap ik, ja. Goh!'

Aller ogen waren op hen gericht toen ze door de lobby van het Savoy Hotel liepen. Op die beeldschone vrouw met het rode haar in het paars en op die ongelooflijk knappe man, groot en donker, die het onberispelijk gesneden Savile Row-smokingjasje met grote zwier droeg.

Die uitwerking hadden ze ook op alle andere aanwezigen toen

ze de receptiezaal binnenstapten, waar cocktails werden geserveerd. Alle hoofden draaiden hun kant op, terwijl ze de zaal rondgingen om vrienden gedag te zeggen en relaties te begroeten. Medewerkers van Deravenel waren in groten getale aangerukt; Cecil had zes tafels geboekt die elk plaats boden aan tien personen. Elizabeth bewoog zich door de menigte en maakte met een groot aantal van hen een praatje: Francis, Cecil, Nicholas en Ambrose, die in hun nopjes waren en haar hartelijk gelukwensten. Toen ze Spencer Thomas ontdekte, ging ze naar hem toe om een woordje met hem te wisselen, waarna ze haar best deed niemand over te slaan. De champagne vloeide rijkelijk, er werden canapés rondgedeeld en het cocktailuur vloog voorbij. Toen ze de feestzaal binnen werden geroepen voor de prijsuitreiking en het diner, had Elizabeth het idee dat ze nog maar net binnen waren.

Harvey Edwards, voorzitter van de International Association of Business Executives, stond op het podium van de feestzaal. 'Aldus,' zei hij, 'zijn we aangeland bij de uitreiking van onze onderscheiding voor uitmuntende beleidsvoering. Dit jaar eren we een zeer bijzondere vrouw, een unicum in de zakenwereld, een vrouw die we allen respecteren vanwege haar enorme bekwaamheid, haar genie, haar visie en leiderscapaciteiten. Een van de weinige vrouwen die door het glazen plafond heeft weten te breken. Dames en heren, het is mij een grote eer u voor te stellen aan Elizabeth Deravenel Turner, algemeen directeur van het oudste concern ter wereld: Deravenel.'

Het applaus was stormachtig.

Elizabeths hart bonsde toen ze het podium betrad en ze huiverde terwijl ze de treden op liep. Ze had die morgen haar speech geschreven, maar op het laatste nippertje besloten die thuis te laten, in de wetenschap dat het veel persoonlijker en meer indruk zou maken als ze voor de vuist weg sprak.

Harvey Edwards begroette haar hartelijk met een kus op de wang en reikte de onderscheiding aan haar uit. Die bestond uit een sierlijke kristallen obelisk, waarin haar naam en een opdracht waren gegraveerd.

Elizabeth bedankte hem, zette de obelisk op het podium en schoof de microfoon naar zich toe. Nadat ze iedereen had bedankt

– het genootschap voor de aan haar toegekende eer en alle anderen voor hun komst – begon ze aan haar speech. Eerst sprak ze over haar vader, die een van 's werelds grootste magnaten was geweest. Ze had het zijdelings over haar grootvader Henry Turner, die het bedrijf in woelige tijden op koers had weten te houden, en sprak liefdevol over haar grootvader Edward Deravenel, de man die zoveel had gedaan om van het bedrijf een van de grootste maatschappijen van begin twintigste eeuw te maken. Vervolgens sprak ze vol verve over het belang van vrouwen in de zakenwereld en over alle bijdragen die ze in het nieuwe millennium aan de zakenwereld hadden geleverd en nog steeds leverden.

Ze sprak vlot, duidelijk en bediende zich af en toe van een grapje, waar de toehoorders tot haar vreugde vaak hartelijk om moesten lachen. Daarna had ze plotseling alles gezegd wat ze had willen en behoren te zeggen... behalve het bedanken van bepaalde medewerkers bij Deravenel, van wie ze sommigen met naam en toenaam vermeldde.

Tot slot, na even te hebben gepauzeerd, begon ze met heldere stem, waarin een trilling doorklonk: 'En nu wil ik Robert Dunley bedanken, zowel mijn levens- als zakenpartner.' Nadat ze met haar ogen tussen het publiek had gezocht, bleef haar blik op hem rusten. 'Robin, zonder jou aan mijn zij zou ik niets bereikt hebben. Jij bent degene die me de weg heeft gewezen... Me hebt laten zien hoe ik Elizabeth Deravenel Turner moet zijn. En daarvoor dank ik je uit de grond van mijn hart.'

Zodra ze thuis waren, wist ze dat er iets niet in de haak was. Toen hij de zitkamer in liep en voor de haard bleef staan, met een ondoorgrondelijke uitdrukking op zijn gezicht, drong het tot haar door dat hij boordevol opgekropte spanning zat. Was hij ook boos misschien? Maar waarom?

'Wat scheelt eraan, Robin?' vroeg ze meteen, terwijl ze hem fronsend aankeek.

Aanvankelijk gaf hij geen antwoord. Hij keek haar alleen maar aan, eveneens met een frons op zijn voorhoofd. 'Waarom noemde je me je partner? Waarom niet je verloofde, want dat ben ik toch sinds vanavond?'

'Ik dacht niet na... Ik had die tekst vanmorgen geschreven... die is in mijn hoofd blijven hangen. Het spijt me, het spijt me ontzettend.'

'En nog iets, Elizabeth, nog iets wat ik niet begrijp. Je hebt de ring omgewisseld. Wat ik bedoel is, dat je hem van je linkerhand hebt gehaald en aan de rechterhand hebt geschoven. Wil dat zeggen dat we niet meer verloofd zijn? Het was wel kort, hè, mijn magische moment?'

'Robin, luister naar me, alsjeblieft! Ik zat in de zenuwen over de avond, en over het feit dat ik een speech moest afsteken. Ik heb de ring aan mijn rechterhand geschoven omdat ik geen zin had iets aan iemand te hoeven uitleggen. Niet vanavond, ten overstaan van die enorme mensenmassa. Ik wilde alleen maar de avond doorkomen.'

'Vandaar zeker, dat je me je partner noemde, zodat je... míj op geen enkele manier hoefde uit te leggen!'

Hij klonk niet alleen boos, maar ook gekwetst.

Ze deed een stap in zijn richting, om hem in haar armen te nemen, omdat ze hem wilde aanraken, hem sussen. Ze was ook enigszins van haar stuk. Zijn gedrag was haar volkomen vreemd.

'Kom niet dichterbij,' waarschuwde hij op afgemeten toon, terwijl hij haar dreigend aankeek.

'Robin, het spijt me ontzettend als ik je heb gekwetst, je op de een of andere manier heb vernederd. Je moet me geloven: ik hou van je. Ik zou nooit iets doen –'

'Ach, laat maar zitten! En sodemieter op!' schreeuwde hij, steeds harder. 'Ik weet niet waarom ik dit allemaal zomaar pik, echt niet.' Zijn stem brak, en ze zag plotseling tranen tussen zijn donkere wimpers glinsteren. 'Ik smeer 'm. Voorgoed.'

Voor ze iets kon zeggen was hij de kamer door gestoven en de voordeur uit gegaan.

Elizabeth stond met open mond naar de deur te staren, hoofdschuddend, omdat het één moment niet tot haar doordrong. Hij had gezegd dat hij 'm zou smeren. Voorgoed! O, mijn god, hij was bij haar weg!

Binnen enkele seconden was ze de flat uit en stond ze in de lift, op weg naar de begane grond. Nadat ze zich de voordeur uit had gewurmd rende ze struikelend de stoep af. Ze zag hem in de verte een taxi aanhouden.

'Robin! Robin! Wacht nou op me. Wacht op me, Robin. Robert Dunley, blijf staan! Ga niet weg.' Met beide handen tilde ze haar rok op en rende hem achterna, terwijl ze uit volle borst zijn naam riep. O, god, nee, dacht ze toen ze zag dat er een taxi stopte. Zijn hand lag op het portier. Hij stond op het punt om weg te gaan. 'Robin, wacht nou! Wacht op me. Alsjeblieft!'

Eindelijk draaide hij zich om, één voet al praktisch in de taxi. 'Daar zou ik geen nee tegen zeggen, baas,' merkte de taxichauffeur op, terwijl hij zich uit het raam boog. 'Kom op, ga naar haar toe. Daar zul je geen spijt van krijgen, zeker weten, baas.'

Robert deed een stap achteruit, sloeg het portier dicht en draaide zich om. Hij keek hoe Elizabeth met fladderende haren naar hem toe holde. Terwijl ze zich tegen hem aan liet vallen, ving hij haar in een stevige greep op. Ze was buiten adem en hijgde als een bezetene, terwijl de tranen over haar gezicht stroomden. Ze was zo hopeloos overstuur, dat hij merkte dat ze met geen mogelijkheid een woord kon uitbrengen.

Terwijl hij haar met zijn ene arm overeind hield, graaide hij de zijden pochet uit de borstzak van zijn jasje en veegde de tranen van haar wangen.

'Je zult me moeten thuisbrengen,' mompelde ze tegen zijn borst. 'Ik heb geen huissleutel.'

'Ik zou je in zo'n toestand nooit op straat laten staan,' luidde zijn afgemeten reactie. 'Ik zal je de flat binnenlaten, en dan smeer ik 'm.'

Toen ze in de zitkamer terug waren, leunde Elizabeth tegen de deur en zei met hese stem: 'Als je wilt, kun je gaan. Ik kan je waarschijnlijk niet tegenhouden. Vertel me alleen wat ik heb misdaan.'

Er trok een wanhopig diepe zucht door zijn lichaam en hij sloot een ogenblik zijn ogen, waarna hij naar de schouw liep om er steun te zoeken. 'Dat heb ik je een paar minuten geleden al verteld.'

'Het spijt me heel erg, echt verschrikkelijk,' begon ze en haar ogen stonden opnieuw vol tranen. 'Kun je je mijn zenuwen indenken over die hele onderscheidingstoestand, en me vergeven, of een excuus bedenken voor mijn...' Ze maakte haar zin niet af.

'Ik ben gewoon doodmoe,' zei hij, zo zachtjes dat ze hem nauwelijks hoorde. 'Het zit me tot hier. En ik ben het zat! We zijn al bijna tien jaar samen, waarin we als man en vrouw samenleven, en nu vind ik dat we het voor de wet moeten bezegelen. En wat dacht je van een kind? Je moet echt een erfgenaam hebben, hoor. Toch, ik moet het zeggen... Ik wil dat je met me trouwt, Elizabeth.'

'Je weet... Je weet dat ik daar mijn bedenkingen tegen heb...'

'O ja, daar weet ik alles van... van die bedenkingen van jou. Waar het op neerkomt, is dat je niet met mij kunt trouwen omdat je bent getrouwd met Deravenel. Je houdt meer van je bedrijf dan je van mij houdt,' voegde hij er op beschuldigende toon aan toe.

'Dat is niet waar!' riep ze heftig. 'Ik hou wél van jou. Jij bent de enige man die ik ooit heb gehad, de enige man die ik ooit heb gewild.'

'Ik heb het allemaal al eens gehoord. En nu moet ik gaan.' Hij maakte aanstalten om naar de gang te lopen.

Ze rende hem achterna, greep hem bij de arm en draaide hem met een ruk om, zodat hij haar moest aankijken. 'Ik hou ontzettend veel van je... Geef me alsjeblieft nog een kans. Ik zal mijn best doen om me eroverheen te zetten, over die angst die ik voor het huwelijk heb. Maar je moet me wel helpen... laten we nog even verloofd blijven, dan zal ik heel erg mijn best doen –'

'Je kunt gewoon je vader niet vergeten, en de manier waarop hij je moeder en al zijn andere vrouwen behandelde. Hij heeft je verpest voor het huwelijk, dat weet ik maar al te goed, Elizabeth.'

Ze barstte in huilen uit en klampte zich aan hem vast, waarna hij haar eindelijk in zijn armen sloot en dicht tegen zich aan drukte, terwijl hij haar haren streelde.

Een paar tellen later maakte ze zich los, haalde de pochet uit zijn borstzak en depte haar ogen droog. Ze slikte en zei: 'Ik heb nog nooit zo van iemand gehouden als ik van jou hou. We zijn zelfs al zevenentwintig jaar samen, vanaf onze kindertijd. De meeste mensen hebben niet eens een huwelijk dat zo lang standhoudt.'

Terwijl Robert haar aanstaarde – haar warrige haardos zag, haar betraande gezicht, de doorgelopen make-up – begreep hij het plotseling allemaal. Hij zou haar nooit verlaten; ze waren verwante zielen, zo goed als één.

Hij pakte haar bij de schouders en trok haar naar zich toe, terwijl hij diep in die donkere, mysterieuze ogen keek. 'Ik kan je niet alleen laten. Hoe zou ik kunnen? Jij hebt me gemaakt tot wie ik ben, net zo goed als ik jou heb gemaakt tot wie je bent. Ik behoor je toe, en jij behoort mij toe, dus kan ik nooit van een andere vrouw houden...'

'En ik zal nooit van een andere man houden,' fluisterde ze. 'Laat me alsjeblieft niet alleen.'

Hij legde teder zijn hand tegen haar wang en schudde zijn hoofd. 'Ik beloof je dat ik altijd aan je zij zal staan... tot de dag waarop ik sterf.'

En daar heeft hij zich aan gehouden.